U0451348

汉译世界文学名著丛书

安徒生
童话与故事全集
中 册

〔丹麦〕安徒生 著

石琴娥 译

目 录

中 册

一滴水	519
幸福的家庭	522
一个母亲的故事	527
衬衫硬领	534
亚麻	538
凤凰	544
一个故事	547
无声的书	554
大有差别	557
古老的墓碑	562
世上最美的玫瑰	566
一年的故事	570
临终的那一天	582
这是千真万确的	588
天鹅的巢	592
好心情	595

伤心事	601
各得其所	604
住在食品店老板家的小精灵	616
在新的千年里	621
在柳树下	625
一个豌豆荚里的五粒豆子	646
天上掉下来的一片叶子	651
她真是一个窝囊废	655
最后一颗珍珠	665
两个姑娘	669
在大海之极	672
小猪存钱罐	675
伊勃和小克里斯蒂妮	678
笨蛋汉斯	693
通向荣誉的荆棘之路	699
犹太姑娘	706
瓶颈	713
智者的宝石	727
没有图画的画册	750
肉肠扦子汤	802
单身汉的睡帽	820
干出点名堂来	837
老橡树的最后一梦	846
识字课本	854

沼泽王的女儿	862
赛跑者	911
钟的深渊	915
歹毒的王子	920
风儿讲述的瓦尔德马·多伊和他的女儿们的故事	923
踩踏面包的姑娘	938
守塔人奥勒	949
安妮·莉丝贝特	958
孩子话	973
一串珍珠	976
笔和墨水瓶	986
坟墓里的孩子	990
家养公鸡和风信公鸡	996
真美丽	1000
来自沙冈那边的一个故事	1010

一滴水

你当然知道放大镜是什么东西,它是一块玻璃镜片,能把任何东西放大,放大几十倍,甚至上百倍。要是拿了放大镜来观察一滴从池塘里打上来的清水的话,那么就会看到原来水里竟有成千上万只奇形怪状的小虫子,凭肉眼那是看不见的,可是它们却真的都在水里,看起来就像是盘子里活蹦乱跳的小虾一样。它们样子十分凶狠,互相咬着胳膊、腿脚和身躯,可是它们却把这种事当成高兴的事。

从前有一个老头儿,名叫克里勃·克拉勃,这本来是"活蹦乱跳"的意思,可是他偏偏叫了这么一个名字。他什么东西都要最好的,倘若他得不到的话,就施展魔法来巧取豪夺。

有一天他闲坐在那里,拿着他的放大镜来看刚刚从水沟里打上来的脏水。天哪,水里竟有那么多小虾在活蹦乱跳,互相在咬,还把对方吃掉。

"哎呀,真是令人作呕,"克里勃·克拉勃老头说,"难道就没有法子让它们平静下来,和睦相处,谁也不惹谁吗?"

他开动脑筋想呀想呀,就是想不出一个法子来,于是他不得不施展魔法了。

"我把它们都染上颜色,这样它们就更加清晰可见了。"于是他就朝水里滴了一小滴红酒，其实那不是什么红酒，而是巫婆的鲜血，是最上等的货色，一滴要值两先令。于是，水滴里所有奇形怪状的小虫子全变成了玫瑰色，那一滴水看起来就像一座城市，城里挤满了赤身裸体的野人。

"你在看什么东西呀？"另一个老魔法师问道。这个人没有姓名，而他身上也就这么一点长处，那就是甘做无名氏。

"嘿，你猜猜那是什么东西，"克里勃·克拉勃老头说，"猜出来了我就把它送给你。不过要是没有知识的话，想要猜出来那就难啦！"

那个无名氏魔法师从放大镜里一看，那一滴水像一座城市，城里所有的人都一丝不挂地跑来跑去。这幅景象真叫人浑身起鸡皮疙瘩，更叫人恶心的是它们一个个都你推我搡，拳打脚踢，互相在咬，什么歹毒的招数都使出来了。最底下的那些拼命要爬到最上面来，最上面的那些又被挤得跌到最底层。

"看看，它的腿居然比我的长出一截，哼，非把它咬下来不可！"

"那个家伙耳朵背后长了一个小疙瘩，一个没啥不得了的小疙瘩，不过大概会使它觉得有点疼，那就干脆叫它疼痛难当吧！"于是大家都围上去推搡它，拼命咬它，无非就是为了那个小疙瘩。

那边有一个家伙安安生生地待着，文静得有如少女，它与世无争，只求独善其身，可是大家也不放过它，把它拽出来咬得稀巴烂，再把它吃掉了。

"真叫人开心。"无名氏魔法师说。

"一点不错，可是你知道这是什么东西吗？"克里勃·克拉勃老头问，"你认得出它们吗？"

"这有什么难的?"无名氏魔法师说,"一定是哥本哈根,或者是别的什么大城市,因为大城市的众生相都是相同的。这是一个大城市。"

"这是水沟里的一滴水!"克里勃·克拉勃老头说。

幸福的家庭

在这个国度里,最大的绿色叶子当然要数牛蒡草的叶子了。要是把它挡在自己的小肚子上,它大得可以当围裙;要是把它放在头顶上,下雨天就几乎像一把雨伞,因为它确实很大。牛蒡草从来不是单株的,在它生长的地方只要长出一株,就会长出一丛来。这真是件大好事,因为它可以当蜗牛的食物。在过去,那些富贵人家常用白蜗牛做成肉丁浓汤,他们吃完之后会咂咂嘴说道:"多么好吃的美味佳肴啊!"那种白蜗牛就是靠吃牛蒡草叶子长大的,所以就有人种植牛蒡草。

在一座古老的大庄园里,人们如今已不再吃蜗牛了,所以蜗牛差不多已经绝迹了,可是牛蒡草却没有绝迹。在花园里,所有的小径旁和花坛上都长满了牛蒡草,而牛蒡草还在毫无节制地长呀,长呀,后来茂盛得简直成了牛蒡草丛林了,要不是零零星星还有几株苹果树和梅子树的话,谁也不会想到这是一个花园。这里到处都是牛蒡草,而在牛蒡草中住着最后两只真正的老蜗牛。

那两只蜗牛究竟有多大岁数,他们自己一点都弄不清了。但是他们还记得早年蜗牛多得数不胜数,他们都是来自外国的一个家族。他们还记得这个牛蒡草丛林就是为了他们和他们的家族而种的。他们从来没有走出过这个花园到外面去看看,不过他们却也知道世上还有一类叫作"大庄园"的地方,在那里蜗牛被烹饪,煨成了黑色,盛在银盘子里。再往后怎么样他们就不得而知了。况且,被人烹饪再盛进银盘子里究竟是什么样的滋味,他们是无法想象的,反正那滋味一定是妙不可言的。他们曾经向金龟子、癞蛤蟆和蚯蚓打听过,可是它们都说不出个所以然来,因为它们都不曾被烹饪过,也不曾被盛进银盘子里。

他们知道:白色的老蜗牛是世上最名贵的极品,这个丛林就是因为他们才有的;大庄园也是为了能把他们烹饪好了盛进银盘子里才有的。

他们生活得很寂寞,不过悠闲自在。他们没有孩子,就收养了一只小蜗牛,把他当作自己的孩子。这是一只普通的蜗牛,所以怎么也长不大,不过那老两口,特别是蜗牛妈妈觉得,他多少还在长大。蜗牛妈妈对蜗牛爸爸说,要是看不出来的话,他摸摸小蜗牛的背壳就知道了。蜗牛爸爸摸了摸,相信蜗牛妈妈说的话一点不错。

有一天下起了大雨。

"听听,牛蒡草叶子上的雨点敲得有多响呀,轰隆隆、轰隆隆……"

"雨点也落到叶子底下来了,"蜗牛妈妈说,"是顺着叶梗淌下来的。你等着瞧吧,我们这里很快就会潴起一汪水,弄得到处都是湿漉漉的。我很高兴我们背上驮着这么好的房子,小蜗牛一生下来也就有自己的房子。这是别的生灵所没有的,这真是我们得天独厚之处呀,难怪我们是世上最珍贵的种族。我们一生下来就有了现成的房子,还有牛蒡草丛,那是老天爷特意为我们种植的。

我真想知道这丛林究竟伸到多远的地方，丛林外面有些什么！"

"丛林外面什么都没有，"蜗牛爸爸说，"再也没有比我们这里更好的地方了，我也别无所求了。"

"我可不那样，"蜗牛妈妈说，"我真想到大庄园上去，让人家把我烹饪一番，再盛进银盘子里，我们所有的祖宗不都是这样的吗？你相信不相信，那滋味一定非同寻常。"

"那座大庄园早已倒塌了，"蜗牛爸爸说，"要不然就是牛蒡草把它埋住了，住在里面的人都出不来了。其实本来是用不着性急的，可你偏偏又是个急性子，总是不肯慢悠悠地来。连那个小蜗牛的性子也急起来了。他连着三天顺着牛蒡草的叶子往上爬，难道不是这样吗？我还只能昂起头来才看得见他，害得我的头都晕了。"

"你不要责怪他嘛，"蜗牛妈妈说，"他爬得非常专心，他会叫我们安享晚年的，我们老两口活着也就是为了他嘛。可是你没有想想我们到哪里去给他找个媳妇呢？你难道不认为丛林深处会有我们的同类吗？"

"那里会有黑蜗牛，"蜗牛爸爸说，"背上没有壳的黑蜗牛，他们都是小户人家，可是却又眼界太高，以为自己不可一世。不过我们可以拜托蚂蚁去跑个腿，反正他们整天爬来爬去，好像总是在忙个不停似的。他们一定能为我们的小蜗牛找到一个媳妇的。"

"我知道有一个最漂亮的，"蚂蚁说，"不过我怕这事办不成，因为她是一位王后。"

"那又怎么样，"老两口说，"她驮着房子吗？"

"她有宫殿，"蚂蚁说，"她有一座最漂亮的蚁宫，宫里有七百条通道。"

"多谢了,"蜗牛妈妈说,"我们的独生子可不能住进蚂蚁窝里去。你要是不知道比这更好的话,那么我们只好拜托白蚊子,他们不管在下雨天还是大晴天都到处飞来飞去,飞得又很远,他们对牛蒡草丛林的里里外外知道得一清二楚。"

"我们倒有一个同他般配的媳妇,"白蚊子说,"离这里大约一百步远的地方,是人的脚步一百步,有一只小蜗牛。她住在醋栗丛中,背上也驮着小房子。她形单影只十分孤独,可是已经到了可以出嫁的年龄了。离这里也就是一百步远的光景,当然是人的脚步一百步远。"

"那么就让她嫁到小蜗牛这边来吧,"老两口说,"他有整整一个牛蒡草丛林,而她只有一株醋栗。"

于是他们就把蜗牛小姐领来了。她路上花了八天时间。不过这也是难得的最珍贵之处,因为这样慢让人一下子就看出来她是他们同类。

于是他们举行了婚礼。六只萤火虫尽自己最大的力气发出亮光为婚礼照明。整个婚礼十分安静,因为两只老蜗牛受不了喧闹。蜗牛妈妈讲了一番很动听的话,蜗牛爸爸却没有讲话,因为他感动得说不出话来了。老两口把整个牛蒡草丛林交给这一对新婚夫妇继承。他们还讲了一些平时他们常说的话,说这里是世上最好的地方,如果他们新婚夫妇安分守己地生活下去,养儿育女,繁衍后代,使得整个家族人丁兴旺,那么总有一天他们会被送进大庄园去烹饪一番,再盛进银盘子里。老两口讲完了这些老一套的话后,就爬进他们驮着的房子里,再也不出来了,因为他们睡着了。

年轻的蜗牛夫妇如今掌管着整个牛蒡草丛林，生了一大群孩子。不过年轻的蜗牛夫妇和他们的后代都不曾被烹饪过，也从来没有被盛到银盘子里。于是他们就断定说，大庄园已经倒塌了，世上所有的人都已死光了。他们觉得这是放之四海而皆准的真理，因为没有哪个站出来反对他们的说法。

大雨落到牛蒡草叶子上，为他们咚咚地敲出了鼓声，阳光照在牛蒡草叶子上，为他们映出了五颜六色的光芒。他们日子过得非常幸福，整个蜗牛家族都非常幸福。非常幸福，那是千真万确的。

一个母亲的故事

有一个母亲坐在她幼小的孩子身边，她焦急万分，心痛欲裂，生怕她的孩子会死掉。那孩子脸色苍白，一双小眼睛紧闭着。他的呼吸已经微弱，不时地深深喘一口大气，好像在叹息。母亲更加悲伤，看着那个奄奄一息的病孩。

这时候有人敲门，走进来一个贫穷的老人，他身上紧裹着一袭平时用来盖在马身上的马被子。这对他来说倒是必不可少的，因为这样他身子才能暖和一些，这时正值隆冬季节，屋外天寒地冻，朔风吹在脸上有如刀割一般。

那个老人冻得浑身止不住直哆嗦，而病小孩刚刚睡着了。于是母亲便抽空站起身来，走过去把啤酒倒在一个小铁罐里，放在炉子上烫热之后送给他喝。老人坐了下来，顺手摇着摇篮。母亲坐在靠近他的另一张椅子上了，双眼盯住了生病的孩子，看着他大口大口地喘着气，呼吸是那么困难，她不禁握住了他的小手。

"你觉得我能留得住他吗？"母亲问道，"仁慈的主一定不会把他从我身边召去的。"

那个老人其实就是死神，他暧昧地点了点头，这含义是模棱两可的，可以是"会"，也可以是"不会"。母亲垂下了头，眼睛看着自己的双膝，泪水扑簌簌地流了下来。她的脑袋十分沉重，已经三天三夜不曾合眼了，此时竟睡过去了。不过她只打了个盹，仅仅一转眼工夫就惊醒过来，刚站起身就有股凉气朝她袭来，她不禁打了个寒战，浑身簌簌发抖。

"这是怎么回事呀。"她自言自语地说，抬起头来朝房间四处看了一遍。那个老人已经不见了，连她的孩子也失踪了，一定是那个老人把孩子抱走了。挂在角落里的那只旧时钟嘎嘎地响了几声，笨重的铅钟摆一下子掉落下来，嘭的一声时钟也停了下来。可怜的母亲呼唤着她的孩子，疾步冲出屋去。

在外面的雪地上坐着一个女人，身穿黑色长裙袍，她对母亲说："死神刚刚去过你的屋里。我看见他急匆匆抱着你的孩子走了，他跑得比风还要快。凡是落到他手上的怕是再也回不来了。"

"请你务必告诉我，他朝哪里去了，"母亲说，"告诉我哪条路，我一定会找到他。"

"哪条路我倒是知道的，"身穿黑色裙袍的女人说，"不过在我告诉你之前，你先要把你唱给孩子听的那些儿歌都唱一遍给我听听。我很喜欢这些儿歌，以前听你唱过。我是夜神，看见你唱着唱着眼泪就流下来了。"

"我一定唱给你听，所有的儿歌都唱，"母亲说，"不过现在不要耽误我的时间，我一定要追上他，要回我的孩子。"

夜神却坐在那里一声不吭，毫无动静。于是，母亲只得唱起来，她唱着唱着就流下了眼泪，双手紧紧地绞在一起。她一首又一首地唱了许多歌，而流的眼泪更多。

后来夜神终于开口了，她说：

"朝右边走，走进那座黑沉沉的松树林里去，我看见死神抱着你的孩子朝那条路走去了。"

树林深处,小径纵横交错,她不知道该朝哪一边走才好。就在旁边有一丛黑刺李树,树枝上没有叶子,也没有花朵,要知道这正是严寒的冬天,树上挂满了冰凌。

"你没有看见死神抱着我的孩子从这儿走过吗?"母亲问道。

"看见啦,"黑刺李树回答说,"不过,除非你用胸口把我焐暖,我是不会告诉你他走哪条路的。我快要冷死了,快要冻成冰坨了。"

她把黑刺李树紧贴到自己的胸前,捂得那么严实,树丛的刺都扎进了她的肌肤里,她的鲜血大滴大滴地淌下来,可是黑刺李树丛却暖和过来了,竟然在严寒的冬夜长出了嫩绿的新叶,绽开出鲜花。一个悲痛欲绝的母亲的心竟是如此温暖!

黑刺李树丛终于告诉她该走哪条路。

她走到一个大湖旁边,那里既没有挂着风帆的大船,也没有划桨的小船,湖面还没有全结起厚厚的冰层可以让她踩着过去,湖水也没有浅到可以让她蹚着水过去。可是她非得过去不可,只有到了湖对面才能找到她的孩子。她蹲下身来,想要把湖水统统喝干,要知道一个人哪能把一个大湖的水喝光,这是根本不可能的事,可是绝望的母亲却一心等待奇迹出现。

"不行,那是永远不可能的,"大湖开口说话了,"我们不妨商量个折中的办法吧!我非常喜欢收集珍珠,你的一双眼睛是我所见过的最明亮的珍珠。你肯不肯把你的眼珠送给我?如果你肯把眼珠哭出来落到我的湖水里,我就把你送到对岸的暖棚里,死神就住在那儿照料着花木,每一朵花和每一棵树都是一个人的生命。"

"哦,为了我的孩子,我哪有不肯的。"伤心啼哭的母亲说。她哭得愈来愈伤心,她的眼珠子哭了出来,落到了湖底,变成了两颗价值连城的珍珠。于是湖水就把她托起来,她就像坐在秋千架上一样,被湖水荡到了对岸。那里有一栋奇形怪状的大房子,谁也说不清楚这究竟是一座有森林有穴洞的大山呢,还是一座用圆木建造的房屋。可是不管它是什么形状,反正母亲是看不见了,因为她已经把眼珠子哭出来了。

"我到哪里去找那个抱走我孩子的死神呢?"母亲问道。

"他还没有回到这里来呢。"看守坟墓的老妇人说,她是来照料死神的大暖棚的。"你是怎么找到这里来的,是谁帮了你的忙?"

"仁慈的上帝降恩于我,"母亲说,"天主是那么仁慈,想必你也会大发慈悲的。我究竟到哪里去找我的孩子呢?"

"是的,可是我不认识你的孩子呀,"老妇人说,"而你自己又看不见。今天晚上有好多花和树会枯掉。死神很快就会回来种上新的。你要知道,每个人都有自己的生命之树或者生命之花,就像这里种的花木一样,都是命中注定的。它们看起来同别的花草树木没有什么两样,可是它们有心跳,小孩的心也会跳。你可以过去摸摸看,说不定你还能把自己的孩子认出来。可是你要给我好处,我才能告诉你该怎么做。"

"我没有什么东西可以送给你了,"绝望的母亲说,"不过我可以为你奔波,哪怕走到天涯海角!"

"走到天涯海角那倒用不着,"老妇人说,"可是你肯把你的一头黑色长发送给我吗?你自己也知道这长发非常美丽,我很喜欢它。你可以把我的白头发拿去,我也算回赠了一件东西。"

"不要别的了？"她说，"我很乐意把我的头发送给你。"说完她就把自己的一头黑长发送给了那老妇人，并且拿下了老妇人的白头发。

随后她们走进死神的那座大暖棚，棚里的花木杂乱无章地种在一起，根本就看不出个名堂来，在玻璃钟树底下盛开着娇贵的风信子，牡丹花已经长成了一棵棵粗壮的树。那里长着水生植物，有些还很新鲜，但大多数已经枯萎了，水蛇缠绕在那些植物上，黑色的螃蟹咬着那些植物的茎。那里还有高大的棕榈树、橡树和梧桐树，在它们的树荫下盛开着欧洲芹和百里香。每一棵树和每一朵花都有自己的名字，都是一个人的生命。这些人还活着，有的住在中国，有的住在格陵兰，反正分散在世界各个地方。有些大树种在小花盆里，快要把花盆撑破了。而在有些肥沃的土地上只长着一两株弱不禁风的小花，四周有青苔覆盖着，看样子是受到特别照顾的。悲伤的母亲朝所有这些弱小的花弯下腰来，倾听花里的心跳声。她终于在几百万株植物中听出了她自己孩子的心跳声。

"就是这一株。"母亲叫喊起来，伸手指着一株病恹恹的、脑袋垂向一边的蓝色小花。

"不要去碰那朵花，"老妇人叫道，"你就在这里待着不要走开，等着死神回来，他随时都可能来的。你要求他千万不要把这株花拔掉。你可以说，要是他不干，你就要把别的花全拔掉，这一下他就会害怕，因为他要向上帝负责。除非得到上帝的恩准，他是不许随便拔掉任何一株的。"

突然，暖棚里刮进一股刺骨的寒风，双目失明的母亲感到死神来了。

"你是怎么找到这里来的,"死神惊讶地说,"你怎么会比我先到这里来的?"

"因为我是一个母亲。"她回答说。

死神朝那朵娇嫩的小花伸出手去,可是她却用双手紧紧攥住他的手不放。她攥得很紧,却又非常小心,连一片花瓣都不曾碰着。死神便朝着她的手上吹了一口气。她只觉得他吹过来的气要比寒风还要冷,她猛然受惊,不由得双手一松。

"你是无法与我抗争的。"死神说。

"可是吾主上帝能够与你抗争。"母亲说道。

"我正是按照上帝的旨意行事的,"死神说,"我是他手下的园丁,我把所有的花草都移到广袤的极乐园里。至于它们在那里怎样成长,那里又是怎样的景象,恕我不能相告了。"

"把我的孩子还给我。"母亲伤心地呼号起来,她哀求、痛哭。突然她伸出双手,各抓住一株鲜艳的花朵,朝死神喊道:

"我要拔掉你所有的花朵,反正我已经绝望了。"

"不许碰它们!"死神厉声喝道,"你说你很不幸,难道你现在要让另外一个母亲和你一样不幸吗?"

"另外一个母亲!"可怜的女人叫道,立即松手把两朵花放开了。

"这是你的眼睛,"死神说,"我把它们从湖底捞了上来。它们很明亮,我先前不知道这是你的眼睛。拿回去吧,它们现在比以前更明亮,会看得更清楚。你可以到附近的那口深井边朝下看。我可以把那两朵你本来要拔掉的花朵的名字告诉你。你可以从深井里看到他们的未来和整个人生。这样你就会明白，你打算亲手毁灭的是什么！"

于是她朝井底看去，她看到那两个生命之中有一个给人类带来了幸福和欢乐，不禁喜上眉梢。可是她看到另一个生命庸庸碌碌，一生在悲哀中度过。

"这两者都是上帝的旨意。"死神说。

"那两朵花中，不幸之花是谁，幸运之花又是谁？"她问道。

"恕我不便相告，"死神说，"不过我可以告诉你，其中有一朵花就是你的孩子，你亲眼看到的是你孩子的命运，是你孩子的未来。"

母亲一听惊得呼喊起来："哪一朵是我的孩子，快告诉我吧。求求你，救救我那无辜的孩子，快把我的孩子从不堪忍受的苦难中解救出来吧！你还是把他抱走吧，把他带到上帝的天国中去吧！求你忘掉我的眼泪，求你忘掉我的祈祷，求你忘掉我所说和所做的一切吧！"

"我听不明白你的话，"死神说，"你到底是想把你的孩子要回去呢，还是让我把他带到极乐园里去？"

于是母亲不停地绞着她的双手。她双膝一跪，向上帝祈祷说："主啊，千万别听信我曾经说过的那些话，因为那些祈求违背了你的旨意，而你的旨意才永远是最好的。不要听我的话，千万不要听我的话。"

她把头垂到了胸前。

于是死神把她的孩子带到极乐园里去了。

衬衫硬领

从前有一个风流倜傥的绅士,他的全部家当是一个鞋拔和一把梳子,不过他的衬衫硬领是世上最考究的。我们要听到的故事就是关于衬衫硬领的。

这个衬衫硬领年纪不小了,早就在考虑要向哪位淑女求婚。恰好有一回他被送去浆洗的时候,同一根吊袜带相遇了。

"天哪,"衬衫硬领失声叫起来,"我从来不曾见过有谁这么苗条,这么高雅,这么柔软,这么精致。我可以冒昧地请问您的芳名吗?"

"我不告诉你。"吊袜带说。

"您住在哪里?"衬衫硬领又问。

吊袜带生来就十分腼腆,她觉得这样的问题未免粗俗,一时竟说不出话来。

"您肯定是条紧身腰带,"衬衫硬领说,"最贴身的腰带,既实用又美观,我的姑娘。"

"您不可以同我搭讪,"吊袜带说,"我想,我也不曾给您什么可乘之机,惹您来同我搭讪。"

"有啊,"衬衫硬领说,"面对您这样的佳丽,人们不禁会怦然心动,这就是招惹人之处。"

"不许靠我那么近，"吊袜带说，"看样子您是个男的。"

"我是一个风度十足的绅士，我有一个鞋拔和一把梳子呢！"他讲的不是老实话，因为这两样东西是他的主人的，他只是在吹牛。

"别靠近我，"吊袜带说，"我很不习惯。"

"装腔作势，扭扭捏捏。"衬衫硬领说。

他们两个在洗衣盆里洗好之后，就被取出来上了浆，又挂在一张椅子上晒干，然后被送到熨衣板上，滚烫的烙铁压了上来。

"哎呀，这位女士，"衬衫硬领说，"请手下留情，难怪您这么快就成了小寡妇，我快要被烫死啦！我被您烫得变成了什么玩意儿啦！我身上连一道皱褶都没有了，您在我身上烫出一个破洞来了。唉，我只好向您求婚了。"

"嗤，你这样的破布头。"烙铁说，傲气十足地从衬衫硬领上压过去，因为她自以为是一辆火车头，牵引着长长的列车在铁轨上飞速驶过。"你这块破布头，嗤！"

衬衫硬领边沿上磨得起了毛，所以剪纸用的小剪刀就过来帮着把边沿上的毛剪掉。

"哦，"衬衫硬领说，"您想必是领头独舞的芭蕾舞演员。您把双腿伸得笔直，那真是好看极了，任何人都比不上您。"

"这我知道。"剪刀说。

"您真该成为伯爵夫人，那是当之无愧的，"衬衫硬领说，"我只不过是一个绅士，虽说有一个鞋拔和一把梳子，但没有伯爵头衔。"

"哼，他竟然求起婚来。"剪刀娇嗔地说，气呼呼地在衬衫硬领上剪出了一个破洞，于是他成了残废，被弃之不用了。

"好歹我还可以向梳子求婚。"衬衫硬领想道。

于是衬衫硬领开口说:"您的一口牙齿是那么整洁、美丽,真是不同寻常,亲爱的小姐。不过您难道不曾想过终身大事,打算出嫁吗?"

"当然想过,您是知道的,"梳子回答说,"我已经同鞋拔子订了婚。"

"订了婚!"衬衫硬领嚷起来。这一下他再也没有可以求婚的对象了,只好装出一副对婚姻大事无所谓的样子来。

过了很长一段时间,有一天衬衫硬领被装进盒子送到了造纸坊去。那里有一大堆破布头,质地细密的堆在一起,质地粗糙的堆在另外一边,这样就各得其所了。他们个个都有许多经历可以讲,但是讲得最多的却是衬衫硬领,他真是个吹牛大王。

"我的情人多得数不胜数,"衬衫硬领说,"害得我没有片刻安宁。我是个风度十足的绅士,还上过浆,烫得笔挺。我拥有鞋拔和梳子,不过那两样东西我是从来不用的。你们真该看到我翻成叠领时的模样。想当初我是何等风流啊!我永远也忘不了我的初恋情人,她是一条紧身腰带,那么苗条,那么高雅,那么柔软,那么精致,她为了我跳进了洗衣盆里。还有一个小寡妇,她热情似火,烫得我受不了,我就叫她在一边站着,晾得她脸都发黑了。还有那个领头跳独舞的芭蕾舞演员,我身上那个终生难消的伤痕就是她留下的,她的情感真是火辣辣的。连我自己的梳子也悄悄地爱上了我,由于这次失恋,她伤心得满口的牙全掉光了。唉,我经历的爱情实在太多了。不过最让我心碎的是那条吊袜带,不对,我的意思是说那条紧身腰带,她为了我才跳进水盆的,我的良心一直不安,所以我宁愿变成白纸。"

结果真是如此,所有的破布头都变成了白纸,不过衬衫硬领恰好被造成了我们眼前的这张纸,他的这个故事就印在这张纸上。这也是他自作自受,谁叫他把从来没有过的事吹得天花乱坠,像真有其事一样。不过这也发人深思,我们可以从中得到启示,那就是为人处世务必慎重,因为谁也说不准我们是不是有朝一日会被塞进破布盒子里送去做成白纸,那样一来我们自己的故事,哪怕是最秘密的,全会被印在纸上,像衬衫硬领那样到处被人讲述。

亚　麻

亚麻开花了，那些美丽的小蓝花轻盈得像飞蛾的翼翅，甚至比飞蛾的翼翅还要轻盈。阳光照耀着它们，雨露滋润着它们，这正是亚麻所必不可缺的，如同婴儿沐浴后又被慈母亲吻，使得他们越发显得娇嫩、可爱。亚麻也是如此。

"人家都说我模样长得端正，"亚麻说，"我亭亭玉立，人家一定可以用我织出漂亮的亚麻布来。哦，我是多么幸福呀，想必我是世上最有福气的幸运儿。我过得非常开心，我会有出息的。阳光使我欢欣鼓舞，雨露是那么甘甜、清爽。我真是无比幸福，我是世上最神气的幸运儿。"

"是呀，是呀，一点不错，"篱笆桩子说，"那是因为你们还不知道这个世界是什么样子，可是我们却知道，因为我们是过来人，瞧，我们浑身是疤。"它们用悲怆的声音叽叽嘎嘎地唱起来：

连根拔起转个不停，
稀里哗啦就织成布，
歌儿唱完啦！

"不对，没有完，"亚麻说，"到了明天阳光还照样照耀，雨露还照样沁人心脾,我听得见自己在长大的声音,我感觉得到自己快要开出花来,我是最幸福的。"

可是有一天来了许多人,他们揪住亚麻的脑袋把它们连根拔起,那疼痛就甭提了。然后它们被扔进水里,好像非要把它们浸到淹死不可。后来又把它们放到火上去,好像要把它们烤熟似的。这种折磨真是惨不可言。

"唉,一生之中不会只有幸福,"亚麻说,"什么滋味都要尝尝,才能增长点见识。"

可是它们的处境糟糕透顶。亚麻被折断成几截,又被剁成碎片,然后浸湿、清洗、揉搓、梳理,究竟在怎么折腾,谁也弄不明白,恐怕只有天晓得了。最后总算把亚麻送到了手摇纺纱车上,咕噜咕噜地转个不停,害得它脑筋都集中不起来。

"我曾经幸福过,而且幸福非凡,"在痛苦的折磨之中它这样想道,"对于已经享受过的幸福必须感到欢乐,知足者常乐嘛。"

"唉,知足者常乐。"它一直这么说,直到放上了织布机被织成了一匹很长很漂亮的亚麻布。亚麻身上所有的一切直到最后一根茎梗都被织在这匹布里,亚麻便想道:

"是呀,这真是再奇妙不过了。我简直无法相信自己会这么幸福。篱笆桩子唱得一点不错,那首歌是这么唱的:

连根拔起转个不停,
稀里哗啦就织成布。"

"不对,"亚麻的念头一转又想道,"现在好日子才刚刚开头哪。我吃了那么多、那么大的苦头，受尽了折磨才熬出了头，真是苦尽甘来，我是世上万物之中最幸福的。如今我变得这么结实，这么柔软，这么洁白，这么漫长！这同当初站在田野上当农作物完全是两码事。当农作物的时候虽说会开花，可是没有人来照料。只有在下雨天才可以淋到点雨水。现在我受到无微不至的照顾，每天早晨侍女就会来给我翻身。每天晚上我都在喷壶底下洗淋浴。牧师太太在大庭广众夸奖我，说我是整个教区最漂亮的布料。我真是不能比眼下更幸福啦。"

不久，这块亚麻布被送进一栋房子里。它被放到剪刀下剪成了一片片，后来又用缝衣针缝到一起去。这真不是一件快活的事，可是人家要这样做有啥法子。于是这块亚麻布被裁成十二片，合起来就成了一件人们不会挂在嘴上说却又必不可少的贴身穿的内衣，十二片全都一个式样，整整一打。

"看见了吗？"亚麻说，"我这才有了出息，真是大器晚成。这就是我的归宿，我成了为世人作贡献的有用之材，这才是幸福和快乐。尽管我们被剪裁成了十二片，但是我们是一式一样的，整整一打。真是幸福无比呀！"

又是好几年过去了，亚麻布内衣已经磨破，再也支撑不住了。

"凡事总会有个结束，"十二片衣片都这么说，"我们都情愿合在一起，再支撑得更久一些，可是力不从心，实在做不到啊。"

于是它们被撕得粉碎，它们都以为这下子真的是一了百了、彻底结束了。可是它们又被送去剁铡，去蒸煮，在它们自己还没有弄清楚是怎么一回事之前，就已经做成了雪白的纸张。

"嘿，这可真是出乎意料，是料想不到的惊喜，"纸张踌躇满志地说,"我现在比以前更加精神了,现在要在我身上写字了,随便什么都往上写。这真是无比的幸福。"

纸上写下了一行行字,写下了最好听的故事,人们争相传诵它们,这真是做了一桩大好事,因为这使得人们变得更加聪明、更加善良。纸上写下来的那些文字为人们带来了福音。

"当我还是长在田野上的一朵小蓝花的时候,我从来就想不到自己会做这么多的事,"纸张说,"我怎么能想到我居然能把快乐和知识带给人类,直到现在我还没有明白过来,可是却已经成了事实。上帝知道,除了我尽自己微薄的力量来谋求生存之外,我其实没有做出什么贡献,可是上帝却把我带进一个又一个的欢乐和荣誉之中。每一回我想着'歌儿唱完啦'的时候,却是更高更美好的境界的开始。现在我大概是要被送出去周游世界了,让所有的人都来拜读我,这是最合情理的。早先我只会开花,现在我开出的每一朵花上都凝聚着最美好的思想!我真是最幸福的!"

可惜纸张并没有去周游世界,它被送到印刷厂。它上面写着的文字被排印,印成了一本书,或者说是印成了几百、几千册书。这比起原稿来可以让更多的人阅读到它上面写着的文字,再说让纸张去周游世界,恐怕走在半道上就磨得稀巴烂了。

"是呀,印刷成书的做法是最明智不过的了,"那张上面写着字的纸张说,"我真的没有想到,自己会像老祖父一样受到尊敬、器重,养尊处优地待在家里安享清福。那些文字是写在我的身上的,是人家落笔千言洋洋洒洒地写在我这张原稿上的。我只消待在家里安享清福就行了,让我手下的那么多书到处去奔波吧!现在我真是事业有成了,啊,我多么高兴,我多么幸福呀。"

后来这张纸连同其余所有的原稿都叠在一起，捆成一捆，放到书架上。

"干了这么多大事之后应该休息一下了，"纸张说，"这也是一个很好的机会，可以回顾，理理自己的思路。直到现在我才真正有空理理自己的思路。须知人贵有自知之明，了解自己乃是一大进步。我还不知道下一步会怎样重用我，不过毫无疑问我会继续奋发上进的。"

但是，有一天所有这些原稿纸张都被送进了壁炉里要付之一炬，因为写着字的稿纸是不应该卖给杂货铺老板去包黄油和砂糖的。屋里的孩子们都围在壁炉旁边，他们要看着火焰燃烧起来，他们要看从灰堆里窜出通红的火星。这些火星就像刚刚放学的孩子一样蜂拥而出，最后姗姗来迟的那粒火星像是小学的老师，大家都以为他走掉了，他却来了，只不过比别人来得稍迟一点而已。

所有纸张都成捆地撂在火上，呼的一下火焰蹿了起来，"啊"的一声纸张惊喊起来。就在瞬间它变成了一团火球，火球腾空升起，升得高极了，那是亚麻小蓝花从来不曾升到过的半空，火球明亮极了，那光亮是白色亚麻布从来不曾有过的。那些写在纸上的文字一下子变得鲜红，所有的文字和思想都化为火焰。

"现在我要飞到太阳那里去了。"它在火焰中说道，好像有成千个声音在异口同声说着这句话。火焰从烟囱里直冒上去，蹿到了烟囱口外。在火焰顶上飘出许多极小的生灵，它们比火焰更为澄清，小得肉眼根本看不见，多得数不清，有如亚麻的花那样斑斓，却又比亚麻花轻盈得多。在火焰熄灭、纸张变成一堆黑灰之后，那些小生灵还在灰堆顶上飞舞，它们的足迹一碰到灰堆就会迸出一颗通红的火星。

"孩子们放学出来，老师走在最后一个。"孩子们看得高兴极了，就这样站在熄灭的黑色灰堆边唱道。

蓦地，另一个歌声在空中荡漾：

> 连根拔起转个不停，
> 稀里哗啦就织成布，
> 歌儿唱完啦！

那些飘浮在空中肉眼看不见的小生灵却异口同声地说道："这首歌永远唱不完！这也正是这一切之中最美好的地方。我知道知足常乐，所以我才是最幸福的。"

可是孩子们并不知道，再说他们也用不着知道，因为小孩子不应该什么都知道。

凤　凰

在极乐园里分辨善恶的智慧树下，长着一丛玫瑰。在这里，在第一朵开的玫瑰花里生出了一只鸟，它飞起来如同霓虹掠过空间，它浑身羽毛绚丽夺目。它的歌声悦耳动听。

可是，夏娃从智慧树上采摘了分辨善恶的果子，犯下了原罪，她和亚当被逐出了极乐园，这时，从专司惩罚的天使的火焰之剑上落下来一粒火星，掉到了那只鸟的巢里。鸟巢被点燃，烧了起来，那只鸟在火中被活活烧死。可是从鸟巢一只被火烧得通红的鸟蛋里却飞出了一只新的鸟来，它是世上独一无二的凤凰，永远都是独一无二的凤凰。有一则传说讲到它在阿拉伯筑巢而栖。每隔一百年它就在鸟巢里自焚涅槃，一只新的凤凰，世上独一无二的凤凰，从火红的鸟蛋中飞出来。

凤凰在我们身边飞得疾如星火，羽毛斑斓似锦，歌声美妙动听，当母亲在婴儿摇篮边上坐着的时候，它就会来到婴儿的枕头旁边，用它的双翅在孩子头上扇动，扇出了一个光环。它飞进了这间简朴而又温馨的房间，于是房间里便充满了阳光，简陋的五斗橱散发出紫罗兰的芬芳香气。

不过凤凰并不仅仅是阿拉伯的鸟儿。在拉普兰①的冰雪高原

---

① 拉普兰是欧洲最北部的地区，绝大部分都在北极圈内，终年为冰雪覆盖。

的北极光里，在格陵兰①的短暂夏日的金黄色野花丛中，也都掠过了它的身影。在瑞典的法伦②铜矿和英格兰的煤矿里，也都留下了它的踪迹，不过那时它变为一只灰尘满身的飞蛾，停落在虔诚的矿工手里的赞美诗集上。它站在荷叶上顺着恒河的圣水漂流而下，印度姑娘一见到它，眼睛就会闪出光芒来。

凤凰呀，难道你认不出它来，不曾见过这只来自极乐园的鸟儿，歌神的神圣天鹅吗？在忒斯庇斯③的车上，它变成了一只喋喋不休的乌鸦，拍打着它那沾满了残羹的黑色翅膀。在冰岛，它变成天鹅，用它红色的喙拨响了歌神的竖琴。它变成主神奥丁④的渡鸦栖息在莎士比亚的肩上，凑到他耳畔悄声说出了这个字眼："不朽！"它一阵风似的掠过瓦特堡骑士⑤的厅堂，那里吟唱诗人正在举行对歌酒宴。

凤凰呀，难道你认不出来了？它曾为你高歌《马赛曲》。你曾吻着从它翅膀上掉落下来的羽翎。它在极乐园的光芒之中飞过来，而你却不曾看见它，只注意到身边翅膀上贴着金箔的麻雀。

凤凰呀，你这只每百年重生一次的不死鸟，你在火焰中诞生，

---

① 格陵兰是世界第一大岛，位于大西洋北部，属于丹麦。
② 瑞典一地名，位于瑞典中部，为产铜中心。
③ 忒斯庇斯（约公元前6世纪），古希腊戏剧之父，公元前534年他首次用演员同歌队对话，从而开创了古希腊的悲剧形式。他到各地演出时，所有的服装道具都装在一辆大车上，这辆车被称为忒斯庇斯之车。
④ 北欧多神教神话中的众神之神，他肩上栖着两只神鸦。
⑤ 瓦特堡是德国中世纪的一座名城，位于爱森纳赫山坡上，图林根公爵赫尔曼一世（1190—1217）的府邸，曾多次举行吟唱诗人的赛歌会，对德国文化音乐很有影响。

在火焰中涅槃。你的画像镶着金框挂在富人的厅堂里,可是你自己却孤独地飞翔在漫无尽头的旅途上,只留下了一则传说:阿拉伯的凤凰。

当初,在极乐园的智慧树下开的第一朵玫瑰花里诞生的时候,上帝曾吻过你,并且恩赐给你一个真正的名字:诗神。

一个故事

花园里所有的苹果树都发了芽，它们匆匆忙忙要先开出花朵，然后再长绿叶。在院子里，所有的小雏鸭都跑了出来，连猫儿也出来了。那只大公猫在舔着阳光，真的在舔阳光，在舔晒到猫爪子上的阳光。若是放眼朝田野上望过去，只见地里的庄稼一片碧绿。小鸟们都在叽叽喳喳地唱个不停，热闹得好像过什么节日一般。要说是个节日，那也讲得过去，因为这天是个星期日。人们都穿着他们最好的衣服去上教堂，个个眉开眼笑。所有的一切都充满着欢乐，因为那一天阳光明媚，到处暖融融的。于是人们都纷纷赞颂道："上帝对我们世上的人真是仁慈之至。"

可是在教堂的布道坛上，牧师痛心疾首地在布道，他声色俱厉地说，世上的人都不笃信上帝，以致罪孽深重，因此上帝要对他们惩戒，那些坏人死后将会坠入万劫不复的炼狱之中，遭受那里永不熄灭的烈火烧烤。他说，只要他们的邪恶本性不除尽的话，炼狱的烈火就永远不会熄灭，他们的亡灵就绝不会得到安宁。这听起来真是吓人。他说得那么确凿无疑，把地狱描绘成一个臭气熏天的大深渊，世间所有的邪恶全都汇聚到这个藏污纳垢的深渊中，所以那里除了炽热的磷火之外没有一点空气。那个深渊是个无底洞，坏人的亡灵就在永恒的死寂中不断地往下沉沦。这些话固然十分吓人，可是牧师是用发自内心的诚挚的声音在布道，这就使所有善男信女听得更加惶恐了。

这时候教堂外面小鸟依然在快活地歌唱，阳光照样是那么温暖，每一朵花都好像在说："上帝啊，你对我们所有的人都是无比慈爱。"是呀，教堂外面一点也没有牧师布道所说的那种景象。

当天晚上临睡的时候，牧师看到他的妻子一声不响地坐着，痴呆呆地在想心事。

"你有什么不舒服吗？"牧师问他的妻子。

"是的，我不太舒服，"她回答说，"我的毛病在于怎么也无法聚精会神，所以你的布道我几乎一点都没有听进去。我真的弄不明白，世上难道竟有那么多不虔敬上帝的坏人，他们必须被炼狱之火永远地焚烧，永远地焚烧，那是多么长久呀！我只是一个有罪的女人，可是要让那些即便是罪孽最深重的坏人去受永恒的炼狱烈火烧烤之苦，我也忍不住会动恻隐之心，更何况我们的上帝，他是博爱众生慈悲为怀的。对于罪孽究竟出于邪恶本性还是受到外来的诱惑，上帝自有明鉴，所以尽管你讲得振振有词，我还是无法相信，不，我不相信。"

当年深秋，树木上的叶子全都掉落下来的时候，那个一本正经的牧师坐在一张灵床前面，一个虔诚的信徒去世了，逝者就是那个牧师的妻子。

"若是有人蒙主宠召能在坟墓之中享有永生的安宁，那么此人非你莫属。"牧师说道，他把她的双手叠在一起，并且为亡灵诵读了一首赞美诗。

她被送到墓地去安葬。两颗豆大的眼泪从这个严厉的牧师脸上滚落下来。牧师宅第里空空荡荡，冷清孤寂，因为那里面的太阳已经一去不返地落山了，她逝去了。

半夜里，一阵寒风凉飕飕地吹过牧师的脑袋，他睁开眼睛一看，只见月光似水泻入，映亮了整个房间，然而那天晚上月亮并没有出来。那是一个人影站在他的床前，模样就像是他亡妻的幽灵。她用怜爱和悲伤的神情看着他，似乎有满腹的心事要对他倾吐。

牧师在床上坐起身来，向她伸出双臂说道：

"难道连你也得不到永生的安息吗？你在遭受折磨吗？你这个最善良、最虔诚的女人！"

那个幽灵把头低下去，像是在说"是的"，又把双手放到胸前。

"我能做点什么使你能在坟墓里得到安宁？"牧师问道。

"可以的！"他听到了这样的回答。

"应该怎么做呢？"

"只要给我一根头发，只要一根遭受永恒之火烧烤的罪人头上的头发，就是被上帝罚入地狱永受惩戒之苦的罪人的头发。"

"原来这样容易就可以把你解救出来，这毫不费事，况且你是最纯洁、最善良的女人。"他说道。

"那么你跟我来，"亡灵说道，"我们蒙受恩准得到这样一种本事，只要你待在我的身边，你想到哪里就可以飘到哪里，而且我们是隐身的，凡夫俗子的肉眼看不见我们。我们可以穿堂入室，进入任何最秘密的角落里去。但是你必须亲手把那个注定要遭受永恒炼狱之苦的人指出来，而且一定要在鸡鸣之前把那个人找到，把事情办完。"

刚说完,他们已经飘到一个大城市里,房屋墙壁上插着熊熊燃烧的火把,明亮刺眼的火光映出一串十恶不赦的罪名:骄傲、贪婪、酗酒、淫邪①……简而言之,所有的滔天罪名全都像一条七色彩虹那样明晃晃地写在墙上。

"一点不错,正如我所想到,正如我所知道的,"牧师说,"这些房子里必定住着要遭受炼狱永恒之火烧烤的人。"

他们站在一座灯火辉煌的大门前,宽阔的台阶上毡毯铺地,鲜花摆在两旁。好听的舞曲音乐从厅堂里飘出来,其中还夹杂着人们的欢声笑语。身穿丝绸和丝绒制服的仆人手握包银手杖挺胸凸肚地站在门旁。

"我们府上的舞会气派之豪华足以同国王的宫廷舞会相比美。"他转过身来朝大街上围观看热闹的人群说道。此人神情鄙夷、态度倨傲,肚里的想法用不着嘴说就已经在脸上一览无遗了:"你们这些穷光蛋朝着大门里面探头探脑,在我眼里个个都是贼眉鼠眼的坏痞子。"

"骄傲,"那个亡灵说,"你看见他了吗?"

"你说的是那个看门人?"牧师回答说,"他只是一个蠢货,一个笨蛋而已,哪里谈得上要永遭炼狱烈火的烧烤之苦。"

"蠢货笨蛋而已。"这个声音响彻整栋房屋,这栋充满骄奢淫逸的房屋里的人个个都是蠢货笨蛋而已。

接下来他们飘到了守财奴的家里,那里四壁光秃秃的,什么

---

① 基督教教义中十恶不赦的七大罪状为:傲慢、贪婪、淫邪、愤怒、暴食、嫉妒、懒惰。

也没有。这个老头儿瘦得如同一具枯骨,又冷又饿,又饥又渴,浑身抖个不停。可是他贪婪得很,一门心思只想着金钱。他们看到他如同发高烧说胡话一样,从破烂的床上跳了下来,把墙上一块松动的砖头抽出来,墙洞里有一只旧袜子,袜子里鼓鼓囊囊地装满了金币。他又伸出汗水淋漓的手去抚摸他身上那件破烂的外衣,里面缝着金条。

"他有病,是一种变态的谵妄症,毫无乐趣可言的精神病,日日夜夜都被恐惧和梦魇所缠绕。"

于是他们俩赶紧离开那里,却不料来到了关押犯人的牢棚里。那些身陷囹圄的囚犯们一个紧挨着一个睡在地上。忽然,他们之中有一个人在睡梦之中跳起身来,嘴里还发出一阵阵撕心裂肺的号叫,那副模样真像一头凶狠的猛兽。他的胳膊肘朝躺在他身边的一个囚徒后背上狠狠地捅了一下,那个在熟睡之中的囚徒被吓得翻过身来厉声喝道:

"闭上你的嘴,你这个混蛋,每天晚上都要这么折腾……"

"每天晚上,"那人又说了一遍,"是呀,每天晚上那条恶狗就会鬼哭狼嚎似的纠缠我,把我折磨得快没命了。我时常会在暴怒之下不由自主地闯出这样那样的大祸来,因为我生来脾气火暴,由着性子什么事情都干得出来,害得我已经第二次被关进这里来了。我既然干了坏事就应当受到惩罚,这是自作自受,无话可说。只有一桩案子我实在冤枉,至今还不认罪,我心里不服呀。那是上一回我从这里放出去之后,我刚走过主人的庄园,忽然我觉得浑身不对劲,暴躁不安的怒火又上来了,非要做点什么事情发泄一下不可。于是我就掏出一根火柴在墙上一划,那火苗直蹿上去,把屋顶给点着了。这场大火燃烧得又快又猛，火势就像我心头的怒火一样一下子就不可收拾了。在大火烧起来之后，我还帮着去救牲口救人，结果那场大火没有烧死一个人，只有几只鸽子掉到了火堆里，还有一只被拴住的看门狗。那条狗我起先一直不曾想起来，可是在大火里传出了它的狂吠声。从那以后只要我一闭上眼睛，就会听到那条狗的尖叫，只要我一睡熟，那条狗就会扑到我的身上，狗的身子又大又沉，狗毛又长又密，它又是狂吠又是乱抓，压得我连气都喘不过来。你们听听这像话吗，你们都可以整夜呼噜呼噜地打鼾睡得死死的，而我却连一会儿工夫都睡不成。"那人越说越气，双眼布满了血丝，他猛然扑到另一个囚徒身上朝他脸上就是一拳。

"这个疯子的狂躁症又发作了。"牢房里的囚徒都呼喊起来，所有的人一齐动手把他抓住，没命地殴打他，又把他的脑袋扭到双腿之间，把他捆得结结实实，鲜血从他的眼睛里、毛孔里淌出来，弄得他浑身血迹斑斑，惨不忍睹。

"你们会杀死他的，"牧师高声喊叫起来，"这个不幸的可怜人。"说着他毫不迟疑地伸出手去保护这个罪孽深重、差点被毒打得送命的囚犯。突然，眼前的场景全都变了样。他们又飘过华丽的厅堂和陋屋，淫邪、嫉妒和所有十恶不赦的罪名都从他们眼前掠过。一个司惩戒的天使正在宣读那些有罪之人所犯下的一桩桩罪行，虽然他们辩白，但这对上帝来说是无足轻重的，因为上帝是无所不知的，他对人的内心也是洞若观火，他看得出犯下那些罪孽究竟是出于邪恶本性，还是受到了外来的诱惑。上帝是仁慈博爱的，只有他才能普救众生。

牧师的手颤抖起来，他再也不敢把手伸出去从囚犯的头上拔下一根头发来。大颗大颗的泪珠从他眼中夺眶而出，滴滴答答地淌下来，这不是泪水，而是仁爱、恻隐之水，可以用来浇熄炼狱里的永恒之火。

就在这个关头，公鸡啼叫了。

"仁慈的上帝啊，求你降恩赐福，让她在坟墓中得到安息吧！我是无能为力，不能帮她解脱了。"

"我现在已经得到了安息，"亡灵说，"你不相信人类敬畏上帝和上帝所创造的一切，因而口出粗言，态度暧昧，这使我实在放心不下，驱使我来到你的身边。你应该更理解，要知道即使在那些邪恶的坏人身上也有一部分是上帝的，而这一部分将会熄灭炼狱之火。"

牧师的嘴唇上被印上了一个吻，他的四周顿时亮堂起来，上帝的阳光把房间里照得一片明亮。他的妻子原来安然地活着，温柔体贴，充满爱意，正把牧师从上帝赐给他的梦中叫醒过来。

无声的书

在通往森林深处的大路上,有一栋孤零零的农舍,大路笔直穿过农舍的院落,行人可以沿着大路闯进农舍。阳光洒遍了农舍的院落,那栋房屋的窗户全都开着。农舍里非常热闹,有些人在忙碌着。农舍外面的院子里,在鲜花盛开的丁香树下搁着一口还没有把顶盖钉住的棺材,死者已经被安放在棺材里了。当天上午他就要送去埋葬。棺材旁边没有人守灵,更没有人哭泣。死者的脸上盖着一块白布,在他的脑袋底下垫着一本又大又厚的书。书的每一页都是用整张灰色吸水纸折叠而成的,每一页之间都夹着已经枯萎的干花。这些花保存得很完好,可是早已被人遗忘了。这是一整本植物标本志,都是从不同的地方搜集来的植物标本。如今这本书要作为殉葬品埋入坟墓,这是死者的遗愿,每一朵干花都可以联想到他一生中的某个章节。

"那位逝者是什么人呢?"我们问道。得到的回答是:"乌普萨拉[①]的一个老大学生。他生前思路敏捷、才华横溢,看得懂那些早已不用了的古代语言,又能吟善唱,会作诗文,据说曾写过不少谣曲。可是人生之路上不知遇到了什么波折,他竟沉溺到烧酒里

---

① 瑞典中部城市,以文化和大学而闻名。

去了。他自暴自弃，酗酒成癖，健康受到损害，他只得到乡下隐居，住在这里，有人供他白吃白住。只要忧郁的情绪不来滋扰他，他会温顺得像个小孩一样。因为这时候他体格强壮，可以像一头被围猎的野兽那样在森林里狂奔，可是如果我们把他找回来，让他坐在这里看这本夹着干花的书，这时他会整天坐着，一朵又一朵地看了又看，泪水会大颗大颗地从他的面颊上滚落下来。恐怕只有上帝知道，这些干花究竟勾起了他的什么伤心事，但是他要求把这本书带进棺材里去。现在这本书已经放进棺材里去了，过一会儿棺材盖钉牢之后，他就可以在自己的坟墓里长眠了。"

裹尸布被揭开来，死者的脸上神情安详。一缕阳光洒到了他的脸上，一只燕子凌空掠过，如脱弓的利箭一般飞进了丁香树丛里，它在飞过死者头顶的时候，忽然发出了一阵悲鸣。

说来也真是奇怪，我们大家都有亲身体会，那就是如果我们把年轻时代的书信拿出来念一念的话，那么我们毕生的经历、一生所有的希望和悲哀就会浮现在我们的眼前。有多少个我们曾经亲密交往过的人，如今对我们来说却恍若隔世，这些人还好端端地活在世上，然而在我们心中却已死去，皆因我们许久许久想不起他们来，可是在当年我们还信誓旦旦地相信，我们必将相濡以沫，同甘共苦，厮守在一起，直到天长地久。

书中的一片橡树枯叶勾起了他对一个朋友的思绪，那是他求学时代的良友，一个终身不渝的益友。在满目苍翠的森林里，他摘下了这片树叶，插在自己的大学生帽子上，以纪念结下终生肝胆相照的友谊。如今这位契友可安好，在何处居住呢？那片树叶保存下来了，然而诚挚的友情是否早被忘得一干二净了呢？

这儿是一棵温室里长大的外国植物，它太娇嫩了，在北国的花园里休想长得出来。那位贵族小姐在南国的露天花园里亲手采摘下来送给他，那花瓣上似乎还残留着一缕缕芳香。

这儿是一朵睡莲，是他亲自采摘来的，这睡莲只能长在甜水里，而他却用自己苦涩的泪水来浇灌它。

这儿是一根荨麻，它的叶子想说出点什么往事？他当初把它摘下保存起来，又是在想些什么？

这儿是从深林里采回来的小雪花莲。这儿是小旅店花盆里摘来的忍冬花，这儿是那根光秃秃的草茎……

绿荫丛中，鲜花盛开的丁香树把鲜嫩芳香的花束低垂到死者的头上，燕子轻盈地掠过，发出一阵阵叽叽喳喳的悲鸣。有人拿着钉子和锤子过来了，棺材盖合上，死者躺在里面，他的头枕在那本无声的书上，保存就是忘却。

大有差别

五月，凉风吹过来仍有春寒料峭的味道。但是春天毕竟姗姗来到了。灌木和大树，田野和草地，都这么说。树枝上已经长满了花蕾，都在含苞待放，真是春意盎然，一派欣欣向荣的景象。春天自己也亲口讲述了自己的故事，是在一棵小苹果树上讲的。这棵小苹果树只有一根枝条，可是却富有生机，枝条上结满了大的蓓蕾，眼看着就要绽出粉红色的娇艳鲜花来。这根枝条知道自己有多美丽，这种知觉是与生俱来的，像是融化在血液之中那样存在于每一片叶子里。所以当一辆达官贵人的马车在它跟前的路边停下时，它一点也不觉得惊讶。车上那位年轻的伯爵夫人赞美说，苹果树上的那根枝条是人们所能见到的最美丽的枝条，这大概是春天之神的现身显圣，它听了也一点没有觉得意外。于是那根树枝被折下来。年轻的伯爵夫人伸出纤纤素手把它捧着，还用自己的绸阳伞为它挡晒遮阴。他们乘坐马车驶进了伯爵的宫殿，那里真是气派非凡，高大宽敞的厅堂金碧辉煌，窗明几净的房间富丽堂皇。洁白透亮的窗帘在打开的窗子前面随风轻轻飘拂，晶莹剔透的花瓶里插满了娇艳的鲜花。这根苹果树的枝条就插在一只像是用刚下的新雪雕刻出来的璀璨夺目的花瓶里，旁边还有几根颜色淡雅的鲜嫩山毛榉枝条作为陪衬，看起来真是赏心悦目。

于是苹果树的枝条渐渐骄傲自大起来，这也并不奇怪，人之常情嘛。

那些走进这个厅堂的人各自表示出赞赏的心情，他们地位各不相同，每个人的表示也按照身份贵贱而不同。有些人不敢多嘴一句，有些人却可以口若悬河。苹果树的枝条终于悟出了个中道理，原来人与人之间同植物一样是大有差别的。

"有些是天生雍容华贵，有些是有实际用处才得以存在，而有些则生来就是多余的。"苹果树的枝条这样暗自思忖道。它正好摆在敞开的窗户旁边，从那里既可以看见花园，也可以望到田野，因而有那么多花草树木足够它细细观察和思考，它看到有些花卉华丽富贵，有些一副穷相，有些更是寒酸得可怜。

"可怜的野花杂草呀，没有人瞧得起你们，"苹果树的枝条说，"真是大有差别呀！它们若是也同我和我的伙伴一样有知觉的话，那么它们一定会深感不幸，苦恼不已。天下万物真是千差万别啊！不过话又说回来，大有差别也是应该的，否则不是全都一个样啦。"

苹果树的枝条用一种悲天悯人的心情看着它们，尤其是在田野水沟旁到处蔓长的一种野花，实在太普通太不起眼了，没有人会把它们扎成花束，它们像最惹人讨厌的野草那样在小桥的石板缝里也长出来。我们这里给它们起了个恶名："魔鬼的牛奶瓶"。其实就是蒲公英。

"给人瞧不起的野花呀，你们是那么可怜！"苹果树的枝条怜悯地说，"谁叫你们生成这副模样，谁叫你们那么普通，还被人起了一个那么难听的名字，可是树木花草也跟人一样是要有差别的，那是没有法子的事情。"

"非得有差别?"一缕阳光说,它亲吻着鲜花盛开的苹果树的枝条,可是它也亲吻了开遍田野的"魔鬼的牛奶瓶"——黄色小花。它的兄弟们,那别的一缕缕阳光,也照样一视同仁地亲吻雍容华贵的名花,也亲吻毫不起眼的小野花。

苹果树的枝条从来不曾想到过上帝对众生的博爱是无边无际的,他对亲手创造出来的一切都同样仁慈。苹果树的枝条也从来不曾想到,有多少美好的事物虽然遭到埋没,却从来不曾被造物主遗忘。不过这也不能怪它,因为年少气盛是人之常情嘛!

可是那一缕缕阳光,那带来光明的阳光,当然不会和它一样见识短浅,阳光有着真知灼见。

"你看得不远,你看得不清,你所说的那些被人瞧不起的可怜的花草究竟在哪里呢?"阳光问道。

"就是那些'魔鬼的牛奶瓶'嘛,"苹果树的枝条说,"它们永远不会被扎成花束,它们遭到践踏,它们长得太多太多了。它们结了种子之后,花籽儿就成了许多绒毛,一片一片地随风飞舞,飘过大路,落在行人的衣服上。它们是惹人讨厌的野草,不过它们也只配当野草。幸亏我生来就不是它们当中的一株,真要谢天谢地了。"

田野那边走来了一大群孩子,他们当中有几个最小的还要别人抱着走。当这些最小的孩子被放到蒲公英丛生的草地上时,他们高兴得笑起来。他们蹬着小腿翻来滚去,只把蒲公英的小黄花摘下来,又天真地亲吻它们。再大一点的孩子却连花带茎一起折了下来,把花茎弯过来,一根接一根地串成花环,先做一个套在脖子上，再做一个挂在肩膀上，又做一个套在腰里，再做一个挂在胸前，再做一个戴在头上。他们浑身是黄花绿叶的花环，像是穿了节日盛装一般。那几个最大的孩子却小心翼翼地把蒲公英的茎折下来，茎的顶端挂着一个个白色绒球，那是花朵开败以后结出的种子。这些轻盈蓬松的绒球样子十分好看，就像用最纤细的羊绒或者鸭绒做成的毛茸茸的精美小工艺品。他们把这些绒球凑到自己嘴巴跟前，要是一口气把绒球上所有绒毛吹得都不剩，就可以在过年前得到一件新衣服，这是老祖母允诺的。

这样一来，这些没有人瞧得起的蒲公英居然有机会当上了占卜未来的先知。

"你看见了吗？"阳光问道，"你看见它的美吗？你看见它的力量吗？"

"看见了，对孩子们来说是这样。"苹果树的枝条说。

过了一会儿，田野上又走来一个老妇人，她手里拿着一把没有刀柄的钝刀子，动手挖蒲公英的根，把蒲公英连根带茎整株拔起来。其中有一些她打算留给自己煮咖啡时一起熬，其余的她要卖给药店，让他们去做药治病。

"美是一种比实用更高的境界，"苹果树的枝条说，"只有那些出类拔萃的精英才能进入美的王国。花草树木之间大有差别，正如人和人之间大有差别一样。"

于是阳光讲了上帝无边无际地博爱众生，凡是他所创造的他都一视同仁，凡是有生命的他都公正无欺。上帝的恩赐是一律平等的，无论在眼前还是将来都是如此。

"噢，那只不过是你的想法而已。"苹果树的枝条说。

这时候有几个人步入厅堂，其中有一个就是年轻的伯爵夫人，正是她把苹果树的枝条爱不释手地捧到厅堂，插在璀璨夺目的花瓶里，又把花瓶摆到阳光最充足的地方。此时此刻她手里也捧着一把花，至于是什么花却看不清，因为有三四片大叶子裹着，它的真面目看不见。这几片大叶子像个圆锥形的纸口袋那样把它包住，免得被风刮坏，不管风大风小反正不让它被风吹着，在捧着它的时候都是那么小心翼翼，这种无微不至的关怀连高贵的苹果树枝条都不曾享受过。

那几片大叶子终于被轻手轻脚地挪开，映入眼帘的竟是那一簇簇毫不起眼的蒲公英羽毛般的绒球，那没有人瞧得起的毛茸茸的"魔鬼的牛奶瓶"，居然也登入大雅之堂！正因为是它，年轻的伯爵夫人才那么轻手轻脚地采摘，那么小心翼翼地捧着，唯恐它顶端那一簇簇蓬松轻盈的、如同雾一般的绒球受到风吹而散落开来。她如愿以偿地把它们捧回来了，形状完美无缺，连一根最纤细的绒毛都不曾被吹掉。她非常赞赏它们那种小家碧玉的俊俏，那种毫不媚俗的清新气质，尤其喜欢细细品味它们随风而散轻扬上天时冉冉飘荡的美。

"天哪，上帝把它造得多么超凡脱俗，具有山林田野之美啊！"年轻的伯爵夫人说，"我要把它和那棵苹果树的枝条一起画下来，苹果树的枝条艳压群芳，美得受人称赞，而这些微不足道的小花，上帝却赋予了同样多的仁爱与恩赐，使得它们天生具有清新秀丽的气质。它们的形状各异，可是它们都是美的王国里的孩子。"

阳光亲吻了那微不足道的蒲公英，也亲吻了鲜花盛开的苹果树的枝条，苹果树枝条上的花瓣都泛起了一阵红晕。

古老的墓碑

在一个小镇上有一户人家,他们有自己的院子,到了傍晚时分总要全家围聚在一起谈谈说说。眼下已经快到"长夜茫茫"的隆冬季节,不过天气还不算冷,甚至很暖和。这一天黄昏,屋里的灯已经点亮,窗户上的长窗帘也垂了下来,窗台上有几盆花,窗户外面月光皎洁。可是全家人倒没有谈论月色清辉,而是讲起了一直躺在院子里靠近厨房门口的一块古老的大石头。侍女们时常把铜锅和炊具放在那块石头上晒干,孩子们也乐意在石头上玩耍嬉戏。其实那并不是一块石头,而是一块古老的墓碑。

"一点都不错,"房子的主人说,"我相信,这块石头是从那边被拆掉的古老的修道院里来的。当年那座教堂里的布道坛、刻有铭文的墓志碑和普通的墓碑统统都卖了。我父亲买到了许多墓碑,把它们砸成小块用来铺路。但是这一块却剩下来了,一直躺在院子里。"

"可以看得出来这是一块墓碑,"最大的那个孩子说,"那上面刻着的沙漏和天使的雕像还依稀看得出来,可是碑上的铭文却几乎磨平了,只剩下了'普莱本'这个名字、一个大写的'S',以及下面一行缩进去一点的'玛蒂'这个名字。没有更多的字母可以找得出来了,就是这些字母也要在下雨天或者是往石头上泼点水才能看清楚。"

"天哪，原来是普莱本·斯瓦勒和他妻子的墓碑！"坐在最里边的一个很老的长者说道，这位长者可以当屋里所有人的老祖父。

"是呀，这对夫妇是埋葬在那座修道院墓地里的最后一对。想当初，我还是个小男孩的时候，他们都已是老人了，为人忠厚，这一带人人都认识他们，爱戴他们，就像城里人敬爱年老的国王和王后一样。大家都说他们老两口拥有满满一大桶金子，可是他们的衣着却十分简朴，穿的是粗布衣衫。不过他们的衣物都洗得雪白，一尘不染。普莱本和玛蒂，真是讨人喜欢的老两口。他们的房屋前面有一道很高的石台阶，顶上被老椴树的绿荫所遮盖，老两口常常并肩坐在台阶上的一张长凳上，亲切友好而又温和客气地朝过路人点头行礼，那真叫人心情愉快。他们对待穷人真是太好了，又是给吃的又是送衣服，这种乐善好施具有理智，充满了真正的基督教精神。

"后来他的妻子先撒手人寰，那一天我还记得清清楚楚。那时我还是个小男孩，跟着我父亲来到老普莱本家里的时候玛蒂才合眼，她的遗体还停放在我们坐着的那个房间隔壁的卧室里。普莱本老人悲痛欲绝，止不住地哀哀啼哭，伤心得像个孩子一样。他对我父亲和另外几个在座的邻居诉说他今后将会怎样孤独难熬。他讲起了他的亡妻是多么温柔体贴，多么善良贤淑，他们俩在一起相亲相爱，度过了漫长的岁月。他又说起他们是怎样认识和怎样相爱的。

"我已经说过那时我还是个小孩子，只好站在那里听大人讲话，听着听着心里就充满了一股奇妙的感情，那个老人谈到了他们相恋到后来订婚的那段时光,那时她是多么美丽,他总是千方百计想出种种借口来和她见面,他越说越起劲,又讲到他们结婚成亲的那段日子。我看到他脸上泛起潮红,双眼闪闪发光,仿佛他又重新回到了那段欢乐的日子里。

"可是如今她已逝去,安息在隔壁的那间卧室里,一个老妇人溘然长逝了。他也是个老人,讲述着自己充满希望的那些时日。是啊,世上的事就是这样的,那时我还只是个小男孩,而现在我已成了个老人,老得同普莱本·斯瓦勒当年一样。时光流逝,万物变迁。我至今还清楚地记得她下葬的那一天,老普莱本寸步不离地紧跟在那口棺材后面的情景。

"就在他们撒手人寰之前两年,老两口已经叫人刻好了他们的墓碑,连名字都刻了上去,只留下逝世的年月日空在那里。他妻子去世的那一年,这块碑石在墓前竖立起来,是在傍晚运到教堂墓地去的。过了一年,墓碑又重新竖了一遍,那是老普莱本长眠在他妻子的身边。他们身后没有留下几个子儿,根本没有所谓的一大笔财产。他们那一点点遗产留给了大家从未听说过的本家远房亲戚。那栋门前有高台阶、老两口生前住的老木房子被镇公所拆掉了,因为实在太破旧了,他们不敢让它再留着。后来那座修道院也因为年久失修拆掉了,教堂墓地也被夷平了。普莱本和玛蒂的墓碑也像那里所有的东西一样卖给肯来买的主顾。碰巧这块墓碑没有被砸成小块用来铺路,而是摆在院子里供孩子们在上面玩耍,给女佣在上面晾晒厨房用具。那条用石碑铺起来的路就在老普莱本和他妻子长眠的地方,不过再也没有人记得他们了。"

这位侃侃而谈的老者不胜感慨地摇摇头说:"被忘掉了。"

"所有一切都会被忘掉的。"他又叹了一口气说。

接着，在屋里的那些人又海阔天空地聊了一些别的事情。可是屋里那个最小的男孩，一本正经地瞪大眼睛，爬到窗帘背后的扶手椅上朝院子里望去。院子里，月光洒落在那块大石头上，把石头映得清晰可见。以前他总觉得这块石头光秃秃、滑溜溜的，什么都没有，真令人索然无味。可是这会儿它却像一本历史书中的整整一页翻开在那里，小男孩听到的那些关于老普莱本和他妻子的轶事就如同铭文一般镌刻在石头上。他看看那块石头，又抬起头来望着晴朗夜空中的明月，那似水的月光恰似上帝脸庞上圣洁的光芒普照着大地。

"被忘掉了，所有的一切都会被忘掉的。"这句话的声音仍然在房间里回荡，就在这时，有个没有人能看得见的天使亲吻了那个小男孩的前额和胸口，悄声地对他说：

"你要把交到你手上的这颗种子精心照料好，让它成熟、发育、茁壮生长。

"孩子，你要知道这座已经磨得光秃秃、滑溜溜的墓碑，连同上面剥蚀得难以辨认的碑文，都将世代相传，发扬光大。那老两口又会手挽手地漫步在古老的街道上，或者坐在椴树绿荫底下的石台阶上，双颊红润，向行人点头微笑，不管他们是穷人还是富人。这会儿播下去的种子将会随着岁月的流逝而变成一首美丽的诗篇，美得如同盛开的鲜花，美好善良的事物是永远不会被忘掉的，它们将永远活在传说和诗歌之中。"

世上最美的玫瑰

从前有一位女王,她的花园里一年四季都盛开着世界各地的名花奇葩。可是她对玫瑰花情有独钟,因此她的玫瑰花的名贵品种最多,从带有苹果香味的绿色花瓣野玫瑰到最为美丽的法国普罗旺斯玫瑰一应俱全。玫瑰花顺着王宫的宫墙往上长,绕着圆柱往上长,围着窗框往上长,一直长到王宫各个厅堂的天花板上。玫瑰花的芳香、形状和颜色各不相同,真是美不胜收。

可是此时此刻王宫里却笼罩着忧愁和悲哀。女王奄奄一息,躺在病榻上,御医们都肯定地说她将不久于人世了。

"然而却有一样东西能够将她救过来,"御医之中学问最好的智者说道,"除非把世界上最美丽的那株玫瑰为她找来,那株玫瑰是最崇高、最纯洁的爱情的象征。若是能在她合眼之前把这样一株玫瑰拿到她的眼前,那么她将活过来。"

于是,全国各地的人,不分老幼,都赶来进献花园里生长的玫瑰,这些花每一株都美得不得了,然而都不是从爱情的园地里采来的,再说有哪一朵玫瑰花才是最高尚、最纯洁的爱情的象征呢?

吟唱诗人到处歌唱这朵世上最美丽的玫瑰,各人说法不一,都讲出了自己认定的那一种。这一消息传遍全国,传到了每一颗跳动着爱的心里,传到了各个等级的、各种年龄的平民百姓之中。

"直到如今还没有人说得出这朵花来,"那位智者说,"还没有人说得出这朵花盛开的地方。要知道,它并不是罗密欧和朱丽叶棺材上的玫瑰,也不是瓦尔堡①坟上长出来的玫瑰,虽然它们在传说和诗歌中流芳百世。它也不是从温克尔里德②那浴血疆场的长矛矛尖上生长出来的,那淋漓的鲜血是从为祖国而捐躯的英雄的胸前冒出来的,任何死亡都比不上为国捐躯那样壮烈,任何玫瑰都不会比这些鲜血更为鲜红,可惜却不是那一朵。它也不是有人在孤寂的房间里度过一个个不眠之夜,用自己的青春年华灌溉培育出来的那朵奇妙的花。"

"我知道这朵花开在什么地方,"一个带着自己的小婴儿的母亲来到女王的病榻前说道,"我知道世上最美丽的玫瑰在哪里可以找到!那朵象征最高尚、最纯洁的爱情的玫瑰,就开放在我的宁馨儿的绯红脸颊上,当他醒过来,睁开眼睛朝着我微笑的时候,这朵爱情之花就绽开了。"

"这朵玫瑰花固然非常美丽,但是还可以找到更美丽的来。"智者说道。

"是的,还有更美丽的,"有一个女人说,"我见到过它,再也找不到比它更高尚、更圣洁的玫瑰了,可惜它如今红颜已退,苍

---

① 瓦尔堡是古日耳曼时代的圣徒,公元779年5月1日被谥为圣,因而日耳曼地区将每年4月30日晚定为"圣瓦尔堡之夜",即迎春节,届时点燃篝火,焚烧旧衣物,以示除旧迎新。

② 温克尔里德系瑞士独立战争中为国牺牲的英雄,1386年在对奥地利军队的战争中用身躯顶住奥军枪尖,奥军大骇而败退。

白得像茶花的花瓣一样。我在女王的脸颊上看见过它，女王她曾经摘下自己的王冠，亲自抱着她生病的孩子在茫茫长夜里来回地走动，悲痛地为他哭泣和亲吻他，向上帝祈祷求助，只有一个母亲在悲哀、焦急的时刻才会这样祈祷。"

"悲伤之中的白玫瑰才会有这样神圣而奇妙的力量，不过却不是那一朵。"

"可不是吗，世界上最美丽的玫瑰我曾在上帝的圣坛前见到过，"虔诚的老主教说，"我看到它闪耀着光芒，就像是天使的脸庞那样，显得神采奕奕。风华正茂的少女们走到圣餐桌前，重温她们接受洗礼时的许愿，她们娇嫩的双颊上绽开了红彤彤的玫瑰，使得真正的玫瑰花都黯然失色。有一个妙龄少女站在那里，她抬起头来，满怀着灵魂之中的全部纯洁和热爱仰望她的上帝，流露出最纯洁、最高尚的爱。"

"愿她得到祝福，"智者说，"可是你们之中还没有人说出世上最美丽的玫瑰来。"

正在这时，一个孩子走进来，那是女王的小儿子，他的眼里在流泪，泪水顺着他的脸颊滴滴答答地淌下来，他手里拿着一本大书，书面是丝绒装裱的，还带着银扣子，那本书是打开的。

"妈妈，"小孩子说，"你听我读读这几句话吧！"

于是小孩子在她的床沿上坐下来，捧着那本描写圣人事迹的书读起来，那位圣人为了普救众生，甘愿自己在十字架上献身。

"比他更伟大的博爱恐怕是没有了。"小孩子说。

女王的脸上泛起了玫瑰般的红润，她的眼睛睁得很大，变得明亮起来，因为她看到从这本书的书页之间长出了世上最美丽的玫瑰花,那玫瑰花的形象正是基督耶稣在十字架上蒙难时喷溅出来的鲜血。

"我看到它了,"女王说,"凡是看到它的人都会得到永生,这是世上最美的玫瑰。"

一年的故事

在正月的最后一天,一场暴风雪铺天盖地刮过来。城里到处雪花飞舞,窗玻璃外面都积起了厚厚的雪,大堆大堆的雪从屋顶上落下来。街上的行人莫不慌忙疾走,有的三步并作两步,有的脚步踉跄撞到别人怀里,彼此都赶忙伸出胳膊搀扶,直到站稳。马车和辕马好像撒上了一层白粉,站在车背后伺候的仆役都把身子转过来,避开迎面吹来的风。有些行人也紧跟在马车背后,为的是借助马车来挡挡风雪,反正马车在厚厚的积雪上行走不快,只能蹒跚而行。

后来,暴风雪终于停息下来,沿街的房屋前面铲出了一条很窄的小径。人们在这样的小径上迎面相遇的时候,双方都站住脚步,他们谁也不打算为了让路而把自己的双脚踩进旁边的积雪中去。他们就这样站着不动,相持许久之后仿佛取得了默契,各人都把一条腿踩过深深的雪堆,这才得以擦肩而过。

到了傍晚,天色转晴。四周一片宁静。雪后的夜空清澈如洗,越发显得深邃、明净,星星熠熠闪光,其中有几颗分外明亮。天很冷,地上结起了冰,不时发出开裂的嘎嘎声。到了天亮时,积雪最上面的那一层已经冻得结结实实,足以让麻雀在冰上跳来跳去。这些麻雀一会儿跳到铲出来的小径上,一会儿又跳到积雪上,到处寻找食物，然而什么东西也找不到，它们冻得半死不活。

"叽叽，"一只麻雀对另一只说，"人类把眼下叫作新年，可是新年却比旧年要糟糕得多，我们本应该把旧的一年留下来。我心里很难过，这种心情是能理解的。"

"说得很对，他们人类跑来跑去，还放烟火来迎接新年，"一只冻得浑身瑟瑟发抖的小麻雀说，"他们还朝着门上乒乒乓乓地摔瓦罐，真是高兴得快发疯了，还把这叫作辞岁。我本来也很高兴，因为我期待着这样一来天气会暖和起来，哪里想到不仅没有暖和，反而比早先更冷了。那些人类在计算时令上大概是犯了错误。"

"是呀，他们就是有毛病，"第三只麻雀说，这是一只老麻雀，头顶已经雪白，"他们有一样东西叫作日历，那怎么行得通呢！只有春天来了，一年才算开始嘛，这是大自然的进程，我就是按照这个法子来计算时令的。"

"可是春天什么时候才来呢？"别的麻雀异口同声地问道。

"鹳鸟飞回来的时候春天就要来了，不过春天究竟什么时候来却不大有准信儿。再说在城里没有什么人懂得这些，在乡下人们懂得多一些。我们要不飞到城外去等，在乡下离春天更近一些。"

"这里很好，"又有一只麻雀说，这只麻雀已经蹦跳了很久，叽叽喳喳地叫过一阵子，却没有说过什么正经话，"我住在城里有不少方便的地方，我怕到了乡下就没有这样方便了，我会留恋城里的。在这附近的一个院子里住着一家人，他们很通情达理，十分体贴地在墙上牢牢地安了三四只花盆，盆口朝里，盆底朝外，盆底上凿了一个洞。那个洞的大小正好适合我飞进飞出，我和我的丈夫就在花盆里做了窝，我们的那些小麻雀就是生在花盆里的，如今它们都已从那个洞里飞出去了。那家人这样精心安排，当然是很高兴见到我们，要不然他们也就不这样做了。他们为了讨好我们，还在屋外撒了面包屑，这样我们就不愁没有吃的，就好像是他们在养着我们似的。因为这个缘故，我想我还是留下来的好，我丈夫也陪我一起留下来。虽说我们觉得有许多地方不如人意，不过还是留下来算了。"

"那么我们飞到乡下去，"别的麻雀说，"去看看春天是不是来了。"说完，它们就飞走了。

不料乡下的冬天才真正是冬天，气温要比城里低一两度，寒风凛冽，在冰雪覆盖的田野上呼呼地刮过。有个农夫戴着厚厚的无指大手套坐在雪橇上，他把双臂交叉紧紧捂在胸前，为的是驱寒保暖。马鞭子撂在膝盖上，任凭那匹瘦马放蹄奔跑，跑得鼻息咻咻、浑身冒出热汗。积雪被碾得发出嘎嘎的开裂声，麻雀在车辙里跳来跳去，冻得要命。

"叽叽，叽叽，春天什么时候才来呀，还要等很长时间它才来吗？"

"还要等很长时间呢。"有个声音从那座冰雪覆盖的山冈上传了过来，这声音越过田野在空中回荡，乍听起来似乎像是回声一样。不过也许是那个迎着寒风坐在冰雪之巅的神奇老人说的话。他浑身雪白，活像一个身披白色大氅的农夫，满头鹤发，银髯垂胸，脸色苍白，一双大眼睛清澈明亮。

"那边的老人是谁？"麻雀问道。

"我知道。"一只栖息在篱笆桩子上的老渡鸦说道。虽说那只渡鸦年纪一把，它却虚怀若谷，不惜屈尊地承认说，在上帝面前咱们都是小鸟，没有大小尊卑之分，可以同麻雀打成一片，它还解释说：

"我知道那位老人是谁，他就是冬天，应该说是旧的一年留下来的老人，他并不像日历上说的那样已经死去了。不是的，他就是即将到来的春天小王子的保护神，冬天还统治着这里。啊，你们大概冻得够呛吧，你们这些小家伙。"

"是呀，我不是早就说过了吗？"最小的那只麻雀说，"日历不过是人类瞎编出来的，它跟大自然对不上号。他们应该让出来由我们来管，我们要比他们内行得多。"

一个星期过去了，两个星期过去了，大森林依然是黑沉沉的一片，湖面上的冰冻得很结实，看上去就像一块铅砣。天上云层低垂，茫茫一片，不过那不是云层，而是潮湿冰凉的浓雾。浓雾把整个大地裹得什么都看不见，又黑又大的乌鸦成群穿过浓雾飞来，它们没有一只发出啼叫，仿佛全都在熟睡一样。

忽然，有一道阳光穿过浓雾掠过湖面，这道阳光映亮了湖面，使它像熔化了的锡一般发光。田野上、山丘上覆盖着的积雪不再像以前那么皎洁。可是那位白色的老人，就是冬天，却依然盘踞在大地上。老人瞪着双眼向南方眺望，目光刚毅，毫无退却之意。在他的脚底下，那一层厚厚的冰雪在一点点地渗入到泥土中去，可是他仿佛毫无察觉。终于这里那里露出了一小片一小片嫩绿的青草，麻雀们全都蜂拥到这些青草上去。

"叽叽，叽叽，现在春天来了吗？"

"春天。"田野上和草地上都回荡着这个声音，这声音传进了黑沉沉的深褐色的大森林，于是苔藓在树干上绽出了嫩绿。这时候空中从南方飞来了两只鹳鸟,那是最早飞回来的候鸟,它们的背上各驮着一个可爱的孩子,一个男孩和一个女孩。他们向大地发出了问好的亲吻,凡是他们走过的地方都从雪地上长出洁白的花朵来。他们手挽手地走到冬天冰雪老人跟前,向他问候致意,冬天老人把他们两人拉到自己的胸前拥抱他们。就在这个当儿整个大地上的景象倏忽大变,他们三个人全都一齐被又潮又黑的浓雾团团裹住,那浓雾把大地遮得什么都看不见。过了片刻,浓雾徐徐散开,大风刮过地面把浓雾吹散。后来太阳出来把大地照得一片灿烂,天变暖和了。冬天消失了踪影,春天可爱的孩子登上了这一年的宝座。

"我把这叫作新年,"麻雀说,"现在我们要行使我们的权利啦,挨过了这么严峻的冬天,我们要好好地补偿一下才是。"

两个孩子所到之处,灌木和大树上都冒出了绿色的骨朵儿,青草长得更高了,农田里麦苗越来越翠绿。小女孩把花朵撒向四方,她把裙衫的前裙提得高高的,里面兜满了鲜花,满得快要掉出来了。可是不管她怎样卖力地抛撒,她裙兜里的鲜花总是满满的,仿佛在自己长出来一样。在她的苦心努力之下,苹果树和梨树开满了花朵,而翠绿的树叶却刚刚绽出了嫩芽。

小女孩拍着双手,小男孩也拍着双手,于是小鸟飞来了,也不知道它们是从哪里飞来的,它们都齐声婉转歌唱:"春天来啦!"

这真是一派生意盎然的大好景象,好看得不得了。许多年岁很大的老婆婆都走出门外晒太阳,她们颤巍巍地信步漫游,望着绿草丛中的金黄小花不禁感慨起来:这岂不是和她们年轻时一模一样?世界变得年轻了。

"今天到外面来走走,真是享福呀。"她们说道。

大森林仍然还是深褐色,不过已经稍染绿意,树干上的骨朵儿密密麻麻,一个连着一个。不过车叶草已经长出来了,散发着清香。紫罗兰花已经开得如火如荼,银莲花、报春花和迎春花都在争妍斗艳。举目望去,满山遍野繁花似锦,每一片草叶、每一株茎梗都浆汁饱满,活力充沛。整个大地到处花团锦簇,有如色彩缤纷的毡毯一样,若是坐在上面,想必是非常美妙的。那毡毯上果然坐着两个人,原来就是春天的孩子,不过小男孩和小女孩已长成了一对年轻人,他们俩手挽着手曼声歌唱,快乐地一天天长大。

春风化雨,那一阵阵柔丝般的细雨,从天空中洒落到他们的身上,可是他们一点都没有留意到,因为雨水和他们俩欢乐地融会在一起。他们俩成了一对新郎和新娘,相互亲吻,于是森林里的骨朵儿全都绽开了。待到太阳升起的时候,整个森林一片郁郁葱葱。

这对新婚夫妻手拉手地漫步在低垂的嫩叶下,一缕缕阳光透过浓荫照映下来,形成了时刻变幻、颜色斑斓的树影,那些初生的嫩叶像处女般纯洁,散发出一股令人心旷神怡的清香。清澈欢快的溪流潺潺流淌,在天鹅绒般的灯芯草丛之间,在水底的彩色卵石上流过,泛起了层层涟漪。

"永远会这样富饶,今后也会这样富饶!"整个大自然似乎都在这么说。布谷鸟在歌唱,云雀在啼鸣,这是美好的春天。然而柳树却在它的花朵上裹上了一层细毛外套,它们过于小心翼翼,这样谨小慎微未免太惹人厌烦。

日子就这样一天又一天、一星期又一星期地过去。炎热仿佛自天而降,倾泻到四面八方,热浪扫过农田,麦穗愈来愈变得一片金黄。在森林中的湖泊里,北欧睡莲把它碧绿的巨大叶瓣舒展开来,铺满了平静如镜的湖面,游鱼在叶子底下游弋。在森林的背风那一边,阳光把农舍的墙壁烤得发烫,晒得玫瑰终于绽出了蓓蕾。樱桃树上挂满了浆汁饱满、颜色深暗、几乎快要被阳光烤熟了的果实。

在夏日的田野上闲坐着可爱的妇女,过去她还是个小女孩,后来她披上婚纱成了新娘。她抬起头来,朝天空凝视。空中乌云愈聚愈密,翻滚起伏,一层叠一层堆积起来,越积越高,像波涛一样垛起一座座高山。浓密的乌云沉甸甸地从三面朝大森林压过来,恍若不断上涨的海水一下子全倾泻下来,于是大地上一切都像是中了魔一样沉静下来,连一点点风信都没有,到处是一片死寂,连鸟儿都噤声屏息大气儿都不敢出。整个大自然都板起了面孔,一派肃杀的景象,似乎在忧心忡忡地等待着不幸的来临。可是在大路和小径上,不管是驾车的也好,骑马的也好,走路的行人也好,都匆匆忙忙地要寻找一处能够遮蔽的地方,免得遭罪受苦。

突然,天空中强光一闪,犹如太阳冲破浓密的乌云重新出来,那道强光亮得叫人睁不开眼睛,像是熊熊燃烧的火焰一样,大地上所有的东西都被烈焰吞噬。紧接着,一阵天崩地裂般的响雷从天空中滚滚而过,随后空中又是昏天黑地的一片。瓢泼大雨倾盆而下。于是天空一会儿黑得如同夜晚,一会儿光亮闪耀,一会儿静寂,一会儿雷声隆隆。沼泽地里鲜嫩的褐色芦苇像是一道道长长的波浪在起伏,大森林里的树木向着如注的水帘无奈地伸出了枝丫。天空中仍然是一阵光亮，一阵黑暗，一阵寂静，一阵雷鸣。青草和小麦竞相折腰，似乎被雨水冲得浸泡在雨水里再也直立不起来。

骤然间，瓢泼的大雨变成了零星的雨点。太阳徐徐露出脸来照耀着大地，叶子上和草茎上水滴晶莹闪烁，像是一颗颗珍珠。鸟儿又婉转歌唱，游鱼活蹦乱跳地在水中游弋，蚊蚋嗡嗡地飞舞。波涛裂岸，在咸涩海水中的礁石上端坐着夏天本人，他是个威武强壮的伟男子，体格魁梧，头上湿淋淋的，雨水还从他的头发上滴滴答答地掉落下来，这一场痛快爽身的淋浴使他更加容光焕发。伟男子端坐在热辣辣的夏日骄阳之下，在他的四周整个大自然都焕发出旺盛的活力，万物繁衍生息，这就是夏天，炎热而可爱的夏天。

长满了苜蓿的田野上飘荡着沁人心脾的芬芳，蜜蜂嗡嗡地飞来飞去。黑莓果的藤蔓在祭坛的石板上缠绕，它们都被雨水冲刷得干干净净，在阳光中十分耀眼，蜂后带领着她的蜂群在那里酿出蜂蜜。这样的景象没有人看得到，只有夏天那个伟男子和他身强力壮的妻子才能见到。在他们面前的祭坛石板上摆满了大自然供奉的献祭。

黄昏时分，夜空一片金黄，哪一个教堂的拱顶都不能如此灿烂辉煌。一轮明月从晚上到早上总是高挂空中，向大地洒落清辉。这真是大好的夏日时光。

一天又一天过去了，一个星期又一个星期过去了。于是收割者手上明晃晃的镰刀在田野上闪烁、起落。苹果树梢上挂满了鲜红或金黄的果实，把枝丫都压得垂下来。一簇一簇的啤酒花散发出浓郁的芬芳。在坚果结满枝头的榛子树下,夏天伟男子和他神情端庄的妻子正坐在那里休息。

"多么富有呀,"夏天的妻子说,"四周一片欣欣向荣,充满了家庭的温馨和欢乐。可是我们自己也弄不明白是怎么回事,我一心只是渴望休息和安宁。我真不知道该用什么字眼才能说得清楚。现在他们收割完毕之后又动手犁地了,人总想得到更多的东西,无时无刻不在想得到更多的东西。瞧,鹳鸟来了,成群成群地远远跟随在犁的后面,正是这些鸟儿把我们从埃及带到了这里。你可记得,当初我们俩被带到这块遥远的北国大地上来的时候,我们都还只是很小的婴孩。我们为这里带来了鲜花、温暖的阳光和碧绿的森林。可是如今大风却在对它们肆虐,把它们作践得焦黄,变得黝黑了,就像南方的树木一样,可是它们却不能像南方的树木那样结出黄澄澄的果实来。"

"莫非你想看到金黄色的果实吗?"夏天伟男子说,"那么你就开心地观赏吧!"他举起了自己的手臂,但见森林里的树叶都已经染成了赤红和金黄色,森林里所有的树木全都色彩缤纷,野蔷薇丛中鲜红的果实在闪亮。接骨木的枝头上挂着一串串沉甸甸的黑色大浆果,把枝条都压得低垂下来,熟透了的野栗子从它们墨绿色的硬壳里落了下来。紫罗兰再一次繁花似锦。

可是他的妻子,这一年的女王,却越发沉默了,她的脸色越来越苍白。

"大风刮得越来越强劲,吹来了寒冷,"她说,"夜里已经冷得起了湿雾,我真渴望能够回到童年时的故土上去。"

她望着鹳鸟一只只飞走了。她朝它们挥手告别。她又抬起头来看看那些鹳鸟的窝巢,鸟巢里已经空空荡荡,有一只巢里长出了一株茎梗很长的矢车菊,另一只巢里长着黄芥子,就好像筑巢造窝是为了保护它们似的。于是麻雀就老实不客气地住了进去。

"叽叽,这个鸟巢的主人到哪里去啦?"麻雀叫道,"看起来它们这些候鸟是经受不起大风吹的,只好迁徙出这个地方。但愿它们一路平安。"

森林里的树叶越来越黄了,枯叶一片片地飘落下来。强劲的秋风呼啸,时令已经到了秋天,这一年的女王端坐在落叶堆上,用温柔的目光仰望着在夜空中闪烁的星星,她的丈夫站在她的身边,一阵旋风刮过来,落叶被卷到半空中,旋即又纷纷扬扬地飘落下来,可是她已不见了踪影,只见一只蝴蝶在飞,这是一年之中的最后一只蝴蝶,在天气愈来愈凉时飞走了。

潮湿的浓雾来了,陪伴而来的是冰凉的寒风和黑暗的长夜。这一年的国王白发苍苍地站在那里,然而他自己却浑然不知,还以为自己头发上盖满了雪花,所以才那样雪白耀眼,就像空中飘舞下来的雪花给碧绿的田野盖上一层厚厚的白棉絮。

教堂的钟声敲响了,宣告圣诞节的来临。

"华诞的钟声敲响了,"这一年的国王说,"主宰新的一年的君主即将诞生,我可以交班休息了,像夏天的女王那样飞到光亮闪烁的星星上去休息啦。"

在被白雪覆盖却依然苍翠的枞树上站立着圣诞天使,他正在为圣诞节欢庆活动上用的小枞树祝福。

"祝福所有家庭厅堂里摆设的圣诞树下都充满欢乐。"这一年的老国王说道。就在刚过去的几个星期里,他越发苍老,成了一个头发比积雪还要白的老人。

"我交班的时刻快要来到了。新一年的小两口将很快就会把王冠和权杖接过去。"

"可是眼下权力还在你手上,"圣诞天使说,"你应该掌权执政而不是休息!要让积雪把娇嫩的种子盖得暖乎乎的。你要学会忍受,自己虽然是主宰一切的君主,别人却受到子民们欢呼朝拜。你要学会忍受,自己虽然还活着,却早已被人遗忘。春天来到的时候,你就可以得到自由了。"

"那么春天要到什么时候才来呢?"冬天老人问道。

"鹳鸟飞回来的时候春天就到来了。"

于是,冬天老人仍旧稳当当地待着,凶猛剧烈得有如隆冬的暴风雪,冥顽不化得有如坚不可摧的冰坨,尽管他早已老得满头白发,脊背佝偻。他高高地端坐在山巅的积雪上,目光炯炯地盯住了南方,而前一年的冬天老人也曾经坐在同一个地方眺望过。

渐渐地,冰层发出了噼啪噼啪的开裂声,积雪哗哗地在消融,滑冰的人在滑溜溜的湖面上直打转。渡鸦和乌鸦停在皑皑的雪地上,互相衬托得更加黑白分明。地面上连一点点风信都没有,冬天老人在凛冽的寒风中攥紧了拳头,峡谷里冰冻得更加坚厚。

不久城里的麻雀飞来了。它们问道:"那位老人是谁?"一只渡鸦又栖息在那里,说不定是前年那只的儿子,它对它们说:"那是冬天,是去年留下来的老人,他并没有死,不像日历上说的那样,他是即将来临的春天的保护神。"

"可是春天要到什么时候才来呢?"麻雀问,"春天来了,我们的日子就好过得多了,一切都会变得美好起来。旧日子一点都不好，害得我们吃尽了苦头。"

冬天老人默默地陷入了深思，他朝着光秃秃的森林频频点头，森林里的每一棵树木都争先恐后地展示它们美丽的形态，把弯曲的枝丫伸向四周。在冬天老人迷迷糊糊地睡熟过去的时候，天空中布满了冰凉的浓雾！他做梦了，梦见自己的年轻时代和成人时代。拂晓之前，整个森林都披上了白霜，显得分外好看。冬天老人竟然做起夏日美梦，太阳一出来把树枝上凝结的白霜统统消融干净。

"春天究竟什么时候才来啊？"麻雀问道。

"春天！"这个声音像是从山峦峰巅飘荡过来的回声，在积雪覆盖的大地上萦绕。阳光变得愈来愈温暖，白雪徐徐消融了。麻雀叽叽喳喳地喊道："春天来啦！"

在天高云淡的晴空之中，飞来了第一只鹳鸟，另一只紧紧地跟随在最早来到的那只鹳鸟的背后，每只鹳鸟背上都驮着一个讨人喜欢的孩子。它们朝着开阔的田野俯冲下来。那两个可爱的孩子跳下身来，去亲吻大地，去亲吻那个沉默安详的老人。那个老人就像摩西上山[①]一样倏忽不见踪影，消失在浓雾之中。

这一年的故事终于讲完了。

"讲得真好，一点不错，"麻雀说，"讲得真好听。可是那不是按照日历讲的，要不然就会统统砸锅啦！"

---

① 见《圣经旧约·出埃及记》第三十四章，上帝命摩西上西奈山，在西奈山上上帝宣告自己是有怜悯心的仁慈之主，摩西闻其声而看不见上帝，因为上帝的身影消失在浓雾之中。

临终的那一天

在我们一生之中所活过的日子里，最神圣的那一天就是临终之日，那是人生在世的最后一天，也是脱离凡胎肉身飞升上天的神圣而伟大的一天。你有没有认认真真地想一想怎样面对这个抗拒不了、注定来到的人世间的最后时刻呢？

且说有一个人，大家都称他是一个虔诚的信徒，一个捍卫圣谕的卫道士，上帝的每一句圣言对他来说就是一条戒律；他是对上帝绝对忠实的仆人。终于有一天，死亡天使站到了他的床前，神情严肃，一副神圣不可侵犯的样子。

"大限已到，你马上跟我走！"死亡天使说道，伸出他冷冰冰的手指戳了戳那人的脚掌，那人的双脚就变得冰凉。死亡天使又摸了摸那人的前额，然后又是心脏。那人的心顿时碎裂了，于是那人的灵魂便跟随着死亡天使去了。

然而就在短短几秒钟之前，当死亡天使在做着戳脚掌、摸前额和心脏的祭献仪式的时候，垂死的那人整个一生的所作所为一件件全都袭上了他的心头，如同大海波涛一般在他的脑子里翻滚。这样那个临终者朝下看一看那令人目眩的旋涡，就会悟出漫无尽头的人生之旅的真谛，抬头看看夜空中多得不计其数的繁星，就会从邈远的宇宙之中分辨出自己的那个世界。

在弥留的时刻，罪孽深重的垂死者会吓得瘫成一团，已经没有任何可以救命的东西作为依靠了，仿佛要在无边无际的空虚之中沉沦下去。如果这是一个真正虔诚的灵魂，那么就会把脑袋靠向上帝，全心全意地、像个孩子一样地听凭上帝发落，并且祷告说："您的宠召，我必将依顺。"

可是那个临终者却没有赤子的坦荡磊落。他觉得自己早就老成持重，是个大人了。他也不像罪孽深重的人那样浑身颤抖。他自以为是个真正的信徒，因为他素来遵循教规，从不越雷池一步。他知道千千万万凡夫俗子都要踏上这条人人总要走的不归之路，去接受最后的审判。纵然他们的肉身可以被利剑和烈火所毁灭，他们的灵魂却终究存在，还是无法幸免最后这一关的。而他却知道自己的道路是通向天堂，仁慈的上帝将为他打开天国的大门，上帝早已许诺要垂怜于他了。

那人的灵魂跟着死亡天使走了，临走之前他回头瞅了一眼他那个躺在灵床上的躯壳，那个尘世的躯体裹在雪白的裹尸布里，看上去十分陌生，不过毕竟是他的自我印记。

他们在空中飞翔，又到地面上来行走。他们来到一处地方，仿佛是宏伟壮观的厅堂，又似乎在一座大森林里。整个大自然的形态都经过精心安排，树木花草都经过重新整容，有些地方修剪掉了，有些地方拉长伸直，有些地方捆扎起来，人工堆砌、琢磨得非常虚假，就好像古老的法国园林一般。那里似乎在举行一场假面舞会。

"这就是人生。"死亡天使说道。

舞会上的人个个乔装打扮，所以穿着华丽服饰、浑身珠光宝气、插金戴银的人并不见得就是身份最高贵、最有钱有势的人，而穿着褴褛衣服的人也不见得是最贫贱低下的人。这真是一个别开生面的化装舞会。更令人啧啧称奇的是每个人的衣服底下都鼓鼓囊囊地藏着什么东西，而且小心翼翼地捂紧，生怕露出来让人看见，可是他们却又扯着别人的衣服，想要看到那里究竟藏着什么货色。于是一个个动物的脑袋便露了出来，这个是一只龇牙咧嘴的猴子头，那个是一只面目可憎的公羊头，还有黏糊糊的蛇头，表情呆滞的鱼头，等等。

原来我们人人身上都有兽性，这些牲畜是我们每个人生来就有，随着我们一起长大的。它们在蹦跳，它们在奔跑，它们想要闯出来，所以我们人人都把衣服捂得严严实实的，把它们裹住。可是别人却会千方百计地把这些衣服扯开，还大声说："看哪！你看，这就是他，他就是这东西！"于是，这个揭那个的底细，那个揭这个的隐情，大家的真面目都一览无遗。

"那么，我身上带着什么牲畜呢？"悠荡的灵魂问道。死亡天使用手指着一个自命不凡的人形，在那个人形的头顶上有一圈色彩绚丽的光环，可是身体下却露出一双飞禽的脚，那是孔雀的脚。原来那个人形头顶上的光环只不过是这只孔雀五彩缤纷的尾翎而已。

他们悠悠荡荡地往前飘去。有几只栖在树梢上的大鸟发出吓人的啼鸣，它们用嘶哑但还听得清楚的人的嗓音喊道：

"喂，你这个漂泊不定的孤魂野鬼，你还记得我们？"原来那是他活在人世时脑子里涌现过的那些邪恶思想的化身在那里向他呼喊，"你还记得我们？"

那人的灵魂不禁打了个寒战，因为他听出那些声音正是他邪恶思想的化身发出的,如今它们都站出来到法庭上作证了。

"在我们的凡胎俗体里,在我们的邪恶本性里,原来就没有什么好东西,"那人的灵魂自我辩解说,"亏得我没有将我的想法付诸行动,人世间也不曾看到它们的恶果。"

他慌不择路地往前飘去,想要快点摆脱这些吓人的声音。可是那些大鸟偏偏在他的头顶上来回盘旋,寸步不离,还不停地叫,仿佛想让全世界都听到。他像一匹被逼得走投无路的马驹一般狂蹦乱跳,可是每一步都像踩在尖利的燧石上,尖石刺破了他的双脚,他觉得一阵阵揪心的疼痛。他喊了起来,问道:"这些尖尖的石头是从哪里冒出来的?怎么像枯叶一样满地都是?"

"这些都是你平日里说话不谨慎所吐露出来的恶言恶语,这些刻薄的语言刺伤人的心远比尖石刺伤你的脚厉害得多!"

"我倒不曾想到过。"那人的灵魂说道。

"你们不要伤害人,就不会被伤害。"① 天空中传来了这样的声音。

"我们所有的世人都是有罪的。"那人的灵魂说道,他又往上飞升了,已经飘到了半空中。"我一直战战兢兢地遵循教规。我身体力行,做到了自己所能做的一切。我和别人不同。"

这时他已经飞到了天国的大门口,把守大门的天使问道:"你是谁?告诉我你的信仰,并且用你的行为向我表明你的信仰。"

"我规规矩矩地遵循戒律,"那人的灵魂说,"我在世人的眼睛

---

① 参见《圣经新约·路加福音》第六章,第三十七句原文是:"你们不要论断人,就不被论断;你们不要定人的罪,就不被定罪;你们要饶恕人,就必蒙饶恕。"

里一向是谦恭有礼的。我憎恨邪恶和那些走上这条万劫不复之路的恶人,并且对邪恶和恶人口诛笔伐,决不姑息。只要我力所能及,我就要用火与剑来对付他们。"

"这么说来你是穆罕默德的信徒!"

"我?从来不是!"

"圣子耶稣说过:'凡动刀的,必死在刀下。'① 而你对他没有信仰。看来你是个以色列人的儿子吧。摩西说过:'以眼还眼,以牙还牙!'② 一个以色列人的儿子才会死心塌地把自己人民的神奉为真正的神。"

"我是一个基督教徒!"

"我从你的信仰和言行中却一点也看不出来。基督的圣训是宽恕、博爱和仁慈。"

"仁慈!"这个声音回荡在无边无际的天空之中,天国的大门打开了,那人的灵魂朝敞开的天国悠悠荡荡地飞进去。

然而天堂里照映出来的光芒是那么耀眼,穿透一切,就像一柄出鞘的利剑那样迎面刺过来,逼得那人的灵魂又缩了回来。而那响彻云霄的喊声却又那么圆润、柔和,感人至深,世上任何人的嘴都发不出这样美妙的声音来。那人的灵魂哆嗦起来,身体愈来愈往下俯伏。天国之光照亮了他的全身,连五脏六腑都照得一

---

① 见《圣经新约·马太福音》第二十六章,第五十二句,耶稣说:"收刀入鞘吧!凡动刀的,必死在刀下。"

② 见《圣经旧约·出埃及记》第二十一章,摩西把耶和华在西奈山上的吩咐交代给以色列人,说:"若有别害,就要以命偿命,以眼还眼,以牙还牙……"

清二楚。于是他感觉到并且触得到自己身上那些他从来不曾感觉到的累赘：他的高傲自大，他的刻薄冷酷，还有他的贪欲邪念，等等，所有这一切罪孽全都在他的身上暴露无遗。

"如果我在人世上做过什么好事的话，那也只是我不能不这样做而已，可是我做的坏事却全都出自于我自己的本性。"他喟然长叹说道。

那人的灵魂觉得天堂圣洁而纯真的光芒实在太刺眼，他只得有气无力地闭上了自己的眼睛。他只得自己往下坠落，向着深渊直坠下去，他觉得自己蜷缩成一团，分量沉甸甸的，根本飞升不进天国去。他想起了上帝，公正无欺却又严峻陌生的上帝，他自惭形秽，不敢叫喊出"求你发发慈悲"的呼声。

可是仁慈的主却自天而降，来到了不敢奢望得到主的仁慈的人身边。

上帝的天国茫茫无垠，整个寰宇无所不包，上帝的慈爱无处不在，永不枯竭。

"你将会变得圣洁而荣耀、富有爱心而永恒，人类的灵魂！"这歌声在天空中回荡。我们所有世人在我们的临终之日，都应该像这个灵魂一样，在天国的光芒和荣耀之前战战兢兢地往下坠落，而主的博爱，主的仁慈，将会把我们托起来，飞入新的轨道之中，更加圣洁，更加高尚，更加善良。我们会愈来愈受到主的荣耀的荫庇，在他无所不能的神圣力量的指引下，走进永恒的宁静中去。

这是千真万确的

"那是一桩挺吓人的事情。"一只母鸡说道,她住在城里本来不应该发生这种事情的地区。"鸡棚里发生了一桩极可怕的事情,今天夜里我可不敢再独自睡觉了,幸亏鸡窝里还有不少鸡住在一起。"她讲了这桩事情,别的母鸡全都听得毛都竖了起来,公鸡听得鸡冠耷拉下去。这桩事情大概是千真万确的。

不过还是让我们从头讲起吧,这桩事情发生在城里另外一侧的一个鸡棚里。那一天太阳下山时,鸡都归了窝,有一只白毛矮脚的母鸡生完了按照老规矩应该生下的鸡蛋。作为一只母鸡来说,她是处处受尊敬的。当她回到鸡窝里的时候,她用嘴梳理了一下身上的鸡毛,有一根小小的鸡毛从她身上飘落下来。

"啄掉了一根杂毛,"她说,"这样的杂毛啄掉越多,我就会越漂亮。"这句话她说得很愉快,因为她虽然备受尊敬,却是所有母鸡当中最爱说笑的一只。说完,她就去睡觉了。

鸡窝里一片漆黑,母鸡一只紧挨着一只,她身边的那一只没有睡着,她听见那只母鸡在悄声说话,可是却佯装没有听见,在这个世界上想要图个清净过几天安生日子,原本就应该这样才行。她身边的那只母鸡正在起劲地叽叽咕咕,因为那只母鸡实在憋不住要讲给她的邻居听:

"喂,你听到刚才有只鸡在这里讲的那句话了吗?至于是谁讲的就不必指名道姓地明说了。反正有么一只母鸡,她要把自己身上的毛全都啄光,为的是图个好看。我如果是一只公鸡的话,不会看得上她。"

在鸡窝的顶上,住着猫头鹰妈妈、猫头鹰爸爸和他们的小猫头鹰。猫头鹰这一家子耳朵尖极了,那只母鸡讲的每个字他们全都听得一清二楚。他们听得把眼珠子转了又转,猫头鹰妈妈拍拍翅膀说道:

"不要去偷听那只母鸡说的话,不过你们想必都已经听见了,反正那些话是传到了我的耳朵里。不管是谁,只要耳朵没有丢掉,总归会听到许多千奇百怪的事情。方才我就亲耳听到说那些母鸡当中有一只竟然一点不顾自己的体面,把周身的羽毛全都啄光来让公鸡看她。"

"当心,在孩子们面前,"猫头鹰爸爸用法语嘟囔了一句,"这种话儿童不宜听到。"

"不过我还是忍不住要讲给我们对门的邻居听,她是同我交往的、值得尊敬的猫头鹰。"说完,猫头鹰妈妈就飞走了。

"啊呀,啊呀!"这两只猫头鹰说着就一齐惊呼起来。她们朝着那另一只猫头鹰窝底下的鸽子窝里的鸽子说道:

"喂,喂,你们听到了吗?你们听到了吗?啊呀,不得了哇!有一只母鸡为了讨好公鸡,竟然把自己全身的羽毛啄得光光的,连一根都不留,她非冻死不可,说不定这会儿就已经冻死了,啊呀,啊呀!"

"在对面的院子里,"猫头鹰妈妈说,"我几乎可以说是亲眼所见。这桩事情讲出来实在太不像话了，不过倒是千真万确的。"

"相信，每个字都相信。"鸽子说道。他们又咕咕、咕咕地朝着自己脚下那家院落里的鸡棚讲开了：

"有一只母鸡，不对，也有人说是两只母鸡，把自己身上的羽毛都啄得光光的，为了让自己看上去和别的母鸡不一样，以便吸引公鸡的注意，这真是一场大胆冒险的游戏，弄不好就会着凉伤风，发烧死掉的。结果那两只母鸡都呜呼哀哉啦！"

"醒醒吧！醒醒吧！"公鸡飞上篱笆喊道，他自己还睡眼惺忪，不过总算还打鸣叫早了。他还说道：

"有三只母鸡为了争夺一只公鸡殉情而死，不幸的爱情害得她们断送了性命，她们伤心得把自己身上的羽毛全都啄光。我不打算隐瞒这桩丑事，要传得家喻户晓才好。"

"要传得家喻户晓才好！"蝙蝠吱吱地叫着，母鸡咯咯地喊着，公鸡喔喔地啼着。"要传得家喻户晓，人人都知道。"于是这桩事情就从一个鸡棚传到了另一个鸡棚，传来传去后来又传回到这桩事情发生的那个鸡棚。

"有五只母鸡，"辗转流传而来的故事成了如今这个模样，"想要让公鸡看到谁为了他忍受失恋的折磨而伤心得最为消瘦，她们把自己身上的羽毛全都啄光，还打起架来，你啄我，我啄你，个个头破血流倒地死掉了。这桩丑事害得她们的家族都蒙受耻辱丢尽了脸面，也害得养鸡的主人家遭到了巨大的损失。"

那只掉落了一根小羽毛的母鸡压根儿听不出来，也想不到这则传闻所讲的就是她自己的事情，因为她是一只备受尊敬的、十分体面的母鸡，所以她坦然说道：

"我最瞧不起那些母鸡了,这样的母鸡还真不少呢!对于这种丑事不应该默不作声。我要尽我的能力让这桩丑事见诸报端,让全国都知道。这几只母鸡活该受到这样的对待,她们的家族也是如此。"

于是这则传闻便见诸报端。千真万确的是,一根小小的羽毛在黑字白纸印出来的时候却变成了五只母鸡。

天鹅的巢

在波罗的海与北海之间,有一个古老的天鹅的巢,它叫丹麦,在这个巢里曾经出生过而且还在孕育着英名永远留芳人间的天鹅。

在上古时,从这里飞出来一群天鹅,它们越过阿尔卑斯山,来到了米兰周围的绿色大平原,那里舒适宜人。这一群天鹅被称为伦巴德人①。

另外一群天鹅,羽毛光亮,目光坚毅,它们飞到了拜占庭②,在皇帝的宝座旁边定居下来。它们展开硕大的白色翅膀,像盾牌一样保护着他。这一群天鹅被称为瓦兰吉亚人③。

在法兰西的海岸上传来了惊恐的呼救声,因为从北欧飞来了血迹斑斑、翼下带着火焰的凶恶天鹅。人们祷告说:"上帝啊,快把我们从野蛮的北方佬诺曼人④的手里拯救出来吧!"

在英格兰开阔的海岸边,在青翠碧绿的草地上,伫立着那只

---

① 伦巴德人系日耳曼族中的一支。公元568年征服意大利,并在其北部和中部建立了伦巴德王国。

② 拜占庭即君士坦丁堡,曾为东罗马帝国的首都,现即土耳其的伊斯坦布尔。

③ 即北欧人。东罗马帝国的皇帝都从瓦兰吉亚人中招募卫士,称为瓦兰吉亚卫队。

④ 诺曼人系指公元8世纪至11世纪横行西欧的北欧海盗。

丹麦天鹅[1]，它头上戴着三个王国的王冠，它的金色权杖伸过来覆盖了这片土地。

在波美拉尼亚[2]的海岸上，异教徒们都匍匐在地跪拜，丹麦天鹅举着十字架和出鞘的利剑凌空而起。

那是很久很久以前的事情！你会这样说。

后来离我们更近一些的时日里，可以看到从巢中飞出强而有力的天鹅。

它就像一道强光扫过天空，映亮了世界。天鹅有力地拍打着翅翼，拨开了迷茫的黑云浓雾，星空变得更加灿烂、晴朗，好像离地球更近了。那只天鹅就是第谷·布拉赫。

"是呀，可是早就时过境迁了，"你会这样说，"在我们这个时代呢？"

于是我们看到一只接一只天鹅姿势优美地直飞云霄。有一只天鹅[3]挥动它的翅膀，拨动金色竖琴的琴弦，琴声响彻了北欧的上空。挪威的巍巍群山在昔日的阳光照耀下显得更高。松柏发出阵阵松涛，桦树摇曳飒飒作响。北欧的神祇、英雄和贵妇人都在林荫深处的空旷地上若隐若现。

我们看到有一只天鹅[4]用翅膀拍击大理石的悬崖峭壁，把重峰叠峦敲得崩裂。禁锢在大山中的美的形体走到明媚的阳光底下得

---

[1] 系指丹麦国王克努特大帝（约995—1035）。他曾于1016年获得英格兰王位，1019年成为丹麦国王，1028年又当上挪威国王。
[2] 波美拉尼亚系中古时期对波罗的海沿岸波兰等地方的总称。丹麦国王瓦尔德马一世于1167年侵占该地区。
[3] 系指丹麦著名诗人欧伦施莱厄（1779—1850）。
[4] 系指丹麦著名雕塑家贝特尔·多瓦尔生（1770—1844）。

以重见天日,世界各地的人都抬起头来瞻仰这些雄浑有力的形象。

我们看到第三只天鹅[①]正在纺着沟通思想的线,这条线从一个国度拴到另一个国度,把整个地球都联系在一起,这样语言就可以用闪电的速度传遍世界各国。

我们的上帝热爱波罗的海和北海之间的这只古老的天鹅巢。强悍的猛禽[②]从空中飞过来想要捣毁它。"办不到!"[③]天鹅巢里发出了这样的誓言,连羽毛未丰的小天鹅也站在巢沿上绕成一圈。我们看到它们挺起自己幼小的胸膛,哪怕被啄得鲜血淋漓,但它们仍在用嘴和利爪在抗击。

一个个世纪将会过去,一只只天鹅将会络绎不绝地从这只巢里飞出来,让世界各地的人看到它们,听到它们。除非有一天人们真正说:"这是最后一只天鹅了,这是天鹅巢里的最后一首歌了。"那时间还早得很呢。

---

① 系指丹麦物理学家奥斯特。
② 系指德国。
③ 1848年9月18日,丹麦诗人霍尔斯特为丹麦军队表演大会谱写了一首爱国歌曲,歌中唱道:"办不到,我们军队在此宣誓!"

好心情

我父亲身后给我留下了一笔最好的遗产，我得到了好心情。那么我的父亲是谁呢？这和好心情毫不相干。他活泼、随和、乐呵呵的，肥壮浑圆、胖乎乎的，他的外表和内心都与他的职位毫不相称。那么他居何要职，在社会上的地位怎么样呢？是呀，若是在一本书的开场白里就写清楚印成黑字，说不定许多人一看就会把书撂下说道："我看了就觉得恶心，所以干脆不看啦！"不过我父亲既不是宰牛杀马的屠夫，也不是执行极刑的刽子手。刚好相反，他的职司把他抬举得非要跻身于本城最显贵的人群之中，而且要置身于他们的最前面。只有他坐到了这个位子上才算是真正到位了，才算是职司其事了。他总是要在最前面大出风头，不管同主教还是同血统纯正的王子在一起，他都要在最前面。他是个赶灵柩马车的车夫，高高地坐在死神的运载车上，身披又长又宽的黑色大氅，头戴黑纱镶边的三角帽，他的那张笑嘻嘻的圆脸，像画家笔下画出来的太阳一样，真是叫人无法想到悲哀和坟墓，这张脸蛋仿佛在说："一点都不要紧，这比大家所想的好得多。"

就这样，我从父亲那里得到了我的好心情，也养成了时常到教堂墓地去逛逛的习惯。若是心情很好，到那里去走走也不失为挺惬意的散心。此外，我也像他生前那样，身上揣了一份《通信要览报》。

我已经不算年轻,却还没有妻室子女,也没有多少图书可藏,不过正如我刚刚说过的那样,我有一份《通信要览报》,这对我来说已经足够了,它对我来说是一份最好的报纸,如同对我父亲生前一样。这份报纸很有用场,可以得知必须晓得的一切消息,比方说:在教堂里布道的是谁,在新书里说教的是谁,要想租房子、找用人、做衣服和买食品去找谁,哪家店铺在清仓大甩卖,哪家店铺关门大吉,等等,还有那么多的慈善捐款告示,那么多无伤大雅却又说不出什么名堂的打油诗,还有征婚启事和开会通知,有些可以任意参加,有些则有一定限制。总而言之,一件件事全都一目了然。有这份报纸的人可以活得更加开心,到了身后下葬时也是如此,在生命结束之际可以舒舒服服地躺在这一大堆报纸上,倘若你不想在棺材里用刨花垫在身底下的话。

《通信要览报》和教堂墓地是两处最使我心旷神怡的散心的地方,也是沐浴出好心情来的两处最佳的海滨浴场。

那份报纸人人都可以自己阅读,不过也可以被我揣在身上陪我一起到教堂墓地去。趁着阳光明媚,绿树成荫,我们一起走进教堂墓地,徜徉在坟墓之间。每一座坟墓都像是一本合拢起来书脊朝上翘着的书。你可以读出书名来,而书会告诉你这本书的内容是什么,尽管它什么话也没有说,可是我却知道书里面写了些什么。我是从我父亲那里和我自己打听得来的,我把这些信息都记在我的那本《墓地杂录》上,这是一本我自己编写的书,以备不虞之用,也是为了消遣自娱。凡是躺在这块墓地里的逝者生前轶事我都有闻必录,而且记载的还不止这些人。

现在我揣着那份报纸来到教堂墓地。

这里在刷了白漆的铁栅栏背后，曾经长着一丛玫瑰，如今这簇玫瑰已经不见踪影，不过毗邻的坟墓四周的常春藤却把它们碧绿的臂膊朝这边伸了过来，把这个光秃秃的坟茔点缀得稍许体面一点。坟里躺着的是一个不幸的男人，不过他当初活在人世时曾有良好的地位，日子过得富裕，不但丰衣足食，而且手头上还有不少余钱可花，可他却自寻烦恼，对尘世俗事过于斤斤计较，也就是说太热衷于艺术了。要是有个晚上，他上剧院去消遣一番，让自己的心灵彻底轻松一下，结果却往往事与愿违，反而弄得生一肚皮闷气，因为技师用强烈的灯光把月牙照得分外明亮，还把本来应该挂在场景后侧的天空幕片挂到它们的前面来；剧情分明是在丹麦的阿玛岛上，而舞台上却摆着一棵棕榈树，在阿尔卑斯山里的蒂罗尔长出了仙人掌，在挪威的最北部长着山毛榉树！其实用不着这么自寻烦恼，将就一点也就过去了，有谁会想到这些细枝末节呢？反正这是喜剧嘛，原本就是要让观众开心的。观众的鼓掌有时候太多，有时候又太少，这也使他烦恼不已。

"他们今晚就像潮湿的柴火，"他会这样说，"怎么点也点不着。"

于是，他转过身去，细细端详观众究竟是些什么样的人。他看到他们在本来不该发笑的地方却拼命狂笑，这也使得他大为光火。他就是这样烦躁不安、郁郁寡欢，直到最后入土为安，成为一个不幸的逝者长眠于地下。

这里躺着一个十分幸运的人，也就是说是一个非常显赫的人，他出身高贵，这是他走运的原因，如果他不是生于名门的话，是绝不会出人头地的。大自然把他一生中的事都安排得非常巧妙，看看他怎样飞黄腾达起来的，那才是命运造化，真发人深思哪！他生前穿着锦衣绣服出入于豪宅的厅堂，可是他只是一根镶嵌着珍珠的拉铃细线，那只是一个十分昂贵的摆设而已，要拉响铃铛全凭背后一根很粗的绳索，那根绳索才能吃得住劲。他的背后也有一根吃得住劲的粗绳索可供拉动，那是一个埋头苦干的替身，他的所有事情都由那个默默无闻的替身代劳了。在他死后，那个替身又站到另一个穿着锦衣绣服的纨绔子弟的背后，去充当另一根镶嵌着珍珠的昂贵的拉铃细线的粗绳索。这一切安排得如此巧妙，真是可以津津乐道一番，无怪乎会有好心情了。

这里躺着一个说起来就未免令人黯然神伤的倒霉家伙，他活到了六十七岁才撒手尘寰，一生之中只求挖空心思想出好主意，好像就是为了出个好主意才活在世上的。偏偏活到了一大把年纪却从不曾想出一个好主意。直到后来他终于自以为想出了一个好主意，他深信不疑自己想出了一个真正的好主意，于是他兴高采烈，快活得竟至一命呜呼了。他为终于想出了这么一个好主意而高兴得死掉了，可是却没有哪个人从这个好主意那里得到什么益处，因为没有人听说这个好主意究竟是个啥东西。我现在想来，想必他在坟墓中也无法得到安宁，因为有了这个好主意的缘故。要知道大凡好主意都是在吃早饭时说出来才派得上用场。而他已经一命呜呼，化为鬼魂，按常理来说鬼魂只有在后半夜才出现。他这个好主意十分不合时宜，所以难以取悦于人，他只好带着自己的这个好主意回到坟墓中去。这真是一座令人烦恼的坟墓。

这里长眠着一个吝啬的阔太太。她活着的时候总在半夜里爬起来学猫叫，为的是让邻居以为她养着猫，她就是这么小气！

这里长眠着一个名门闺秀,她的歌喉总是响彻各个社交场合,可是她用意大利语高唱"我没有一副好嗓子"的时候,这才说出了她一生之中唯一的一句真话。

这里安息着一个另一种类型的年轻姑娘。当她心灵里的金丝雀开始歌唱的时候,理智便伸出手指在她耳朵边喋喋不休起来。美丽的姑娘正处在待嫁的年华,可惜却香消玉殒了,不过这类日常生活故事大抵哀婉悱恻,讲起来伤感动人,还是让逝者好生安息吧。

这里躺着一个寡妇,她满嘴都是天鹅的歌,而心里全是猫头鹰的胆汁。她到别人家去串门,为的是猎取邻居们的缺陷,就好像以前那些向警方告密的暗探一样,到处寻找根本就不存在的污水沟上的盖板。

这是个一家人的坟墓,这一家人在思想上如此一致,抱团抱得如此紧密,以至于全世界的人和所有的报纸都说这件事是这样这样的,而小儿子放学回家说我在学校里听说这件事是那样那样的。他的说法才是唯一正确的,因为他毕竟是自家人。如果他们家院子里的公鸡半夜三更打起鸣儿来,就必定是天亮了,即使守夜人和全城的钟都磨破嘴皮说,现在是半夜,那也一点没有用。

伟大的歌德曾用"可以继续下去"这句话作为他的巨著《浮士德》的结束语,我们在教堂墓地里的漫游也可以如此,因为我经常光顾这里。凡是遇到我的朋友或者根本不是朋友的人把我弄得心烦的时候,我就会跑到这里来,为他或者她,反正是为我想要亲手把他们埋掉的那些人找好一块草地,并且把这块地方白白送给他们当坟地。然后我就在冥冥之中立即动手把他们埋下去,于是他们就只好躺在这里动弹不得，成了死人，直到有一天他们变成了一个新的好人才可以再回来。他们的毕生经历和轶事，凡是我看到的和听到的，我都会记下来，写在我的教堂墓地杂记那本书里。其实人人都应该这样做才好。到有人对自己有过火言行的时候，不必为此而大动肝火。干脆把他们埋掉算了，自己乐得保持好心情，有那闲工夫去生闷气，倒不如读读那份《通信要览报》，那份报纸说是老百姓自己写的，不过总归有人代笔的。

到了我也要带着我的生平轶事躺进坟墓里去的时候，我就会在自己的墓碑上刻下这样一句铭文：一个好心情的人。

这就是我的故事。

伤心事

我们要讲的这个故事其实包含两个部分，第一部分本来是可以删去不讲的，不过它告诉我们一些细节，还是很有用处的。

我们在乡下一个庄园里逗留小住，不曾想到却发生了这么一件事情。庄园的主人出门一整天光景，就在那一天从邻近集市小镇上来了一位阔太太，她随身带着她的小哈巴狗。她说自己是来处置她在制革厂里的一些"股票"的，她把这些票据也随身带来了。我们劝她把这些东西装在一个信封里，信封上写明这个庄园主人的身份和地址："兵站总监，爵士……"

她仔细听了我们的指点，拿起笔来，可是旋即又停住了，她要我们再讲一遍究竟怎么个写法，不过要讲得很慢才行。我们只好再说一遍，然后她就动笔书写，刚写了几个字母又停下笔来。她深深地叹了口气，说道："我只是一个女流之辈呀！"

她在写字的时候已经把那只哈巴狗放在地板上，那只狗不停地狺狺狂吠，要知道它陪着一起来是为了散散心，这也有益于它的健康，怎么可以随意往光秃秃的地板上一搁呢！这条狗鼻子朝天，身体滚圆，背脊肥厚，长相十分一般。

"它不会咬人的，"阔太太说，"它没有牙齿，它就像自家人那样忠心耿耿，不过脾气不大好，这也难怪它，全都是我的那些孙子孙女们把它作弄成这个样子的。他们玩娶媳妇的游戏，偏偏老要它当伴娘，这对它来说真是太过分了，这个老家伙。"

她把那些票据交了出来，伸手抱起了那只哈巴狗，这是故事的第一部分，本来是可以省去不讲的。

"哈巴狗死啦！"这是故事的第二部分。

大概一个星期以后，我们来到了那个小镇上，住进了旅店。我们的窗子正好面对着制革厂的院子，这个院子被一个木板棚隔成了两个部分。一边挂着许多皮革和毛皮，没有鞣制过的生皮和已经鞣软了的熟皮都有。木棚里放着不少鞣革的工具和原料，这些全都是上次到庄园上来过的那个寡妇的家当。那天早晨，那条哈巴狗死了，埋葬在院子的这一边。那个寡妇的孙子孙女们，把坟墓堆好并且夯得结结实实。这是一个很好的坟墓，躺在里面想必会很惬意的。

那个坟墓四周镶着花盆碎片，坟茔上撒了细沙子。在坟茔的顶上露出半个啤酒瓶子，瓶颈朝天，不过这倒没有什么特殊的意义。

孩子们围着哈巴狗的坟墓跳起舞来，男孩子当中最大的那个是一个很注重实际的七岁孩子，他建议说，哈巴狗的坟墓应该对整条街巷开放，可以供人随意来参观，入场费是一粒裤子纽扣，因为这是每个男孩子都有的东西。至于女孩子嘛，那可以由男孩子送给一粒。这个建议马上就一致通过。

于是这条巷子里——甚至后面的那条巷子里——所有的孩子都来了，都交了一粒扣子的入场费。当天下午，可以看到不少男孩子的裤子上原来扣两根吊带的，现在都只扣了一根。不管怎样，他们毕竟一饱眼福，参观过了哈巴狗的墓，虽说少了一颗纽扣，那也值得。

可是在制革厂外面，紧挨着大门口站着一个衣衫褴褛的小女孩，她的模样长得很好看，满头美丽的鬈发，一双眼睛又蓝又亮，闪烁着光芒。这个小女孩一句话都不说，也不哭泣，可是每次院子的大门一打开，她就朝着院子里张望，尽量想看得长久一些。她手上没有纽扣，所以她知道得很清楚，自己只能站在门外面伤心难过。直到所有的人参观过坟墓走光了，她这才席地坐了下来，用她的棕色的小手捂住了眼睛，放声痛哭起来。所有的人都去凭吊过哈巴狗的坟墓，唯独她被拒之门外。这是件非常伤心的事，我们成年人也不例外。

我们是从上往下看到这个情景的。要知道世上有多少伤心事，不管是我们自己的或是别人的，有时看看就可以一笑了之。这个故事就这样讲完了，谁要是听不明白的话，不妨去找那个寡妇买一份制革厂的股票。

各得其所

这是一百多年前的事情了。

在森林后面的大湖旁边,有一座古老的庄园。庄园四周有很深的壕沟环绕,壕沟里长满了狗尾草、蒲草和芦苇。庄园大门口的小桥旁边有一棵古老的柳树,它的树干弯曲,枝叶低垂在芦苇上。

从车辙深陷的大路上传来了号角和马蹄驰骋的声音,于是那个放鹅的小姑娘忙不迭地驱赶鹅群,她想要赶在那帮打猎归来的人们疾驰而至之前把鹅群从桥上赶过去。可是已经来不及了,那群人奔驰得如此迅疾,猛然间已冲到了跟前,她不得不立即纵身蹿到桥边的一块高高的大石头上去,免得被奔马撞倒踩着。她还是个半大不小的孩子,相貌秀丽,身材苗条,有着一双少见的明亮清澈的大眼睛,脸上的表情温柔可人。不过迎面疾驰而来的贵族老爷却压根儿视而不见。当他如飞一般策马掠过这放鹅姑娘身边的时候,他把手里的马鞭掉转过来,存心要搞恶作剧。他举起马鞭的柄朝着小姑娘胸前捅了一下,小女孩打了个趔趄,便仰面朝天摔倒下去。

"各得其所嘛。"他叫喊起来,"你就滚到泥水沟里待着吧!"他放声大笑起来,因为他觉得这样作弄人实在太有趣了。别的人也跟着一起哄笑起来,那一帮子绅士又是狂笑又是尖叫,连猎狗也吠个不停。有一首儿歌唱得真是一点不假：

富贵鸟飞过来，
闹得地动山摇。

天晓得，此人到底有多富有。

那个可怜的小姑娘在摔倒下去的时候伸手乱抓，总算抓到了一根垂下来的柳枝，这才吊在深深的壕沟上不曾摔进沟里去。待到那帮子贵族绅士和猎狗全都走进大门之后，她挣扎着想要爬上来，可是那根柳枝却突然折断了。放鹅小姑娘身子向后一仰沉甸甸地朝芦苇丛中坠落下去。就在这千钧一发之际，有一只强健有力的手从上面把她拽住了。这是个走街串巷的货郎，他刚才在旁边不远的地方看见了这一切，便赶紧过来搭救她。

"各得其所嘛。"他学着那个贵族老爷的腔调说道，还模仿着那副颐指气使的样子。他把那根折断了的柳枝接到断开的树丫上，可惜并不是每样东西都能"各就其位"的，于是他只好把柳枝插在湿润的泥土里。

"你要是能够活过来长大的话，倒可以给那边庄园上的人做一根很好的笛子呢。"可他恨不得把这根柳枝举起来狠狠抽打那个贵族老爷和他的那帮子狐朋狗友。

他走进了那个庄园，当然不是踏进那华丽的厅堂，他是那么低贱，根本不配走进那种地方。他只能到下人住的陋室里去。大家都先看他的货色，再同他讨价还价。从厅堂那边传过来一阵阵鬼哭狼嚎般的喧闹声，他们在酒足饭饱之余放声歌唱。这也真难为了他们，因为他们唱不出更好听的歌来。于是人的歌声、笑声和狗的吠声交织在一起，形成一片乱哄哄的嘈杂声，玻璃杯里的美酒飞沫四溅。狗也跟着它们的主人一起大吃大嚼，它们不但敞开肚皮去咀嚼那些美味佳肴，还跑去亲吻比它们还要娇小的狗，当然是先用耳朵把狗嘴和狗鼻子拭抹干净了再去亲的。

后来那个货郎被叫到厅堂上去，而且要带着他的货物让他们看看，其实他们不过是要存心作弄他一番而已。灌足了酒的人是谈不上什么理智的。他们把蜜酒倒在一只袜子里递给货郎，要他喝下去，而且要一口气喝光。这真是个绝妙透顶的主意，惹起了人们的哄堂大笑。他们还把整群牲畜、手下的佃户和整座庄园当作赌注，用一张纸牌来决出输赢。

"还是各得其所吧。"货郎在脱身走出厅堂时说道，他在心里暗自把那个地方比作"罪恶之城"。"那条人来人往的大路才是我该去的地方，上面那个厅堂真让人恶心。"在他走出大门口的时候，那个放鹅小姑娘倚在篱笆上向他频频点头。

日子一天又一天、一个星期又一个星期地过去了，货郎插在壕沟边上的那根柳枝看上去一直是苍翠碧绿的，甚至还抽出了新芽。放鹅的小姑娘看出来，它已经扎下根去了，心里有说不出的高兴，她觉得这棵是她的树。

那棵小树在茁壮成长，可是那座庄园却迅速败落下去。豪饮和赌博就像挖泥船上的两个不断旋转的滚轮一样，没有人能够在它们上面站稳脚跟。

不出六年光景，那个贵族老爷就已经沦落成一个身无分文的穷苦人，他离别了那座庄园，手提讨饭兜、挂着打狗棍沿街乞讨去了。那座庄园被一个有钱的杂货商买了下来,而那个杂货商不是别人,就是那个昔日在这个庄园里蒙受屈辱的人——那个在一片哄笑声中被勒令要把倒在一只袜子里的酒喝下去的货郎。勤奋和诚实给他带来了丰硕的成果,如今这个货郎成了那庄园的主人,从那一刻起庄园上的风气立即大变,赌博从此在那里销声匿迹。

"玩牌是一种有害无益的消遣。"他说道,"当魔鬼第一次见到《圣经》的时候,就刻意要仿造出一本可以用来抵制它的坏书,结果他创造出了纸牌。"

新的庄园主娶了一个妻子,那么他娶的是谁呢?就是那个放鹅的小姑娘。她是那么温柔、虔诚和善良,穿上新衣服打扮起来真是高贵优雅、貌若天仙,天生一个贵妇人的模样。那么这一切究竟是怎么发生的呢?须知世道变迁沧海桑田,在我们这个人人都十分忙碌的时代里,说来未免话长,就不作交代了,反正事情就是这个样子了。再往下讲,这就要讲到故事的最要紧的那部分了。

在这座古老的庄园里,日子过得很美满,那位母亲主内操持家务,那位父亲主外管理庄园一应事宜。幸福宛若泉涌井喷一般源源而来。只要做人做得堂堂正正,那么兴旺发达就会相随而来。这座老庄园被修葺粉刷得焕然一新,壕沟经过疏通,还种上了果树。庄园上所有一切都井然有序,干净整洁。地板擦得雪亮,就像棋盘一样,给人一种温暖的家的感觉。在漫长的冬夜里,那位夫人带着她的所有侍女坐在宽敞的厅堂里,用手摇纺纱机来纺羊毛和亚麻。每个星期天下午,都可以听到朗诵《圣经》的声音,那是司法官本人在诵读。昔日的货郎和杂货商如今已当上了司法官,不过那当然是在他年事很高的时候才荣膺这一职位的。他们的孩子们都长大成人，后来又子子孙孙繁衍不息，所有的子孙都受到了良好的教育，不过他们并非人人都有与他们同样聪明的头脑，在所有家庭里都是如此。

这时候庄园外面的那棵柳树已经长成了一棵参天大树，它的枝丫自由自在地伸展，未经任何修剪。

"这是我们家族的系谱树。"老一辈人说道，他们还嘱咐子女要尊敬和爱护这棵树，而且也这样叮咛那些头脑不大好使的子女们。

就这样，一百年过去了。

如今已经到了我们这个时代，那里的湖泊已经干涸成了沼泽地。昔日的那座贵族庄园也已经荡然无存，只留下长方形水池里的一泓池水，以及旁边的一些砾石围堤，可以看得出来那是昔日环绕在庄园外面的壕沟的残存遗迹。这里还长着一棵华盖亭亭的古树，枝条低垂，绿叶袅袅，原来就是那棵家族系谱树。它屹立在那里，向世间展示着它的美丽，它没有经过人工修剪整枝，而是听凭自己自由自在地成长壮大。虽说这棵树从树根到树冠已从中间裂开，狂风暴雨已经把它打得有点倾斜，不过它还是挺立在那里。风雨把泥土刮进了那些裂缝里，于是从裂缝里长出了小花小草，尤其是在最上端树枝分杈的地方，长满了野悬钩子和荷叶蕨，甚至还有一株花楸树，简直就像一个悬空吊挂着的花园。那株花楸树已经在那道裂缝里扎下了根，从老柳树的半腰里伸出来，长得挺拔笔直。当浮萍被风吹到水潭的另一个角落里去的时候，这棵柳树的倒影便会在水面上晃动。在老柳树的旁边有一条小径绕树而过，通往田野。

在森林边沿的一个景色秀丽、视野开阔的河岸上，一座新的庄园居高临下地屹立在那里,华丽非凡、气派十足。窗户上大玻璃如此明亮,以至于令人觉得窗上根本就没有安装玻璃。大门口的台阶看起来就像一座覆盖着玫瑰花和阔叶植物的凉亭。草坪上碧绿青翠,纤尘不染,似乎每根草的茎叶天天早上和傍晚都会被清洗一遍似的。豪宅里面的厅堂上挂满了昂贵的油画,椅子和沙发都是用丝绒和绸缎蒙着的,看起来是那么轻盈灵巧,好像用不着人搬就可以移动自如。桌子上都铺着光亮的大理石桌面。书架上陈列着一排排皮面烫金的精装书籍。不用说,这里是真正的大富大贵之家,住的必定是一位男爵。

这里的所有东西都配得十分协调。"各得其所嘛",是这里人们挂在嘴边的口头禅。因而昔日挂在旧庄园的厅堂上显示尊贵威严的那些油画,如今都只好胡乱挂在通往仆人住房的过道里,成了名副其实的无用摆设,尤其是两幅古老的肖像画。一幅是身穿朱红色长袍、头戴假发的男人,另一幅是头发绾成一堆还扑了粉、手里拿着一朵红玫瑰花的妇人。两幅画上的人物都围着一圈柳条编成的大花环。但画面上全是一个个小小的圆洞,那是因为小男爵们总是用这两个老人来当弓箭的靶子。这两个老人并非别人,而是司法官和他的夫人,也是这个家族的始祖。

"可是他们并不真的是我们家的人。"一个小男爵这样说道,"他是个货郎,而她是个放鹅姑娘。他们同爸爸妈妈毫不相同。"

那两幅肖像画既然是毫无用处的垃圾废物,于是只好撂在通往仆人房间的过道上了,尽管他们俩是这个家族的太祖父和太祖母。"各得其所嘛",庄园上的人们恪守这一条家训,都这么说道。

牧师的儿子在庄园上当家庭教师。有一天,他陪着小男爵以及他们的年龄稍长、不久前刚受过坚信礼的那个姐姐一起到田野上去散步。他们沿着小径朝着那棵老柳树走去，一边散步，一边随手采撷了田野上的野花青草，捆扎成了一个花束。"各得其所嘛"，她谨守家训，把花束扎得非常美丽好看，同时又聚精会神地听着牧师儿子讲述的每一句话。她听他讲到造化的力量和历史上伟大的男女人物时，心里便涌起了一阵阵的快乐，因为她天性善良，灵魂和思想都十分高尚，满怀着上帝所创造的一切美好的情操。

他们走到老柳树底下，停住了脚步。最年幼的那个小男孩很想得到一支用柳枝削出来的笛子，过去他有过一支别的柳枝削的笛子。牧师的儿子便随手折了一根柳枝下来。

"哦，住手，别折！"年轻的男爵千金惊呼道，可是柳枝已经折断了。"要知道这是我们家有名的古树，我非常心疼它，为此家里人都取笑我，我却毫不在意。关于这棵树还有这么一段传说……"

于是她把我们早已知道的关于这棵树的整个故事都原原本本地讲了出来，讲到了那座古老的庄园，还有放鹅姑娘和货郎两人在这里邂逅，终于结为夫妻，成了这个高贵的家族和年轻的男爵千金的祖宗。

"这一对心地善良的老人，他们都没有想到当贵族。"她说道，"他们的格言是样样东西都要'各得其所'，所以他们觉得有了钱就去弄个爵位来抬高自己的身价地位是有悖于为人之道的。我的祖父——也就是他们的儿子——才被封为男爵。他想必学识渊博，深受王子和公主们的器重，凡是他们举行宴会，我的祖父总是在被邀请之列。家里所有人都对他推崇至极，可是不知道为什么，那老两口才真正吸引住我的心灵。想一想吧,女主人带着所有的姑娘侍女围坐在一起捻线纺纱,男主人朗朗有声地诵读《圣经》,在老庄园里那是何等惬意,何等庄严。"

"他们老两口一定是十分通情达理的有德之人。"牧师儿子说道。他们的话锋一转,谈论起贵族和平民来。牧师的儿子讲到当贵族的意义时那种眉飞色舞的神情,叫人觉得他似乎不是属于平民阶层的。他是这样说的:

"出生于名门望族本身就是一桩十分幸运的事,因为在血统里就有一种鼓舞他向上的力量。拥有一个家族的姓氏也是非常重要的,它可以把你引领进上流社会。'贵族'的本义就是高人一等的贵人,就像一块将价值明白无误地铸印在上面的金币。可是眼下这个时代流行着一种论调,许多诗人自然是群起呼应,说什么凡是贵族就都没有好东西,不是坏蛋就是蠢材;而在穷人当中,愈是卑贱低下的就愈品德优秀。对于这种说法我实在无法苟同,因为它完全是荒谬透顶的。在上流阶层,可以看到许多动人的美好品德。我的母亲曾经给我讲过一桩事情,而我自己也可以举出许许多多的例子来。

"有一天她去拜访城里一家名门望族,我相信我的外祖母曾经在那家人家当过保姆,尊贵的夫人就是由她一手带大的。当我母亲同地位显赫的贵族老爷一起在厅堂上待着的时候,贵族老爷一眼瞅见有个手挂拐棍的老妇人步履蹒跚地从院子里走过来。那个老妇人每个星期天都来乞讨,希望得到一两个银毫。

"'那个可怜的老人来了,'贵族老爷说,'她走起路来非常费劲。'

"我母亲还没有明白过来他讲这句话的意思,贵族老爷已经疾步走出厅堂,冲下台阶。他这个七十高龄的老人这样做,为的是省得那个老妇人步履艰难地登上那几级台阶来取那几个银毫。

"这虽说是一件微不足道的小事,可是却像《圣经》上的那个寡妇捐出两个小钱的故事①一样,发出来的是震撼心灵的声音,它能引起人的天性的回音。这正是诗人们应该大书特书的,在我们这个时代,诗人们应该颂扬这种品德,这样做只会带来好处,因为可以息事宁人,可以宽容谅解。不过也有个把人由于出身贵族而喜欢像一匹阿拉伯纯种名马那样用后腿直立起来在大街上嘶叫。只要有个平民走进厅堂,此人就会大惊小怪地呼叫:街巷里的痞子流氓居然登上了大雅之堂!这样的人成了贵族阶层的一个假面具,就像忒斯庇斯笔下的那种面具,大家都把这样的人当作讽刺嘲弄、取笑逗乐的对象。"

这就是那个家庭教师的长篇大论,虽说过于冗长,可是他在侃侃而谈的同时也把笛子削好了。

庄园上举行盛大的聚会,附近的十乡八里甚至首都有许多宾客赶来参加。女士们都穿戴得非常讲究,不过有些人品位高雅,而有些人却俗不可耐。大厅里宾客如云,十分拥挤。邻近地区来的牧师庄严地站在大厅的一个角落里,看样子似乎是赶来主持一个

---

① 见《圣经新约·马可福音》第十二章:"耶稣对着银库坐着,看众人怎样投钱入库。有好些财主往里投了若干的钱。有一个穷寡妇来,往里投了两个小钱,这就是一个大钱。耶稣叫门徒来,说:我实在告诉你们,这穷寡妇投入库里的,比众人的更多,因为他们已经有余,拿出来投在里头,但是这寡妇是自己不足,把她一切养生的都投上了。"

葬礼似的，然而这里分明是一场欢乐的酒宴，只是尚未开始而已。

先是一场盛大的音乐会，所以那个最年幼的小男爵把用柳枝削成的笛子也带来了，可是却不通气，根本吹不出音调来，他的父亲也吹不出声音来，结果这支笛子就派不上用场了。

音乐声和歌唱声不断响起，这乐曲和歌声主要是为了让表演者本人感到开心快活，不过倒也抑扬顿挫，颇为动听。

"您大概也是一位演奏家吧！"有位贵族骑士对牧师的儿子说道，此人真不愧是他父母的儿子。"您会吹笛子，您还会自己动手削出笛子来。您真是一位天才，想必技艺精湛到炉火纯青、登峰造极的地步了。务请赏光坐到上首这一侧的贵宾座位上来。"

"天晓得，我这是顺应时代潮流而已，大家都是如此，难道不是吗？"牧师的儿子说道。

"您一定会用这个小小的乐器使我们大家一饱耳福、皆大欢喜的。"那个贵族绅士说着便把那支用壕沟边上的柳枝削成的小笛递给了牧师的儿子，并且高声宣布说，有位家庭教师将为大家献艺，表演一曲笛子独奏。

这明明要让他当众尴尬，所以家庭教师硬不肯吹，虽然他吹得很好。不过大家围在他身边再三央求，他无可奈何，只好接过笛子放到嘴唇边上。

这真是一支奇妙无比的笛子！它吹出了一种音调，有如蒸汽火车的汽笛一般，甚至更为强劲有力，笛声非但响彻厅堂、声震屋宇，还传遍了整个庄园。笛声还飘过森林，传到了几里以外的田野乡间。笛声有如狂飙自天而降，卷起一阵风暴，它呼啸着说："各得其所！"声音响彻云霄，又在大地上盘旋回荡。那个当父亲的男爵老爷像是被托起来似的冉冉升起,飞到了半空中,又飘荡出了庄园,径直飘落到牧人的小屋里。而牧羊倌也飘浮起来,飞到了庄园里来。不是飞到大厅里去,那里他是进不去的,只能飞进仆人房间,在穿着丝袜走来走去的仆人之间盘旋。这些骄傲的仆人吓得瘫了下来,他们想:这样低贱的人居然敢来同他们平起平坐。

可是在大厅里,年轻的男爵千金也身不由己地飞升起来,飘落到了最尽头处的主人的座位上去,她坐到那里倒是名副其实的。而牧师的儿子正好坐在她的身边,他们俩就这么并排坐着,俨然是一对新婚夫妇。大厅里人人都飘浮起来,变更了座位,只有一位年迈的伯爵稳稳当当地坐在自己的座位上,纹丝不动。可见笛子是公正的,那个不愧是他父母的儿子的贵族骑士一心想要作弄人,从而掀起了这场笛子风波,才真的倒了大霉。他飞出了大厅之后,一个倒栽葱便跌进了鸡棚里,摔了个嘴啃泥,不过并不是只有他一人有这样的遭遇。

那笛子的声音飘荡到整整几里开外,就是那么老远的地方,笛声照样令人遭到了倒霉事。有个为富不仁的批发商全家乘坐着四匹马拉的马车正好在路上行驶,却被笛声几乎吹到了车厢外面去,连车背后的踏脚板上都坐不住。有两个富农干脆被刮到泥潭里去打滚了,要知道在我们这个时代这些人早已不再是只在农田里耕耘的庄稼汉啦。

这支笛子真是个危险至极的玩意儿,幸好它在吹出头一阵狂响之后就爆裂成几片。这倒真是桩好事情。于是它就被塞进口袋里:"各得其所嘛!"

第二天大家闭口不提这桩笛子惹起的天大风波,这便是"把笛子塞进口袋里"这句谚语的出处。一切都恢复到早先的样子,只有货郎和放鹅姑娘那两幅古老的肖像画被挂到大厅的正中去了,是那阵狂飙把它们挂到那里去的。有一位真正在行的鉴赏家认为,这两幅画乃是出自名家的手笔,于是它们就被挂在那里,而且还修补得焕然一新。大家并不晓得他们是那么尊贵,再说大家先前也无从得知。

如今这两幅画仍旧挂在显赫的位置上:"各得其所!"事情就是这样。永恒的真理是漫长的,要比这个故事长得多。

住在食品店老板家的小精灵

有一个名副其实的大学生,他居住在房子的顶层阁楼上,穷得一无所有。那栋房子里还住着一个名副其实的食品店老板,他住在房子的正房里。这整整一栋房子都是他的产业。小精灵就和他住在一起,因为在那里每年圣诞之夜都可以得到一盆放着一大块黄油的粥。那个食品店老板给得起,所以小精灵也就安心待在食品店里。这桩事情倒真是给人以启迪。

有一天傍晚,大学生从后门走进来,来买蜡烛和奶酪,他没有用人可差遣,只好亲自来了。他买到了想要买的东西,付了钱,食品店老板和老板娘向他点点头说了声:"晚安。"这个老板娘是个长舌妇,伶牙俐齿,能说会道,并不是只会点点头。大学生也向他们点头告辞,可是眼光却落在那张包奶酪的纸上,他站住了脚步。那是从一本书里——一本不该撕坏的旧书——撕下来的一页纸,那本书里印的全是诗。

"那边还有不少页呢,"食品店老板说,"我给了一个老太婆一些咖啡豆,换回了这本旧书。要是你给我八个铜板,你就把剩下的那些书页全都拿走好了。"

"谢谢,"大学生说道,"那么我就不买奶酪了。把这本书卖给我吧,我宁可只吃面包涂点黄油,不加奶酪。若是这本书被撕成碎片，那真是天大的罪过。您是一位精明的生意人，一位非常注重实际的人，可是您对诗歌却一窍不通，不见得比那个大木桶懂得更多一些。"

这句话说得十分无礼，尤其是把人家比作一只大木桶，可是食品店老板却毫不在意地哈哈大笑起来，大学生也只好跟着笑了起来，因为说这句话原本也只是为了逗趣。可是小精灵却愤愤不平，居然有人敢对食品店老板出言不逊，要知道他是这栋房子的房东，卖的是最好的黄油。

夜幕降临，食品店关门打烊，大家都上床睡觉了，只有那个大学生还在勤奋苦读。小精灵就溜进房间里去把老板娘的长舌头偷了出来，反正她在睡熟之后是用不着长舌头来唠叨的。只要他把长舌头随便放在屋里的任何东西上面，那东西就会发音吐字，喋喋不休地讲述自己的思想和情感，像那个老板娘一样多嘴饶舌。不过每次只能有一样东西可以这样做。这倒未免不是一桩好事，否则许多东西同时发音，七嘴八舌的，就休想听得清楚了。

小精灵把老板娘的长舌头朝那个装着旧报纸的木桶上一放，"是不是真的？"他问道，"你对诗歌一窍不通？"

"怎么会不懂，我懂！"木桶说，"诗歌就是印在报纸屁股上的小块文章，可以供人剪下来收藏的。我敢说，我肚皮里装的才学比那个大学生只多不少，可惜在那个食品店老板的眼里，我只是一只微不足道的木桶而已！"

小精灵又把长舌头往咖啡磨上一放，天哪，它立刻叽里咕噜唠叨个不停。他又把长舌头往黄油桶上和钱盒子上放，它们讲的都和那只大木桶一样。既然大多数的意见一致如此，那么理应得到尊重。

"现在该让大学生明白啦！"小精灵悄悄地顺着厨房的后楼梯走到了大学生住的顶层阁楼上。房里还亮着灯光，小精灵从钥匙孔里看进去，只见大学生正在全神贯注地阅读从下面店铺里得来的那本破烂不堪的旧书。房里明亮得很，从旧书里射出一道耀眼的光芒，这道光芒由细到粗，变成一根茎梗，又壮大起来，成了一棵枝繁叶茂的大树，高昂挺拔地矗立着，把华盖一般的树冠笼罩在大学生的头顶上。它的每一片叶子都是那么鲜嫩，每一朵花都是一个姑娘的脸蛋。她们有的长着一双乌黑发亮的眼睛，有的眼睛蓝得分外清澈。每一个果实都是一颗闪闪发光的星星，它们在曼声歌唱，歌声是那么美妙悦耳。

哦，这样美妙的情景是小精灵不能想象的，更不用说亲眼看见了，因此他踮起了脚尖一动不动地站在那里，朝着房间里看呀看呀，直到里面的灯光熄灭了。大学生一定把灯吹灭上床去睡觉了，可是小精灵还是恋恋不舍地站在那里不肯走开，因为柔和动听的歌声仍在回荡萦绕，这是为了要让大学生睡个安稳的好觉而唱的摇篮曲。

"真是美妙极了，"小精灵赞叹说，"我真是没有料到会是这个样子……嗯，我想我不妨到这里来和这个大学生住在一起。"

可是小精灵脑筋一转又想到了什么，这样想来想去也是人之常情嘛。他在那里沉吟了很久，终于叹口气说道："大学生那里毕竟没有粥喝呀！"

他下楼回到食品店老板那里去了。

幸亏他回来得正是时候，因为那只木桶几乎把老板娘的长舌头磨烂了半截,它喋喋不休地讲述自己肚子里装的那些货色,讲得没完没了,直到小精灵走过来,把它又送回到老板娘的嘴里。不过整个食品店里,从钱盒子到劈柴,全都把大木桶的看法奉为真理,它们对大木桶佩服得五体投地,以至于后来食品店老板在晚上阅读他的《时报》上的"艺术和戏剧评论"时,它们认定报上登的全是大木桶的观点。

可是小精灵却再也忍不住了,他自从看到过那次美妙的情景之后,再也不愿待在下面听这些高谈阔论了。只要顶层阁楼上的灯光一亮,就像有一根粗壮的链条将他往上拽去。他不由自主地爬到顶层阁楼上,从钥匙孔向里望去,这时他的胸中便会涌起一阵阵豪情壮志,就如同在惊涛骇浪的大海里跟随着上帝破浪前进。这使得他热泪盈眶。他也弄不明白自己到底为什么要哭泣,然而这样却让他有种快乐的感觉。

"唉,要是能同大学生一起坐在那棵大树底下,那该是多么幸福呀。"他想道,可是这样幸运的事是不会降临在他头上的,只要能从钥匙孔里张望张望,这就使他十分快乐了。

他就这样站在寒冷阴湿的过道里往钥匙孔里张望着,听凭深秋冰冷的寒风从天窗里吹下来。天气真是冷极了,不过小精灵总是在顶层阁楼的小房间里灯光熄灭、歌唱的声音淹没在寒风的呼啸声中时,才会有寒冷的感觉。他冻得身上颤抖个不停,于是他只得爬回到自己的那个角落里去,那里暖融融的,舒服得很。圣诞节来临了,小精灵又得到了一大盆粥,粥里漂浮着一大块黄油。这时候小精灵认定,食品店老板才是他的主人。

可是到了半夜时分,小精灵被窗户外面可怕的喧闹和敲击声惊醒了。人们在外面街上奔跑着大呼小喊，巡夜的看守在狂吹哨子，整条街上火光冲天，原来发生了一场大火。那么失火的是他们这栋房子，还是隔壁邻居的房子呢？火场究竟在什么地方呢？人们被吓得魂飞魄散，四周都乱成了一团。食品店老板娘吓昏了头，竟然赶快把金耳环从耳朵上摘下来，装到自己的衣兜里，她以为这样就抢救出了一点细软家当。食品店老板慌忙去拿他的股票，而女用人则去拿她的绸披风，这是她辛辛苦苦攒钱买下来的。每个人都想把最宝贵的好东西抢救出来，小精灵也是如此。他三步并作两步沿着楼梯往上爬，一口气奔到了大学生住的那间阁楼里。大学生端坐在敞开的窗户前，神色安详、镇静自若地在观看火光，那是街对面人家的院子里失火了。

小精灵不管三七二十一，抓起那本摊在桌上的奇妙的旧书，赶紧塞到自己的小红帽里，然后用双手紧紧地捧住。这栋房子里最值钱的宝贝总算得救了。他捧着这本旧书奔了出去，跑到屋顶上，又爬到烟囱顶上。他就这么坐在那里，浑身被街对面那栋失火的房子上燃烧着的熊熊火焰映得通亮。他双手捧着自己的小红帽，里面裹着一本无价之宝。直到这时候他才觉察出来，自己的心在怦怦地跳个不停，他也弄明白了自己的心里牵挂的是什么东西。

烈火终于被扑灭了，他也恢复了理智。这下子他又犯起嘀咕来了，他沉思犹豫了半晌。

"唉，我真恨不得把自己分成两半。在这两家人家都住下来。"他说，"为了那盆粥，我也不舍得离开食品店老板的。"

这真是人之常情，要知道我们也都会到食品店老板那里去的——为了那盆粥。

在新的千年里

一点不错,在新的千年里,未来时代的人类就能够飞上天啦!他们将挥舞着蒸汽的翅膀,腾云驾雾飞过世界的海洋。美洲的未来时代的居民们会到古老的欧洲来观光旅游。他们会来游览欧洲的名胜古迹,还有那些如今的大城市到了那时候说不定已变成了废墟的地方,就像我们这个时代到南亚去朝圣,瞻仰昔日辉煌、如今荒芜的圣地古迹一样。

在新的千年里,他们会从天上飞过来旅行!

泰晤士河、多瑙河、莱茵河,波浪滔滔,川流不息。阿尔卑斯山脉的勃朗峰巍然耸立,山巅峰顶冰封雪积。北欧地区夜空中北极光闪烁。一个个煊赫的家族、一代代英雄豪杰早已沦为尘土,一批批当时大权在握的显贵早已被人遗忘,他们的遗骸同其他长眠在山丘底下的平民百姓没有什么两样。而拥有这些山丘的富商巨贾们倒可以在山丘上建造一条长凳,供他们逍遥自在地坐在那里看看风景,观赏农田里起伏的麦浪。

"到欧洲去!"美洲大陆上未来时代的居民们呼喊道,"到我们祖先的国度里去!到回忆和幻想中的美丽的大地上去,到欧洲去!"

飞船来了!飞船里挤满了旅客,因为空中飞行要比海上航行速度快得多。海底的电缆线早已把空中旅客的人数拍电报通知了大洋彼岸。欧洲已经进入了视线，他们最先看到的将是爱尔兰海岸。可是旅客们还在呼呼熟睡，他们要一直等到正好飞到英格兰上空的时候才被叫醒。这里是他们踏上欧洲大地的第一站。"莎士比亚的家乡"，这是受过教育、有知识的人对它的叫法。"政治之国""机器之国"，别的人这样称呼它。

他们在这里停留一整天。这些行色匆匆的旅客在紧张的行程中只能挤得出这点时间停在大英帝国和苏格兰。

他们继续旅行，从海底隧道里横穿英吉利海峡，来到法兰西，那片出过查理大帝①和拿破仑的土地。莫里哀的名字被一再提到。那些学者们还谈论着遥远的古代的某个古典浪漫流派。他们提到了一个又一个英雄、诗人和科学家的名字，引来了一阵阵的狂喜欢呼。我们的时代对这些人一无所知，因为他们都是在我们的时代之后才在欧洲的中心——巴黎或其他别的什么地方诞生的。

蒸汽飞船飞过了那个哥伦布从这里出发去探险的国家。科尔特斯②在这里出生，卡尔德隆③在这里歌唱他的诗剧。长着美丽黑眼睛的女人们至今还居住在鲜花盛开的山谷里，就像最古老的一首歌谣《熙德之歌》④，以及阿尔罕布拉宫⑤一样。

---

① 即查理一世，法兰克王国国王（768—800），查理曼帝国皇帝（800—814）。

② 科尔特斯（1485—1547），西班牙航海探险家，曾在墨西哥、古巴等美洲国家长期从事殖民活动。

③ 卡尔德隆（1600—1681），西班牙剧作家，著有《人生如梦》等一百二十多个剧本。

④ 《熙德之歌》，西班牙最古老的英雄史诗，约写成于1140年，书中主人公熙德是西班牙人的理想英雄的化身。

⑤ 阿尔罕布拉宫，西班牙最著名的王宫，系摩尔人于1238年至1358年间建造，有浓郁的阿拉伯风格。

飞在天上飘洋过海，到了大海对面的意大利。那个被称为永恒之城的昔日古罗马如今已坍塌成为一片废墟。肥沃的坎帕尼亚平原饱经磨难成了一片沙漠。圣彼得大教堂只剩下了一道孤零零的断垣残壁，不过人们至今仍旧怀疑它曾经存在的真实性。

到了希腊，要在奥林匹斯山的巅峰上最豪华的旅馆里去睡上一夜，总算不枉到此一游。旅行的下一站是博斯普鲁斯海峡。在那里停留两三个小时观光游览，看看昔日拜占庭所在的地方，看看传说中土耳其的苏丹用来深藏成群嫔妃们的后宫。如今那一带只有穷苦的渔民们在张网捕鱼。

宽阔的多瑙河畔，昔日宏伟的大城市遗迹星罗棋布，尽管我们的时代对那些城市还一无所知。后来那些旅游者们又在这里那里降落下来，这些都是随着岁月流逝、日后才诞生出来的物阜民丰的大都市，他们参观之后再继续飞行。

他们飞到了下游的德意志。这个地方曾经布满了像蜘蛛网一样密密麻麻的铁路和运河。路德①在这里布过道；歌德在这里吟过诗；莫扎特在他那个时代里执掌过音乐的权杖。一些伟大的科学家和艺术家的名字闪耀出熠熠光辉，然而我们都对这些名字缘悭一面，无从得知。他们在德国游览了一天，又到北欧诸国来观光一天，亲临其境，看看奥斯特和林奈的国家。他们畅游了挪威这个古代英雄和后来的诺曼人的国土。在归途中，他们在冰岛观光，间歇喷泉早已不再喷涌，赫克拉火山口也已熄灭，不过这座岩石

---

① 即马丁·路德（1483—1546），德国宗教改革家，基督教路德派创始人。

嶙峋的岛屿作为"萨迦"①传说的永恒石碑将牢牢地屹立在波涛裂岸的大海之中。

"在欧洲有那么多东西可以让人大饱眼福,"未来时代里的美洲人说道,"我们花了八天工夫就游览了欧洲,而且这还是轻而易举的事情,就像那个伟大的旅行家在他的名著《一星期游遍欧洲》里所说的那样。"他们说了一个名字,那人是与他们同时代的人。

---

① 冰岛中世纪的一种传记性叙事文学作品,内容大多反映公元9世纪至12世纪北欧海盗时期的家庭兴衰以及家庭之间的仇杀争斗。

在柳树下

克易格小城周围一带是十分荒凉贫瘠的地区,这个小城镇就在海滩旁边。这里景色还算宜人,不过按理说应该更加秀丽一些,要不是四周都是平坦的田野又远离森林的话。可是,如果在一个地方住惯了,那么总可以找出点美丽的景观来,哪怕日后到了世界上别的风景最美丽的地方,它也会让我们怀念它。我们可以说克易格小城的郊外到了夏天还是很美丽的,城郊有一条小河蜿蜒流过海滩。那里,两个穷人家的园子就在河畔。

这两家邻居的孩子克努特和约翰娜尤其觉得这里非常美丽。他们老在一起玩,只消从隔开两个园子的醋栗树丛下钻过来或钻过去,就可以从一个园子到另一个园子了。在一个园子里长着一棵接骨木树,在另一个园子里长着一棵老柳树。孩子们很喜欢在这棵柳树底下玩耍。他们也得到许可到这儿来玩,虽说这棵柳树长在小溪旁边,他们不小心就会掉到水里去,可是上帝的眼睛看护着这两个孩子,不然他们就不会那样太平无事了,何况这两个孩子自己也十分留神,不走近水边。其实那个男孩子胆小怕水,夏天每当别的男孩子在水里嬉戏的时候,他说什么也不肯跟他们一起去玩水。男孩子们取笑他,他也只得尽力忍受。

有一回邻居家的那个小女孩约翰娜做了一个梦,梦见她自己坐着一艘船在克易格海湾里航行。克努特泅水到她那里去。海水先淹到他的脖颈,然后淹没了他的脑袋。自从克努特听说了这个故事之后,他就容不得别人叫他是怕水的胆小鬼了。他对他们说约翰娜也曾梦见过他在海湾里泅水呢,那是他引以为豪的事。可是他还是不肯去玩水。

他们两家的父母都是穷苦的人,他们经常往来,坐在一起喝茶聊天。这时候克努特和约翰娜就在园子里玩,或者在大路上玩。大路边沿的水沟旁种着一排柳树,那些柳树的顶都被砍秃了,模样一点儿也不好看,可是它们种在那里不是为了图好看,而是为了有用处。园子里的那棵柳树要好看得多,所以孩子们常常喜欢在树下玩耍,就像常说的那样:"流连忘返。"

克易格城里有个大市场,每逢集市的时候,那里满街都搭起了帐篷。有卖缎带的,有卖靴子的,反正各色各样的东西都能买到。市场上人群熙攘,拥挤不堪。尤其到了下雨天,农夫外套上的那股潮湿难闻的气味扑鼻而来。可是好闻的气味也可以闻到,那是蜂蜜蛋糕和姜饼发出的诱人香味。有一个摊子专门卖糕饼,里面堆满了蜂蜜蛋糕和姜饼。最妙不可言的是:那个卖糕饼的人逢到集市期间就寄住在小克努特父母的家里。所以小克努特总会尝到一个小小的蜂蜜蛋糕,当然约翰娜也可以分到一块。不过更叫人高兴的是,那个卖蜂蜜蛋糕的小贩会讲许许多多的故事,几乎每样东西都有一段故事,就连他卖的那些蜂蜜蛋糕居然也有一段故事。有一天晚上,他专门讲了一个关于蜂蜜蛋糕的故事,让孩子们听得入迷,再也忘不了。

所以我们不妨也亲耳听一听,好在这个故事很短。

"有一回,柜台上摆着两块蜂蜜蛋糕,"他说,"有一块做成了男人形状,戴着帽子。另一块做成了一个小姑娘,不戴帽子,但是头上贴着一小片金色箔纸。他们的脸都在蛋糕朝上的一面,好让人看得见,要是做在蛋糕的底上,因为那一面是朝下的,人家绝不会留心去看的。那个男人的左边嵌了一颗苦杏仁,那是他的心。那个姑娘的全身都是蛋糕,一点果料也没有放。

"他们两个摆在柜台上是当样品的,所以没有卖出去。日子一长,他们两个就相爱了,可是谁也没有向对方说出来。其实只有说出来才能够好事成双。

"'他是个男人,他应该先开口。'她想。不过,她已经心满意足了,因为她知道他是同样地爱她。

"他的想法却有点过分,有点霸道,男人嘛,通常都是这样。他梦想自己是个有生命的街头孩子,身边有四个铜板,把这蛋糕小姐买过来,一口把她吃掉。

"他们在柜台上摆了一星期又一星期,他们的身体渐渐地变干了,变硬了,她的想法却变得更温顺、更有女人味。'我能和他一起在柜台上生活了那么久,也就心满意足了。'她想。于是她就裂为两半。

"'要是她知道我对她的爱情,她也许会活得更久点。'他想。"

"故事到此结束,这就是他们两个。"那个卖糕饼的小贩说,"他们一生的经历,还有他们沉默的、没有结果的爱情是很能打动人心的,是不是?瞧瞧,我把他们两个送给你们吧。"

说着,小贩把那个男人模样的蜂蜜蛋糕给了约翰娜,那块蛋糕还是完整的;他又把裂成两半的蛋糕姑娘给了克努特。可是这两个孩子都被这个故事感动了,他们舍不得把这一对恋人吃掉。

第二天,他们把那两个蜂蜜蛋糕带到克易格教堂的墓地。教堂的围墙上长满了碧绿的、茂盛的常春藤,好像墙上挂起了一层厚厚的壁毯。他们把蛋糕放在阳光下的绿藤上,又把这个沉默的、没有结果的爱情故事讲给那一群孩子听。他们听得很入神,因为他们觉得这个故事美极了。可是,当他们回过头来看这对蛋糕恋人的时候,那块破裂的蜂蜜蛋糕姑娘却不见了。原来有个大一点的孩子在使坏,他悄悄地把她吃掉。孩子们忍不住哭起来。后来,他们大概不想让那个男恋人孤独地留在这个世界上,也把他吃掉了。但是这个故事他们却永远忘不了。

那两个孩子经常在接骨木树旁或者柳树底下玩耍。小姑娘扯开嗓门,用银铃般的声音唱歌,唱得那么好听。可是克努特没有天生的好嗓子,他只能记得住歌词,这也算有点能耐。当约翰娜唱歌的时候,克易格的居民,甚至五金杂货铺有钱的老板娘,都静静地站着倾听。

"这个小姑娘的嗓音真甜。"她说。

那些日子真是快乐幸福,可是岁月流逝,时光不会永驻。小姑娘的母亲去世了,父亲要到哥本哈根重新结婚。他在首都找到了一个职业:当送信的邮差,这是个收入相当丰厚的差使。于是,两家邻居含泪告别,两个孩子更是伤心地大哭。两家的大人都答应每年至少要通信一次。

克努特被家里送去给鞋匠当学徒,因为家里无力供养一个已经长得很高大的男孩,不想让他整天游荡。后来他到了领受坚信礼的年纪。

哦,他多么希望能在举行领受坚信礼仪式的那个安息日到哥本哈根去看看小约翰娜。可是他没有去成,只好仍旧留在克易格小城。尽管哥本哈根离克易格小城不过五英里路,但是他从来没有去见识过这个大城市。在天气晴朗的时候,从克易格海湾极目远眺,克努特可以看见哥本哈根的那些教堂的钟楼。在他领受坚信礼的那天,他不太清楚地看到圣母教堂尖顶上的金色十字架在阳光下闪闪发光。

哦,他多么思念小约翰娜呀!不知道她是不是还记得他?一定记得的!

圣诞节的时候,她的父亲给克努特的父母写来了一封信。信中说他们在哥本哈根过得很好,尤其是约翰娜,因为她有优美动人的嗓音,有希望交上好运。她已经受聘于喜剧院的合唱队,有一笔不大的收入。她从自己挣的钱里省下一块钱,寄给她住在克易格小城的亲爱的邻居,供他们欢度圣诞节,希望他们能为她干一杯。在那封信的结尾处她亲笔写了:"又及:热烈问候克努特。"

他们全家人看完信都哭了起来。这封信真是令人高兴,他们流下的是高兴的眼泪。克努特天天都在思念约翰娜。现在他知道她也在思念他。他清楚地明白过来:自己很快就要满师了,在他满师之后,约翰娜一定得成为他的妻子,因为他是那么爱她。他一想到这些,嘴角上就会漾出微笑。如今他干起活来比早先要快出一倍多,他用脚紧紧地踩住鞋撑子,有时锥子会刺进他的手指,但是他也不在乎。他已经拿定主意不要像那对蜂蜜蛋糕一样,扮演哑巴恋人的角色,那个故事给他的启迪真是太大了。

他满师之后就收拾好背包准备出门。这是他有生以来第一次去哥本哈根,那边有个东家正等着他去上工。约翰娜见到他会怎样惊喜呀!她现在已经十七岁了,而他已经十九岁。

他本来想在克易格城里给她买一只金戒指,后来他想,在哥本哈根必定能买到更漂亮的。于是他告别了两位老人,在深秋的一个阴沉沉的下雨天里动身了。他冒着凄风苦雨疾步行走,沿途只见树上的枯叶一片片地飘落下来。等他到了哥本哈根新东家那里时,他已经浑身湿透了。

来到这个大城市后,在第一个星期日,他去登门拜访约翰娜的父亲。他穿上了出门做客穿的服装,戴上了刚刚在克易格买的新礼帽。这顶礼帽戴在他头上倒挺合适,从前他只戴鸭舌便帽。他没有费多大劲就找到了他要找的那栋楼房。他爬了一层楼又一层楼,头都几乎转晕了。在这个人口稠密的大城市里,人们居然你住在我的头顶上,我住在你的头顶上!

她父亲的家一眼就可以看得出是十分富裕的,每间房间都显得很有气派。约翰娜的父亲很客气地接待了他。约翰娜的继母,也就是她父亲的新太太,是个他从未见过面的陌生人,不过她也伸出手来同他握手,并且给他端来了咖啡。

"约翰娜看到你来会非常高兴的,"她父亲说,"你已经长成一个挺英俊的小伙子啦!你马上就会见到她的。她是个很争气的好姑娘,给我带来了欢乐,而且我还会得到更多的欢乐,但愿上帝保佑!她自己有间房间,每个月还付给我们房租。"

她的父亲很有礼貌地亲自敲了敲她的房门,就好像他是个登门求见的陌生人一样。然后他们两人走了进去。

天哪！这房间简直漂亮极了。在克易格整个城里恐怕找不出一间比这更华丽的房间来，连王后住的地方大概也没有这么精致。房间的窗帘一直垂到了地面。地板上铺着地毯，墙壁上挂满了画，四处摆满了鲜花，鲜花丛中有一张丝绒面的安乐椅。靠墙有一面大镜子，大得跟门一样，叫人一不小心就会朝它走进去。所有这些布置和摆设，克努特只是匆匆地瞥了一眼，他的眼睛里只有约翰娜，除此之外什么都看不见。

她已经长大啦，出落得亭亭玉立，同克努特想象的大不一样，但要美丽动人得多。她用奇异的眼光打量着克努特，不过这只持续了片刻，接着她朝他快步走来，那神态看起来像是想吻他，不过她没有这样做，虽然差点儿这样做了。

是呀，她重新见到童年的伴侣真是太高兴了，眼泪几乎夺眶而出。接着她问长问短，问到了克努特父母的近况，问到了那棵接骨木树和那棵柳树。她把它们叫作"接骨木树妈妈"和"柳树爸爸"，就好像它们是活人一样。说真的，它们也可以当作人看，就像那两块蜂蜜蛋糕一样。她真的提起了它们，又讲到了它们彼此心照不宣却始终没有说出口来的爱情。它们怎样一起被搁在柜台上，怎样变干、变硬和碎裂。这时她哈哈大笑起来。鲜血涌上了克努特的双颊，他的心怦怦乱跳。约翰娜一点也没有变得傲慢！他还注意到，由于她的暗示，她的父母请他留下来和他们一家度过了整个晚上。她沏好茶，亲手给他端来了一杯，然后拿起一本书来高声念给他听。克努特似乎觉得她所念的是关于他们俩的爱情故事，因为那些情节恰恰同他的想法相吻合。然后她又唱了一首歌，歌词很简单，不过她一唱就把那个故事唱得活灵活现，似乎她让自己心头上的全部情意都随着歌声流淌出来。

一点不错，她确实很喜欢克努特。泪水从克努特的脸上淌了下来，他嘴里一句话也说不出来，仿佛成了哑巴。他觉得自己忽然变得又呆又痴。但是她紧紧地握住他的手说：

"你有一颗善良的心，克努特，但愿你永远像现在这样。"

那个晚上真是无比欢乐，度过了这样的一个晚上叫人怎么还能睡得着！实际上那天夜里克努特辗转反侧，一夜都没有睡。

在告别的时候，约翰娜的父亲曾经说："好呀，这下子你大概不会把我们忘在脑后了，你不会整个冬天都过去了都不来看我们一次吧。"

因此，克努特认为他下个星期天也非得去看他们不可。他就这样拿定了主意。每天晚上，他们都要在烛光下干活，等干完活，他就匆匆地出去，穿过这座城市来到约翰娜居住的那条街上，他抬头朝她的窗户望去，窗户里总是射出灯光。有一天晚上，他清楚地看到窗帘上映出了她脸庞的侧影，那是一个多么美好的夜晚呀！雇用他的那个鞋匠师傅的妻子对他每天晚上都要出去闲逛挺不乐意。她把克努特的外出叫作闲逛。可是鞋匠师傅只是笑笑，说："他还是个年轻人嘛！"

克努特暗自想道："星期日我就要见到她了。我要告诉她我心里只有她，她一定要嫁给我做妻子。我知道直到现在我只是个身无分文的刚刚满师的穷学徒，但是我能吃苦耐劳，我会成为一个真正的鞋匠，有一天我会自己开个修鞋铺当老板。是的，我要把这一切告诉她。那种沉默的爱情是不会有什么结果的。这是我从蜂蜜蛋糕那里得到的教训。"

星期天来到了。可是,当克努特到她家的时候,他们全家都要外出做客。真是不凑巧,他们这样对他说。约翰娜紧紧握住他的手说:

"你去过喜剧院吗?你应该去看一回。星期三我在那里演唱。如果你那天有空的话,我会送你一张票。我父亲知道你师傅住的地方。"

她多有情意啊!到了星期三中午,他收到一个封好口的信封,里面没有什么留言,只有一张戏票。到了那天晚上,克努特有生以来第一回踏进了剧院。他在那里看到了什么呢?哦,他看见了约翰娜,她是那么优雅,那么迷人!她真的同一个陌生人结了婚。不过那只是在演戏,克努特知道得很清楚,否则她决不会送票给他,让他来看她结婚的。所有的观众都在鼓掌,喝彩,克努特也大声喝彩。

连国王也对约翰娜微笑起来,看样子她的演唱很讨国王的欢心。上帝啊,他觉得自己是多么渺小,但是他是多么真诚地爱着她,她不是也挺喜欢他吗?男的应该先开口嘛!就像蜂蜜蛋糕姑娘想的那样。那个故事里讲出了许多人生真谛。

转眼又到了星期天。克努特又到那边去了。此刻他的心情就像去领圣餐一样。约翰娜独自一人在家,她单独接待他,世上再也没有比这更幸运的事了。

"你来得正好,"她说,"我差点儿就要叫爸爸去请你来。不过我隐隐约约有一个感觉,心想今天晚上你会来的。我有一桩要紧的事要告诉你。星期五我就要到法国去了,如果我要出人头地的话,必须到法国去深造。"

克努特只觉得整栋屋子一下子旋转起来。他的心快要爆裂了。他眼睛里没有淌出泪水,不过约翰娜仍旧一眼就看出他是多么悲哀。她几乎要哭出来了。

"你真是个坚贞不渝、忠实守信的人呀!"她说。

她的这句话使克努特敢于开口说话了,他告诉她说,自己一直真心地爱着她,她应该嫁给他做他的妻子。他看到在他讲这些话的时候,她的脸一下子变得刷白。她松开了紧紧握着克努特的手,严肃而又难过地说:

"不要自找烦恼,同时也不要给我带来不幸吧,克努特。我永远都是你的好妹妹,你可以完全相信我,但是不能再有更多的要求了。"

她用自己柔软的手抚摸着他那滚烫的前额,说:

"上帝赐给了我们忍受折磨的力量,现在要看我们自己的意志。"

就在这时,她的继母走进了房间。

"克努特一听我要出门远行,他心里很不好受,"约翰娜急忙说道,"好啦,做个男子汉吧。"她说着拍拍他的肩膀,就好像他们一直在谈论出门留学而没有谈别的事。

"真是个孩子,"她说,"你要乖一点,要听话,就像我们两个小时候在柳树底下玩耍的时候一样。"

可是克努特只觉得此时此刻天塌了一大块,他的思绪茫然,像是一根断了的线一样随风飘荡,至于飘向何方,连他自己也不知道。

他待在那里!不知道是人家留他的还是自己待在那里的,但是他们仍然对他亲切热情。约翰娜给他斟上茶,她唱了一首歌,她的歌依然好听,可是音调却跟以前不一样,听起来不是使人心醉神迷，而是令人心碎神伤。

他们告别了，克努特没有把手伸给她。可是她却拉住了他的手说：

"你当然会伸出手来同你的妹妹告别的，是吗，我小时候陪我一起玩的哥哥？"

她脸上仍然笑容可掬，泪珠儿却忍不住一串串地从脸上淌了下来。她又再叫了一声"哥哥"。是呀，这也总算是一种安慰吧。他们两人就这样分手了。

约翰娜坐船去了法国。克努特走在哥本哈根泥泞不堪的街道上。鞋匠铺里别的工匠问他干吗这样愁眉苦脸地走来走去，他应该跟他们一起去玩玩才对，因为他毕竟还是个年轻人嘛。

于是，他们一起去了一家舞厅，那里有许多漂亮的姑娘，可是根本没有一个像约翰娜那样的。他本来以为在那里他可以把她忘掉，然而她更生动地在他的脑海里显现出来。

"上帝赐给了我们忍受折磨的力量，现在要看我们自己的意志。"她曾经这样说过。于是他的内心变得虔诚圣洁起来，他把双手合拢到一起。小提琴高奏着欢快的曲调，姑娘们在四周翩翩起舞。他十分懊悔，觉得不该把约翰娜带到这种地方来，因为约翰娜就在他的心中。他一口气跑了出去，跑过大街小巷，经过她住过的那栋楼房。那里已漆黑一片，到处空空荡荡，只有他孤身一人。整个世界同他分道扬镳。克努特将按照自己的人生之路走下去。

严冬来临，寒风凛冽，水都结了冰，世上万物似乎都被埋进了冰窟窿。

冬天终于过去，春回大地。在春季第一艘轮船出海航行的时候,他心头萌生了遏制不住的欲望,他也想出国,到世界上去闯荡一番。哪怕再远都可以,也许愈远愈好,但是他不愿意走进法国。

于是他打好背囊,徒步到了德国,一直走啊,走啊,凭着两条腿深入到德国的腹地,从一个城市流浪到另一个城市,可是都无法安顿下来。他一直走到了纽伦堡,总算在这座光辉的古城里有了落脚点。他不安的情绪才算稳定下来,他打算待在这儿。

纽伦堡是一个稀奇的古城,它好像是从一本古老的画册上剪下来的一样。大街小巷随着各自的心意蜿蜒伸展。房屋不是一排排整齐地排成直行。那些带有小尖塔、雕着花纹和人像的吊窗任意地悬在人行道上。房子的屋顶非常陡峭,落水管做成飞龙或长腰犬的形状,从屋顶一直伸到街道旁边的阴沟里。

克努特背着背囊站在集市广场上,他站在一个古老的喷泉旁边。喷泉四周围着一圈非常美丽的大理石雕像,既有《圣经》上的贤哲,也有历史人物,两股泉水喷涌出来,宛如溅出玉珠的水柱。

一个漂亮的侍女正在用桶汲水,她给克努特喝了一口甘露似的泉水。她的手里拿着一把玫瑰,所以她也给了他一朵。他觉得这是个好兆头。

一阵阵悠扬的风琴声从纽伦堡教堂里传出来,传到他的耳中,它的调子听起来同克易格教堂的没有什么两样。他走进了那座宏伟的教堂,阳光从绘有彩色画的窗玻璃上照进来,把高大细长的圆柱辉映得绚丽斑斓,他的心中有一种虔诚庄严的感觉,他的心灵变得圣洁安宁起来。

他在纽伦堡寻找落脚之处,一个善良的师傅雇用了他,他就留下来给那个师傅干活,住在师傅的家里并且还跟着师傅学德国话。

城周围古老的护城河早已干涸，如今变成了一个个小菜园子。不过高大的城墙依然屹立，上面的箭楼也依然留存。绳索工匠们在城墙内侧的一条木制长槽里把绳索绞紧。城墙内侧的缝隙里长出了一棵棵接骨木树，它们的枝丫绿叶朝外伸出来，正好把下面低矮小屋遮掩住了。克努特的师傅就住在这样一座小屋里。在克努特睡觉的顶楼的气窗外面，接骨木树的枝丫随风摇曳。

克努特在这里住了一个夏天和冬天。当第二年春天来到的时候，他再也忍受不了。接骨木树开花了，它的香气使他想起了克易格小城，他似乎回到了他们家的园子里。他不得不从师傅家里搬出来，在城里另外找了一处住所，那里不长接骨木树。

他干活的作坊紧靠一座古老的小石桥，桥对面是一座整天发出轰隆隆响声的低矮水推磨坊。外面有一条水势湍急的河流在许多房屋之间冲过去，这些房屋腐朽的阳台似乎随时都会倒塌在河水之中。这里不长接骨木树，连栽在花盆里的绿色植物都没有，可是就在作坊的正对面却长着一棵高大的老柳树。它把枝丫伸过小河，紧紧贴着作坊的屋顶，好像生怕这幢旧屋一下子被河水冲走似的。这棵柳树也像克易格老家园子里的那棵柳树一样，也把枝丫在河流上伸展开来。

唉，是的！想不到他从"接骨木妈妈"那里搬到"柳树爸爸"的近旁来了。尤其是在有月光的夜晚，他的思乡之情难以摆脱，就像歌曲里唱的那样：

　　思念丹麦的乡愁啊，
　　月光如水催人断肠。

可是不要错怪了月光，因为勾起乡愁的不是月光，而是那棵柳树。

他再也忍受不了，为什么忍受不了呢？不妨去问问柳树，问问鲜花盛开的接骨木树吧。因此他告别了这位师傅，告别了纽伦堡，他要走到更远的地方去。

他没有向任何人谈起过约翰娜。他把忧愁埋在自己心里。他对蜂蜜蛋糕的故事所包含的寓意有了更深刻的理解。他明白了为什么那个男的左边放了一颗苦杏仁，因为现在他自己就尝到这苦涩的滋味了。约翰娜虽然柔情似水，笑容灿烂，但她没有那颗苦杏仁，她只是一块蛋糕。

他背囊的带子似乎紧紧地缠住了他，害得他透不过气来。他把它解开，可是无济于事。原来露在他身外的只有半个世界，而另外半个却压在他的心里。他就是这样的处境。

直到他看见那些崇山峻岭的时候，世界对他来说才开阔起来，他的心情豁然开朗，泪水夺眶而出。在他看来，阿尔卑斯山是世界的一对翅膀，至今一直收拢着不曾展开。黑黝黝的森林、泡沫飞溅的溪流、朵朵云彩和白皑皑的积雪交织成一幅色彩斑斓的图画，这就是它的羽毛。有朝一日它展开这五彩缤纷的羽毛，挥起巨大的翅膀，那将会是怎样的情形呢？那就是世界的末日来临之时。整个世界展翅翱翔飞向上帝，最后终于在上帝的圣火光焰之中像个肥皂泡一样爆裂开来。"哦，但愿此时此刻，世界末日就已来临。"他喟然长叹道。

他安详地穿过阿尔卑斯山麓附近的平坦原野，他觉得这一带像是一个芳草如茵的大果园。那些坐在房舍的木阳台上忙着编织的姑娘们朝他点头打招呼。落日的余晖把周围连绵起伏的峰峦辉映得一片火红。当他看见黑沉沉的森林里忽然露出一泓湖水的时候，不由得思念起家乡小城旁边的克易格海湾。他无限惆怅，不过心里却没有痛楚。

眼前就是莱茵河，那河水在滚流，在翻腾，恰似大海里汹涌的浪潮，白沫迸溅有如飞雪，水面上烟霭朦胧，宛如层层白云，仿佛云朵就是从这里制成的。一道彩虹在烟波上忽隐忽现，就像一根彩带在飘动。此情此景叫他想起了克易格小镇上的水磨，那里的水流也是这样湍急，也是这样溅出飞沫。

他满心欢喜，本想在这个安静的莱茵河畔的小城里住下。可惜这里到处种着柳树和接骨木树，多得不得了，于是他只好再往前走去。

他翻越了高山，攀登了悬崖，走过像燕子窝似的贴在山崖上的险径。在他脚底下的深峡里，急流在奔腾，白云在飘荡。他走啊，走啊，脚下踩着阿尔卑斯山的野玫瑰、蓟草和山顶上厚厚的积雪，头上顶着盛夏火辣辣的太阳。最后，他终于同欧洲的北部彻底告别，来到了欧洲的南部。那里长着玉米和栗子树，还有大片的葡萄园。那座巍巍的大山像是一堵厚墙，横在他和往事之间，把他的回忆尘封起来。他觉得这样也挺好，就此一了百了。

他走在栗子树下，走在玉米地里，穿过葡萄园。出现在他面前的是一座雄伟而美丽的大城市，人们都把它叫作米兰。他在这儿找到了一个德国鞋匠师傅，鞋匠师傅雇用他当工匠干活。鞋匠师傅和他的妻子是一对和善的老夫妻，他们渐渐喜欢上这个老实本分的工匠，因为这个人沉默寡言，干活却非常勤快，干得又多又好。他笃信上帝，是个虔诚的基督徒。连他自己也觉得已经把压在他心头的重负卸掉了。

他最大的乐趣是不时去参观那座大理石教堂，他觉得这座教堂看上去似乎是用他故乡的白雪堆成的。那来自故乡的白雪堆出了教堂的圆顶、那些尖塔、那些用鲜花点缀的宽敞大厅、那些雕像。那些雪白的雕像从每个角落向他微笑，谁说他们不是老乡呢？他爬到教堂的圆顶上，放眼望去，上面是蔚蓝的天空，下面是这座城市和广阔的伦巴第大平原。北面，耸立着终年积雪的高山。于是他想起了家乡的克易格教堂和爬满常春藤的红墙。但是他早已没有乡愁了，他并不渴望回到那里去，他宁可在这里了却残生，死后也埋葬在高山的这一边。

他在这里已经住了一年，自从他离开家乡后已经三年过去了。

有一天，他的东家带他进城，不是到马戏场去看马术表演，不是的，而是上米兰大歌剧院！这是一座宏伟壮观的建筑，值得一看。歌剧院有七层包厢，每一层上都挂着丝绸帷幔。从池座到高得令人头晕的顶楼，都坐满了服饰华贵的名媛淑女。她们手里拿着花束，就像来参加舞会似的。先生们也穿着最讲究的大礼服，许多人胸前还戴着金质或银质勋章。剧院里灯火辉煌，亮得如同在太阳光下一样。音乐声骤起，既美妙又响亮。这里的一切的确要比哥本哈根喜剧院华丽得多。

不过还是不一样，那里有约翰娜，而这里……

天哪，就像变魔术一样，舞台上大幕徐徐向两边拉开。前台正中竟然站着约翰娜。她穿着丝绸衣服，戴着金饰和皇冠。

她引吭高歌，只有上帝的天使才有那么美妙动听的歌喉。她走到舞台的前面，脸上露出微笑，只有约翰娜才能发出这样灿烂的微笑。她的双眼凝视着克努特。

可怜的克努特紧紧抓住了鞋匠师傅的手，放声高喊："约翰娜！"不过谁也听不见，乐师们演奏的音乐声太响了。

鞋匠师傅点点头说："不错，她的名字就叫约翰娜。"鞋匠师傅掏出一张铅印的说明书来，上面赫然印着约翰娜的名字，她的全名。

天哪，莫非是一场梦？人人都在朝她欢呼，把花束和花环朝她掷过去。每次她谢幕回到后台的时候，喝彩声又把她叫出来。于是她一次又一次地谢幕。

在歌剧院外面的大街上，人们把她乘坐的马车围得水泄不通。他们甘愿为她拉车。当大家来到她住的那栋气派豪华、灯火通明的住宅时，克努特挤到车门前。车门打开了，她从车上走下来，灯光把她娇美可爱的脸庞映照得十分明亮。她微笑着，是那么温柔妩媚，她非常感动地向大家表示谢意。克努特盯住了她的脸庞，她也直瞪瞪地看了他一眼，可是没有认出他来。

一位胸前戴着星形勋章的高贵的先生伸出手臂让她挽住。大家都说，他们已经订婚了。

克努特萌生归心，要回到老家去，他收拾起他的背囊，用绳子捆好。他决定回到他的老家去，回到接骨木树和柳树那儿去。

"啊，回到那棵柳树下面去！"他的心里在呼唤，一个人的整整一生有时候在一个钟头里似乎就可以过完。

鞋匠师傅老两口挽留他，一再央求他留下来，可是说什么也不能够打动他的心。他们对他说，寒冬快要到来了，高山上早已大雪纷飞。他说,不要紧,可以背着背囊拄着拐杖,在慢慢前进的载货马车后面的车辙里走,而且人们总要在积雪上开出一条道来。

他终于动身了,朝着那巍巍群山走去,他穿山越岭攀缘爬行,可是那崇山峻岭连绵起伏没有尽头,他觉得浑身力气都快要用尽了,沿途见不到一个村落,看不到一栋房屋。他一个劲儿地朝北走,星星在他头上闪烁着暗淡的光芒,他的脚步踉踉跄跄,脑袋里一阵阵眩晕。星光一直照到深山峡谷之中。在双峰相峙的深谷里突然一片星光灿烂,似乎在他的脚底下还有一个繁星闪烁的夜空。他觉得自己生病了。脚底下的星星越来越多,越来越明亮,而且还在动来动去。他终于明白过来,自己脚底下是一个小城镇,他看到的满山谷的繁星其实是城里的万家灯火。他看清楚之后便使出最后一点点力气,终于到了一家简陋的小客栈。

他在那里过了夜,第二天又在那里歇了一整天。他已经体力不支,需要休息和调理。山谷里已开始解冻融雪,深谷里阴雨绵绵,又潮又冷。第二天清晨来了一个带着手风琴的流浪艺人,他奏起了一支丹麦的家乡曲子。克努特又按捺不住了,他急不可耐地又动身赶路。他又朝北走了几天,一路上行色匆匆,好像要在家里的人没有死完之前赶回去似的。不过他没有向任何人吐露过他心头的渴望。没有一个人会相信他心中的痛苦,一个人所能感觉到的最深的痛苦。这种痛苦是不必让外人知道的,甚至也用不着向朋友们诉说,因为这毕竟不是什么有趣的事,再说他也没有朋友。他是一个萍踪不定的漂泊者,他多年在外国流浪,如今正朝着北国,自己的家乡走去。

他在许多年前收到过一封家信,那是盼着儿子归来的年迈的

父母写给他的信,也是唯一的一封信。信里写道:

"你不是个纯粹的丹麦人,不像我们家里别的人那样热爱乡土。我们都是土包子,而你只喜欢外国!"

是啊,这就是他父母的口气,他们才写得出这样的话来。他们对他真是知道得再清楚不过了。

时近黄昏,天色渐渐暗淡下来。他仍在荒野的公路上向前走。寒风凛冽,地面上仍有霜冻。四周的原野渐渐变得平坦起来,出现了愈来愈多的农田和草原。路旁长着一棵高大挺拔的柳树,这里的一切景色看起来都同家乡的一样,很有丹麦风味。他在柳树下席地而坐,他感到困倦,脑袋耷拉下来,眼皮子也合拢了,他迷迷糊糊地打起盹来。

在蒙眬中,他依然清楚地感到那棵柳树在他的头上撑开了像手臂一般的枝丫。他渐渐地进入了梦乡,在梦境中那棵柳树变成了一个身板硬朗的老人,一个"柳树爸爸"。他把这个又困又累的游子抱进怀里,把他送到祖国去,送到克易格去,送到白茫茫的荒凉的海滩上去,送到他儿时的园子里去。是呀,他梦见的这棵柳树就是克易格的那一棵,想必是柳树见他游子不思归就干脆出门来寻找他。那棵柳树在世界上到处寻找他,终于在这里把他找到了。现在柳树要把他抱回到小溪旁边的园子里去,小约翰娜正站在那里等着他!她浓妆艳抹,穿着华丽的裙袍,头上戴着金冠,就像他最后一次见到她的那个样子。她朝着他高声喊道:"欢迎你!"

就在这时,他的眼前闪出了两个奇怪的小人儿,他们就是那两块蜂蜜蛋糕:蜂蜜蛋糕先生和蜂蜜蛋糕姑娘。不过他们也有了变化,容貌上变得更像人了。他们把有人形的一面朝着他,显得很快乐。

"谢谢你！"他们两个对克努特说，"是你教会了我们有话就说出来。你教会了我们不能把心事闷在肚子里，必须大大方方地讲出来，否则什么结果也不会有。现在我们总算有结果了，我们已经订婚了！"

说完，他们手拉着手在克易格小城的街上走过去。他们的背面，也就是蛋糕的反面，看起来也很顺眼，没有被烤焦，所以也没有什么可挑剔的。他们径直走向克易格教堂，克努特和约翰娜跟在他们的后面，他们也是手挽着手。那座教堂和以前没有什么两样，红墙上爬满了碧绿的常春藤。

教堂的大门忽然朝两边分开，风琴奏起了庄严圣洁的音乐。他们缓缓地从教堂大厅中间的通道上走进去。

"让两位主人先来吧，"那一对小人儿说，"蜂蜜蛋糕先生和小姐为你们祝福，祝福你们这一对新婚夫妇！"

那两个小人儿各自退到一边，克努特和约翰娜依然缓步向前走，他们走到祭坛前跪下。约翰娜把头偎依在他的肩上，大颗大颗的泪珠从她的眼里淌出来，一滴一滴地落到他滚烫的双颊上。她的眼泪是冰凉的，因为她心里的坚冰融化了，被他热烈的爱情融化了。

他突然惊醒过来，原来他坐在那棵老柳树底下睡着了，他还在外国的土地上，在一个像严冬一样寒冷的夜晚。天空里云层低垂，刚刚下过一场冰雹，冰雹打得他脸上火辣辣地疼。

"这是我一生之中最美好的时刻，"他说，"虽然只是一个梦。主啊，让我把这个梦再做一遍吧。"于是，他又把双眼合上了。他睡着了，他做梦了。

第二天清晨又下了一场大雪，积雪把他的双脚埋了起来，但他依然在熟睡。这里的居民去上教堂的时候，发现路旁坐着一个手艺人。他已经死了，是冻死的，在柳树下。

一个豌豆荚里的五粒豆子

有一个豌豆荚里有五粒豆子,它们都是碧绿碧绿的,豌豆荚也是碧绿碧绿的,所以它们相信整个世界都是碧绿碧绿的,这倒是非常正确的。豌豆荚在长大,豆子也在长大。它们适应豌豆荚里面的环境,依次排列成一长溜坐着。太阳在外面晒得热辣辣的,把豌豆荚烤得暖融融的;雨水又把豌豆荚冲刷得干干净净,一切都是那么安静,那么惬意,白天阳光灿烂,夜里黑暗沉寂,日子一天天过去,就像生活应该是这样似的。豌豆们坐在那里日夜长大,它们的脑筋也就动得更多了,因为它们呆坐在那里总得找点事情做做。

"难道我们就要一直坐在这里吗?"它们说,"但愿我们不要因为坐得太久而变得硬邦邦的。外面好像发生了什么事情,挺热闹的。我们有这样的感觉。"

又过了几个星期,豌豆们都变成金黄色,连豆荚也变黄了。"整个世界都成了一片金黄色!"它们说道。它们说得倒一点不错。

后来它们觉得豆荚猛地晃动了一下,那是豆荚被摘了下来,掉落到人的手里。那个豆荚又同其他许多颗粒饱满的豆荚一起,装到了一件外套的口袋里。

"现在豆荚快要被剥开来了。"它们说道。这是它们期待已久的事情。

"现在我真想知道我们当中哪一个能够到最远的地方去。"最小的那粒豌豆说,"不用多久就会见分晓了。"

"该怎样就怎样吧。"最大的那一粒说道。

啪的一声响,豆荚被剥开来了,五粒豆子就齐刷刷地滚落到明亮的阳光之中。它们都落在一个小男孩的手里。那个小男孩说,这几粒豆子用来给他的接骨木做的长枪当子弹倒挺合适,于是他马上就把一粒豆子装进木枪里射了出去。

"这下子我要飞到茫茫世界里去了,你们有本事就来抓住我吧!"那粒豆子一下子就不见了踪影。

"哼,"第二粒豆子说,"我要一直飞到太阳那里去,那里才是一个真正的豆荚去的地方,对我再合适不过啦。"

它也飞得看不见了。

"我不管到哪里,就在哪里睡觉。"其余两粒豆子都这么说,"不过我还是先滚动滚动才好。"它们果然都掉落在地板上滚动了很长一段路,才被捡起来装进木枪里射了出去。

"我们飞得最远。"它们高呼道。

"还是听其自然吧!"最后那一粒豆子说,它也被射到了空中,径直朝着这栋房子顶层阁楼的窗户飞过去,掉落在窗框底下的旧木板上,又一骨碌滚进了木板的缝隙里。那道木板缝里满是青苔和污泥,豆子一滚进去就被青苔裹了起来,它就隐没在那里,可是上帝却没有把它忘记。

"听天由命吧。"豆子说道。

在那间狭小的阁楼里住着一个贫苦的妇人,她白天都要出去干活,给人家擦炉子啦,劈柴火啦,干的都是笨重活,虽然她有的是力气,肯吃苦耐劳,然而她仍然十分贫穷。在那间小房间里躺着她唯一的女儿,那个少女容貌秀丽,身体却非常弱,已经在床上躺了整整一年,看起来活不长了。

"她终究要到她的小姐姐那里去了。"那个妇人说道,"我生过两个孩子,可是要养活两个孩子,把她们拉扯大,对我来说是多么不容易。可是上帝分担了我的难处,已经召走了一个。我想尽力保住留下来的这一个,可是上帝大概不肯让姐妹俩分开,所以她也快要到天堂里去同她的小姐姐在一起了。"

可是这个有病的少女竟然没有到天堂里去,在母亲出去干活挣钱的漫长的白天里,她就耐心地静静躺着。

春天来了,有一天清晨母亲刚要出去干活的时候,明媚的阳光从小窗户里照进了房间,把地板映得一片通亮。生病的少女双眼盯住了窗户上最底下的那块玻璃。

"窗玻璃上冒出来的那点绿色的小东西到底是什么呢?它弱不禁风地在摇来晃去。"

母亲走到窗户跟前,把窗子打开。

"咦,"她说,"原来是一粒小豌豆长出了绿苗。它怎么会落到这条缝里来呢?这下子总算有个小花园可以让你散散心了。"

于是生病的少女的病榻挪到了靠窗子更近一点的地方,她可以看得清那株正在发芽生长的豌豆苗。母亲出去干活了。

"妈妈,我想我会好起来的。"到了晚上,那个少女这样说道,"今天太阳照进来,晒得我身上暖融融的。那株小豌豆苗长得那么旺盛,我也会好起来的,这样我就可以走下床来,到外面太阳地里去。"

"但愿如此。"母亲说。不过她不大相信会有这样的好事发生。然而这株幼小的绿苗给孩子带来了欢快的生的欲望,她就精心照料起来。她在幼苗身旁插了一根小木签子,免得那纤细的幼苗被风吹断了。她又用一根细绳子一头缚在窗台的木板上,另一头系在窗框的顶端,好让豌豆可以盘绕着它,往上长。这样一来,就能让人看得见它一天天在长大。

"哦,快要开花了。"有一天早晨妇人说,如今她也有了希望和信心,相信这个瘦小而病弱的姑娘会好起来的。因为最近一段时间里,她的孩子讲话更加活跃,更加富有生气,这几天早晨她都是自己爬起来坐在床上,用那双明亮的眼睛看着那个里面只长着一棵豌豆苗的小花园。一个星期以后,这个一直生病的少女第一次起来坐了整整一个小时。她高兴地坐在暖融融的阳光里。窗户打开着,窗外开了一朵粉红色的豌豆花,小姑娘低下头去轻轻地亲吻那些柔嫩的花瓣。这一天对她来说真好像是一个喜庆的节日。

"上帝亲自种植了它,让它长大,带给你希望和快乐,我幸运的孩子。我也得到了希望和快乐。"母亲高兴地说道。她朝着豌豆的花朵微笑,就好像它是上帝派来的天使似的。

现在再来看看其他几粒豌豆吧!

那粒要飞往广阔世界,还大言不惭地说"有本事就来抓住我"的豆子飞落到了屋檐边上的水槽里,在一只鸽子的嗉囊里结束了它的旅程,就像约拿钻进鲸鱼的肚子里一样[①]。

[①] 《圣经旧约·约拿书》:上帝安排一条大鱼吞食了约拿,约拿在鱼腹里待了三天三夜。

那两粒懒惰的豆子也飞得不远,因为它们也都成了鸽子的食物,总算还有点实惠的用途。

那第二粒——也就是一心要飞到太阳里去的豆子——飞落到了路边的污水沟里,一连好几天、好几个星期都躺在污水里,泡得浑身鼓胀起来。

"我变得更加丰满富态了,那就好看得多了。"那粒豌豆说,"我已经饱满得快要裂开来了。我想再没有哪粒豆子能够跑得这么远,它们永远也不会跑到这么远的地方来。我是豆荚中五粒豆子里最有出息的那个。"

污水沟欣然赞同了它的看法。

可是在屋顶阁楼的窗子面前,那个年轻的少女站在那里,她双眼明亮,脸蛋上露出了健康的红润。她把双手合拢在豌豆花的上方,感谢上帝的恩赐。

"我要留住掉在我身体里的那粒豆子。"污水沟这么说道。

天上掉下来的一片叶子

明净清澈的高空中飞来了一个天使,她手持一朵从天国花园里采来的花。在她亲吻那朵花的时候,有一小片叶子从花朵上掉落下来,飘落在树林里潮湿松软的泥土上。它立即生了根,发了芽,混杂在别的植物之间一起生长。

"这真是一株模样可笑的嫩芽。"它们说道,可是谁也不认识它,连蓟草和荨麻都不认识。

"它说不定是一种长在苗圃里的植物吧。"它们龇牙咧嘴地讥讽说,于是它就被当成了苗圃植物。可是它毫不理会,自顾自地长啊,长啊,把它的茎梗和藤蔓伸向周围很远的地方。

"喂,你跑到哪里来了?"细高个子的蓟草呵斥道,它那宽大的叶子上长满了刺。"你跑错了方向,这里可不是你的地盘,我们不会站在这里容忍你胡来!"

冬天来了,大雪纷扬,把所有的植物都覆盖住了,可是在那株植物生长的地方,积雪却显得分外晶莹,仿佛有阳光从底下照上来似的。到了春天,它长成了一株鲜花盛开的植物,比树林里任何草木都要美丽得多。

于是,植物学教授来了,他根据植物系谱头头是道地讲解起来。他对着这株植物左看右看,还亲口咬一下,尝尝它的味道,可是它并不在他的满腹学问之内,所以教授也弄不清楚它到底是什么植物,属于哪一个科目。

"这是一个变种,"他说道,"我认不出它来,它还没有编进植物系谱里来。"

"竟然没有编进植物系谱里去!"蓟草和荨麻说道。

周围的大树也听到了这一番话。它们看出这株植物不是它们的同类,不过它们缄口不语,既不说好话,也不说坏话。对于一无所知的人来说,沉默是最保险的藏拙办法。

这时候有一个贫穷而又天真的姑娘从树林里走过,她的心地非常纯洁,也十分聪颖。她的全部财产只是一本陈旧的《圣经》,可是这本书的每一页都向她传达了上帝的旨意,那声音说道:若是有人要对你做坏事,你就记住约瑟的故事:"他们在心里想着作恶害人,而上帝却把恶行变成善行。"倘若你受到了委屈、遭到误解或被人侮辱,那么就想想基督耶稣,那位最纯洁、最善良的人,他为那些讥讽他并把他钉上十字架的人祈祷说:"父啊,赦免他们,因为他们所做的他们不晓得。"

那个姑娘在这株奇怪的植物跟前站住了脚步,它的绿叶散发出甜美温馨的清香,花朵在明媚的阳光下有如色彩绚丽的烟火。每一朵花的周围都回荡着悦耳动听的音乐声,似乎里面都蕴藏着深邃而又丰富的音乐源泉,千年万载都不会枯竭。她怀着虔诚的心情,双眼凝视着上帝造物的荣耀光辉。她把一根花茎弯下来凑到自己的脸上,要再细细地欣赏花朵的美丽,闻闻它扑鼻的清香。她脑子里忽然闪过一个念头,这个念头使得她心里痒痒的,恨不得动手去采摘一朵花下来。可是她却又不忍心去采,因为她知道把花茎一掐断，花朵很快就会枯萎的。于是她只采下了一片绿叶带回家去，把它夹在自己的那本《圣经》里。这片叶子夹在书页里，一直碧绿鲜嫩，永不枯萎。

那片夹在《圣经》书页之间的绿叶被精心保存着，可是几个星期之后，那本《圣经》被放进了棺材里，枕在年轻姑娘的脑袋底下，她虔诚的脸上庄严而安详，这个尚存在人世间的躯壳似乎只是为了显示她已蒙主召唤，到上帝身边去了。那片绿叶一直夹在书页里。

在树林里，那株奇怪的植物仍旧繁花似锦、欣欣向荣，看起来几乎快要长成一棵树了。所有候鸟都飞来朝它低头致意，尤其是燕子和鹳鸟更是起劲地行礼。

"这种洋里洋气的姿势准是外国礼节。"蓟草和荨麻厌恶地说，"在我们这里是不作兴这样的。"

树林里的大黑蜗牛便一个劲儿地朝着它啐口水。

后来猪倌来了，把蓟草和荨麻统统砍掉，要收拢起来烧成灰，那棵奇怪的植物也被连根拔起，扔进了柴火堆里。"它还可以派点用场。"猪倌说道，他就这么做了。

多年来，这个国家的国王一直患有最为严重的精神抑郁症。他非常勤奋和忙碌，但对于病症却束手无策。人们念给他听最为深奥难懂的书，又念给他听他们所能找得到的最为浅薄轻松的书，可是这一切也都是徒劳之举。他们又请教了一位世上最聪明的智者，后来这位智者给他们捎来了口信，告诉他们："确有一种药材能够治愈国王的病症。这种药材是株来自天上的植物，就长在国王自己国度的树林里。它的样子是如此这般……"为了免得弄错，还特意附来了一张这株植物的图画，这样就很容易辨别它了。智者还说："这株植物一年到头冬夏常青，因而只消每天傍晚采摘一片鲜嫩的绿叶贴在国王的前额上，就可以使得他头脑清醒，晚上做一个好梦，第二天精神大为振作。"

事情已经再清楚不过，于是所有的医生还有那位植物学教授一起出动，到树林里去寻找。可是这植物会长在哪里呢？

"我大概把那株植物扔进了我的柴火堆里，"猪倌说，"它早就被烧成灰了。我当时真是不晓得啊！"

"你不晓得！"他们所有人都异口同声地说道，"那真是无知，无知！你真是胆大包天！"

猪倌只得把那些罪名担当起来，他们众口一词，把所有的不是全部推到了他身上。

他们寻来寻去，竟连一片叶子都找不到。其实还有唯一的一片，就是放在棺材里的那一片，可惜没有人晓得。

国王在极度烦恼时便来到树林里散心，常常走到那个地方。

"那株树原来就长在这里的，"他说，"这是一块神圣的地方。"

于是这块圣地便用一道金光灿灿的栅栏围了起来，而且派来了卫兵日夜看守着。

那位植物学教授写出了洋洋洒洒的长篇论文，专门探讨从天外来的这株植物，为此他荣获勋章，这使得他欣喜若狂。他自己和他的家庭增添了荣耀，这大概是整个故事之中最令人高兴的段落了。

那株植物不见了踪影，国王只得整日郁郁寡欢，心情烦闷。

"不过他以往一直是这样的。"卫兵们说道。

她真是一个窝囊废

镇长站在敞开着的窗户前,他身上穿着高领硬袖的衬衫,衬衫前襟上别着一枚胸针。胡子刮得光光的,那是他自己刮的,只割破一个小口子,他已经在小口子上贴了一小片报纸。

"听着,小家伙。"他叫道。

这个小家伙并非别人,就是洗衣妇的儿子。他恰好走过这里,便恭敬地脱下头上的便帽。那顶便帽的帽檐已经折断,可以塞进衣服口袋里去。小男孩衣着简朴,却干干净净,破的地方全都缝补得整整齐齐,脚上拖着一双木屐。他站在镇长面前,样子诚惶诚恐,如同站在国王面前一样。

"你真是个好孩子,"镇长说,"你是个礼数周全的懂事的孩子。我想你母亲大概在河边漂洗衣服,你快把兜里装着的东西给她送去吧,你母亲的老毛病改不了啦!你带了多少呢?"

"只有半斤。"小男孩说道,他害怕得嗫嚅了半晌才低声说了出来,声音还颤抖着。

"今天早上她不是已经喝过这么多了吗?"那人刨根究底地问道。

"不是的,那是昨天的事情。"小男孩回答道。

"哈,两个半斤不就成了整整一斤啦。她真是个窝囊废!这个阶层的人真是可悲！去对你母亲说，她应该为自己害臊才是。你可不要再变成一个酒鬼，不过你一定会的。可怜的孩子，你走吧！"

小男孩便移步走开。他把便帽拿在手里，听凭他的满头金发被风吹得飘拂起来，一绺绺地竖立在头上。他顺着大街走了一段，然后拐进一条小巷，走到了河边。他的母亲站在河水里的洗衣凳旁边，用一根粗大的木杵拍打着沉重的亚麻布床单。河水滔滔流过，汹涌而湍急，因为磨坊的闸门已经打开了。急流险些把床单冲走，把洗衣凳掀翻，洗衣妇用足了力气才把它们按住。

"我差点儿被水冲走。"她说道，"你来得正好，我要来点东西鼓鼓劲，在水里泡着真是冷得要命，而我已经在冷水里站了六个钟头了。你给我带了点什么来吗？"

小男孩赶忙从衣服口袋里掏出了酒瓶，他母亲迫不及待地把瓶口凑到嘴边，喝了几口。

"哦，真是顶用，真是舒服，浑身都暖和过来了，就像吃了一顿热气腾腾的饭菜一样，再说价钱也不怎么贵。喝一点，我的孩子！你看上去脸色那么苍白，穿得又这么单薄，你冻得直打哆嗦。现在已经是秋天啦，河水冰凉冰凉的，但愿我不要病倒才好。不会的，我不会生病的！再让我喝上一口，你也喝一点，只许喝一小口，不过千万不许沾上这个癖好。唉，我可怜的孩子！"

她说着就绕过小男孩站着的踏脚石走上岸来，河水从她腰里围的灯芯草围裙上，从她的裙衫上滴滴答答地流下来。她说道：

"我拼死拼活地干活，洗得两只手的指甲缝里快要流出鲜血来了。但只要我能光彩体面地把你拉扯成人，吃这些苦都算不了什么，我亲爱的孩子。"

就在这时候，走来了一个年岁比她更大的女人。她身上的衣服十分褴褛，瘦得皮包骨头，有一条腿是瘸着的，有一只眼睛是瞎的，一绺卷曲的假发垂在这只眼前，大概想要遮挡住瞎眼，却反而使得这一缺陷显得分外醒目了。她是那个洗衣妇的朋友，邻居都称呼她"一绺鬈发的瘸大娘玛伦"。她说道："唉，你这可怜的女人，干起活来连性命都不顾啦，就那么一直站在冰凉的水里。你真是要喝点什么暖暖身子才行，可是你喝了那几口就有人说三道四讲你的坏话！"

于是玛伦便把方才镇长对小男孩说的那些话一五一十地全都讲给洗衣妇听，这些话当时恰好全都让玛伦听在耳中。玛伦听得直生闷气，因为一个堂堂的大男人竟然去对一个孩子数落他母亲的不是。让她更恼火的是镇长居然有脸去指责洗衣妇喝的那几口酒，而就在那天晚上，镇长自己要举行盛大的晚宴，宴席上有的是整瓶整瓶的美酒佳酿。"都是好酒，还都是烈酒！在酒席上，许多人都会拿酒当水来解渴，可是他们却不把这叫作酗酒。他们可以这样做，而你却不行！"

"镇长真的对你这么说来着，孩子？"洗衣妇问道，她的嘴唇抖动得很厉害，"你真是有一个窝囊废的母亲，也许他的话一点不错，可是他怎么能对着孩子说呢。他们家真是让我吃够了苦头。"

"可不是，想当初镇长的父母都还活着住在那里的时候，你就已经在那个宅子里帮佣了。那是许多年前的事情了，打那时起连盐都吃掉了不少，所以那些人口渴得不行，非要猛喝一通哪！"玛伦笑了笑又说，"镇长家今天晚上仍旧照样大摆宴席，其实这次晚宴本来应该推迟才对，不过消息来得太晚，酒菜都已经做好了，再要改动也来不及了,这是宅子里的男用人告诉我的。就在一个小时之前刚刚来了一封信,说是他们最小的那个在哥本哈根死掉了。"

"死啦!"洗衣妇失声惊叫起来,脸色陡然变得像死人一般苍白。

"是呀,怎么啦?"玛伦说,"你用不着那么伤心难过。你一定同他很熟,是在那个宅子里帮佣时候认识他的吧?"

"他真的死了吗?"洗衣妇说,"天哪,他是那么一个心地善良的好人,像他这样的好人还真不多。"她说着说着,眼泪就扑簌簌地淌下了面颊,"哦,天哪,我的上帝!我只觉得眼前天旋地转,那是因为我把那瓶酒都灌了下去,喝得太多,超过了我的酒量。我觉得浑身难受!"她赶紧将身子靠在木栅栏上。

"天哪,你的脸色真是太难看了,"那个老妇人说道,"我最好还是把你送回家去吧。"

"可是这一堆衣服怎么办?"

"不要紧,我可以收拾掉的。来吧,你扶着我的胳膊,孩子先留在这里照看一下,等我回来把剩下的衣服都洗掉,已经没剩多少了。"

洗衣妇的两条腿在止不住地颤抖着。

"我在冰凉的河水里站得太久了,从大清早起一整天都没有吃过东西,不管是干的稀的都没有下肚。我身上滚烫滚烫,像在发烧一样。哦,我的耶稣,帮助我回到家里去吧!我可怜的孩子。"她哭泣起来。

小男孩也不禁哭起来。过了片刻,他就独自坐在河边,坐在那堆湿漉漉的衣服旁边。那两个女人慢慢吞吞地走着,洗衣妇脚步踉跄，一步一冲的。她们穿过小巷，拐到大街上，走过镇长的宅院。她刚走到镇长家的大门口，便一个踉跄倒了下去，跌倒在镇长家门口的踏脚板上。路上行人纷纷围了上来。

瘸腿的玛伦赶紧跑进院子里去求救，镇长和他的客人们都站到窗前向外张望。

"哦，是那个洗衣妇呀！"镇长说道，"她大概馋酒馋得过头啦！她真是个窝囊废。她的那个眉清目秀的儿子真命苦，我倒是很心疼那个可爱的孩子。他的母亲真是个窝囊废！"

洗衣妇终于恢复了知觉，她被送回到自己那个贫苦寒酸的家里，躺到了床上。好心的玛伦给她倒了一杯加了黄油和白糖的热啤酒，因为玛伦相信这是最好的灵丹妙药。然后玛伦回到河边洗衣服的地方，把剩下的衣服洗了一遍。她只是马马虎虎地洗了一下，把衣服在河水里浸了浸就捞起来扔在筐子里。

天黑时分，玛伦坐在洗衣妇一贫如洗的家里陪着她。玛伦从镇长的厨娘那里得到了两只烤得焦黄的土豆和一块肥得流油的上好火腿，小男孩和玛伦便享用起来，那个病人闻着浓香也很高兴地说道："闻闻这香味，就可以滋养身体了。"

小男孩上床睡觉了，他同母亲睡在一张床上，不过他是挨着母亲的脚后跟横在床头的。他身上盖着一条用蓝色和红色碎布条拼缀起来的铺地旧地毯。

洗衣妇觉得好了一些，热啤酒使得她身上有了点力气，美食的浓香也使得她舒服得多。

"多谢你这个好人。"洗衣妇对玛伦说道，"等孩子睡熟了，我要把这桩事情的前后经过全都讲给你听。我觉得这会儿他已经睡熟了。你看看他长得多么可爱，多么福相，两只小眼睛闭得紧紧的。他不知道自己的母亲是在怎样死撑活挨地苦度日子啊！但愿上帝开恩，决不要让他再过这种苦日子……这桩事情发生时我正在枢密顾问官——就是镇长的父亲——家里帮佣。那天他们家的小儿子从大学里回来了。那时候我年纪轻，有点疯野又爱热闹，可是规矩老实从不越轨，我当着上帝的面都敢这么说。"洗衣妇说，"大学生性情开朗，那么关怀体贴人，他身上每一滴血都是正直善良的，世界上没有比他更好的人了。他是这个宅第里的阔少爷，而我只是一个卑微的女用人，可是我们两心相许，真心诚意地相爱了。在两个人真心相爱的时候，亲吻拥抱并不是什么罪孽。他把我们的事告诉了他的母亲，因为对他来说，母亲就是人世间的上帝，再说她是那么聪明，那么和善。

"他走了，动身之前把他的金戒指戴到我的手指上。等到他刚离开家门，我的女主人就把我叫到她跟前去，她讲话十分认真严肃，却又和颜悦色。她不厌其烦地向我解说他和我之间在智力和身份上的差距有多大。'他现在只看到你长得有多好看，可是美貌是很快就会消逝的。你没有像他那样的学问和教养，你们两个人在精神的王国里是毫不相配的，这就埋藏了不幸。我十分尊重穷人，'她又说道，'到了上帝面前，也许一个穷人会得到比许多富人更为荣耀的位置，可是在世上做人却有一定的规矩，就像行车上路那样，不可以越轨走错了道，否则就非翻车不可，而你们俩的结果便是翻车。'

"女主人接着又说道：'我知道有一个很有气概的男人曾经向你求过婚，那个手艺人是做手套的师傅埃里克，他是个鳏夫，没有孩子，家境挺不错的。你不妨再想想吧。'她说的每一个字都像刀子一样刺穿了我的心，可是她说的话句句在理，一点不错。她的话使我十分痛苦，这些话的分量把我完全压垮了。我亲吻了她的手，流下了许多苦涩的眼泪。我一回到我自己的房间里便扑倒在床上，眼泪更是哗哗地流淌下来。

"那个晚上真是漫长而沉重啊，只有上帝才知道我经受了多大的折磨，怎样苦苦挣扎。到了星期天，我就上教堂去，到圣坛前祈求上帝给我指点迷津，就好像是天意一样，我从教堂里走出来的时候，迎面来了做手套的师傅埃里克。我们这么一照面，我心里就不再有任何犹豫了，我们两个在身份地位，在境况条件上都很相配，何况他还是个手头上相当宽裕的人。于是我径直朝他走了过去，拉住他的手问道：'你对我的心思仍旧没有变吗？''是的，永生永世都不会变。'他说道。'那么你情愿娶一个尊敬你、钦佩你却对你还没有什么感情的姑娘为妻吗？当然，说不定那个姑娘有朝一日会喜欢上你的。''爱情迟早会来的。'他说道。于是我们订下了婚约。

"我回到了女主人的家里，她儿子给我的那个金戒指我一直贴胸藏着，白天我不敢把它戴在手指上，等到每天夜里我躺到了床上，才能把它戴上。我不断地亲吻着戒指，直到我的嘴唇都磨出血来。后来我终于把戒指还给了我的女主人，并且对她说，下个星期天牧师将在教堂的布道坛上发布我和埃里克的结婚公告。于是女主人伸出双臂把我搂在怀里，连连亲吻着我，她没有说过我不中用，大概那时候我干起事情来还挺利索的，要比现在强得多，再说我还一点没有尝到人间的艰辛。我们就在2月2日圣烛节那一天举行了婚礼。婚后第一年日子过得很顺心，我们有个伙计，还有一个学徒。玛伦，你就是那时候到我们家来帮佣的。"

"是呀，你是个随和善良的女东家。"玛伦说，"我永远也忘不了你和你男人对我是多么好。"

"你来的时候正是我们家日子过得最红火的时候，当时我们还没有生孩子呢。至于那个大学生，我再也没有同他见过面。噢，不对，我见到过他一面，可是他却没有瞅见我。他回到老家来参加他母亲的葬礼。我看到他站在母亲的坟墓前，脸色铁青、苍白，那么伤心悲哀，是因为他母亲去世的缘故。后来他的父亲也死了，他没有回来送葬，那时他已去了国外，从此再也没有回来过。我知道他终身未娶，听说他当上了检察官。他大概早就把我忘得干干净净了，就算他见到我，恐怕也不会认出我来，我变得那么难看了，不过这也挺好。"

接着她又讲到了她经历的苦难：不幸一下子降临到他们的头上。他们手头上攒下了五百块银币。那时大街上有一栋房屋要出售，卖价二百块银币。这个价钱十分划算，很值得把它买下来，拆掉之后再盖一栋新房子。于是他们便把那栋房子买到了手，请来泥瓦匠和木匠，估算出营造新房子的费用，总共还要花一千零二十块银币才能再盖起来。埃里克借到了一笔贷款，那笔钱是从哥本哈根借来的，可是把那笔钱捎过来的船长偏偏就在这次失事中遇难，连人带钱一起沉入了海底。

"那时我刚生下这个可爱的儿子，我丈夫当上了父亲，可是却染上了重病，一下子躺倒了，有八九个月光景我天天要为他穿衣脱衣。我们手头上的钱花得光光的，只好去借了又借，背了不少的债。我们家里穿的用的全都变卖掉了，可是孩子他爹也没有活下来，抛下了我们母子俩。

"我们母子俩相依为命，我拼死拼活地苦干，为的是养活儿子。擦洗楼梯啦，洗衣服啦，不管是粗活细活，什么都干，可是我的日子却一点也没有好起来，不过这是上帝的旨意，我有什么办法？反正上帝早晚都会让我得到解脱的，但愿这个孩子不要被遗忘，不要没有人照管。"

说完，她就昏昏沉沉地睡过去了。

第二天早晨，她觉得自己好多了，她相信自己有力气可以去干活了。可是当她一踩进冰凉的河水里的时候，就猛地一阵眩晕，浑身软绵绵的，一点力气都没有了。她的双手痉挛般地朝着空中乱抓乱舞，她又向前迈了一步，便不由自主地栽倒下去。她的脑袋仰在河岸上，可是两只脚却浸泡在河水里。她脚上穿的那双木鞋被河里的流水冲走了，那是她站在河里干活时穿的，每只木鞋都用一束干草系在脚上。直到玛伦到这里来送咖啡给她喝的时候，才发现她倒在河边。

就在这时候，镇长派人来传了个口信，叫她马上前去见镇长，镇长有要紧的话对她说。可惜已经太晚了。大家找来一个剃头师傅给她放血也无济于事了，洗衣妇已经死去。

"她是喝酒喝得送掉了性命。"镇长说道。

在传递镇长弟弟死讯的那封报丧信中，还写明了死者的遗嘱，遗嘱中说，要留给那位曾经给死者父母当过女佣的手套匠人遗孀一笔钱，数目是六百块银币。这笔赠款应按照实际的需要，拆成大小若干份，分期支付给那位遗孀或者她的孩子。

"我弟弟曾经同她有过点什么交情吧。"镇长说道,"如今她总算不在人世了,那倒真是件好事情。那个男孩子可以得到那一整笔钱。我会把他交给正派本分的人家去抚养,他会成为一个很出色的手艺人。"

上帝赐福吧。

镇长把小男孩叫来了,答应照管他,还告诉他说,他母亲死了要比活在人间好,因为她是个没有用的窝囊废。

洗衣妇埋葬在教堂墓地的义冢里,那是埋葬穷人尸骨的地方。玛伦在她的坟上种了一株玫瑰,小男孩站在她的身边。

"我亲爱的母亲,"小男孩说道,他的泪水如泉涌一般地流淌下来,"难道是真的吗,人家都说她是个窝囊废!"

"不,她才不是什么窝囊废!"老妇人玛伦说着抬起头来仰望着头上的苍天,"多少年来我一直心里很有数,她临终前的最后一夜让我更加明白过来。我对你说:她是个可敬的好女人!上帝也会赞成的,尽管别人说她是个窝囊废。"

最后一颗珍珠

在一个富翁的家里,整栋房子里都充满着幸福快乐。房子里所有的人——主人、仆人和朋友们——都十分幸福快乐,因为在这一天,这家人家喜添贵子,而且母子平安,一切顺利。一个儿子,一个继承人诞生了。

舒适的卧室里,灯光被遮得半明半暗。用贵重的丝绸料子做的厚窗帘沉甸甸地挂在窗前,把窗户挡得严严实实。地板上铺着软绵绵、毛茸茸的厚地毯,像是长着一层青苔。房间里所有的一切都是那么温馨惬意,催人入眠,在这里真可以做个好梦。那个值夜的女看护就这么蒙蒙眬眬地睡了过去,她睡熟了也无妨,反正这里一切都是那么安宁。这栋房子的守护神悄悄地站立在床前,俯身探向躺在母亲怀里的那个新生儿。那里顿时宛如撒开了一张璀璨夺目的光网,网上缀着数不清的闪闪发光的星星,真是富丽堂皇,因为每颗星星都是一颗幸福的珍珠,这是所有善良的仙女送给新生儿的礼物,这里有着健康、财富、幸运、爱情。总而言之一句话:凡是人活在世上所希望得到的一切,在这里似乎一应俱全了。

"样样东西都齐全了。"守护神说道。

"不,还缺少一颗。"附近传来了一个声音,那是婴儿天使在说话,"只有送子天使没有把她要送的礼物带来,可是她终归会送来的,虽然要等许多年之后。还缺少的就是这最后一颗珍珠。"

"还缺少一颗!"守护神惊叫起来,"这里什么都不应当缺少的,那就让我们赶紧去找这位法力无边的送子天使。我们赶快到她那里去吧!"

"她会来的,她终究要来的,要把她的珍珠送来,这样才能扎成花环。"

"她住在哪里?她的家在什么地方?快告诉我,我去把珍珠取来。"

"你真的要去吗?"婴儿天使说,"那么不管她此时此刻在什么地方,我都愿带你到她身边去。她不会只在一个地方待下来就不走的,有时候她走进皇帝的深宫大院里,有时候会来到穷苦农夫的农舍里。不过她到人家家里去总不会不留痕迹的,她随身带着她的礼物去送给人家,那礼物可以是整个世界,也可以是小玩意儿。她迟早会来给这个婴儿送礼物的,不过在这儿等着也挺让人心焦的。好啦,现在我们去取这最后一颗珍珠吧。"

他们两人手挽手飞向送子天使此时此刻待着的那个地方。

那是一栋很大的房子,走廊里黑黝黝,房间里空荡荡,寂静得出奇;一排窗户全都敞开着,凛冽的寒风朝着房间里灌进来,垂得低低的白窗帘飘拂不停。

房间正中停放着一口敞开着的棺材,棺材里躺着一个年轻的女人,她的整个身体全都被娇嫩鲜艳的玫瑰花所覆盖,只有一双交叠在一起的手和一张面孔露在外面,那张高贵的脸庞上虽已蒙上死亡之气,但神情却安详、庄严,显露出蒙主宠召的荣光。

棺材的周围站立着逝者的丈夫和孩子们，子女足有一大群，最小的一个由父亲抱在手里，他们在向她的遗体作最后的告别。丈夫亲吻着她的手，这双手在不久之前为了让他过得更舒服一些还在辛勤地忙碌着，如今却像是一片枯萎了的叶子。苦涩而悲痛的泪水大滴大滴地洒落到了地板上，没有人说一句话，无声的沉寂表达出了每个人心中的痛苦。他们放轻脚步，默默地走了出去。

室内点着一支蜡烛，一根长长的红色烛芯伸出随风摇曳的火焰。几个陌生人走了进来，他们盖上棺材盖，把逝者的遗体盖得严严实实，再牢牢地敲上钉子。那锤子敲击钉子的乒乓声响彻了整个房子，在那些流血的心头发出了回声。

"你到底把我带到什么地方来了？"守护神问道，"这里并没有住着送子天使，这个仙女送的珍珠是人生之中最好的礼物。"

"她就住在这里，在这个神圣的时刻，她就在这儿。"天使说道，她指着房间的一个角落。这个母亲生前就待在那个角落里，坐在鲜花和油画之间，她就像全家人的幸运天使，坐在那里充满疼爱地向自己的丈夫、孩子和朋友点头致意，像阳光一样把温暖和欢乐洒向四周。那里曾经是全家的中心，可是如今这地方却坐着另一个陌生的女人，她身穿宽松飘逸的长裙，坐在那里取代了逝者，成为这一家人的主宰，她就是悲伤女神。

这时候，一滴滚烫的热泪从悲伤女神的脸颊上流淌下来，滚落到她的裙裾上，化为一颗绚丽夺目、灿烂辉煌的珍珠。天使赶紧伸出手去把它接住，这颗珍珠像星星一样闪烁着七色光芒。

悲伤的珍珠啊，人生中不可缺少的最后一颗珍珠！正是有了它，其余的珍珠才更加璀璨、更有威力。你看过那从地上横贯天空的色彩斑斓的彩虹吗？我们每次死一个亲爱的人，天上就多了一个让我们牵挂在心的朋友。在人世间的晚上，我们抬起头来仰望，朝着无边无际的夜空中望去，凝视着那一颗颗星星，那么多看看悲伤女神的珍珠吧！在这颗星星里，蕴藏着把我们带往永恒的幸福中去的那对翅膀——美的女神普赛克的翅膀！

两个姑娘

你可曾见到过"姑娘"没有？这里所说的是被铺路工人称为"姑娘"的那种用来把铺路石板夯实砸平的工具。她是用木头做成的，夯砣很大，用几道铁圈扎牢，顶端部分很小，有一根手柄横贯其间，这就是"姑娘"的两条胳膊。

在存放器材的棚屋里就有这样的"姑娘"。她们挤在铁锹、画黑线用的墨斗和独轮手推车之间。有人说，这种工具不应该再叫"姑娘"啦，而是应该称作"夯"。这大概是铺路工人的语言中最新的而且是唯一正确的称呼了，因为自古以来这个东西就是一成不变地被称为"姑娘"的。

在我们人类中，有一种被称为"解放了的女性"的人，书院女院长啦，接生婆啦，踮起脚尖用一条腿站立的女舞蹈演员啦，兜售时装的女推销商啦，还有看护病人的女护士啦，等等，都属于"解放了的女性"这个行列，那两位挤在堆放器材的棚屋里的"姑娘"也把自己归纳进去了。她们标榜自己是从事这个行业的女性开路先锋，她们是说什么也不愿意放弃古老而好听的雅号"姑娘"而让人家胡乱叫成"夯"的。

"姑娘是对人的称呼，"她们说，"而夯只不过是一样东西，我们不许别人把我们叫作夯。那岂不是明摆着在侮辱人！"

"我的未婚夫会跟我闹翻的。"小一点的那个说道。她已经和一台打桩机订了婚,那台机器是用来把桩子砸进地下去的,也就是说,他先把笨重的活计干掉,再由"姑娘"们来做精细的轻活。"他情愿娶我,因为我是个姑娘。可是如果我成了一只夯的话,这门婚事就难说了。所以我决计不能让他们把我的名称改掉。"

"除非把我的两条胳膊拧断,否则休想改掉我的名称。"大一点的那个说道。

独轮车却另有高见,他俨然以四分之一的马车自居,因为他有一个轮子来行路。

"可是我要劝说你们一句,'姑娘'这个称呼太过于俗气了,远不及被称为'夯'来得高雅。若是有了这个称呼,岂不是就跻身于印鉴图章那一类的行列之中了?你们不妨想一想律法上盖的那些大印吧,只有盖上了印,才能够具有法律效力。如果我是你们的话,我就宁可放弃姑娘这个俗气的名称。"

"决计不干!我早已不再幼稚得受人哄骗了。"大一点的那个说道。

"您大概对一种东西一无所知吧!那种东西就叫'必然性'。"老成持重的墨斗说道,"人人都要克己奉公,服从于必然性。倘若法律规定姑娘应改称为夯,那么你们就应该被称为夯,凡事都要按着规矩来办嘛。"

"他的话毫无道理,"大一点的那个说道,"我决计不许人家把我的名字改掉!"

"要是改名换姓,"小一点的那个说道,"我倒宁愿人家称呼我为'小姐',因为既然乱了套随便叫的话,那么'小姐'总多少有点姑娘的味道。"

"我宁可被劈成柴火也不干!"大一点的那个"姑娘"说道。

这时候要开工干活了,两个"姑娘"是乘车去上工的,也就是说给抬到独轮车上推着去的。她们一直享受着优厚的待遇,可是人家却把她们称为"夯"了。

"姑……"她们在夯实铺路石板的时候放声喊道。"姑……"她们喊着,可是却把底下那一半咽了回去,所以没有把"姑娘"这个名词全喊出口来,把那个名词的后半截给吞掉了。她们之所以不喊出来,是因为经过深思熟虑,她们觉得不必小题大做,犯不着去斤斤计较了。

可是她们相互之间还是以"姑娘"这个名字来相称,她们在一起时常对昔日的美好时光赞不绝口。那时候所有的东西都有正确的称呼,是姑娘就会被称为姑娘。她们两个到头来都一直是"姑娘",因为那个大块头打桩机果真同小的那一个闹翻了,他不情愿娶一个"夯"来当妻子。

在大海之极

有几艘大海船被派到北极去，前往勘探陆地和海洋的界线，并且考察人类究竟能到多远的地方。他们已经在浓雾和冰雪中朝北行驶了一年有余，历尽了艰辛困苦。如今冬天来到了，太阳只是掠海而过，这里将有好几个星期的漫漫长夜。极目远眺，能见到的唯有坚冰。这里四面八方宛若一块浑然天成的硕大无朋的冰块，大海船全都被牢牢冻在冰层上动弹不得。冰层上积雪堆得高高的，这里的人就用积雪堆砌成蜂窝状的小屋。有些小屋十分高大，犹如古代武士的墓冢；另一些却并不大，至多只能住下两到四个人。这里的天上不大黑，北极光散发出红色和蓝色的光芒，就像一场永恒的、盛大的焰火晚会。皑皑白雪又把这些光芒反射出来，把积雪映得璀璨晶莹，到处一片流光溢彩，所以这里的漫漫长夜也就是黄昏时分的那种微明的天色了。在天色最为明亮的时候，可以见到成群的土著居民，他们身上裹着厚厚的裘皮袍子，坐着雪橇在冰上滑行，而那雪橇就是用冰块做成的。他们带回来大捆大捆的兽皮，于是白雪砌成的小屋里就有了暖和的裘皮地毯。船上的水手们在冰雪的屋顶下睡觉，就用这些裘皮来当被子和垫褥。因为屋外冰天雪地，比我们这里最冷的严冬不知要冷多少倍；我们这里还只是秋季，那边早就把这些御寒之物派上用场了。他们心里记挂着故乡的阳光和挂在树梢上的片片金黄色的树叶。

时钟指明已经是晚上,是该睡觉的时候了。在一座雪屋里,有两个水手已经四仰八叉地躺了下来。年轻一些的那个水手从家里带来了最珍贵的宝贝,那是他的祖母在临行前给他的,是一本《圣经》。每天晚上,他都把它放在他的头底下枕着入睡。他从孩提时代就熟知《圣经》里写的是什么,每天他总要念上一段。此刻他躺在冰雪做成的床上,神圣的训谕就会在他的脑海里涌现出来,使他深受宽慰。那句圣谕说道:"我若展开清晨的翅膀,飞到海极居住。就是在那里,你的手必引导我,你的右手,也必扶持我。"①

在默默念诵这些充满真谛的语言和信条的时候,睡意萌生了,他慢慢合上眼睛进入了梦乡,这些梦就是上帝给他的精神启示。当人的躯体进入休息状态的时候,魂灵却依然活跃着。他感觉得到身躯里的这股生命,它仿佛是昔日亲切而又耳熟的音乐曲调。它轻盈温柔地飘拂摇曳,充满着夏日的融融暖意。他从自己睡着的冰雪床铺朝上望去,只见一团光芒照射下来,雪白的圆形屋顶被从外到里映得透亮。他抬起头来凝神细看,原来那团白色的光芒既不是雪屋的墙壁,也不是雪屋的房顶,而是一个天使双肩上的一对翅膀。

他抬头仰望着天使和蔼可亲而又神采奕奕的脸庞。天使从《圣经》的书页中冉冉升起,宛如百合花在花萼中吐蕊开放。天使把手臂伸向远方,四周的积雪顿时崩裂塌落,像一阵蒙蒙轻雾飘散开去。

---

① 《圣经旧约·诗篇》第一百三十九篇第九、十句。

故乡家园的美景赫然就在眼前,那苍翠碧绿的田野山丘、那赤褐色的树林一起沐浴在宁静而美好的秋日阳光之中。鹳鸟已经往南迁徙而去,留下了空空的鸟巢,可是野苹果树上还挂着一些果子,虽然叶子已经差不多落光了。灌木丛里的野蔷薇依然红得娇艳,农舍窗外挂着的绿色鸟笼里,欧椋鸟正在啾唧啼啭,高唱着新近学会的一首歌。老祖母在鸟笼边上挂了一些小鸟喜欢的草籽,这本来是她的孙子在家里常干的事情。

铁匠的女儿站在井边汲水,她年纪很轻,长得十分美貌,朝着老祖母频频点头问候。老祖母也朝她招手,举着从远方寄来的信给她看,那是当天早上刚刚收到的,是从遥远而寒冷的北极寄来的,她的孙子如今就在那里。

"愿上帝保佑他。"老祖母说道。她们俩一齐笑了起来,又禁不住流下了眼泪。

而远在冰天雪地之中的他,在天使的翅膀底下,同她们在精神世界里息息相通,和她们一起哭泣,同她们一起欢笑,因为他在梦中见到和听到了所有这一切。她们大声诵读来信中摘引的《圣经》上的话:在大海之极,"就是在那里,你的手必引导我,你的右手,也必扶持我"。

于是庄严肃穆、神圣荣耀的赞美诗歌声在四周回荡萦绕,天使徐徐地把她的翅膀覆盖在熟睡之中的那人身上,犹如一层温柔的轻纱。梦境终于消失了,雪屋里又昏暗下来,可是《圣经》枕在他的头底下,信仰和希望在他的心中,上帝和他同在,故乡和他同在,即便是"在大海之极"。

小猪存钱罐

儿童室里到处都摆放着玩具。一只存钱罐居高临下地站在大衣柜顶上。这是一件小猪形状的陶土玩具，既然是用来存钱的，它背上当然得有一道口子。这道小口子被人用刀挖大了一些，好让银币也塞得进去。罐子里除了银毫之外，的确也有两枚银元。小猪存钱罐里面的钱已经装得满满的，就是使劲摇晃，它也不会发出响声来，这是一只存钱罐能够装得下的最大限度了。现在它高高地站在柜子顶上，朝下藐视着房间里的一切。它当然很清楚：它肚子里装的钱足够买下房间里所有的玩具，自己身价不菲，这是"肚里有数"的。

其实，别的玩具也知道这点，只是嘴里不讲出来就是了。大衣柜的抽屉半开着，里面有一个很大的玩具娃娃，稍微有点旧了，颈脖还修补过了。它朝外张望了一下，说道：

"我们来玩假装是人的游戏好不好？那总是很有趣的。"

房间里顿时大乱起来，连贴在墙上的图画也转了个身，这倒不是它们反对玩这个游戏，无非是想让大家看看它们也是有后背的。

这时候已经半夜三更了，月光从窗子里照进来，把房间里照得亮亮的，大家连一个子儿都用不着花就可以享用亮光，于是游戏开始了。所有的玩具都被邀请参加，连婴孩坐的童车也不例外，不过作为玩具，它未免太粗笨了一点。

"各人有各人的能耐嘛，"童车说道，"不可能人人都是贵族！"

小猪存钱罐是唯一接到书面邀请的，它站得太高，别的玩具担心它听不见口头邀请。它并没有回答说要来参加，而它也果然没有来，因为它若是非得来参加的话，它就必须待在上面就地欣赏这场游戏，这一点它们倒是答应的，因此它们也就这样做了。

小小的木偶戏舞台搭了起来，搭得可以让小猪存钱罐也看得见舞台上在表演什么。它们打算先演一出喜剧，然后举行茶话会，最后再进行一场智力测验，节目顺序一经排定，演出就立即开始了。于是木马谈起了赛马训练和马匹纯种问题，童车则口若悬河地讲起了铁路和蒸汽机车，这些都是它们熟悉的老本行，它们要谈论一下也是无可非议的。座钟则滔滔不绝地大讲时事政治，"嘀嗒、嘀嗒"地无休止，它说自己知道一天中的分分秒秒，不过大家却讥笑说它走得一点都不准。西班牙藤手杖趾高气扬地站得笔直，为自己的铜箍头和银手柄而自鸣得意，要知道它上下两头都有贵重的物品镶嵌。两只绣花垫子懒洋洋地躺在沙发上，它们模样标致却笨头笨脑。后来喜剧开始上演了。

大家都坐着看戏，演出之前已先关照过了，说观众们看到开心之处，可以任意鼓掌、叫好和跺脚。可是马鞭却说它从来不为年纪老的鼓掌，而只为没有娶过亲的年轻人鼓掌。

"我为所有人都噼里啪啦地拍巴掌。"鞭炮说道。

"每个人总要有自己的立场。"痰盂说道。这些就是它们在看戏时候的一些想法。

这出戏没有什么看头，木偶演得却十分出色，所有上场的木偶全都把涂了颜色的正面朝向观众,而背面一点都不让观众看到。它们演得那么卖力,以至于跑到舞台外面来了,因为它们身上的牵线实在太长了,不过这样一来也就使得它们能被看得更加清楚了。

那个修补过的玩具娃娃兴奋不已,弄得连修补过的地方也松脱开来。

小猪存钱罐也看得津津有味,它决定要为演员中的一个做点什么事情,也就是说要在自己的遗嘱中指名道姓地提到这个演员,以便在自己寿终正寝之日,可以让它与自己一起埋葬在这个家族的墓地里。

这是一场皆大欢喜的享受,它们不再有兴趣举行茶话会,而是接着就开始智力测验——也就是扮演人的游戏。这个游戏并没有什么恶意,它们只是玩玩而已:每个人都要想想自己有什么打算,再猜想一下小猪存钱罐心里头在想点什么。小猪存钱罐思索的时间最久,它是在想着如何立下遗嘱,还有安葬等事宜。

啪哒一声响,它竟从柜顶上滚落下来,在地板上摔得粉碎。它肚皮里的那些银毫子在地板上跳呀蹦呀,最小的那些旋转个不停,大的那些都滚向远处,其中有一枚银币滚得不知去向,因为它早就想到外面的世界去闯荡了。它们全都跑了,全都跑光了,只剩下那只小猪存钱罐的碎片被扫进了垃圾箱里。

可是在大衣柜的顶上,第二天又赫然立着一只陶土做的小猪存钱罐,不过它肚里连一分钱都没有,所以也是摇不响的,这倒同早先那一只是相像的。

凡事总要有个开头,就用这句话来结束这个故事吧。

伊勃和小克里斯蒂妮

在日德兰半岛北部靠近戈登河的地方,有一片森林,人们称它为锡克堡大森林。在森林里,隆起了一个土丘,人们管它叫"背脊"。在高地下面有一栋小小的农舍,这栋农舍至今还在,它四周的土地十分贫瘠,在稀疏的燕麦和大麦之间可以看到沙砾在闪烁。许多年前,住在那里的一家人就靠耕耘那一点点薄田来维持生计。除了土地之外,他们还有三只羊、一头猪和两头公牛。总之,只要他们安贫乐道的话,他们的日子还可以过得下去。其实他们本来还可以攒点钱,买两匹马来养养,可是他们和那里别的农夫的想法是一样的:"马儿把自己都吃光啦!"这句话的意思无非是说养马不划算,它们吃掉的比它们干出来的要多。

农舍的主人耶勃·扬斯在夏天耕耘自己这一小块田地,到了冬天他就成了一个心灵手巧的做木鞋的鞋匠。他还有一个帮手,一个削得出结实轻巧、样式好看的木鞋的小伙子。他们俩做出木鞋和木勺来卖,可以挣到几个钱,所以没有人说耶勃·扬斯是个穷光蛋。

这家人家的独生子小伊勃这时已经七岁了,他也整日坐在那里学着大人的样子,拿着木棒削呀削呀,有时候一不小心就削到了自己的手指头上。可是有一天,他竟把两块木头削成了一双有模有样的小木鞋,他说这双鞋子是做来送给小克里斯蒂妮的。她是船夫的女儿,容貌娟秀而娇嫩,若是换上一身合身的漂亮衣衫,那就活脱脱是一个贵族老爷的千金小姐了,谁也不会相信她是从附近塞伊斯沼泽地的泥炭棚屋里来的。她和她的鳏夫父亲就住在那个棚屋里,她父亲靠打柴卖柴挣钱度日。他把从森林里打来的柴火装在船上,再运送到锡克堡鳗鱼塘去卖,不过常常还要运送到更远的伦德斯镇才能卖掉柴火。他家里又没有别人可以照料这个比小伊勃还小一岁的小克里斯蒂妮,因为平时日子里,不管是在船上,在泥炭棚屋里,还是在长满了野莓果的树丛里,父亲总是把她带在自己的身边,可是船夫要出门远行到伦德斯镇去,那么小克里斯蒂妮只好留在耶勃·扬斯家里了。

小伊勃和小克里斯蒂妮非常合得来,他们俩在一起玩,在一起吃,又是刨地又是挖土,到处奔跑到处乱爬。有一天他们竟然大胆地闯进了那座森林里,爬到了高高隆起的、被人叫作"背脊"的山丘上,还在那里找到了几个沙锥鸟的蛋,这可真是一桩了不起的大事。

小伊勃从来不曾去过塞伊斯沼泽地,也没有乘船穿过湖泊到戈登河上去航行,可是如今畅游一番的机会来了,船夫邀请他前去家里做客。头一天的傍晚,他就跟着船夫一起回家去了。

第二天清早,两个孩子就坐在船上堆得高高的柴火垛上,吃着面包和覆盆子。船夫和他的帮手用篙撑船顺流而下,水势十分湍急,船疾驶向前,在湖泊中穿行。有时候眼看着湖泊已经被芦苇和水生植物遮挡得无法通过,可是到了跟前却总能行驶自如。沿岸那些古老的树木都把树干斜斜伸长,低垂在水面上,橡树还张牙舞爪地把它们光秃秃的树枝伸得老远,似乎要捋起袖子让人看看它们节疤隆起的赤裸胳膊。有些老桤树虽然树干已经被急流冲得漂离了河岸,可是它们密如毛发的树根却牢牢地缠住了急流底下的泥土,活像是露在水面上的一座座草木葱郁的小岛屿。还有一朵朵睡莲在湖面上轻轻摇曳。这真是一次心旷神怡的畅游,后来他们来到了水面宽阔的鳗鱼塘,但见水流哗哗地漫过围堰的闸门,这样壮观的场面真是两个孩子前所未见的,让小伊勃和小克里斯蒂妮大饱眼福。

那时候这一带还没有工厂,也没有城镇,只有这个鳗鱼塘,在渔场里干活的人并不多。可是大水从闸门上哗哗地淌下来,野鸭呱呱叫个不停,这就算是最了不起的热闹场面了。待到船上的柴火统统卸完后,小克里斯蒂妮的父亲买下了一堆鳗鱼,还有一头宰杀好了的小猪,他把所有这些东西全都塞进一个篮子里,挂在船尾上,然后就起程往回走。这一路是逆流而上,偏巧他们又赶上了顺风,船上挂起了风帆,就像有两匹马在船前头拉纤一样地稳稳行驶着。

他们一路行驶过来,到了森林边上,快到帮手的家门口了,于是帮手和小克里斯蒂妮的父亲把船停稳,上岸去了,他们吩咐两个孩子要乖乖地待在船上别动。这两个孩子起先倒乖乖地待着不动,可是没有待多久就熬不住了,想要看看那只篮子里装的鳗鱼和小猪。他们把小猪从篮子里抱了出来,两个孩子都争着要抱,你抢我夺,一失手,小猪就掉到了水里,被急流一下子冲走了。这真是闯下了天大的祸。

小伊勃赶紧跳到岸上,追赶了一小段路,接着小克里斯蒂妮也奔着来了。"带着我一起去!"她叫喊着。这时候他们已快跑到灌木丛里,既看不见船也看不见河岸了。他们又奔跑了一小段路,小克里斯蒂妮跌了一跤,哭起来了。

小伊勃把她扶了起来。"跟我来,"他说道,"房子就在那一边。"其实房子并不在那一边,他们走呀走呀,踩得落叶和枯树枝在脚底下吱嘎作响。这时候他们听到一阵高声的呼啸,便赶紧站定了脚步竖起耳朵来细听。那是一只老鹰在尖叫,那叫声实在刺耳难听,他们俩都吓得要命。在他们面前的森林里,长着许多好看的越橘,大串大串的,多得不得了,果实饱满,叫人舍不得走开。他们停下来吃了不少,把嘴巴和面颊都染成了蓝色。这时候他们俩又听到了一阵叫声。

"为了那头猪,我们怕是要挨顿打啦。"小克里斯蒂妮说道。

"不要紧,我们赶快回到我家去吧,"小伊勃说道,"反正我家就在森林边上。"

于是他们俩又迈步往前走。他们沿着一条有车辙的路走去,可是那条路却并没有把他们引领到伊勃的家里去。天色渐渐黑下来,他们越来越害怕了。四周一片吓人的沉寂,时而响起一两声大猫头鹰或者是别的什么不知名的鸟的凄厉叫声。后来他们在一片灌木丛中转来转去,却怎么也走不出来,小克里斯蒂妮哭起来了,小伊勃也哭了。他们俩哭了半晌之后,就躺在落叶堆上睡着了。

当他们醒过来的时候,太阳已经升得很高了。他们觉得身上很冷,阳光照在附近的一个山丘上,在那边他们可以得到温暖。伊勃还想当然地以为,他们从山丘上可以居高临下地望得见他家的那栋农舍。其实他离家还很远,因为他家是在森林的另外一边。他们爬到了山顶上,在他们面前的斜坡旁边有一个清澈见底的湖泊,水里有成群的鱼在游动,鱼被阳光照耀得一闪一闪地发亮。他们从没看见过这样的景致,都惊讶得怔住了。在附近还有一大片灌木丛,上面结满了榛子,甚至还有七颗一串的。他们将榛子采下来,砸开硬壳,把细嫩的果仁取出来吃。就在这个时候,竟发生了一桩令人惊讶和害怕的怪事:从灌木丛中居然走出了一个高大的老妇人。她的脸是棕色的,头发又黑又亮,一双眼睛的眼白就像非洲摩尔人那样泛着鱼肚白。她的颈脖上挎着一个背包,手里拄着一根拐杖,她是个吉卜赛女人。起初那两个孩子听不懂她在说些什么。她从衣兜里掏出来三颗很大的榛子,告诉他们每颗榛子里都藏着最美好的东西,因为那是希望之果。

小伊勃瞅了她一眼,她的模样倒还和蔼可亲,于是他鼓足勇气问他是不是可以得到这几颗榛子。老妇人很爽气地把榛子给了他,转身又从树丛中摘了满满一衣兜。

小伊勃和小克里斯蒂妮睁大眼睛盯住那三颗希望之果看。

"那里面有马拉的车子吗?"小伊勃问道。

"有金马儿拉的金马车。"老妇人回答说。

"那么把这一颗送给我吧。"小克里斯蒂妮央求道。小伊勃把那颗榛子送给了她,老妇人就把那颗榛子包在小克里斯蒂妮的手绢里。

"这一颗里是不是有一条漂亮的小围巾呢,就像小克里斯蒂妮围着的那条?"小伊勃拿起另一颗榛子问道。

"里面有十条围巾,"老妇人说,"还有漂亮的衣服、袜子和帽子。"

"那么这一颗我也要了。"小克里斯蒂妮说道。小伊勃又把第二颗榛子给了她。第三颗是一粒很小很黑的。

"你可以留着这一颗,"小克里斯蒂妮说道,"它看起来也很好看。"

"那里面有什么呢?"小伊勃问道。

"有着你喜欢的最好的东西。"吉卜赛女人说。

小伊勃把那颗榛子紧紧地攥在手里。老妇人答应把他们带到回家的路上去,他们便动身上路了。可是走的那条道正好同回家的路完全相反,不过我们也没有理由说她企图拐骗孩子。

在茫茫的森林里,他们遇到了守林人克伦。克伦是认得小伊勃的,他就带领孩子们回到了家里,家里人正为着孩子失踪而焦急万分。他们终于得到了宽恕,尽管他们本来该狠狠地挨上一顿鞭打,因为他们先是把小猪掉进河里让水冲走了,后来又擅自乱闯,险些儿走丢了。

小克里斯蒂妮被送回到沼泽地自己的家里去,只剩下小伊勃留在那栋小农舍里。那天晚上,他所做的第一件事情就是把装着他"喜欢的最好的东西"的那颗榛子拿出来,放到门和门框之间使劲夹了一下。榛子裂开了,可是里面没有果仁,只有像鼻烟或者烂泥一样的粉末,就是所谓虫蛀的干果。

"一点不错,正如我所想的那样,"小伊勃心里寻思道,"这么小的一颗榛子里面哪能装得下最好的东西呢?小克里斯蒂妮也休想从她的那两颗榛子里得到漂亮的衣服和金马车!"

冬天来到,新年降临。

一年又一年，就这样许多年过去了。伊勃已经长大了，该到牧师那里去领受坚信礼了。那个牧师是在另外一个村子里的，因此伊勃不得不住到那边去。

就在这一段日子里，船夫有一天来到了伊勃家里，他告诉伊勃的父母说：克里斯蒂妮要出去干活挣钱养活自己了。她的运气很好，要到一个很好的主人家去帮工，到这样的好人家去干活真是机会难得。那是西边老远的赫宁镇上一个有钱的旅店老板家，她先帮着老板娘干活，倘若她品行端正的话，等到她领受坚信礼之后，他们就会把她收留下来。

在领受坚信礼的场合，伊勃和克里斯蒂妮久别重逢，大家把他们俩说成是一对青梅竹马的恋人。后来到了分别的时候，她让他看了她的那两颗榛子。自从在森林里迷路以来，她一直小心地保存着它们。她还告诉他说，小时候他送给她的那双他亲手削成的小木鞋也一直珍藏在自己的衣箱里，说完之后，他们便分手了。

伊勃领受了坚信礼之后仍旧住在家里，侍奉着他的母亲。他也成了一个心灵手巧的鞋匠，在夏天，他要照料那一小块田地，因为他的父亲已经在前一段时间去世了。

他很少听到克里斯蒂妮的消息，只有从偶尔路过这里的邮差或者从鳗鱼场干活人的嘴里听到一两句。她在那家有钱的旅店老板家里干得不错，在领受坚信礼之后曾写过一封信给她的父亲，在信里提到主人两口子送给她六件新衬衣和一套漂亮的裙子，这真是令人高兴的好消息。

第二年春天的一个阳光明媚的日子里，有人来敲伊勃家的门，伊勃和他母亲开门一看，原来是船夫带着克里斯蒂妮来了。她是回来探亲的,那天正好有一辆马车从赫宁镇到台姆镇去,她就搭乘这辆便车回来过上一个白天。她打扮得很漂亮,看起来就像是一位雍容华贵的千金小姐,她身上穿着做工讲究又十分合身的衣服,亭亭玉立地站在那里。伊勃仍旧穿着他的破旧衣衫,在她的身边简直有天壤之别。他紧紧地握住了她的手,心里充满了欣喜,可是嘴巴里却连一个字都说不出来。幸亏克里斯蒂妮还说得出话来,她大大方方地讲了不少话,还亲热地在他的嘴唇上吻了一下。

"难道你连我都不认识啦?"她娇嗔地说道。直到他们两人单独在一起的时候,他还拉住她的手站在那里,嘴里嗫嚅着:"你成了一位高贵的千金小姐,而我却破衣烂衫一副寒酸相。我真想你啊,真想念咱们早先的那些日子。"

他们俩挽着手臂一起登上那座隆起的山丘,眺望着戈登河、塞伊斯沼泽地和长满石楠花的对岸。伊勃没有说什么,可是在分手时他心里很明白:克里斯蒂妮应该嫁给他为妻,他们俩不是从小就被人称为一对小夫妻吗?虽然他们俩谁都没有谈过这事。

他们在一起的时间很短促,只有几个钟头,因为克里斯蒂妮必须在当天赶到台姆镇去,以便第二天清早搭乘这辆便车往西去。她父亲和伊勃送她到那个镇子上去。那天晚上月色溶溶,他们走到那里的时候,伊勃还拉着克里斯蒂妮的手,他不能放开它。他的眼睛炯炯发亮,可是他却没有多少话说,只说了一句发自内心的话。

"倘若你没有变得那么阔气,"他说道,"倘若你愿意搬到我母亲家来住并且嫁给我的话,那么我们就是名副其实的夫妻了。不过我们也可以再等一等。"

"不错,到时候再说吧。"她说道。她用力握了握他的手,她亲吻了一下他的嘴唇。"我相信你,伊勃,"克里斯蒂妮说,"我觉得我很喜欢你,不过还是让我想想。"

随后,他们俩就分手了。伊勃对船夫说,他和克里斯蒂妮现在好像已经订了婚一样,船夫觉得本来就应该如此,他一直希望有这样的结果。那天晚上他跟着伊勃回家去,和伊勃同床而眠,不过再也没有谈到订婚的事。

又是一年过去了,伊勃和克里斯蒂妮曾经通过两封信,在信的末尾写名字的地方总会写上"至死忠贞不渝"。有一天船夫来找伊勃,带来了克里斯蒂妮的问候,他还有话要说,可是吞吞吐吐,欲言又止。后来他终于告诉伊勃,克里斯蒂妮如今日子过得很好,真是时来运转,有不少人爱慕和追求她,这也难怪,因为她是一个美貌的好姑娘。那个旅店老板的儿子回家来探亲,他在哥本哈根一个大衙门里担任着要职,一见克里斯蒂妮就喜欢上她了,她也觉得他很中自己的意,男方的父母也赞同这门婚事,不过克里斯蒂妮心里仍旧想念着伊勃,也知道伊勃多么想念她,因此她打算回绝掉这门婚事。伊勃起先一声不吭,可是脸色却变得像白布一样,他摇摇头说:

"克里斯蒂妮不应该放弃这份幸福!"

"那么你给她写几句吧。"船夫说道。

伊勃便动手写起信来,可是一落笔就怎么也写不出他本当想讲的那句话,左写右写总是词不达意,不得不撕掉了重写,直到第二天清早才总算写成了一封可以给克里斯蒂妮看的信。信上是这样写的:

你写给你父亲的信我已经见到,也读过了。知道你一切顺利,还会有更好的日子在后头。遇到事情还是同自己的心去商量吧,克里斯蒂妮。你不妨想想,你若是嫁给我的话,你今后会过上什么样的日子,我手头上一无所有。不必牵挂着我,也用不着为我怎么过日子而犯愁,你只消想想怎么对你有好处就怎么做吧。你没有给过我什么承诺,是不受任何约束的。倘若你在心里曾经给过我什么承诺,我在此把你所受的约束都解除掉。愿世上一切欢乐都降临于你,克里斯蒂妮,上帝将会安慰我的心灵。

永远忠于你的伊勃

这封信发出去后,克里斯蒂妮很快就收到了。

到了十一月圣马丁节的时候,新娘所在的沼泽地教堂和哥本哈根新郎所在的教堂同一天宣布了这对新人的结婚预告。随后那个新娘由她的女主人——她未来的婆婆——陪着前去哥本哈根成婚,因为新郎公务缠身,忙得抽不出空老远地跑到日德兰半岛来。

在前往哥本哈根的路上,克里斯蒂妮同她的父亲匆匆见了一面,她和她的父亲事先约好在她要经过的芬诺镇上相会,这是离她父亲那儿最近的见面地点,他们父女俩就在那里相互告别。

后来,对这次父女的见面偶尔也有人提到一两句,可是伊勃却什么话也没有说。他的老母亲说他心事重重,这倒一点不假,他确实心里烦恼得很,想法不少。他想起了那三颗榛子,当他还是一个小孩子的时候,一个吉卜赛老妇人给他的,他把其中两颗送给了克里斯蒂妮,那都是希望之果。克里斯蒂妮手上的两颗榛子有一颗里是金马拉的黄金马车，另一颗里是各色漂亮衣服，如今这个预言已经得到印证了。克里斯蒂妮到京城哥本哈根去享受荣华富贵了，她的所有希望都会得到满足。而伊勃留下的那颗榛子里只有一撮土，那个吉卜赛老妇人还说过，这是他"喜欢的最好的东西"，这预言倒也说准了，一点都没有错。他在家里种庄稼，黑色的泥土大概就是他喜欢的最好的东西了。现在他总算明白吉卜赛老妇人讲的那句话是什么意思了：从泥土中来，再归入坟墓的黑色泥土中去，这就是他一生中最好的东西了。

又是许多年过去了——其实也没有多少个年头，不过对伊勃来说，这些年都是漫长而难熬的。旅店老板那老两口相继去世，他们留下的几千银币的财产由他们的儿子继承，如今克里斯蒂妮不消说可以享有金马车和漂亮衣服了。

岁月茫茫，在随后的两年里，克里斯蒂妮毫无音信，最后她的父亲终于收到了一封来信，可是信上说得十分凄楚，她说她的日子过得捉襟见肘，既没有提到财富也没有提到享受。可怜的克里斯蒂妮，她和她的丈夫都不会节俭持家，而是有了钱随手就花得精光。他们并不是没有财富，而是不珍惜财富，所以财富没有给他们带来好运和幸福。

石楠花年复一年地盛开，石楠花年复一年地枯萎。大雪一场又一场地覆盖住塞伊斯沼泽地，覆盖住伊勃家那栋农舍背后的小山丘。冬去春来，太阳又明亮地照耀人间。在一个阳光明媚的春天的日子里，伊勃把犁头插进泥土里动手犁田，他突然觉得犁头碰到了什么硬东西，他以为那是一块燧石，是从大块的燧石上刮碰下来的碎片。伊勃从泥土里把那片燧石拿起来一看，原来是一块金属,被犁头划过的地方还刮出了一道明晃晃的疤痕。它竟是异教徒时代的一只分量很重的大金臂镯,原来地底下是一座古代武士的坟墓,里面价值昂贵的首饰被发现了。伊勃把他发现的东西拿去给牧师看,牧师告诉他说这真是一桩了不起的大事情,于是伊勃到郡长公署去报告了这件事,郡长公署又把这桩大事呈报到了哥本哈根,并且要求伊勃亲自把这些昂贵的首饰送去。

"你在泥土里发现了最好的东西。"郡长这样说道。

"最好的东西,"伊勃思量道,"我能得到的最好的东西竟在泥土里,如此说来吉卜赛老妇人的话果然灵验,这真是最好的东西!"

伊勃来到奥胡斯市①,再从那里乘船前往京城哥本哈根。他过去只坐着小船在戈登河上航行过几回,这次出远门对他来说就像漂洋过海的环球航行一般。就这样伊勃来到了哥本哈根。

他发现的那只金臂镯,当局按照价值付给了现钱。这是一笔数目很可观的钱,六百块银币。于是这个来自塞伊斯沼泽地的鞋匠便在哥本哈根这座大城市里漫游一番。

就在他即将乘船返回奥胡斯的前一天晚上,他逛街迷了路,走了一条和自己想去的方向几乎相反的路。他走过了克尼伯尔斯桥,径直来到了克里斯钦哈根港口,而没有拐进去沿着西城门的护城河堤岸往前走。他朝西走倒一点不错,可是却不是他要去的那个地方。街上十分冷清,看不到一个行人,后来总算看到一个很小的女孩从一栋破败不堪的屋里走出来。伊勃向她问路,打听他在寻找的那条路怎么走。那个小姑娘吃了一惊,怔怔地望着他

---

① 丹麦第二大城市,在日德兰半岛东岸。

放声大哭起来。这一回轮到伊勃询问她是怎么一回事了,她讲了几句,可是他听不明白她的话。这时候他们两人正好站在一盏路灯底下,路灯的亮光把小女孩的脸蛋照得清清楚楚。他不觉一愣,因为在他眼里,这个小女孩竟是活脱脱一个小克里斯蒂妮,就是她儿时的模样。

他跟随着小女孩走进那栋屋里去,爬上一段又窄又陡的楼梯,踏进了屋顶下的那间小阁楼里。房间里的空气浑浊得令人透不过气来,没有点灯,一片漆黑。从一个角落里发出了喘气和呻吟声,伊勃划了一根火柴看过去,只见小女孩的母亲躺在一张破床上。

"我可以帮你做点什么吗?"伊勃问道,"我是被这个小姑娘带过来的,其实我自己对这个城市也很陌生,是个外地人,这里有没有邻居或者什么人我可以叫得应的呢?"说着他托起了她的脑袋。

那个女人竟然就是在塞伊斯沼泽地上长大的克里斯蒂妮!

多少年来,她的名字在日德兰半岛的家乡已不再被人提起,大家都生怕会让伊勃失去平静的心绪,因为传来的音讯也确实不好。实情倒和传闻没有多少出入,真的是这样。她的丈夫得到了他父母留下来的大笔遗产,这笔钱财使得他变成了一个浪荡公子,他放弃了固定职业,跑到外国去过花天酒地、纸醉金迷的荒唐生活,不到半年工夫便背了一身债回到国内,可是依然过着奢侈的生活。于是如古话所说,他这辆车子越来越倾斜,终于翻了。他的那些酒肉朋友说他活该有此下场,因为他花起钱来像个疯子。有一天早晨,在王宫附近的运河里发现了他的尸体。

死神已经前来召唤克里斯蒂妮了,她最小的孩子在富裕日子里怀胎，却出生在困苦之中，只活了几个星期就被埋进了坟墓。如今克里斯蒂妮自己也病入膏肓，正躺在这间破旧的陋室里等着咽气，却无人来照顾她。这种贫寒说不定克里斯蒂妮年轻时在塞伊斯沼泽地的老家里是能够忍受的，可是现在却不行了，她已经过惯了富裕的生活，熬不住这样困苦的日子了。那个把伊勃领到家来的是她最大的孩子，长得很像克里斯蒂妮，她跟着她的母亲一起受穷挨饿。

"我怕是要死了，撇下这个孩子没人照管，"克里斯蒂妮长长地叹了口气，"她在这个世上怎么过下去哇！"再多的话她已经说不出来了。

伊勃又划了一根火柴，他在房间里找到了一截蜡烛头，他将它点燃，照亮了这间寒酸的屋子。

伊勃看看那个小姑娘，想着年轻时候的克里斯蒂妮，为了克里斯蒂妮，他也会好好照顾这个素不相识的孩子的。那个垂死的女人在弥留之际睁开眼来看着他，她的双眼愈睁愈大，难道她认出他来了吗？他不知道，他再也没有听到她说出一个字来。

在塞伊斯沼泽地附近戈登河边上的森林里，天空一片灰蒙蒙的，石楠花丛中的花朵全都凋零枯谢。从西边刮过来的狂风把金黄色的树叶从树上吹落下来，卷进了河水里，也吹到了干草铺顶、泥灰砌墙的一栋栋农舍四周，那些农舍里住的都是从外地迁来的陌生人。可是在隆起的山丘背后避风的地方，高大的树木掩映着一栋小屋，那屋子墙壁粉刷得雪白，门窗油漆得焕然一新，壁炉里泥炭燃烧着，使得室内温暖得像阳光普照着一样。

屋里确实普照着阳光,那阳光是从一双充满稚气的眼睛里发出来的。从孩子的红嘴唇里发出来的声音如同春日里云雀的歌唱。小屋里有着欢乐和生气。小克里斯蒂妮就住在那里,她坐在伊勃的双膝上,如今伊勃既是她的父亲又是她的母亲,她的亲生父母都已不在人世,他们对于这个孩子和那个大人来说,像是做了一场梦一样消失得无影无踪。伊勃坐在整洁干净的房间里,如今他是个富翁了,而小姑娘的母亲却长眠在哥本哈根的穷人墓地里。

大家都说伊勃的箱子里装满了钱财,都是从泥土里发掘出来的黄金。他还得到了小克里斯蒂妮!

笨蛋汉斯

在乡下，有一座古老的庄园，里面住着一个贵族老爷。这个贵族老爷有两个儿子，都是精明至极，其实有他们一半那么精明就已经足够了。他们打算向国王的女儿求婚，他们两个胆大包天，竟敢有这样的想法。那是因为公主发出布告，说她要征求一个她认为口才最好的人来当她的丈夫。

于是这两兄弟准备了整整一个星期，这是征婚的期限，不过这段时间对他们来说也绰绰有余了，因为他们都是满腹经纶，而在这当口学问正好大派用场。其中一个能把整本拉丁语词典和本城三年的报纸全都背诵出来，而且还能把这都倒背如流。另一个精通法律条文，而这些条文全都是各个衙门的主管官员办案时必须知晓的，因此他自认为可以纵论天下大事。除此之外他还有桩本事，那就是擅长刺绣，可以绣出色彩斑斓的束腰带来。他非但学问深厚，而且心灵手巧。

"我必定能将公主娶到！"他们兄弟俩都这样说。

他们的父亲给了他们每人一匹骏马。那个会背诵词典和报纸的得到了一匹浑身漆黑的马，而那个精通为官之道还会刺绣的得到了一匹白马。他们还在自己嘴角上抹了不少鱼肝油，这样可以使得口舌更加油滑。他们骑上马背动身时，庄园上的所有仆人全都前来送行。这时候,第三个兄弟突然也来了。他们原本就是兄弟三人,不过没有人把老三算成是他们的兄弟,因为他不像老大、老二那样有一肚子的学问,所以人们只叫他"笨蛋汉斯"。

"你们穿得这么花里胡哨的要到哪里去呀?"

"上王宫哪,去向国王的女儿求婚!难道你没有听到王宫的传令官到处敲着鼓在宣读告示吗?"他们俩把这件事对他讲了一遍。

"天哪,有这等好事!这么说我也该去啰!"笨蛋汉斯说道。老大、老二听得大笑起来,自顾自骑马走了。

"爸爸,给我一匹马吧!"笨蛋汉斯叫喊起来,"我想要结婚娶老婆。她若是相中了我,她可以嫁给我;她若是相不中我,我也只好娶她当老婆算啦!"

"胡说八道,"父亲喝道,"偏不给你马,连话都不会讲。哼,哪像你的两个哥哥,他们才是绅士呢。"

"不给我马匹也难不住我,"笨蛋汉斯说,"我就骑公羊去好啦,反正公羊是我自己的,它驮得动我。"说罢,他就骑到公羊背上,双腿一夹就顺着大路跑去。嘿,那公羊撒开四蹄倒也跑得挺欢。"我来啦。"笨蛋汉斯吆喝道。他骑在公羊背上,情不自禁地唱起歌来,嘹亮清脆的歌声传得很远。

老大、老二骑着马往前行,他们一句话都不说,却翻来覆去地在思考,他们要想好最美的词语,要一鸣惊人,这样才会取得成功。

"喂,"笨蛋汉斯叫道,"我来啦!看看我捡到了什么,这样的东西可不是天天都能在大路上捡得到的。"他说着将手里的东西高高举起来,那是一只死乌鸦。

"笨蛋,"他们说道,"你捡它来干什么?"

"我要把它送给国王的女儿。"

"行啊,你爱送就送好了。"他们不禁大笑起来,又继续催马往前赶路。

"喂,"笨蛋汉斯又叫喊起来,"我来啦!瞧瞧,我又捡到了什么,这样的东西可不是天天都能在大路上捡得着的。"

老大、老二又回过身去看个究竟。"笨蛋,"他们说道,"不就是一只旧木鞋吗,连鞋面都不见了,难道这也要送给国王的女儿吗?"

"就是要送给她!"笨蛋汉斯说道。兄弟俩一齐哈哈大笑起来,策马往前奔出去老远。

"喂,"笨蛋汉斯又叫喊起来,"天哪,捡到的东西一样比一样精彩,这一样真是天下少有。"

"那么你捡到了什么呢?"老大、老二问道。

"哦,"笨蛋汉斯说道,"真是没有话可讲了,国王女儿她一见就会喜欢得不得了。"

"哎呀,"老大、老二说,"不就是一团烂泥吗,还是从臭水沟里掏上来的。"

"一点不错,就是烂泥,"笨蛋汉斯说,"正是挺稀的烂泥,用手捧不住呢。"他把烂泥满满地装了一口袋。

老大、老二策马飞驰,不多时便来到了城门口,比汉斯足足早了一个钟头。每个求婚者都要在城门口领一个号,再排成行,每一行六个人,挤得连胳膊都抬不起来。这样倒也好,要不然站在前面的那个人背脊上会挨不少搡的。

从全国各地来看热闹的人都聚集在王宫周围,从窗子里望进去，想看看公主是怎样对付求婚者的。可是不管是谁，只要一走进那个大厅，他的口才就会消失殆尽。

"他不行，"公主厉声喝道，"滚出去！"

这时候该轮到那个会背诵词典的老大进场了，可是他站在队伍里的时候就把满肚子学问忘得一干二净了。大厅的地板在他脚下发出嘎嘎的声音，大厅的天花板上镶嵌着玻璃镜子，他可以看得见自己颠倒站立着。每扇窗户旁边都站立着三个录事和一个主管官员，他们要把求婚者说出口的每一句话都一字不漏地记录下来，然后在报上发表出来，而这份报纸也会身价大增，每份卖到两个先令。

大厅里的场面十分森严，吓得人心惊胆战，再加上壁炉里火烧得那么旺，连炉壁都烤得通红。

"这里真是热得要命。"求婚的老大汗流浃背地说。

"那是因为我父亲今天在烤小公鸡。"公主说。

"啥……"他站在那里嘴巴嘟囔了这么一声。真是要命，他没有料到这时竟会蹦出这么一句话来。他想要赶快答上几句如珠妙语来，却怎么也想不出来要说什么，嘴巴里还在说着："啥……"

"他不行，"公主厉声喝道，"滚出去！"

于是老大只得灰溜溜地走了出去。随后老二进来了。

"这里热得吓人。"他说道。

"是呀，我们今天在烤小公鸡呢。"公主说。

"什么，什……么……"他结结巴巴地问道。所有的录事都记录下了这句话："什……么……"

"他不行，"公主厉声喝道，"滚出去！"

接下来轮到笨蛋汉斯上场了,他骑在公羊背上进到大厅里面。

"哎呀,这里真是要热死人的。"他说道。

"那是因为我们今天在烤小公鸡呢。"公主说。

"真太幸运啦,"笨蛋汉斯应声道,"那么我也可以顺便把我的乌鸦烤一下啦。"

"你可以这样做!"公主说,"不过你把它放在什么上面烤呢?要知道我这里既没有煲罐也没有煎锅。"

"不碍事的,我随身带着呢。"笨蛋汉斯说,"这就是我的带洋铁把手的煎锅。"说着,他从身边取出旧木鞋来,把那只死乌鸦放到木鞋里面。

"这倒是一顿很丰盛的正餐了。"公主说,"可是我们从哪里弄点酱汁来蘸着吃呢?"

"我衣兜里就有。"笨蛋汉斯说,"我有那么多,不用蘸着吃,可以浇在上面呢!"说着他就从衣兜里把烂泥浆倒了些出来。

"我挺喜欢这样子的。"公主说,"你应对如流,而且能说会道。我相中你来当我的丈夫。可是你要知道,我们现在和刚才说过的每一句话都一字不漏地被记录下来,明天要在报纸上发表呢!你可看见每个窗户旁边都站着三个录事和一个年老的主管官员?那个主管官员是最惹人厌的,因为他向来一窍不通,什么都不懂。"

她说这番话,无非是想要吓唬他。可是所有的录事全都听得忍不住一齐笑出声来,他们每个人都把一滴墨水从笔上洒落到地板上。

"他是贵族老爷吗?"笨蛋汉斯说道,"那么我就把随身带来的最好的东西送给他吧！"说着他把衣兜翻过来，把烂泥浆全都泼在那个主管官员的脸上。

"做得好！"公主大加赏识地说，"我就做不出来，不过我学得会的。"

于是笨蛋汉斯当上了国王，他既得到了一个妻子，又得到了一顶王冠。这是我们从主管官员办的报纸上念到的，可惜这份报纸是最靠不住的。

通向荣誉的荆棘之路

有一个古老的故事讲道："有一个名叫布鲁德的射箭能手在通向荣誉的荆棘丛生的道路上奋勇跋涉，历经艰难险阻，冒着生命危险，终于获得了至高无上的荣誉和尊严。"我们当中有许多人在孩提时代就已经听过这个故事，也许上了年纪之后重新阅读这个故事，便会回想起自己走过的荆棘丛生的人生旅途和亲身经历的种种艰难险阻，从而感慨不已。其实故事和现实是十分接近的，只不过故事常会有个让人感到安慰的结局，而现实却通常今生今世无结果，有待后代去解决，甚至永远拖延下去。

整个世界的历史有如一盏魔法重重的幻灯，它在我们这个时代背景的黑色幕布上投射出一幅又一幅光亮耀眼的图画，让我们清楚地看到人类的造福者们和天才的殉道者们是如何在通往荣誉的这条荆棘丛生的道路上前仆后继、奋力跋涉的。

这些图画把各个时代和各个国家发生的事都展现在我们面前，每幅图画只出现短暂的片刻，但是这一瞬间却是完整的人生，代表着充满斗争和胜利的整整一代人。不妨让我们仔细看看这些殉道者行列中的每一个人，这个行列不断地更新，代代都会有新人脱颖而出，直到世界本身不再存在。

让我们从座无虚席的古代圆形剧场里往下看：阿里斯托芬[①]的喜剧《云》正在把一串串讽刺挖苦和幽默含蓄的妙语如潮水般地投给了观众。苏格拉底[②]这位雅典最不平凡的人物在舞台上遭到了嘲笑，无论在精神上还是在肉体上都是如此。苏格拉底曾向"三十僭主"为民请命，他曾在战乱中搭救过亚西比德[③]和色诺芬[④]，他的才华远远超过古代诸神。他就在剧场里，从观众席上站起身来，缓步走上来，于是笑得前仰后合的雅典人眼福不浅，可以一睹他本人的风采，让他们看看他本人同舞台上那个被歪曲的人究竟有没有相同之处。他巍然屹立在他们面前，远远高于他们。

碧绿而多汁的毒芹[⑤]啊，正是你投下的阴影把雅典笼罩在一片黑暗之中，而橄榄枝却爱莫能助。

有七个城市为了争夺荷马诞生地的美誉而喋喋不休，不过那是他身后的哀荣，我们不妨看看他的在世之日吧！他在这些城市里沿街流浪，朗诵自己的诗篇来乞讨度日，对明日生计的担忧使得他的头发过早地变白。他这位目光最为深邃的先知者却是个孤独的盲人。尖锐的荆棘把这位诗歌之王的衣衫撕得褴褛不堪。

他的诗歌直到今日还活在人世，正是因为有了这些诗歌的存在，古代的神祇和英雄才得以在人世间流传至今。

---

① 阿里斯托芬（约公元前448—前380），古希腊诗人、喜剧作家。
② 苏格拉底（公元前470—前399），古希腊哲学家。
③ 亚西比德（约公元前450—前404），古希腊政治家和将领。
④ 色诺芬（约公元前430—前354），古希腊将领、历史学家，苏格拉底的弟子。
⑤ 苏格拉底被雅典政府逼迫服用毒芹而死。

一幅又一幅的图画从太阳升起的国度、从太阳沉落的国度涌现出来，从东方、从西方涌现出来，它们无论在时间上还是空间上都相距十分遥远，可是每一幅图画都展示出了那条道路，那条通向荣誉的荆棘丛生的道路。在这条道路上，蓟草开出了花朵，但只不过是为了装点坟墓。

棕榈树下走来了骆驼的队伍，它们驮满了靛青和别的价值昂贵的珍奇珠宝。那是这个国家的君主去送给一个人的厚礼，这个人的诗歌是人民的欢乐，是国家的荣誉，然而嫉妒和造谣中伤逼得他弃家出逃，流亡国外。如今他的行踪已被发现，骆驼队正满载着厚礼前往他隐居的小城镇，已经快要走近城门口了。一具干瘪的尸体被抬出了城门，骆驼队为了给送葬的队伍让道，不得不停下来，而这个死者正是他们前来寻找的哲人：菲尔多西①。他已经长途跋涉到了这条荆棘丛生的通往荣誉的道路的尽头。

那个身材魁梧的非洲人，厚厚的嘴唇，蓬松的羊毛般的黑头发，坐在葡萄牙首都的宫殿门外的大理石台阶上哀讨乞求。他是卡蒙斯②的忠实奴隶，要是没有了他，没有了那些路人们投给他的铜板，他的主人——《卢济塔尼亚人之歌》的作者——就要活活地饿死。

如今在卡蒙斯的坟墓上屹立着价值不菲的纪念碑。

又投射出了一幅图画。

画面上显示出来：一个人脸色苍白得像死人一般，长着又长

---

① 菲尔多西（940—1020），波斯诗人，史诗《王书》的作者。
② 卡蒙斯（约1524—1580），葡萄牙诗人。

又乱的胡子,站在铁窗的栏杆背后。"我搞成了一项发明,那是千百年来最伟大的发明,"他喊道,"可是他们却把我囚禁在这里二十多个年头。"

"他是谁?"

"一个疯子!"疯人院的看守说道,"这些人总是想入非非,什么稀奇古怪的念头都有。他居然相信人可以由蒸汽驮载着前进!"

这个囚徒就是萨洛蒙·德·高斯①,蒸汽动力的发明者。他的预言表述得十分晦涩含蓄,那个名叫黎塞留②的人念得莫名其妙,结果高斯不得不死在疯人院里。

这里站立着哥伦布,街上顽童们追撵着他,讥笑嘲弄着他,因为他想发现一个新的世界,而他真的发现了新大陆。他凯旋归来的时候,狂喜的欢呼声同欢乐的钟声汇成了一片。可是不久嫉妒的钟声就敲响了,淹没了其他所有的声音。新世界的发现者把美洲大陆这块黄金土地从大海中托举起来,奉献给了自己的国王,得到的回报却是枷锁铁链。他希望把这些锁链能放进他的棺材里去,因为这些东西可以作为证据向全世界证明,自己领受到了同时代人什么样的评价。

一幅又一幅的图画接二连三地涌现出来,通往荣誉的这条荆棘丛生的道路真是没有尽头呀!

在寒夜的黑暗之中端坐着一个人,他正在忙碌着测量月球上山脉群峰的高度。他已经冲入无垠无际的太空之中,跻身于天体

---

① 萨洛蒙·德·高斯(1576—1626),法国科学家。

② 黎塞留(1585—1642),法国枢机主教,曾在法国执政多年。

之间。他这位伟人听到了、看见了整个宇宙的心灵,感觉出来地球在他的脚底下转动,他就是伽利略。可是在他垂暮之年,他眼瞎耳聋,含垢忍辱,不断遭到世人的唾弃,无时无刻不被荆棘所刺痛,他几乎已经没有力气抬起自己的脚来。然而,当真理遭到践踏的时候,他仍然痛心疾首地把脚踩到地上,厉声呼喊出来:"地球分明就是在自转!"

这里站立着一个女子,她有一片拳拳的赤子之心,充满着激情和信念。她高举旗帜走在抗敌的军队的最前面,为她的祖国赢得了胜利和解放。记得在那一天,人声嘈杂,狂呼乱嚷,行刑的火堆熊熊燃烧起来,圣女贞德①被当作女巫活活烧死。在以后的整整一个世纪里,这朵洁白的百合花仍然遭人唾骂,直到人类智慧的奇才伏尔泰②写出讴歌她的史诗《奥尔良少女》。

在维堡的议会上,贵族们把国王的法令条律统统付之一炬,这堆大火的火光映亮了这个时代,也映亮了那位立法者。一道荣耀的光辉射进了城堡的牢房里,那高塔般的城堡里囚禁着一个老人,他头发花白,腰弓背屈,伸出手指劲地在面前的石桌上刻画出一道又一道沟纹。他曾经是三个王国的君主,是平民百姓的国王,是市民和农夫之友,他就是克里斯蒂安二世③。他在国势危

---

① 圣女贞德(约1412—1431),法国女英雄,她在1429年率军解救英军对奥尔良城之围,后被叛徒出卖,英军指控她为女巫,将她活活烧死。

② 伏尔泰(1694—1778),法国启蒙思想家、诗人和作家,《奥尔良少女》是伏尔泰写的一部描写圣女贞德英勇事迹的史诗。

③ 克里斯蒂安二世(1481—1559),丹麦国王,因联合农民和市民阶层反对贵族专权而被贵族推翻,企图重返丹麦失败后被囚禁了二十七年。

难之际具有铁石心肠，运用强硬手腕，而他的仇敌便对他大书特书。纵然我们无法忘记他欠下的血债，我们亦应该记得他已经饱尝了二十七年的铁窗生活。

在一艘从丹麦行驶出去的海船上，一个男人站立在高高的桅杆旁边，朝汶岛投去最后的一瞥，他就是第谷·布拉赫。此人把丹麦的名声提升到星空，而得到的回报却是讥笑和伤害，最后不得不亡命天涯。

"我头顶上的天穹无处不在，"他说，"我还有什么别的可求？"

他走了，这位最享有盛誉的丹麦人背井离乡，流亡国外，在异国他乡终于赢得了尊严和自由。

"啊，自由，但愿我能从肉体所难以忍受的痛苦之中得到解脱！"

一声长叹穿越时空，传到了我们的耳中。这是一幅什么样的图画呀！格里芬菲尔德[①]，丹麦的普罗米修斯，被锁在蒙克霍尔姆礁石岛上。

我们现在来到了美洲大陆上，站立在一条大河旁边。这里早已聚集了一大群人，有一艘船要逆风行驶，因为它具有对抗风雨的力量。那个相信能够做成这件事的人名叫罗伯特·富尔顿[②]。这艘船开始航行，却又突然停了下来，看热闹的人群中爆发出一阵大笑，并且吹口哨嘘他，连他自己的父亲也吹起了口哨。人群大呼小叫起来：

---

① 格里芬菲尔德（1635—1699），丹麦政治家，曾任首相，因对瑞典战争不力，被指控犯叛国罪而被囚禁二十多年。

② 罗伯特·富尔顿（1765—1815），美国发明家，设计和制造了美国第一艘蒸汽船，在哈德森河上航行成功。

"狂妄自大，疯子，活该如此！这个疯子应该戴上镣铐关起来！"

可是那只不过是因为断掉了一根螺丝钉才害得这艘船停顿下来，片刻之后，船上的飞轮又转动起来，蒸汽机的传动轴把世界各国之间的距离由小时缩短为分钟。

人类呀，在灵魂终于懂得自己使命的这一刹那，你能够理解这种觉醒所带来的幸福吗？在这一刹那时间里，在通往荣誉的荆棘丛生的道路上所受到的一切伤害和痛苦——哪怕是由于自己的错误所造成的——都会转变成为健康、力量和快乐，将不协调变化为和谐。人们亲眼看到了上帝的仁慈，他会赐福于某一个人，然而这却能惠及世上所有的人。

正因为如此，这条荆棘丛生的通向荣誉之路就好像绕在地球外面的一圈光环。被选中在这条光环上行走的人置身于这座将天堂与人间连在一起的桥梁之上，置身于桥梁的建筑者和世人之间，置身于上帝和芸芸众生之间。他们都并非为了一己私利，这样的人该是何等的幸福啊！

历史扇动着强有力的翅膀飞过一个又一个时代，它给了我们勇气和安慰，它给了我们宽广的胸怀。在漆黑的背景上显现出来的这条荆棘丛生的通向荣誉的道路不会像童话故事那样在今生今世就有一个光彩夺目、美满快乐的大结局，而是要一直延伸出去，超越时空，直至未来，甚至是永恒。

犹太姑娘

在一所慈善小学里,许多孩子当中有一个犹太小姑娘,她是个聪明、善良、奋进的好孩子,她是所有孩子当中最勤勉好学的一个。可是有一门功课偏偏就是不让她上,那门课就是宗教课,因为这是一所基督教学校。

上宗教课的时候,她可以拿出地理课本来复习,或是做她的算术作业题。等到她把功课做完,这节课的时间也就过去了。可是在那一堂课的时间里,课本明明就摊开在她面前,她却念不进一个字去,因为她全神贯注地在倾听老师讲课。老师很快就注意到她在听他讲课,而且听得比别人更加专注。

"你念自己的课本吧。"他神情温和却又口气严厉地对她说。可是她只用自己漆黑发亮的眼睛盯住他看。有时候老师也向她提问,她非但能回答上来,而且还比其他孩子懂得更多,她是听进去了,理解了,还牢牢地记住了。

她的父亲是一个穷苦而勤劳的老实人,他让女儿上学的时候就立下了规矩:不许她接受基督教教育。可是到了上这一门课的时候若是叫她离开教室,很可能会引起学校里其他孩子的揣测或议论,因此就让她留在教室里。不过按现在的情形看来,是不能让她再久待下去了。

老师拜访了她的父亲，告诉他要么叫他的女儿退学，要么让她皈依基督教。"我再也不能看着那双冒出火花的眼睛而无动于衷了，那种眼神表达出了她心灵深处对基督福音如饥似渴的想望。"

她的父亲一下子哭出声来，说道："其实我对我们的宗教训诫也知道得很少，可是她的母亲却是一个犹太人的女儿，她坚定不移地笃信自己的宗教。在她弥留之际，我曾对她发誓许诺过，决不让我们的孩子接受基督教洗礼。我必须遵守自己的诺言，因为这是我和上帝订立的契约。"

于是那个犹太小姑娘只得退学，离开了这所基督教小学。

光阴荏苒，许多年一晃而过。

在日德兰半岛的一个偏僻小城里，有个信奉犹太教的穷苦姑娘在一家败落的市民家里帮佣，她就是上文所说的犹太姑娘萨拉。她的一头秀发像乌檀木一般漆黑，一双眼睛黑得像夜晚，却十分明亮，闪烁着东方姑娘所特有的光芒。她已经长成了一个大姑娘，可是脸上的表情却仍旧和她小时候一模一样，就是坐在教室里全神贯注地听老师讲课的那副神态。

每逢星期日，教堂里的风琴声和做礼拜的人的歌声都会传到街对面的这栋房子里来，而犹太姑娘这时正在这户人家勤快地做着家务事。"记住这个安息日，把它当作一个神圣的日子。"这是她所信奉的戒律，可是犹太教的主日——塞巴斯日——却并不是基督教的安息日，那天基督教徒们还是要干活的，她只能在心里纪念犹太教的主日，把这一天定为圣日。她觉得这是远远不够的，可是只要虔诚，相差一天或者几个小时上帝是不会在意的，这样的想法使得她心安理得了。在基督教的礼拜天，是不会有人来打扰的。教堂里的管风琴声和唱赞美诗的歌声传过来，飘到了坐在洗碗池背后的她的耳中，这样一来，连这块地方也变得神圣和安宁了。她便背诵起她的人民所信奉的宝贵财富《圣经·旧约全书》①。她只背诵这一部分，因为父亲在她退学的时候对她老师说的那番话深深地铭刻在她的脑海中。这是诺言，是对她死去的母亲立下的誓言，说萨拉决不会背弃她父辈的信仰而去皈依基督教。《新约全书》对她来说，过去是今后也只能是一本永远不许翻开的禁书——尽管她对这本书中的教义知道得很多，还是在孩提时代就已经知道的，而且在童年的头脑里曾闪耀出光华。

有一天晚上，她坐在房间的一个角落里，倾听着男主人高声朗诵，这本书是她可以听的，因为那不是基督教的福音书，而是一本古老的故事书，所以她听听也无妨。那个故事讲的是一个匈牙利骑士，他被土耳其帕夏②所俘获，土耳其的帕夏把他和耕牛一起套在牛轭上犁地，还不停地鞭打他，让他受尽折磨和凌辱。

骑士的妻子变卖了她所有的首饰，典当了他们的城堡和田地，骑士的朋友们也筹措了一笔可观的钱款，因为赎金高得几乎不能想象。不过总算凑足了数目，他被从苦役和屈辱中解救出来，带着浑身的伤痕、患着重病回到自己的家里。不久，"向基督教的敌人开战，把他们扫荡出去"的征召传来了，这个依然重病在身的

---

① 基督教的《圣经》包括《旧约全书》和《新约全书》；犹太教的《圣经》只限于《旧约全书》的内容。
② 帕夏为土耳其等国的高级官衔。

骑士再也无法安心地养病了,他叫人把自己扶上了战马,他的脸颊上有了血色,力气也好像恢复过来了,他跃马挥戈为胜利而战。事情也真凑巧,那个昔日曾把他当作牛马拉犁耕地,并让他受尽折磨和侮辱的土耳其帕夏如今成了他的俘虏,被他带回去囚禁在城堡的牢房里。就在不到一个小时的工夫,骑士亲自来到牢房里向他的阶下囚发问道:

"你想得出来正在等待着你的是什么吗?"

"我知道,"土耳其人说道,"报复!"

"一点不错,基督教的报复。"骑士说,"基督教教义告诉我们,要宽恕我们的敌人,热爱我们的邻居。上帝就是爱。平安地回家去吧!回到你的亲人身边去吧!以后对待落难的人更温和友善一些吧!"

这时那个俘虏失声痛哭,说道:"我怎么相信有这样的好事!我知道我必定会受到酷刑和侮辱,所以我已经服下了毒药,不出几个小时便会一命呜呼。我是无药可治、必死无疑了,不过在我临死之前快给我讲讲那个充满了宽容的爱和仁慈的教义、那个如此伟大神圣的上帝,让我皈依这个信仰,作为一个基督教徒死去吧!"他的临终祈求得到了满足。

这是一个传说,是男主人在朗诵一本旧书中的一则故事,他们人人都听得深受感动,然而听得最心醉神迷的、最火辣辣地燃烧起胸中激情的还是坐在房间角落里的这个女用人,这个犹太姑娘萨拉。大颗大颗的泪珠从她漆黑发亮的眼睛里落下,她满怀着一片拳拳的赤子之心,就像当初坐在教室里屏息聆听基督教福音那样,感受到了基督教教义的伟大。泪珠一滴又一滴顺着她的脸颊滚落下来。

"千万不要让我的孩子成为一个基督教徒！"这是她母亲弥留之际的临终遗言，这声音一直在她的灵魂里和心头上萦绕回荡着，与此同时还伴随着另一个声音，那就是戒律中说的那句话："当孝敬父母。"

"我并没有皈依基督教，"萨拉自言自语说，"他们还仍然把我叫作犹太姑娘。上星期天邻居家的小男孩就这样轻蔑地称呼我来着。当时我站在教堂门口，从敞开着的大门里望进去，看见了祭坛上点着明晃晃的蜡烛，听见了教徒们齐唱圣歌的声音。从上学时起直到今天，基督教有着一股力量，即便我紧闭住双眼不去看它，它也像一道阳光照进了我的心头。可是母亲啊，我一定不会让你在坟墓里还不得安生，我决不会违背我父亲对你立下的誓言，我决不会去诵读基督教的《圣经》，我有我祖先的上帝作为信仰和依靠。"

转眼之间又是许多年过去了。

这一家的男主人已经去世了，女主人度日艰难，境况十分不好，不得不辞退了所有的女用人，但是萨拉却没有离开，她成了这一家子在患难之中的好帮手。她维持着这一家人的生活；她总是不停地干活，直到深夜；她用自己的双手给这一家子挣来面包。他们有不少的亲眷，却没有一个给他们一点点照顾。这家的女主人身体一天比一天虚弱，她在病床上一躺就是好几个月，萨拉总是耐心地看护着病人，态度又温和又体贴。她把祝福带给了这个一贫如洗的家庭。

"那边桌上放着《圣经》,"病人说,"这样的漫漫长夜真是难熬,给我念一点吧,我是多么想听到上帝的声音。"

萨拉低下头,双手捧着《圣经》念给病人听。她的声音哽咽起来,泪水落了下来,可是她的眼睛更明亮了,她的灵魂更圣洁了。

"妈妈,"她默默地说,"你的孩子不会去接受基督教洗礼的,不会参加基督教徒的集会,这是你的遗愿,我一定会遵从的。在这个人世间,我们在这一点上是一致的,可是我们还必须同上帝保持一致,这是更重要的。"

"'……他必作我们引路的,直到死时。'①"萨拉继续念道,"'你……降甘霖,使地软和;其中发长的,蒙你赐福。'② 我明白过来了,其实连我自己都不晓得是怎么一来就弄懂了这个真理的。那是由于他,正是他:基督耶稣。"

她把这个神圣的名字说出口的时候,便身不由己地颤抖起来。圣灵施行洗礼的火焰降临到她身上,燃烧得愈来愈剧烈,以至于她的躯体再也承受不住了。她一下子昏倒在地,比她所看护的病人更加虚弱无力。

"可怜的萨拉,"大家说,"她拼命地干活和照料病人,她太劳累了。"

她被大家送进了一家贫民医院,她就在那里死去了,于是大家把她抬出来埋葬了,不过不是埋在基督教的教堂墓地里,犹太人是不可以埋在那里的,所以她的坟墓只能在教堂墓地的墙外。

---

① 《圣经旧约·诗篇》第四十八篇第十四句。
② 《圣经旧约·诗篇》第六十五篇第十句。

上帝的阳光照耀着教堂墓地里的基督教徒们的坟墓，也同样照耀着墓地墙外的这座犹太姑娘的坟墓。赞美诗的歌声回荡在基督教徒墓地的上空，也飘到了她的墓上，向她发出了这样的神谕："基督耶稣复活了！"

"……主的话说：约翰是用水施洗，但你们要受圣灵的洗。"①

---

① 《圣经新约·使徒行传》第十一章第十六句。

瓶　颈

在一条弯曲而狭窄的街巷里，在许多简陋寒酸的房屋之间，耸立着一栋又窄又高的房子。这栋房子是用木材搭建起来的，不过浑身上下都已经脱节错位，摇摇欲坠了。那里面居住的都是穷苦人家，住在屋顶阁楼的是最穷的人家。在屋顶阁楼的狭小窗子外面挂着一个歪歪斜斜的鸟笼，在晒着太阳。这只鸟笼里连一只像样的玻璃水盅都没有，只摆着一个倒放的破瓶颈，瓶口用软木塞子塞住。一个老姑娘站在打开的窗子旁边，她在往鸟笼里喂食，递进去一把草籽饱满的繁缕草，一只苍头燕雀在鸟笼里从一根横杆上跳到另一根横杆上，快活地啼啭啁啾。

"哎呀，你倒可以尽兴地歌唱。"瓶颈说道，当然瓶颈不是真的说话，说的不是我们讲的那种话，再说瓶颈是不会开口讲话的，不过它在内心里这么想着，就像我们人类有时候也会在心里自言自语那样。

"哎呀，你尽管唱好啦，"瓶颈自言自语道，"是呀，你的身体完好无恙，不像我，只剩下了一个颈脖和一张嘴巴，嘴巴里还塞着瓶塞，你来尝尝这个滋味，那时候你想唱都唱不了。不过有人能快活高兴那也挺好。我自己却没有什么理由要放声歌唱，再说我也唱不出声来。

"想当年我还是一只完好的瓶子的时候,如果有人使劲拔瓶塞的话,我就会唱出声来,正是这个缘故,我被人称为'真正的百灵鸟''最伟大的百灵鸟'。我记得皮货商人一家子拎着我到森林里去野餐,那天是他女儿的订婚之日。那些日子真是太美好了,回想起来就好像还是昨天的事情。往事真是不堪回首哪,我一生之中经历过那么多轰轰烈烈的大事,曾经遭受过火烧水浸的磨炼,曾经在污泥中跌打滚爬,曾经到过别的东西去不了的高处,可是到如今只落得挂在这个破鸟笼里摇来晃去,吸吸空气,晒晒太阳。听听我的生平故事,那真是太值得了,可惜我无法大声地讲出来,因为我不会讲话。"

于是瓶颈就自言自语地讲起了自己的故事,或者说是在费尽心机编故事,那故事编得倒是精彩绝妙。小鸟依然在鸟笼里快活地引吭高歌,下面的街道上熙来攘往的行人各自想着自己的心事,或者干脆什么心事都不想,不过瓶颈确实是在用心地想着。

它想起了工厂里烈焰熊熊的熔炉,它就是在那家工厂里诞生的。它还记得它被放进那个熔炉里时感到灼热难熬,恨不得立时就蹦出来才好,可是过了一会儿炉子里温度渐渐冷却下来,它觉得好受多了。它同别的兄弟姐妹们站在一起,排列成行,整整一个团队全都是从一个熔炉里生出来的,有的被吹制成香槟酒瓶,有的被吹制成啤酒瓶,这中间千差万别,大不相同。虽说在大千世界里什么事情都会发生,常常可以见到啤酒瓶盛着最昂贵的名酒"基督的眼泪",而香槟酒瓶反倒用来装黑色涂料,不过世间万物都总可以从仪容形态上看出它出身的高低贵贱来,贵族终究是贵族,哪怕装着满肚皮的黑色涂料。

不久，所有的瓶子都被包装起来，我们的这个瓶子也在其中。那段日子里它得意非凡，大有施展宏图之志，压根儿就不曾想到过只落得剩下半截瓶颈的下场，而且到头来竟是摆在鸟笼里当水盅。不过也只能这样了，总算还有点用处。想当初它是同别的瓶子一起运到酒商的地窖里才被拆箱取出来重见天日的，它平生第一遭被清洗干净，那种用水洗刷的滋味真是酣畅淋漓。然后就空着肚子也不塞瓶塞地躺在那里，心里焦急不安，明知道肚子里是缺了点东西要被灌满的，却又不晓得会装进什么。结果灌进来的是一种甘甜可口的葡萄酒，灌满之后把瓶塞塞紧，又用火漆封住了四周，在封口上还贴上"特等佳酿"的标签，那就好比是第一次考试就考了第一名一样。不过那种酒确实香醇，酒瓶也出色。年轻时风华正茂，就如同抒情诗人一样，诗兴大发时不免引吭高歌一番，酒瓶的肚子里也在歌唱，至于唱的是什么曲子它就浑然不知了。其实那首曲子的歌词大意是这样的：明媚的阳光照耀下，山丘上一片青翠碧绿，满山遍野都生长着葡萄，快活的姑娘们和调皮的小伙子们都欢乐地歌唱着，亲吻着。啊，生活是多么愉快美满！酒瓶子里的歌声就是唱出了这样的景象，这就像年轻的诗人一样：连他自己也弄不明白从他脑海里喷薄而出的诗句的意思。

有一天早上，这瓶酒被卖出去了。有个皮货商打发他的小伙计来购买一瓶最好的葡萄酒，于是这瓶酒就同火腿、干酪和香肠一起被装进了食品篮里，那篮子里还有最上等的黄油、最松软的面包。食品篮是由皮货商的女儿亲自动手装的。她是那么年轻，那么美貌，一双棕色大眼睛笑意盎然，连嘴角上也挂着微笑，这种笑吟吟的神态和那双星眸一样甜美。她的一双小手柔嫩而洁白，她的颈脖和胸口更白得可爱。一眼就可以看出来：她是本城最美貌的姑娘之一，而且还未曾婚配。

这一家人驱车外出，到大森林里去游玩，一路上这只食品篮就搁在她的双膝上。酒瓶的瓶颈从白餐巾的尖角里探出身来，露出了瓶塞上红色的火漆标签。酒瓶不停地看着那个姑娘的脸，还把坐在她身边的那个年轻的小伙子细细端详。他同那个姑娘从小一起长大，是个肖像画家的儿子。他最近刚刚通过了考试，由于成绩优异而当上了大副，第二天就要上船出海，远航到异国他乡去。这件事情在往食品篮里装东西时就已经谈得不少，他们在谈论的时候，皮货商女儿的脸色真让人看了伤心，那双大眼睛和嘴角上不再流露出笑意，而是一脸愁容。

这两个年轻人一起走进了森林，他们边走边谈。他们在谈些什么呢？唉，可惜酒瓶子听不见了，因为它只能待在食品篮里。过了很长时间，它才被拿了出来。不过就在它被拿出来的那一刻，它感觉到喜庆的气氛了，四周一片喜气洋洋，所有的眼睛都在笑，连皮货商女儿的眼睛也在笑，不过她不大说话，双颊红得宛如两朵鲜艳的玫瑰花。

她的父亲一手拿着开软木塞的起子，一手举着酒瓶。啊，那破天荒第一回被人拔掉瓶塞的滋味真是美妙无比，瓶颈永远忘不了这庄严隆重的一刹那。瓶塞被拔起来的时候，它确实嘭的一声喊出声来，接着在葡萄酒被倒进玻璃酒杯里去的时候，它又咕噜咕噜地高唱赞歌。

"为他们俩的订婚干杯。"她的父亲大声说道，每只玻璃酒杯都喝得底朝了天。年轻的大副亲吻了他年轻美貌的未婚妻。

"祝你们两人快乐幸福。"她的父母亲齐声说道。年轻人再次把酒杯斟满。

"等到我明年的今天回到家,就举行婚礼。"那个年轻的小伙子喊道。他们都把杯中的酒一饮而尽,他又拿起酒瓶,把它高高地举了起来,说道:"你见到了我一生之中最快活的一天,那么今后你就不要再为别人去效劳啦!"

说完,他就把酒瓶高高地扔向空中。

那时候皮货商的女儿压根儿就想不到这个瓶子飞出去之后还会再同她见面,可是她后来又见到了它。

瓶子被扔到空中落下来,跌在森林中的一个小池塘旁边茂密的芦苇丛里。瓶颈至今还清楚地记得自己当初是怎样躺在那里的,有过些什么想法。"好哇,我让他们喝葡萄美酒,他们却让我喝水塘里的污泥水,虽说他们也是一番美意。"它再也看不见那一对刚订婚的新人和那两个高兴快活的老人,不过它有好一阵子还能听得见这家人在欢呼歌唱。

后来,有两个农夫的孩子来了,他们朝芦苇丛里瞅了瞅,看到了这个瓶子,就捡了起来,于是瓶子的归宿又一次有了着落。

这两个孩子的家是森林里的一栋小木屋,家里还有个最大的哥哥,也是一个海船上的水手,他要随船出海作长时间的远航,所以昨天刚回家来与家人告别。他的母亲正忙着收拾东西,为他准备行李;他父亲今晚要把这包行李送进城去,在儿子动身之前再见上一面,同时代表母亲说几句告别的话。行李包里已放进去一小瓶浸了药材的白兰地,就在这会儿工夫,那两个男孩子拿着捡来的瓶子回到家里。这个瓶子大出不少,也更结实,可以比那个小瓶子装得更多。喝一口上好的烈酒可以治胃气痛,兑进药材的白兰地就更灵验了。于是这个瓶子装进了药酒,而不是早先的那种甘甜可口的葡萄酒,不过仍然装的是好酒,而且对肠胃大有好处。这个新来的瓶把原先的那个小瓶子换了下来,被打包进行李,就这样,瓶子开始了它的天涯之旅。它被水手彼得·延森带到船上,而这艘海船恰巧是那个年轻的新任大副上的那条船,可惜他没有看见那只瓶子,就算看见了也认不出来,更不会想到这就是那天喝订婚酒和祝福他平安归家时在场的那个酒瓶子,他们就是从这个酒瓶里倒出葡萄酒来干杯的。

如今这个酒瓶里再也倒不出葡萄酒来了,这是一点不假的,不过倒出来的东西同样妙不可言。每当彼得·延森拿出酒瓶来的时候,他的伙伴们总要欢声雷动地呼喊:"药店老板来啰!"从酒瓶里倒出来的是药酒,对治胃气痛有独特的药效,哪怕酒瓶里只剩下最后一滴了,它也照样有治病的功效。这真是一段开心的时光,大家拔出瓶塞子时酒瓶就放声歌唱,这样就赢得了"伟大的百灵鸟""彼得·延森的百灵鸟"这类雅号。

日子一天天过去,又过了很长的时光,瓶子里已经空空如也,它躺在一个角落里。忽然之间大祸临头了,这究竟是发生在出航时还是归途中,酒瓶子就不得而知了,因为它一直不曾上过岸。那时候海面上刮起了大风暴,整个大海在翻腾咆哮,海水的颜色变得墨黑。那艘船一会儿被海水掀到浪颠,一会儿沉到涛底,主桅杆被拧断,折成了好几段。一个冲天巨浪劈头而来,把船上的甲板打得粉碎,船舱裂开了口子,抽水泵也无济于事了。在漆黑

的夜晚里,这艘船终于沉没。在没顶的最后一刻,那个年轻的大副在一张纸条上写下了:

"愿耶稣保佑,我们快要沉没了。"

他写下了他的未婚妻的芳名,也写下了自己的姓名和这艘遇险沉没海船的船名。他把字条塞进身边的一个空酒瓶里,把软木塞紧紧地塞牢,然后把酒瓶投进了波涛汹涌的大海之中。他并不知道这个酒瓶曾经为他和她的幸福而倒出过甜美的酒,如今却要让它带着最后的祝福和死讯在大海里漂流。

那艘海船惨遭没顶之灾,所有船员全都罹难,无一生还。只有这只酒瓶如同归鸟一般在海上飞速前进,因为瓶子里面装着一颗心,一封最亲爱的书信。红彤彤的太阳在海面上升起又在海面上沉没,酒瓶在饱览美景之余,不禁又勾起了对往事的追忆,自己是从红彤彤的、烈焰熊熊的熔炉中诞生出来的,它恨不得再纵身跳入那红彤彤的熔炉中。它阅尽了大海的容颜,熬过了一场又一场暴风雨,幸亏没有被冲撞到礁石上,也没有被鲨鱼吞噬。它在海上漂流了一年多光景,有时候朝北,有时候往南,全凭着海水把它带往远处。除此之外,它倒是可以自由自在的,不过日子长了,未免觉得有点腻烦。

那张写满字的纸条,那封给未婚妻的最后一封信,交到收件人手里的话,只会带来悲伤。可是那双手究竟在哪里呢?那双在订婚的大喜日子里把台布铺在森林里碧绿草地上的白皙可爱的手究竟在哪里呢?那个皮货商的女儿究竟住在什么地方呢?究竟在哪个国度里呢?最靠近那里的陆地又在哪里呢?酒瓶子对于这些全都一无所知,它只是自顾自地一股劲儿向前奋进,漂呀漂呀,哪怕再腻烦也要漂流下去。虽然它不能左右自己前进的方向，不过它倒真有一股勇往直前的倔强劲儿。它漂呀漂呀，终于漂到了一处陆地附近，那是一个陌生的国度，当地居民讲起话来它连一个字都听不懂，因为它从来不曾听到过有人讲那种话。若是听不懂当地的语言，那真要吃亏不少。

这个瓶子被人捞了起来，进行了仔细检查。瓶子里的那张纸片也被发现了，而且被取出来反复地进行辨认。可是他们没有人能认出纸片上写的是什么东西。他们断定这是海船上扔下来的一封信，纸片上写的必定是桩要紧的事情，可是究竟写的是什么事情却一个字都看不懂了，这成了一件离奇的无头公案。这张字条又被塞进酒瓶子里去，而瓶子被放进一栋大房子大厅里的一个大柜子里。

每逢有外国人来，他们就会把这张字条取出来，传来传去地识别辨认，到了后来字条上那些用铅笔草草书写的字迹愈来愈模糊，最后这些字母个个都辨认不清了。这个瓶子在大柜子里又待了一年，然后被送到屋顶阁楼上去收存起来。日久天长，它浑身上下布满了厚厚的灰尘和蜘蛛网。这时候瓶子想起了昔日的大好时光：在苍翠葱茏的森林里倒出的一杯杯葡萄美酒；在巨浪滔滔的海面上漂游向前，身体里装着一个秘密、一封书信、一声叹息。

这个瓶子在大房子的顶层阁楼上一待就是二十个年头，若不是这栋房子要翻修改建的话，说不定它还要再待下去。房顶被扒开后，瓶子被人看见了，人们叽里咕噜地在议论它，可是它听不懂他们的语言。在阁楼上憋闷着是学不会任何东西的，哪怕再待上二十年。

"我若是待在下面的房间里的话,"瓶子一针见血地说,"肯定早就学会了。"

它被清洗冲刷了一番,现在倒确实有此需要,它觉得自己浑身的污垢全都洗干净了,变得通体透明、闪闪发亮,想不到在垂暮之年又再度焕发出了青春,可惜塞在它肚子里的那张字条却被冲洗得稀巴烂了。

瓶子里如今装进了谷种,究竟是什么种子,它不知道。它又被人用瓶塞子把瓶口紧紧塞牢,瓶身四周也包裹得密不透光。它见不着灯火烛光,更别说日光或者月光了。瓶子暗自思忖道:"人家出门旅行总要观赏一番景致,我倒好,出门什么都看不见。"不过它毕竟做了一件最要紧的事情——它到了应该去的地方,被人从包裹中取了出来。

"那些外国人不知花费了多少精力才把这瓶东西运到这里来,"人们纷纷说道,"那瓶恐怕还是碎了。"

可是瓶子却一点没有碎,它还听懂了他们的语言,所讲的每个字都听得懂,因为这是它在熔炉里、在卖酒商人那里、在森林里和在海船上曾经听到过的那种熟悉的语言。它竟回到了阔别已久的故乡,受到了大家的欢迎。一阵止不住的欢乐使它险些儿从人们的手里蹦跳出来。由于喜出望外,它竟然没有觉察到,瓶塞被拔掉了,里面装的种子全都倒得一干二净。瓶子被撂到地下室里,他在那里待着,被人遗忘了。走遍天涯海角,还是家里最好,哪怕是在地下室里。它没有想过在这里会待多久,它觉得待在这里很舒服自在,它在这里又度过了许多个日日夜夜,经历了漫长的岁月,终于有一天有人到地下室里来拿瓶子用,顺手也把这个瓶子拿走了。

屋外的花园里在举行盛大的晚会,张灯结彩,热闹非凡,一串串纸灯笼耀眼生辉,像大朵透明的郁金香花。当晚的天空的确美极了,夜空晴朗,明亮的星星不断闪烁着光芒。一轮新月升起来了,月光如水,把月亮的整个轮廓都在月晕里映照出来,朦朦胧胧有如一个蓝灰色的球,一边镶着金灿灿的月牙儿,在那些眼神好的人看来,这良宵美景简直妙不可言。

在僻静的通道上也是灯火通明,起码亮得让人用不着摸黑往前走,那是在树梢上挂了许多瓶子,每个瓶子里都点燃着一支蜡烛。我们认识的那个瓶子——就是那个后来只剩下瓶颈当了鸟笼里水盅的瓶子——竟然也肃立在那里。此时此刻它仿佛又回到当年举行订婚喜宴的芳草如茵的绿地上。优美动人的歌声和音乐萦绕回荡,到处是欢言笑语,在灯火通明、五光十色的地方更是热闹非凡。这个瓶子当然是站在偏僻角落里的,也正因为如此,才更值得赞赏。瓶子站在那里,捧着一支蜡烛,既用来照明,又赏心悦目,真是一举两得。在这欢乐的时刻,待在屋顶阁楼里整整二十个年头的憋闷和烦恼便会一扫而光,这些不快理应忘得干干净净。

一对情侣挽手从瓶子身边走过。他们看起来就好像是在森林里订婚的那一对新人——那个海船上的大副和皮货商的女儿。对于瓶子来说,简直就是时光倒流,重新经历了一番昔日往事。花园里宾客如云,除了那些来回走动的宾客之外,也还有另外一些路过这里、进园来看热闹的路人。这些人当中就有一个老姑娘,她在这个世上已经举目无亲,只是有些朋友还在照顾关心她。她心里恰好也在回首往事，想的同样是那只瓶子记忆之中的那桩事情：在那苍翠碧绿的森林里，一对年轻人正在举行订婚仪式，这事同她休戚相关，因为她本人就是这对新人中的一半。那段日子是她一生之中最幸福的时光，虽然她已经从昔日的娇美少女变成了如今的垂暮老妪，可是永远也忘不了。她没有认出那个酒瓶子，瓶子也认不出她了。世间的事往往就是这样：虽然都同住在一个城市里，而且又一次见面相遇，可惜竟会擦肩而过，失之交臂。

瓶子从花园里又到了一个卖酒商人那里，再一次被装满了葡萄酒，这次卖给了一个飞船驾驶员。此人下个星期天要乘坐气球上天遨游，有一大群人要来观看这次表演，在场助兴的还有军乐队和其他一些节目，这个瓶子从篮子里看见了这一切。在篮子里还有一只活兔子躺在它的身边，那只兔子紧张得不得了，因为它知道它要先被带到天上去，再用降落伞把它放下来。瓶子弄不明白究竟怎样上天，又是怎样返回地面，它只看见一个很大很大的气球，而且在愈胀愈大，直到后来气球大得不能再大了，就升高飘荡起来，左晃右摆得非常厉害。片刻之后，拴气球的绳索被割断了，于是气球载着驾驶员，还有那只装着瓶子和兔子的篮子，冉冉地升空飞上了天。就在此刻，音乐声大作，响彻云霄，在场的人全都高呼起来。

"上天航行虽然有些玄乎，"瓶子想道，"不过倒是一种新的航行办法，在天上起码用不着担心会同什么东西相撞。"

成千上万的人在观看气球飞行，那个老姑娘也在凝视着，她站在阁楼上打开着的窗前，关着苍头燕雀的鸟笼就挂在窗户外面。那时候鸟笼里还没有玻璃水盅，所以那只小鸟只能从一只破杯子里喝水。窗台上摆着一盆香桃木，这盆植物被挪到了一边，免得被碰撞得跌落下去，因为老姑娘要探出窗外才看得见气球。

老姑娘看见了，她清楚地看到气球里的那个飞船驾驶员用降落伞把兔子放下来返回地面，然后又举起酒瓶子为所有人的健康而干杯，他凑着瓶口痛饮一番后就把那只瓶子抛向高空。老姑娘压根儿不曾想到她已经看过一次这只瓶子被扔向空中，那是她年轻时，在森林里的订婚喜宴上，她的未婚夫在她面前把这只瓶子也这样高高地扔向空中。

瓶子来不及有任何想法，它突然蹿到了自己一生之中的最高点，教堂的尖塔、房舍的屋顶全都远远地在它的身底下，那一大群观看表演的人全都成了小不点儿。

接着瓶子也降落下来，可是同兔子飘飘荡荡而下大不相同，它落下来的速度要快得多，还在空中连连翻着筋斗。它觉得自己非常年轻，非常自在，而且肚子里不是空的，还有大半瓶酒在晃动着，可惜刹那间这大半瓶酒就洒得一干二净了。这是一次什么样的空中遨游呀！太阳把瓶子照亮了，地面上所有人都看得见它。那只气球早已飞得无影无踪，瓶子很快也不见踪影，摔在一个屋顶上跌得粉碎，它被撞击得那么猛烈，以至于这些碎片四散飞溅之后还停不下来，又蹦又跳地滚落到了院子里，裂成更小的碎屑，只有瓶颈还保持着完整，断裂的口子十分整齐，就像是用金刚石切割的一样。

"这倒可以用来做喂鸟的水盅。"地下室的住户说道，可是他自己既不养鸟也没有鸟笼。因为有了一只可以当作喂鸟水盅的瓶颈，就要让这个蜗居在地下室的住户去添置小鸟和鸟笼，这未免太不现实了。不过住在顶层阁楼上的老姑娘倒能把它派上用场，于是瓶颈就来到了顶楼上面。瓶口里被塞上了一个瓶塞，不过早先瓶口是朝上的，如今却倒过来放在底下——时代变迁时，翻天覆地的事儿也会发生的。瓶颈里装进了新鲜水，挂到了那只鸟笼里，小鸟止不住欢唱起来。

"哎呀，你倒可以尽兴地歌唱。"瓶颈说道。它在这里是受到关注的了不起的宝物，因为它毕竟乘坐气球上了天，这里的人们都知道它的这段光荣历史，不过也仅此而已。它被挂在鸟笼里，既可以听到下面街上车水马龙的喧嚣声，又可以听见房间里老姑娘的讲话声。这时候恰好有个年纪相仿的女友来看望她，她们坐在一起打开了话匣子，不过一句都没有提到瓶颈，而是谈着窗户旁边那盆香桃木。

"你真犯不着花两块银币去为你女儿买新娘用的花束，"老姑娘说，"你可以从我这里得到一个美丽的、开满鲜花的花束。你看看，它长得多么茂盛！它就是你在我订婚那天送给我的那株香桃木树上的一根枝丫，我原来是要在那一年过完之后用它来为自己扎一个新娘花束的，可惜那一天终于没有来到！那一双眼睛永远地闭上了，这双眼睛本来应该与我相伴一生，为我的欢乐和幸福而炯炯发亮的。他已长眠在海底，这个天使般的灵魂得到了安息。"

"那棵香桃木树早已长成了一棵老树，我就更是老掉牙了。在那棵香桃木树枯死之前，我掰下了最后一根绿枝插进泥土里，这根树枝就长成了这么大的一棵树。所以等到举行婚礼的那一天，尽管用这株树上的鲜花扎成新娘花束好啦。"

老姑娘的眼眶里泛起了泪花，她还在滔滔不绝地讲下去，讲到她年轻时的那个未婚夫,讲到森林里的订婚喜宴。她不禁想起了他们俩当时一起喝交杯酒的情景,也想到了那天的初吻,不过她没有把这些事情说出来,因为她毕竟是个老姑娘嘛。

老姑娘想得很多很多,可惜她竟压根儿不曾想到,就在她房间的窗户外面还挂着一个当年的纪念品,那个酒瓶的瓶颈,那个当初被拔起瓶塞时曾嘭的一声为他们俩高唱赞歌的酒瓶瓶颈。不过瓶颈认不出她来了,因为它早已不在细听她的唠叨,也许它正陷入沉思之中,回想自己的往事。

智者的宝石

你是知道丹麦人霍尔格的故事的，所以我就不再给你讲述这个故事了。但是想请问一下，你还记得克里斯蒂安·彼德森①说的那个故事？故事里讲道："丹麦人霍尔格赢得了那一大片从印度往东直到世界尽头的土地，一直伸展到那棵被称为太阳树的树底下。"你可认识克里斯蒂安·彼德森？你不认识他也没有关系，反正丹麦人霍尔格已经把统治印度的大权和威严全都恩赐给了若恩牧师②。你可认识若恩牧师？噢，你同此公素昧平生，不过这也没有关系，因为我们的故事里连一丁半点都不会提到他。你们从这个故事里会听到的是：在从印度一直往东伸展到世界尽头的土地上生长的"太阳树"③，这种说法是那时候的人通常讲的，他们不曾像我们那样学习过地理，不过这也没有关系。

话说太阳树是一棵硕大的树，我们从来没有见到过这么大的树，你也不会见到它。这棵树的树冠伸到老远老远的地方，周围

---

① 克里斯蒂安·彼德森（约1480—1554），丹麦作家。《丹麦人霍尔格编年史》是由他编纂而成的。
② 若恩牧师是中世纪丹麦传说人物，原是一位王子，随丹麦人霍尔格远征亚洲，后代国王统治印度。
③ 即榕树。

几里路都遮蔽在它的浓密的树荫下，它的每一根树枝都长成了大树。那里还长着别的树木，有棕榈树、山毛榉、松树、悬铃木等，凡是世界各地的树木在这里都生长出来，不过各种各样的树木，看起来好像是从这棵巨树上分出来的细枝一样。巨树的主干已经长得七歪八扭，又有杈子，又有节子，恰似冈陵起伏、层峦叠嶂一般，树木和枝条上都覆盖着一层毛茸茸的像丝绒般的新绿，鲜花怒放开满了树梢枝头，每一根树枝都好像是一片繁花似锦的草坪，或者可以说是最美丽的花园。太阳在这里也照耀得分外明媚，阳光十足，因为那棵是太阳树嘛。来自世界上各个角落的所有鸟儿都到这里来相聚，有来自遥远的美洲远古森林的，也有来自大马士革玫瑰花园的，还有来自非洲内陆大沙漠的，在那里大象和狮子都自以为是沙漠中的唯一统治者。地球南北两极的大小鸟儿都赶来聚集，鹳鸟和燕子当然不甘人后早就在场了。不过鸟类并不是来到这里的绝无仅有的生灵，麋鹿、松鼠、羚羊等好几百种能跑会跳、活泼可爱的动物也都在这里居住。

这棵巨树的树冠本身就是一个香气芬芳浓郁的大花园，树冠的凹陷之处几枝最大的树枝伸出去合抱成一个绿色峰峦的屏障。就在峰峦中间有一座用水晶砌成的宫殿，从这里眺望，世界各地的风光尽收眼底。每一座尖塔都像百合花似的巍巍高耸，游人可以顺着百合花茎拾级而上，因为花茎里筑有旋梯，不消说便可明白：爬完梯阶就可以走到花萼周围的花瓣上信步漫游，因为这些花瓣全都是阳台。在百合花最顶端的花蕊里却是一个最漂亮的、光华熠熠的圆厅。这个厅堂没有屋顶，除了阳光灿烂或者是星星闪烁的湛蓝天空之外就再也没有别的顶棚了。百合花底下那座宫殿里的宽敞厅堂又另有一种景象。这些厅堂的墙壁上映出周围世界的一切，人站在这里就可以看见全世界的一切，看见世界上正在发生的所有事情，所以就用不着买报纸看了，再说这里也买不到报纸。所有的事情都是用栩栩如生的图画表现出来的，人只消站过去浏览一下就一目了然了。不过若想把全世界的事情全都饱览一遍，那未免太多了，就算对最聪明的智者来说也嫌太多了。这里就住着一个最聪明的智者，他的名字特别拗口，很难念得出来，不过你读不出来也没有关系。他无所不知，而且能知过去和未来，凡是世上有人知道的事和即将发生的事他全都心中有数，而且世界上的每一项发明，无论是已经大功告成的，或者是要在未来才能搞成的，他肚里全都一清二楚。他的本事也就仅此而已，不能再逾越一步，因为任何事物都有一定限度。聪明的所罗门国王的智慧只及他的一半，然而所罗门国王已经聪明得不得了。他统治着世界上大自然里所有的物体，主宰着各种各样的精灵，就连死神也必须在每天清晨亲自将当日要死亡的人开列出名单，呈送给他过目审阅，而所罗门国王却连自己的性命也保不住，终究驾崩归天。

正是这个想法时常在这位死亡名单审阅者本人的脑海里萦绕，百思而不解的奇异念头一个又一个地充斥于他的头脑，害得这位掌握生杀予夺大权的太阳树宫殿的主宰者殚精竭虑，费尽心思。他深知：无论他的智慧高出常人多少，他到头来总是要死的；他的子孙们也都会死的，就像树林的树叶一样要掉落下来化为尘土。他亲眼看到人类在新陈代谢，就像树上的叶子凋落之后再长出新叶一样，不过掉落下来的树叶却不会复活重长，它将化为尘土，滋养别的植物，成为它们身体中的一部分。那么死亡天使降临的时候，人会变成什么呢？死亡究竟是怎么一回事？躯体固然会分解消失，可是灵魂呢？是呀，灵魂到底会怎样？它会变成什么？它的归宿在什么地方？

"它的归宿是到永恒之生中去了。"宗教说道，令人倍感安慰。可是这个过渡是怎样进行的呢？那么，永恒之生又在何方，怎样才能进去呢？"在上头的天国里，"虔诚的信徒这么说，"我们都想死后升到天上去。"

"到上头去。"智者重复了一遍，抬头仰望太阳和星星。

"到上头去。"他从地球的弧形球面上眺望出去，但见那地球原本就是一个整体，无所谓哪里是上头哪里是底下，而人就站在这个不停转动的圆球上，怎能分得出上下。若是爬到矗立在地球上的最高的山巅上去放眼环顾，那么我们在山脚下见到的清朗明亮、澄澈如洗的"蓝天碧空"，其实只不过是混沌一片的幽晦，黏糊糊像一块布那样紧绷绷地把人裹住；而太阳看起来只不过是一个燃烧着的火球，虽然烈焰熊熊，却没有什么光芒；我们的地球周围有一层橘红色的雾气蒙蔽遮盖。肉眼总归是有一定限度的，灵魂的眼睛也有闭塞的地方，我们的知识是何等贫乏，就连最聪明的智者也只能知道一点点对我们至关重要的那些事情。

在那座宫殿的密室里藏有地球上最珍贵的宝贝：《真理秘籍》。这个智者已经一页一页地把这本宝书读得滚瓜烂熟。这是一本人人都可以看得懂的书，不过只能读片言只字的零星段落，因为书上的字母在许多人的眼前晃动不已，以至于根本就无法把字母拼成单词，还有某些书页上，字迹又淡又模糊，简直就像是无字的白纸一样。越是聪明的人，就越是可以从书中读到很多东西，这个最聪明的智者自然读到了最多的东西。除此之外，他还懂得采光的窍门，把星光、阳光，那些隐藏在大自然各种物体里的光，还有精灵身上散发出来的光，都收集到一起。这样一来书页上光泽更明亮，那些字迹也就随之变得清晰可见，他就读到了更多的东西。可是在这本书里有一个章节，标题是"死后的生活"，恰恰就是这一章依然字迹淡得连一丁点都看不清，简直就像无字天书一般，这使他苦恼不已：难道在这个地球上果真找不出一种光线，可以映亮《真理秘籍》，把这个章节所叙述的内容显现在他的眼前吗？

他像聪明的所罗门国王一样，也精通飞禽走兽的语言，听得懂它们唱歌和说话，可是这一回却并没有帮上忙，使他变得更聪明些。他在植物和金属中发现了一些物质，这些物质可以起死回生治病救人，也可以延年益寿长命百岁，不过总归不能够祛除死亡。他又在世上所有的造物中去寻觅，凡是他力所能及的，他都找了个遍，想要找出能够把永恒的生命映亮展现出来的东西。可是他却毫无发现，《真理秘籍》这本书中的那几页在他的眼前依然是白纸一张。基督教在《圣经》里讲到关于永恒生命的那些让人得到安慰的话，他早已耳熟能详，不过他非要亲眼阅读一下这本宝书里是怎么说的，然而在这本无字天书上他什么都看不见。

他有五个儿女承欢膝下，四个儿子个个博学多才，颇得他的身传言教。他的那个女儿容貌秀丽、温柔文雅、聪明慧黠，可惜双目失明。然而这个残疾并没有给她带来太多的不便，她的父亲和哥哥都是她的眼睛，况且她内心拥有敏锐的视力，能够对周围的事情明察秋毫。

这几个儿子从来没有到远处去过，没有走到宫殿外面树枝伸展不到的地方，那个女儿去过的地方就更少了。他们如同所有的幸福儿童一样，在孩提时代的老家里，就是在那棵枝繁叶茂而芬芳四溢的太阳树下度过他们的童年。他们也像所有的小孩一样非常喜欢听人讲故事。他们的父亲给他们讲了许多东西，这些东西别的孩子大概是听不懂的，可是这几个子女的智慧已经早熟，聪明不下于我们这里大多数的智叟。他们的父亲向他们解释宫殿墙壁上活的画面所显示出来的一切，世界上所有国度里的人正在做的事情，以及这些事情的来龙去脉。儿子们都向往着，跃跃欲试要到外面去闯一闯，亲自经历那些壮举，而父亲总是对他们大讲世道的险恶，这个世界一点也不像他们在无忧无虑的童年里所看到的那样。他给他们细细地讲解了真、善、美的内涵，说正是这三者的结合才把整个世界凝聚起来，在这三者的共同压力之下，地球渐渐地变成了一块宝石。它晶莹剔透，清澈得胜过钻石；它璀璨夺目，比世上任何东西都要光亮。它的光芒对上帝也有价值，所以被人称为"智者的宝石"。父亲对他们说：正如人是通过造物的存在才知道造物主就是上帝一样，人是通过人类自身的存在才知道有这样一块智者的宝石。再多他就讲不出来了，再多他也不知道了。这番话若是对别的孩子讲起来简直是对牛弹琴，可是这几个孩子一听就懂了。当然别的孩子慢慢也会明白过来的，只是领悟有早有晚。

他们追根究底地询问父亲真、善、美这三者的内涵，父亲不厌其烦地详细作了解答。他说：上帝用泥土创造了人，他给了他的造物五次吻，这五次吻，就是我们通常称为"五种官能"的激情之吻、内心之吻和上帝的情感之吻，等等。正是有了这些官能感觉，真、善、美才能够看得见，摸得着，为人所了解；也正是有了这些官能感觉，真、善、美才能够受到珍重和爱惜，乃至发扬光大。我们从里到外，从头到脚，从肉体到灵魂，无不赋予这五种官能的感觉。

孩子们对这件事想得很多，一个个念头白天黑夜都萦绕在他们的脑际。他们当中年龄最大的老大做了一个美丽的梦，说也奇怪，老二也做了同样的梦。接着老三、老四也做了同样的梦，他们在梦境中见到的全都一模一样。他们梦见自己外出闯荡世界，找到了那颗智者的宝石，在晨曦中骑骏马疾如星火地穿过自家绿茵茵的草地，奔进父亲的宫殿里。那颗宝石就像一道明晃晃的火焰挂在他的前额上，它发出的天国神圣之光射透纸背，让那本书上每一页的字统统显现出来，使得书里讲述死后生命的那些章节全都清晰可读了。

可是妹妹却没有梦见她外出闯荡茫茫的世界，这个念头从不曾在她的头脑里有过，她的世界就是她父亲的房屋。

"我要骑马外出，到广阔的世界里去闯荡一番，"老大说，"我要在这次历程中经受考验，和各种人打交道，同他们周旋。我要处处奉行真和善，以真、善来捍卫美。凡我所到之处，必定会来个大变样！"

一点不错，老大慷慨激昂的想法和豪言壮语，就像我们在涉足人世去尝到艰辛之前，坐在自己家的壁炉旁高谈阔论时所做的那样。

这五种官能在他的内心和身体里都有非常出色的感觉，他的其他几个弟弟也是如此,不过每个人都有一种器官感觉,无论在力道上还是在发达程度上,都要超过别的几个兄弟。在老大身上最敏锐的是视觉,这对他特别有用处,他有一双能够纵观过去和未来各个时代的眼睛,他说,他凭借这双眼睛可以一眼看透三教九流,也可以看穿地皮,发现埋在地底下的宝藏,还可以看透人的心胸,就好像透过玻璃罩子看到内心的一切。换句话说,我们只能看到别人脸颊上是升起红晕还是变得刷白、眼里是带着笑意还是一副哭丧相,而他却可以看到更多。

麋鹿和羚羊来为他送行,伴随他直到西面的边界上才恋恋不舍地作别。在这里有野天鹅飞来,再从这里向西北飞去,老大就跟随野天鹅而去,朝着广阔的茫茫世界愈走愈远,也离他父亲的那片"往东一直伸展到世界尽头"的土地愈来愈远。

如今他不由得睁大了眼睛,要看的东西实在太多了。亲自看到那里的风光、那里的世态,真是同在父亲的宫殿里看看墙上的画面大不相同,尽管那些图画也是栩栩如生的,也是如实写照。在第一眼见到那些用乌七八糟的糟粕、用忏悔日的残羹剩饭冒充的美,他惊得目瞪口呆,险些儿目迷五色瞎了眼。幸亏他拿定了主意,终于保住了自己的这双眼睛,它们依然目光如炬。

他全心全意、满腔热忱地想彻底认识真、善、美,并且为之出力效劳。可是这三者究竟怎样在世上表现出来呢?他见到的是:本来应该给美的那个花束却偏偏让丑得到;善往往受到冷落不遭理睬;而庸碌无能非但没有被人嗤之以鼻,反而受到喝彩鼓掌;人们所器重的是姓氏而不是真才实学,只认衣衫而不认人,看中的是功名利禄而不是功勋业绩。到处都是这样,天下全都如此。

"哼,我非要整治它一番不可。"他想道,也紧抓不放地这样做了。当他着手去寻找真的时候,魔鬼现身出来了,他既是说谎人的父亲,自己本来就说谎[①]。他恨不得一下子就把老大的那双目光如炬的眼珠子挖出来,不过那样做未免太凶狠残暴。魔鬼下起手来十分温文尔雅,他听凭老大去寻找真,让他看个够;也听凭他寻找善,把善看个够。就在老大细细观看的当儿,魔鬼把一粒微小的灰尘吹进老大的眼睛里,先是一只眼睛,后来是两只眼睛,一粒细尘接着一粒细尘,这是任何眼睛都吃不消的,哪怕最敏锐的视力也要因此受损而毁于一旦。魔鬼不断地扬起尘土,直到它成了一根梁木[②],于是老大的两只眼睛全都完蛋了,这个昔日目光犀利、洞察秋毫的能人,如今只是个双目失明的人,流落在广阔的世界上,他茫茫然对谁都不敢信赖,抛弃了对世界和对自己的美好的想法,而一旦放弃了对世界和对自己的美好的想法,这个人也就完蛋了。

"完蛋啦。"一群天鹅叫道,它们飞过大海往东而去。

"完蛋啦。"一群燕子唱道,它们往东飞去,飞到了太阳树上,这个坏消息对留在家里的亲人来说就像晴天霹雳一般。

"目光敏锐的老大想必处境危难,"老二说,"不过说不定听觉灵敏的人更能显出身手。"他的听觉特别发达,甚至可以听得见青草生长的嗞嗞声,哪怕再远的声音都能听得一清二楚。

[①] 《圣经新约·约翰福音》第八章第四十四句:"因他本来是说谎的,也是说谎之人的父。"

[②] 《圣经新约·马太福音》第七章第三句:"为什么看见你弟兄眼中有刺,却不想自己眼中有梁木呢。"此处梁木即意为大刺。

他依依不舍地告别了家人，抱着雄心壮志，怀着奇异的功能出门了。燕子飞来为他送行，他跟随一群天鹅而去，离开家门越走越远，踏进了茫茫的大千世界里。

可是一个人身上的某种官能好得过头也会给人带来麻烦。他的听力实在太厉害了，既然能听得见青草生长的嗞嗞细响，也就能听得见每个人扑腾扑腾的心跳声，不管那些心是在欢快地跳动还是痛苦地跳动，他都能听得见。对他来说，整个世界就像是一个庞大的钟表作坊，所有的钟全都在嘀嗒嘀嗒地走个不停，所有的钟都在叮当叮当地敲个不歇，真是令人叫苦不迭。不过他仍然竖起耳朵，坚持不懈地听下去，直到后来那声音实在太强了，所有的喧嚣声无休无止地充斥于耳，这是任何一个人都受不了的。

就在这乱哄哄的喧闹声中，来了一帮街上的顽童，他们都六十岁开外了，因为顽童是不论年龄长幼的。这些老顽童放开嗓门大呼小叫，他们闹得鸡犬不宁，真是叫人只能对他们哭笑不得。然而更有甚者，那就是流言蜚语闹得满城风雨，它的声音无孔不入，会一下子传遍所有的房子和大街小巷，一直沿着城外的大路传向四面八方。谎言粉墨登场成了有权有势的主人，小丑敢于摇响自己帽子上逗人开心的铃铛，大言不惭地硬说这就是教堂的钟声。听力非凡的老二听得痛心疾首，暴跳如雷，他把手指伸进耳朵里使劲堵住双耳，可是不管用，他照样听得见那些虚假的歌唱声和邪恶的喧哗声，还有那些只消鼓起如簧之舌就能呼风唤雨，其实却一文不值的流言蜚语，以及血口喷人的诬陷中伤，这些全都钻进了他的耳朵里。那声音铺天盖地而来，喧嚣不已，有大呼小叫的，有尖酸刻薄的，有恶毒凶狠的，有叽叽喳喳的，里里外外闹成一片，天哪，真是叫人熬不住。他把手指往两只耳朵里越塞越深，到了后来耳鼓膜终于破裂了，这一下他什么声音都听不见了，连真、善、美的声音也听不到了。可是听觉乃是他思维的桥梁，他一下子变得沉默寡言，疑心重重，他不相信任何人，到了后来连自己也不相信了，这真是极其不幸。他不愿再去寻找那颗神奇非凡的宝石并把它带回去。他放弃了希望，自暴自弃地消沉了，这真是最糟糕不过的事情了，往东飞去的小鸟把这个音讯带了过去，带到太阳树下他父亲的宫殿里，可是除了这个音讯之外，却没有书信寄回来，因为当时是没有邮政传递的。

"现在我要去试试，"老三说，"我有一个嗅觉非凡的鼻子。"这句话说得不大文雅，不过他倒是直言无忌的，他这个人就是这样豁达、爽快。他是一个诗人，一个真正的诗人，他嘴上讲不出来的东西可以用歌声唱出来。有许多念头别人还没有想到，他却早已胸有成竹了。"我能够用鼻子闻出毛病出在哪里。"

嗅觉在他身上是非常发达的，这在探索美的王国时可以大显身手，闻得出来一大片不同领域的气味。"这个人喜欢苹果的香味，那个人喜欢马厩的屎味，"他说道，"在美的王国里，每一种气味都有一批自己的拥护者。有人乐意待在小酒馆的闷室气味里，那种乌烟瘴气是蹩脚牛脂烛冒出来的呛鼻味道、烧酒的熏人欲醉的酒气和劣质烟草的辛辣烟气掺和在一起而成的。另外有些人却宁可待在浓郁得叫人透不过气来的茉莉花香之中，或者在自己身上涂抹上芬芳冲鼻的丁香油以求高贵好闻。有人追寻沁人心脾的海风，那一阵阵海上的清凉爽快的轻风吹得人酣畅舒适，也有人攀山登高去站在山峰之巅去呼吸天高云淡的新鲜气息而摒弃鄙夷脚底下平凡庸碌的俗气。"

是啊,他就是这么说来着,仿佛他早已遍游世界,和三教九流在一起生活过,并且对他们了如指掌。其实他这种禀赋是自作聪明,因为他有诗人的天性,这是他还在摇篮里的时候上帝给他的一份恩赐。

他告别了太阳树下的父亲之家,走过了家里一处处美景名胜。他出门之后就骑上了鸵鸟背,这种禽类飞奔起来要比骏马快得多。后来他又看见了一群野天鹅,他就跨上了野天鹅中最雄健的那一只的背,因为他喜欢换换花样。于是他就飞了起来,越过大海,飞到了外国,那里有连绵起伏的大森林,有深不可测的湖泊,有巍峨高耸的山峰,还有人烟稠密、宏伟壮观的城市。在他所到之处,阳光照亮了草地,每一朵花、每一个树丛都散发出分外浓郁的香气,仿佛在取悦于人。似乎它们知道有一个珍视而又了解它们的朋友和保护者正在走近。那些凋谢的玫瑰都立即绽开花苞,开出最好看的花朵来。不管是谁都可以看得见这些花朵,连黏糊糊的黑蜗牛也注意到它们的美丽。

"我要在花朵上留下我的记号,"蜗牛说,"我在花朵上吐下唾沫,别的事情我就干不来了。"

"这大概就是世界上的美。"这个诗人说,他作了一首歌来歌唱它,并且以自己特有的风格高声唱出来,可是谁也不去听他唱。他只好给了一个敲鼓手两个先令和一根孔雀毛。于是这首歌配上了鼓声在城里的大街小巷唱开了。人们都侧耳倾听,竞相表白自己听懂了这首歌,说这首歌是如何如何深奥。这样一来诗人可以吟唱更多的诗歌了,他歌唱美,也歌唱真和善。人们在蜡烛散发着呛鼻气味的小酒馆里听到这些歌;在空气清新的原野草地上听到这些歌;在森林里,在广阔无际的大海上,都能听到它们。看样子,这个老三要比另外两个哥哥运气好得多。这一来魔鬼受不了啦,他马上就去找来了王室里用的熏香、教堂里的圣香,凡是能找得到的奇香都统统收在一起。魔鬼懂得蒸馏的法术,他把这些异香蒸馏提炼得一次比一次更精粹,只消闻一下就可以使人晕眩窒息,用来对付一个可怜的诗人那更是不在话下。魔鬼深知怎样来整治对手,置他于死地的。他用这种香去让那个诗人闻个够,熏得诗人神志昏迷,忘却了自己的使命,忘却了自己的祖国,把所有的一切都忘得一干二净,甚至连诗人自己也在扑鼻的异香之中消失得不知去向。

噩耗传来,所有的小鸟都悲伤不已,整整三天不歌唱。那只黑蜗牛变得更黑了,这并不是悲伤所致,而是出于嫉妒。"那个配受香火供奉的人应该是我,"黑蜗牛说,"因为那个诗人最出名的歌,就是那首用鼓声来配音的吟咏世界之美的歌,其实是抄袭了我的原作。我有真凭实据可以拿出来,我在玫瑰花上留下的唾沫就是证据。"

可是在家乡的印度大地上却一点都没有听到这个音讯。那是因为所有的小鸟由于悲伤而哀悼了三天,在三天之中它们肝肠寸断,以致三天过后它们竟忘了它们究竟是为谁而如此悲哀的。世间的沧桑变迁向来是这样的。

"现在该是我去闯荡世界了,就像其他几个哥哥一样离家去远行。"第四个兄弟说。他有着像他几个哥哥一样的好脾气,不过却不是个诗人,正因为如此他才有这样好的脾气。老大老二这两兄弟曾经给整个王宫带来了欢乐,如今却连最后一个可以带来快乐的老四也要出门去了。视觉和听觉总是被人类认为是最重要的感官功能,所以大家都特别希望这两种感觉非常敏锐,而其余三种官能就相形见绌了。可是老四并不赞同这种看法,他的味觉特别发达,人的一切有滋有味的感觉,真是美不胜收,所以味觉的权势巨大,管辖着一大片要害领域,凡是入口的和心里感觉出来的滋味两者都归它统治,因此不管是锅子里、盘子里、瓶子里还是罐子里的,他都要品尝一下。

"不管是什么都要亲口尝了才知道滋味,真是累人的活计,"他说,"其实每个人都是一口大锅子,里面煮的东西滋味各不相同,每个国家都是一个硕大的厨房,从精神上而言这倒很贴切。"好吧,他如今就要出门去亲自体会究竟是不是贴切了。

"说不定我的运气要比我的哥哥们好得多,"他说,"我要出门了,可是我能乘坐什么呢?这时候气球发明出来了没有?"他去问他的父亲,因为他父亲对已经或者将要发明出来的新东西全都了如指掌,可是那时气球还没有发明出来,连蒸汽轮船和火车都还没有发明呢。

"算啦,我就乘气球出门吧,"他说,"反正我父亲知道怎样制造,怎样驾驶,我要把这些全学到手!直到现在还没有别人知道这项发明,所以我乘坐气球在天空中飞过,他们还会以为我是在腾云驾雾呢。等到我把气球用完后,我就把它烧掉,所以你们必须给我几根被称为'磷头化学火柴'的玩意儿,要知道这东西也是在未来的哪一天里才会发明出来的。"

他终于得到了所有他想要的东西,于是他就飞上了天空。一群群小鸟跟随在他的身后,飞得很远很远,要比跟随他的几个哥哥飞得更远。它们大概是为了要看看这一趟飞行结果如何,因为这趟飞行实在太古怪了,是一只全新的鸟儿在飞翔。小鸟越聚越多,像是一层层乌云遮天蔽日,又像是埃及大地上铺天盖地的蝗虫群。他就是这样踏入了人生世界。

"我有一个好朋友、好帮手,那就是东风。"他说道。

"你要说的应该是东风和西风,"风儿说,"因为我们两个是轮流替换的,要不然,你就根本到不了西北方去!"

可是他没有听到风儿在嘟囔些什么,不过这一点也没有关系。后来尾随在他身后的鸟群也愈飞愈少了,因为天上鸟儿实在太多,挤在一起长途飞行,有些鸟儿就厌烦起来。它们说:对那个玩意儿未免过于抬举了,它是那么得意,竟飘飘然地浮在空中。

"我们跟在它后面飞,真是自贬身价啦,那玩意儿算不上什么,它应该觉得可耻!"

鸟儿这么说道,它们不再跟随而是掉头往回飞了,所有的鸟儿都掉头飞回来了。其实整个事情本来就是无事生非的瞎起哄。

气球在一座最大的城市的最高处,也就是教堂的尖顶上着陆了。那个气球重新又飘浮到空中,它本来不应该自顾自飘走的。可是它飘到哪里去了呢?这真是说不上来,不过也没有关系,因为那时候气球还没有被发明出来呢。

现在老四居高临下地端坐在教堂的尖顶上面,鸟儿都不飞到他的跟前来,它们早已对他厌烦了,他对它们也厌烦了。城里所有的烟囱都在冒烟,饭菜的香味四溢。

"那些都是为你而建造的祭坛。"风儿说道。它想要说些迎合他的话，好让他心里舒服一些。他肆无忌惮地坐在尖顶上，朝下看着街上熙熙攘攘的行人。有的行人为自己鼓鼓囊囊的钱包而自鸣得意；有的行人为了自己腰眼里挂着一串钥匙而不可一世，虽说他并没有什么东西要上锁的；还有的人为自己的裙子而炫耀，尽管那裙子已经蛀洞累累；也有人为自己姣俏的身材而卖弄风骚，不停地摆臀扭腰。

"虚荣心十足！不过我还是快点下去干活，摆弄炒菜锅子，尝尝那不同的滋味吧，"他说，"可是我还想在这里再多坐一会儿，那风儿吹在我背上就像搔痒痒似的，真是太惬意啦。只要有轻风在微微吹动，我就舍不得离开在这里。我真想安静地再多歇一会儿。"

"整天忙忙碌碌，倒不如趁着清早再多睡一会儿。"这个懒虫说，"虽然常言道，懒惰是万恶之源，可是我们的家庭里哪里会有什么罪恶，我可以说这句话，街上的每个行人也都会说这句话。反正只要这里清风徐来，我就坐在这里不走开，我喜欢这滋味。"

于是他就这样端坐在尖顶上。可是，他是坐在尖顶的风信鸡上的，这风信鸡带着他一圈又一圈地旋转着，所以他误以为老是有同一类风儿在不停地吹，他就这样久久地端坐着，品尝着风儿的滋味。

可是在印度的大地上，太阳树下的宫殿里寂静无声，几个兄弟一个接着一个离去之后这里就一下子冷清了。

"他们这几个兄弟的处境都不妙啊！"父亲说，"他们永远不会把那块耀眼的宝石带回家来，他们没有能够为我寻找到那块宝石。他们都不在了，都已经死去了。"父亲弯腰伏在那本《真理秘籍》

上，他要念那些讲述死后生命的章节，可是他却什么也看不见。

那个盲女是他的安慰和欢乐，他满怀着慈爱把她抱在怀里。为了父亲的欢乐和幸福，这个盲女衷心祝愿他们能够找到那块宝石并且带回家来。

她在忧伤和牵挂之中不断地想起她的哥哥们，他们如今身在何方？他们生活得怎样？她衷心希望能够梦见他们，可是说来也怪，即便在梦中，她也不能同她的哥哥们相会。后来终于有一个晚上，她在梦中听到了他们的声音传进自己的耳朵里，他们在呼唤，是在茫茫的广阔世界里发出来的呐喊。她必须去找他们，哪怕远在天涯海角她也必须去。这个梦境十分奇怪，分明是在很远很远的地方，却又仿佛在她父亲的家里。她虽然没有在梦中同她的哥哥们团聚相见，可是她觉得手里却摸到了一样东西，那东西像烈火般烫手，可是手却并不痛。她觉得自己手里拿着的就是那块光华四射的宝石，她把这块宝石拿去给自己的父亲……正在这时她却猛然惊醒过来。可是在醒过来的一瞬间，她仍然相信自己的手里拿着那样东西，她的手紧紧抓住的是那辆手摇纺纱机上的纺锤。

在漫漫的长夜里，她一刻不停地纺着纱，在纺锤上密匝匝地绕着一根比蜘蛛丝还要细的细线，人类的双眼是看不出这样细的线的。这根细线是她的泪水浸泡过的，要比锚链还要结实得多。她站起身来，暗自下了决心，一定要把这梦境变为现实。

这时候还是深更半夜，她的父亲还在熟睡之中。她亲吻了一下父亲的手，拿起她的纺锤，把细线的一头拴在父亲的房屋上，否则她这个盲女将会永远找不到家门回不了家啦。她握紧着这根细线，这就使得她用不着凡事都要去依赖别人，甚至也不用靠自己去摸索了。她从太阳树上摘下了四片叶子，把这四片树叶交给了风儿和天气，要它们捎给她的那几个哥哥，倘若她在广阔的世界里没有能够同哥哥们碰头见面的话，那么这些树叶就是她给他们的书信和问候。这个可怜的双目失明的女孩在茫茫人世间会遭遇到何等的艰难险阻啊！可是她手里握有那根肉眼看不见的细线，更要紧的是她比几个哥哥多了一种天赋，那就是整个心儿、眼儿都投入了，正是这样心无杂念，她就好像手指尖上长着眼睛，心里长着耳朵一样。

她走出了家门，踏进了这个纷扰喧嚣、嘈杂而繁华的奇妙世界之中。不管她走到哪里，天空都变得清朗，阳光明媚，她可以感觉到阳光的温暖。不管她走到哪里，乌云都会一扫而光，色彩绚丽的霓虹在蔚蓝色的晴空中架起一座桥梁，从这里通往彼岸。她的耳际听到了小鸟的歌唱，她的鼻子闻到了橘子和苹果园里散溢出来的芬芳，那股香气是如此强烈，以至于她觉得嘴巴已经尝到了果子的滋味。就在柔和的曲子和优美的歌声传入她耳中的同时，她也听到了凶狠的咆哮和悲惨的尖声呼救。人的思维和判断两者的调门不同，便不可思议地冲突起来，人的情感和理智都在大声疾呼各不相让，在心灵深处猛烈交锋，激荡的回响交融成一曲悲歌：

尘世人生就是一场狂风暴雨，
一个只够流泪哭泣的夜晚。

不过却也响起了这样的歌声:

> 尘世人生就是一簇玫瑰,
> 在阳光下充满了喜悦欢乐。

那边又传来了辛酸的悲歌:

> 人生在世都只想着自己,
> 这便是天经地义的真理。

对方报以这样的回答:

> 爱河的清泉汩汩地流淌,
> 滋润着我们整个尘世人生。

她听到那边传来了这样的话:

> 人生一世既庸碌又渺小,
> 况且处处要提防暗流旋涡。

可是她也听到了令人欣慰的话:

> 伟业和善举已多得不胜枚举,
> 可惜世上却几乎无人知晓。

四周响起了狂风呼啸般的合唱：

嘲弄一切对世道嗤之以鼻，
像恶狗狂吠一样笑个痛快！

可是在盲姑娘的心里响起了这样的歌声：

坚信自己，坚信上帝，
遵照他的旨意为人处世，阿门！

不管她和什么人在一起，所有人心灵里对真、善、美的领悟便会升华。无论她来到什么地方，在艺人的作场也好，在金碧辉煌的厅堂也好，在工厂里轰鸣转动的机轮旁边也好，那里就像有阳光在辉映，有琴弦在演奏，有鲜花吐芬芳，有露珠洒落在枯萎的叶瓣上。

可是魔鬼岂能忍受得住。他的智力要超过一万个常人，所以总是能想出法子来。他跑到沼泽地里，把污浊的水面上漂浮的泡沫全都收集起来，又让谎言的每一个字眼都在泡沫上翻腾，使得它们发出七倍响亮的回声，这样一来谎言的力量就更强劲了。他又花钱去买来大量阿谀奉承的献辞和欺世盗名的墓志铭，把它们全都捣得粉碎，碾磨成粉末；再把它们放进由嫉妒哭出来的泪水里烹煮，又把从一个脸色蜡黄的千金小姐脸蛋上刮下来的胭脂花粉撒在它们上面。这样就塑造出一个同盲女孩在长相和言行上全都一模一样的貌似虔诚善良的姑娘来。人们都把她称为"心地善良的天使"。魔鬼的奸计终于得逞，世人分不清这两个究竟哪一个才是真的，世人怎么能分得清呢？

坚信自己，坚信上帝，
遵照他的旨意为人处世，阿门！

盲女孩信心十足地这样唱道。从太阳树上摘下来的四片叶子她已经亲手交给了风儿和天气，请它们捎给她的哥哥们作为书信和对他们的问候。她坚信这些叶子一定会捎到哥哥们的手里，她的这个愿望一定能够实现。她也坚信不移，那颗光芒四射、明亮得胜过人世一切辉煌的宝石一定能够找到，这颗稀世奇珍的宝石必将在人类的前额上闪耀光华，它的光芒必将把她父亲的房屋映照得通明雪亮。

"把我父亲的房屋映照得通明雪亮，"盲女孩重复了一遍，"是的，那块宝石的藏身之处就在人世间。我要带回去的是它本身，而不仅仅是断定它的存在的自信心。我可以感觉得到它在我手掌里越来越烫手，越来越大。每一颗'真'的微小尘埃，哪怕细小到一阵微风就会把它们吹得无影无踪，我已把它们收来珍藏保存。我还把所有事物之中'美'的芬芳全都浸润到它们里面去，在人间美的芬芳多得随处皆是，即使对一个盲人来说也是如此。我已把人的恻隐之心——'善'的跳动声收集存放起来。这一大把统统都是一粒粒的微小尘埃，不过都是我们正在寻找的那颗宝石的微尘，满满的一大把，我手掌里攥的全都是。"

她说着就把手朝前伸出来，伸向她的父亲，因为此时此刻她已经回到了家里，那是念头一闪的工夫，只要她紧紧抓住通往父亲的永恒的那根肉眼看不见的细线，思想的飞驰就会在瞬息之间把她带回家。

所有的邪恶势力全都纠合起来，掀起了肆虐咆哮的飓风要摧毁太阳树。瞬间雷电轰鸣，狂风大作，风力如此凶猛，以致把存放《真理秘籍》的那间密室的房门都吹开了。

"狂风会把它们吹走的。"父亲说道，赶紧捂住了她摊开着的手掌。

"不会，"她完全有把握地说，"狂风吹不走它们！我觉得它们的光芒在我的心灵里发热。"

"父亲看见一道明亮耀眼的光芒从她的手里飞了出来，那是一颗颗微小的尘埃汇成的光芒，这道光芒飞向那本书里本来应该讲述永恒生命的知识的空白书页。在明亮耀眼的光芒之中，只见书页上显示出了一个词，唯一可见的词，这个词便是：信仰。

后来四个哥哥又相继回来，和他们父女俩团聚了，那四片嫩绿的树叶飘落在他们胸口上的时候，思乡归家的渴望攫住了他们，把他们带回家里来。他们回来了，候鸟们相伴而来，还有麋鹿、羚羊和树林里其他所有的动物。它们也要来分享天伦之乐，难道动物就不该享受这份乐趣吗？

如同我们时常见到的那样，阳光透过房门上的一个小洞，照进布满尘埃的房间，就好像一根由闪闪发亮的尘粒凝成的尘烟柱子在滚滚旋转。然而它却不像一般的尘烟柱子那样笨重和可怜巴巴，甚至彩虹与这根尘烟柱子相比也显得阴沉忧郁、色彩暗淡了。这根烟柱竖立在《真理秘籍》的书页上，把"信仰"这个字眼照映得金光闪亮，这根烟柱是由"真"的微尘、"美"的光芒和"善"的声音凝聚而成的，它要比摩西带领以色列人去迦南的时候在夜间燃烧的火柱[①]还要明亮，从而在"信仰"这个字眼上架起一座希望的桥梁，通往无边无际的博爱。

[①] 《圣经旧约·出埃及记》第十三章第二十一句：摩西带领以色列民众寻找迦南圣地时，上帝"日间在云柱中领他们的路，夜间在火柱中光照他们，使他们日夜都可以行走"。

没有图画的画册

说也奇怪,就在我兴高采烈、心情最佳的时候,我的双手和舌头都像是被捆绑住一样,我既不能描绘,也无法讲述我内心的种种感受。可是我毕竟是个画家呀,我的眼睛这样告诉我,所有看过我画的速写和图画的人也都认可我。

我是一个穷光蛋,住在一条最狭窄的小巷子里,不过我并不缺少亮光,因为我的住处居高临下,放眼眺望,可以看到所有的屋顶。刚进城的头几天,我总觉得又憋闷又孤独。我看出去,再也见不到过去常见的森林和青翠的山坡,所见的只有一个个灰蒙蒙的烟囱高耸在地平线上。我在城里连一个朋友都没有,也没有一张熟面孔向我打打招呼。

有一天晚上,我闷闷不乐地倚在窗前,伸手推开窗子朝外看去。哦,我好开心啊!我终于看到了一张熟识的面孔,一个圆滚滚的友好的脸蛋。那是我在家乡那边最好的朋友,就是月亮,亲爱的月亮老友,他的容颜依旧,跟以前在家乡的晚上透过沼泽地旁边的柳树梢头悄悄朝我张望时一模一样,我伸出手朝他送去一个飞吻,他一直照进我的小房间里,还答应我每天晚上只要他一出来就会走进我的房间里来看看我。他忠实地遵守了诺言,以后真的这样做了,可惜他待的时间那么短促。每一回他来看我,总要给我讲讲他在头天深夜或者在当天傍晚所见到的这样或那样的事情。

"把我讲的那些事情全都画下来吧,"他在第一次登门拜访时这样说道,"这样你就会有一本非常精彩的画册。"有许多个晚上,我已经照他的忠告去做了,只要我持之以恒,我本来是可以出一本新的《一千零一夜》画册的,但是那样一来岂不要多得令人乏味吗?我所作的画都没有经过任何筛选,完全按照我从月亮那里听来的描绘下来。若是哪一位才华横溢的画家、诗人或者音乐家有雅兴的话,他们不妨在此基础上创造出更加精美的东西来。我给大家看的只是当时记在纸上的零星素材,其中还夹杂着一些我的想法和感触,这是因为月亮并不是每天晚上都来的,有一两片乌云就会把他挡住的。

第一夜

"昨天夜里,"这是月亮说的原话,"我徐徐飘过印度晴朗无云的夜空,我的身影倒映在恒河的水面上,我的光芒尽力穿过那一排排树篱般的梧桐树,它们枝叶交错、密密匝匝地缠绕在一起,就像一个个乌龟的背壳。这时候,从树林的浓荫深处钻出一个印度姑娘,她脚步矫捷得像一头瞪羚,容貌美丽得有如伊甸园里的夏娃。这个印度大地上的女儿,轻盈灵巧,却很丰满,让人一眼就能看出她在想些什么。带刺的蔓萝钩破了她脚上的凉鞋,可是她依然脚不停步地匆匆往前走去。那些刚刚在河边饮水解渴的野兽一见她来便飞快地逃走，因为这个姑娘手里举着一盏点燃着的风灯。当她弯起纤细的手指为跳动的火焰挡风时，我可以看得见她的手指上的纹路。她走近河边，把风灯放在河面上，那风灯便顺着流水漂浮而下，火焰闪动了几下，似乎快要熄灭，可是却仍然在燃烧着。姑娘睁大了黑眼睛，从丝一般的长睫毛下凝视着这盏风灯，她的眼里充满了深情，饱含着祝福，因为她知道只要她眼皮子底下的这盏灯一直明亮不灭，那么她的未婚夫就还活着。倘若灯光熄灭了，那么她的心上人也就死去了。灯光在闪动着，可是却一直在燃烧着，她的心里也有一团火在燃烧着。她屈膝跪倒下去，朗朗有声地念诵起祈祷的经文。在她身边的青草丛中，周身黏糊糊的蛇在蠕动着，她心中却只想着婆罗门教的教义和她的未婚夫。

"'他还活着！'她高声欢呼道。四周的群山响起了回声：'他还活着！'"

第二夜

"那是昨天，"月亮对我说，"我朝下看去，看到了一个四面都有房屋的小院落。小院子里有一只母鸡和十一只小鸡，一个可爱的小姑娘在它们四周蹦蹦跳跳，母鸡吓慌了神，咯咯地叫个不停，惊恐地展开翅膀护卫住那些小鸡。这时候小姑娘的父亲走出来，训斥了小姑娘几句，我便悄悄地离开了那里，没有再去理会这件事。

"可是今天晚上，就在几分钟之前，我又朝下望了望，看到那个庭院里空旷安宁，一片平静。过了一会儿，那个小姑娘从屋里出来了,她蹑手蹑脚地走向鸡棚,把棚门打开,一个劲儿地朝着母鸡和小鸡群里钻。这下子鸡棚里像炸了窝似的大乱起来,母鸡和小鸡都咯咯、叽叽地高声乱叫,四下里乱窜乱逃。那个小姑娘却还不肯放过它们,紧跟在它们身后奔跑追逐。我透过墙上的一个洞孔把棚里的情景看得一清二楚,对那个可恶又可恨的小姑娘真是讨厌得很,止不住地生她的气。

"幸亏就在这时候小姑娘的父亲闻声走了过来,这使得我心里高兴起来。她的父亲这一回没有轻饶她,训斥得比昨天更凶,还一把揪住了她的胳膊。小姑娘把脑袋耷拉下来,她的蓝眼睛里噙满了泪水。

"'你在这里干什么?'父亲问道。

"小姑娘顿时哭了起来,说道:'我是来亲吻一下鸡妈妈,请求她原谅我昨天对她的无礼,可是我没有敢告诉你。'

"她的父亲亲吻了那个天真无邪的孩子的额头,我吻了吻她的眼睛和嘴巴。"

第三夜

"在紧靠这里的那条窄巷里——那里狭窄得连我的光芒都只能在巷边的墙上滑行而过,停留大约一分钟光景,可是就在这短短的一分钟里,我已经能够看清那个世界的真相了——我看到了一个女人,在十六年前她还是一个孩子,那时候她住在乡下,整日在老牧师的花园里玩耍。园子里,玫瑰树的树篱已经年龄太大,早就不再开花，任凭枝叶疯长，伸展到小径上来。那些长长的枝丫攀缠到了苹果树上，枝梢上偶尔会有一两朵残花，虽然香气尚存，却一点也不俏丽动人，失去了花中王后的风采。在我看来，这个牧师的小女儿才是真正漂亮的玫瑰花。她坐在疯长的玫瑰树篱下的那张凳子上，亲吻着玩具娃娃的纸脸蛋，那脸蛋已经破了。

"十年之后我又见到了她，我在一个金碧辉煌的大厅里的舞会上看见了她的倩影，她成了一个富商的美丽新娘，我为她的幸福而感到高兴。我常常在夜深人静的晚上去探望她，谁也不会留意我明亮而沉稳的眼睛在窥视着她，我心里的玫瑰也在疯长起来，就像牧师花园里的那些玫瑰树篱一样。

"哪知日常生活中竟也有悲剧发生，今天晚上我就看到了最后一幕。在这条窄巷里，她躺在病榻上，已经奄奄一息了。就在她垂危之际，恶毒的房东——也是她唯一的保护人——冷漠无情地走上前来，恶狠狠地把她的被子掀到一边。

"'快站起来，'他喊道，'你的脸色难看得吓人，赶快打扮一下，出去挣钱，要不然我就把你撵到街上去，你快给我爬起来！'

"'死神正在吞噬我的心，'她央求说，'求求你让我躺着休息吧！'

"可是房东仍然把她从床上拉了起来，在她的双颊上涂抹了一些脂粉，往她的头上插了几朵玫瑰，又把她按在窗户前面的凳子上坐下，将一支点燃着的蜡烛放到了她身边，然后就走开了。

"我瞪大着眼睛盯住她看，她坐在那里纹丝不动，两手垂在膝盖上。一阵劲风吹过，把原本开着的窗子吹得'砰'的一声关上了，一扇窗玻璃跌落下来，摔得粉碎，但是她依然一动不动地坐着。窗帘在她的身边飘拂着,好像火光在跳跃。她已经死掉了。从窗外传来了对死者的非议和伦理道德的说教。

"唉,我的来自牧师花园里的玫瑰。"

第四夜

"昨天晚上我看了一出德国喜剧,"月亮说,"是在一个小城市里看的,剧场由一个牲口棚改建而成,也就是说一个个牛栏收拾整洁之后改造成了一个个包厢,所有的木板墙上、木柱子上都糊了花墙纸。在低矮的顶棚下吊了一盏小小的铁制的枝形蜡烛架,为了使这个蜡烛架也像大剧院里的一样,只消前台提词人的铃声叮当一响就可以升上去看不见,所以就在蜡烛架上覆盖了一个翻过来的盆子。叮当一响,铁制枝形蜡烛架便往上升高了一尺有余,于是观众便明白过来:喜剧开场了。

"有一个年轻的亲王带着他的夫人正好经过这个小城市,他们也来观看这次演出,于是剧场里座无虚席。枝形蜡烛架底下留出了一小块空地,像是火山的坑口一样,没有一个观众情愿坐在这里看戏,因为顶上的蜡烛油啪嗒啪嗒往下滴。剧场里的所有动静全都被我看到,因为剧场里实在太热了,他们不得不把墙上的所有通风口全都打开。有些姑娘和小伙子们便挤在通风口前面从外往里张望,尽管剧场里神气活现的警察不断用警棍驱赶他们。

"年轻的亲王夫妇坐在靠近乐队的两把陈旧的高背扶手椅上,这在往常是留给市长和他夫人坐的,然而今天晚上市长和他的夫人只能和别的市民一起挤坐在长木凳上了。

"'这真叫人明白一句话：一山更比一山高哪。'市长夫人心平气和地说出了自己的见解。

"剧场里的气氛愈来愈欢腾，枝形蜡烛架也跟着上下跳动起来。场外那些围观者在挨着训斥，只有我月亮从开场到散场一直都在看着那出喜剧。"

第五夜

"昨天，"月亮说，"我朝下一看，那是繁华热闹的巴黎，我将目光投进了卢浮宫①的一个个厅堂。有一个衣着寒碜的老祖母——看样子是属于平民阶层的——跟随在一个仆役身后踏进了那个宽大空旷、设有御座的觐见大厅。她想要亲眼看看这个大厅，而且必须是这个觐见大厅，为此她作了不小的牺牲，费了不少口舌，总算如愿以偿踏进了宫门。她把自己瘦骨嶙峋的双手交叉着放在胸前，神态庄严地环顾四周，虔诚得像在教堂里一样。

"'就是这里，'她喃喃自语道，'这里。'她走近挂着镶有金边的华丽的天鹅绒帷幔的宝座。

"'那儿，'她又喃喃地说，'那儿。'她双膝跪倒下去，吻着绛紫色的帷幔，我深信她是在流着眼泪。

"'早已不是原来的那块绒幔啰。'那个仆役嘴角一牵，笑着说。

---

① 卢浮宫，原为法国王宫，1793年起成为法国国家美术博物馆。

"'可是就在这个地方,'老妇人说,'就是这个样子!'

"'未必见得,'那个仆役回答道,'当时不会是这副模样的。窗子被砸烂了,房门被撞倒了,地板上淌着鲜血……你还口口声声说道:我的孙子是在法兰西国王宝座上咽气身亡的。'

"'死啦。'老妇人重复了一句。

"我相信他们没有再多讲什么就很快离开了觐见大厅。黄昏时分的昏暗已经过去,天色全黑了,我的清辉洒落在法兰西国王的宝座四周,把富丽堂皇的帷幔映照得分外明亮。你猜得出这个老妇人是谁吗?我不妨讲个故事给你听。

"那是七月革命①中发生的事情,就在最辉煌的胜利之日的前一个傍晚。那时候城里的每一栋房屋都是一座堡垒,每一扇窗户都是一个掩体,人民大众正在攻打杜伊勒里王宫②,连妇女儿童都一起上阵助威。有一个半大不小的穷苦人家的少年,身上衣衫十分破烂,也跟随在成年的战士身边奋勇作战。他挨了致命的几刺刀,栽倒在地上,这事就发生在国王的觐见大厅里。大家把这个血淋淋的孩子抬到法兰西国王的宝座上,用丝绒的帷幔裹着他的伤口,鲜血一滴一滴地流淌到王室的绛紫色的地毯上。这是一幅何等壮烈的画面!在富丽堂皇的殿堂里,战士一面呼号战斗,一面将破碎的王旗扔在地上,三色旗③在刺刀的上方飘扬。国王的宝座上躺着那个穷苦的孩子,苍白得毫无血色的脸上却显露出刚毅

---

① 七月革命是法国1830年巴黎市民拥戴路易·菲力浦登上王位的起义,战斗进行了三天,最终查理十世退位。

② 杜伊勒里王宫是国王查理十世居住的宫殿。

③ 三色旗是法国大革命时国民自卫军采用的旗帜。

的神情。他双目圆睁直视着上苍,而身体和四肢却已经被死神折磨得蜷曲起来。他衣衫破烂,赤裸着胸膛,半身覆盖着绣有银百合花的丝绒帷幔。这个孩子还在襁褓之中的时候,就有个算命的预言:'他必将死在法兰西国王的宝座上。'当时他的母亲心里多么希望他会成为一个新的拿破仑。

"我的清辉曾经吻过他坟墓上的烈士花圈。今天晚上,当这个老祖母在睡梦之中看见这幅壮烈画面的时候,我的光辉吻了她的前额。

"你可以画出这样一幅画:《法兰西王位上的苦孩子》。"

第六夜

"我到乌普萨拉去了一趟。"月亮说道,"我朝下看到那大片平坦的原野上,青草长得稀稀拉拉,有些地方已经是光秃秃的了。我把自己的身影投进了费里斯河的河面上。一艘汽船正驶过河面,鱼儿吓得钻进了水草丛里。在我的身上飘动着朵朵浮云,它们也把长长的身影投下去,遮住了地面上被人称为奥丁墓、托尔墓和弗雷墓①的那三座古冢。

"在荒野上的古冢之间,顺着斜坡长有稀疏的草丛,而突出在外的泥炭上都刻着不少名字。这里既没有可供游客刻上自己名字

---

① 奥丁、托尔和弗雷为北欧神话中三位神;奥丁是主神;托尔是雷神,他是奥丁之子;弗雷则是丰饶之神。

的石柱,也没有可以让他们书写一番的照墙,所以游客们兴之所至,只好在露出草丛的泥炭上刻下自己的名字了,于是这里裸露在外的土地上便密密麻麻地刻着一个个挺大的字母和姓名。整个山坡上都布满了这类不朽的杰作,直到有新的青草长出来把这些泥炭地覆盖起来。

"在山坡上站着一个男人,一个行吟诗人,他举起嵌着银环的牛角①,把牛角里的蜜酒一饮而尽。他悄声说出了一个名字,他央求风儿不要把他讲的名字远播出去,可是我还是听见了。这个名字对我来说是很熟悉的,名字上还加着显赫的伯爵冠冕,因此他在提到这个名字的时候就不那么高声了。我忍不住粲然一笑,因为他自己头上分明也戴着一顶诗人的冠冕。那一位是埃斯特②家族的爱琳诺拉,而这一位是达索③,这两个名字联结到一起了。我也知道美的玫瑰该在哪里盛开。"

月亮这么说着,这时候一片浮云飘过来把它遮住了,但愿诗人和玫瑰之间没有浮云遮隔。

第七夜

"沿着海滨有一大片橡树和山毛榉的森林,散发出沁人心脾

---

① 北欧古代人喜欢用牛角做盛酒的容器。
② 埃斯特是意大利中世纪最有权势的家族之一。
③ 达索(1544—1595),意大利诗人。

的清香，每年总有上千只夜莺到这里来栖息。紧靠着这座森林就是大海——永远变幻莫测的大海。一条大路横在森林和大海之间，宽阔的路面上车辆川流不息。我没有去注视那些车辆，而把我的目光停留在一个点上，这是一座古代武士的坟墓，石缝里长出了黑莓果和黑刺李的枝条。这是大自然真实的诗篇。可是你晓得人们是怎样欣赏它的吗？好吧，我不妨把昨天傍晚和夜里听到的事情给你讲讲：

"起先，有两个有钱的乡下人赶着大车来了。

"'这里的树长得真不赖，'他们当中有一个说道，'随便哪一棵上都能砍出十车柴火来。'

"'这个冬天会非常寒冷，去年冬天我们一捆柴火就卖到十四块银币。'另一个人回答说。于是他们就过去了。

"'这一段路真是糟糕。'另一个赶车经过的人说道。'都怪那些该死的树，'他身旁的伙伴说，'空气一点都不流通，连海风都刮不进来。'他们也驶过这个地方，扬长而去。

"随后一辆公共马车驶了过来，车子经过这里风景最美的地方时车上所有的人都在熟睡，赶车的车夫不断地吹着号角，他的心里却在嘀咕：'我的号角吹得那么响亮，声音也很好听，可是真不知道谁能享受到这份福气。'公共马车也绝尘而去。

"再接着来了两个小伙子，都骑着马疾驰而来。我想，这两个年轻人倒血气方刚的。他们嘴角上挂着微笑，朝着长满苔藓的高坡和浓密的树丛瞅了一眼。

"'我真想同磨坊主的女儿克里斯蒂娜到这里来散散步。'他们当中有一个说道。话音刚落就从这个地方消失了身影。

"四周原野上的花香更加浓郁,大自然似乎也进入了梦乡之中,每一个呼吸都是那么宁静、安详。海面似镜,水天相连,大海仿佛成了幽静的峡谷上空苍穹的一部分。

"又一辆马车辚辚而过,车上有六个乘客,倒有四个在打瞌睡。第五个心里在嘀咕着,那套新做好的夏季大礼服是不是会把他打扮得更帅。第六个乘客把身子探向车夫,向他打听那一堆大石头是不是什么值得观赏的名胜古迹。

"'咳,不是的,'车夫回答说,'只不过是一堆大石头罢了。可是这些大树倒是值得一看的。'

"'说给我听听。'第六个乘客说道。

"'是呀,还值得一看呢!到了冬天,四周一片白茫茫的,全都是厚厚的积雪,这些大树就成了我的路标,只要顺着它们往前赶路,就不会把车赶到海里去。这就是值得一看的地方。'说完,他的马车也驶过去了。

"后来,走来了一个画家,他双眼露出光彩,一句话也不说,嘴里吹着口哨。这时夜莺啼鸣起来,一声高过一声。

"'闭上你们的嘴巴!'他喝道。他仔细地观赏这里的景致,把这里的五光十色全都画了下来。'蓝的、淡紫的、深褐的,各种色调都有了,必定会是一幅赏心悦目的美丽图画。'他用口哨吹起了罗西尼①的一首进行曲。

"最后,走来了一个穷苦的小姑娘,她在古代武士的坟墓旁边把自己肩上背的重担放了下来,休息片刻。她将那张美丽而苍白

---

① 罗西尼(1792—1868),意大利作曲家。

的脸转向森林，侧耳细听着。在她抬起头来朝大海的上空眺望的时候，她的眼中闪出了光芒。她交叉双手放在胸前，我相信她一定是在向上帝祈祷，默念《主祷文》。虽然她自己还不能领悟那种灌注于她的全身的感受，可是我知道，在这一瞬间，她已经把周围的景色都保存在她的记忆之中了，经年累月都不会忘记，而且要比画家所描绘出来的五光十色更加真实美丽。我的月光一直照映着她，直到晨光熹微，朝晖吻着她的前额。"

第八夜

乌云密布，月亮没有露面，我站在自己的小房间里，觉得分外孤独，禁不住连连抬头仰望天空，那里本来应该有一轮明月的。我思绪起伏，遐想联翩，牵挂着我这个挚友。他每天晚上给我讲美好动听的故事，给我看美丽动人的图画。是呀，他真是饱经沧桑、阅历广博。他曾经经过太古时代洪水滔天的上空，对着诺亚方舟[①]微笑，正如来到我这里，给我带来安慰，许诺给我一个光辉灿烂的新世界一样。当以色列人在巴比伦河畔哭泣的时候[②]，他在挂着竖琴的石柱之间忧伤地看着他们。当罗密欧[③]悄悄地爬上阳

---

① 根据古代希伯来人的神话，上帝认为人心太坏，决心要用洪水来毁掉人类，只有诺亚是一个老实人，所以上帝告诉他准备一条独木船，先迁到木船里去住。他听从了上帝的话而没有被淹死，因之人类也没有灭亡。
② 指公元前六世纪耶路撒冷陷落时，大批犹太人被掳至巴比伦城。
③ 莎士比亚悲剧《罗密欧与朱丽叶》中的男主人公，他爬上朱丽叶的阳台向她诉说爱情，后来他们俩殉情而死。

台，深情地吻着他心爱的姑娘的时候，这个圆圆的月亮便半遮半掩地躲到了晴朗的夜空之中的黑黝黝的柏树树荫中间，仿佛就像人们心中的小天使振翅飞上了天空一样。他曾经看见过圣赫勒拿岛上的那个英雄①形影相吊地枯坐在岩石上，遥望着辽阔无际的大海，雄韬大略在胸中汹涌澎湃。

是呀，有什么事情是月亮讲不出来的呢！尘世间对他来说原本就只是一则童话故事。

老朋友啊，今天晚上我见不到你啦，也无法画下什么东西作为你登门来访的留念。

我如同做梦一样抬头仰望着夜空中的层层乌云，忽然之间那乌云的云层中明亮起来，月亮的光芒透过乌云照射出来，可惜转眼之间又消失了踪影，乌云掠过来笼罩了天空。

不过这总算是一次问候吧，是月亮给我的一声友好的"晚安"。

第九夜

好几个夜晚已经过去，今天晚上天空又晴朗起来，一弯新月挂在天际。我又得到了画速写的素材，不妨听听月亮讲了些什么。

"我跟随着在空中翱翔的北极鸟和在水中遨游的鲸鱼来到了格陵兰的东海岸。冰封雪积的山峰把一条峡谷紧紧地环抱，幽谷

---

① 指法兰西第一帝国皇帝拿破仑一世（1769—1821），他于1815年被放逐到南大西洋上的圣赫勒拿岛。

深处,杞柳和蔓越橘已经繁花似锦,香味十足的剪秋萝散发出一阵阵芬芳浓郁的香气。我的光显得有些晦暗,我的面庞惨淡苍白,就像是一片从茎梗上硬掰下来又在水里浸泡了好几天的睡莲叶子。北极光的光环在天空中发出强烈的光芒,它的光环很宽,它的光芒像一根根旋转的火柱,掠过整个苍穹,一会儿变成绿色,一会儿又变成红色。

"那些居住在附近的居民们聚集在这里,他们载歌载舞,还做游戏,尽兴地欢乐一番。可是他们对天空中的光怪陆离的景象却瞅都不瞅一眼,大概是因为司空见惯的缘故。

"'让死者的灵魂把海象的脑袋当作皮球玩吧!'他们按照自己的迷信思想这样想道。而眼下他们只顾着唱歌跳舞。

"在人群中央,站着一个身上没有披裘皮的格陵兰人,手里拿着一面手鼓,边唱边敲击出节拍来。那是一首描述捕捉海豹的歌谣。周围身披白色裘皮的人群齐声发出'哎呀,哎呀,啊'的合唱声来和他呼应,并且围着他手舞足蹈地蹦跳。这个场面看上去活像是一个北极熊的舞会。

"他们的眼睛和脑袋的动作变得愈来愈急速、剧烈,一场审讯和判决开庭了,争执的双方走上前来,原告一方随着击鼓的节拍,即席唱出歌谣,指责对方的种种错处,歌词辛辣而犀利,句句都是讥讽和挖苦。被告一方也机智敏捷地做出答辩,言词也同样严厉、尖锐。在场的观众都听得乐不可支,并且对他们双方之间的是非做出判决。

"山峰上传来了闷雷般的轰鸣声,那是冰川在解冻崩裂,巨大的冰块翻滚下来,冲撞得粉碎。这是格陵兰美好的夏夜。在离开那里百步开外的一座一眼就可以望得到的兽皮帐篷里,躺着一个病人。虽然他还一息尚存,热血依然在他周身流动,可是他必死无疑,他自己是这样想的,周围所有人也都深信不疑,所以他的妻子已经在他身上缝好了裹尸用的兽皮,免得在他咽气之后再去触摸死者的躯体。她问道:'你可情愿埋葬在高山上面的坚冰堆里吗?我会把一只皮筏和利箭放进那个地方作为殉葬品。巫师会在那里为你舞蹈祈祷。也许你还是情愿沉入海底吧?'

"'把我沉入海底吧。'那人有气无力地低声说道,脸上带着凄惨的笑容点了点头。

"'好吧,大海倒是暖融融的夏季帐篷。'那个妻子说道,'大海里有成群的海豹在戏耍,海象会躺在你脚后跟睡觉。在那里打猎真是又安全又有趣。'

"于是,孩子们动手把绷在窗洞上的兽皮撕掉,这样可以把死者抬到大海上去。汹涌澎湃的大海曾经滋养了他的生命,如今又是他死后的归宿。墓碑就是那日日夜夜变幻莫测、漂流不停的冰山。在这些冰山的冰块上,海豹懒洋洋地躺着,预示风暴的海燕掠过冰山的上空。"

第十夜

"我认识一个老姑娘,"月亮说,"她每年冬天出来走动时都穿着一件黄颜色的缎子皮袄,那皮袄老是显得那么簇新光鲜,而且是她唯一的时髦衣裳。每到夏天,她总是戴着同一顶草帽,我相信她还穿着同一件蓝灰的裙衫。

"她不大出门,只到街对面去看望一个年老的女友,可是近几年来,连这么几步路也省掉了,因为那个女友已经去世了。我的这个老姑娘老是在窗口旁边忙来忙去,以排遣孤独寂寞,所以窗台上整个夏天鲜花盛开,到了冬天会从一顶毡帽做的花盆里长出水芹来。在最近的一个月里,她不再在窗前坐着,不过她还活着,这我是知道的,因为我还不曾看见她出门去做那次她和她的那个女友时常提起的'长途旅行'。

"'是呀,'当时她这么说道,'有一天我死掉之后,我一定要做一次我一生之中最远的旅行,我家的祖坟离开这里有十八里呢,我要被运到那里去,同我的亲人们长眠在一起。'

"昨天夜里有一辆马车停在那栋房子门前,一口棺材四周用干草裹紧,随后马车就走了。车上长眠着去年连一次家门都没有出过的那个文静安详的老姑娘。

"马车辚辚,轻快地驶出城去,仿佛是到城外去郊游一般。到了大路上马车行驶得更加迅速,赶车的车夫几次三番回过头来朝后张望,我相信他大概是害怕幽灵出现,害怕那个老姑娘会忽然出现在他身后的那口棺材上,她身上还是披着那件黄颜色的缎子皮袄。正因为如此,他才毫不怜惜地拼命抽打那几匹拉车的马,把缰绳拉得紧绷绷的,累得那几匹马气喘吁吁,嘴边白沫四溅。

"那几匹马年纪都很轻,性子暴烈得很。刚巧有一只野兔子冷不丁地蹿过大路,马儿受了惊便狂奔起来。生前终年不出门、只在自己家里慢吞吞地转圈子的那个文静安详的老姑娘死后却在开阔的大路上的砖块和石头上乱蹦起来。车上那口本来用干草裹得很牢靠的棺材也被折腾得翻滚出来，落到大路上，而在这当儿，那几匹马、车夫还有马车却飞奔而去。

"几只云雀从田野上飞起来，盘旋在棺材的上空唱起了晨曲。它们随后栖息在棺材上，用嘴啄着干草，似乎要把干草全都撕碎。后来云雀又高唱着飞入云霄，我便退隐到朝霞的背后去了。"

第十一夜

"那是在一个婚礼的酒宴上，"月亮说，"歌也唱了，酒也祝了，一切都有条不紊地隆重地进行着。时过子夜，客人们相继离去。母亲吻了吻新郎和新娘。新房里灯光明亮，显得分外舒适惬意。这些只有我才看得到，因为窗帘拉得很严实，只留下一道很窄的缝隙。

"'谢天谢地，他们总算都走啦。'新郎说道。他亲吻了新娘的双手和嘴唇。她笑容满面却又淌下了眼泪，紧靠在他的胸前，身体在微微颤抖，宛如在湍急的水流中摇曳的荷花。他们就这样偎依在一起，柔情地悄声细语。

"'好好睡个觉吧。'他说着顺手把窗户上的窗帘朝边上拉开。

"'月色多么美好啊！'她说，'月光多么明朗，多么皎洁呀！'

"她吹熄了灯火，舒适的新房里顿时暗淡下来。只有我的清辉洒落进去，那光芒有如新郎炯炯发亮的眼睛。

"女人啊，当诗人高唱起生命的奥秘之歌的时候，快吻吻他的竖琴吧。"

第十二夜

"我要给你一幅庞贝城①的图画,"月亮说,"我当时在城外的近郊,就在大家称为'墓街'的那个地方,那里有着许多值得观赏的废墟遗址。头上戴着玫瑰花环的快乐的小伙子们曾经聚集在这里,同拉依斯②美貌的姐妹们一起舞蹈,如今这里却只有死亡的沉寂。在那不勒斯军队里服役的德国雇佣兵们站岗放哨之余还玩纸牌、掷骰子。

"一群外国人在门卫的引领下从山背后绕过来,走进城里,他们漫步游览,想要在我的光耀之下亲眼观赏这座从坟墓里发掘出来的古城。我给他们展示了用宽阔的火山岩砖块铺成的街道上被车轮轧得凹凸不平的车辙;我照映着,让他们辨认大门上和仍旧悬挂在那里的招牌上的字迹。他们在小巧的庭院中看到了装饰着贝壳但清泉不再喷涌的喷水池,门前有铜狗把守的金碧辉煌的房间里也不再有歌声萦绕回荡。

"这是一座死神之城,只有维苏威火山还在轰鸣,高唱它的永不止息的颂歌,人们把它咏唱出来的每一首诗歌都称为一场新的火山喷发。我们步入维纳斯神庙,这座神庙是用大理石砌成的,

---

① 庞贝是意大利著名古城,位于意大利维苏威火山脚下。公元79年火山爆发,庞贝城全部被火山灰掩埋。从1861年起,意大利人有计划地开始发掘,此城才逐渐出土,意大利的古代文化又重见天日。

② 拉依斯是古希腊名妓。

它通体晶莹洁白如雪，宽阔的台阶前筑有高高的祭坛，石柱之间已经长出枝叶鲜嫩的垂柳来。夜色如洗，天空蓝得透明，衬托出黑黝黝的维苏威火山，山顶喷着熊熊火焰，就像粗壮的松树的树干，被火焰映亮了的滚滚烟云朝万籁俱寂的夜空中舒展缭绕，仿佛成了松树的树冠，不过颜色却是血红血红的。

"在这样一群观光客之中，有一个女歌唱家，她是一位真正的大歌唱家，我曾经亲眼目睹她在欧洲的第一流大城市里受到万众瞩目的情景。当他们来到那座悲剧剧场的时候，他们所有人都在圆形剧场的石头梯阶上坐下来，于是剧场里有一小块地方就像许多世纪以前那样坐满了观众。舞台仍旧原封未动地立在那里，一点都没有变样，侧幕是两堵砌死的墙壁，舞台的后景是两座拱门，观众们从拱门里望出去，可以看到同当年一样的布景，就是大自然本身，也就是索伦托和阿马尔菲①两座城市之间的巍巍群山。那位女歌唱家触景生情，要像幽魂一样在这里献艺，便登上古代的舞台，引吭高歌起来。这个地方赋予她情感，让她抒发了怀古的情怀。我不禁想起了阿拉伯的野马，它鼻息如雷，鬃毛飘舞，在这里飞驰疾骋。那位女歌唱家的歌唱就像这野马一样轻捷灵巧，又那样刚毅坚定。我禁不住联想起各各他②十字架下的那位哀伤的母亲，那歌声唱出了这个母亲心中的深切痛苦。就像几千年前一样，四周又响起了热烈的掌声和欢呼声。

"'祝你好运，了不起的天才！'他们所有人都这样说道。

---

① 索伦托和阿马尔菲是意大利南部海港城市。
② 各各他是耶稣被钉在十字架上的地方。

"三分钟之后,这里已是人去楼空,再也听不见一点动静。这一群人走掉了,可是废墟依然立在那里,毫无变化,这座废墟似乎还会在那里待上千百年。不过到了那时候,没有人会晓得此时此刻在这里所发生的一切,不会知道那个美丽的女歌唱家,不会知道她的歌声和音容笑貌,一切都会被忘记和消逝掉。对我自己来说,这片刻工夫也已成了逝去的回忆。"

第十三夜

"我从一个编辑的房间的窗子望进去,"月亮说,"那是在德国的一个什么地方。我看到他家里摆放着上好的家具、许多书籍,还有一堆杂乱的报纸。房间里有几个年轻人,编辑本人站在他的写字桌旁边,有两本年轻作家写的、篇幅都很小的书需要撰写书评。

"'有一本是刚送来给我的,'编辑说道,'我还没有翻阅过,这本书装帧不错,你觉得内容怎么样?'

"'嗯,'这个被问到的人开口说,他是个诗人,'写得甚好,就是有点泛泛而谈。可是老天,毕竟是年轻人嘛!当然,诗句也本该写得更出色一点。这首诗的立意非常健康,但过于平凡,未免老生常谈。不过叫人怎么说呢?总不见得随时都会有新的东西脱颖而出的。你不妨为他多说几句溢美之词,反正我决计不相信他会成为一个大文豪的。他倒是学识很渊博,是个令人瞩目的东方学家,况且他待人接物很有分寸。那篇评论我的《家居生活幻想诗》的漂亮文章就是他写的。对待年轻人嘛,总是要宽宏大量

一点才好。'

"'不过他真是一头十十足足的笨驴,'房间里另一位先生说道,'作诗最忌讳的是平庸,他显然再也不会高过这个水平了。'

"'可怜的家伙,'第三个人说道,'他的姑妈还为他而沾沾自喜呢!编辑先生,正是她为您最近那一部翻译作品弄来那么多的订单。'

"'哦,那位好女人!我已经亲自为这本书写了一篇简明扼要的评介文章。毫无疑问他是个天才,是个值得欢迎的上苍赐予的礼物!是诗坛花圃中绽开的一朵奇葩!这本书装帧得何等漂亮……可是那第二本书,那个作家存心非要叫我买下来不可。我听说那本书大受赞赏,红极了,他显然也是位天才。难道你不这样认为吗?'

"'不错,全世界所有的人都这么瞎嚷嚷,'那个诗人说道,'可是他未免太狂妄了!其实这本书里的标点符号用得非常怪谲。'

"'把他批评得体无完肤,激得他火冒三丈,只会对他大有益处,否则他就更不晓得天高地厚了。'

"'不过那样就太不公平了。'第四个人喊了起来,'我们不要光是吹毛求疵,揪住那些小毛病不放。我们应该为从这本书里发现的优点而高兴,况且优点有许多,他确实超过了其他所有的人。'

"'上帝保佑,倘若他是一个真正的天才,那么他应该经受得住尖锐犀利的批评,何况私下里的评论对他已经捧得太多了,我们不宜再吹捧,不要弄得他昏头昏脑的了。'

"'作者必定是才华横溢的,'那位编辑于是这样写道,'可惜也犯有粗枝大叶、漫不经心的通病,以至于遣词造句极不严谨,错误屡见,甚至在第二十五页上竟有两处脱字漏句。应该奉劝他下点功夫学习古典作家才好。'"

"我走开了,"月亮说,"我又从那位姑妈家的窗户里望进去,只见那个受到夸奖的,也就是那个比较顺从的诗人坐在里面,他受到了所有应邀前来的宾客的称赞,显得十分高兴。

"我又去寻找那第二个诗人,也就是那个狂妄自大的。我在他保护人的家里找到了他,那里也是宾客如云,不过大家谈论的却是另一个人,就是那个顺从的诗人的书。'我也应该拜读一下你的书,'他的保护人说,'可是说老实话,你是知道的,我对你向来不说违心的话。我对你的大作不抱什么奢望,你的作品就我看来是太狂妄、太异想天开了。不过我必须承认,你的为人还是值得称道的。'

"一个年轻的侍女坐在一个角落里在念一本书:

天才的光环被湮没在尘土里,
然而平庸之辈却被捧到天上。
这是一个历来如此的老故事,
却又层出不穷天天在翻新。"

第十四夜

月亮说:"在森林里的小路旁边有两栋农舍,大门很低矮,窗户有的开得很高,有的贴近地面,农舍四周长满了山楂和野酸莓,屋顶上爬满了苔藓,还长着黄颜色的野花和长生草。小园子里只种着卷心菜和土豆,在篱笆旁边长着一棵接骨木树,树上鲜花盛开,树荫下坐着一个小姑娘,她的一双眼睛盯住了两栋农舍之间的那棵老橡树。

"这棵橡树高大挺拔,树干却已经枯死,它的树冠被锯掉了,鹳鸟在那上边筑了巢,那只鹳鸟用嘴囊囊地啄着自己的巢。有一个小男孩走出来站在那个小姑娘的身边,他是她的哥哥。

"'你在看什么?'他问道。

"'我在看那只鹳鸟。'她回答说,'邻居家的大娘告诉我说,鹳鸟今天晚上要给我们送个弟弟或者妹妹来,所以我一直盯住它,看什么时候能送来。'

"'鹳鸟什么都不会送来的,'男孩子说,'你相信我吧。邻居家的大娘也对我说过,可是她一边说一边笑。于是我就问她敢不敢发誓说一声:以上帝的名义。她不敢说,所以我明白过来,说鹳鸟送子什么的只不过是哄哄我们小孩子的。'

"'那么小娃娃是从哪里来的呢?'小姑娘问道。

"'是我们的上帝自己送来的。'男孩子说道,'上帝把小娃娃藏在衣服底下,只不过没有人看得见上帝,所以我们就看不到上帝把小娃娃送来了。'

"话音未落,接骨木树梢的枝叶发出一阵沙沙的响声。那两个孩子赶紧把双手合拢,你看着我我瞅着你,他们心领神会:上帝来啦!把小娃娃送来啦!

"正当他们两人手拉着手发呆的时候,一栋农舍的大门打开了,邻居家的大娘走了出来。

"'进来吧,'她说道,'快来瞧瞧,看鹳鸟送来了什么,是个小弟弟呀!'

"两个孩子点了点头,他们明白过来,小娃娃已经送到了。"

第十五夜

"我在吕纳堡荒原①的上空滑行而过。"月亮说,"在大路旁边,有一栋孤零零的棚屋立在那里,几棵低矮稀疏的灌木长在紧靠棚屋的地方。一只迷了路的夜莺在清脆悦耳地啼啭。在冰凉的寒夜里,它必定会冻死的,我听到的便是它告别尘世的歌,如同天鹅临死时发出的美妙歌声一样。

"天色破晓,曙光渐露,大路上来了一队大篷马车,车上都是一家家迁徙的农民,他们先要到不来梅或者汉堡,再乘船去美洲,那里会有幸运,梦想中的兴旺发达将会在那里开花结果。妇人们把最小的孩子背在背上,大的孩子在车旁边跳跳蹦蹦。一匹瘦骨嶙峋的马拉着一辆载着几件可怜的家当的大车,寒风萧萧,直吹得小姑娘紧紧地偎依在母亲身边。那个女人抬起头来仰望着我暗淡的圆脸盘,不禁感慨起来,想到了他们在家乡所遭受的饥馑和穷困,想到了他们无力上缴的沉重赋税,这才背井离乡,举家迁徙。她的遐想也正是这队大篷车上所有人的心思,因而这破晓初露的曙光在他们的眼里不啻是福音,预示着幸运的阳光将要重新照耀到他们身上。他们听到了那只垂死的夜莺的啼鸣,在他们的耳中,它不是虚假的预言家,而是幸运的使者。风声呼呼,夜莺的歌声他们听不太清楚,它唱道:'祝你们平平安安地漂洋过海,为了这次海上的长途

---

① 吕纳堡荒原位于德国易北河和阿勒尔河之间。

颠簸，你们不惜倾家荡产。你们将在赤贫和无助之中踏上你们的迦南乐土。你们必须卖掉自身还有妻子儿女，不过你们忍受熬煎的日子不会太长。在那些芳香诱人的宽阔绿叶背后埋伏着死亡女神，她的热吻会让人把致命的热病吸进血液之中。快投奔怒海，快远涉重洋，到惊涛骇浪中去饱尝颠簸之苦，漂泊到大海彼岸去吧！'

"这队大篷车上的人们就这样兴致勃勃地倾听着夜莺歌唱，因为这歌声似乎预兆着幸运。

"天色渐渐亮起来，白昼从薄雾中露出脸来。农人穿过荒原朝教堂走去。女人们都穿着黑色裙袍，头上紧裹着白色亚麻布头巾，看起来像是从教堂壁画上走下来的古人。四周是一片广袤的、死寂的荒野，在白沙丘陵之间裸露出黑得像烧过一样的土地，上面还长着已经枯萎成棕褐色的石楠丛。

"妇女们手捧着赞美诗走向教堂。哦，祈祷吧，为那些投奔怒海，经受汹涌波涛的颠簸，到大洋彼岸去寻找坟墓的人祈祷吧！"

第十六夜

"我认识了一个普启涅罗[①]，"月亮说，"观众一见到他出场就欢声雷动。他的一举一动滑稽至极，引得全场观众哈哈大笑。然而他的表演丝毫没有刻意的矫揉造作，而是出神入化、浑然天成。从他还在同其他孩子一起戏耍打闹的时候起，他就是一个普启涅

[①] 普启涅罗是意大利传统喜剧中的小丑角色。

罗了,大自然要他当个天生的普启涅罗,所以他前面是鸡胸,后面是驼背。可是他的心灵却极其美好,他具有非常深厚的感情和十分开朗的性情,那是任何人也比不上的。舞台便是他最理想的天地,若是他长有一副颀长俊美的身材,那么他就会是一位在任何舞台上都能出头的第一流的悲剧演员。他的心灵里充满了英雄史诗般的伟大情操,却只落得个扮演弄臣的普启涅罗。他的苦闷、他的忧伤只能在他的那张用油彩抹得五颜六色的面孔上增添更多的逗趣发噱的成分。观众们毫不吝啬地对自己心爱的演员报以热烈的掌声和喝彩。尽管美艳绝伦的哥伦比妮对他非常友善,并且怀有好感,可是到头来却宁愿嫁给阿莱奇诺。① 如果美人同丑鬼结成眷属,岂不是滑天下之大稽吗!

"当普启涅罗心情最为沮丧的时候,唯独只有她一个人能使得他露出笑脸来,甚至忍不住大笑起来。起先她装得和他一样忧郁,后来渐渐地平静下来,最后就同他开起玩笑来。

"'我晓得你的毛病出在什么地方了,'她说道,'就是出在那个爱情上!'

"他不禁咧嘴一乐。'把我和爱情连在一起,'他喊了起来,'那会是多么好笑!观众会怎样鼓掌呀!'

"'就是爱情嘛,'她接口说道,说话时加上了一些滑稽的故作悲伤的表情,'你爱上的就是我啊!'

"不错,在根本就没有爱情可言的时候,这样说说是无伤大雅的,普启涅罗哈哈大笑,蹦得老高,他的沮丧心情一扫而光了。

---

① 哥伦比妮是意大利传统喜剧中的女主角,阿莱奇诺是男主角,在这种传统喜剧里,一般男女主角都终成眷属。

然而她毕竟说出了真情：他爱上了她，爱到了要拜倒在她面前的地步，就像他热爱艺术中的所有伟大、高尚的珍品一样。在她的婚礼大典上，他成了最快活、最开心的宾客，可是夜深人静时他却号啕大哭起来，若是观众们看到了他那张被痛苦扭曲了的脸，他们又会情不自禁地鼓掌喝彩的。

"几天前，哥伦比妮去世了。在葬礼的当天，阿莱奇诺可以不必登台出场，因为你们明白，他如今成了一个哀伤的鳏夫了。剧场经理必须要在台上推出一些轻松欢快的剧目，免得观众们过分缅怀美艳绝伦的哥伦比妮和风流倜傥的阿莱奇诺。这样一来，普启涅罗必须加倍逗趣才行，于是他克制着内心的悲哀，满台跳来蹦去尽情发挥。观众们都看得过瘾，报以热烈的掌声，他们喊道：'好啊，好啊！'普启涅罗一次次走到台前谢幕。哦，他真是个无与伦比的大活宝。

"昨天夜里演出结束之后，这个矮小的人儿独自一个人走出城外，来到孤寂冷落的教堂墓地。哥伦比妮坟前摆放的花圈已经枯萎，他在坟墓上坐了下来，这幅景象真值得画下来。他双手托着下巴，双眼凝视着我一动不动，就像一座纪念碑，一尊坟墓上的普启涅罗塑像——奇特古怪而滑稽可笑。要是观众们看到了他们喜爱的演员，他们一定会欢呼起来：

"'好啊，普启涅罗，好啊，好啊……'"

第十七夜

听听月亮告诉了我什么：

"我曾经见到过刚提升为军官的军校士官生第一次穿上他的漂亮的制服,我曾经见到过年轻的姑娘第一回穿上参加盛大舞会的华丽服饰,还有亲王的年轻新娘满脸幸福地披上婚纱,可是没有人脸上流露出来的快乐能够同我今晚在一个孩子的脸上所见到的那份快活相比。

"那是一个只有四岁的小女孩,她方才得到一件蓝颜色的新裙衫、一顶玫瑰红的新帽子,这会儿刚把新衣服穿到身上。大家都嚷嚷着快把蜡烛点上,因为透过窗户照进去的月光实在太暗了,必须点上灯火才行。那个小女孩僵直地站立在那里,活像一个玩具娃娃。她的双臂费劲地从衣服里伸出来,手指都挓挲着。

"哦,她的双眼、她的整个面孔洋溢着何等幸福快乐的光彩啊!

"'明天你就穿着这身新衣服上街吧。'妈妈说道。

"那个小女孩抬头瞅瞅自己的新帽子,低头瞧瞧自己的新裙子,满面春风,笑容粲然。

"'妈妈,'她问道,'街上的小狗看见了我的新衣服会怎么想呀?'"

第十八夜

"我曾经给你讲过庞贝城,"月亮说道,"那是一座城市的僵尸,陈列在众多活城市的面前。我还知道另外一座城市,一座更加奇特的城市,它不是僵尸,而是一座城市的幽灵。凡是有清泉喷涌的大理石水池的地方,我似乎都听到过有关这座浮在水面上的城市的故事。

"是呀,喷涌直上的泉水柱会讲述到它,海岸边的汹涌波浪会歌唱到它。大海的浩渺水面上笼罩着一层烟波朦胧的雾霭,那便是寡妇的面纱。大海的新郎已经死去,他的宫殿和他的城市如今成了他的陵墓。你可知道这座城市吗?这座城市从来不曾在自己的街道上听到过车轮滚滚或者马蹄嘚嘚的响声,这里的大街小巷上只有鱼儿游来游去。绿莹莹的水面上,黑色的贡多拉①好似幽灵一般掠过。

"我要让你看看这座城市的'弗罗姆',也就是它的'古罗马大广场'。那是这座城市里最大的广场,你看了一定会相信自己走进了一个童话故事中的城市:宽石板铺地,在石板的缝隙里纵横交错地长着碧绿的青草。黎明时分,成千上万只驯服的鸽子围绕着那座高耸入云的尖塔翱翔盘旋。你会发现自己周围三面都有带拱顶的回廊环绕,土耳其人闲坐在回廊里闷声不响地抽着自己的长烟斗。清秀俊伟的希腊小伙子将身子倚靠在圆柱上,双眼凝视着胜利纪念碑,那一根根高耸的旗杆都是古代权势的纪念物,那些旗帜就像葬礼上的黑纱那样低垂着。有一个姑娘在那里休息,她把那两只装满清水的笨重的木桶放到地上,挑水用的扁担还搁在她的肩上,她把身体倚靠在旗杆上。

"你所见的并不是什么仙女的宫殿,而是一座教堂:镀金的圆顶,还有镀金的圆球拱抱,在我的照耀下金光灿灿,辉煌非凡。那边站立的大理石骏马,就像童话故事里所说的那样会随时驰骋而去,大概它果真已经远行归来。你看到了墙壁和窗玻璃上绚丽

---

① 贡多拉是意大利威尼斯河上狭长的小船。

斑斓的彩色绘画了吗？那仿佛就像守护神答应了一个孩子的请求，他大笔一挥，把这座奇异独特的神庙装扮得五颜六色。你看到停在柱头上的那头长着翅膀的狮子了吗？它身上依然金光灿灿，可是双翅却被束缚住了。狮子已经死去，因为大海之王已经撒手尘寰。宽敞的厅堂里空空荡荡，昔日悬挂昂贵名画的地方如今却露出了光秃秃的墙壁。有些流浪汉躺在回廊的拱顶底下睡大觉，而早先那里的地板是只许显赫的贵族踩踏的。从深深的水井里——也许是从'叹息桥'[①]附近的监狱里——传来了一声长叹，就像当年从五彩缤纷的贡多拉船上响起的长鼓声一样，那时结婚戒指便会从华丽的'布森泰诺'[②]战舰上抛进海里，抛向大海王后亚得里亚。

"大海王后亚得里亚啊，快把你自己紧裹在雾霭之中，让寡妇的面纱盖过你的胸前，低垂到你新郎的陵墓上，就是那座大理石砌就的、幽灵般的城市——威尼斯！"

第十九夜

"我看到了底下的一座大剧院，"月亮说，"剧场里座无虚席，

[①] 叹息桥是威尼斯水道上一座封闭式的桥，桥的一头通往威尼斯监狱，另一头通向总督府广场，死囚都必须经过此桥走向刑场。死囚过桥时常发出叹息声，所以称它为叹息桥。

[②] 布森泰诺为中世纪的一种巨大战舰，古代的威尼斯每年都要在耶稣升天节举行"海婚"典礼，总督乘上华丽的布森泰诺战舰到亚得里亚海上，把奉献给海神的戒指抛入海中，象征与亚得里亚海缔结良缘。

因为有个新演员要初次露面。我的光辉透过墙壁上的一扇小窗照射进去。

"我看到了一张化了妆的脸,前额紧贴在窗玻璃上,他就是那天晚上戏里的英雄。骑士的胡须还在他的下巴上卷曲着,可是这个男子汉的眼里却噙着眼泪。可怜的人儿啊,不过在艺术的王国里是容不得没有用的可怜虫的。他具有深厚的感情,热忱地爱戴着他的艺术,无奈艺术却偏偏不爱他。

"舞台监督催场的铃声响起来了。剧本上提示说:'英雄出场亮相,气势豪迈而英勇。'出场亮相!他必须面对观众——那些对他大喝倒彩的观众。戏演完之后,我看到有一个人身上裹紧了大衣,悄悄地从阶梯上溜了下来。那就是他,当天晚上惨遭大败的骑士。舞台上的技工们都在窃窃私语、指指点点。

"我跟随着这个可怜人回到了他家里,走进他的房间。上吊是不光彩的死法,而毒药又不是手头随时总有的,我明白他把这两者都想到了。我看到他用镜子照了照自己那张苍白的脸,双眼半睁半闭,那是想瞧个明白:他作为一具尸体是不是还看得顺眼。人也许会十分不幸,却又最会矫揉造作。他想到了死,想到了自杀,我相信他因为怜悯自己而悲痛不已,他竟然号啕大哭起来。他哭得非常伤心,而一个人哭出来之后就不再想自寻短见了。

"从那时起,整整一年又过去了。又有一出喜剧上演,不过是在一个很小的剧院里,由一个寒酸的流动戏班子演出。我又见到了那张熟悉的面孔,那张化了妆的脸庞,那卷曲的胡须。他抬起头来望着我淡淡地微笑了一下。他又被嘘下台来,仅在一分钟之前，在一个简陋破旧的剧院里，被一批可怜的观众喝了倒彩。

"当天夜里，一辆破旧的马车驶出了城门，车后没有一个人跟随。这是一起自杀事件，死者就是那个化了妆的、被嘘下台来的主角。赶车的车夫是唯一的送葬者，因为除了我以外，再也没有人跟随在灵车后面。在教堂墓地的一个角落里，自杀者入了土。不消多少时日，那地方就会长出荨麻来，看坟人会随手把从别人坟墓上拔下来的荆棘和野草扔在他的坟头上。"

第二十夜

"我从罗马来，"月亮说，"在城市正中央有七块高地，其中一块高地上残存着恺撒大帝皇宫的废墟，野生的无花果从城堡的墙缝里长出来，用它宽阔的灰绿色叶子遮盖了断垣残壁。在一堆堆的垃圾之间，毛驴践踏着绿油油的月桂树丛，痛快地大嚼结不了果的蓟草。想当初，罗马的雄鹰就是从这里飞出去的，他们呼喊着：'来啦，看见的地方便要征服！'① 如今这个地方成了一条通道，通往两根断裂的大理石柱之间的一栋小小的泥土砌成的陋屋。野葡萄的藤萝就像吊丧的花环一样挂在七歪八斜的窗户上。屋里住着一个老妇人和她的小外孙女，她们俩如今是这个宫殿的主人，指导外来的游客们观看那些湮没已久的宝藏。昔日富丽

---

① 这是恺撒征服各国时说的话。

堂皇的皇帝御座大厅如今只剩下了一道光秃秃的断壁，一棵苍郁的柏树把自己长长的阴影投到原来放置宝座的地方，破碎的石板地面上现在堆积着好几尺厚的尘土。那个小女孩如今成了皇宫的女儿，晚祷钟声敲响时，她常常坐在这儿的一张凳子上。她把身边门上的钥匙孔叫作自己的角楼窗，她可以从这个洞孔望出去，看到半个罗马城，一直看到圣彼得大教堂那个宏伟的圆顶。

"今天晚上如同平时一样，四周一片宁静，恰好又是望月之夜，月光十分明亮。小女孩在我的身底下走了过来，她的头上顶着一只盛满清水的式样古老的瓦罐，她光着双脚，短裙和衬衫的袖子都有着破洞。我吻着她的细嫩浑圆的肩头，那双乌黑的眼睛，还有那富有光泽的黑发。她顺着那栋房子的台阶拾级而上，台阶十分陡峭，是用破碎的墙砖和一根倒塌的柱子的柱顶砌成的。花纹斑斓的蜥蜴羞怯地在她脚旁爬过，可是她却一点也没有受到惊吓。她已经举起一只手去拉门铃，一只野兔的脚拴在一根双股绳上就是现在恺撒大帝皇宫的门铃拉手。她停了下来，她想起了什么呢？也许是想起了下面教堂里的那个披金戴银的圣婴耶稣，那里银烛台上灯火通明；或许是想起了她的小女友们正在齐声唱着她也熟知的圣歌。我就不知道了。

"过了一会儿，她又动了起来，脚下一绊，跌了一跤。那只瓦罐从她的头上滚落下来，在大理石台阶上摔得粉碎，她顿时号啕大哭起来，皇宫的美丽的女儿为了一只摔碎了的毫不值钱的瓦罐而流泪痛哭。她光着双脚站在那里只顾哭泣，却不敢伸手拉动拴在双股绳上的那只皇宫的门铃拉手。"

第二十一夜

月亮已经有半个多月没有露面了,现在我总算又见到了它,它又圆又亮,冉冉升起在浮云之上。请听月亮告诉我的话吧:

"我从费赞①的一个城市里出来,跟随着一支商队行进。那支商队在沙漠上的一片盐碱地旁边停下来。那片盐碱地如同冰湖一般闪着光,只有一小块地方被沙尘覆盖着。商队里年纪最大的那位长者,腰带上系着水壶,头上顶着一口袋未经发酵的面饼。他用自己的手杖在沙土上画了一个四方形,还在里面写了《可兰经》里的几个字。整个商队又从这块祭祀过的土地往前走去。一个年轻的商人,他是个来自东方的孩子,从他的双眼还有从他健美的身材上看得出来,他骑在呼哧呼哧打着喷鼻的白色骏马上陷入了沉思,也许他在思念自己年轻美貌的妻子。仅仅在两天前,用裘皮和贵重的披纱装饰的骆驼驮着这个美丽的新娘沿着城墙绕行过来。当时鼓声喧天,风笛高奏,女人们放声歌唱,骆驼周围响起乒乒乓乓的庆典枪声,而新郎放得最多最响。可是现在,他却跟随着商队跋涉在沙漠里。

"我一连几个夜晚跟随着这支商队,看着他们在水井旁边歇息,也看见就在那些粗矮的、再也长不高的棕榈树之间,他们举起刀来刺进已经倒下来的骆驼的胸膛,并且在篝火上烤它的肉。我的清辉使得滚烫的沙子冷却下来。我的亮光映照着广袤无际的

---

① 费赞是北非利比亚西南部一个地区的名字。

茫茫沙海之中的黑色岩石，这些岩石如同汪洋之中的一个个没有生命的死岛。在他们留不下足迹的旅途上，他们不曾遇到过怀有敌意的部落，没有刮起过大风暴，没有碰上一股股旋转的沙柱，而这些都是可以置他们于死地的劫难。

"在家里，美丽的妻子为丈夫和父亲祈祷。'他们死了吗？'她朝着我这个金黄色的月牙儿发问。'他们死了吗？'她又向我这一轮满月发问。

"现在沙漠已经被这支商队撇到身后去了。今天晚上，他们围坐在高大挺拔的棕榈树下。鹤群拍着长长的大翅膀在他们的周围翱翔，鹈鹕栖在含羞草的绿色茎梗上瞅着他们，茂盛的草丛被大象笨重的脚步踩得歪倒在地上。一群黑人刚刚从腹地的一个市场来到这里，女人们黑发上别着黄铜发卡，身上穿着靛青印染的裙衫，赶着载满东西的公牛，公牛背上还驮着熟睡的小孩。有一个黑人用粗绳牵着一头他刚买到手的幼狮。

"那个年轻的商人一动不动地坐在那里，思念着自己美貌的妻子，在这片黑人的土地上惦念着沙漠彼岸的那朵洁白芬芳的鲜花。他抬起头来……"

就在这时候，飘过来一片云彩遮住了月亮，接着又飘过来一片。那天晚上我没有再听到更多的故事。

第二十二夜

"我看见一个小女孩在哭泣，"月亮说，"她是在为世上的邪恶而哭泣。那个漂亮的玩具娃娃是她收到的人家赠送给她的礼物。哦，它真是一个可爱的娃娃，那么漂亮，那么精致，可不是来饱受人间忧患苦难的。可是小女孩的几个哥哥——那几个高挑细长的男孩子——一把抢走了这个娃娃，把它撂到花园里一棵很高的大树上，然后就径自跑掉了。

"小女孩够不着那个娃娃，所以没有法子帮它下来，便只好哭了。玩具娃娃一定也在哭泣，它把双臂伸在绿色的枝丫之间，看样子十分伤心。唉，这就是妈妈时常讲起的世道险恶。唉，可怜的玩具娃娃，天色已经渐渐暗下来，夜晚很快就会到来。难道要它孤零零地在树上待一整夜吗？不行，小女孩实在忍受不了。'我要和你在一起。'她说道。

"尽管她胆子一点不大，可是她似乎已经清楚地看见有几个小精灵头上戴着高高的尖顶帽隐藏在矮树丛中；在更后面，有一些高高的幽灵好像在黑黝黝的通道上跳着舞。他们越走越近，把他们的手伸向玩具娃娃坐着的那棵大树，还伸出手指来指着小女孩嘻嘻哈哈地笑着。

"哦，小女孩有多么害怕呀！'可是只要我没有做过坏事，'她想道，'那么邪恶也不会来找我的麻烦的。不过我有没有做过什么坏事呢？'她仔细地想了一遍。'唉，做过的，'她说，'我取笑过那只可怜的鸭子，它的脚上绑着红布条，走起路来一瘸一拐的，它是那么滑稽可笑，弄得我忍不住笑了出来。不过讥笑动物也是一件坏事。'

"她抬起头来望着玩具娃娃。'你可曾讥笑过动物吗？'她问道。那个玩具娃娃似乎摇了摇头。"

第二十三夜

"我朝底下看着奥地利的蒂罗尔州,"月亮说,"我让黑黢黢的松树把长长的影子投到岩石上。我看到一幅画,画的是圣克里斯托弗肩上背着圣婴耶稣①,那是一幅画在房屋墙壁上的画,那里都是硕大的壁画,从墙根一直伸展到人字形屋顶下的三角墙上。画面上还有圣弗洛里安②在向着火的房子泼水,基督鲜血淋漓地被钉在路边高大的十字架上。对于这一辈人来说,这些都是古画了,而我则亲眼看见它们当年是怎样画到墙上去的,一幅又一幅地画上去。

"在高耸的悬崖上屹立着一座孤零零的女修道院,像是凌空悬挂的一个燕子窝。两个修女站在钟楼上敲着钟。她们俩年纪都很轻,所以她们的目光越过高山,望到了外边的世界。一辆旅行马车在山麓下的大路上辚辚驶过,车夫吹响了他的号角。修女们用哀怨的眼神恋恋不舍地目送那辆马车远去,更年轻的那一个眼眶里噙着眼泪。号角声越来越微弱,女修道院的钟声把逐渐低弱下去的号角声掩盖了。"

---

① 根据中世纪的传说,圣克里斯托弗是一位力大无比的巨人,他曾背一个孩子过急流,但孩子极重,他感到越背越重,原来这个孩子就是耶稣。
② 圣弗洛里安系专管防火的圣徒。

第二十四夜

不妨听听月亮讲些什么:

"几年前,就在哥本哈根,我从一户穷苦人家的窗子里窥视进去,看到了一间陋室。父亲和母亲都已经呼呼入睡了,可是小儿子却没有睡着。我看见印花布床幔在掀动,小男孩伸出头来朝外张望。起初我还以为他在看那座波恩霍尔姆落地座钟,那只钟上画着许多五颜六色的东西,大钟的顶上还蹲着一只杜鹃,钟的下半部垂着一个很重的铅砣,包着发亮的黄铜,钟摆来来回回地摆动,嘀嗒、嘀嗒……

"可是小男孩看的却偏偏不是它,不是的!他是在瞅着母亲的那辆纺车,因为纺车刚好放在座钟的旁边。它是整栋屋子里小男孩最心爱的东西,不过他却不敢去触摸它一下,碰着它就会挨打的。当他母亲在纺线的时候,他可以一连几个钟头坐在那里看着嗡嗡作响的纺锤和转动的轮子。他看着看着心里就有了自己的想法:唉,只要能够自己动手去用那辆纺车纺一纺线,就心满意足了。父亲和母亲都睡熟了,他朝他们看看,又瞅了瞅纺车。过了一会儿,从床幔里伸出一只小小的光脚来,接着又伸出了另一只,然后两条腿伸到床外面来了,噗的一下他就站到了地上。他又一次转过身去瞅了瞅父亲和母亲,看他们是不是还在熟睡。还好,他们都还睡得很香。于是他轻手轻脚地走过去,身上只穿了那件显得太短的旧衬衫。他走到纺车前,动手纺起线来,纺车发出了嗡嗡的响声，轮子转动得越来越快。我亲吻了一下他的金黄色的头发和淡蓝色的眼睛，这真是一幅赏心悦目的画面。

"这时候母亲惊醒过来了，床幔掀动了一下，她探出身来朝外看，心想会不会是小精灵还是什么别的幽灵在作怪。

"'哦，我的天哪！'她叫了起来，慌张地推了推身边的丈夫。他睁开眼睛，用手揉了揉双眼，看到了那个正在手忙脚乱的小男孩。'哦，那是贝特尔。'他说道。

"我的目光从那间陋室移开去，你知道我是朝下看的，可以看到很远的地方。就在这时，我看见了梵蒂冈的大厅，那里面有许多大理石神像。我的光辉映照着拉奥孔那组雕像[①]，大理石的雕像仿佛在叹息。我亲吻了缪斯[②]女神的胸脯，我感觉到那胸脯似乎在起伏。可是我映照得最久的是尼罗河神的那群雕像，尤其是那个巨大的神像。那个高大的巨神倚靠在人面狮身的斯芬克斯身上沉思着，好像在怀念那些滚滚流逝的岁月。长着双翅的小爱神们环绕在他的周围，和一群鳄鱼嬉戏。在尼罗河边富饶的三角洲上，端坐着一个小小的爱神丘比特，他交叉着手臂仰望着高大而威严的河神，恰恰就像那个小男孩坐在纺车旁那样。大理石雕成的小男孩的表情那么扣人心弦，又那么栩栩如生。从这尊大理石雕像诞生以来，岁月的轮子已经转动了一千遍以上，转动的次数几乎同那间陋室里的小男孩转动纺车的次数一样多，而在这尊大理石

---

① 根据古希腊传说，拉奥孔系特洛伊的祭司。他因企图阻止特洛伊人把希腊人留下的木马拖入城内而触怒天神，天神派了两条巨蛇把拉奥孔和他的两个儿子缠绕致死。雕像表现了拉奥孔及其两个儿子被巨蛇缠绕并与之展开搏斗的场景。

② 缪斯系希腊神话中的文艺女神。

小男孩雕像被创造出来之前，这个巨轮已经转动了不知道有多少遍了。

"唉，这是好多年前的事情啦。昨天，我朝下向西兰岛东海岸的一个海湾望过去，那里有茂密的森林，有高高的堤坝。一座古老的大庄园赫然入目，房屋的墙壁都是红颜色的，环绕着庄园的水沟里有天鹅在游弋。庄园旁边的苹果园后面有一个集市小镇，还有一所教堂。许多船只点着火把从平静的水面上轻轻地滑行过来。这些船只并不是去捕捉鳗鱼的，而是为了欢庆节日。音乐声大作，众人高唱着一首首赞歌。就在其中一条船的船头上，站立着他，那个接受众人欢呼的长者。他是一个身材高大、魁梧健壮的伟男子，披着一件大氅，长着一双蓝眼睛，头上是长长的白发。我认出他来了。我想起了梵蒂冈的尼罗河河神的群雕像，还有所有的那些大理石神像。我想起了那间狭小的陋室，就是在格隆纳街上的那栋房子里，小贝特尔身上穿着破旧的衬衫坐在那里摇呀，摇呀，摇着纺车。

"时代的巨轮不停地转动，从大理石中一个接一个地蹦出新的神像来。这时候从那些船只上传来了欢呼声：'向贝特尔·多瓦尔生致敬，好哇！'"

第二十五夜

"我给你看一幅法兰克福的图画。"月亮说，"我特别留意地观看了那里的一栋建筑物，那不是歌德的出生地点，也不是古老的市议会大楼,在那栋大楼的方格窗子上可以见到带着双角的牛头前额突出在外,那些牛都是在皇帝加冕典礼上烤了分给众人吃的。那是一栋漆成绿色的市民寓所,朴实无华,毫不起眼,坐落在狭窄的犹太人街入口的拐角上,那就是罗思希尔德[①]的房子。

"我从敞开的大门望进去,只见楼梯的台阶被照得明亮刺眼,楼梯两旁站立着许多仆人,他们个个举着笨重的银烛台,烛台上点着一支支燃得通亮的蜡烛,他们都朝着那位坐在肩舆上被抬下来的老太太深深鞠躬。房子的主人光着脑袋笔直地站立在那里,他毕恭毕敬地吻了吻老太太的手。那是他的母亲,她亲切和蔼地朝着他和仆人们点点头。他们把她抬进了那条狭窄阴暗的长巷子,又抬进巷子里的一栋小屋,她就居住在那里,她就在那里生儿育女,他们的幸运也就是从那里开始的。若是她抛弃了那条被人瞧不起的街巷和那栋狭小的房子,那么幸运也就会弃他们而去,这便是她坚定不移的信念。"

月亮没有再多讲什么,他今晚来拜访我的时间实在太短了。我不免细细回想着那个居住在被人瞧不起的狭窄陋巷里的老太太,只消她发句话,她便会在泰晤士河畔拥有富丽堂皇的华厦;只消她发句话,那不勒斯海湾便会有她的休闲别墅。

"我若是抛弃了我儿子们从这里兴旺起来的这栋小房子,那么运气就会离他们而去。"这原本就是迷信的无稽之谈。只有在听过这个故事和看过这幅图画之后,人们才会非常明白。只需在图画

[①] 梅耶·罗思希尔德(1744—1812),德籍犹太人,他和他的几个儿子在德国法兰克福起家,发展为罗思希尔德家族,是19世纪欧洲的大财阀。

底下加上这两个字：母亲。

第二十六夜

"那是昨天拂晓前，"这一句句都是月亮的原话，"那座大城市里所有的烟囱都还没有一个冒烟的，而我所见到的恰恰又都是些大大小小的烟囱。忽然之间，从一个烟囱里冒出来一个小脑袋，接着露出了上半身，两条胳膊撑在烟囱口上。

"'好哇。'他喊道。这是一个扫烟囱的小男孩，他自出娘胎以来头一回从底下一直爬到烟囱顶上，还把脑袋伸到烟囱外面来。'真是妙极啦！这是一点不错的：在一根细长的烟囱管里爬同在一个狭小的壁炉里爬是两码事。'

"四周的空气是那么清新，它们在轻轻飘动着。从这里可以一眼眺望到整个城市，一直看到城外苍翠的森林。太阳正在冉冉升起，又圆又大，和煦的阳光把他的脸庞映亮，那张脸蛋上闪耀着幸福的神采，尽管它已经被煤灰抹成了一个黑糊糊的大花脸。

"'现在全城都看得见我了，'他说，'月亮可以看得见我，太阳也可以看得见我。好哇，妙极啦！'他得意洋洋地摇晃着扫帚。"

第二十七夜

"昨天夜里我朝下看到了中国的一座城市，"月亮说，"我的清辉洒落在那些长长的、光秃秃的城墙上。这些城墙上各处都有一道道城门,不过都是锁上的,因为外面的世界同中国人有什么相干呢?在城墙背后的那些房舍里,紧闭的窗扉把窗户遮盖得严严实实,只有庙宇的窗户里才透出一丝亮光。于是我就从那里望进去。

"但见庙宇里面金碧辉煌、灿烂夺目,四周墙壁上都是五彩缤纷、绚丽斑斓的壁画,从墙根一直伸展到房顶,都是浓墨重彩,用金粉勾描,画的全是诸神在人世上的功德业绩。每一个神龛里都供着神像,可是几乎都被绣花彩幛和低垂下来的旗帜遮盖住了。每一尊神像都是用锡铸成的,面前都有一个小小的祭台,摆着圣水、鲜花,还点着蜡烛。可是在庙宇的最高处供奉着的是'佛',也就是至尊无上的神。佛的身上披着锦缎袈裟,是神圣的明黄色。

"在神坛底下却坐着一个活生生的人,是个年轻的僧人。他似乎在诵经,可是念着念着就走了神,陷入了沉思。这当然是一种罪过,因为他的双颊飞红起来,脑袋也垂得低低的。这个名叫苏洪的可怜人儿啊,他也许在梦想着回到大街上的高墙背后的家中,到每个房前都有的小小的花圃里去干活,他想做的那种活计大概总比在庙宇里照管香烛更加亲切一些吧?再不然他的欲念就是坐在丰盛的酒宴上,每吃完一道菜便用银色的餐巾擦擦嘴巴。难道是因为他的罪孽实在太深重,若是吐露出来上苍就会罚他去死?还是因为他竟想搭乘野蛮人的船只飞渡到他的家乡去,到那个远在天边的英格兰去?不对,他的心思没有飞得那么远,但倒可以说是有罪的。这都是热血沸腾的青春惹的祸,在这个庙宇里,在佛祖和诸神前是有罪的。

"我知道他的心思飞到什么地方去了。在这个城市的边缘,在一栋楼房的石板铺地的屋顶平台上——这里四周的栏杆看起来都是用陶瓷做的,摆着插有大朵白色风铃花的精美的花瓶——坐着年轻美貌的佩,她长着细长的、弯弯的眼睛,丰满的嘴唇,纤细的双脚小得不能再小。那双鞋裹得她的双脚疼痛,但是她的心却被挤压得更加疼痛。她举起她那娇嫩而浑圆的双臂,绸缎衣服发出窸窣的响声。在她的面前摆着一只玻璃缸,四条金鱼在缸里游弋。她用一根上过漆的绘有图画的筷子在水里慢慢地搅动,啊,非常地慢,因为她也陷入了沉思。她也许在想着那几条鱼的色彩是多么绚丽,它们在玻璃缸里活得有多么安全,食物是多么丰富。尽管如此,一旦它们能到自由的天地里去,它们将会感到更加幸福。年轻美貌的佩姑娘很明白这个道理,她的心思已经从这个家里飞了出去,飞进了那座庙宇,不过并不是为了求神拜佛而去的。

"可怜的佩,可怜的苏洪,他们两人世俗的念头碰到了一起,可是我的寒光却如同一柄天使之剑,相隔在他们之间。"

第二十八夜

"海面上一片平静,"月亮说,"海水澄澈透明,就像我穿越而过的天空一样。我可以望得见深水底下的那些奇形怪状的植物,它们如同森林里的古树一样挺拔、高大。巨大的树木把长胳膊似的枝丫朝上伸过来,仿佛想要拥抱我一般。鱼儿在它们的顶上游来游去。

"在高空中有一群野天鹅正在飞翔,其中有一只已经精疲力竭，无力地拍打着双翅，愈来愈往下沉。它的双眼凝视着远方，目送着飞得越来越远的那一长列空中之旅，而自己却只好把两只翅膀全都张开，像肥皂泡那样悠悠荡荡地在静止不动的空气中飘落下来。它终于降落到了海面上，把头扭过来藏在双翅下，毫无声息地浮在那里一动不动，就像是平静的湖面上的一朵雪白的荷花。微风轻拂，吹皱了平静的海面，掀起的粼粼碧波折射出星星点点的闪光，滚滚细浪如同天空中浮动的云絮。天鹅抬起头来，迸溅到它胸口和背上闪光的水珠像是一道道蓝色的火焰。

"霞光破云而出，染红了天际。天鹅鼓足了全身的力气，拍翼奋起，朝着喷薄而出的旭日飞去，它要追赶那支空中的队伍，飞往大海苍翠葱郁的彼岸。

"它独自飞翔，胸中怀着追求的渴望，飞过碧波浩渺的大海。"

第二十九夜

"我还要给你看一幅瑞典的图画，"月亮说，"在靠近罗克森河的阴沉沉的岸边，在黑黝黝的松林之间，矗立着古老的弗雷塔修道院。我的光辉从墙上的铁格子窗照进去，照到了宽敞的地下拱顶墓窟，国王们在那里巨大的石棺里长眠。他们的棺材顶端的墙壁上都悬挂着王冠。这些王冠原本是人世间权势的象征，可惜它们都是木头制成的，漆上了颜色，还涂上了金粉，悬挂在一根揳进墙壁里的木桩上。

"岁月悠悠，蛀虫已把涂着金粉的木头蛀得千疮百孔，蜘蛛在王冠和棺材之间织起了一张张网，如同一条条哀悼的黑纱。它们都很短，就像人们对他们的死表示的悲痛那样短暂。可是国王们，他们长眠得有多么安详啊！我还能清清楚楚地记得他们，我仿佛还能看到他们嘴唇上挂着得意的微笑，表达出的欢乐和悲哀是如此深不可测，如此神圣威严。

"如今蒸汽轮船像是精通魔法的蜗牛，在群山之间溯江而上。时常会有个外国游客来拜访一下这座修道院的拱顶墓窟，询问这些国王的名字，而这些名字早已被人遗忘得一干二净了。他看着这些被虫蛀朽了的王冠，不禁微笑起来。如果他是个性格直爽而又虔诚的人，那么他的微笑之中不免有些伤感。

"安息吧，亡灵们，今天晚上月亮的寒光会照亮你们的无声无息的王国，就像挂在你们头顶上的松木雕成的王冠一样。"

第三十夜

"紧靠在大路旁边，"月亮说，"有一家小旅店，它的对面是一间很大的车棚，那里的屋顶正在重新铺草。我从屋顶的缝隙和敞开的天窗里望进去，看到那底下是一间宽敞却很不舒服的屋子。有只雄火鸡趴在房梁上睡觉，马鞍却被闲放在空空如也的饲料槽里。车棚中央停着一辆旅行马车，马车的主人躺在车上睡得很香。马匹在饮着水，马车夫伸着懒腰。我清楚地知道，他一路上都在打盹儿，而且约莫有不止一半的路程是在瞌睡中度过的。旅店仆役的房门打开着，那张床乱糟糟的，似乎里里外外被翻了个遍。

蜡烛放在地板上，已经烧得深深地缩到烛台里去了。寒风飕飕地从棚顶上吹进来。

"这时候子夜已过，快要接近破晓了。在马厩的地上，睡着流浪音乐师一家人。父亲和母亲都在梦着酒瓶里的那几滴烧酒。那个脸色苍白的小女孩大概也在做梦，因为她的眼睛里淌下了几滴泪水。竖琴倚立在他们的头边，狗儿躺在他们的脚边。"

第三十一夜

"那是在一个小城镇里，"月亮说，"我是在去年看到这桩事情的，不过这无关紧要，因为我把这件事看得一清二楚。今天晚上，我又看到报纸上登载了这件事，不过却说得一点都不清楚。

"事情是这样的：在一家小旅馆的堂屋里，一个耍熊的汉子坐在那里吃晚饭，那头熊被拴在旅店外的柴火堆背后。那头可怜的熊，它根本就不会伤害人，虽说它的模样十分吓人。

"在小旅店的屋顶阁楼上，耍熊人的三个小孩在我的光辉映照下正在做游戏，最大的那个在六岁左右，最小的那个只不过两岁。'哒、哒、哒……'楼梯上传来了笨重的脚步声。是谁来了呢？门被撞开了，原来是一只熊，一只毛茸茸的大狗熊！它本来是待在院子里的，可是待腻了，找到了路就爬上楼来，这一切我全都看到了。"月亮说道。

"孩子们被这只毛茸茸的大畜生吓坏了，他们赶紧爬到一个角落里躲了起来，可是它却把他们一个个找了出来，还用熊鼻子去嗅嗅他们，不过一点也不伤害他们。'这一定是一只大狗。'他们这样想道，于是就伸出手去拍拍它。那头熊就趴下来伏在地板上，最小的那个男孩一骨碌就爬到了它的背上，还把他那满头金发的小脑袋钻到它那又黑又厚的毛里去。那个最大的男孩子拿出鼓咚咚地敲起来，那头熊便用两条后腿笔直地站立起来，还开始跳起舞来。这真是好玩透顶。现在孩子们装着个个都拿起枪来的样子，也给了那只熊一支枪，它把枪像模像样地端得牢牢的。这真是他们能找到的最好不过的玩伴了，他们开始正步走：'一二、一二……'

"就在这时候，门上有了动静，门被打开了，原来是孩子们的妈妈回来了。你真该看到她的那副模样，看到她那想喊又叫不出声来的样子，看到她那张吓得像白墙一样煞白的面孔。她嘴巴半张半合，双眼发直，呆呆地愣在那里。

"最小的那个小男孩却兴高采烈地连连点头，用他的幼稚的口吻大声喊道：'我们在玩当兵的游戏哪！'这当儿，那个耍熊的汉子来了。"

第三十二夜

寒风凛冽，在狂暴地吹，云层遮蔽了夜空，我只能偶尔见到月亮一眼。

"我从万籁俱寂的太空往下看，看到低空中翻卷飞滚的苍茫云海，"月亮说，"看到成堆成堆的云相互追逐着，在大地上投下巨大的阴影。最近我看到了一座监狱,监狱门外停着一辆车门关得严严实实的马车,有一个囚徒要被押走。

"我的光辉穿过装着铁栅栏的窗子,照到了牢里面的墙上。那个囚徒正在墙上刻着临别寄语,不过他写的并不是文字,而是一首歌曲——是在这儿的最后一夜从心底里发出的声音。牢门打开了,他被带到外面。当他抬起头来刚要看到我的大圆脸盘的时候,云团飞驰过来隔在我和他之间,似乎存心不让我看到他的脸,也不让他看到一轮明月。他踏上了车,车门砰的一声关上了,马鞭声啪啪作响,马匹拉着车奔向密密丛丛的森林,而我的光却无法追随进去。

"不过透过重重栅栏的铁窗,我看到了里面,我的光徐徐地扫过刻在墙上的几行曲子——那首告别之歌,那首用文字无法表达而只有谱成曲才能唱得出来的心声。可惜我的光芒只能映亮几个音符,大部分音符却隐没在我看不清的暗处。他写的是死亡的赞歌呢,还是欢乐的颂歌呢?他将要走向死亡呢,还是投入亲人的怀抱呢?月光无法读出临终的人所写的一切东西。

"我穿过广袤无际的太空朝下看去,只看见翻滚飞驰的层云,只看见云团投在大地上的相互追逐的巨大阴影。"

第三十三夜

"我非常喜欢孩子,"月亮说,"那些很小的尤其惹人疼爱,他们都那么滑稽有趣。在他们没有想到我的时候,我从窗帘和窗框之间悄悄地望进房间里去。我看着他们自己动手脱衣服,那真是好玩极了。起先是光溜溜的小小的圆肩膀从衣裳里钻了出来,接着小胳膊伸了出来,我还看到袜子被蹬掉了,一条可爱的小腿,雪白而结实,露出来了,那只小脚板真招人喜爱,于是我就吻了它。"

月亮又说:

"今天晚上,这就是我想要讲的!今天晚上我从一个窗子里望进去,窗帘没有拉下来,因为对面没有人家居住。我看到了一大群小孩,全都是一家的。其中有一个小姑娘,只有四岁,可是她已经能够像别的孩子一样向主祷告,然后她可以得到妈妈的一个吻。妈妈一直陪坐在那里,直到她睡熟了才走开。她只要把两只小眼睛一合上就会睡着的。

"今天晚上那两个最大的孩子闹腾得有点过了头,一个穿着白色长睡袍在那里用一条腿蹦来跳去,另一个把别人的衣服全都裹在自己身上,站立在一张凳子上,他说这是舞台上的造型表演,要别的孩子猜猜是什么角色。老三和老四却把玩具整整齐齐地排列在抽屉里,这是一件他们应该做的事。妈妈坐在最小的那个孩子的床边,叫他们都安静下来,因为小妹妹要做祷告了。

"我穿过油灯的顶端笔直望进去,那个四岁的小女孩躺在自己的床上,躺在洁白的细亚麻布的被单里,两只小手交叉着,小脸蛋一副庄重严肃的神色。她高声背诵了祈祷文。'不过这是怎么回事呀?'妈妈打断了她的祈祷,'你在念完"求您今天也赐给我们天天需要的面包"[①]这句祷告之后,你还说了点什么,可是我却听

[①] 这祈祷文指《圣经新约·路加福音》第十一章第三句"我们日用的饮食,天天赐给我们"。

不清楚说的是什么。说的是什么？你应该告诉我。'

"小女孩闷声不响，非常尴尬地看着她的妈妈。'在念了"求您今天也赐给我们天天需要的面包"这句祷告之后你究竟又说了些什么呢？''不要动气，亲爱的妈妈，'小女孩说道，'我还祷告说："面包上要有好多好多的黄油。"'"

肉肠扦子汤

一 肉肠扦子汤

"昨天的晚宴真是太出色啦，"年长的鼠夫人对一只无缘参加那次宴会的同类说，"我坐在年老的鼠王旁边第二十一席位上，这要算很不错的席位啦。现在我该给你讲讲那一道道的美味佳肴，真是丰盛至极，而且搭配得恰到好处：有发霉的面包、熏肉的肉皮、牛油脂烛的烛头，还有肉肠。每道菜都从头再上一遍，我们差不多一口气吃了两餐。晚宴的气氛十分愉快，大家谈笑风生，就像一家人那样聊家常。宴席上的其他菜都吃得一点不剩，只留下了肉肠扦子①，于是它们就成了我们闲聊的话题。说起肉肠扦子烧的汤，我们个个都很熟悉，却谁也没有亲口尝过这种汤的滋味，更不用说懂得怎么烧出这道汤来。宴会上大家欣然举杯，为这道汤的发明者干杯，说是此公配得上当济贫院院长。说得妙极了，对不对？这时候年老的鼠王站起来许下诺言，说是哪一位鼠小姐有本事烧出最美味可口的这道汤来，她就可以成为他的王后，时

---

① 过去丹麦人做香肠时通常用一根小扦子将香肠末端结住，这种扦子清洗后可反复使用。

间以一年为限。"

"这个念头倒也并不坏嘛,"另一位鼠太太说,"可是这道汤究竟怎么个烧法呢?"

"是呀,怎么烧?"她们大家都问来问去,所有的鼠夫人、鼠小姐,老的小的,都在打听。她们个个都想当上王后,却又不愿自找麻烦到大千世界去学这种本事,尽管这是当务之急。再说也不是人人都敢走出自己藏身的角落去闯荡世界的。在外面不见得天天都能轻易地找到干酪皮,或者闻得到熏肉的肉皮味的。不行的,终归要挨饿的。是呀,说不定还会成为哪只馋猫的腹中之食呢。

这些大概就是她们大多数人出门去求学的顾虑,因此不敢去试一下。只有四位鼠小姐表示她们已经做好出门的准备了。她们都年轻活泼,但家境贫寒。她们愿意各自到世界上东南西北方的一个角落去,这样就全凭运气了。她们每人随身带着一根肉肠扦子,以便时刻牢记她们远行的目的,况且扦子也是很好的旅行手杖。

她们在五月初出发,一年后的五月初她们陆续回来了,不过只回来了三只。第四只既不见踪影,也没有听到过她的音讯,而做出决定的日子已经要到了。

"唉,天下的事情总是这样,哪怕最大的开心事也会带来一些烦恼的。"鼠王说道。他还是下令邀请来附近方圆几里地之内的所有老鼠,他们都要到厨房里集合。那三位学成归来的鼠小姐将在嘉宾们面前排成一行,而在失踪的第四位鼠小姐的位置上插了一根带着黑纱的肉肠扦子。

在鼠王没有宣布下一步应该说些什么之前,谁也不许对那三位鼠小姐的讲述发表自己的评论和见解。

现在我们不妨先听听。

二　第一位鼠小姐出门所见所学

"在我踏进外面的广阔天地的时候，"第一位鼠小姐讲述道，"就像许多年纪和我相仿的人一样，我相信我已吸收了全世界的智慧，什么事情都通晓了。可是其实并不是那样。要做到有满腹学问，非要下多少年的苦功不成。我出门之后，就搭乘一艘大船朝北而去。我听说海船上的厨师都是厨艺精通，对付得了在海上大摆宴席的场面。不过话又说回来，若是手头有那么多熏肉、一大桶一大桶的咸肉，还有长了虫的面粉，应付多大的场面也是轻而易举的。在船上天天吃的是美味佳肴，生活真是惬意，可惜就是没有机会去学怎样用肉肠扦子煮汤。我们在海上航行了许多个日日夜夜，受尽了颠簸和雨淋之苦，终于到达了要去的那个口岸。我就下了船上岸来，那是在遥远的北欧地区了。

"走出了家门，离开了自己待惯了的角落，乘上了大海船。尽管那里也有许多角落可供栖身，但毕竟是两码事。而今忽然漂洋过海，一下子来到了成百上千里路之外的一个陌生的地方，那种感觉真是奇妙非凡，不可思议。那里满山遍野都是茂密得无路可通的大森林，长着松柏和白桦，这些大树都有一股强烈的气味，我一点也不喜欢它们。还有那些野生的药草，它们散发出辛辣的气味，害得我连连打喷嚏，我不禁想起了美味的肉肠。森林里有很大的湖泊，走近一看，湖水清澈见底，可是从远处看却黑得像墨水一样。湖面上白天鹅在游弋，我起初还以为是漂浮在水面上的泡沫呢，因为它们浮在水面上一动都不动。后来我看到它们飞了起来，还看着它们远去，我这才把它们认出来。它们同鹅是一个家族的，这从它们行走起来摇摇摆摆的姿势就可以看得出来，没有人能隐瞒得住自己的身世！

"我同自己的族类待在一起，同松鼠和田鼠们交往。顺便说一句，他们懂得的东西真是少得要命，尤其是烹饪方面的。而我之所以要千里迢迢跑到外国来留学，正是为了学习烹饪技术，要学会用肉肠扦子熬汤这一绝招。用肉肠扦子来煮汤，这对他们来说真是太不可思议了。于是这桩咄咄怪事便立即传遍了整个大森林。可是他们都认为根本就没有法子解决这个难题，这样的事情是永远办不到的。然而我没有想到，就是在这个地方，而且就在第一个晚上，这个难题竟然迎刃而解，我晓得了一点入门的要诀。

"那时正好是仲夏节①前后，所以森林里的气味才那么浓郁，药草的气味才那么呛鼻，湖水才那么清澈却又那么黑，还浮着白色的天鹅。在森林的边缘，在三四栋房屋之间竖起了一根木杆，高得像海船上的大桅杆，顶上还挂着花环，系着绸带，那是五朔节的花柱②。姑娘和小伙子们围着花柱跳舞，随着乐师的小提琴奏

---

① 仲夏节古时候定为每年的6月24日，自1953年起定为6月20日至26日之间的星期六。

② 五朔节花柱是一根扎有绿叶、绸带、花环和鲜花的柱子。在丹麦农村，一般于每年的5月1日竖起这样一根花柱，以祝贺春天的到来，而瑞典人则于仲夏之夜竖花柱，并围着花柱跳舞唱歌。

出的节拍而歌唱。从太阳落山起到月光普照,人人都玩得十分开心。不过我不去凑热闹,一只小耗子到森林舞会上去干什么呢!我坐在软软的苔藓上,紧握着我的肉肠扦子。月亮的清辉洒落下来,把林间的一块地方映照得特别明亮。那里有一棵大树和一片苔藓,那片苔藓柔软极了,我甚至敢大胆地说,同鼠王的皮毛一样柔软,不过颜色是碧绿的,这颜色非常悦目。

"突然间,有一群模样很好看的小人儿朝着我正步走来,像列队操练似的。这些小人儿个子小得还不到我膝盖那么高,可是身材匀称,看上去同人没有什么两样。他们自称是小精灵。他们身上穿着用鲜花的花瓣制成的漂亮衣服,衣服上还镶着用苍蝇和蚊子的翅翼做的花边,这样就把衣服衬托得更加好看了。他们神色匆忙,似乎在寻找什么东西,我不知道他们在寻找什么。后来他们当中有两个人径直走到我的面前,那个穿戴更为讲究的用手指着我的肉肠扦子说:'我们要用的正是这件东西,它有一头已经削尖了,岂不是太好了吗!'他对我的那根旅行手杖越看越有兴趣。

"'借用一下是可以的,'我说,'但必须有借有还。'

"'不会不还的。'他们异口同声地说。于是我把手松开,他们便拿走了肉肠扦子。他们手舞足蹈地捧着它走到月光照亮的那一小片苔藓地里,把肉肠扦子插在苔藓地的中央。原来,他们要竖起自己的五朔节花柱,而现在他们弄到手的这根好像专门为他们把一头削尖了。接着他们动手把它装点起来,那真是满眼生辉,漂亮极了。

"先是小蜘蛛们在它的四周绕满了金丝,还挂上了飘荡的轻纱和旗帜,那东西在月光下皎洁得如同白雪一样,刺得我几乎睁不开眼睛。接着他们用蝴蝶翅膀上的鳞粉将那些雪白的轻纱染得色彩绚丽。那些轻纱上闪烁着一朵朵鲜花和一颗颗钻石，我再也认不出我的那根肉肠扦子来了。世界上再也找不出比它更美的五朔节花柱了。

"这时候庆典开始了，一大群小精灵来了，他们没有穿什么衣服，几乎赤身裸体，却也显得十分文雅，彬彬有礼。我被邀请实地观看这一盛况，不过要站得远远的，因为对于他们来说，我的个头实在太大了。

"音乐表演开始了，就好像有成千上万只玻璃钟在齐奏共鸣，那么清脆悦耳，又那么铿锵有力，我想这大概是天鹅在引吭高歌。是呀，我仿佛还听到了杜鹃和鸫鸟的歌声。最后好像整个森林都在齐声合唱，有稚气的童声，有悠扬的钟声，也有小鸟的啼啭。所有这些美妙的曲调和悦耳的声音全都是从小精灵的五朔节花柱里传出来的。这是一部完美的钟声奏鸣曲，而恰恰是我的那根肉肠扦子演奏出来的。我从来不曾想过它会发出这样好听的声音，然而它确实奏出来了，这要看它是到了谁的手里。我感动极了，不禁哭了起来，想不到一只小耗子竟然也会快乐得涕泪俱下。

"良宵苦短，不过在那边，每逢这个季节夜晚也只有这么长了。晨光熹微，晓风轻拂，吹皱了林间湖泊的水面，那平静如镜的湖面上泛起了层层涟漪。所有的轻纱和旗帜都飘到了空中，挂在一片片树叶之间的那些蜘蛛丝织成的摇晃不定的凉亭、吊桥、栏杆还有许多叫不上名来的玩意儿一股脑儿全都飞得无影无踪。有六个小精灵走了过来，送还我的肉肠扦子，还问我有什么愿望，他们可以满足的，于是我请求他们告诉我怎样才能用肉肠扦子烧出汤来。

"'就像刚才我们所做的那样,'那位最高贵的笑着说,'是呀,你也亲眼看到了,你差点儿认不出你的肉肠扦子来了吧!'

"'你是说照那么做就行了?'我问道。于是我就直截了当地告诉他们我为什么出来留学,家里又是怎样对我寄予厚望。'我看到了方才那样热闹欢腾的场面,'我说,'可是那对于鼠王和我们强大的王国来说又有什么用处呢?我总不能够摇动肉肠扦子,把那种欢乐的场面摇出来,说汤这就端来啦!既然是用餐,上的这道菜总要让人吃饱吧!'

"于是小精灵就把他的小小的手指伸进一朵蓝色的紫罗兰花里去,对我说:'仔细看着,我要给你的旅行手杖涂抹点东西。当你回到鼠王的王宫里去之后,你用这根扦子碰一下鼠王温暖的胸膛,那么整根扦子上就会开满紫罗兰花,即使是在最寒冷的冬天也是如此。你总算学有所成,而且本事还不止一小点呢。'"鼠小姐还没有把那一小点本事说出来,她已经把扦子碰到了鼠王的胸口。哦,千真万确,扦子上顿时绽开了一大束最漂亮的紫罗兰花,那股芬芳的香气浓郁极了,以至于鼠王不得不命令站在靠近壁炉旁边的那些老鼠把他们的尾巴伸进火里去烧出点焦味来,因为紫罗兰的浓香叫大家受不了,那香味不是他们所喜欢的。

"不过你方才说的不止有一小点的本事指的是什么?"

"是的,"鼠小姐说,"那就是大家通常所说的感觉效果了。"她说着就把那根肉肠扦子倒过来拿,扦子上马上连一朵花都见不到了,她拿的只是一根光秃秃的扦子,她把它像一根指挥棒那样举了起来。

"紫罗兰是为了达到视觉、嗅觉和触觉效果而盛开的,"鼠小姐说道,"那是小精灵告诉我的,还有听觉和味觉效果要产生出来!"鼠小姐说着就举起扦子打起拍子来。音乐声响了起来,不是在森林里小精灵举行的庆典上听到过的那种音乐,而是在厨房里常常听到的那种声音。哎呀,真是一片嘈杂喧闹!而且是一下子全都响起来,就像劲风灌进了所有的烟囱管那样呼噜呼噜地狂吼,就像锅子和水壶里的水煮沸溢出来时发出的嘶啦嘶啦的声响,就像用火铲敲击黄铜锅子的那种轰鸣声。骤然之间又变得一点都没有动静了,只听见水壶发出的低沉的歌声。真是奇怪透顶,谁也弄不明白这声音究竟是才开始呢还是即将结束。接着是小水壶和大水壶里的水开了,它们各自发出自己的响声,哪一个也不买别人的账,似乎水壶也全都蛮不讲理。鼠小姐不停地挥动着自己的指挥棒,而且挥舞得愈来愈快,于是嘈杂声大作,又是水壶溢水、劲风直吹、烟囱管狂吼的声音。鼠小姐被这些声音吓得连指挥棒也掉了下来。

"这真是一道要命的汤,"鼠王说道,"可是真正的汤怎么还不端上来呢?"

"就这些啦。"鼠小姐说着行了一个屈膝礼。

"就这些啦?好吧,那么让我听听下一个要讲些什么吧。"鼠王说道。

三 第二位鼠小姐讲了些什么

"我是在宫廷的图书馆里出生的,"第二位鼠小姐说,"我和我家大多数人都没有踏进过餐厅，更不用说能进入食品储藏室了。只是在我旅途之中，还有今天在这里，我才算看见了厨房。在图书馆里，挨饿才是我们的家常便饭，不过我们却学到了许多知识。鼠王要给能用肉肠扦子烧汤的人重奖的消息也传到了我们那里，于是我的老祖母去拖来了一份手稿，她虽然不会念，可是她听人念过这份手稿，那上面写道：'倘若你是一个诗人，你就能烧出肉肠扦子汤来。'她问我是不是一个诗人，我回答说我对此向来一窍不通。她说，那么我必须先当上一个诗人才行。我问她做个诗人究竟要具备哪些条件，因为我觉得要达到那些条件，大概就同用肉肠扦子煮汤一样困难。可是老祖母早先曾经听人说过，起码有三大因素是必不可少的：智能、幻想和感觉。如果你身上具备了这三项条件，那么你就能当上诗人，也就会用肉肠扦子烧汤了。

"于是我就往西而行，去闯荡那边广阔的世界，以求当上诗人。

"我知道：智能乃是所有事情中最最重要的，而其他两项条件则很容易具备，所以我就首先去寻找智能。可是它在什么地方呢？'去找蚂蚁，就会变得聪明。'有一位伟大的犹太国王[①]曾经这么说过，我是从图书馆里知道这句话的。于是我一路上脚不停步地走下去，直到我遇到了第一个大蚂蚁冢，我就待在那里等待自己变得聪明起来。

"蚂蚁，这真是一个令人尊敬的族类，它们简直就是智能。它们所做的每一件事情都像一道运算得十分正确的算术题。'干活和

[①] 指犹太国王所罗门。见《圣经旧约·箴言》第六章第六节："懒惰人哪，你去察看蚂蚁的动作，就可得智慧。"

产卵,'它们说,'干活是为了现世的生活,产卵是为了后世的传宗接代。'它们的确就是这样身体力行的。它们把自己划分成干净的和不洁的两大类。它们的等级十分森严,可以用数字来表明:蚁后是天字第一号,在任何事情上,她的看法都是正确的,因为她已经把所有的智慧全都吸收到自己身上去了。而对我来说,弄清楚这一点是至关紧要的。她说了那么多话,而且都是至理名言,而我听起来似乎只是愚蠢的废话。她说道:它们的这个蚁冢是这个世界上最高之处。不过紧靠着蚁冢就屹立着一棵大树,比它要高,而且要高出许多许多。这是否认不了的,所以她讲起话来从不提到这棵树。

"有一天傍晚,一只蚂蚁在那里走迷了路,竟然顺着树干一直往上爬,虽然还没有一下子就爬到树顶上去,却要比其他任何蚂蚁到过的地方要高得多。它掉转头来找到了回家的道路。这只蚂蚁在蚁穴里告诉大家说,外面有一样东西要比这个蚁冢远远高出许多。它的这番话激起了所有蚂蚁的公愤,它们全都认为这是对它们整个社会的侮辱,于是这只蚂蚁便被判把嘴巴封住,而且还被单独囚禁起来,永远不许出来。

"可是不久之后,另外一只蚂蚁也爬到了那棵树上,有了同样的历程,有了同样的发现。可是在谈起这件事情的时候,就像它们所说的那样,它城府很深,谨小慎微至极,而且说得模棱两可;况且它又是一只受到尊敬的蚂蚁,是干净阶层中的一员,于是大家相信了它的说法,并且在它死后还为它竖立了一个卵壳作为纪念碑,因为它们是非常崇尚科学的。"

"我看见过,"鼠小姐接着说,"蚂蚁总是背上背着它们的蚁卵东奔西跑。有一只蚂蚁把它的蚁卵从背上掉落下来,它用尽力气要把它重新背上,可是都没有成功。这时候另外两只蚂蚁过来相帮,它们也使出了浑身的力气,险些儿把自己背上的蚁卵也掉落下来,于是它们就不再帮忙了,因为大家总是要先照顾到自己嘛。蚁后在谈起这件事的时候,说这同时体现了爱心和智慧。

"'正是具有这两种品质,'蚁后说,'才使得我们蚂蚁在一切有理智的生物之中居于最高的位置。智慧应该而且必须是举足轻重的,而我本人就拥有最大的智慧。'她说着就用最后的两条腿笔直地站立起来,这样她就很容易被认出来,我才不至于看走眼,认错了人。我就把她一口吞到肚子里去了。'去找蚂蚁,就会变得聪明。'如今连蚁后都在我肚子里了。

"我走近方才讲到过的那棵大树,那是一棵橡树,树干挺拔高大,树冠宏伟,是一棵很老的树了。我知道树里住着一个生灵,是一个妇人,她被称为'特莱依德',也就是橡树女神,她和树同时诞生也同时死亡。这是我在图书馆里听来的,如今我总算有幸亲眼看到了这样的老树,看到了橡树女神。她看见我离她那么近,不由得发出一声吓人的惊叫,因为她和所有的女人一样,都是很害怕耗子的,但是她比别的女人更有理由害怕我,因为耗子是会啃树的,而她正是同树休戚相关、同生共死的。我十分友善和坦诚地同她说话,这使得她增添了勇气,她把我托在她细长的手里。我告诉她我为什么要到外面来闯荡世界,她知道了之后,就慨然应允说,我也许在当天晚上就可以得到我正在寻觅的两件宝贝中的一件。她说幻想之神芬太西乌斯是她非常要好的朋友,他长得如爱神一样风流倜傥,他时常到这里来,躺在这棵大树的树荫下休息，而这时青枝绿叶会在他俩的头上比平时摇曳得更加起劲，发出更响的窸窸窣窣的声音。她说他把她叫作他的特莱依德，因为这棵树也是他的树，像这样节疤累累、婀娜多姿的老橡树正合他的心意。树根在地底下扎得很深，长得非常牢靠。树干和树冠高高地伸向晴朗的天空，尝过大雪纷飞、寒风凛冽还有烈日暴晒等各种各样的滋味，而这些滋味真是值得亲自去感受的。

"'是呀，'特莱依德又这样说道，'鸟儿在上面的高枝上唱歌，交谈着它们在异国他乡见到过的风土人情。在唯一的那根枯枝上，鹳鸟筑起了巢，那只鸟巢装饰得非常漂亮，有时候还可以听到有关金字塔国度的事，所有这一切都使得芬太西乌斯心旷神怡，但是对他来说还远远不够。我自己也讲给他听我在森林里的生活，从我很小很小、那棵大树还是树苗的时候讲起。那时候一棵荨麻就可以把这棵树全都遮住，如今它已经长成蔚为壮观的参天大树了，我要把这些全都讲给他听。现在你就到车叶草底下去安稳地坐着，认真地守候着。等到芬太西乌斯一来，我会找个机会从他的翅膀上拔一根小小的羽毛下来给你，任何一个诗人都得不到比这更珍贵的礼物了，你有了它就足够了。'"

"芬太西乌斯来了，羽毛也被拔下来了。我攥住了它。"鼠小姐继续往下说，"我把这根羽毛浸泡在水里，直到它变得十分柔软！即使这样，要把它囫囵吞下去还是难以做到的，不过我总算把它嚼碎，咽了下去。哎呀，要做个诗人真是太不容易，要咽下去的东西太多啦！现在我具有两种品质：智能和幻觉想象力。有了它们我就知道了，那第三种品质要到图书馆里去寻找。有一位伟人曾经讲过和写过，说是有些小说，它们问世后的唯一用处就是为了让人多洒一些眼泪，也就是说它们其实只不过是一块吸收感觉的海绵而已。我记起来有几本这样的书，它们看上去总是那么使人胃口大开，大概已经被阅读了不知多少遍了，所以书上都是油腻腻的，它们谅必吸收了无穷无尽的感情在里面。

"我一回到在图书馆里的那个家，就立即把几乎一整部长篇小说啃光吃尽。我啃的是那些柔软的书页，也就是书籍的实质部分，而硬邦邦的书皮和装订线我全都原封不动地留着。我啃完它之后，又啃了另外一本，这时我已感觉得出有什么东西在我的肚皮里蠕动了。我又啃了第三本，刚啃了没有多少，我就变成了一个诗人。我对自己这么说，我也对别人这么说的。我觉得自己头疼脑涨，我觉得胸口隐隐作痛，我也弄不清楚我身上所有的疼痛究竟是什么毛病。现在我想起来了，原来我当时把凡是同肉肠扦子有关的事全都想了一遍，闹得满脑子都是许许多多的扦子，因为蚁后天生就具有非凡的智能。我又记起来，有一个人把一根白色的扦子含在嘴里，结果他和扦子都消失了。我又想到过去用来搅拌蜂蜜兑烧酒的扦子；想到了用扦子当木马骑着玩耍；还想到了凡是带有'扦子'这个词的惯用成语，诸如'立即住手''拼个你死我活''唯命是从''宁死不屈'等等。我的想法全都萦绕在扦子上了。如果是个诗人的话，当然可以写出关于扦子的诗来，而我已经成了一个诗人，这是我历尽艰难困苦才当上的，因此我能够在一个星期之中天天不重样地奉献给您一道汤——一个讲述扦子的故事——这就是我的汤。"

"我们不妨听听第三位鼠小姐的故事。"鼠王说道。

"吱吱，吱吱。"厨房门口传来了这样的叫声，那是一只小老鼠，也就是大家以为已经死掉的第四位鼠小姐。她像一支脱弦之箭那样飞奔进来，立刻把那根挂着黑纱的肉肠扦子推倒。她是日夜兼程赶回来的，还找到一个机会搭乘运货火车赶了一段路程。尽管如此，她还险些儿来迟了。她冲上前来，浑身鼠毛杂乱蓬松。她已经把自己的肉肠扦子丢失了，不过她的声音却没有丢失，马上就张口讲了起来，好像大家都等着听她讲，也只情愿听她讲似的。这时候世界上其他一切事情似乎都是无足轻重的了。

她讲述起来，滔滔不绝地要把满肚子的话一股脑儿都倒出来。她进来得那么突然，完全出乎大家意料，因此谁也来不及阻止她讲话或者反对她讲话。好吧，我们不妨听听吧！

四　第四位鼠小姐抢在第三位之前讲了些什么

"我出门之后，立即去了那个最大的城市，"第四位鼠小姐侃侃而谈，"城市的名字已经记不起来了，因为我素来记不住名字的。我搭乘着运载被没收的货物的火车来到了那里的市议会大楼，又从那里一溜烟跑进了监狱看守的寓所，那个看守讲起了他看管的犯人，特别讲到其中有一个犯人口无忌讳，净讲一些不计后果的话，而他讲的这些话又被人辗转传播，甚至写在纸上供人阅读。'其实全都是肉肠扦子烧的汤，'他说，'不过这道汤却要他付出丢脑袋的代价！'"

"这就使我对这个犯人有了兴趣。"她说道，"我找了个机会溜进了他的牢房，牢房的门锁得紧紧的，不过每扇门的背后总会有耗子洞的。那个囚徒脸色苍白，上面长满了浓密的胡须，可他却有着一双明亮的大眼睛。牢房里的灯冒着黑烟，四周的墙壁对此早已习以为常，它们再也不会被烟熏得更黑一些了。那个囚徒用一截白粉笔在熏黑的墙上勾来画去，又是写诗又是绘画，我却没去拜读。我想他一定憋闷得慌，我大概是个很受欢迎的不速之客。他为了吸引我，给我面包屑，对我吹口哨，还讲了一些和蔼可亲的话。他很高兴见到我，我对他也渐渐地有了信任感，于是我们就成了朋友。他和我一起分食面包，一起饮水，还给我干奶酪和肉肠吃。我的日子过得很美满。不过我必须承认，正是这种亲密无间的友情才使得我依依不舍地一直留在那里。他让我爬到他的手掌上，爬到他的手臂上，一直爬进他的衣袖里；他还让我在他的胡须里爬进爬出，把我叫作他的小朋友。我对他也很亲热，这种事总是有来有往的。我甚至忘记了我跑进这大千世界所要完成的使命，忘记了藏在地板裂缝中的我的那根肉肠扦子，直到现在它还在那里躺着呢。我心甘情愿地待在那里，若是我走掉了，那个可怜的囚徒便什么朋友也没有了，那么在这茫茫人世上，他岂不是太无可留恋了。

"我倒是留了下来，可是他却没有留下来。他最后一次同我见面的时候，十分悲哀地同我说话，非但给我双份的面包和干奶酪皮，还伸出手指朝我送来了一个飞吻。他走了，一去就再也没有回来。我再也不知道他的事情了。

"'肉肠扦子烧的汤。'监狱看守曾经说过，于是我就上他那里去了。谁知我根本就不应该相信他的。他倒也把我拎在手里，不过是关在笼子里的。笼子里还放着一架脚一踩轱辘就会转个不停的小车。这真是一架可怕的东西，你踩呀踩呀，却只能在原地打转，而不会朝前滚动一步。这是用来逗人发笑取乐的。

"监狱看守的孙女是一个很可爱的小姑娘，她长着一头金黄色的鬈发、一双快活的眼睛和一张笑眯眯的嘴巴。'可怜的小耗子。'她说着朝我的那个可怕的笼子里望进来，伸手把闩住笼门的铁扦子拔掉了。我一下子就蹦下来跳到窗框上，再蹿出去爬到了房檐的水槽里去了。自由啦，自由啦，我心里只想着这个，连此行的目的也想不起来了。

"天色暗了下来，夜晚快要降临。我跑进一座古塔里去暂且栖身，那里已经住着一个看守人和一只猫头鹰，我对他们两个哪一位都不放心，尤其是那只猫头鹰，它的模样就像是一只猫，况且它还有吞食耗子的毛病。不过有时候难免会弄错的，我这一回就看错了人，因为那是一只令人尊敬的、非常有教养的老猫头鹰，它知道的东西比看守人要多得多，甚至与我不相上下。那些小猫头鹰总爱挑剔，对每件事情都大发牢骚。

"'切莫用肉肠扦子烧汤。'它说道，这是它最严厉的一句责备话了，因为它对家里的子女都疼爱至极。我对它信得过了，便从我待着的那条裂缝里发出吱吱的叫声。它似乎很高兴博得了我的信任，它向我保证说，我会受到它的保护，任何飞禽走兽都不许欺侮和伤害我，要将我留到严冬腊月、缺少食物的时候它自己把我吞下去。

"无论什么事情，它处理起来都精明透顶。它对我言之凿凿地说，那个看守人只有吹起挂在他身边的那只号角来才能报警，它还对我说：'他非常自命不凡，还相信他是古塔中的猫头鹰。他想做出一番轰轰烈烈的大事来，其实却非常渺小。真是用肉肠扦子

烧出来的清汤！'

"我央求它把烧这道汤的方法传授给我，它便振振有词地向我解释说，'肉肠抔子汤'只不过是人类的一句惯用成语。人人都以为自己讲出来的话是金科玉律，其实却只是空话而已。

"'只是空话！'我叫了起来，这对我不啻是当头棒喝。真理不会总是让人感到舒服的，不过却是高于一切的。那只老猫头鹰也这样认为。我反复琢磨，把这句话想透彻了，才明白过来：我把高于一切的东西学到手，岂不是比把'肉肠抔子汤'带回来要有价值得多吗？于是我匆忙离开了那个地方，为的是能够及时赶回家来，奉上这道高于一切、最为美好的大餐，那就是真理。我们老鼠是个学识渊博的族类，而鼠王又是高于我们所有其他老鼠的。为真理起见，他必将立我为王后的。"

"你的真理全是谎言。"那位至今还没有机会发言的鼠小姐叫道，"我就会烧这道汤，而且这就烧给你们品尝。"

五 这道汤究竟是怎样烧出来的

"我没有出门去游历留学，"原来排行老三、现在反倒成了老四的那位鼠小姐说，"我留在国内，这是正确的做法。用不着出国去，在这里照样也能把所有好东西学到手，我就留在这里不出去！我没有去向那些超越自然的鬼怪精灵学习，没有囫囵吞枣地去啃书本，更没有去向猫头鹰讨教。我是全凭着自己独立思考而学到手的。你们只消把锅子放到火上，灌入清水，把锅底下的火点燃，务必要烧得很旺，把水煮得沸腾才行！等到水烧开了，就可以把扦子扔到锅里去了。扦子下锅之后就要有劳鼠王的大驾了，请他将尾巴伸进滚烫的开水里搅拌几下！他搅拌的时间愈长，这道汤的味道就愈浓。不需要什么花费，也不用再添什么调料，只要搅拌几下。"

"可以由别的老鼠代劳吗？"鼠王问道。

"不行，"那位鼠小姐说道，"那种神力只有鼠王的尾巴上才有。"

水烧得滚沸了，鼠王紧靠在锅旁边站着，这倒是一件几乎有点危险的事情。他把尾巴伸了出来，就像老鼠进了牛奶棚里，将尾巴伸进牛奶桶里一样：在浮着泡沫的奶皮上蹭一下就赶紧舔尾巴。鼠王刚刚把尾巴伸到那滚烫的水蒸气上，他就跳下地来。

"当然，你是我的王后。"他说，"至于说这道汤嘛，留待我们金婚纪念日再好好享受吧！这样一来，我的王国里的贫苦子民对日后能享受到的快乐就有了盼头，而且这日子将会是很长久的。"

后来他们举行了婚礼。不过许多老鼠回家之后才说：

"这不能称为'肉肠扦子汤'，倒不如叫作'耗子尾巴汤'。"他们觉得这个故事有些地方讲得很精彩，整个故事却可以换另一种方式来讲。"若是我来讲的话，我就会这样讲……那样讲……"

这就是批评，批评总是高明的，也总是在事后的。

这个故事传遍了全世界，虽然人们对此各执一词、众说纷纭，不过整个故事还是保持了它的全部原貌。不论在大事上还是小事上，这样做是最适当的，那就是用肉肠扦子烧汤，只要你不等着听那句"谢谢"之类的话。

单身汉的睡帽

哥本哈根有条街，名字十分古怪，叫作"赫斯肯街"。为什么起了这么个名字，它的意思是什么呢？它大概是德语，可是德国人难免会觉得受了委屈，因为德语是念成"豪申"的，而不能误念成"赫斯肯"。再说德语的原义是"一栋小屋"，可是当时和以后的许多年里，这条街上却并没有比木棚子更大一点的板房，也就同我们在集市上常见到的摊位棚子差不多。是的，稍许大那么一点点，还有着窗户。不过窗上嵌的却是牛角片或是尿脬皮，因为玻璃太贵了，不是所有房子上都配得起的。不过那是很久很久以前的事了，连曾祖父的曾祖父讲起来的时候都要说从前如何如何，反正已经有了好几百年了。

那时候不来梅和吕贝克有钱的商贩在哥本哈根做生意，不过他们并不亲自来这里，而派他们的伙计来。这些伙计暂居在这条"小屋街"的木棚里，销售啤酒和调味品。德国啤酒真是好喝极了，非但口味醇厚，而且品种繁多，有不来梅的、普鲁士的、埃姆舍尔的，还有布劳恩茨威格的，等等。再说调味品也是五花八门，有藏红花、茴香、干姜，特别是胡椒，一点不错，胡椒是这条街上销售得最多的大宗商品，到头来，这些住在丹麦的德国伙计便得到了一个雅号："胡椒伙计"。他们在家乡就已说好，务必遵守一项承诺,那就是不许在这边娶亲成家。因此,他们当中有许多人年纪已经非常大了,仍然只好自己照顾自己,他们必须自己动手把火熄掉——倘若他们还生火举炊的话。有一些人成了老单身汉,他们思想古怪、性情孤僻,大家把他们这样上了年纪而又结不了婚的男人叫作"胡椒光棍"。先弄明白了这些背景,才能听得懂这个故事。

"胡椒光棍"常常是大家嘲笑的对象,说他上床前必定要戴上睡帽,还要把睡帽拉下来遮住眼睛,这样才能睡得着觉。

> 劈呀劈呀劈好干柴再生火,
> 可怜胡椒光棍全靠自己干!
> 只有一顶睡帽伴着上床去,
> 想要点亮蜡烛还得自己干!

是的,大家就这样唱着小曲来调侃他们,大家拿胡椒光棍和他们的睡帽作为笑料,恰恰是因为对他们和他们的睡帽都知之甚少。那帽子倒的确是谁也不该有的,那么为什么不该有呢?且听我讲吧!

早年间,小屋街那边街面上没有铺上石板,行人们走起路来常常会踩到坑里去,就好像走在车辙遍布的乡间路上一样。街巷是如此狭窄,那些木棚一座紧靠着一座,面对面地靠得那么近。到了夏天,这边支起一个布篷,就会搭到街对面的木棚上去,这时候满街都弥漫着胡椒、藏红花和干姜的香味。站在柜台背后的没有几个是年轻伙计，几乎都是老家伙。他们一点儿也不是我们想象中那样的打扮：头上戴着假头发或睡帽，身穿毛绒紧身裤，还有背心和长外套，外套上的一排扣子每一颗都扣得整整齐齐。不是的，这样的服饰是曾祖父的曾祖父才穿的，人家在画像里就是这样的。而胡椒伙计是花不起钱雇人画像的。倘若真的收藏着任何一幅这样的画像，那倒很值钱了，不管是站在柜台背后的，还是在节假日上教堂的，都可以。他们头上戴的礼帽是宽檐高顶的，有的年轻伙计还常常在自己帽子上插一根羽毛；羊毛衬衫上方覆盖着垂得低低的宽边亚麻布衣领；紧身的上衣扣子一直扣到脖颈底下；外面宽松地披着一件大氅；裤子的裤脚管塞在宽头鞋的鞋帮里，因为他们是不穿袜子的；腰带上挂着吃饭用的餐刀和钥匙，还挂着一柄大刀，那是用来防身自卫的，这在那个年代里还时常用得着。

安东在节假日就是这副打扮，他是小屋街那一带最老的"胡椒光棍"之一。不过他没有高顶大礼帽，只戴着一顶便帽，便帽底下还有一顶针织的小圆帽——一顶地地道道的睡帽。他已经戴习惯了，所以总是戴在头上，他有两顶这样的睡帽。正是他这样的人才值得去画：他骨瘦如柴，整个身子就像一根棍子，嘴角和眼角上都布满了皱纹，手指细长而又瘦骨嶙峋，眉毛像灰色的灌木丛，左眼上耷拉着一绺头发。这并没有使他的样子更好看一些，不过却更好认一些。大家都知道他是从不来梅来的，其实他不真是那里的人，只不过他的老板住在那里。他是图林根人，从爱森纳赫——那个紧靠着瓦特堡的城市来的。老安东不大提起那个地方，可是心里着实惦记着那个地方。

这条街上的老伙计们难得聚到一起，各人在各自店铺的木棚里待着。到了傍晚时分，小铺子早早关门打烊，于是小木棚外面就一片漆黑，只有从棚顶上那扇嵌着牛角片的小天窗上透出一丝微弱的蜡烛亮光。在棚子里面，那个老家伙通常坐在自己的床铺上，手里捧着德语的赞美诗集，轻声地唱着晚祷赞美诗。有时候也在棚里翻找什么东西，一直忙碌到深夜。这样的生活根本谈不上有什么乐趣。身为一个外国人，住在别的国家是一桩凄苦和烦恼的事情，没有人会照顾你、怜惜你，只会觉得你碍手碍脚，挡了他们的道。

小木棚外面是漆黑的夜晚，遇上下雨或者下雪的坏天气，这一带就显得格外荒凉。整条街上见不到一盏灯，只有在街巷尽头处墙上画着的圣母像前挂着一盏灯，那晦暗不明的灯光也仅仅能把墙壁照亮而已。浪涛拍岸，冲击在围堤上迸溅出来的轰鸣声可以清楚地听得到，那是从王宫岛传过来的，因为这条街的另一处尽头正好朝向那里。这样的夜晚是漫长而孤寂的，真是不知道能找出点什么事情来做才能打发这漫漫长夜，比方说，把东西都摊开来再归置好，把墙角落打扫得干干净净，把磅秤擦得锃亮，等等。可是这类事情并不是天天都非做不可的，总要找出点事情来不使自己闲着才行，老安东就是这么做的。他自己缝纫自己的衣服，自己修补自己的鞋子。到了他终于上床躺下的时候，他依然戴着他戴习惯了的睡帽，只不过把睡帽拉得更下一点，可是很快他又把它拉了上去，为的是要瞅瞅蜡烛是不是灭掉了。他伸出手去摸摸，捏了一下烛芯才放下心来。他重新躺下身来，翻过身去又把睡帽拉了下来，可是脑子里却又马上有了这样的疑心：是不是底下火盆里的每一块煤都燃尽烧光了呢？有没有完全都弄熄呢？哪怕只剩下一点小小的火星，也能重新燃烧起来，酿成火灾的。于是他又爬起来，从楼梯上爬下去看看，那几级踩在脚下的只能叫作踏脚板，是不配称为楼梯的。他走到火盆前，看不到里面有半点火星，便转过身来。刚转了一半，马上就又想起来：他记不清门上的铁闩是不是闩好了，活动遮板有没有钩牢。是呀，他又要麻烦他的那两条十分瘦弱的腿了。他冻得瑟瑟发抖，牙齿咯咯打着寒战，这才赶紧爬上床，重新钻进被窝里去。而寒冷往往在知道自己快要无法肆虐的那段时间里会变本加厉。他用被子把自己裹得严严实实，又把睡帽拉下来遮住眼睛，把自己从这一整天的生意和烦恼中统统解脱出来。可是随之而来的也不是什么令人舒心的事，因为这时候就难免有不少往事会悄悄地撩开遮住它们的帘子。这帘子就像人们常说的那样，上面往往插着缝衣针，会把人刺得叫出声来："哎哟！"这些尖针刺进肉里，刺得浑身鲜血淋漓，像烈焰灼烧那样火辣辣地疼，疼得眼睛里涌出了泪水。老安东也经常挨针刺，他双眼流泪，一滴滴滚烫的泪珠就像最璀璨夺目的珍珠，洒落到床上的被子上，或滚落到地面上。那声音就像一根心弦被绷断了，令人心碎欲裂，肝肠寸断。那些泪珠会蒸发得无影无踪，就像火苗蹿起来会燃成熊熊烈火一样，这把火为他照亮了一生的画面，而这些画面是永远不会从他的心中消失的。他用睡帽擦干眼泪，可是眼泪擦干了画面也就支离破碎了，不过产生这些画面的源泉仍然存在，不管过去和现在，一直存在着，埋藏在他的心底。那些画面也不是按照现实中的次序先后涌现出来的。那些最令人心酸的场面，还有那些最令人快乐的往事，通常会出现得最多，不过也正是它们投下了最强烈的影子。

"丹麦的山毛榉森林真美呀。"人们这么说道。可是在安东的眼里，耸立在他家乡瓦特堡附近的那座山毛榉森林却更加美丽。在他看来，那些生长在高峰之巅的那座骑士城堡四周的古老橡树似乎更威风凛凛，更令人肃然起敬。那里的悬崖峭壁上倒垂着许多缠绕攀缘的蔓生植物；那里苹果树上的花朵也要比丹麦土地上的香得多。他直到现在还记得一清二楚，直到现在还闻得到那股浓郁的甜香。

一滴泪珠从他的眼里滚落下来，清澈透明而又晶莹闪光。他清楚地看到在泪珠里有两个小孩，一个小男孩和一个小女孩，他俩在玩游戏。小男孩脸颊红润，一头金黄的鬈发，一双湛蓝的眼睛，那是富商的儿子小安东，也就是他自己。小女孩长着棕色的眼睛和黑色长发，她看起来很勇敢，也很聪明，她是市长的女儿莫莉。他俩在玩着一只苹果，起先把苹果摇来摇去，要听听里面苹果籽晃动的声音。然后再把苹果切成两半，每人各拿半个。他们把苹果里的籽也对半平分了吃下去。只剩下一粒，小女孩想要把它种在泥土里。

"你该看看它到时候会长出什么东西来。"小女孩说，"它会长出你想都想不出来的东西，它会长出一整棵苹果树来，不过不是马上就长出来的。"

他俩把苹果籽种在一个花盆里，两个人都劲头十足，干得很欢。小男孩用手指在泥土里刨出了一个坑，小女孩把苹果籽放了进去,他们两人再一起把土填平。

"明天你可千万不要把它刨出来看看它长出根来了没有,"她说,"不可以这样做的!我就对我的花这么干过,只干了两次,我想看看它们是不是在长大,那时候我还不大懂事,结果那些花都死掉了。"

那只花盆放在安东那里,整个冬天,每天早晨他都要去看看它,可是却只看到一盆黑土,别的什么都没有。春天来了,太阳晒得暖融融的,花盆里忽然冒出来两小片绿色的嫩叶。

"这是我和莫莉,"小男孩说,"它们多好看呀,再没有比它们更好看的东西了。"

不久之后又长出了第三片叶子,那么这片叶子算是哪一个的呢?后来叶子一片又一片地长出来,日子一天又一天、一个星期又一个星期地过去,它眼看着不断地长大,越长越大,成了一棵小树。这些都是在一滴眼泪里反映出来的,这滴眼泪蒸发掉了,不过它又会滔滔不绝地喷涌而出——从老安东的心里。

在邻近爱森纳赫的地方,有一片怪石嶙峋的山峦蜿蜒连绵,其中有一座圆顶的山峦突兀屹立,那圆圆的山顶上没长树木,也没长灌木丛,连青草都不长一棵。这座山被人叫作维纳斯山,在这山里住着维纳斯夫人,她是异教徒时代的一个受到顶礼膜拜的女神,又叫作"霍莉夫人"。在爱森纳赫这一带的孩子们个个都知道她,直到现在也还如此。正是她从瓦特堡赛歌手里把走红的吟游诗人、高贵的汤豪舍骑士[①]引诱到她的身边。

---

① 汤豪舍系德国中世纪传说中的一位抒情诗人。

小莫莉和安东常常站在这座山的山脚下。有一次她问道:"你敢不敢敲敲这座山,喊一声:'霍莉夫人,霍莉夫人,开开门,汤豪舍来啦!'"可是安东不敢。不过莫莉敢这样做,只不过她清楚地喊出了"霍莉夫人,霍莉夫人",其余的字眼她都迎着风哼哼了几声,说得那么含糊。安东可以断定,她根本就没有说什么。她长着一副调皮相,看起来什么都不怕,什么都敢干。有时候她和别的小女孩一起在花园里玩耍,同他迎面相遇了,别的女孩都围上去要亲吻他,而他却不愿意,把她们全都推开去。只有她一个人敢说敢做,不容拒绝。

"我敢去吻他!"她口气高傲地说道,一把便搂住他的脖子。这是她的虚荣心驱使她这么做的,而安东只好乖乖地让她亲吻,连一点点不情愿的表情都不敢有。

她是多么可爱,又是多么胆大呀!那座山里的霍莉夫人想必也是非常美貌的,不过她的那种美貌是诱人的、邪恶的,最崇高的美应该是这一类的:它们只能在这个国度的守护女神——神圣的伊丽莎白身上才能找得到。这位虔诚的图林根公主,她的善行在许多地方和传奇故事里广受称颂。教堂里挂有她的画像,四周用银灯照明,然而她却一点儿也不像莫莉。

两个孩子种下的那棵苹果树一年年地长大了,它已经大到必须移栽到花园里去呼吸新鲜空气了。在露天里,有露水的滋润,有温暖的阳光照耀,它得到了足以抗击冬天严寒的力量。待到熬过了寒冬之后,又迎来了春天的喜悦,满树都绽开出朵朵鲜花。到了秋天,树上结出了两个苹果,一个给莫莉,一个给安东,可不能再少结一个了。

苹果树匆匆地长大起来，莫莉也像这棵树那样成长着，她就像苹果花那样娇艳动人，可是安东却不能日久天长地观赏这朵鲜花了。一切都在变化着，莫莉的父亲要举家迁徙，莫莉也要跟随父亲离开老家，到很远很远的地方去。在今天，我们乘上蒸汽轮船，只消几个小时便可以到达，而在那时候，走一昼夜还到不了。那地方是从爱森纳赫往东去，在图林根的最边缘处，那儿有座至今仍叫作魏玛的城市。

莫莉哭了，安东哭了，洒下了那么多的眼泪。是呀，所有的眼泪都交融成一滴泪珠，里面包含着欢乐的红色和绚丽的光彩，因为莫莉亲口告诉了他，说她喜欢他胜过魏玛城里的美景。

一年过去了，两年过去了，三年也过去了，在这段时间里曾经来过两封信，一封是运货的买卖人捎来的，另一封是一个游客捎来的。那段路程既漫长又崎岖，要经过好几个城镇和村落。

安东和莫莉常常听到特里斯坦和伊索尔达①的故事，他因此常常联想到自己和莫莉。虽然特里斯坦这个名字的意思是"生于痛苦之中"，但这同安东毫不相符，再说他也决计不愿像特里斯坦那样会有"她已经把我忘记了"的想法。可是伊索尔达并没有忘记自己心爱的朋友。等到他们两人都死后，他们各自被埋葬在教堂两侧，于是每座坟上都长出了一棵椴树，树枝伸过了教堂屋顶，缠绕在一起，开出了鲜花来。"这个故事真是美妙动人，可是太悲怆。"安东这样觉得，不过他和莫莉是不会如此悲怆的。于是他吹起口

---

① 他们是中世纪传奇故事中的两个人物。特里斯坦是位骑士，他误饮了魔酒后爱上了国王之妻伊索尔达。德国作曲家瓦格纳将这一传说写成歌剧。

哨，吹出吟游诗人瓦尔特·冯·德·福格魏尔德①所作的一首歌。

> 在荒原上的椴树底下——

这一节听起来尤其悦耳：

> 从森林那边，在僻静的幽谷，
> 坦恩达拉达依……
> 一只夜莺唱出了它甜美的歌声！

这首歌谣总挂在他的嘴边。在那个明月之夜，他策马疾行在车辙很深的大路上，直奔魏玛。到莫莉家里去拜访时，一路上正是吹着这首歌谣。他突如其来地登门造访，成了一个出人意料的不速之客。

他还是受到了欢迎：高脚酒杯里斟满了美酒，宴席上欢声笑语，相伴的都是身份高贵、谈吐文雅的人士，还有一间精致漂亮的房间和一张舒适的床。然而这一切却完全不是他想象之中的，也不是他梦寐以求的。他理解不了自己，也理解不了别人，不过我们却都能明白其中的道理！一个人可以踏进别人家的门槛，可以被那家人奉为上宾，可是却无法成为那个家庭中的一员；一个人可以同别人谈笑风生，就像在公共驿车上同别的乘客一起聊天那样，他可以同别人结识，就像在公共驿车上同别的乘客有一面

---

① 瓦尔特·冯·德·福格魏尔德（约1170—1230），德国吟游诗人。

之缘那样，可是却彼此毫不相干。若是被打扰的话，就恨不得自己或者相邻的那个乘客马上离开那里才好。安东心里就有这样的感觉。

"我是一个心口如一的姑娘，"莫莉说，"我要亲口告诉你：我们两个小时候相处得很好，但从那时以来变化已经很大，不管我们的外表还是内心都大不相同了。习俗和意志都不能束缚我们的心灵。安东，我不愿同你反目成仇，我不久之后就要离开这里，到遥远的地方去。请相信我，我对你一直抱有好感，但我现在才明白过来，我不可能像爱一个男人一样爱你。你还是死了这份心吧。再见啦，安东。"

安东也说了声再见，虽然他的眼睛里没有一滴眼泪，他心里却已经感觉出来他不再是莫莉的朋友。一根烧红的铁棍和一根结冰的铁棍，倘若我们去吻了随便哪一根的话，都会有同样火辣辣的感觉，而安东心中却同样充满强烈的爱和恨。

还不到一个昼夜，安东又回到了爱森纳赫，可他骑的那匹马也累垮了。

"那有什么可说的呢？"他说道，"我也垮掉了。我要把所有会使我想起她来的东西全都毁掉！那个霍莉夫人，维纳斯夫人，不信基督的异教徒女人！我要把那棵苹果树砍倒，把它连根刨起，绝不让它再开花结果！"

可是那棵苹果树没有遭到毁灭，而他自己却快要毁掉了，躺在病榻上高烧久久不退。有什么灵丹妙药能够帮助他重新站立起来呢？灵丹妙药倒还真是有一剂，而且就在这时候送到了，那是世上最苦的药，它把他有病的身躯和颓唐的心灵全都震撼了：安东的父亲不再是有钱的富商了,困苦的日子、沉重的考验来到了家门口,不幸如同大海汹涌的浪涛,一下子倾覆了那个富有的家庭。父亲沦为一个穷光蛋,悲伤和不幸使得他瘫痪了。于是安东不能再沉浸在失恋的痛苦里,不能再怨恨莫莉,他有别的事情要想了。如今他挑起了家庭的重担,既要当父亲,又要当母亲,他必须支撑门户,帮助料理家务,使出全身精力来应付所有的事。他不得不去闯世界,到外面去挣钱糊口。

他来到了不来梅,尝到了挨饿的滋味。困苦的日子会使得一个人的心肠变得硬起来,却也会让它变得软起来,有时候甚至太软弱了。这人世间还有这世上的人与他在孩提时代所想的相差竟是那么远!那吟游诗人的歌谣如今他又怎么看待的呢?哇哩哇啦说空话罢了,有时候他就这么想来着。不过在别的时候,那些歌谣又在他心中回荡,于是他不禁思绪万千。

"上帝的意旨才是最好的,"他这时候会说道,"多亏主没有让莫莉将她的芳心一直寄托在我身上,否则结果就不得了了,因为如今幸运已经转过身去,背对着我。莫莉却是在毫不知情的时候,在我从富贵沦为赤贫之前就弃我而去了,这真是上帝赐给我的慈悲,这一切发生得真是太好了!这莫非都是天意!连她也无法知道,而我却对她怀恨在心,抱有那么深的敌意。"

好几年又过去了,安东的父亲死了,父母昔日的老宅子现在居住着陌生人。安东十分想再看上一眼,他的有钱的东家派他出差,他就顺道绕到了自己的出生地爱森纳赫。那座古老的城堡依然耸立在高山之巅,刻有"修士和修女"的山崖风貌依旧。那些威风凛凛的古老橡树仍然像他孩提时代一样,有着同样的轮廓。

维纳斯山屹立在山谷间,露出了寸草不长的秃顶。他真想放开嗓门高声喊叫:"霍莉夫人,霍莉夫人,快把山门打开,我情愿进去了再也不出来,长眠在故乡的泥土里。"

可是这是一个罪孽深重的念头,他赶紧在自己胸前画了个十字。这时候有一只小鸟在灌木丛里啼啭,他的脑海里不禁又浮现出那首古老的吟游诗人作的歌谣:

> 从森林那边,在僻静的幽谷,
> 坦恩达拉达依……
> 一只夜莺唱出了它甜美的歌声!

他记得自己故乡的一草一木,他透过满眶的热泪看着这座城市。父母的老宅子依然如故,只不过花园改变了模样:一条土路在这里拐了个弯,把原先曾是花园的一角划到了花园外面去。那棵他没有砍掉的苹果树还站立在那里,不过站到了土路的另一侧——也就是在花园的外面了。阳光依然和早先一样照晒着它,雨露也一样滋润着它,它结出了累累硕果,把树枝都压得弯向了地面。

"它倒是欣欣向荣,"他说道,"它会永远茂盛的。"

有一根粗大的树枝断裂了,那是一双贪婪的手把它折断的。这棵树如今正好站在人来人往的土路旁。

"人们从树上把花朵摘掉,却不说一声谢谢;人们从树上把果子偷去,还把树枝折断。其实这和做人的道理是一样的:在摇篮里的时候哪里会想到日后会落到这样的地步。它一开始那么美好,而结果又怎样呢？遭到抛弃，被人忘却，变成一棵毫不起眼的路边树，站立在田野边、水沟旁，得不到任何保护，任人摇晃攀折。然而它却并没有立即枯萎，只是一年年花越开越少，渐渐地不再结出果实，到了最后……唉，一辈子也就这样过去了。"

这些就是安东站在那棵苹果树底下的遐想，也是他在异乡他国，在哥本哈根的小屋街的那间小木棚里，单身一人躺在冷冷清清的房间里度过漫漫长夜时的想法。他的东家——不来梅的那个商人派他到这里来干活，条件是他不许在这里娶亲结婚。

"结婚，哈哈……哈哈！"他纵声大笑起来，声音是那么深沉而异样。

那年冬天来得很早，寒气袭人。屋外正下着一场暴风雪，所以能在家里待着的人便个个都不出门去。也正是这个缘故，街对面的邻居没有留神到安东的那个木棚已经整整两天没有开门了，而他本人也一直没有露面。在这样的天气里，只要能够不出门，有哪个人愿意往外跑呢？

天色灰蒙蒙、暗沉沉的，木棚子的窗户上装的又不是玻璃，于是屋里黑得如同夜晚一样。老安东已经有整整两天没有下过床了，他没有力气这么做，他早就在自己的肢体里感觉到了屋外那种恶劣的天气。这个老胡椒光棍像是瘫痪一样躺在床上，他自己照料不了自己，连伸手去端那个他自己放在床头旁边的水罐的力气都没有，而水罐里面最后一滴水也早已喝完了。他没发烧，他没有病，那是因为年迈衰弱才害得他一点力气都使不上的。他躺着的那个角落昏暗得如同永恒的黑夜，有一只小蜘蛛在爬来爬去，可是他却看不见。那只蜘蛛既得意洋洋又十分忙碌地在他的头顶上织着网,那张网仿佛是一块崭新而干净的丧礼黑纱,在飘荡着,只等着那个老人把双眼合上。

时间过得真慢啊,愈是无所事事,这日子就愈漫长得难熬。他早已流干了眼泪,痛苦也感觉不到了。莫莉根本就没有在他的脑海里出现。他有一种感觉,那就是这个人世间的喧嚣已经不再是他的了,他躺在世间之外,没有人会想着他的。有片刻工夫,他感到了肚里饥饿,口里干渴,一点不错,他感觉到了,可是没有人会来帮他,没有人会来的。他想起了他们,那些饥寒交迫、受苦受难的人们;他想起了她来,那时候还健在于人世间的圣洁的伊丽莎白,她是他家乡和他儿时心目中的圣女,高贵的图林根公爵夫人。这位受人爱戴的夫人亲自走进穷人家的陋屋,为贫病交加的穷人带去希望和食物。她虔诚行善的壮举在他的脑海里熠熠生辉。他记得她是怎样走到受苦人身边去好言好语安慰他们的,她是怎样给他们医病治伤的,她是怎样给挨饿的人送去食物的,尽管她严厉的丈夫对这一切都火冒三丈。他还记得关于她的传说中讲到过的:她提着满满一篮子的酒和食物刚要出门,那个暗中监视着她一举一动的丈夫突然走上前来,怒气冲冲地诘问她手里提的是什么。她在惊慌之中回答说,那都是她从花园里摘的玫瑰花。他把篮子上的罩布掀开,竟然出现了奇迹:篮子里所有的酒和食物全都变成了玫瑰花。

这位女圣人就是这样活在老安东的思想里,她就是这样栩栩如生地出现在他的黯淡无光的眼神里,出现在丹麦大地上的这个小木棚里的他的床前。他从被子里探出头来,仰望着她那慈祥温柔的眼睛,她的四周都是色彩绚丽的光华和玫瑰花。这些色彩和鲜花全都舒展开来，又融成了一片。那气味真是香极了，他还闻得出来，其中就有香味特别甜美的苹果花。他看到一棵鲜花盛开的苹果树就张开在自己的头顶上，就是他和莫莉用小小的苹果籽种出来的那棵苹果树。

那棵树把芬芳的花瓣撒落在他滚烫的前额上，使它冷却下来；又滑落到他干渴的嘴唇上，就是让人增添力量的酒和面包；它们又撒落到他的胸膛上，他觉得那么轻松，那么安稳，不由得把眼皮合拢起来。

"现在我要睡了，"他低声嘟囔说，"睡眠能够使人好起来，明天我又会身上有力气，又可以起身下床了。真是太好了，太好了。我们怀着爱心种下去的那棵苹果树，又是欣欣向荣啦！"

他睡过去了。

第二天，也就是这个木棚子一直关着的第三天，大雪停了。对门的街坊前来探望这些天一直没有露面的老安东。他僵僵地平躺着，早已撒手人寰，双手还紧紧地握住那顶陈旧的睡帽。入殓的时候，大家没有让他戴着这顶睡帽下棺材，他还有一顶干净洁白的。

那么他淌下的那些泪水都到哪里去了呢？那些珍珠滚落到哪里去了呢？它们都在那顶睡帽里。真正的眼泪是洗不掉的，它们随着睡帽一起被人遗忘了。那些古老的想法，那些古老的梦，它们都还在胡椒光棍的睡帽里。不过千万不要去想它，因为它会使你的前额滚烫，脉搏剧跳，让你做梦，而且还像身临其境一样。第一个把这顶睡帽戴在头上的人果真尝到了这种滋味，尽管那已经是半个世纪以后的事情了。那是市长本人，他有妻子和十一个子女，家道十分殷实，可是他却梦见了不幸的爱情、破产和衣食无着的苦日子。

"哼，这顶睡帽让人热得头脑发昏。"他愤愤地说道，把睡帽从头上扯了下来。一颗珍珠又一颗珍珠从睡帽里滚了出来，落地有声，还迸出了火光。"哎呀，我的痛风症又犯啦，"市长说，"它害得我眼花缭乱，眩晕不已。"

那是眼泪，半个世纪前的眼泪，是从爱森纳赫来的老安东的眼里流出来的眼泪。

后来不管是谁戴上了这顶睡帽，他们都会进入这种幻境，做起十分真实的梦来：他们自己的经历换成了安东的，这就成了一个完整而又匪夷所思的故事。还有很多的故事，这些故事可以由别人来讲。

现在我们讲了第一个故事，我们结尾的一句话是：千万不要戴上"胡椒光棍"的睡帽。

干出点名堂来

"我要干出点名堂来,"五兄弟当中的老大说,"我要有益于人类,不管地位如何低下,只要我能造福于人类,便是做了好事。我要去烧砖,砖瓦是人们不可缺少的,我也总算干出点事来了。"

"可是你做的那点实在太渺小了,"老二这么说道,"你做出的那点名堂几乎等于零,算不上一回事,那只不过是充当小工而已,况且这些活计都可以用机器来做。不行,倒不如干脆当个砌砖的泥瓦匠,那才算混出点模样来啦,这就是我想当的。这是一门手艺,做一个泥瓦匠就可以加入行会,当上市民,可以挂出自己的招牌,还可以到本行业的小酒馆里去雇人。要是一切顺当的话,我可以雇上几个伙计,被人称为'师傅',我的妻子也就成了老板娘。这才算干出点名堂来。"

"那都算不了什么,"老三说道,"那个行业根本就不上档次,城里的等级多的是,比'师傅'的头衔远远高得多。你可以是一个可敬的正派人,就算当上了'师傅',也只不过是个被人称为'平民百姓'的普通人。不行,我知道有更好的行当,我要当一个建筑师,踏进艺术的、脑力劳动的圈子里去,在精神的王国里达到更高的境界。我大概必须从底层开始着手。是的,我不妨实话实说:我起初将会当个木匠的学徒,头上戴顶小便帽——虽然我向来习惯于戴缎面大礼帽。我必须忙着为那些普通伙计们端送啤酒和烧酒,他们也不会把我称呼为'您',而是朝着我一口一个'你'字,这当然是屈辱的,但是我可以在心里把这一切都当作一场戴着面具的化装舞会,或者是即兴表演。到了明天,也就是我学徒满师当上了师傅之后,我就会走自己的路,同别人分道扬镳。我会进入美术学院,去学习绘画,成为建筑师!这才干出点名堂来了!这不是一点点,而是大有名堂!我甚至会被称呼为'尊敬的先生''高贵的阁下'等等,一点不错,我的名字前面后面都会加上尊称和头衔。我不停地建筑,不停地建筑,就像我的前辈一样,总会留下一些东西,一些可靠的东西。这就是我想要的一点名堂!"

"可是我并不在乎你的那点名堂,"老四说,"我不情愿跟在别人后面,一味去模仿别人。我要当个天才,比你们所有人加在一起还要高出许多。我要创造出一种新的风格,为建筑注入新的思想概念:要适合于本国的气候和材料,还有本国的民族性。让我们的时代更上一层楼,而这一层楼能充分显示我的才华。"

"不过气候和材料万一都不适合呢?"老五说道,"岂不会耽误了大事吗?民族性可以被人任意夸张,以致变成了矫揉造作。时代的发展也可以让你一味往前狂奔乱冲,而狂躁冒进恰恰又是年轻人的拿手本领。在我看来,你们哪个人都不能真正干出点名堂来,尽管你们个个都自命不凡。你们想当什么尽管去当好了,反正我不仿效你们,我将置身于局外,旁观你们的作为,并且加以评论。人做的事情总会有瑕疵和缺陷,我逐一地指出来,评说一番。这才能干出点名堂来。"

他说做就做，大家对老五有这么一番评价："他肯定是有点名堂的，他有一个很好使的头脑，不过他却什么事都不干。"不过这正是他的聪明之处。

看，这只是一段小故事，不过只要世界还存在，这个故事就结不了尾。

那么这五个兄弟后来到底又怎样了呢？没有见到谁干出点名堂来嘛！且听下去，这是一个有头有尾的完整故事。

那个烧砖的老大发觉在每一块砖做好之后就会有一个小铜板的进账，尽管这只是一个先令的小铜板，可是财源滚滚而来。许多个铜板攒在一起就会变成一块漂亮的银币，拿着它不管朝哪家铺子的大门敲过去，面包店也好，肉店也好，五金店也好，只要朝所有的店铺门敲过去，那些大门全都会应声而开，他可以得到自己要用的东西。看吧，砖头也有这样大的本事。有时砖头会被敲碎或者敲断，不过这样的断砖也是有用的。

在海边的防波堤旁边居住着玛格丽特老妈妈，那个穷苦的女人非常想砌一间小土屋，她得到了所有的断砖，还有几块整砖，因为老大有副好心肠，尽管他干的事业不过是做做砖头而已。那个贫苦女人终于砌起了自己的小房子，虽然十分狭小，窗子装得歪斜了，门也太低矮，干草铺的屋顶本来应该铺得更均匀一些才好，不过总算有了一个栖身之所。从那里眺望出去，可以看到很远的海面，可以看到惊涛骇浪冲击着海堤，咸涩的水花迸溅到整个小屋上。那栋小土屋至今还屹立在那里，尽管那个烧制砖头的人早已离开了人世。

老二如今能够砌得出与众不同的砖墙来，因为他学的就是这

一门手艺。在学徒满师当上工匠之后,他就用绳子捆好自己的背囊,唱起了手工工匠的歌谣:

> 趁着年轻力壮我东奔西跑,
> 在外面到处去把住房建造。
> 我的手艺是我的钱袋,
> 我的青春是我的运气。
> 等到我回到故乡老家,
> 我最心爱的人会对我说:
> "好呀,一个勤奋的工匠,
> 挣得一日三餐那很容易!"

他做到了,在他荣归故里的时候,他早已在城里当上了师傅。他砌砖营造,一栋房子接着一栋房子地造,盖起了整整一条街。这条街竣工了,看上去非常气派,为这个城市增光添色。于是这些房子就为他建造了一栋小房子,这是归他自己所有的产业。可是那些房子怎么会造出小房子来的呢?是呀,不妨去问问它们。那些房子都没有答腔,可是人们回答说:"不错,正是那条街使他盖起了他的那栋房子。"那栋房子的确很小,泥土铺的地面,可是当他和他的新娘在地上翩翩起舞的时候,那地面忽然变得平整光滑,像是打了蜡一样。从墙壁上的每一块砖缝里都绽开出一朵鲜花来,色彩缤纷,如同价格昂贵的墙纸。那是一栋美轮美奂的精致的小屋,那一对新婚夫妇是多么幸福美满。他的店铺的幌子在屋外迎风招展,他手下的工匠和学徒在齐声欢呼:"好啊,真是干出名堂来了。"后来他去世了,也算是有点名堂了。

现在再来说说那位建筑师,也就是五兄弟中的老三。他先去当了木匠的学徒,戴着小便帽,被人呼来喝去,为做好各种差事而满城奔波。他终于在美术学院完成学业,一步登上了建筑师的位置,名字前后缀有"尊敬的先生""高贵的阁下"等长长的一大串尊称。曾经让他的哥哥拥有产业的那条大街——也就是为那个泥瓦匠盖了栋小房子的大街——如今却以这位兄弟的名字来命名,那条大街上最漂亮的一栋房子也是他的。这真是干出名堂来了,而且大有名堂,有那么一大串头衔,连他的孩子也被称为尊贵的孩子。他去世之后,他的遗孀成了身价很高的寡妇,真了不起!作为街名,他的名字一直站立在那条大街的拐角上,也挂在人们的嘴边。是呀,真是大有名堂!

现在该轮到那第四位兄弟了,那个总想搞出点新的名堂来,总想超过别人,再上一层楼的那位天才。可是那最高的一层倒塌了,他摔了下来,连脖子也摔断了。不过葬礼十分隆重,出殡时还举着行会的旗帜,奏着哀乐,报纸上印了许多赞美他的话,大街上都撒满了鲜花,葬礼上发表了三个哀悼他的演说,一个比一个长。这大概会使得他心满意足了,因为他生前就喜欢人家谈到他。他的墓前竖起了一块纪念碑,只有一层楼高,不过总算还有点名堂。

现在他已经死了,同他的三个哥哥一样。可是最小的那一个,就是那个爱评头论足的,他活得比他的四个哥哥都长得多。这也是符合情理的,因为一切都有待于他来最后评说。他的脑袋好使嘛!反正大家都这么说来着。终于他的丧钟也敲响了,他也死了,来到了天国的大门口。这里进门总是成对一起进的，于是他同另一个等在那里要进去的灵魂排到一起了。那人正是住在海堤旁边那栋小房子里的玛格丽特老妈妈。

"这必定是为了作出对比的缘故，我和这个可怜的魂灵同时来到这里。"这位评论家说，"那么这个小老太婆，她又是谁呢？她也想要进到那里面去吗？"

老妇人尽她所能毕恭毕敬地朝着他行了一个屈膝礼，她还以为在她面前说话的是圣彼得本人。"我是一个贫苦的老婆子，连一个亲人都没有了。我就是居住在海堤边上的那个老玛格丽特。"

"噢，那么你在人世上有过什么作为吗？"

"在人世间我什么作为都没有，连一点点足以使天国之门为我敞开的名堂都没有干出来过。倘若我真的被允许进入到那里面去，那是对我真正的恩赐了。"

"那么你是怎样离开这个人世的呢？"他又问道，他是没话找点话说，站在那里干等，令他很不耐烦。

"哦，我怎么离开这个人世的呢？我真还不知道呢！在最后这几年里我病得不轻，身子骨虚弱得很，一点力气都没有，连床都下不来，更没有力气爬到屋外的冰天雪地里去了。那年冬天冷得要命，不过我总算熬过来了。有一两天没有刮大风，不过却冷得刺骨。您这位尊贵的官长谅必知道，海面上都结着厚厚的冰，从海滩上望出去，一眼都见不到边。城里人全都出来到冰层上玩了，那就是他们讲的溜冰，还有在冰上跳舞的呢，我相信那边还有音乐和吃喝，我在自己的那栋破旧的小屋里躺着就能听得见这些动静。到了傍晚的时候，月亮升起来了，不过没有发出多少亮光来。

我躺在床上,透过窗子望出去,看见了整个海滩,可是在远处的天边堆起了一层奇怪的白云。我躺在床上,盯住了那朵白云细看,在这朵云的正中有一个黑点,这个黑点在愈变愈大,我一下子就明白过来那是怎么回事了。我年岁大有经验,虽说像这样的征兆也常见,不过我还是知道的,我不禁吓得毛骨悚然。在我的一生之中曾经有两次见到这东西出现过。我知道一场可怕的大风暴即将来临,春潮将会掀起巨浪,击到岸上来,把那些正在外边喝酒跳舞、寻欢作乐的可怜的人们冲走,不管男女老少。全城的人都在那里,有谁会去向他们发出警报呢?我真是害怕极了,我身上充满了多年来从未有过的活力,从床上下来到了窗前,再远的地方我就没有力气去了。我把窗子推开,看到那边冰上人们在奔跑、在蹦跳,看到彩旗在飘扬,听到孩子们在高声欢呼,姑娘们和小伙子们在纵情歌唱,大家都很快活开心。可是那堆当中有黑点的白云已经越升越高。我放开喉咙,尽自己最大的力气高声呼叫,可是没有人听得见,我离他们太远了。

"大风暴马上就会到来,天色说变就变,到那时冰层会变得粉碎,那边的人全都要沉下去,无人能够侥幸逃生。他们听不见我的呼声,我又没有力气爬到他们那边去,不过我可以把他们引到岸上来呀。于是上帝赐给了我这样一个想法:把我的床单点燃,宁可让这栋房子烧掉,也不能让这么多人惨遭不幸。我就把火点燃,看到红红的火焰蹿了起来。唉,我已经出了门,却偏偏又倒在那里,再也没有力气爬起来了。火舌向我舔了过来,从窗子里冒了出来,又蹿上了屋顶。他们在那边都看见了,所有人全都蜂拥而来,一心要把我这个可怜的人儿搭救出来,因为他们都以为我被大火包围在屋里了。他们当中没有一个人留在原地,我听见了他们奔跑过来的声音。就在这时,我也听到天空中传来了狂风的呼啸,响起了像大炮齐发的轰隆巨响,那是春潮把厚厚的坚冰顶起来、破成碎块发出的声响。不过这时候他们都已经奔上了海堤。火星迸溅到我的身上,我总算把他们都保住了。可是我再也吃不消寒冷和惊吓的折磨,于是我便来到了这天国的大门。他们说这大门也会朝我这样的可怜人打开的。如今在那下面的海堤边,我已经没有了房子,可是在这里却又吃了个闭门羹。"

这时候天国的大门豁然打开,天使出来把老妇人领了进去。她身上的一根干草掉落在天国门外,这根干草本来铺在她的床上,她点燃了它,搭救出那么多人的性命。这根干草变成了纯金的,最后变成一根不断长大的最美丽的纯金花饰。

"看看,这就是那个穷女人带来的,"天使说,"可是你带来了什么呢?是呀,我当然知道,你什么事情都没有干,连一块砖都没有动手做过。你只能回去重新来过,起码也要带点什么来吧。不过就算你亲手做出一块砖来,那还是不顶用的,因为只有出于善良的愿望去做的,才算是干了些事情。可是你已经回不去了,我帮不上你什么忙。"

这时那个贫苦的灵魂,那个居住在海堤边上的老妇人开口为他求情了:"他的哥哥早先曾给过我许多好的和碎的砖头,那都是他的哥哥亲手做出来的。我的那间简陋的小屋全靠了那些砖瓦,对于我这个可怜的人来说,这已是天大的恩情了。那些是不是可以算成他做的一块砖头呢?这是一个行善的举动,而他正急需要它,这里不正是行善的地方吗?"

"你的哥哥，就是你称为最没出息的那个，"天使说，"在你眼里，他忠厚勤劳，但只会干点琐细小事，现在却为你进入天国尽了力。好吧，不把你撵走了，你可以在门外待着，好好地反省自己，痛改你在人世上一生所犯的毛病。不过你先要做点事情，干出点名堂来，才能进入天国的大门！"

"这一席话由我来讲，会说得更好些。"这位评论家心里嘀咕着，不过没有大声说出来——这大概也算是有点名堂了吧！

老橡树的最后一梦
一个圣诞故事

在森林里的高高的陡坡上,面朝开阔的海滩,屹立着这么一棵真正古老的橡树,它刚好三百六十五岁。不过对树木来说,那么漫长的年头也只不过相当于我们人类活了那么多个昼夜而已。我们白天醒着,夜里睡觉,还做我们的梦,可是树木却迥然不同,它们在一年之中有三个季度是醒着的,直到冬天它们才开始睡眠。冬天是它们睡眠的时间,是它们醒着过了漫长的白昼——也就是春天、夏天和秋天——之后的夜晚。

在许多温暖的夏日里,蜉蝣围绕着老橡树的树冠转着圈飞舞,它们活得自由自在,觉得自己十分幸福。后来那小生灵便在一片宽阔而新鲜的橡树叶上安静地休息片刻,这时候,老橡树会说道:"小可怜虫哪,你的整个一生只不过一天时间,多么短促,真是太可悲啦!"

"可悲?"蜉蝣总会这样回答,"您说这话是什么意思?周围这一切都好得不能再好,那么明亮,那么温暖,那么美好,我活得那么开心。"

"可是只有一天工夫,这一切全都完蛋了。"

"完蛋了?"蜉蝣问道,"什么是完蛋了?那么您是不是也完蛋了？"

"没有的事，"老橡树回答说，"我会活上成千上万个你那样的一生，再说我的一昼夜就是一年四季，这是多么漫长呀，你连算都算不出来。"

"算不出来！我听不懂你所说的。你拥有成千上万个我这样的一生，可是我有成千上万个快乐的一瞬间。那么在你死的时候，世上一切美好的东西是不是都不再存在了呢？"

"不会的，"老橡树说，"它们一定还会存在下去，要比我想象的时间还要长得多。"

"那么我们的一生是同样多的时间，"蜉蝣说道，"只不过计算的方法不同罢了。"

蜉蝣在空中飞舞，绕着圈子转来转去，它对自己的那一对轻盈又精致的翅膀非常满意，因为它们薄得像轻纱，高雅得像丝绒。蜉蝣喜欢温暖的空气，那空气里充满了从车轴草覆盖的田野上和从野玫瑰、接骨木和忍冬花的树丛上传过来的阵阵清香，更不要说还有车叶草、樱草花和皱叶薄荷的浓香了。这香味是那么浓郁，蜉蝣以为自己是有点醉了。白天是漫长而美好的，充满了欢乐和甜蜜的感觉。等到太阳落山，小小的蜉蝣总有一点被这幸福和欢乐弄得精疲力竭的感觉，它的翅膀再也抬不起来了，它只得轻轻地、慢慢地滑下来，落在柔软的、摇曳不定的草茎上，只要它还有力气点头，它就不停地点头，然后就开开心心地睡熟了，也就是死掉了。

"可怜的小蜉蝣，"老橡树说，"这一生真是太短促啦。"

每年夏天都重复着同样的飞舞、同样的对话、同样的回答、同样的熟睡。蜉蝣一代又一代地相传下去,它们全都活得幸福,活得开心。老橡树在春季、夏季和秋季里都是醒着的,不过它的睡眠时间、它的夜晚——冬天——就要来到了。

风暴已经在引吭高歌,它唱道:"晚上好,晚上好,一片叶子掉下来,一片叶子掉下来!我们来摘,我们来摘,我们来摘,让你能够睡觉。我们唱歌为你催眠,我们摇呀摇,把你摇睡着。摇摇对老树枝大有好处,它们会高兴得裂开口子。睡个好觉,睡个好觉!这是你的第三百六十五个夜晚,其实你却只是个刚满周岁的小娃娃。睡个好觉,睡个好觉。云将撒下雪花来,雪花堆成厚厚的一层,那是一床暖和的被子,把你的脚盖住。睡个好觉,做个美梦吧!"

橡树站在那里,脱掉了树身上所有的叶子,好安安稳稳地度过那漫长的冬天。在冬天里,它会做许多许多的梦,那都是自己亲身经历过的事情,就像人所梦见的那样。

它曾经是非常小的小不点儿,一个种子壳就是它的摇篮。按照人类的办法计算,这棵老橡树已经活了四个世纪,它是森林之中最年长、最受人尊敬的树。它的树冠向四周伸展出去,雄踞于其他树木之上,从大海上老远就能够看见它,于是它就成了船只辨认陆地的标志,它根本没有想到过有多少双眼睛曾经在焦急地寻找着它。斑鸠在它的苍翠葱郁的树冠顶上筑起了巢,杜鹃在那里咕咕地歌唱。到了秋天,它的树叶看起来仿佛是一片片经过千锤百炼的黄铜片,候鸟飞到树上来歇脚,然后再飞越大海。到了冬天,树上的叶子落光了,可以看到这棵树枝丫交错、节疤累累,全都光秃秃地伸在外面。乌鸦和寒鸦轮流飞来栖息在树枝上,谈论着马上就要来到的寒冬和在冬天寻觅食物的诸多困难。

就在神圣的圣诞节这天,老橡树做了自己最美好的梦。我们不妨听听:

橡树有一种非常清楚的感觉,就是一个欢庆的节日来到了。它听见四周教堂钟声嘹亮,这一天似乎就像美好的夏天那样和煦温暖。它把自己的郁郁葱葱的华盖舒展开来,树叶鲜嫩、碧绿。阳光在枝叶的缝隙里嬉戏,空气中充满了花草和灌木散发出来的芳香。五彩缤纷的蝴蝶在你追我逐,玩着"抓住了"的游戏。蜉蝣在舞蹈,好像整个世界都只是为了它们开心快活才存在的。老橡树多年来亲身经历的或者在周围看到过的事物就像一支节日游行队伍,在它的面前一晃而过。它起先看到古时候的骑士和贵夫人骑着骏马,帽子上插着羽毛,猎鹰托在手臂上,策马穿过森林,围猎的号角声此起彼伏,猎狗狂吠着奔来奔去。它又看到敌方的士兵举着明晃晃的兵器,身穿五颜六色的衣服蜂拥而来。他们挥舞着长矛冲锋陷阵;他们搭起了帐篷,走时又收起;他们燃烧起了熊熊的篝火,围在枝叶伸展的橡树底下放声歌唱,就地宿营。它又看到情人们到这里来相会,在月光底下分享着恬静的幸福。他们把他们名字的第一个字母刻在苍翠的树皮上。有一回他们把七弦琴和风鸣琴挂到了树上,那是许多年之前的事啦,是路过这里的旅客——一些快乐开朗的小伙子——挂在树枝上的。如今这些琴又挂在那里了,它们发出了美妙悦耳的琴声。斑鸠咕咕地叫着,似乎要倾吐出老橡树的满腹衷肠。杜鹃也在啼鸣,似乎在诉说它还有多少个夏日可活。

这时候,仿佛有一股新的生命的源泉从树底下最细小的根茎往上涌,流到了高高伸出在外的树枝上,流到了每一片叶子里。橡树感觉得到,正是这股源泉使得它舒展开来;它还用自己的根感觉到,地下的泥土里也孕育着勃勃生机,十分温暖。它感到自己的精力正在恢复。它越长越高,树干越长越粗壮,不再像以前那样老是不长个儿。它一刻不停地在长大,树冠变得更繁茂,更远地朝四周伸展出去,还不断地升高上去。随着体形的增长,它追求幸福的欲望也愈来愈强烈,它一心渴望着长高,再长高,一直升到同那个光芒四射的温暖的太阳一样高。

它不断地长高,已经长得高高穿过云朵,黑压压一大片候鸟和洁白的天鹅都在树冠底下飞行而过。

橡树的每片树叶都能够看得见东西,就像长着眼睛一样。在大白天,连天上的星星也能够看得见,它们又大又明亮,每颗星星都像眼睛那样在一睁一闭地眨着。它们是那样温柔,那样晶莹,它们令人回想起那一双双情意绵绵的眼睛、那一双双童真稚气的眼睛,还有在大树底下相会的恋人们的眼睛。

这是幸福美好的时刻,那么缠绵缱绻。就在这种难分难舍的脉脉情意之中,老橡树感觉到了一种渴望,一种要去追求的欲念,那就是要让树林里所有别的在它底下的树木、所有的灌木丛、所有的花草都能够和它一样长得更高更大,同它一起来享受和感觉这种欢乐和愉悦。这棵雄伟壮观的橡树在这样的梦中并不完全快乐,除非所有的树木花草都能和它一起分享。这种感觉震撼了它的枝叶,那么深沉,那么强烈,就像在一个人的胸中那样。

橡树的树冠摆动起来,仿佛在寻找什么却又找不到的样子。它回过头去望望,这时它竟闻到了车叶草的清香气味,很快又闻到了忍冬花和紫罗兰的浓郁芳香。它觉得自己听到了杜鹃在回答。

哎哟，它透过云朵望过去，居然看见了森林里的一个个碧绿的树顶。它看到了在它的身底下的树木正在一个劲儿地长大，它们在尽力地往上蹿。灌木丛和花草也使劲往高处长，有的干脆从根上摆脱出来，飞了起来。白桦树长得最快，它那纤细的树干像一道白色的闪电冲向天空，它的枝叶像绿色的轻纱和旗帜一样随风飘舞。整个森林里的一草一木都在生长壮大，连浑身披着绒毛的棕色灯芯草也在拼命长。小鸟一边唱着歌，一边往上飞。蚂蚱停歇在一根飘逸浮动的像绿丝带一样的草秆上，用自己的羽翼去摩擦瘦骨伶仃的腿。金龟子在喃喃细语，蜜蜂在嗡嗡鸣唱。每一只小鸟都张开了嘴引吭高歌，歌声和欢乐荡漾在整个天空里。

"可是水边的小蓝花在哪里呢？它们也应该来呀。"老橡树问道，"还有红色的风铃花和春黄菊！"是的，老橡树愿它们全都一起来，一个也不少。

"我们已经来了，我们已经来了。"传来了它们的欢声笑语。

"还有去年夏天的那些好看的车叶草呢？前一年这里是一大片铃兰花……还有野苹果树，它们长得多么漂亮呀！还有许多年来那些可爱的野草，那些把森林打扮得花团锦簇的花儿和小草，它们是不是都还活着呢？它们现在怎样了？它们也可以参加进来嘛！"

"我们已经都来了，我们已经都来了。"从更高的地方传来了它们的欢笑声，它们似乎早就飞到那里去了。

"可不是吗，那一切都这么美好，真是好得不可思议。"老橡树兴高采烈地说，"大家都来齐啦，不管大大小小，一个都没有被忘掉，这种幸福几乎无法想象出来。"

"上帝啊，是老橡树使得这一切变为可能。"四周响起了这样的话语。

一直不断在长大的老橡树这时觉得它的根也从泥土里松脱出来。

"现在这样真是再好不过了，"橡树说道，"从今以后再也没有什么东西来束缚我了。我可以飞往最高处，飞向光明，飞向灿烂。所有我心爱的树木花草，不管大的小的，全都跟我一起来吧！"

"我们全跟你去！"

这就是老橡树的梦。正当它在做梦的时候，在这个神圣的圣诞前夜，一场强烈的大风暴席卷了海面和陆地，汹涌的巨浪冲上海滩，橡树被折断了，就在它梦见自己的根从泥土里松脱出来的那一瞬间，它被连根拔了起来，它倒了下来，它活过的那三百六十五年，现在就相当于蜉蝣的一天。

圣诞节那天的早晨，当太阳升起来的时候，大风暴已经停止了，所有的教堂钟声嘹亮，洋溢着节日的欢乐。从每一个烟囱里——哪怕是穷苦农夫家屋顶上的那种最小的烟囱——都升起了袅袅炊烟，就像古时候凯尔特人的祭师举行欢宴时祭坛上升起的缕缕青烟，那是感恩的香火。大海渐渐平静下来，越来越平静。远处海面上行驶着一艘经受住了头天夜晚大风暴袭击的大海船，船上升起了所有的旗子，一派圣诞的欢乐气氛，美极了。

"那棵树不见了，那个指引我们识别陆地的标志。"船上的水手说，"它是在这个大风之夜里倒下的，有谁能代替它呢，谁也不能！"

这篇悼词言简意赅，寄托了对老橡树的深情哀思。那棵老橡树如今四仰八叉地躺在海滩上的雪堆里。大海船上传来了赞美的歌声，那是圣诞欢乐的歌声，那是基督拯救人类、让生命永恒的歌声：

> 让歌声响彻云霄，
> 上帝的信徒们！
> 哈利路亚，
> 我们有了他，
> 真是无比幸福。
> 哈利路亚，
> 哈利路亚！

这首古老的赞美诗在天空中回荡，那艘大海船上所有的人通过歌声和祈祷，都以各自的方式得到了精神的升华，就像那棵老橡树在圣诞前夜所做的最后一梦中得到最后的解脱一样。

识字课本

话说有一个人为《识字课本》写了几首新的诗句，每个字母下面写两句，就像旧的《识字课本》一样。他大概觉得应该有点新的东西，那些老的诗句已经过时，所以他认为还是自己写的好。这本新的课本刚刚写出来，同那本老课本一起并排放在大书架上，那里还摆着许多有学问的书和非常有趣的书。可是那本老的课本却不愿同那本新的做邻居，它就从书架上蹦了下来，同时还推搡了一下那本新课本，害得那一本也掉了下来，一张张活页纸撒了一地。老课本把第一页翻开朝上，这是书里最重要的一页，所有的字母——不管是大写的还是小写的——都印在这一页上。这一页上有其他书籍赖以存在的所有字母，一个不缺，正是这些字母统治着整个世界，拥有非常可怕的威力，这全看它们是怎样排列组合了。它们能给予你生路，也可以置你于死地；能给你带来欢乐，也可以叫你心碎。它们单个儿独自待着的时候，什么意思也没有，可是如果把它们排列在一起，是的，当上帝让它们按照他的思路排列起来的时候，我们便会感觉得出来，它们的分量远不是我们所能承受得起的。我们被压得弯下腰去，而字母却可以承载得住上帝的旨意。

它们如今面朝上地躺在那里。大写字母 A 里画着一只大公鸡，它身上红色、蓝色和绿色的羽毛闪闪发亮。它挺出了胸脯，因为它知道字母意味着什么，而它是这些字母里画着的唯一的一个有生命的东西。

在那本旧的《识字课本》跌落到地板上的时候，公鸡扇动翅膀，从书里飞了出来，站在书架的一个角上，用嘴整理好自己的羽毛，高声啼鸣起来，引起了一阵回响。书架上摆着的那些书籍在没有人使用它们的时候，不论白天黑夜总是似醒非醒地并排站在那里，现在忽然好像听到号角声了。于是公鸡便慷慨激昂地讲起了那本令人尊敬的旧课本所受到的不公正的待遇。

"现在什么都讲究创新，标新立异，"他说，"一切都要超前，小孩子要聪明到还没有认识字母就能够阅读书籍的程度。'要给他们点新东西才行。'那个编写现在散落得满地都是的新《识字课本》的家伙，他就是这么说来着。它们是什么货色我很清楚！我曾不止十次地听到他朗诵他的诗，这对他来说真是得意非凡的大作。不行，我要去为自己讨个说法，也为了那个老好人桑塔斯，还为了书里的所有图画，我一定要为大家去抗争，要为大家而大声疾呼。你们这些书柜里的每本书对早先的字母诗句都是非常熟悉的，现在我不妨把那些新写的诗平心静气地朗读出来，看看我们能不能达成一致，指出它们根本就不行！"

字母A——保姆①

---

① "保姆"一词丹麦文是以"A"开头的。以下所有的字母都是诗题的名词的第一个字母。

一个保姆穿着节日盛装,
别人的孩子给她以荣光。

字母 B——农夫
一个农夫早先穷困潦倒,
如今他却常常留有富余。

"这首诗叫我从心底里觉得蹩脚透了,"公鸡说道,"不过我还是要念下去。"

字母 C——哥伦布
哥伦布漂洋过海去远航,
陆地变得比原先大一倍。

字母 D——丹麦
对丹麦王国有这样传说:
上帝不会撒手不管丹麦。

"许多人会觉得这首诗写得很美,"公鸡说,"不过我却不敢苟同。我一点儿也看不出来它有什么美的,还是往下念吧!"

字母 E——大象
大象走路脚步有千斤重,
不知它的心灵是否年轻。

字母 F——月食
月食对月亮真大有好处,
它戴上小帽后溜走很久。

字母 G——公猪
给公猪鼻子上拴个铁圈,
它也绝不会有什么出息。

字母 H——好哇
到处都能听到喝彩叫好,
"好哇"成了最滥用的字眼。

"这怎么叫小孩子能读得懂?"公鸡说,"在书的封面上确实写得很清楚:'这本《识字课本》适用于大人小孩。'可是大人们有很多事情要做,哪有时间读这课本,而小孩子又读不懂。所有的事情终归要有个限度!再往下念吧!"

字母 J——大地
大地是我们的母亲,广袤而辽阔,
到了最后我们又会回到母亲怀里。

"这真太粗俗了。"公鸡说道。

字母 K——母牛、牛犊

母牛就是公牛的夫人,
牛犊将来也会一个样。

"这种家庭关系怎能给小孩子说得清楚!"

字母 L——狮子、夹鼻眼镜
野狮子都不戴夹鼻眼镜,
坐在剧场里的家狮都戴。

字母 M——清晨的太阳
清晨的太阳金光灿亮,
倒不是由于公鸡打鸣。

"真是叫我受宠若惊了。"公鸡说,"不过我总算有了个好伙伴,同太阳结成了伙伴。再往下念吧!"

字母 N——黑人
黑人一辈子浑身漆黑,
没有人能把他们洗白。

字母 O——橄榄叶
你可知什么是最好的叶子?
那就是鸽子衔来的橄榄叶。

字母 P——额头

人的额头里能装下的东西,
任何时间和空间都装不下。

字母 Q——牲口
拥有牲口是天大的光彩,
哪怕再小也比没有的好。

字母 R——圆塔
尽管生来身材就像圆塔,
未必见得会是荣耀尊贵。

字母 S——猪
切莫炫耀阔气大摆排场,
虽然有许多猪在森林里。

"请允许我先啼几声再说,"公鸡说道,"念这么多东西是要花费许多精力的,总要换口气才行。"于是他便打起鸣来,那叫声就像铜号角那么嘹亮,这对公鸡来说是很过瘾的。"好啦,再往下念。"

字母 T——茶壶、茶炊
茶炊地位同烟囱一样,
却能像茶壶一样歌唱。

字母 U——钟

钟走个不停还按时敲响,
人总是停在永恒的半道。

"这道理太深奥啦,"公鸡说,"连我都够不着底。"

字母 V——浣熊
浣熊能够在水里洗东西,
直到洗得东西不见踪影。

字母 X——赞蒂普①

"这个家伙在这里拿不出什么新东西来啰。"

婚姻在大海里有座礁石,
苏格拉底把它叫赞蒂普。

"他可以抬出赞蒂普来对付,其实桑塔斯要好得多。"

字母 Y——伊格德拉西尔②
伊格德拉西尔树下是神祇的地盘,
大树既死,神祇也把命丧。

---

① 希腊哲学家苏格拉底的妻子。
② 它是北欧神话中的一棵巨树,树冠伸入天空,根部却深深扎在人间。

"总算快要念完了,"公鸡说道,"这真令人感到欣慰,再往下念吧。"

字母 Z——西弗尔
丹麦语里西弗尔是西风,
它能刺穿裘皮把人冻僵。

字母 D——毛驴
一头毛驴毕竟还是驴子,
哪怕披上金灿灿的皮毛。

字母 Q——牡蛎
牡蛎对世人一点都不信任,
它知道人会把它挑出壳来吃掉。

"总算念完啦,不过事情还没有就此了结。它还要送去印刷,让大家能够读到它。它要把我的那本书里的旧字母诗句全都取代。那么请问诸位,不管是有学问的还是没有学问的,无论是单册的还是成套的,有什么高见要发表?你们这些书籍可以畅所欲言嘛!我已经讲完了,该由别人来处理这个问题了。"

那些书籍和书柜都面面相觑,站在那里一声不吭。那只公鸡已经飞回到大写字母 A 里去了,它趾高气扬地朝四周打量了一下:"我打鸣儿打得好,我啼叫啼得妙!那本新的《识字课本》休想学得像!它注定要死亡,它已经死亡!因为它里面居然没有公鸡!"

沼泽王的女儿

鹳鸟给他们的孩子讲了许多故事，讲的都是沼泽地和泥潭里的事，这样的故事通常不论听众年龄和理解能力的大小，都能凑合将就。反正最小的那几个只要听到"芦苇里传出了咿呀咿呀的桨声，有人咕咚咕咚掉进泥潭里去"，也就觉得有趣得不得了。可是大一点的还要听有意思的，起码和他们这一家沾点边的故事。

鹳鸟世世代代流传下来两个最古老、最长的故事，有一个是我们大家都知道的，那就是摩西①的故事了，讲的是摩西的母亲怎样把他放进尼罗河里，他怎样被法老的女儿收留，又怎样受到了良好的教育，成了一个大人物。他去世之后葬在什么地方，没有一个人知道。这个故事流传得很广。

第二个故事至今不大有人知道，也许因为它讲的几乎只是我

---

① 埃及法老统治以色列期间，命令溺死所有的以色列男婴。利未族人暗兰生下男婴后，便将孩子藏入蒲草箱，放在尼罗河里漂浮逃生。男婴被埃及公主收养，起名为"摩西"。摩西长大后按照上帝的命令给予埃及人以灾难惩罚，他率领部众奋起反抗埃及法老的统治，在沙漠里流亡四十年，又在西奈山定居下来。摩西与上帝订立契约，接受法规戒律，被称为"摩西十诫"。上帝赐给摩西到处流淌牛奶与蜂蜜的福地，即迦南宝地。但是摩西生前辗转征战，却未能到达迦南宝地。摩西活到一百二十岁无疾而终。参见《圣经·旧约全书》中的《出埃及记》《利未记》《民数记》《申命记》。

们国内的事情。这个故事从上一代鹳鸟妈妈传给下一代鹳鸟妈妈，一直相传了上千年，一代比一代讲得好，现在我们这一代是讲得最出色的了。

最初讲这个故事的那对鹳鸟就经历过故事中的一幕。在夏日里，他们栖居在文叙瑟尔荒无人烟的沼泽地边上的那栋北欧海盗时期的圆木屋里。要是说得更有学问一点，就是说那片沼泽地坐落在约灵州境内，紧靠着日德兰半岛最北边的那座城市斯卡恩。那里至今仍旧是一片无边无际的沼泽荒野，这个州的地方志上有着记载。据说这里古时候是一个大湖的湖底，后来湖底升高，就成了这个样子。这一大片沼泽向四周伸展出去几英里，沼泽地周围是潮湿的草地和一片片烂泥塘，还有泥炭地，上面长着云莓、酸果蔓，还有低矮的杂树，这里的上空一年四季都笼罩着浓雾。七十年前这里还有狼群出现，所以把它叫作"荒凉的沼泽"真是名副其实，可以想得出来一千多年前这里是多么荒凉，有多少大大小小的沼泽和泥塘。是呀，这里有的地方还真是原封不动地保存着一千年前的模样。芦苇秆还是长得那么高，芦苇草还是那么长，照样开的是紫褐色羽状绒花。白桦树也还是老样子，白白的树皮，稀稀拉拉的小细叶子。至于说那里的生物，苍蝇还披着那时候和现在全都一模一样的薄纱衣裳，鹳鸟一生只穿白颜色的衣裳，尾梢上点缀一些黑颜色，脚上穿着红色的长袜，那时候的人穿的衣服款式都和今天我们穿的大不相同。可是如果有人胆敢踏上沼泽里的草甸子，那么不管他是猎人还是农奴，都会遭遇不测，他们的命运同一千年前没有什么两样。那些人咕咚一声掉进了泥潭里就会一直沉下去，沉到沼泽王那里去。沼泽王统治着沼泽底下的那一大片烂泥王国,所以人家也把他叫作"烂泥王",不过我们觉得还是叫他"沼泽王"好听些,鹳鸟也是这么叫他的。他把国家统治得怎么样,我们几乎一点都不知道,说不定这样倒是最好不过啦。

那栋北欧海盗的圆木房就在沼泽的边上,紧靠着利姆海湾,那栋木房子有石头砌的地下室,有三层楼,房顶上还有尖塔。鹳鸟在房顶上筑起了巢,鹳鸟妈妈正在孵蛋,看起来必定能够孵出小鹳鸟来。

有一天傍晚,鹳鸟在外面待到很晚才回家,浑身羽毛乱蓬蓬的,神色显得慌慌张张。

"我有件非常可怕的要紧的事告诉你!"他对鹳鸟妈妈说。

"还是不要讲出来吧,"她说,"你要记住我正在孵蛋,我听了免不了心里要焦急,害得小鸟也孵不出来了。"

"你一定要知道才行,"他说,"她到这里来啦!就是我们在埃及住的那个地方的房东的女儿,她居然敢一路来到这里,可是这会儿她又不见了踪影。"

"就是那个仙女的后代吗?你快点讲!你知道我正在孵蛋,忍受不住等得太久。"

"你要知道,孩子他妈,"他说,"她相信了巫医的话,这话我也听你说起过,说的是沼泽里开出来的鲜花能够治好她父亲的重病,所以她就披上了天鹅的羽毛衣,由另外两个也披着天鹅的羽毛衣的公主陪着,飞到这里来了。她每年都要到北方来一回,洗洗海水澡,使自己变得更年轻一些。这一回她又到这里来了,可是如今整个人却不见了踪影。"

"你讲得太啰唆啦,"鹳鸟妈妈说,"这样讲下去蛋会受凉的!我忍受不住老这样担心焦急。"

"我天天在那里盯着,"鹳鸟爸爸说,"今天傍晚,我钻进芦苇丛里,站在吃得住我分量的草甸子上。天空里飞来了天鹅,她们飞的姿势我一看就明白:那不是真的天鹅,她们只不过是披上了天鹅的羽毛衣。孩子他妈,有些事是一下子就能感觉得出来的。你要知道就像我这一回那样。"

"话倒是不错,"她说,"可是赶快告诉我公主的事情吧。天鹅的羽毛衣叫我听得心烦!"

"我知道,沼泽的中央深得像个湖,"鹳鸟爸爸说,"你只要踮起脚来就能够看得见那里的一角,在那边能看见的只有芦苇和绿油油的草甸子,一根桤木的大树干横倒在草甸子上。那三只天鹅都落到了那根树干上,拍打着翅膀朝四下张望。她们当中有一只脱掉了身上披着的羽毛衣,我认出来她就是我们曾在她家居住过的那个埃及公主。她垂着一头长长的黑头发坐在那里,身上什么也没有穿。我听见她对另外两个说,她以为自己看到那朵花了。她潜水下去采摘花朵的时候,要那两只天鹅照管好她的羽毛衣。那两个点点头拍拍翅膀,一口就把那件羽毛衣叼了过去。哦,她们把那件羽毛衣抢过去有什么用呢?我暗暗地想道。她也问了同样的问题,她马上就得到了回答,那是一看就明白的回答,那两个叼着她的羽毛衣飞到了空中。

"'你潜水下去吧,'她们嚷道,'你永远不能披着天鹅羽毛衣飞上天了,你永远看不到埃及的大地了!你就在荒凉的沼泽里待着吧!'她们说着就把她的羽毛衣撕得粉碎,羽毛飘落下来就像一样。下大雪一样。这两个恶毒的公主转身就飞走了。"

"真吓死人啦！再听下去我真受不了啦！你赶快告诉我，后来又怎样啦？"

"那个公主放声大哭起来，她哭得那么伤心，泪珠一串串地滴落在那根桤木树干上。那根桤木树干忽然晃动起来，原来那树干正是住在沼泽里统治着这片王国的沼泽王本人。我看见树干翻了个身，模样就不再是树干了，他伸出了长长的、沾满烂泥的枝杈，就像一条手臂那样直扑过来。那个可怜的公主吓坏了，她站起身来就逃，顺着晃晃荡荡的草甸子没命地奔跑。可是那草甸子连我的分量都吃不住，更不用说她了，她马上就沉了下去，桤木树干也沉了下去，其实是他把她生拉硬拽下去的。泥沼上冒起了几个黑黑的大水泡，一切就消失得无影无踪了。如今她已经葬身在这片荒凉的沼泽里，再也不能摘了花朵回到埃及的大地上去了。那悲惨的情景真是叫人不忍心看呀，孩子他妈！"

"在这个时候你本来就不应该告诉我这样悲惨的事情，"她说，"宝宝会孵不出来的！我敢说公主不要紧，她会死里逃生的，会有人来救她的。这类事要是出在你我的身上，不管是你还是我，那就完蛋啦。"

"我还是每天都会去看看有什么动静的。"鹳鸟爸爸说，他也真的这样做了。

就这样过了很长时间。

后来有一天，他看到从沼泽的深处钻出一根绿色的茎梗，在它高过沼泽水面的时候就长出一片叶子来，那片叶子不断长大，越长越宽，越长越宽，后来紧靠在那片叶子旁边又长出了一个花骨朵儿来。有一天清晨，鹳鸟从那根茎梗上空飞过时，他看见那花骨朵儿在强烈的阳光照耀下已经绽开了，在花萼里躺着一个可爱的孩子，是个女婴，好像是刚刚洗完了澡的样子。这个女婴长得同埃及公主一模一样，鹳鸟起先还以为她就是埃及公主，就是说她变成了女婴模样。不过他转念一想，觉得这必定是公主和沼泽王的孩子，所以她才能够躺在一朵睡莲的花萼上。

"她总不能够老是躺在这里，"鹳鸟想道，"我的巢里已经太挤了。不过，我有主意啦！那个海盗的妻子没有孩子，她巴不得能有一个。大家都说孩子是鹳鸟送来的，那么我就真的这么送一回。我叼着孩子飞到海盗那里去，那个女人肯定会高兴！"

鹳鸟叼起了小女婴，飞到圆木屋那里去，用他的长喙在蒙着尿脬皮的窗子上啄了一个洞，把小女婴放在海盗妻子的胸前，然后他就飞回到鹳鸟妈妈那里，把事情的经过讲了一遍。他们的孩子也全都听到了，那些小鹳鸟已经长大，听得懂父母之间的谈话了。

"你看，"他说，"公主没有死，因为那个小女婴是她送上来的，现在我给小女婴找到一个家了。"

"当初从一开始我就是这么说的，"鹳鸟妈妈说，"现在你该想想自己的家了。我们全家迁徙到南方去的季节眼看就要到了。我的翅膀已经痒痒的了。杜鹃和夜莺早已飞走了。我听鹌鹑说马上就会有顺风。倘若我看得真切的话，那么我们的孩子们都练习得不错，可以吃得消远途飞行。"

第二天清早，海盗的妻子醒过来一看，自己的怀里躺着个可爱的小女婴，这下子可把她乐坏啦。她又是亲又是拍，可是那个小女婴反倒哇哇大哭起来，一双小手和小脚拼命地挣扎，好像她一点也不喜欢这样的亲热。后来她哭得累极了,就一头睡着了。她安安静静地躺在那里,样子真是美极了。海盗的妻子心里充满了喜悦,高兴得不知怎样才好。她不禁想到,说不定自己的丈夫带着他的手下人也会像女婴那样忽然出现在眼前,于是她带着全家上下忙成一团,要把家里的一切都收拾整齐。墙上挂起了五颜六色的长挂毯,那都是她和女用人亲手编织的,上面有她们敬奉的神灵的图像,主神奥丁啦,雷神托尔啦,天后弗丽嘉啦。奴隶们把古老的盾牌擦亮,挂起来作为装饰品;长凳上都放好了坐垫;大厅中央的火塘里堆满了干柴,随时都可以把火点旺。海盗的妻子自己动手干活,到了晚上她非常疲乏,一下子就睡着了,睡得很香。

第二天,天快亮的时候,她一觉醒来,发现那个女婴不见了,这一下真把她吓坏了,她连忙跳起身来,点燃了一根松明火把到处寻找,只见在床上她伸脚的地方躺着的不是女婴,而是一只个子很大、样子丑得不得了的青蛙。她一见那丑东西就恶心。她抓起了一根粗棍棒要把青蛙打死,可是那青蛙却用非常奇怪的、满含悲伤的目光瞧着她,她又不忍心打下去了。她再次到处寻找了一遍,那青蛙轻声而又可怜地叫了一声,这声音把她吓了一跳,她从床边一步迈到窗前,用力把窗子打开。太阳光照射进来,照到床上的青蛙身上,那东西的阔嘴巴立刻就变小了,颜色变红了,四肢越伸越长,变成了形状很好看的小手小脚。丑陋的青蛙忽然不见了,躺在那里的就是那个女婴。

"这是怎么回事?"她叫道,"难道是我做了一个噩梦吗?躺在我眼前的分明是我的心肝宝贝呀!"她亲吻了孩子,把她紧紧抱在怀里，可是女婴拼命挣扎，还伸出小手像一只小猫那样乱抓。

那天海盗没有回来，过了一天也还没有回来，他已经在回家的路上了，可是风向却和他作对。刮的是南风，鹳鸟正好顺着这股风飞到南方去，所以，对一个人来说是顺风，也许对另一个人来说就是逆风了。

过了几个昼夜之后，海盗的妻子弄明白那孩子是怎么一回事了。她的身上被施上了一种非常可怕的魔法。白天，她外貌可爱得像个仙女，可性情刁蛮。晚上，她变成了一只相貌丑陋的青蛙，可脾气很乖，安安静静的，还睁大充满哀怨的眼睛瞅着人呜呜咽咽地哭泣。她有双重性格和两种外形，偏偏外形和性格又合不到一起去。随着昼夜的交替，女婴从外表到内心都在发生变化。在白天，小女婴就是鹳鸟送来时的模样，她有生身母亲的美丽的外表，而心里却有她父亲的凶恶残暴；到了晚上，她的外形是她父亲那个家族的，而内心却充满了她母亲的温顺和爱心。有谁能够破除加在她身上的魔法呢？海盗的妻子十分焦急和难过，为这条小生命提心吊胆。她丈夫快回来了，她觉得不能够把女婴的真相都讲给丈夫听，因为他知道之后，一定会同往常一样，把可怜的女婴抛到大路上去，听凭哪个想要的人把她抱走。好心肠的海盗妻子拿定了主意：只让海盗在白天看到女婴。

一天清早，鹳鸟站在屋顶上把翅膀扇得呼啦呼啦直响。在前一个晚上，上百对鹳鸟在一起操练完毕之后就在屋顶上好好休息了一个晚上，如今他们要飞上天空，动身南下了。

"所有当丈夫的都到齐准备好啦！"他们喊着，"妻子和孩子们也都一样。"

"我们真开心哇,"小鹳鸟齐声高呼,"我们个个快活得从头到脚都痒痒的,就好像周身有活青蛙在爬一样。到国外去旅行的滋味真是太美妙啦!"

"当心,千万不要离群,"他们的父亲叮嘱道,"飞行中少张嘴说话,那样胸口就不会噎住气啦!"

他们飞走了。

差不多就在这时,荒原上响起了号角的声音,那个海盗带领着他的手下人登陆了。他们满载着从高卢海岸掠夺来的金银财宝回来。所到之处,那些高卢人和不列颠人都惊恐地放声号叫:"上帝啊,快把我们从野蛮的北方佬手里解救出来吧!"

荒凉的沼泽旁边的这座海盗寨子里热闹非凡,欢歌笑语,人声鼎沸。盛满蜜酒的大桶被抬进了厅堂,火塘里燃起了熊熊的烈火。许多马匹被宰杀了,大伙儿要痛痛快快地吃喝一通。祭司把马血洒在奴隶的身上,算是祭祀。火塘里的烈火发出了噼啪声响,浓浓的黑烟直冲屋顶,烟灰尘垢从屋梁上洒落下来。好在大家都习惯了烟熏火燎,没有人受不了。他们邀请了许多客人前来赴宴,客人们都得到了丰厚的礼物。于是平日相互间的仇恨和欺诈全都被忘得一干二净,大家高高兴兴地猛吃猛喝,把啃剩下来的骨头朝彼此的脸上扔来扔去。有个吟唱诗人唱起了歌谣,他是一个会弹乐器的乐师,又是一个跟着海盗一起出海去的武士,所以他知道该唱些什么。在所唱的歌谣里有着海盗们的赫赫战绩和英勇行为,歌谣每一节的结尾都有这样的叠句:

金银财宝难免丧失掉,

朋友和敌人全都会死。

世人没有人永远活着。

只有好名声千古流芳。

在齐唱这些叠句时，大家边唱边使劲地敲他们的盾牌，也有用刀子和骨头敲桌子的，这样响声一片当然就很热闹了。

海盗的妻子坐在面朝大厅的条凳上，她身上穿着丝绸衣裳，手腕上戴着黄金手镯，脖子上挂着琥珀项链。她的服饰穿戴都是最华丽的，所以吟唱诗人在他唱的歌谣里也颂扬了她，说她的丈夫虽然发了财，可是她却给自己的丈夫带来了真正的宝贝，她的丈夫见到了那个宝贝高兴得要命。那个海盗只在白天看到了美丽可爱的小女婴，连小女婴身上的那股野性他也照样喜欢。他说她可以成为一个勇敢的盾牌女上阵厮杀，若是有个训练有素的高手开玩笑举剑削掉了她的眉毛，那她连眼睛都不会眨一眨。

那一大桶蜜酒用不了多大工夫就喝光了，于是又抬来一桶，是呀，喝得真是不少。这些好汉们个个都是酒量大得惊人，喝多少下肚都醉不了。过去有一句古老的谚语："牛羊吃饱就想离开草地回家，可是笨蛋却撑破了自己的肚皮。"不错，这句古训他们是知道的，可是知道是一码事，做起来又是另一码事。他们还知道另一句古训告诫道："登门做客不宜待得太久，赖着不走会惹人讨厌。"可是人们就是没有打算要走。烤猪肉和蜜酒真是好东西！越是吃喝越是来劲，宴席上就越是快活热闹。到了深夜，奴隶们就钻进还冒着热气的灰堆里，手指头蘸蘸烤猪肉滴下来的香喷喷的油脂，就这么暖融融地睡了过去。啊，那真是美好的时光！

那一年海盗又要出海去抢劫，尽管深秋的暴风雨已经来临，他率领着手下的人马前往不列颠海岸。

"那只不过是跨海跑一趟罢了。"他对自己的妻子说，因此海盗的妻子没有跟着去，仍旧留下来看家，还照管那个小女婴。过了不久，这位养母越来越疼爱那只瞪着温柔而又哀怨的大眼睛瞅人、有时还发出一声长长叹息的青蛙，甚至胜过了对那个一味乱踢乱咬的小女婴。

深秋的浓雾阴冷而潮湿，它不长嘴巴却能够啃东西，狼吞虎咽地把树上的叶子一扫而光。接着被人叫作"不长羽毛的鸟儿"的雪花纷纷扬扬地飘落下来。冬天眼看就要来到，麻雀们赶紧占据了鹳鸟的老巢，叽叽喳喳地谈论着已经迁徙到别处去的房东。是呀，房东两口子，就是鹳鸟爸爸和鹳鸟妈妈，还有他们的孩子如今在什么地方呢？

鹳鸟那一家子这时候正生活在埃及的大地上，那里阳光明媚，暖和得就像这里最热的盛夏一样。罗望子花和金合欢花开得遍地都是，穆罕默德的新月挂在清真寺的大圆顶上，分外晶莹明亮。在大圆顶上的细长尖塔上，有不少对鹳鸟栖息着，他们经过长途飞行已经精疲力竭了。而大群的鹳鸟已在寺院宏伟的圆柱上、倒塌的拱门上，还有一些人迹不到的地方筑起了巢，一个紧挨着一个，密密麻麻的一片。椰枣树的巴掌形状的大叶子伸向天空，好像情愿做遮挡太阳的伞一样。在远处的沙漠上，晴朗的天空里隐约可见一个个灰白色的高大的金字塔，它们好像一个个影子那样矗立着。鸵鸟在沙漠上伸开长腿疾步飞奔着，狮子们却睁大了狡猾的圆眼睛打量着半埋在黄沙里的石头狮身人面像。尼罗河泛滥的洪水已经退去，干涸的河岸上到处都是青蛙。这样的风光非常适合鹳鸟这一家子的脾胃，那些年幼的小鹳鸟都不敢相信自己的眼睛，以为这一切都只是幻觉，因为这里的一切都美好得再也找不出第二处。

"这里的一切就是那么使人高兴，我们迁移到温暖的地方来，过的总是这样的日子。"鹳鸟妈妈说。

那些小鹳鸟听得心里痒痒的，胃口大开。

"还有什么更美更多的风景让我们看吗？"他们说，"我们还要飞呀，飞呀，一直飞到内地去吗？"

"再过去就没啥可看的了，"鹳鸟妈妈说，"在这片富庶的平原的边缘，四周都是大森林啦。茫茫的大森林里树木是那么茂密，以至于它们的枝丫都纠结到一起。它们之间又布满着带刺的藤蔓和荆棘，只有大象才能够用大脚板踩出一条路来。那里有不少蛇，可是对我们来说，蛇太大了没法吃，蜥蜴又太灵活逮不着。如果你们再往前飞的话，那里就是一望无际的大沙漠，只要有一点点微风，你们的眼睛里就会吹进沙子的。那还算不了什么，要是遇上了沙暴那才不得了，你们就会被卷进沙柱当中，逃都逃不出来。算啦，这里是最好的地方，有的是青蛙和蚂蚱，足够吃的了。我就在这里待下来，你们也不许走开。"

于是鹳鸟这一家子就在那里待下来了。

鹳鸟爸爸和鹳鸟妈妈待在尖塔的鸟巢里休息，可是老两口照样忙得片刻不停，他们用长长的嘴把羽毛梳光和抹平，又在脚上穿的红色长袜子上把嘴磨得锃亮。他们不时地伸长脖子，庄重地点头鞠躬，有时候又抬起头来，展露出他们高高的额头和头顶上那一小撮光滑细密的羽毛，他们棕色的眼珠子里闪耀着智慧的光芒。年轻的鹳鸟小姐们神气活现地在湿润的芦苇丛中走来走去，她们把脑袋仰得高高的，却又躲躲闪闪地偷偷朝鹳鸟小伙子们瞅上一眼，并且同他们渐渐熟稔起来。她们每走上三步就要吞掉一只青蛙，或者叼起一条小青蛇甩来甩去。她们大概觉得这种游戏很有趣，再说小青蛙又是滋味极好的美食。鹳鸟小伙子们很快吵起架来，他们用翅膀捆来捆去，还用嘴啄来啄去，啄得彼此鲜血淋漓。不久，这位鹳鸟小姐同这位鹳鸟先生喜结良缘，那位鹳鸟先生同那位鹳鸟小姐配对成双。生活嘛，就是这样子繁衍生息，这也正是年轻的鹳鸟想要过的生活，于是他们筑起了自己的鸟巢，于是又有了新的争吵。因为在天气炎热的国度里，性情上往往暴躁易怒，感情上往往很奔放。不管属于两者的哪一种，老一辈的心里都很高兴，在他们看来，自己的孩子们干的事情必定是很合适的。这里天天都有阳光，都可以吃得饱饱的，所以鹳鸟们想的都是令人高兴的事情，可是在那座华丽的宫殿里，被鹳鸟们称为"埃及房东"的王宫里，却没有一点欢乐。

那位既富有又威风的老君主如今手脚都变得直僵僵的，再也动弹不了啦，像一具木乃伊那样躺在病榻上。那张病榻设在大厅的中央，四周墙壁都绘得五彩缤纷，远远望去，他好像是躺在一朵盛开的郁金香的花瓣上。他的亲人和侍从们都围拢在他的身边。他没有死，可是也很难说他是活着，只有从北方采来的沼泽之花才能够救他的命。这朵花本来应该是最热爱他的人到北国去寻找和采摘的，可是如今却永远不会摘回来了。他的那个年轻美貌的女儿披上了天鹅的羽毛衣，飞过大海，飞过大地，一直往北方飞过去，可是却永远回不来了。

"她死啦，连人影都见不到啦。"另外两个公主披着天鹅羽毛衣飞回家来报告说。她们编了挺完整的一个故事，故事是这样说的：

"我们三个一起在空中飞行，有个猎人发现了我们，就放箭来射，那支箭射中了我们年轻的旅伴和朋友。她就像一只垂死的天鹅那样唱着告别的歌缓缓地跌落下去，沉没在森林中的湖泊中央。我们把她埋葬在湖岸边上的一棵散发着芳香的弯枝桦树底下。我们为她报了仇！我们抓住了一只在猎人住房屋檐下筑巢的燕子，在燕子身上绑上了火种，那只燕子飞回窝去的时候，猎人的住房就燃烧起来，他被活活烧死在自己的屋里。火光映亮了湖面，也照亮了那棵侧着身子遮掩着坟地的弯枝桦树。她在那里已经化为泥土，再也不会回到埃及的大地上来了。"

说罢她们两人就齐声痛哭起来。鹳鸟爸爸听到这个故事的时候，忍不住把他的长嘴一张一合，像是在鼓掌，吧嗒吧嗒的响声老远都听得见。

"谎话，全是凭空想出来的。"他说，"我真想把我的长嘴啄进她们的胸膛。"

"这样一来你的长嘴必定会折断的，"鹳鸟妈妈说，"到那时候你的模样才好看呢！做事情先想想你自己，再想想全家。所有的闲事你要少管！"

"明天早上那些有学问和有智慧的人要集合在这里商量有关病人的事情，我务必要站到圆顶的边沿上，去听听他们说些什么，也许他们说的跟事实真相差不多。"

博学者和智者都赶来聚会，他们都高谈阔论地讲了许许多多的话，鹳鸟几乎听不出个名堂来，他们讲来讲去，就是没有对病人的病情和葬身在荒野沼泽里的那个女儿讲出个名堂来。不管怎样，我们不妨先听听他们是怎么讲的，因为这类话大家已经听得够多啦。

听听他们讲些什么也很有好处，因为听了就会知道早先发生的事情，就可以弄明白事情的前因后果，最起码能够像鹳鸟爸爸知道的一样多。

"爱能孕育出生命，最崇高的爱能够救活至尊者的生命。他的生命尚有一线希望，那就要靠爱来使他起死回生。"有人这样说。博学者宣称这些话讲得极其聪明，极其透彻。

"想法倒挺好。"鹳鸟爸爸说。

"这些话我听不大懂，"鹳鸟妈妈说，"不过这不是我的过错，要怪只能怪那些想法。随它去吧，反正我有不少别的事情要想。"

博学者接着又长篇大论地讲到这个和那个之间的爱，原来爱是各不相同的。有情人之间的恋爱，也有父母对子女的慈爱，光和植物之间的爱，阳光亲吻着泥土，于是幼芽便破土而出。他们讲得那么不厌其烦，讲得那么头头是道，鹳鸟爸爸听得莫名其妙，更不用说记在心里了。他越听越觉得沉闷，就一整天半闭着眼睛，只用一条腿站着，那深奥的学问真叫他受不了。

不过有一件事情鹳鸟爸爸却是听懂了，那就是这个国度里所有的人，不管贵贱，都说出了发自内心的想法：那个躺倒在病榻上的人，要是无法治愈的话，那可是成千上万的老百姓的不幸，也就是整个国家的不幸。如果他能够恢复健康，那可是整个国家的福气。可是那种能治好他的病的花长在什么地方呢？大家到处打听。有的去翻阅知识渊博的书，有的观察夜空里闪烁的星星，用星象来占卜，有的探测气候和风向……凡是想得出来的办法他们都想到了。最后博学者和智者找到了上文提到过的那句话："爱能孕育出生命。"尽管他们自己也不明白这句话的意思，但是他们却大讲特讲，还写成了药方。可是在"爱能孕育出生命"这个药方开出来之后，怎么配药呢？是呀，他们都僵在那里了。最后他们一致认为，只有那位公主才能搭救她的父亲，因为她全心全意地爱着他。他们终于制定出办成这件事的行动计划。

那是一年多以前的一个晚上，公主按照那些智者的计划行动起来。她必须趁着一轮新月暗淡的月光还没有消失之前动身，前往沙漠，到狮身人面像那里，扫掉狮身人面像底座门前堆积的沙尘，沿着长长的通道一直往前走，走到一座大金字塔的中央，那里躺着古代一位权势极大的法老，他的四周满是华丽的陈设和金银珠宝。她必须把头贴近法老的遗骸，这位法老就会显圣，告诉她哪里可以找到救活她父亲的灵丹妙药。

她按照预定的计划全都做到之后，就迷迷糊糊地睡了过去，她做了一个梦。她在梦中得知远在北方的丹麦大地上，倒是有这样的花，可是那种睡莲花只生长在荒野的沼泽的深潭中，那个沼泽的位置她在梦中也听得很清楚。她必须潜入深潭中去采摘那朵睡莲花，而那朵花也会在水中碰到她的胸口。只有把那朵花采回来，她父亲的性命才能保住。

于是她就披上了天鹅的羽毛衣，飞离埃及大地，飞到了荒野的沼泽上，是呀，以后的一切鹳鸟爸爸和鹳鸟妈妈都早已知道，如今这件事的来龙去脉我们知道得比以前清楚得多了。我们知道沼泽王把她拖了下去，我们也知道，在她的家乡，大家都以为她死掉了，不在人世了。只有他们当中最聪明的那一个却仍旧和鹳鸟妈妈一样有着一个信念，他说："她会对付得了的。"于是，他们也只好等待着，因为他们没有别的更好的办法了。

"我想把那两个坏心眼的公主的羽毛衣盗来，"鹳鸟爸爸说，"免得她们再飞到那沼泽上去做坏事。我把羽毛衣藏起来，说不定有一天会用得着它们。"

"你把它藏到什么地方呢？"鹳鸟妈妈问。

"藏在荒野的沼泽边上我们的老巢里，"他说，"我和孩子们可以轮流叼着它们飞行。如果遇到的麻烦实在太大的话，一路上有的是可以暂存的地方，等到下一次迁徙的时候再叼走。公主要是能飞回来的话，有一件羽毛衣就够了，不过有两件可以更放心。在北方，出门远行多带点衣服总不会有错的。"

"没有人会感谢你的这番好心，"鹳鸟妈妈说，"不过你是一家之主，除了孵蛋之外，别的事情用不着我来操心。"

到了来年开春，鹳鸟全家又往北飞行，朝着荒野沼泽旁的那栋海盗圆木屋飞去。在那寨子里小女婴活了下来，他们给她起了个名字，叫作海尔嘉[①]。这个名字对于小女孩的那种脾性来说未免有点不切实际，不过这个小姑娘真是美得天下无双。岁月悠悠，一月又一月，一年又一年，转眼就过去了。鹳鸟们依然年年作同

[①] 意思是"神圣的、圣洁的"。

样的迁徙，秋天飞往尼罗河，到了来年春天又飞回荒野沼泽。秋去春来，年复一年，小姑娘已经长成十六岁的少女，出落得美若天仙。她外表是那么娇艳可爱，心肠却冷酷似铁石，她要比在那个艰难、黑暗的年代里长大的许多人都更加狂暴粗野。

她喜欢把自己那双白嫩的手浸泡到热气腾腾的马血中泼洒着玩，那马血是从为祭神而刚刚宰杀的马身上取来的。她还野性十足地把祭司准备用来祭祀的黑公鸡的脖子咬断。她对自己的养父说：

"要是你的仇家趁你熟睡的时候把绳索套在屋顶的梁上把房子拽塌，我是绝不会把你叫醒的，即使我能够做得到，我也不会去做，因为几年前你打了我一记耳光，打得我那只耳朵里嗡嗡直响，什么都听不见！"

可是那个海盗根本没有把她的话放在心上。他像别人一样被她的美貌迷住了，哪里会想到她外表美丽却心肠歹毒。

小海尔嘉骑马不用马鞍，她可以稳稳当当地骑在光背的马上奔驰如飞，即使这匹马同别的马厮咬恶斗起来，她也不会从马背上摔下来。她能够穿着衣裳就从陡峭的海岸上纵身跳进波涛汹涌的大海，游泳前去迎接她爸爸，因为她看见海盗掌着舵驾船向家驶来。她还把自己美丽的长发中最长的一绺剪下来，分成几股拧在一起，替自己的弓制作了弓弦。

"亲手做成的东西总是好得没法说！"她说。

按照当时的世风民情，海盗的妻子算得上一个意志刚强、性格坚定的女人，可是同她的女儿一比，那就成了一个恭顺和胆小的女人。不过她也知道，这个孩子如此可怕，是因为被魔法魔住了。

有时候海尔嘉的举动像是存心要搞恶作剧，她常常在母亲站在门口或者走到院子里来的时候,就坐在井口上,还不停地踢腿伸胳膊,然后就噌的一下跳到那又窄又深的井里去。她凭着青蛙的本能潜到水里又冒出来,就这样在水里钻上钻下,到了后来就沿着井壁爬上来,灵活得像一只猫。她就这样浑身水淋淋地回到厅堂里,那些散在地面上的落叶都被从她衣服上淌下来的水冲得翻了个儿。

可是有一根绳子多少束缚着海尔嘉的野性子,那就是黄昏时分。每逢天色渐渐暗下来的时候,她就会变得十分安静,心情也沉郁起来。这时候她会听从盼咐和劝告,好像内心里有一种天生的感情把她同她的母亲连到了一起。到了太阳下山天色变黑的时候,她从外形到内心全都变了样。她安安静静地蹲下身来,非常伤心,身子越缩越小,最后变成了一只青蛙。当然个头比一般青蛙要大得多,因此模样反倒更加难看,就像个侏儒,却长了个青蛙脑袋,手指之间还长着蹼。她看东西的时候眼神里流露出哀怨。她不说话,只会干巴巴地哇哇直叫,就像婴儿做梦吓哭时发出的哭声。这时海盗的妻子只得把她抱起来放在自己的大腿上。她望着那一双哀怨的大眼睛,忘记了那难看的外形,一遍又一遍地说道:"我希望你永远是我的青蛙孩子,你变美丽的时候,性格真可怕。"于是她想了些祛邪的方法,用在海尔嘉身上,可并不起多大作用。

"真是难以相信,她曾经小得可以躺在花萼上,"鹳鸟爸爸说,"现在她是个大姑娘啦!长得几乎跟她的埃及母亲一模一样了。可惜我们再也见不到她的母亲了,她并没有像你以及那个最有学问的人所预言的那样能够逢凶化吉。我一年又一年地在荒野的沼泽上空飞过来又飞过去，可是见不到她一点点踪影。我可以告诉你，这些年来，我每年都要比你们早来几天，为的是把老巢打扫干净，把每样东西都放整齐。我总要花上整整一夜时间，像猫头鹰或者蝙蝠那样，不住地在沼泽的水面上飞来飞去，可是一点用处都没有！我和孩子们花了那么大的力气从尼罗河畔一直叨到这里来的两件羽毛衣也派不上用场。那真是一桩费力的辛苦活计，我们往返三次总算把那两件羽毛衣运到这里，如今它们已经在老巢底下存放了好几年，倘若圆木房起火烧掉，那么它们也就一起完蛋了。"

"那样的话，我们漂亮的鸟巢也就同归于尽啦！"鹳鸟妈妈说，"反正我们自己的窝你是一点也不放在心上的，你满脑子想的都是羽毛衣以及你那个在沼泽里的公主。你干脆下去找她，跟着她在沼泽里过日子吧。你对你的孩子来说是个坏爸爸，从我第一次孵蛋起我就这样说过！说不定海盗的女儿会拿箭来射我们，但愿那个疯姑娘不要一箭射中了我们或者孩子们的翅膀。她自己都不知道她会闯出什么祸来。她也不想想，我们是这里的老住户，搬到这里来住可比她早得多。我们也从来不曾忘记每年付房租：一根羽毛、一只蛋和一只小鹳鸟。我们做的事一点毛病都没有。只要有她在外面闯祸，你想我哪敢像早先或在埃及时那样跑到平地上去四处溜达。在埃及，我几乎成了人们的半个伴侣，我还可以瞅瞅他们的锅里、壶里烧的是什么东西。唉，在这里我只能蹲在高处，生她的闷气。当初若不是你多事，让她就那样在睡莲上一直躺下去的话，也许她早就不在人世啦！"

"你只是嘴上厉害，心地却仁慈得很，"鹳鸟爸爸说，"我知道得比你自己还清楚。"

他说着往前蹦了一下，扇扇翅膀，两腿往后一伸就飞走了。翅膀纹丝不动地滑翔了老远一段路，他才振翅往前飞去。阳光把他的羽毛照得一片雪白，他的颈子和脑袋朝前伸得笔直，动作是那么轻松，却又那么有力。

"他真是鹳鸟当中最潇洒的一个，没有谁能比得上他。"鹳鸟妈妈说，"不过我不能这样告诉他。"

那年初秋，海盗很早就返回家来，船上满载着抢掠来的金银财宝和俘虏。在俘虏当中，有一个年轻的基督教神甫，他是那种要把北方多神教的神灵们赶尽杀绝的家伙。最近一段时间以来，在家家户户的厅堂里或妇女聚在一起做针线活的内房里，大家都在谈论这种新的信仰。

这种新的信仰早已传遍了南方的所有国度，圣·安斯卡传教士[①]也把它传播到了施莱峡湾的海德比[②]镇上。连小海尔嘉也听说了白色基督信仰[③]。这个白色基督为了爱人类，献出自己的生命来拯救他们。小海尔嘉听了，就像俗语所说的：一只耳朵进，一只耳朵出。对于她来说，"爱"这个字眼只有在她变成外形丑陋的青蛙，蜷缩在锁住房门的卧室里的时候，才能感受得到。可是，海

[①] 安斯卡传教士（801—865），曾任汉堡、不来梅的大主教。自826年首次赴丹麦传教后，曾多次到斯堪的纳维亚传教，并使得瑞典、丹麦、挪威等国相继皈依基督教。死后被谥为"圣"，并被尊为"北欧的使徒"。

[②] 海德比古城位于丹麦石勒苏益格郡施莱峡湾，是波罗的海和北海之间的交通枢纽，也是9世纪至11世纪时北欧最重要的贸易市镇。

[③] 北欧海盗时期把英伦三岛的居民称为"西方人"或"白种人"。

盗的妻子却听进去了，而且被那位唯一的、真正的上帝为拯救生灵而献出自己的独生子的故事和其他的类似传说深深感动了。

出海掠夺归来的男人们都谈起了在所到之处那些用昂贵的巨石砌成的气势宏伟的教堂，那是为崇拜上帝而建造的，因为上帝传播了博爱的福音。他们带回两只抢来的坛子，坛子用纯金制成，分量很重，坛子上镂刻着花纹，做工非常精美，每只都散发出扑鼻的香气。原来那是一对香炉，是基督教神甫在祭坛前面晃来晃去的法具。祭坛上不用鲜血做祭品，而是用酒和圣饼作为替代物，因为基督已经为拯救人类及其子孙后代奉献了自己的鲜血。

在圆木房底下岩石砌成的很深的地窖里，那个被俘的年轻的基督教神甫被关押起来，他的双手和双脚都被用树皮编成的绳索紧紧绑住。天哪，他长得多么英俊！"看上去就像光明神巴德尔一样美！"海盗的妻子这样说，她对他的不幸遭遇深表同情。可是年轻的海尔嘉却说，最好用一条绳子穿透他的双膝，再把他拴在野牛的尾巴上。

"这时候我就把狗放出去追逐他，"她说，"赶着他奔过荒原和烂泥塘，那该多好玩呀！要是能一路上跟着他跑，那就更有趣！"

那个海盗也不肯让年轻的俘虏只受一点皮肉的折磨就轻易死去，他打算第二天在林间的空地上举行祭祀仪式，把俘虏押上血祭石献祭，理由是这些人太可恶了，居然胆敢亵渎和迫害本教的至尊神灵。这也是第一回用一个活人来充当祭品。

年轻的海尔嘉向海盗央求由她动手宰杀神甫，并把他的鲜血泼洒到神圣的图像上和参与祭祀的众人身上。她把自己的那把明晃晃的尖刀磨得非常锋利。海盗住的院落里有不少凶猛的恶狗在跑来跑去，这时刚好有一条从她的脚跟前跑过，她就一刀捅进了狗的肚皮。"我要试试刀子快不快。"她说。海盗的妻子被这个凶悍的姑娘气得半死，却拿她没有一点办法。可是黑夜降临后，女儿美丽的外表渐渐退去，身体和心灵都改变了模样，母亲又不得不对女儿倾吐心里的悲哀，并用温暖的语言去安慰一个被损害的心灵。

那只被魔法魔住了的丑陋的青蛙蹲在她的面前，一双充满哀怨的棕色大眼睛盯着她，并且倾听着，看样子是完全听得懂她说的话。

"我从来不曾向我的丈夫吐露过我为你忍受了加倍痛苦的事，"海盗的妻子说，"我对你的怜悯比我想象的还要多！母爱是伟大的，可是母爱却打动不了你的心。你的心冷酷得像沼泽里的烂泥一样，你毕竟是从那里来到我家的。"

那只可怜的青蛙浑身剧烈地颤抖起来，似乎这几句话正好触动了她身体和心灵之间的看不见的纽带，大滴大滴的眼泪从她的眼睛里夺眶而出。

"你的苦日子还在后头，总有一天要到来的，"海盗的妻子说，"那对我来说，也是十分残酷的。早知如此，还不如当初趁你还是个婴儿的时候，就把你抛弃在大路上，让夜里的寒冷把你冻死算了！"海盗的妻子忍不住痛哭起来，流下了咸涩的泪水，她又气又恨地走了出去。她转身出去的时候，顺手撩开了从大梁上挂下来把房间隔开的皮帘子。

那只青蛙缩成一团，独自蹲在房间的角落里，四周一片寂静。片刻之后，从她胸膛里间歇地发出了一阵阵窒息似的长叹，似乎在痛苦之中她的内心深处诞生出一个新的生命。她往前一蹦，侧耳听了听动静，再往前一蹦，用那双使不上劲的双手攥住了那根门闩，轻轻把紧插在闩鼻里的木闩拔了出来。她又抓起在卧室前厢房里点着的灯。就像是强烈的意志给了她力量似的，她把地窖门上的铁闩拔了出来，悄悄地跳到那个囚徒身边。他在昏昏沉沉地打盹。她用自己凉冰冰、黏糊糊的手碰了碰他。他惊醒过来一看，眼前站着一个丑陋的形象，他如同见到了邪恶的妖魔一样，浑身瑟瑟颤抖起来。她拔出了刀子，割断了他身上捆绑着的树皮条，并且示意叫他跟着她走。

他嘴里喊出一声"吾主耶稣基督"，在身上画了个十字，他看看那个青蛙蹲在那里一点没有动弹，他念起了《圣经》上的话。

"眷顾贫穷的有福了，他遭难的日子，耶和华必搭救他。①"他说，"你是谁？你怎么长着动物的相貌，却心地善良，肯来救人？"

那只青蛙让他跟着自己走，领着他从隐蔽在帷幔背后的一条狭窄的甬道走出屋去，来到了马厩，她指了指马匹。他跳上马背，她也蹦到了马背上，坐在他的前面，紧紧抓住了马鬃毛。囚徒明白了她的意思，于是他就催马奔驰起来，走的那条路是他自己休想能找到的。最后，他们来到了广阔的荒原上。

他忘记了她的丑陋的相貌，只觉得在这只青蛙身上显示出上帝的仁慈和垂怜，所以一路上他高声诵读经文并且高唱赞美诗。忽然她又浑身颤抖起来，那么究竟是祷告的赞美诗的力量在感化她呢，还是清晨即将来到时的那股寒意使她冷得耐不住了呢？她

---

① 《圣经旧约·诗篇》第四十一篇第一句。

的内心感受究竟是什么呢？她抬起头来仰望着天空，一心只想要马停下脚步，好让自己从马背上跳下来，可是那个基督教神甫却用足力气把她紧紧抱住。他高声唱着赞美诗，声音似乎有一股力量，一股能消除把她变成丑陋形象的魔法的力量。

那匹马疾驰向前。这时，天空泛出了红色，第一道阳光透过云层照射下来了。在清晨明亮的阳光照耀下，那只丑陋的青蛙忽然不见了，她又变成了那个外貌美丽、内心狠毒的年轻姑娘。神甫一见自己怀里紧抱着的不是青蛙，而是一个年轻美貌的女子，他不禁吓慌了神，赶紧从马背上跳下来，把马勒住。他以为自己遇上了一个新的要毒害生灵的妖魔。这时，年轻的海尔嘉也跳到了地上，身上穿的童裙已短得只及她的膝盖。她从腰带上拔出了那把锋利的尖刀，朝那个惊得还没有回过神来的神甫扑过去。

"我非要宰了你不可，"她嚷道，"我非宰了你不可，我要把这把尖刀插进你的身体里去！你的脸色苍白得像干草一样！你这个贱货！你这个长不出胡子的家伙！"

她朝他直扑过去，他们两人你死我活地拼起命来。可是在这场恶斗中，似乎有一种看不见的神力在暗中相助那个基督教神甫，使得他的力气变大了。他把她紧紧抱住，他身旁的那棵老橡树也帮了他的忙，它用露在泥土外面的树根把她的双脚缠住了。附近有一股泉水不断从地里喷涌而来，他用那股清泉的新鲜活水泼洒到她的胸口和脸上，要把不洁的魔法从她身上驱赶出去，他还按照基督教的仪式为她施行洗礼。可惜这施洗的清水没有什么神力，因为它不是来自内心信仰的源泉。

然而他毕竟因此变得力气更大。是的，在同附在她身上的邪魔作殊死拼搏的时候,他的气力已经超越了人类本身的力量了。他圣洁的举动终于把她制服了,她的双臂垂了下来,用受惊吓的目光瞅着眼前的这个人,她的脸色变得苍白起来。在她的眼里,他好像是一个法力无边的巫师,精通巫术和各种秘密法术。他嘴里念念有词,想必是在念用神秘的鲁纳古文字写成的咒语,他用手在空中一横一竖地比画着,那也是一种神秘的符咒。按说,即使他在她的眼前挥舞战斧或利剑她也不会眨一下眼睛的,可是当他在她的胸口和前额画十字的时候,她却不禁把眼睛闭了起来。她如今像一只被驯服的小鸟那样坐在地上,脑袋耷拉下来,低垂在胸前。

然后他态度温和地告诉她在头一天晚上她大发善心时所做的好事,她披着青蛙难看的皮来到了地窖里,割断了绑在他手脚上的树皮条,带领他重新返回光明,拯救了他的生命。他说,她是被一条比捆绑他的树皮条更粗大的绳索牢牢地绑住了,他知道他有法子使她重返光明并获得新生。他要带她到海德比城去,到圣·安斯卡那里去,在那座圣洁的城市里,一切妖术魔法都会不攻自破。他要带着她去只能一马双骑,可是他不敢让她坐在自己的前面,虽然眼下她安安生生地坐得很规矩。

"你只能骑在马屁股上,不可以坐在我的前面!那是因为附在你身上的巫术使你的美丽带着一股邪恶的妖艳,所以你有不可抗拒的蛊惑力,我害怕遭到蛊惑,可是基督的力量一定能够战胜它。"

他双膝下跪,虔诚地念起祷告词来,整个寂静的森林似乎变成了一座庄严肃穆的神圣的教堂,四周的一切都因他对神的顶礼膜拜而变得圣洁起来。小鸟婉转地啁啾,好像教堂里的唱诗班在歌唱。野生的卷叶薄荷散发出的芬芳代替了教堂祭坛前的香炉里焚烧香料和艾蒿的香味。他高声诵读《圣经》上的话：

"因我们上帝怜悯的心肠，叫清晨的日光从高天临到我们，要照亮坐在黑暗中死荫里的人，把我们的脚引到平安的路上。"①

他还讲了世上万物绵延繁衍的圣训，在他传道的时候，驮着他们俩飞驰的那匹骏马忽然停下脚步静静地谛听，还不断用身子去蹭那大颗大颗的黑加仑，让枝蔓上熟透了的、汁水很多的浆果落到小海尔嘉的手上，那些浆果献出了自己来为他人解渴。

她耐心地听凭神甫把她抱到马背上，就像一个梦游者一样，她神志清醒，没有四处乱走。神甫用一条狭长的树皮，把两根笔直的树枝捆扎在一起，做成了一个十字架。他用手把十字架举得高高的，然后又催马穿越森林。森林里黑魆魆的，树木越来越茂密，小径越来越狭窄曲折，到了后来就无路可走了。黑刺李枝蔓丛生，像路障一样挡在他们面前。他们不得不策马绕开。淙淙的清泉没有淌成一条潺潺的溪流，而是汇聚成一个池塘，他们不得不策马绕行。清晨的空气凛冽而新鲜，森林里微风清爽，令人感到惬意。可是神甫娓娓动听的话更有令人如痴如醉的魅力。他讲到了信仰，讲到了基督的博爱，这是从内心深处发出的渴望的声音，呼唤着可怜的误入迷津的游子重返光明，走向新生。

常言道：水滴石穿。海浪可以把嶙峋的礁石冲刷得光滑浑圆，所以仁慈的圣训像露水一样点点滴滴地浸润了小海尔嘉的心田，把她那桀骜不驯的野性子磨平了，把她坚硬的铁石心肠刺透

---

① 《圣经新约·路加福音》第一章，第七十八至第七十九句。

了。这一切是无法捉摸的，连小海尔嘉自己也不知道。泥土里的嫩芽哪里知道它的成长壮大、它的开花结果全都依靠清泉的滋润和阳光的温暖？这种催化是看不见的，要等到开花结果的时候才见分晓。就像母亲对孩子唱儿歌一样，孩子在不知不觉中就记住了，孩子牙牙学语时并不懂妈妈在讲些什么，可是经过日积月累，这些话全都记在脑子里，也就越来越明白了。这样，语言的力量就显示出来了，它有力量去创造。

他们骑马走出森林，越过荒原，又走进了无路可行的森林。到了薄暮时分，他们碰上了一伙剪径的强盗。

"呔，你是从哪里偷到这么漂亮的美人儿的！"他们叫喊起来，牵住了他们骑的那匹马，把马上的两个人都拖了下来。

神甫手上没有什么别的武器，只有他从小海尔嘉那里拿过来的刀子，于是他只好挥舞着那把刀子来对付这一大群强盗。有个强盗抡起战斧朝他劈下来，年轻的基督徒急忙往旁边一跳，恰好躲了过去，差点儿就被战斧砍着了。可是战斧却深深地劈进了马的脖子里，鲜血不断喷出来，淌了一地，那匹马倒在地上奄奄一息。这时小海尔嘉好像刚刚从她长时间的昏昏沉沉中醒了过来。她奔过去，扑到那匹即将断气的马的身上。基督教神甫站在她的前面保护她，奋力抵抗强盗。有一个强盗挥舞着大铁锤砸到他的头上，把他的前额砸碎了，鲜血和脑浆飞溅出来，神甫倒下去死掉了。

强盗们拉着小海尔嘉白嫩的胳臂，这时太阳落下去了，最后一抹阳光也消逝了。突然她变了模样，又成了一只丑陋的青蛙，那张浅绿色的大嘴巴整整占了蛙脸的一半；胳膊变细了，黏糊糊的，手上还长出了蹼，形状像扇子。强盗们都吓呆了，赶紧松手放开了她。她站在他们中间，就像一头凶猛的野兽。出于青蛙的本能，她一下子就蹦了起来，蹦得比她身子还要高，接着落到树丛中就不见了踪影。强盗们这才回过神来，大家都认定这是火神洛基①在捉弄人，要不然就是妖术作祟，于是他们吓得纷纷逃跑了。

一轮圆圆的月亮高高挂在天边，明亮的月光照亮了大地。身上披着丑陋的青蛙皮的小海尔嘉从树丛背后爬了出来，她在基督教神甫和她的那匹被砍死的骏马跟前站住了。她用泪水汪汪的双眼看着他们，张嘴发出像婴儿啼哭似的哇哇声。她一会儿扑到这个身上，一会儿扑到那个身上。她的双手都长着蹼，所以手掌很宽，手窝很深，可以盛得下不少水，于是她就捧起水来泼洒到他们身上。不行，没有用！他们一点动静都没有，他们死了，永远不会再活过来了。过不了多久，野兽就会跑来把他们的尸体吃掉。不行，这样的事绝对不能让它发生！她用尽浑身的力气在泥土里刨了起来，她要挖出一个深深的土坑来为他们堆一座坟。可是她能用来刨土的只有一双手和一根树枝，手指之间还长着蹼。刨呀，刨呀，过不了多久，手指间的蹼就破裂了，鲜血滴滴答答地流了出来。她明白过来，干这个活儿她是力所不及的，于是她就去捧了水来，把死去的神甫和死去的马的脸都洗得干干净净，并用新鲜的绿叶把他们的脸盖住。她又捧来了一些粗一点的树枝，搁在他们身上，又使劲摇晃树干，把许多树叶摇落下来堆在树枝之间。

---

① 北欧神话中的一个神灵，既做好事又为非作歹，后被诸神捉住囚禁。

她把自己能搬得动的石头都搬过来，压住那些树枝，再用泥炭把石头之间的空隙都糊得严严实实。这样，她才觉得坟堆已经牢固结实了。不过干完这些重活，整个夜晚也就过去了。一轮红日喷薄而出，小海尔嘉变得光彩照人，成了一个美丽的少女，双手则流着鲜血，她那少女的红润的脸庞也第一次被泪水沾湿了。

可是她的这次变形却和以前不同，好像有两种意识在她内心里争来夺去。她浑身瑟瑟发抖，抬起头来环顾四周，就像刚刚从一场可怕的梦魇中清醒过来。她把身体紧靠在一棵纤细的山毛榉树上，支撑住自己，免得跌倒。后来，她干脆像一只猫那样爬到了树顶上，紧紧抓住树梢坐在那里。她像一只受惊的松鼠那样在沉寂、宁静的森林深处待了整整一个白天。那里就是常言所说的"四周一片死寂"。是呀，一切寂静得像死亡一样，可是蝴蝶在她周围翩翩起舞。附近有几个蚂蚁窝，每一个蚂蚁窝里都有几百只蚂蚁进进出出地忙个不停。成千上万只蚊子在空中飞舞，它们凑拢在一起，抱成了一团。苍蝇在嘤嘤嗡嗡，瓢虫、蜻蜓还有别的长翅膀的虫子都在这里飞来飞去。蚯蚓从潮湿的泥沼里钻了出来，鼹鼠也大着胆子爬到了地面上。除了这一切之外，四周一片静悄悄，或者像人们常说的那样，是一片死寂。森林里谁也没有留意到小海尔嘉，只有几只鸦雀呱呱叫着飞到了她坐着的树梢上，他们不禁好奇地、大着胆子朝她跳过去。正当他们沿着树梢跳到她的身边时，她的眼睛眨了一眨，这一眨眼就把他们全给吓跑了。这些鸟儿并没有因此知道她是谁，其实连她自己也不知道她是谁。

又临近黄昏了，太阳沉落下去，变形的时刻又到了，她又重新振作起来，轻轻地从树上溜了下来。当最后一缕阳光消逝的时候，她又变成了一只青蛙蜷缩在地面上。她手指之间的蹼全都撕裂开来，可是双眼里却射出了美丽的光芒，那是一双最纯洁、最虔诚的少女的眼睛，是在这番变形之前，当她还是个美丽的少女时所缺少的。现在这双美丽的眼睛却在一张蛙脸上闪出了最温柔的光芒，这双眼睛显示出她具有丰富的感情和一颗善良的人心。这双美丽的眼睛里充满了泪水，她心情沉重，只有哭泣才能减轻心头的痛苦。

她自己堆起来的那个坟茔上放着那个用树皮条扎成的十字架，这是他亲手做成的最后的东西，而这个人却已经消逝，再也回不来了。小海尔嘉拿起了这个树枝十字架，忽然间一个念头在她的脑海里冒了出来：她要把这个十字架竖起来，插在埋着他和死马的石头缝里。她一想起那些悲伤的事，又禁不住泪流满面。她围绕着坟茔，在四周的泥土上都画了十字。当她用双手画十字的时候，带着蹼的青蛙皮像一双破手套一样从她手上脱落下来。她到清泉边上去洗手的时候，惊愕地看到自己的那双手是那样柔嫩白净。对着自己和死去的人以及死马之间的上空，她再次画了神圣的十字。她的嘴唇忽然抖动起来，舌头也跟着在抖动，她同基督教神甫一马双骑地穿过森林时曾经无数次听到过的、被他歌颂和赞美的名字浮现在她的脑际，她终于发音，清晰地从自己的嘴里喊出一句：

"吾主耶稣基督。"

这时，那张丑陋难看的青蛙皮忽然从她身上脱落了，她又变成了一个美貌的少女。只是她觉得浑身乏力，她的脑袋耷拉下来，她的手脚也累得不能动弹，她需要休息，于是她睡着了。

她睡的时间并不长，到了半夜她忽然被吵醒了。在她面前站着那匹马,那匹已经死掉的骏马如今生龙活虎地蹦跳着,马的眼睛里充满生气,闪出光芒,脖子上的伤口平复如初。紧靠在马身边的是那个曾被杀死的基督教神甫,海盗的妻子若是见了他又会说:"比光明神巴德尔长得还英俊!"可是此刻他好像站在火焰的中央。

他的那双温和的大眼睛,目光是那样的庄重严峻,那样的公正无私,那样的锐利,似乎能够一眼看透她心里的每一个角落。小海尔嘉这个被考验者不由得瑟瑟发抖,她像接受末日审判一样紧张,这一急她的记忆反倒醒过来了。每一桩对她做的好事,每一句对她充满疼爱的话,全都在她脑海中浮现,栩栩如生。她明白过来了,在她的最后审判的日子里,是爱在保护、庇佑着她,是眼前这个灵魂和泥土捏成的人的后代在为她舍命拼搏。而她自己又怎样呢?她承认自己一直由着性子胡来,听凭邪恶的坏念头摆布,她没有做过什么好事,甚至没有为自己做好事。所有的事情都是别人替她做好的,是上苍替她安排好的。此刻,她在这个能看透她内心每一个角落的人面前卑微、顺从而又羞愧地低下了头。就在这一瞬间,她觉得自己内心里圣洁的火焰闪现了一下,那是圣灵的火焰。

"你这个沼泽的女儿,"基督教神甫说,"你出生在沼泽的泥潭里,你将从泥潭里获得再生。太阳光照亮了你的身躯,使你的肢体都恢复了原来的形状,这光芒并不是来自太阳,而是吾主上帝的荣耀。凡是神所造的物,都是好的,若感谢领受,就没有一样可弃的[①]。人生虽然十分漫长,但仍然需要毕生奋斗才能奔向永恒。我已经从死人的国度里重新回到人间,你早晚有一天也会穿过死

---

① 《圣经新约·提摩太前书》第四章第四句。

亡的深谷，登上光焰万丈的神的圣山，在那里蒙主宠召，获得最后的超脱。我还不能带你到海德比城去初领圣体，求得主基督的慈悲。你先要去冲破覆盖在沼泽深潭上的水盾牌，把那个生你到人世、赋予你生命的活摇篮拉出水面。要等到这桩大事圆满完成之后，你才能够领受洗礼。"

他把她抱上马背，又给了她一个金香炉，模样和在海盗家里见到过的很相似。香炉里云烟氤氲，圣香扑鼻。那个被杀的神甫额头上开裂的伤口发出熠熠的光华，就像戴了一顶金冠。他从坟茔上拿起那个十字架，把它高高举起来。他们又一马双骑地飞驰起来，不是在地上飞驰，而是飞到了半空中。他骑着马在空中飞过树涛喧哗的森林，越过埋葬着武士和战马的山头。这些威风凛凛的彪形大汉从坟墓中爬了起来，骑马驰骋到高山之巅，列队为他们送行。他们头上戴着的宽大的黄金环，在月光下闪闪发光，身上披的大氅迎风飘拂。身子盘在宝藏上的巨蟒竖起头仰望着他们。小精灵们从山脚底下，从田野上的垄沟之间，探出头来看他们。这些小精灵的手里举着红色、蓝色和黄色的火把，匆匆地来回奔走，看起来就像纸张燃烧后的灰烬里余下的火星那样忽闪忽闪地移动。

他们飞过森林和荒原，飞过河流，飞过池塘，一直飞到了荒野的沼泽。他们在沼泽上空绕着圈子翱翔。基督教神甫高举着十字架，这时候十字架上发出了灿灿金光。他的双唇张开，唱起了虔诚的弥撒曲，小海尔嘉也跟着他高唱圣歌，就像婴儿在学自己的母亲唱歌一样。她摇晃那只金香炉，一股股奇妙的、像是从祭坛上发出来的薰香飘出来，香气是那样强烈，以至于沼泽里的芦苇和灯芯草都开了花。所有的嫩芽都从沼泽深潭里冒出了水面，凡是有生命的植物都茁壮地直立起来。水面上也开出了一大片睡莲，就像是一块花团锦簇的地毯一样。在这块地毯上，躺着一个熟睡的女人，年轻而漂亮。小海尔嘉以为她看到的是她在平静的水面上的倒影，其实她见到的却是自己的母亲，沼泽王的妻子，从尼罗河来的公主。

那个已经死去又返回人间来的基督教神甫把熟睡的女人抱上马来，可是那匹马经受不住这么重的分量，被压垮了，整个身体和四条马腿都在空中晃荡起来，好像一块裹尸布。可是那个十字架又把这晃荡着的幽灵凝聚成一匹足以承载分量的真马。就这样，三个人共骑一马飞驰到了能够用脚蹬踩的坚实的陆地上。

在海盗居住的寨子里，公鸡喔喔啼叫起来，那个神甫和骏马的幽灵立即随风飘散，顿时无影无踪了，只有母亲和女儿面对面地站着。

"我眼前见到的莫非是我在深水里的倒影？"母亲说。

"我眼前见到的莫非是我在锃亮的盾牌上的影子？"女儿呼喊道。

她们两人相互走近，终于走到了一起，两人都张开双臂，拥抱在一起，母女俩心口紧贴着心口。母亲的心怦怦直跳，她明白是怎么一回事了。

"我的孩子，我心中的花朵，我深水中的莲花！"

她紧紧地拥抱着自己的女儿，失声痛哭起来。她的泪水对于小海尔嘉来说就是新的生命，就是爱的洗礼。

"我披着天鹅的羽毛衣飞到这里来，又把它脱了下来。"母亲说，"我沉了下去，穿过黏稠的泥浆，我沉到了沼泽的泥潭深处，那污泥像一堵墙那样把我紧紧箍住，可是不久我觉得有一股新鲜的水流，有一股力量把我拉向更深的地方，越来越深地把我往下拉。我觉得自己的眼皮越来越重，迷迷糊糊地睡了过去。我睡熟了，做起梦来，我觉得好像又躺在埃及的金字塔里，可是在沼泽水面上曾经把我吓得要死的那截桤木又在我面前摇曳，我细看树皮上裂开的地方，从裂缝里射出了五颜六色的光芒，后来就变成了象形文字。我看见的原来是一只盛木乃伊的盒子。我又看见那只盒子忽然打开了，从里面走出一位千年的法老，他已经成了木乃伊，周身黑得像块煤，乌黑锃亮，就像是森林里的蜗牛或泥炭。这究竟是沼泽王还是金字塔的木乃伊，我也不晓得。反正他一头扑向我，张开双臂把我抱住。我想这下子我死定了，便昏了过去。等到我恢复知觉的时候，我觉得胸口上有一股热气，原来有一只小鸟在我胸口上跳来跳去，他拍着翅膀啾啾乱叫。小鸟从我胸口上飞了起来，飞向那漆黑而沉重的天空，可是有一根绿色的长带子把他拴在我的身上。小鸟又啾啾叫起来，我听见了他的叫声，也听懂了他的意思，他在呼叫：'自由，阳光，飞回父亲的身边！'于是我也想到了阳光普照的故乡大地和我的父亲，以及我的生命和我的爱。我把带子解开，让小鸟振翅高飞，回到他父亲的身边。从那时候起，我再也不曾做过梦，我睡了一大觉，睡得那么香，睡得那么长，一直睡到了被歌声和薰香惊醒，这才得到了自由。"

那么，把小鸟的翅膀拴在母亲心上的那条绿色长带子呢，后来它飘到哪里去了呢？只有鹳鸟见过它。那条带子就是绿色的茎梗，带子顶端突起的环就是那朵鲜艳的花朵，小女婴的摇篮。当初躺在那摇篮里的婴儿如今已变成了一个美貌的少女，依偎在自己生身母亲的怀抱里。

她们母女俩紧紧搂在一起。在她们头顶上盘旋的鹳鸟爸爸赶紧飞回自己的鸟巢,衔来了保存了那么多年的羽毛衣,朝着她俩每人掷过去一件。羽毛衣裹住了她俩的全身,她俩立即化为两只白色的天鹅,腾空飞了起来。

"现在我们之间可以交谈了,"鹳鸟爸爸说,"我们可以听得懂彼此在讲些什么,虽然一种鸟的嘴的形状同另外一种不大一样。真是走运,你们今天夜里来了,因为明天一清早我们都飞走了,孩子他妈、我自己以及我们的孩子都要迁徙到南方去。是呀,只要瞅上我一眼就可以明白,我是从尼罗河来的老朋友啦。孩子他妈也是这样的,她虽然爱唠叨,心地却很善良,她一直相信公主总会有办法对付磨难的。我和我的孩子们总算把羽毛衣衔到这里来了。哎呀,我真高兴!也真走运!我们还在这里没有动身,你们若是等到天亮以后再来的话,我们早就飞走啦!有一大群鹳鸟往南飞,我们飞在前头,你们跟在后面,这样就不会迷路了。我和孩子们也会留神照顾你们的。"

"我要把那朵莲花带回去,"埃及公主说,"我女儿披着天鹅的羽毛衣飞在我的身边。原来我要带回去的是我心里开出来的花朵,整个谜团就这样解开了。回家去啦,回家去啦!"

可是小海尔嘉说,她务必要先去见一下养母,那个善良的海盗妻子,然后才可以离开丹麦大地。海尔嘉回想起每一件美好的事情,养母讲过的每一句充满慈爱的话,她哭泣时的每一滴眼泪。此时此刻她觉得自己最爱的是那一个母亲。

"是呀，我们应该到海盗住的寨子去，"鹳鸟爸爸说，"孩子他妈和孩子们都在那里等我呢！他们等得心焦的时候就会眼珠子转个不停，嘴巴里话也多起来。不过，孩子他妈如今已不大唠叨了，说起话来简短得多了，这样一来她的好心眼就更加分明了。我得赶紧高叫几声，好让他们听见我们快要到了。"

鹳鸟爸爸伸长脖子张大嘴，高声尖叫了几声，然后他带着那两只天鹅飞往海盗住的寨子。

寨子里的人还在熟睡之中。海盗的妻子直到深夜才睡着，她在为小海尔嘉担心。小海尔嘉同那个基督教神甫已经不见了整整三天，一定是她帮助他逃走的，因为马厩里她的骏马也不见了。可是这一切究竟是靠了什么力量做到的呢？海盗的妻子觉得神秘得不可思议。她正在苦思冥想这个奇迹是怎样发生的，忽然想起了那位基督教神甫和信仰他、跟随他的那些人来，她曾经听说他们的种种奇异的圣迹显灵。她想来想去，渐渐地这些想法变成了一个梦。在梦境里，她觉得自己还醒着，坐在床上苦苦地思索着。窗外，天空里一片漆黑。忽然间狂风大作，暴风雨袭来了。她听到大海在怒吼、在咆哮，从东边到西边，从北海到卡特加特海峡，整个海面都翻腾起来。那条据说是首尾相衔环绕着地球的巨蟒，也在他盘踞的海底里骚动起来。他在痉挛，他在抽搐。她梦见了"拉格纳洛克"[①]，也就是远古时异教徒们所说的世界的末日。众神

[①] 即世界末日。北欧神话故事中说到，众神居住的乐园遭到了火巨人的袭击，在这场浩劫中，众神几乎全都殒命。"拉格纳洛克"描绘的惨状大抵是火山爆发时的景象。

悲惨的毁灭来到了，他们大难临头，没有一个能躲得过，甚至连至尊的主神也在劫难逃。天庭报警的号角吹响了[①]，众神身披铠甲跃马驰过彩虹桥[②]去作最后的殊死斗争。冲在最前面的是长着翅膀的瓦尔基里氏仙女们[③]，殿后的是阵亡武士的英灵[④]。在他们身边，天空中北极光闪烁，可是那微弱的光芒马上就被黑暗吞噬。那真是可怕至极的恐怖时刻。

紧挨在惊恐万分的海盗妻子身边，小海尔嘉趴在地上，她的外形还是那个丑陋的青蛙。她在瑟瑟发抖，紧紧地依偎着她的养母。养母把她抱到双膝上，疼爱地搂紧了她，一点也不在乎披着青蛙皮的小海尔嘉是多么难看。天空中传来了刀剑碰撞的铿锵声，还有箭镞飞鸣的嗖嗖声，仿佛有无数巨大的冰雹朝她们的头上狂泻下来。天崩地裂、星辰陨落的时刻来到了，所有一切都在火巨人苏东的烈焰之中化为灰烬。

可是她知道一片新的天地将会出现。在大海翻腾的昔日荒凉的沙滩上，麦浪将会随风摇曳。那个名字不可以随便乱叫的上帝将会统治整个宇宙。那个温和可爱的光明神巴德尔从死亡之国被解救出来之后，就蒙上帝宠召升入天国。他来了，海盗的妻子看

[①] 神话中天庭守护神海姆达尔不分昼夜地巡逻放哨，他身上挂着大号角，遇到紧急变故便吹起号角报警。

[②] 彩虹桥是神话中天庭的出入口，是一座用水、火和空气造成的桥。

[③] 瓦尔基里氏仙女是神话中主神奥丁的武装侍女，她们在天空中骑马飞驰时盔甲闪闪发光，就形成了北极光。

[④] 主神奥丁居住的瓦尔哈拉神殿又名英灵殿，奥丁在这里收容阵亡壮士的英魂，并且同他们饮酒作乐。

见了他，她认出了他，原来他就是那位英俊的基督教神甫。

"白色的基督！"她高声呼唤道。在喊出这个名字的时候，她在那个丑陋的青蛙孩子的前额上亲吻了一下，于是青蛙皮忽然脱落下来，小海尔嘉站在她的面前，目光炯炯，从来不曾这样温柔动人，她比以往任何时候更加美丽。她亲吻着养母的双手，感激她在自己受苦受难的日子里给予全部的爱和关怀，感激她在自己心中唤醒并培育了思想和智慧，感激她使自己能够叫出她方才呼唤的那个名字。小海尔嘉为她的养母祝福后，就变成了一只巨大的天鹅，展开双翅飞翔起来。双翅摆动的声响就像有一大群候鸟飞过天空。

海盗的妻子这时惊醒过来。窗外传来了簌簌的翅膀摆动的声音，她知道这表示鹳鸟将离开这里迁徙到南方去。她听到了这个响声，很想再去看看他们，向他们道别。于是她起身下床，走出屋外，来到门廊上。她看见两边房子的屋顶上密密麻麻地站满了鹳鸟，一只靠一只排列成行。围绕着院子四周，在大树的上空，大群大群鹳鸟在盘旋翱翔。她站在廊沿下，靠近那口水井，小海尔嘉常常蹲坐在那里，用她的疯狂行为吓唬她，这时，在她的正对面有两只天鹅站着，用聪明的眼睛凝视着她。她忽然想起了她的那个梦，梦境中所见的一切在她的心目中依然是真实的。她想起了小海尔嘉变成了天鹅，她想起了那个基督教神甫。这时，她心里不禁涌起了一阵狂喜。

那两只天鹅拍打着翅膀，弯下了她们的脖子，似乎在向她鞠躬致敬。海盗的妻子张开双臂朝她们迎了过去，好像她已经懂得了她们的意思。她淌着眼泪，却又在微笑，站在那里陷入了沉思。

所有的鹳鸟都展开翅膀，嘴里发出高声鸣叫，往南飞去。

"我们不再等候天鹅了，"鹳鸟妈妈说，"她们想要一道走的话，就要赶快。我们不能在这里一直等到鸻鸟都走了还不动身。我们全家一起跟着鹳鸟迁徙比跟别人走要好得多，用不着像苍头燕雀或者鹧鸪那样雌的雄的分成两群走，在我看来那真不像个样子。怎么天鹅拍打起翅膀来了？"

"噢，那是因为各种鸟飞起来的姿势不同，"鹳鸟爸爸说，"天鹅顺着斜线缓缓起飞，鹳鸟则是按三角形飞起来，而鸻鸟则飞成一条曲线，像蛇那样。"

"我们飞在高空，千万不要提到蛇，"鹳鸟妈妈说，"那只能吊起孩子们的胃口，却又无法让他们解馋。"

"我们的身体底下是不是我听说过的高山？"披着羽毛衣的小海尔嘉问道。

"那是孕育暴风雨的乌云在我们身底下滚滚翻腾。"母亲回答说。

"那边升得很高的白云又是什么呢？"小海尔嘉又问道。

"你见到的是终年积雪的山顶。"她的母亲回答道。她们飞过了阿尔卑斯山，飞向蔚蓝色的地中海。

"非洲的大地，埃及的海滩！"披着天鹅羽毛衣的尼罗河的女儿欢呼起来。她从高空中看到了她祖母的大地，那是尼罗河两岸连绵不断的浅黄色波浪形的陆地和地峡。

别的鸟儿也看到了，他们都飞得更快了。

"我闻到了尼罗河的淤泥和黏糊糊的青蛙的气息了。"鹳鸟妈妈说，"是呀，这下子你们可以尝到可口的东西啦！你们可以见到秃鹳、朱鹭和鹤了，他们和我们是同一个家族的，不过没有我们这样好看。他们反倒一个个神气活现地摆出一副高傲的样子，尤其是朱鹭。朱鹭被埃及人宠坏了，埃及人还在他们的肚皮里塞满香料，把他们做成木乃伊。我倒宁可肚皮里塞满活青蛙。你们也会这样想，还应该这样去干。活着的时候肚皮吃得饱饱的，胜过死后风光一番。我就是这样想的，我觉得这个想法任何时候都不会错的。"

"鹳鸟飞回来啦。"尼罗河边上那座富丽堂皇的宫殿里的人说道。在宽敞华丽的厅堂里，国王躺在病榻上，他的身体底下垫着羽绒垫子，身上盖着豹皮。他奄奄一息，正在等待着北方沼泽深潭中的莲花。皇亲国戚和侍从们在他的四周站着。这时和鹳鸟一起飞来的两只美丽的天鹅飞进了厅堂，她们脱下了身上的羽毛衣，立即变成了两个美丽的女人，她们好比两滴露珠一样相像。她们把长头发甩到背后，弯下身去俯向那个面色苍白的衰弱的老人。当小海尔嘉扑到她外祖父身上的时候，老国王的双颊显出了红润，眼睛里也有了光芒，僵硬的手脚又恢复了生机。老人站起来了，身子骨硬朗而结实，女儿和外孙女用她们的胳膊挽着他，好像是在一场长长的噩梦之后高高兴兴地向他问候。

整个王宫里充满了欢乐，连鹳鸟的鸟巢里也是这样。他们欢天喜地的原因不外乎食物可口而丰盛，在这里青蛙一群又一群，多得不得了。那些博学者可忙坏啦，他们匆匆忙忙地把有关公主母女俩和那种能够起死回生的花朵的事迹载入史册，因为这件天大的幸事使王室和全国都得到了幸福。鹳鸟爸爸和鹳鸟妈妈按照他们自己的那一套说法把整个故事讲给全家听,当然是在大家美美地吃饱了肚皮之后再讲的,否则大家是不会有心思听人讲故事的。

"现在你可要飞黄腾达啦,"鹳鸟妈妈说,"否则就太不近情理了。"

"那么我应该担任什么官职呢?"鹳鸟爸爸说,"我究竟做过什么轰轰烈烈的大事呢?啥也没有做啊。"

"你可比谁的功劳都大,要不是你和孩子们,公主母女俩就绝对回不了埃及,也就无法治好那个老人的病。你必定会得到一官半职的,起码会得到一个博士学位,这是不在话下的。我们的孩子们会继承这个职位,然后又传给他们的孩子,就这样世代相袭。你的派头已经像一位博士了,至少在我眼里看起来是如此。"

那些博学者和智者把这桩大事圆满告成的基本思路又作了进一步的发挥,他们对"爱能孕育出生命"这个命题又做出了和以前不同的解说。他们说:"埃及公主就是温暖的阳光,她去找沼泽王就把阳光的温暖也带去了,于是他们相会就开出了那朵鲜花……"

"我可是没有本事把这些话原原本本地背下来,"鹳鸟爸爸说,他在屋顶上听到了那些大人物的长篇大论,回到鸟巢里本想讲给全家听听的,"他们讲得太深奥。他们是那么聪明绝顶,所以马上都加官晋爵,还有丰厚的赏赐。连厨师都得到了奖章,大概是因为汤做得鲜美的缘故。"

"那么你得到了什么呢?"鹳鸟妈妈问,"他们总不至于把最要紧的大功臣忘在脑后吧?大功臣就是你!那些博学者从头到尾只不过动动嘴皮子而已。迟早要给你论功行赏的。"

夜深了，整个王国以及这个快乐的王室家庭都已沉浸在睡眠的安宁之中，唯有一个人却还醒着，那不是鹳鸟爸爸，虽然他在鸟巢里单腿站着，不过还是睡着了，尽管他很容易惊醒。那个醒着的人是小海尔嘉。她探身到阳台外面，仰望着晴朗的夜空，夜空中那颗闪烁着光芒的星星比她在北方看到过的要大得多，也明亮得多，尽管它们是同样的星星。她忽然想念起远在荒野的沼泽边上的海盗的妻子，想念着养母那双温柔的眼睛，想念着她为可怜的青蛙孩子流过的不知多少的眼泪。这个青蛙孩子如今站在尼罗河畔，在星光灿烂的夜空下领略着初春的温馨。她想念着这个异教徒女人胸中怀着的爱心，这个女人把一颗爱心全都献给了一个小生灵。当这个生灵是人形的时候十分可恶可憎，但在变成青蛙之后却又那么可怜可悲，没有人愿意用正眼瞅她一下，更不敢去碰她一下。她仰望着光芒闪烁的满天星斗，不由得想起她同基督教神甫一马双骑飞越森林和沼泽的情景。那位已经死去的神甫前额上闪烁着同样的光芒。他那抑扬顿挫的语调在她的脑际萦绕，她听见他讲的那些话，她坐在马背上浑身颤抖起来，心灵受到了震撼，因为这些话来自伟大的爱的源泉，是主的博爱，广博的爱对所有的生灵赐予恩泽。

是呀，她还有什么没有被赐予呢？还有什么没有赢得呢？还有什么没有做到呢？小海尔嘉不论白天和黑夜都在沉思着，在品味着她的幸福，就像一个孩子得到了各种各样的美丽的礼物之后便迫不及待地转过身去欣赏，而顾不上招呼送礼的人一样。她好像是沉浸在幸福之中，这种欢乐的心情越来越强烈地使她憧憬着即将到来的幸福，而且深信幸福必将到来。难道她不是曾经被奇迹赐予一个又一个，而且一个比一个大的福祉吗？她陶醉在欢乐中，不能自拔，终于有一天她把赐予她这样的幸福欢乐的主忘到脑后去了。那是年轻人的心浮气躁。她的眼神里流露出一种年少气盛的好胜心理。突然间，从下面院子里传来的一阵嘈杂声，把她从沉思中惊醒过来。她低头张望，只见两只很大的鸵鸟绕着很小的圈子在疾步奔跑。这种鸟她从来不曾见过，他们个头十分高大，体态沉重笨拙，两只翅膀看上去像是被人剪掉了，看上去像是曾经受到过伤害。她向人问起过这种鸟，还从埃及人嘴里第一次听到了关于鸵鸟的传说。

这种鸟过去是很美丽的，翅膀巨大而结实有力。有一天晚上，森林里别的体态高大的鸟对他说："鸵鸟兄弟，如果上帝允许的话，我们明天飞到河边去喝水好吗？"鸵鸟回答说："我愿意这样做！"天一亮，他们就飞出去了，先是往高空飞，朝着上帝的眼睛——太阳飞去。他们越飞越高，鸵鸟遥遥领先地飞在最前面，他的身后跟着所有别的鸟。他骄傲得不可一世，骄傲得只相信自己的力量，而把力量的赐予者忘在脑后了。他根本不说"如果上帝允许的话"，于是专管惩罚的天使揭开了遮掩在太阳火焰上的帷幔，鸵鸟的翅膀立即化为灰烬，鸵鸟被烧得焦头烂额，落到地上。他和他那一族从此以后再也没有力量飞起来了，只能诚惶诚恐地绕着小圈子，像要逃走似的没命奔跑。鸵鸟的故事给人的启示是：我们的言行举止、一举一动都要想到说一句"如果上帝允许的话"。

小海尔嘉若有所思地低下头去，瞅着那只像是遭到追赶而拼命狂奔的鸵鸟，看着他那惊恐的神情，看着他在见到阳光在白墙上映出他的高大的影子时的那种踌躇满志。在她的心灵里和头脑里，一个神圣的庄严肃穆的想法深深地扎下了根，她眼下已经得到了绚丽多彩的、非常幸福的生活，至于今后的事情，未来生活中会发生什么事情，最好的安排就是："如果上帝允许的话！"

初春来到了，鹳鸟们又要往北迁徙了。小海尔嘉在她的金手镯上镌刻了自己的名字。她把鹳鸟爸爸叫到自己的身边，把金手镯套到他的脖子上，请他捎给海盗的妻子，让她见了金手镯就知道她的养女幸福地活在人间，而且牵肠挂肚地惦记着她。

"捎带这东西分量太重啦！"当金手镯套到脖子上的时候，鹳鸟爸爸这样想道。可是黄金和荣誉是不可以随便扔到大街上去的。鹳鸟会带来好运气，那边的人都是这么想的。

"你生你的黄金，我生我的蛋，"鹳鸟妈妈说，"你只生这么一回，我却年年都要生。可是我们两个谁也没落个好，真叫人寒心哪！"

"可是咱们毕竟都有一颗良心呀。"鹳鸟爸爸说。

"良心顶什么用，你能把它拿出来挂在脖子上？"鹳鸟妈妈说，"它既不能带来顺风，又不能填饱肚皮。"于是，鹳鸟们飞走了。

在罗望子树丛里歌唱的夜莺不久也要迁徙到北方去。小海尔嘉在那荒野的沼泽边上常常听见他在歌唱。她要拜托夜莺替她捎个口信到北方去。她早已会说鸟语了，从披上天鹅羽毛衣那一刻起，她就时常同鹳鸟和燕子交谈。她知道夜莺必定懂得她的话。她请求他飞到日德兰半岛的山毛榉树丛，那里有一座用树枝和石块垒成的坟茔，她恳求夜莺请那里的小鸟都来保护这座坟，在坟前唱首歌，再唱首歌，一直唱下去。于是夜莺飞走了。

到了秋天，站在金字塔上的苍鹰看见了浩浩荡荡的骆驼队，每只骆驼身上都驮满了东西。在骆驼队两旁是衣着华丽、佩挂刀剑的武士，他们雄赳赳、气昂昂地骑在鼻孔里呼哧呼哧喷吐着泡沫的阿拉伯骏马上。每匹马的毛色都白得像银子那样耀眼，粉红色的鼻孔不断地翕动着，长长的马鬃几乎拖到了细长的马腿上。他们是远道而来的富有的贵宾，是一位阿拉伯王子和他带领的人马。这位王子长得非常英俊，就像一位王子应该长的那样。他走进了那座华丽的大宫殿，那里屋顶上的鹳鸟巢如今空荡荡的。那些曾经住在那里的鸟儿已经迁徙到遥远的北方，不过他们很快就会回来的。一点不错，他们就在那个最快乐、最热闹的日子里回来了。一场喜庆的婚礼将在这里举行。新娘是美丽的海尔嘉，她穿着丝绸婚服，戴着闪闪发光的首饰。新郎就是那个年轻的阿拉伯王子。新郎和新娘坐在宴席的上首，坐在新娘的母亲和外祖父之间。

可是海尔嘉的目光并没有落在新郎那张长着黑须、双颊被阳光晒成棕色的漂亮的面孔上，她的目光也没有凝视王子的眼睛，而王子的双眼却深情地看着她。她的目光仰望着屋外满天繁星，那里有一颗分外明亮的星星。

这时屋外的天空中传来了呼啦呼啦的扇动翅膀的声音，原来是鹳鸟们回来啦。鹳鸟爸爸和鹳鸟妈妈这老两口顾不得长途飞行的劳累，他们没有休息一下就来到了王宫门廊的围栏上。他们知道这是一场什么样的喜庆婚宴。他们在刚飞进这个王国的边界时，就听说海尔嘉已经命人把他们的模样绘在王宫的墙壁上,因为他们是她的生活中不可或缺的一部分。

"真是想得周到。"鹳鸟爸爸说。

"可是一点也不多,"鹳鸟妈妈说,"再少就更不行啦!"

海尔嘉一眼看见他们飞回来了,就赶忙站起身来,离席走出屋外来到门廊。她走到他们身边,亲昵地抚摩他们的背。鹳鸟老两口弯弯脖子,低头行礼。他们的孩子,就连最小的鹳鸟,都对这样的接待感到十分光荣。

海尔嘉抬起头来,又仰望着那颗越来越明亮的星星。忽然在她和那颗星星之间飘浮出一个人影,那个人影比空气还圣洁清纯,因此可以看得清清楚楚。他飘浮过来,离她身边很近。原来他就是那位已经去世的基督教神甫,他也赶来参加她的隆重的婚礼了,他是从天堂里来的。

"天堂里光辉灿烂,绚丽夺目,那是人间任何地方都找不到的。"他说。

海尔嘉怀着比以前更加虔诚、更加敬仰的心情祈祷,恳求得到垂怜,让她能够亲自瞻仰天堂和上帝,哪怕只看一眼,哪怕只有一分钟也好。

于是仙乐飘渺,光华辉煌,他带领她冉冉升入空中。这种辉煌和仙乐并非来自她的四周,而是从她的内心里发出来的,是萦绕在她的内心里的。

"现在我们该回去了,大家都在等着你。"他说。

"让我再看一眼吧,"她恳求说,"只要再看短短的一分钟。"

"我们必须回到人间去了,客人们快走光了。"

"让我再看一眼吧,最后的一眼!"

海尔嘉又站在门廊上了,可是屋外为婚礼而燃烧的火把早已熄灭,张灯结彩的厅堂里一片黝黑,鹳鸟们不见了踪影,宾客们也都不见了,连新郎也不知去向。一切都好像倏然消逝了,可是那只不过转眼的工夫,就短短的几分钟。

海尔嘉惊恐起来,弄不明白这是怎么回事。她从门廊穿过空荡荡的厅堂,走进隔壁的一间房间,只见一些陌生的武士在里面睡觉。她打开了一扇通往她卧室的边门,正当她要踏进去的时候,猛然间抬头一看,发现自己却站在花园里。可是早先明明不是这样的。天际已经泛出了红色,天快破晓了。

只在天上待了三分钟,人间却已过去了整整一个晚上。

后来她终于看见了鹳鸟们。她招呼他们,用的是他们的鸟语。鹳鸟爸爸朝她转过头来,侧着脑袋细听了半晌,然后走近她的身边。

"你讲的倒是我们的话,"他说,"你想要什么?你为什么到这里来?你这个陌生的女人!"

"我是海尔嘉呀,是我呀!你们难道不认识我了?三分钟之前我们还在门廊上一起说话呢!"

"你弄错了吧,"鹳鸟爸爸说,"你大概在做梦,梦见了这一切。"

"不是的,不是的。"她说。于是,她讲起了那个海盗寨子和那个荒野的沼泽,还有她远道来到这里……

鹳鸟爸爸眨巴着眼睛,半响才说:

"那可是一个很古老的故事,我听说那是发生在不知哪一辈老祖母时代的事情啦。在埃及,确实曾经有过这样一位公主,她来自丹麦的大地,可是她在举行婚礼的当天晚上突然失踪了。那是好几百年前的事情啦,她再也没有回来过。你可以自己去看看花园里的那座纪念碑,上面刻着天鹅和鹳鸟的形象,在纪念碑顶上站着的就是海尔嘉公主的大理石雕像。"

事情的经过就是这样。海尔嘉看到了那座纪念碑,她明白过来了,顿时她双膝跪下。

太阳出来了,阳光普照大地,就像在久远的年代里一样,那时青蛙皮在阳光下脱落,变成一个美丽的人形,此刻在阳光洗礼中,一个美丽的身躯冉冉升入天空。这个身躯比阳光还要明亮,还要圣洁,她化为一道闪亮的光芒飞向上帝。

她的血肉身躯化为尘埃,她站立过的地方只剩下一朵凋谢的莲花。

"这是这个故事的新结尾,"鹳鸟爸爸说,"我倒不曾想到过会有这样的结局,不过我觉得这是一个很好的结尾。"

"我不知道孩子们会怎么说。"鹳鸟妈妈说。

"是呀,这才是最要紧的。"鹳鸟爸爸说。

赛跑者

设立了一个奖项,噢,应该说是设立了两个奖项——头奖和二等奖,都要奖给跑得最快者,不是某一次比赛的,而是全年跑得最快的。

"我赢得了头奖。"野兔说,"要是评判委员会里的某位有家属或者亲朋好友参加比赛的话,也必须做到公正无私才行。可是蜗牛竟得了二等奖,我认为这简直是对我的侮辱。"

"不对!"作为颁奖目击者的栅栏横杆说道,"勤奋和毅力也必须考虑在内。好几位令人尊敬的长者都这么说过,我也持有同样的观点。蜗牛确实花费了半年工夫才迈过门槛,由于过分匆忙还摔断了大腿骨,这真够他受的,可是他仍旧全心全意地在使劲跑,而且背上还驮着他的房子,这一切都令人肃然起敬。再说他只不过得了二等奖。"

"其实也应该把我算在被考虑的行列之中才对。"燕子说道,"我相信,没有人能比我飞得更快,能做那样的急转弯。我什么地方没有去过?我飞得老远老远。"

"是呀,这正是你的不幸之处。"栅栏横杆说道,"你到处闲游浪荡,天气一转凉你就总不在老地方待着,而是跑到国外去了。你一点爱国之心都没有!不能把你考虑进去的。"

"可是我总不能在沼泽地里躺着挨过冬天吧,"燕子说道,"难道要我这段时间冬眠,才会把我考虑在内吗?"

"只要沼泽妇人出个证明,说是一年之中你确实有一半时间是在国内睡觉的,那么你就可以在考虑之列了。"

"我本来应该得头奖而不是二等奖的,"蜗牛说,"我心里很清楚,野兔每次飞奔都是出于胆小懦弱,因为他觉得危险正在逼近,才赶快逃跑。而我不是,我把自己的奔波不息看成是我毕生的天职,所以在执行这项使命中受伤跛足亦在所不惜。如果说这项头奖非得颁给谁的话,那就非我莫属。不过我不愿意闹得满城风雨,我瞧不起那种做法。"

蜗牛不屑地吐了口唾沫。

"我可以发誓,字字句句都说得明明白白:每次评奖时,至少我在评奖中的投票都是公正的。"评判委员会委员,森林里的那个老地界标志牌说道,"我总是按照一定顺序,经过深思熟虑才投票的。我有幸参加过七次颁奖,但是直到今天我才能如愿以偿地实行自己的主张。每次颁奖我总是按照既定的原则办事。我总是按照字母顺序从头往下数,每次轮到的那个字母就选作头奖,再从最后一个字往回数,轮到的那个字母就得二等奖。这一次是第八次颁奖,你们要注意:从第一个字母'A'数起,到第八个正好是'H',于是就选中了'H'开头的野兔,我就投了野兔的票。而倒数过来第八个字母是'S',因为我没有把'D'这个字母算进去,这个字母发音很不恰当,而对不恰当的东西,我总是宁愿跳过去的,正是这个缘故,我才投了'S'字母开头的蜗牛一票,让它得二等奖。下一次比赛该轮到'I'字母开头的参赛者得头奖,'R'

字母开头的得二等奖。不管办哪件事情，总是要有一定的规矩才行，按照规矩办事才不至于乱了套。"

"本来，要是我不在评判委员会里的话，我是要为我自己得头奖而投一票的，"驴子说道，他也是评判委员，"要考虑的不只是能够跑得多么快，还有别的条件也要考虑进去，比方说能够驮多少重量，等等。不过这一次我们就不强调这一点了，也不必指出野兔在奔跑中玩弄的伎俩了，比方说他跑着跑着忽然一闪身朝旁边一跳，把后面的追赶者引入歧途。不，还有另一件事情，这也是我们大家不应该忽略的，那就是人们称之为'美'的东西。我看到了这东西，我看到了野兔的一对匀称而好看的耳朵。这双耳朵多么长呀，真是叫人看得开心，我觉得仿佛看到了我自己，从他身上看到了我小时候的模样，于是我下决心投了他一票。"

"嗡……"苍蝇说道，"我不打算长篇大论地发表演说，我只想讲一点小事。我很明白我自己曾经不止一次地超越过野兔。不久之前，我还轧断了一只小野兔的后腿呢。我歇在火车最前面的车头上，我时常这样做，为的是可以清楚地看到自己前进的速度。一只年轻的野兔在前面老远的地方奔跑着，他没有想到我会歇在火车头上。到了最后他跑不动了，出了一个闪失，火车头就把他的后腿轧断了。那是因为我歇在那上面。野兔倒下去了，而我却还在继续奔跑，难道这不是胜过他了吗？不过我并不要索取什么奖品。"

"我以为，"野玫瑰心里嘀咕道，但是她没有大声说出来，因为她生来就不爱说话，其实她说出来倒是一件好事，"我认为太阳光应该获得光荣的头奖还连同二等奖，它从太阳那里一下子就飞过了那段远得难以测量的路程，来到我们身边，而且它的力量还那么大，把整个大自然唤醒过来。它随身带来了一种美，使得我们玫瑰都变得姹紫嫣红，还散发出芬芳的香味。高贵的评判委员会似乎根本就没有注意到这一点。我若是太阳光的话，非要用光芒来刺疼他们不可。不过这只会使他们发疯，他们一个个本来就已经在发疯了，所以我还是什么话都不说吧。"野玫瑰这样想道，"但愿森林一直处于和平之中：鲜花盛开，芳香四溢，精神振奋，这一切该多么美好啊，让我们在传说和歌唱中生活下去吧！反正太阳光会比我们哪一个都要活得更长久。"

"头奖是什么呢？"蚯蚓问道，他睡过了头，直到这会儿才赶到。

"免费进入菜园的门票！"驴子说道，"我建议把这作为奖品。野兔必定而且也应该得奖。我作为一位富有理性思维而又有活动能力的评判委员，必须对奖品能够为获奖者带来的好处给予周到而理智的考虑。获奖者必须得到实惠，野兔可以不必为一日三餐而操心。至于蜗牛嘛，他可以坐在石头围墙上舔舔苔藓，日后哪一天还可以被接纳为赛跑评判委员会的首席评委。在被人类称为委员会的机构中，有一个懂行的专家是大有好处的。我说我对未来抱有很高的期望，因为我们已经有了一个很好的开端。"

钟的深渊

"叮当，叮当……"欧登塞河一处名为"钟的深渊"的地方传来了清脆悦耳的钟声，那么这是一条什么样的河流呢？欧登塞城里的孩子们个个都知道它。这条河流蜿蜒曲折，沿着一家家的花园绕城流过，再从一座座小木桥底下经过水闸流向水磨。在河里生长着黄颜色的睡莲，还有带着棕色绒毛的芦苇，那里还长着黑糊糊的像天鹅绒一般的菖蒲，又高大又茂密。老朽的柳树树干绽裂，树枝倾斜歪倒，柳条摆动摇曳，一直垂到了修道院沼泽地的水面上，垂到晾晒衣物的草地旁。而河的对岸一个花园挨着一个花园，花园和花园又各不相同。有的园子里开满了美丽的鲜花，还修筑了凉亭，整洁精致、美轮美奂，就像玩具娃娃住的小房子一样；有的园子里种满了卷心菜和别的蔬菜；有些地方干脆连园子都看不见了，因为河边长着高大的接骨木树丛，枝叶朝四周舒展开来，远远地伸到河面上，垂入潺潺的流水之中。河里有一些连船桨都够不到底的深处。在古老的修道院外面有一处地方河水最深，那地方被称为"钟的深渊"，河神就住在那里。白天，当太阳把河水照亮的时候他就睡大觉，而到了月明星稀的夜晚他才出来。他的年纪已经很大很大了。外祖母说，她是从她的外祖母那里听说过他的。他过着孤独寂寞的生活，除了那口巨大而古老的钟之外,连个说话的人都没有。那口大钟曾经一度挂在教堂的钟楼上,如今楼和教堂都已经无影无踪了。那座教堂名叫圣阿尔巴尼。

"叮当,叮当……"当钟楼还在的时候,这口大钟就发出这样的响声。一天傍晚,太阳落山的时候,那口大钟晃动得非常厉害,它一下子挣脱出去,飞出钟楼,大钟的黄铜在晚霞的映照下闪耀出了炫目的光彩。

"叮当,叮当……现在我要去睡觉了。"大钟唱道,它纵身飞到欧登塞河上,落进了河里那段最深的地方,至今那地方一直还被人叫作"钟的深渊"。可是它在那里既没有睡觉,也得不到休息,它在河神身边照样要鸣响。叮当叮当的钟声透过河水传出河面,连岸上都清晰可闻。许多人说这钟声是不祥之兆,预示着有人要死去,可是事实并不是这样,一点也不是,而是那口大钟在给河神讲故事,河神不再感到寂寞了。

大钟讲了一些什么呢?它老了,它真是老极了。据说在外祖母的外祖母出生之前就有这口大钟了,不过若是论起年纪来,它在河神面前只不过是个小孩子而已。那位河神才真正说得上老呢,他是个老态龙钟、安详文静的长者,一个非常古怪的人。他身上穿着鳗鱼皮做的裤子、带鳞的鱼皮做的上衣,衣服上缀有黄色的睡莲纽扣。他头发上挂着灯芯草,胡须上沾满了浮萍,那模样真是不好看。

大钟讲了些什么呢?要重新讲一遍的话,起码要花上整整一年时间。它滔滔不绝地讲呀,讲呀,没完没了地讲那些过去的事情,而且讲来讲去往往是同一件事情;有时讲得长一点,有时又讲得短一点,这全凭它的高兴。它讲述古老的年代——那些艰辛而又黑暗的年代。

"圣阿尔巴尼教堂悬挂大钟的那座高高的钟楼上,来了一个修士,他年轻英俊,比别人更爱动脑筋。他从钟楼的窗洞里朝着欧登塞河对岸望去。那时候这条河的河面很宽,连沼泽地也是湖泊。他的目光从绿色的河堤往上看,凝视着'修女陡坡'。陡坡上有一座修道院,修女住的单人房间里闪着灯光,他同那个修女已相识很久,对她很熟悉,过去的事常常萦绕在他的心头,他不能忘情,心跳得特别厉害。叮当,叮当……"

是呀,大钟讲的就是这样的故事。

"有一回主教的傻仆人来到了钟楼上,他爬上来的时候,我恰好在来回晃动。就这样,一口又坚硬又笨重的大钟,还是黄铜铸成的,在来回不停地晃动,我本可以把他的前额砸得开花。他一屁股坐到我的底下,手里拿着两根木签子玩耍起来,好像在拉小提琴,他还边拉边唱道:'现在我敢放声高唱,把平时轻轻哼一声都不敢的事情全唱出来,要把上了锁的牢房里的铁窗生活一件件唱遍。那里又冷又潮湿,老鼠大得可以把人活活地吃掉。可是却没有人知道,也没有人听说过。直到现在也无人知晓,因为钟声实在太响啦。叮当,叮当……'

"从前有个国王,大家都叫他克努特,他对主教和修士都毕恭毕敬,然而他对汪达尔地区的居民却毫不留情,过分沉重的赋税和粗暴的言辞逼得百姓们拿起了武器和棍棒,像赶一头野兽那样把他从这个地方驱逐出去。他躲进了这座教堂里,把大门和窗户全都关紧。愤怒的人群围在教堂外面,我听见他们在厉声叫骂。喜鹊、乌鸦还有寒鸦全都被人群的叫声吓得心惊胆战,它们一会儿飞进钟楼,一会儿又飞出去。它们朝下看着人群的动静,又从教堂的窗子朝里望,并且高声叫着它们看到了什么。克努特国王双膝跪在祭坛前默默地祈祷,他的两个兄弟埃里克和班尼迪克特都手握着出了鞘的利剑保护着他,可是国王的仆人,那个不忠的布莱克背叛了他的主人,于是外面的人群知道了从哪个地方可以击中国王。有人从窗子扔进来一块大石头,国王倒下去死了。于是人群和小鸟的叫声响彻了云霄,我也歌唱起来。叮当,叮当……"

教堂里,大钟悬挂得很高,可以望得见周围很远的地方,小鸟们时常登门拜访,所以它听得懂鸟语。风儿从窗户、从出气孔、从一切有缝隙的地方吹进来。风儿什么都知道,它从空气中打听到了所有的一切。空气包围着世上所有的东西,凡是有生命的东西都要依赖于它。它可以一直钻进人的肺部,探听到一切声音:人发出的每一个声音,讲出的每一个字眼,还有每一声叹息。空气知道这一切,风儿就到处讲述这一切。教堂的大钟听得懂风的语言,它用钟声传播给全世界。叮当,叮当……

"可是,我听到的和知道的东西实在太多了,我没有力气把它们全部都用钟声传播出去。我累极了,我变得那么笨重,以至于把横梁都压裂了,于是我便飞出来,穿过明晃晃的天空,跌进河里最深的地方,也就是河神居住的地方。他一个人孤零零的,寂寞得很,我就年复一年地向他讲述我听到的和我知道的东西。叮当,叮当……"

从欧登塞河的钟的深渊里传出来的就是这样的钟声,外祖母这么说。

可是小学里的老师却另有说法，他说："没有一口钟可以在那里发出声音来，因为在水里是发不出声音来的。那里也没有河神，因为河神根本不存在。"当其他所有教堂里的钟响起清脆洪亮的钟声时，他就说：你们听到的并不是钟所发出的响声，其实是通过空气传播过来的响声，那是空气在鸣响，空气是能传播声音的。外祖母也曾讲过：那口大钟说空气会传播声音。结果他们两人在这一点上不谋而合。

"小心为妙，小心为妙，一切全仗自己多多留神。"他们两人都这么说。

空气知道一切，它在我们的周围，它在我们的身体里面，它讲得出我们在想些什么和在做些什么。它讲起来要比欧登塞河里河神居住的那个深渊里的那口大钟要长久得多，那么长久，无休无止，直到天国的大钟响起了钟声：叮当，叮当……

歹毒的王子
一个传说

从前有一个凶狠歹毒、傲慢无礼的王子，他把全部心思都用在征服全世界的所有国家上，让人们一听到他的名字便吓得毛骨悚然。他倚仗着烈火和利剑到处横行，他的士兵肆意践踏农田里的庄稼，放火烧毁农民的房舍。鲜红的火舌舐光了树木上的叶子，把树枝烧成黑炭，把果实烤得干枯。许多可怜的母亲抱着赤身裸体还在吃奶的婴儿躲在冒着烟的残壁后面，士兵们到处搜查，若是发现了她们，便会像恶魔一样拿她们寻欢作乐，连邪恶的妖魔也做不出比他们更心狠手辣的坏事来。可是那个王子却觉得理所当然，这是照规矩行事。他的权势一天大过一天，他的名字让人恐惧不已。而且他运气极好，干的每一桩事情都能成功。他从被征服的城市运回了黄金和大量的财宝，他在自己的王宫里聚敛了比任何人都多的财富。他下令建起了富丽堂皇的宫殿、教堂和拱廊。任何人看到这些光彩夺目的建筑时都赞不绝口地说："真是一个伟大的王子啊！"他们却不曾想到他给别的国家所带来的苦难，他们也没有听到被烧毁的城市废墟里传来的呻吟声和叹息声。

王子看着他的黄金，看着他的那些宏伟的建筑，便有了与众人一样的想法："多么伟大的王子呀！不过我还要得到更多更多的东西！在这个世界上，任何人的权力都不能与我相比，更不用说想要超过我！"他向所有的邻国都发起了攻击，直到把它们全都征服。他下令把所有被打败的国王全都用黄金链子锁在他的马车前面，然后浩浩荡荡地在大街上游行。在他大摆宴席的时候，那些国王们必须跪在他和他的大臣们的脚下，捡拾扔给他们的面包屑。

后来王子下令在各个广场上和宫殿里全都竖起了他的雕像。非但如此，他还想在教堂的祭坛前竖起自己的雕像。可是教士们说："王子，您固然伟大，但是上帝更伟大，我们不敢如此放肆。"

"行呀，"歹毒的王子说，"那么我就连上帝也征服了吧！"出于傲慢和愚昧，他下令建造一艘奇妙的船只，他要乘坐这艘船穿越太空。这艘船必须建得五彩缤纷，有如孔雀张开尾屏。尾屏上有几千只眼睛，其实每只眼睛都是一个毛瑟枪口。王子端坐在船的中央，他只要按下一根尾屏上的羽毛，马上就会有上千颗子弹射出来，而毛瑟枪又会立即自动装满子弹。在这艘船的前面拴着几百只雄鹰。于是他就这样飞向太阳。

大地愈来愈往下沉，起先还可以看得见地上的高山和森林，不过也只是像一块刚刚开垦过的农田，大树像绿苗一样长在犁过的地里；然后看起来就像一幅平展的地图；不久之后这一切就被浓雾遮盖了。那些鹰越飞越高，于是上帝就从他手下的无数个天使中派出一个来应战。歹毒的王子瞄准天使发射出成千上万发子弹，然而飞向天使的子弹却都被天使光芒闪耀的翅膀反弹回来，像冰雹一样撒落下去。天使洁白的翅膀上流出了一滴血，仅仅是一滴血。

这一滴血落到了王子坐着的那艘船上，火立即熊熊燃烧起来；

那滴血有如千斤重的铅砣，压得那艘船飞速朝着地面落下来。雄鹰的翅膀折断了，狂风在王子的头上呼啸，焚烧着的船冒出阵阵浓烟，缭绕在他的四周。聚集的烟云形状各异，却都狰狞可怕，有的像巨大的螃蟹向他伸出利爪；有的像翻滚而来的巨石，也有的像喷火的恶龙。王子半死不活地躺在船里，最后被挂在森林里的大树丫之间。

"我非要征服上帝不可，"王子说，"我发誓，我的愿望一定要实现。"他花了七年时间建造起一艘艘可以供他在太空中飞翔的船只，他还下令用最坚硬的钢铁铸成了闪电霹雳，因为他要炸掉天上所有的堡垒。他从管辖的领土上召来勇猛的将士，组成一支浩浩荡荡的军队，这些军队布阵列队时，可以站满方圆许多里的地面。士兵们登上了那些船只，那个王子也走近了自己的那艘船。

这时候上帝派了一群蚊子下来，只不过是一群小小的蚊子。蚊子围住王子嗡嗡地飞来飞去，叮咬他的脸和手。他愤怒至极，抽出利剑来劈。然而他劈的只是空气，那些蚊子他却砍不到。于是他下令叫人用贵重的毡毯把他严严实实地裹了起来，这下子蚊子就无法钻进去叮咬他了。

哪知偏偏有一只蚊子就藏在毡毯里面，它钻进王子的耳朵里，狠狠地叮了他一口，疼得他像浑身被烈火烧灼一样。毒液流进了他的脑子，他连忙扯掉了裹在身上的毡毯，又把穿的衣服全都扯下来，就这样赤身裸体地在这群粗野而凶猛的士兵面前跳来蹦去。这些士兵全都唾骂这个发了疯的王子，因为他居然想要去攻打上帝，而他自己却被一只小小的蚊子所征服。

风儿讲述的瓦尔德马·多伊和他的女儿们的故事

风儿吹过草地,青草就像一泓被吹皱的湖水,泛起层层涟漪。风儿若是吹过麦田,那里就会麦浪起伏,像大海一样。这就是风的舞蹈。不妨听听它在讲些什么,它是用歌唱出来的,而且这声音是各不相同的,森林里的风声同从墙上的风孔、裂缝或者洞孔吹进来的风声是不同的。你可看见,风儿怎样在天空中像驱赶羊群一般地追逐着云朵;你可听见,风儿在地面上大摇大摆地闯进敞开着的大门,那飕飕的声音仿佛是守卫人吹响了他的号角。风儿从烟囱倒灌进来,吹到壁炉炉膛里就会发出奇怪的呜咽声,这时候火焰会一下子蹿得老高,还会爆溅出点点火星,火光把房间里所有的地方都照亮了。这时候最好是安安静静、舒舒服服地坐着听它讲故事。只让风儿自己讲!它所知道的故事和传说要比我们所有人知道的加在一起还要多得多呢!且听它在讲些什么:

"呼呼呼……风儿刮过去啰!"——这是它的开场白。

"在贝尔特海峡①边上有一座古老的庄园,庄园四周有一道用厚实的红砖砌起来的围墙。"风儿说,"我熟悉每一块砖石,我曾

---

① 位于丹麦西兰岛和菲茵岛之间的海峡。

经见到过它们。早先它们是被砌在海角那边贵族领主斯蒂格的城堡上,后来这些砖头都被拆了下来,砌进了另一个庄园的一座新墙里。那是波尔比庄园,那座庄园至今还在。

"我见到过居住在那里的高贵的先生和夫人,还有他们的变化不定的家族。现在我就来讲讲瓦尔德马·多伊和他的女儿们。"

"他总是傲慢地把前额朝天抬起,因为他有王室的血统,他不但会猎鹿,还能把一瓶酒都喝光。'就该这么做嘛。'他自言自语道。

"他的夫人身上裹着缀有金片的紧身长裙,体态苗条,在闪闪发光的拼花地板上娉娉婷婷地走过来。厅堂里铺着华丽的地毯,摆着整套价值不菲的家具,家具上全是精雕细刻的花饰;金银器皿是夫人从娘家带来的;地窖里藏满了德国啤酒;高大雄壮的黑色骏马在马厩里嘶鸣。波尔比庄园上好一派富贵景象,金银财宝在庄园里有的是。

"他们有三个孩子,是三个窈窕淑女:伊达、约翰娜和安娜·多西娅。我至今还记得她们的名字。

"他们是有钱的富豪,是文雅的上流人家,生来就在荣华富贵之中,而且在这样的环境里长大。呼呼呼……风儿吹过去啦。"风儿说道,它又接着说下去。

"我在这里见不到其他古老的庄园里所常见的景象:高贵的夫人们同侍女们一起在纺车前用手摇着纺车纺纱。这位夫人却用手拨动着六弦琴的琴弦,随着音乐唱起歌来,而且唱的并不总是古老的丹麦歌曲,多半是外国歌曲。这里总是欢声笑语,贵客盈门,总是歌声悠扬,碰杯的叮当声不绝于耳,连我的声音都休想盖过它们。"风儿说,"这里真是骄奢淫逸,排场阔绰,但不信奉上帝。"

"那天正是五朔节的前夜,"风儿说,"我从西边一路过来,看到西日德兰半岛的海岸上有些遇险沉船的碎片残骸。我越过荒原和海岸,越过菲茵岛,来到贝尔特海峡,累得气喘吁吁。"

"后来我在西兰岛海岸靠近波尔比庄园的地方停了下来,那里至今还有一大片繁茂的橡树林。

"那一带的小伙子都到这里来拾树枝,他们挑那些最粗壮最干燥的树枝带回城里去,摆成一堆堆的,点燃之后,小伙子和姑娘们便围着篝火唱歌跳舞。"

"我静悄悄地躺着,"风儿说,"不过一不小心轻轻地触动了一根树枝,那一根是那个最英俊的年轻人摆放在篝火堆上的,他捡的柴火都烧出了很高的火焰,而这一根的火焰是最高的,于是他被选中了,获得荣誉称号,成为'街头老大',有资格可以先挑出个姑娘来作为他的'街头绵羊'。这是一种欢乐,这是一种开心,比富豪的波尔比庄园的场面要大得多。"

"一辆由六匹骏马驾辕的金光闪闪的马车朝着庄园疾驰而来,车上坐着那位高贵的夫人和她的三个千金。三位小姐是那样风华正茂,那样娴静文雅,那样天生丽质,简直就是三朵美丽的花:玫瑰、百合和浅色风信子。而她们的母亲则是明艳的郁金香。不断有人停下来朝着她鞠躬或者行屈膝礼,那位夫人却并没有向哪一个人问候致意,俨然是一朵已经僵在花梗上的花朵。

"玫瑰、百合和浅色风信子让我有幸一睹芳容。迟早她们也会当上'街头绵羊'的,我想道。那么她们的'街头老大'该是个什么人呢?是个高傲得不可一世的骑士还是一位王子?呼呼呼……风儿吹过去啰。

"马车载着她们辚辚而去,农民们继续跳着舞,欢庆夏天的到来。在波尔比、捷尔比庄园,还有附近所有的村落,大家都在欢庆节日。"

"到了那天深夜,我起身的时候,"风儿说,"那位高贵的夫人躺下了,再也没有起来,发生在她身上的那桩事情,就像发生在所有人身上的一样,没有什么新奇的。瓦尔德马·多伊哭丧着脸站着,一本正经地沉思了半晌。'最高傲的大树可以被压弯,可是绝不会折断。'他在心里这么说。女儿们个个哭得像泪人儿,庄园上所有的人都在流泪,可是多伊夫人却再也回不来了。呼呼呼……风儿刮过去啰。"风儿说道。

"我又回来了,我常常是去了又回来的。我刮过菲茵岛大地和贝尔特水域,停留在波尔比的海滩上,在那片茂密的橡树林里歇一下,鱼鹰、斑鸠、蓝渡鸦,甚至连黑色的鹳鸟也都在这里筑巢。那是早春时分,有的鸟刚下了蛋,有的已经孵出了雏鸟。天哪,瞧瞧它们吓得飞来飞去的模样,听听它们的吱喳乱叫。接着传来了一下又一下的斧子伐木声,整个森林全要伐倒。原来瓦尔德马打算建造一艘价值昂贵的大海船,一艘三层前甲板的战舰,这样的大船国王一定愿意买下来的。正因为这个缘故,必须砍伐这一大片橡树林,且不管它是水手们从海上识别陆地的标志,是鸟类的栖身所在。苍鹭惊恐地飞走了,它们的鸟巢全都被毁得一干二净,鱼鹰和别的鸟儿也都无家可归,它们满怀愤怒和焦虑到处乱飞乱叫。我很能理解它们的心情。乌鸦和寒鸦在高声叫嚷:'快

离开吧,离开老窝,逃命要紧哪.'

"在森林的深处,瓦尔德马·多伊和他的三个女儿站在一大群工人当中,他们看着鸟儿狂飞乱叫的狼狈相哈哈大笑,唯独那个最小的女儿安娜·多西娅心里非常难受。当人们要把一棵半死不活的树砍掉时,她含着眼泪苦苦哀求。那棵树的光秃秃的树枝上还有一个黑鹳的巢,幼鸟探出头来朝外张望着。这棵树总算没有被砍掉,那个鸟巢也保全下来了。这只是一桩小事。

"又是砍伐,又是锯木,一艘有三层前甲板的大海船终于造成了。那个营造师傅出身卑微,但是却仪表堂堂,看样子倒像出身于高贵门第。他的双眼和前额都明白无误地告诉大家,他是多么聪明。瓦尔德马很乐意倾听他的意见。大女儿伊达也对他言听计从,她如今已经十五岁了。他在为她父亲建造船只的同时,也为自己建造了一座空中楼阁,幻想他自己和伊达结为夫妻,住在里面。若是这并非空中楼阁,而是用真正的砖石砌成的,有坚实的地基,有带雉堞的庄墙和壕沟围绕,有树林和花园,倒可以美梦成真。可惜营造师傅尽管聪明,却只是一只两手空空的寒酸鸟。试问,一只小麻雀跑到鹤群的舞蹈中去干什么呢?呼呼呼……我飞走了,他也飞走了,因为他不敢再留下去。小伊达克制了自己的感情,她不得不克制住自己的感情。"

"在马厩里,黑色的骏马在嘶叫,这些骏马真是让人大饱眼福,而它们也确实值得一看。国王亲自派海军上将前来视察那艘新的战舰,并且商谈购买事宜。"

"海军上将高声称赞那些骏马,我听得一清二楚。"风儿说,

"我跟随着这些先生们走进敞开着的马厩,把干草吹到他们的脚上,像是一根根金条。瓦尔德马·多伊想要金条,海军上将却想要那些黑色的骏马,因此他才对它们赞不绝口,可惜这层意思没有人听明白,结果那艘船也没有卖出去。它通体锃亮地躺在海滩上,用木板遮盖着,成了一艘永不下水的诺亚方舟。呼呼呼,我吹过去啦!呜呜呜,真是倒霉透顶!"

"严冬来临,田野上覆盖着厚厚的积雪,贝尔特海峡漂着一座座浮冰,"风儿说,"我把浮冰吹到了岸边。渡鸦和乌鸦成群结队地飞过来,一只比一只黑。它们落在那艘没有一点生气、孤零零地躺在海滩上的大船上,用凄厉的声音为那座已经不再存在的森林、那么千金难买却又惨遭倾覆的鸟巢、那些流离失所的年岁大的鸟儿和雏鸟鸣不平。所有这一切都是那一堆废弃不用的木材、那艘永远下不了水的值得夸耀的大战船的过错。

"我卷起积雪,把雪花刮得漫天飞舞,雪堆把大船埋住,就像大海上的浪涛一样。我在大船的上空刮过,让它听听风暴的咆哮。我知道我这样做是尽了我的本分,传授给它不少航海知识。呼呼呼,呜呜呜,我刮过去啦。

"冬天过去了。冬天和夏天来了又去,像我那样一晃而过。雪花飘落下来,苹果花飘落下来,接着就是树叶落下来。一切都过去了,过去了,像一阵风似的刮过去了,人也是这样。

"可是那几个女儿毕竟年纪还轻。小伊达出落得像一朵玫瑰,就像造船营造师傅见到她时那么美丽。她时常站在花园里的苹果树旁陷入沉思,我悄悄地把苹果花吹落到她那一头尚未绾成发髻的蓬松长发上,她也不曾觉察。她凝望着血红的残阳,还有从黑色灌木丛和树木之间露出来的金黄色的天空。这时候我常常抚摸她那头棕色的长发。

"她的妹妹约翰娜就像一朵百合花,亭亭玉立,光彩照人。不过她举止做作,爱摆架子,总是把头抬得高高的,像她母亲一样,是一朵僵在花梗上的鲜花。她非常喜欢踏进那间挂满祖先画像的大厅。画上的那些贵夫人们都身穿丝绒或者绸缎服饰,绾成髻儿的头发上戴着镶嵌了珠宝的小帽,都是貌若天仙的美人啊!她们的丈夫或是披着铠甲,或是披着用昂贵的松鼠皮绲边的大氅,脖子上围着蓝色皱边硬领;利剑垂在他们的大腿旁,而不是挂在腰间。那么约翰娜的画像会挂在墙上的什么地方呢?她的贵族丈夫会是什么样子呢?是呀,她心里就是在想这些,嘴里也在喃喃低语着这些。我都听到了,那是我顺着长长的走廊吹进大厅,打了个圈,转身又出来的时候。

"安娜·多西娅像浅色的风信子,她还只是个十四岁的孩子。她很文静,又喜爱沉思。那一双水灵灵的深蓝色的大眼睛常常是若有所思的样子,不过嘴角总是挂着天真的微笑。我吹不走也不曾想过要吹走这微笑。

"在花园里,在被车轮轧得凹凸不平的乡间土路上,在空旷的王室领地上,我都曾遇到过她,她在采摘各种花草。她知道父亲可以用这些花草来制成饮料和药剂,而蒸馏的方法只有父亲自己知道。瓦尔德马·多伊虽说过于高傲,可是他学识渊博,知道很多东西。大家已经留神到了,也在私下议论这件事情。他屋里的火炉即便在夏天也熊熊地燃烧着,他的密室总是紧闭着,他日日夜夜忙个不停,可是他从不提起关在房里干些什么。揭示大自然力量的事只能悄悄地进行。不久之后他就可以发现最好的东西——十足的赤金。"

"正因为这个缘故，火炉上总是烟雾缭绕，炉膛里总是噼啪作响，烈焰熊熊。好吧，我也来凑热闹。"风儿说，"烧吧，烧吧！我对着烟囱唱道。这火焰只能烧出青烟和飞灰，你把自己一起烧掉啦！呼呼呼，呜呜呜，吹过去吧，吹过去吧！可是瓦尔德马·多伊却不肯罢手。

"马厩里的那些雄健的骏马，它们到哪里去了呢？装在柜子里、箱子里的那些金银财宝、金银器皿，田野上成群的母牛，还有庄园和房产，都到哪里去了呢？唉，它们统统都熔化在炼金的坩埚里了，可就是没有炼出来金子。"

"粮食仓库里，食品储藏室里，地窖里，还有阁楼里，到处都是空的。庄园上的人愈来愈少，而老鼠却愈来愈多。窗户上的玻璃这里碎了一块，那里又碎了一块，我可以长驱直入，根本用不着经过大门。"风儿说道，"大凡烟囱冒烟都是做饭的时候，可是这家的烟囱冒出来的烟却把他们一顿又一顿的饭食全都吞没掉了——为了炼出赤金。"

"我从城堡的大门直吹进去，像是守门人吹响了号角，可是大门口并没有守门人。"风儿说，"我把屋顶上的风信鸡刮得团团转，发出呼呼的响声，就好像看守人在塔楼上打呼噜的声音，可是那里也没有看守人，只有大大小小的老鼠。贫困覆盖了餐桌，贫困待在衣柜和厨柜里不肯出来。大门合页脱落了，到处都是裂缝和洞孔，我可以任意进出。正因为此，我的消息十分灵通。

"在浓烟和灰烬里，在忧愁和不眠之夜里，他的头发和胡须变成了白色，前额上布满了深深的皱纹，皮肤变得蜡黄。然而眼睛却依旧贪婪地盯住了金子——那令人向往的金子。"

"我替他把脸上和胡须上的烟尘全都吹干净，黄金没有等来，却背了一身的债。我穿过玻璃碎裂的窗户，穿过豁开的裂缝高唱着歌直吹进去，吹向千金小姐们的折叠木床。床上的被褥床单早已破旧不堪，颜色褪尽，因为它们无可更换，只好一直在使用着。我唱的歌曲也不是为婴儿催眠的摇篮曲。豪华的生活变成了赤贫的生活。我是唯一能够在这座破落的庄园里高声歌唱的。"风儿说，"我用雪把他们堵在屋里，这样可以暖和些。"它说，"他们没有柴火烧，原来可以到森林里去捡点柴火的，可是那片森林已被砍光了。到处都结起了亮晶晶的冰凌，我穿过透气孔和走廊，越过山墙和房顶，我逍遥自在地狂吹乱刮。他们在屋里都冻得受不住，那些千金小姐都只好躺在床上，那个父亲在他的皮褥子底下缩成一团。没有食物果腹，也没有柴火取暖，这就是贵族的生活。呼呼呼，呜呜呜，吹过去了。就此罢手吧！可是多伊先生却做不到。

"'冬天过去之后春天就会来到，'他说，'历尽艰辛才会有好日子来到，但是要等待，必须耐心等待！如今连这座庄园也已经抵押，成了一纸当契，这是最后的关头。过了这道坎就会有黄金源源而来！到复活节就会来的！'

"我听见他朝着蜘蛛网喃喃地说：'你这个手脚勤快的小织网匠，你教会了我持之以恒。你织的网被撕掉了，你就从头再来，直到织完。一遍又一遍，你不知疲倦地从头再来！从头再来！就是这样，应该如此！这才会苦尽甜来，得到厚报。'

"复活节的清早，教堂里钟声敲响了，太阳在天空中分外明媚,他似乎才从狂热中醒来。他彻夜未眠,忙碌着,又是煮沸又是冷却,又是搅拌又是蒸馏。我一会儿听见他像个迷惘的灵魂那样在唉声叹气,一会儿听见他在祷告,一会儿又听见他屏住了呼吸。灯油已经燃尽,他却没有留神到。我朝着炉子里的余烬吹了一口气,火苗又蹿起来,照亮了他那张灰白的脸,亮光使得这张脸有了点颜色,那双眼睛已经深深陷在眼窝里,但是这会儿一下子变得大起来,瞪得非常大,恨不得要从眼眶里蹦出来。

"看哪,那炼金的杯子里,那里面闪闪发光,那么纯洁,那么有分量。他伸出哆嗦的双手把它举了起来,用颤抖的声音喊了出来:'金子,金子!'"

"他因此而眩晕,我只消吹一下,就可以把他刮倒。"风儿说,"不过我只是朝着尚未燃尽的炭火吹,要把它吹旺。我跟随着他穿过房门,走到千金小姐们冻得发抖的房间里。他的长袍上都是炭灰,他的胡须上、蓬乱的头发上也都是炭灰。他把头抬得高高的,把那只装有珍宝的容易碎裂的杯子捧在手里。'炼出来啦,炼出来啦!金子!'他大声呼喊。他把玻璃杯朝着空中高高举起,那杯子在太阳光里闪闪发亮。他的那只手哆嗦起来,炼金的玻璃杯掉落下来,摔在地板上,碎成千百个碎片,他荣华富贵的最后一个肥皂泡也破裂了。呼呼呼,呜呜呜,风儿刮过去啦!我从这个炼金者的庄园上抽身走掉了。"

"暮秋时,白昼一天比一天短。浓雾弥漫,轻纱一般把天地之间遮蔽得一片苍茫。寒露凝成的水珠洒落在红莓果和光秃秃的树枝上,把它们淋得湿漉漉的。我心情舒畅地回来了,一路上吹得天空如洗过一般,吹得枯枝纷纷落地。这虽不是多大的活计,但这是我的分内之事。在波尔比庄园,对瓦尔德马·多伊的产业也进行了一番大清洗。那是他的冤家对头——巴斯奈斯的奥弗·拉美尔——手持买下这个庄园和庄园上所有家产的契约搬进来住了。我敲击着玻璃破碎的窗子,拍打着快要掉落的大门,还在洞孔和裂缝中呼啸着:'呼呼呼……哼!奥弗先生休想在这里待下去!'

"伊达和安娜·多西娅都在毫不掩饰地痛哭流泪,约翰娜僵直地站在那里,脸色苍白,她使劲地咬住自己的大拇指,以致咬出血来,可这也无济于事。奥弗·拉美尔允许多伊先生在庄园里度过余生,不过没有人对他的这番施舍感激涕零。我在一旁听着,我看到那个失去庄园的先生高傲地把头抬了起来,挺直了颈脖。我朝着庄园吹过去一阵狂风,把一棵老椴树的最粗的枝丫刮断了。那根枝丫并没有枯朽,它倒下来横在大门口,活像一把扫帚。有人想要动手大扫除了,那里倒真也应该打扫一番,我这样想道。

"那是辛酸的一天,是不容易撑过去的艰难时刻,然而他们的意志是顽强的,骨头是硬的。

"他们已经一无所有,除了身上穿的那些衣服之外,还有一只刚买来的装满了从地上刮起来的炼金残渣的杯子,那是想用来装不曾见到过踪影的金子的。瓦尔德马·多伊先生把这只炼金杯藏在自己的胸前,手里拿着手杖,这位曾经家财万贯的大富翁带了三个千金小姐走出了波尔比庄园。我把一阵冷风吹在他滚烫的脸颊上,我拍打着他的灰白的胡须和蓬松的长发。我尽力地歌唱:'呼呼呼,出去吧!呜呜呜,像风儿一般刮过去了,昔日的荣华富贵都随风吹散了。'

"伊达和安娜·多西娅走在他的两旁。约翰娜在庄园的大门口转过身来,那又有什么用呢,运气是不会转身再来的。她看看墙上砌的、从贵族领主斯蒂格的城堡上移过来的红砖,不禁感慨万分,想到了那首歌唱斯蒂格的三个女儿的歌谣:

大姐姐率着小妹妹的手,
她们到处流浪走遍天涯。

"她竟然想到了这首歌谣,她们姐妹刚好也是三个,只不过和父亲在一起。他们父女一行沿着他们自己曾经乘坐马车驰骋而过的那条大路往前走去。姐妹三个搀扶着她们的父亲,一路行走,来到斯密兹斯特鲁普荒野,如同一群乞丐。他们走向每年只消十个马克租金的小泥屋,这里就是他们的新居,里面什么都没有。渡鸦和寒鸦在他们头上飞来飞去,放声乱叫,像是在嘲笑他们:'快逃出鸟巢,快逃出鸟巢,逃吧,逃吧!'如同小鸟们在波尔比森林里树木被砍伐时发出的惊叫。

"多伊先生和他的女儿们当然感觉到了,我把那些叫声从他们的耳朵边吹走了,因为那声音真是不值得一听。

"他们住进了斯密兹斯特鲁普荒野上的那间小泥屋,我飞过沼泽和田野,穿过光秃秃的灌木丛和树叶落尽的森林,到浩瀚的大海里去,到异国他乡去。呼呼呼……风儿刮过去了,一年又一年地刮着。"

瓦尔德马·多伊究竟怎样了?他的女儿们的境况又如何?风

儿讲道：

"我最后见到的是她们当中最小的那一个，那个安娜·多西娅，那浅色的风信子……现在她已经老态龙钟、弯腰驼背了。时光已经过去了五十年，她活得最长，她知道所有这一切。

"在日德兰半岛维堡城附近的荒原上，耸立着教堂牧师的漂亮的新宅第，那栋房子全部用红砖砌成，房的两边筑有锯齿形的山墙，烟囱里青烟袅袅，温良贤淑的夫人和美丽的女儿坐在凸窗旁边望着花园里低垂的莓果丛，望着远处棕色的荒原。她们在看什么呢？她们在看一间摇摇欲坠的破烂泥屋上一只鹳鸟做的窝。那屋顶上长满了苔藓和地衣，却是千疮百孔——如果说那还叫作屋顶的话。而覆盖得最严实的地方恰恰是鹳鸟的巢，多亏有了这个鸟巢，屋顶才没有塌陷下来，因为鹳鸟把窝巢造得很坚固，它成了支撑房顶的唯一得力之处。"

"那栋小泥屋能看不能碰，一碰就要塌，我吹过去的时候要小心。"风儿说，"不过也多亏了鹳鸟，这栋小泥屋才得以保全下来，否则的话，荒原上有这么一堆破烂实在太煞风景了。牧师不愿把鹳鸟赶走，所以那间陋屋才保留了下来，屋里住的那个可怜的老妇人才不致流离失所，她应该感激这只埃及鸟。难道说这是对曾经做过的好事的报答吗？因为她过去在波尔比森林里为了保全这只黑色野鸟的哥哥的巢而苦苦哀求过。那时候她这个可怜的老妇人还是一个年轻的少女，是高贵花园里的一株文静的浅色风信子。这一切她全记得清清楚楚，这个老妇人就是安娜·多西娅。

"唉！是呀，人们会叹息，就像风儿吹过芦苇和灯芯草丛发出的那种声音。唉！在你下葬的时候，没有教堂的钟声为你志哀，瓦尔德马·多伊！在波尔比庄园前主人入土为安的时候，也没有穷人家的小学生前来唱赞美诗。唉！世上一切事情终究会有个了结，他总算也熬到了头。

"大姐伊达成了一个农夫的妻子，这正是对我们的那位父亲的最严峻的考验：想不到女儿的丈夫竟是个身份低下的农奴，他的主人可以把他绑在木马上加以惩罚。如今他已埋入土中，难道你不也是一样吗，伊达？唉！是呀，可是还没有一了百了呢，还有我这个可怜的老妇人，我这个穷老太婆还活着呢！快来帮我解脱吧，仁慈的上帝呀！

"这是安娜·多西娅在那间破烂的小泥屋里做的祷告，那间泥屋仅仅是由于鹳鸟的缘故才没有被推倒。"

"我把几个姐妹之中最出众的那个卷走了。"风儿说，"她缝了一套她盘算已久的衣裳，把自己乔装成一个穷苦的小伙子，受雇到船上去干活。她很少说话，也不把心事表露出来，她愿意埋头干活。然而她不会爬桅杆，于是我就把她刮到海里去了——在别人发觉她是个女人之前。这大概是我做的一件好事吧。"风儿说道。

"那是一个复活节的早晨，就像瓦尔德马·多伊自以为他炼成了赤金的那个复活节的早晨一样，我听到了在鹳鸟的鸟巢底下，在几堵即将倒塌的断垣残壁之间传出了赞美诗的歌声，那是安娜·多西娅最后的歌声。

"墙壁上没有窗户，只有一个洞孔。太阳像一团光灿灿的金子一样升了起来，把光线照进了小泥屋里，多么明亮啊！她的眼睛已经合上，她的心已经破碎。在那天早晨，如果太阳没有照到她的身上，她的心也一样会碎的。"

"鹳鸟使她有个屋顶可以遮风避雨，有个家一直到她寿终正寝。我在她的墓前哀歌一曲。"风儿说，"我曾在她父亲的坟前唱过挽歌。我知道她的坟墓在何处，只有我知道，别人不晓得的。

"新的时代来到了，一切都在日新月异地变化着：起先是那条古老的乡间土路在一块块界线分明的农田上延伸；随后坟墓被夷为平地，筑起了一条平坦的大道；不久之后，蒸汽机车将会拉着一长串载满货物的车厢驶过昔日的乱坟荒冢，而死者的姓名早就被人忘得一干二净。呼呼呼，呜呜呜，风儿刮过去了。"

"这就是瓦尔德马·多伊和他的女儿们的故事，要是诸位能够讲给别人听的话，务请讲得更动人一些！"风儿说着转过身去。

它一下子便消失得无影无踪了。

踩踏面包的姑娘

你大概听说过那个怕弄脏自己的鞋而踩面包,结果倒了大霉的姑娘的故事,这个故事已经变成文字并且印刷出来了。

她是个穷孩子,却骄傲自大、蛮横任性,就像常说的那样,她生来就是个孬种。还在她很小的时候,她就喜欢抓住苍蝇,撕下它们的翅膀,害得它们只能慢慢地爬行。她还把屎壳郎和金龟子抓来,每只插上一根针,再把一片绿叶或者一张小纸片放到它们的脚跟前,可怜的小虫子马上就去抓,把叶子和纸片翻过来、翻过去,想把插在身上的那根针摆脱掉。

"嘿,屎壳郎会看书啦!"小英格尔说,"看哪,它翻书的那个劲头!"

她慢慢长大了,秉性非但没有好一点,反而越变越坏。不过她长得很美,这正是她的不幸之处,否则她大概会被管束得同现在大不一样。

"你的毛病非要有点猛药来治一下不可。"她的亲生母亲说,"你小时候老是踩我的围裙,我真害怕你长大后会踩我的心窝。"

唉,她还就真这么干了。

现在她到乡下去给有钱人家帮佣,那家人家待她很好,就像对自己家的孩子一样,让她穿得很好,她出落得越发好看了,可是脾气也就越发骄纵起来。

她出门在外帮了一年工,她的主人对她说:"小英格尔,你应该回去一趟看看父母了。"

她就动身回去,不过是想要炫耀一番,让大伙儿看看她穿戴得多么华丽。她刚走到村口的那条乡间小路上,就一眼望见姑娘们和小伙子们坐在街头的池塘旁边聊天,她的母亲也坐在一块石头上,身边放着一捆她从森林里捡回来的柴火。英格尔二话没说,扭头就往回走,她觉得这实在是奇耻大辱:自己这样雍容华贵,竟会有这么个衣衫褴褛的拾柴火的母亲。她对转身离去一点也不觉得后悔,心里只是烦恼不已。

又过了半年时间。

"你一定要找一天回家去看看你年老的父母,小英格尔。"她的主人吩咐说,"这里有一大块小麦面包,你带回去给他们,他们看到你会很高兴的。"

英格尔穿上了最漂亮的衣服,穿上了她的新鞋。她把裙子提得高高的,小心翼翼地走路,这样可以使得双脚保持干净。她这么做是无可非议的。可是她沿着小路来到了一片泥泞不堪的沼泽地,那里污泥浊水淹没了一段路面,于是她就把面包扔到污泥里,她好踩在上面走到干的路面上去,不让鞋子沾上泥水。可当她一只脚踩在面包上,刚抬起另一只脚的时候,那块面包却带着她一起往下陷,她沉了下去,愈来愈深,直到沉得不见踪影,剩下一个泛着水泡的黑泥坑。

这就是那个故事。

那么英格尔究竟到哪里去了呢?她一直沉下去,到了常常在那里酿酒的沼泽女人那儿去了。沼泽女人是小河女妖的姑妈，小河女妖是很有名气的，有许多关于她们的歌谣，还有不少有关她们的图画。不过对于沼泽女人大家却了解得很少。夏天草地上雾气蒙蒙的时候，那就是沼泽女人在酿酒了。英格尔就是一下子沉到她的酿造作坊里去的，那地方真是叫人待不下去。若是同沼泽女人的酿造作坊相比的话，那么污水塘就算是宽敞明亮的厅堂了。所有的酿缸里都散发出一股臭气，熏得人头晕目眩。这些酿缸又是一个挨一个地紧紧地排列着，要是中间有一条小缝可以让人挤过去的话，你也不敢过去，因为这里有黏糊糊的癞蛤蟆和又肥又粗的水蛇缠在一起。小英格尔就是沉到了这个地方，所有这些令人作呕的活东西都是湿漉漉、冷冰冰的。她浑身瑟瑟发抖。哎哟，她的身体越来越僵了。她的脚上仍牢牢地粘着那块面包，那块面包拖着她往下沉，就像一根小草底下附着一颗琥珀纽扣那样。

沼泽女人正好在家里，因为那天说好魔鬼和他的曾祖母要来登门拜访。那个曾祖母是一个非常恶毒的老太婆，她从来就闲不住的，甚至出门也带着自己的手工活来干。今天她也随身带来了，那是给人的鞋子里缝上一块"不许停下来"的皮子，让穿上那双鞋的人永远走个不停，无法安宁。她还绣得出谎言来，会用钩针把散落在各地的流言蜚语都编织到一块儿，用来害人，诱人堕落。唉，这个老曾祖母啊，她就这样缝呀，绣呀，编织呀，忙个不停。

她一眼看见了英格尔，又把眼镜戴上再看了她一眼："嗯，这是一个有灵性的姑娘，"她说道，"我恳求你把她送给我，作为这次来访的纪念。她正好能成为我重孙的前厅里的雕像。"

于是她得到了英格尔。小英格尔就这样来到了地狱。人们并不总是这样直接来到地狱的，可是他们倘若有灵性的话，就用不着走弯路，而是一下子就到地狱里去了。

那个前厅开阔得无边无际，你若是朝前看一下，会看得你头晕目眩；往后看一下，也照样会看得你头晕目眩。一大群愁眉苦脸的人在等待着慈悲的大门打开，他们要等待很久很久。肥大得爬起来都东倒西歪的蜘蛛在他们的脚上吐丝织网，这些蜘蛛网已经有上千年了，像脚镣一样深深地勒进他们的肉里，像铜链一样锁住他们。因为这个缘故，他们的灵魂永远都不得安宁，不断地遭受着痛苦的折磨。那个守财奴站在那里干着急，因为他忘记把钱柜的钥匙带来了，虽然他明明记得那个钥匙就插在钱柜的锁孔里。唉，要是把他们所遭受的种种非人的待遇都讲述一遍的话，那真是太劳神了。英格尔站在那里充当雕像，就尝到了这种难受的滋味。她双脚全陷在面包里了，越陷越深。

"真是活该，为的是不想把脚弄脏，竟落得了这么个下场。"她自言自语地说，"看哪，他们都瞪着眼睛在瞅我。"一点不错，他们都在瞪着她，邪恶的念头在他们的眼神里闪现出来。他们在讲着话，可是只看见嘴角在牵动，却听不到一丝声音。看着他们的模样，真是叫人害怕。

"看着我想必让他们大饱眼福。"英格尔想道，"我的脸蛋那么美丽，身上还穿着那么漂亮的衣服。"她转动了一下眼睛，颈脖已经僵硬得无法扭动。哎哟，真糟糕，沼泽女人的酿造作坊把她的衣服弄得一塌糊涂，她根本都想象不出来。她的衣服成了一大块湿乎乎的烂泥，粘在她的身上，头发上缠着一条蛇，蛇的头从她的脖子旁边垂了下来。她的裙衫的每个褶子里都趴着一只癞蛤蟆，它们伸出头来朝外看,还像害着哮喘病的癞皮狗那样呼哧呼哧地响个不停。那个样子真是吓人。"不过这里别人的模样也都挺难看的。"她这样自我安慰道。

最糟糕的是她这会儿觉得肚子饿得要命,但是她弯不下腰来,不能从粘在脚上的那块面包上掰一块下来充饥。那是做不到的,因为她的脊背是僵硬的,胳膊和双手也是僵硬的,她的整个身体就像一尊石雕,只有眼睛还可以转动,而且可以转动几乎整整一圈,于是她的双眼可以转到脑后去看背后的东西,这副模样真是吓人。

过了一会儿,苍蝇来了,它们在她的眼睛上爬来爬去,她眨眨眼睛,苍蝇却不飞走,因为它们不能飞了,它们的翅膀已被人撕掉,如今成了爬虫。哎哟,受不了啦!要忍受痛苦的折磨,还有饥饿的煎熬,到了后来,她觉得自己肚子里的五脏六腑都相互啃噬起来,把它们自己吃个精光。她的肚子里空洞洞的,空得令人恐怖。

"再这样下去,我就吃不消了。"她说,可是她还要强忍着这样的煎熬,没完没了地忍受下去。

就在这时候,一滴滚烫的热泪洒落到她的头上,滚过她的脸颊和胸口,落到了那块面包上,又是一滴,接着又洒落下来许多,那是谁在为小英格尔流泪呢?她不是在人世间还有个母亲吗?一个母亲为她的孩子流的伤心的泪水迟早总是会落到她孩子身上的。可是这些泪珠并没有减轻她所受的折磨,反而使得这种痛苦更加剧烈,因为那些泪珠在火辣辣地烧灼。那饥肠辘辘的滋味真是令人无法忍受,何况她脚底下还踩着面包,而手却够不到拿不着。

到了后来英格尔有一种感觉,那就是她身体里的所有内脏都已吃得精光,她的躯壳成了一根空洞洞的管子,什么声音都可以被这根空心管子吸收进去。她能够清清楚楚地听见人世上大家议论她的所有的话。她听到的全是严厉责备她的话。她的母亲虽然号啕大哭,非常伤心,可是她说:"骄傲者必定要摔跤,这就是你败坏的根①,英格尔,你真把你母亲的心伤透了。"

她的母亲和那个地方的所有的人都知道了她的罪孽,她把面包踩在脚底下,就一下子沉了下去,消失得不见踪影。一个放牛的牧童把这件事情告诉了大家,那是他在山坡上亲眼看到的。

"你让你母亲伤透了心,英格尔。"她母亲说,"唉,我一直就担心你会遭殃的。"

"如果我从来不曾出生到人间来就好了,"英格尔想,"那样我就会好过得多,现在母亲哭又有什么用呢?"

这时候,她听到了她的主人,就是待她像亲生孩子的那对夫妇在说话,连他们都说:"英格尔是个罪孽深重的孩子。"他们还说:"她暴殄天物,一点也不爱惜上帝的恩赐,竟然把它踩在脚底下。慈悲的大门怕是不会对她打开啦!"

"他们本来应该对我严加管束,"英格尔想,"我一有坏念头,他们就该马上整治我。"

她还听到人家把她的事情编成一首歌谣,唱道:"骄傲的姑娘啊,为了鞋子光亮,宁肯踩踏面包。"这歌谣在全国各地被人传唱。

---

① 《圣经旧约·箴言》第十六章第十八句:"骄傲在败坏以先;狂心在跌倒之前。"

"为了这件事情听到了这么多的责骂,也是为了这件事情吃了那么多苦头。"英格尔想,"别人也真应该为他们的罪孽受到惩罚才对。是呀,该受到惩罚的人有许多许多呢!唉,我受到了多少折磨呀。"

于是她的心灵比她的躯体变得更为僵硬了。

"在这里和这些人混在一起,我是没法子变好的。我也不想再变好啦。瞧瞧,他们是怎样瞪着眼睛瞅我来着。"

她心中的怒火在燃烧,她对所有的人都抱有怨恨。

"现在他们在上面可有话说啦!唉,我可是倒了大霉啦!"

她听见大人们在向他们的孩子讲述她的故事,孩子们把她叫作"不敬神灵的英格尔"。"她真太可恶啦!"他们说,"她那么坏,应该受到惩罚才对!"

连小孩子对她也一句好话都没有。

可是有一天,正当怨恨和饥饿在啃噬她空洞洞的躯体的时候,她听见有人提到了她的名字,那是一个大人在对一个天真无邪的孩子——一个小姑娘——讲她的故事。那个小姑娘听了那个有关骄傲而好虚荣的故事后,哇的一声大哭起来。

"那么她是不是再也回不到人间来了呢?"小姑娘问道。

大人回答说:"她永远回不到人间来啦。"

"要是她请求宽恕,而且以后再也不做这样的事情了呢?"

"不过她是不肯请求宽恕的。"大人回答说。

"我真心希望她会请求宽恕,"小姑娘说道,口气里流露出无限的伤感,"我情愿把我的玩具娃娃全都拿出来送人,只要她能够回到人间来。她待的地方真是太可怕了,可怜的英格尔。"

这番话深深地触动了英格尔的心灵,她一下子觉得好受多了。这还是她头一回听到有人说"可怜的英格尔",而且连她的最细小的过失也没有提到。一个天真无邪的小姑娘为她伤心哭泣,为她祈求上苍,她听得自己都想大哭一场,可是她却哭不出来,这真痛苦啊!

人间岁月匆匆流逝,而在地狱却毫无变化。她难得再听见上面的声音,她的名字也被人提到得愈来愈少。忽然有一天,她似乎听见了一声长叹:

"英格尔呀英格尔,你伤透了我的心,我一直这么说来着。"这是她母亲在弥留之际发出的叹息。

她还听到她的名字后来又被她的主人提到了。她的主人说了许多充满温情的话,女主人说:"我真不知道还能不能再见到你,英格尔!有谁知道自己的归宿在何处呢?"

可是英格尔心里十分明白,她的仁慈的女主人的归宿绝不会是她所待的这个地方。

这样又过了一段时间,一段漫长、辛酸的岁月。

英格尔忽然之间又听到自己的名字被人提起。她看到在她的头顶上有两颗明亮的星星在闪耀,这是一双温柔的眼睛在人间一眨一眨的。自从那个小姑娘为了"可怜的英格尔"伤心痛哭以来,许多个年头已经过去了,那个小姑娘变成了一个老妇人,现在上帝在召唤她了。就在弥留之际,她一生中许多曾经许过的愿全都在她的脑海中涌现出来。她记得小时候在听完了英格尔的故事之后她嘤嘤地哭泣起来,就在这时,那景象又生动地出现在她的眼前,她不由得高声呼唤道:

"主啊,我的上帝!我难道不像英格尔那样,踩着你给予的恩赐却又毫不自知?我难道在内心不也有过骄傲吗?但是您却那样地慈悲,没有让我沉沦下去,而是把我留在人间。在我一生的最后时刻,求您不要抛弃我。"

老人闭上了双眼,但是她心灵的眼睛却睁开了,可以看得见世人所见不到的情景。由于英格尔是她弥留时所惦记的最后一个人,所以她最先看到的就是英格尔,看见她陷得有多么深。一看到这样凄惨的情景,虔诚的老妇人不禁痛哭起来,她站在天国里,像个小孩似的为可怜的小英格尔哭泣。她的痛哭和祈祷在那个空洞洞的躯壳里引起了回响,使得那个禁锢已久、备受折磨的灵魂终于回心转意,那个灵魂终于被来自上苍的未曾想到过的爱所感化了。上帝的一个天使竟然为她而哭泣,为什么要赐给她这么大的恩典!她这个受尽折磨的灵魂回想起了她在人世间做过的每一件事,不禁失声痛哭起来,哭得那么伤心,是英格尔不曾有过的。她心里充满了对自己的悔恨,她认定宽恕的大门是永远不会朝她打开了。就在她为自己的所作所为悔恨不已、悲痛欲绝的这一瞬间,在这个无底的深渊里忽然有一道亮光照射进来。这道亮光的威力巨大,要比融化掉孩子们堆在院子里的雪人的阳光还要强烈。说时迟那时快,英格尔的僵硬的身躯顿时融化成点点水滴,化成一片蒙蒙轻雾,这要比雪花落到孩子们的热气腾腾的嘴里融化得还要快,英格尔僵直的身体在这片水雾之中立刻消失得无影无踪。一只小鸟东倒西歪地像闪电一般朝人类世界飞去,可是它对四周的一切都感到害怕和胆怯,也为自己而感到羞耻和惭愧,怕见到每一个有生命的东西,所以它匆匆忙忙地躲进一堵倒塌的土墙上的一个黑洞里。它蹲在那里，缩成一团，浑身瑟瑟颤抖；它一声都不吭，因为它也发不出声音；它躲藏在那里，很久很久才渐渐安静下来。

它抬起头来朝四周看看，觉得这里才是一个美好的地方。是呀，这儿真是个美丽的地方，空气那么新鲜，月亮的清辉映亮了四周的一切，树林和灌木丛散发出阵阵清香。它栖息的这块地方真是妙不可言。再看看自己身上披的羽毛是多么干净。每一件事物都显现出主的博爱和荣耀。这只小鸟满怀思绪、百感交集，它想要一吐为快，要把所有的想法都用激昂的歌声倾诉出来。它非常想唱，像春天的杜鹃和夜莺一样放声高歌，可是却偏偏就唱不出来。不过上帝连小虫子的无声的赞歌都能听得见，谅必他也会听得见这只小鸟胸中的澎湃激情，正如能够听得见大卫王胸中蕴育的尚无歌词和曲调的赞美诗篇一样①。

这些无声的歌在小鸟的心中不断地酝酿着，只要它扑扑翅膀去做了一件好事，那歌声就会涌现出来。

圣诞节来到了。农夫们在墙脚根放了一根竿子，上面挂着一束没打净的小麦穗，好让天上的飞鸟也能过一个快活的圣诞节，在救世主降生的时刻能有一顿丰盛的美食。

圣诞节清晨，当太阳升起来照亮了麦穗的时候，鸟儿们都叽叽喳喳地围到了挂有食物的竿子旁边。这时候从墙角边传来了轻轻的鸟叫声，那不断涌现出来的想法终于变成了啼鸣，那微弱的叫声是一首欢乐的颂歌。在天国里，他们当然知道这是一只什么鸟。

---

① 据说《圣经》里的《诗篇》和《雅歌》有不少为以色列王大卫所作。

严寒的冬天来临了,水面都结起了厚厚的冰层,鸟儿和森林里别的飞禽走兽都很难寻觅到食物。那只小鸟飞到乡间的大路上,在雪橇留下的辙痕里细细寻找,偶尔也能找到一颗麦粒,在路旁行人歇脚的地方还找得到一些面包渣。它只吃一点点,却把其他饥饿的麻雀叫过来,让它们也一块儿吃。它还飞进城去,到处张望,有时候一只慈善的手会撕下一点面包来,放在窗沿上让鸟儿充饥,可是它也只吃一点点,把其余的都让给了别的鸟儿。

在整整一个冬天里,这只小鸟分给别的鸟儿吃的面包渣全部加在一起的话,几乎已经同当初小英格尔为了不情愿弄脏自己的鞋而踩踏的那块面包一样大了。在它找到最后一块面包渣并且把它分送给别的鸟儿的时候,这只小鸟的翅膀由灰色变成了白色,而且可以非常宽阔地伸展开来。

"看哪,一只海燕在飞渡大海!"孩子们看到这只白色的鸟儿时都叫喊起来。它时而冲向海面,时而振翅飞翔在明媚的阳光之中。它雪白的身体闪闪发光,谁也看不出来它飞向哪里去了。大家都说它一直飞进了太阳里。

守塔人奥勒

"人生沉浮起落，下去了又上来，现在我却不能再登得更高了。"守塔人奥勒说，"上去了又下来，下来了再上去，这是我们大多数人都亲身经历过的。归根到底，我们大家最后个个都要成为守塔人，居高临下地看世间的一切。"

这就是我的朋友、老守塔人奥勒在高塔上讲的一番话。他是一个很健谈的人，似乎肚里的话都非要说出来不可，但是有许多严肃的想法却隐藏在内心深处。是的，他出身于上好的家庭，有些人言之凿凿，说他是一个枢密参事的儿子，说不定还真是如此呢。他上过学念过书，当过助理教师和助理牧师，可是这一切对他并没有什么帮助。当初他住在牧师的家里，一切生活起居都用不着花钱。他年轻爱俏，总想用黑鞋油把皮靴擦得乌黑锃亮，可是那个牧师却舍不得，只肯给他用油脂加点黑色颜料制成的劣质鞋油。就是这件事引起了他们之间的不和，这个说那个太小气，那个说这个太爱虚荣，黑色颜料成了他们敌对的起因，结果两人只好分手了结。他向牧师索要的东西，也正是他对人生的要求：上好的鞋油。可是到手的却总是用油脂和黑色颜料制成的鞋油，于是他一气之下便远离尘世，去当了一个隐士。然而在大城市里，要能吃到饭又能隐居的地方只有教堂的钟楼，就这样他便待在那里抽着烟斗，形影相吊地踱来踱去。他朝上仰望天空，朝下极目远眺，不停地思索，并且用自己的方式叙述出他的感受——他所看到的和他没有看到的，他从书本上念来的和自己挖空心思想出来的。我常常借书给他看，都是一些好书。你只要看看同你来往的那些人正在念些什么书，就可以知道他们的人品如何了。他不爱念一味地描写家庭女教师的英国小说，也不喜欢法国小说。用他自己的话来说，那类东西是用穿堂风和葡萄干的茎梗炮制出来的，他都不爱念。他爱念人生传记和揭示大自然奥秘的书籍。每年我至少要去看望他一回，通常是新年一过就去，因为在新旧交替之际他总免不了要发一番议论，说说他的一些想法。

我想讲一下两次拜访他的经过，我若是还记得清的话，就尽量用他的原话。

第一次拜访

在我最近借给他的书当中，有一本是关于砾石的，这本书引起了他的兴趣，令他爱不释手。

"这些砾石真是饱经沧桑的古老文物，"他说，"可惜人们总是漫不经心地从它们身边走了过去，我自己就是这样做的。在田野里和海滩上有成堆的巨大的卵石，我却不曾对它们留过神。走路的时候，踩在铺路的砾石上，却不知它们是从太古时代遗留下来的文物。我自己就是如此。现在我对每一块砾石都抱着极大的敬意，多亏了这本书，它使我茅塞顿开，把那些陈腐的思想和习惯统统赶走。我真希望再多读点这样的书，描写地球的长篇小说才是所有的小说之中最最精彩的。可惜我无法拜读到它的第一卷，因为那是用一种我们不曾学过的语言书写的，我们只能从不同地层和各种卵石来分辨地球的各个时期。直到第六卷里，亚当先生和夏娃夫人这类有生命的人才出现。对于大多数读者来说，这未免太迟了一些，读者宁愿他们从一开头就出现。对我来说，那倒是无所谓的，这是一部长篇小说，一部极其有趣的传奇小说，我们每一个人都被写进去了。我们辛苦跋涉，却只是在老地方爬来爬去；地球一刻不停地在自转，却又不曾把世界各大海洋里的水泼到我们身上；地壳任凭我们踩踏在脚下，却没有让我们陷落下去或者穿越而过。这段历史已经有了几百万年，而且还在不断地进展下去。谢谢你的这本讲述砾石的书，它们其实还只能算是年轻的小伙子，要是它们能够开口讲话，它们一定能讲述许许多多的故事。我从原本处于很高地位的人变成了微不足道的凡夫俗子，岂不是一桩非常有趣的事吗？不过千万记住，即便我们人人都有上好的鞋油，也只不过是地球土堆上的来去匆匆的蚂蚁而已，哪怕佩戴着绶带勋章，哪怕是事业有成、地位很高，都还是蚂蚁。人们面对着这些有几百万年岁数的令人尊敬的老砾石，便不由得觉得自己太年轻，真像是乳臭未干的小子，幼稚可笑。在除夕之夜，我念这本书入了迷，竟然连大年夜的娱乐节目'狂人飞向阿玛格岛大游行'都忘记观看了。你真是体会不到其中的无穷乐趣。

"女巫骑着扫帚飞来飞去的传说是尽人皆知的，那讲的是仲夏夜的事情，女巫要去的地方是布洛克山。可是我们却有一支狂人的队伍，是由当代国内的文人雅士组成的，他们在除夕之夜飞向城里的阿玛格岛。所有蹩脚的男女诗人、演员和常为报纸写文章的文人，还有在艺术界抛头露面的那些华而不实的知名人物，在除夕之夜一起出动，穿越天空，飞向阿玛格岛。他们骑在自己的铅笔或者羽毛笔上——钢笔太硬，驮不了人的。我已说过，我每年除夕都要观赏一番这个场面，他们当中有一多半人我能叫得出名字来，不过却犯不上去招惹他们，因为他们并不喜欢人家都知道他们骑着羽毛笔的阿玛格岛之行。

"我有一个外甥女，她是个渔夫的女人，她告诉我说，她向三份有影响的报纸提供骂人的话，所以她就作为特邀嘉宾被请到那里去了，可惜她没有羽毛笔，不能骑着从天上飞过去，她只好被人背过去。她就是这么说来着，她的话有一半是信口胡说，不过有一半是确有其事的。她到了那里以后，他们就开始唱起歌来，每个客人都写出自己的歌谣，也只唱自己写的歌谣，因为自己写的总是最好的。其实全都是一样的货色，一样的调门。

"后来他们结成了一个个志同道合的群体，排列成小队往前行进。他们个个都有忙碌不停的嘴巴，因此歌声此起彼伏，不绝于耳，还夹杂着叮叮当当的铃声。又传来了小鼓手的鼓声，那是有些人家的孩子们在敲。在这里，那些写文章而又署不上名字的文人们也出来与人交往了，说到底，他们只是一些掺了黑色颜料的油脂，却来冒充上好鞋油。教区的执事带着他的小男孩来了，那个小男孩真是聪明伶俐，要不然的话就没有人会注意到他了。好心的清道夫也来了，他把垃圾桶一只只都倾倒干净，嘴里还不住地叫喊着：'好呀，很好，好极啦！'

"正当大家玩得兴高采烈之际，从垃圾堆上冒出了一根茎梗、一棵树、一朵硕大无比的花、一个伞形大蘑菇、一个很大的遮阳棚顶,这是这次令人兴奋的集会的聚宝盆,上面应有尽有地挂满了在过去一年里他们奉献给世界的所有东西。上面迸出了点点火星,那是他们抄袭和剽窃来的他人的想法和主意,如今这些东西像烟火一样飞溅。他们玩起了'绳索在燃烧'的游戏,不过那些年轻的诗人喜欢玩'心灵在燃烧'的游戏。这些摆出一副才子架势的智者都是妙语如珠,而且非要石破天惊不可,否则是咽不下这口气的,于是一时间各种各样的俏皮话充斥了整个会场,就像空瓦罐摔在门上一样地轰然作响,何况每个空瓦罐里都装满了干燥的灰尘。

"'真是有趣极了。'我外甥女说,她还讲了一大堆刻薄的话,不过我就不再讲了,我们还是要做个好心人,不必处处苛求。然而您可以体会得出来,像我这样一个对那边的狂欢知道得那么多的人,按理说是很想每个新年都亲眼看看这支疯狂的队伍是怎样飞往那边去的。倘若有一年我发现这支队伍里少了哪个人,我必定会找出顶替他的新人来。可是今年我竟错过了,没有去看看那些前去赴会的嘉宾们,我只顾在砾石上滚来滚去了,一滚就滚到了几百万年以前,看到了砾石从北边的极地上崩脱出来;看到它们早在诺亚方舟建造之前就随着浮冰漂流下来;看到它们沉入海底,又被水冲刷得堆积起来,像沙坝一样露出水面,其中有一块被水流冲积而成的土地被指了出来:'这地方应该叫作西兰岛。'

"我看到它们成了许多我们不认识的飞禽的栖息之地,成了野人酋长的居住之地。后来斧头又在它们身上凿出了龙尼文的符号,这才算是进入了有岁月记载的时期,不过我对这类历法一窍不通。

这时陨落下来三四颗美丽的流星,在天空中闪出一道明亮的光辉,我的思绪便转向了另外一个方向。您当然知道那些流星是什么东西,可是那些有学问的才子们却偏偏对此一无所知。我对流星有我自己的看法,我是这样想的:人们对做过好事的人,虽然嘴上没有讲出来,心里却在感谢着、祝福着他们。尽管这些感谢是无声的,可是绝不会让它们埋进泥土之中。我自己的想法是:这些感谢会被阳光吸收,阳光再把这些无声的感谢带到做过好事的人头上。若是整个民族在很长的时间里对哪个人表示感谢,那么这些感谢就会变成一个花束,变成一颗流星,落到做过好事的人的坟墓上。我看到流星总是欣喜不已,尤其在新年之夜。我真有这样的兴致:去寻找一下这个感谢的花束究竟是献给谁的。不久之前有一颗明亮的流星坠落在西南方,这是对许多人表示感谢,对许多人!'那么它会落到什么地方呢?'我想它必定会落在弗伦斯堡海湾的一个山岗上,丹麦国旗就在施勒佩格雷尔、莱斯索斯①,还有他们的战友们的坟墓上飘扬,还有一颗流星正好落在这个国家的国土正中间,坠落在索尔厄岛上,坠落在霍尔堡的灵柩上,这是当年许许多多人献给他的花束,感谢他令人捧腹的喜剧杰作。"

"这真是一个伟大的想法,一个令人高兴的想法,让人知道有颗流星会坠落在我们的坟墓上。我的坟墓上大概不会有流星坠落,连太阳光都不会带给我丝毫谢意,因为我这里委实没有什么事情可以令人感谢的。我没有得到上好的鞋油,"奥勒说,"我命中注定只能用油脂掺黑色颜料的鞋油。"

---

① 这两人都是丹麦军官,也是作者友人的儿子,战死于对德军的战斗中。

第二次拜访

新年这一天，我登上了塔楼。奥勒讲起了在辞旧迎新之际他们频频碰杯的事情。他讲的是过年，我听到了他讲的有关酒杯的故事，倒真是有深刻的思想内涵。

"除夕大年夜，在时钟敲响十二点的时候，大家都从餐桌旁站起身来，手里举着斟满美酒的酒杯，为新的一年而干杯。人们手举酒杯开始新的一年，这对于酷爱杯中之物的酒徒来说倒不失为一个良好的开端。也有些人用上床睡觉来开始新的一年，对于嗜睡的懒人来说也是个好的开头——睡眠在未来的一年里将起着重大的作用，同酒一样。你知道酒杯里有些什么吗？"奥勒问道，"是的，那里面有健康，有愉快，有放浪形骸的狂欢，不过里面也蕴藏着伤感和痛苦。在我计算酒杯数目的时候，我当然也计算了不同人的杯中物的度数。

"您看，这第一个酒杯，这是一只健康酒杯，里面生长着健康的草，您若是把这些草插在房梁上，那么到了岁末您就可以安详地坐在健康的绿荫下了。

"您若是拿起那第二只酒杯，会从酒杯里飞出一只小鸟来，它天真地啾啾欢唱，于是人们侧耳倾听，也许还会跟随着它一起高歌：'生活真是美好！我们切莫垂头丧气！要开心快乐地过日子！'

"从第三只酒杯里冒出来一个长着翅膀的小精灵，他当然不是天使之子，因为他有着妖精的血统和妖精的思想。他并不对人暗中使坏，只不过逗个趣而已。他会凑到你的耳朵跟前，讲一些使你满心欢畅的悄悄话，再不然他会钻进你的心脏里去，弄得那里热乎乎的。于是我们便飘飘欲仙，可是好端端的脑袋却全要仰仗别人头脑的判断。

"在第四只酒杯里，既没有草，也没有小鸟和小精灵，里面只有一道理智的界线，人们千万不可以越过这条界线。

"若是端起了第五只酒杯，那么你就只好为自己而哭泣了。你会觉得内心激动不已，有另外一股情绪在左右着你。酒杯里砰的一声，跳出个风流王子来，他放荡不羁，恣意寻欢作乐。他拉着你跟随他一起去，你将忘记自己的尊严——如果你还有尊严可言的话。你忘掉了本来不应该忘记的一切，你什么心事都没有了，一心只顾跳舞、唱歌和纵情欢乐。戴着假面具的人拉着你团团转；魔鬼的女儿身穿丝绒和绸缎的服装，披散着头发，露着美丽的肢体，朝你扑过来了。快挣脱出来吧，若是你能够的话。

"第六只酒杯，唉，里面坐着恶魔撒旦，他是一个穿着讲究、能说会道、令人着迷、讨人喜欢的小个子男人。他对你体贴理解，什么事情都顺从你的意见，完全是你的一个化身。他还提着灯笼为你照明，领你到他的家里去。有一则古老的传说，说的是有个圣徒要在七项致命的罪孽中挑选一项。他挑选了酗酒，因为在他看来这项罪孽是最轻微的，而当他沾上了酒后，竟把其他六项罪孽也全都犯下了。人和恶魔的血液混合在一起，这就是第六只酒杯里的杯中物。喝下去了之后，所有邪恶的细胞都钻进我们身体里，每个都萌芽生长，力量大得就像《圣经》里提到的芥菜籽，须臾之间就长成了大树，把整个世界都遮蔽在它的阴影之下。大多数人别无选择,只好被扔进熔炉里去重新铸造。"

"这就是酒杯的故事,"守塔人奥勒说,"它既是上好的鞋油,又是掺了黑色颜料的油脂。我把这两者都讲到了。"

这就是对奥勒的第二次拜访,您如果想听更多故事的话,那么继续拜访下去吧。

安妮·莉丝贝特

安妮·莉丝贝特像牛奶和鲜血那样肤色白里透红,她年轻活泼,长得非常好看。她的眼睛十分明亮,牙齿也白得发亮。她体态轻盈,跳起舞来轻松自如,而她的心可不安分。这落下了一个什么后果呢?生下了一个"令人讨厌的小崽子"!是呀,要说好看,他是沾不上边的。他被送到挖沟工人的妻子那里去由她领养。

安妮·莉丝贝特自己住进了伯爵夫人的城堡里,坐在陈设华丽的房间里,身上穿着用绸缎和丝绒做的衣服。一点点风也不能吹到她的身上,没有人可以粗声粗气地同她讲话,因为那样一来她会受到伤害,这是她不能忍受的:她是伯爵夫妇的初生婴儿的奶妈。那个婴儿清秀得像一个王子,俊美得像一个天使,她多么喜欢这个孩子啊,而她自己的亲生儿子,唉,却寄养在那边的一栋房子里——一个挖沟工人的家里。那个家呀,烧饭的锅子不大有揭开的时候,而嘴巴却常常张开等着吃的,而且家里常常没有人。小男孩哭闹起来,没有人听见,也就没有人操心了。他哭着哭着就睡着了,而在睡眠之中人是不觉得饥渴的。睡眠真是绝妙的发明。

岁月流逝,一年又一年过去了,人们常说,时光催着野草生长。安妮·莉丝贝特的男孩也长大了,虽然大家都说他发育不良,他完全成了收养他的这个家庭中的一员。他们收了一笔钱才领养他的,所以他的生母可以一点都不管他的死活。如今他的生母是都市里的贵妇人了,过着养尊处优的日子,出门还要戴上帽子。那个挖沟工人的家她是从来不去的,那儿离城那么远,再说她也没有什么事情非去跑一趟不可。反正那个男孩子已经是他们家的人了,他们说他能够挣得到饭吃的,可以自食其力地过日子。于是他去给马瑟·延森照料红母牛,这样他就当上了牛倌,也总算有口饭吃了。

在大庄园漂洗衣服的堤岸上,戴着铁链的看门狗高傲地蹲在狗棚顶上晒太阳,对每个走过的人都要吠上几声。遇到下雨天,它就蜷缩在狗棚里,在干燥的窝里惬意地躺着不动。安妮·莉丝贝特的男孩也在晒太阳,不过是坐在沟渠旁边,手里削着拴牛的木桩。在春天,他发现有三棵草莓开花了,他认定它们会结出果实来,这让他非常高兴,可是到头来却一场空,连一颗草莓都没有结出来。遇到天公不作美——不管是下大雨还是下小雨——他都要坐在那里,浑身上下被雨水淋得湿透,又被刺骨的寒风吹干。他回到那头牛主人的农庄上去的时候,总是要受人欺负,被推来搡去。姑娘和小伙子们都把他叫作令人讨厌的丑八怪,他也习以为常了,反正他从来不曾被人爱过。

安妮·莉丝贝特的男孩过的就是这样的日子,再说,不过这样的日子又能过什么样的日子呢?"从来不曾被人爱过",就是他生来的命运。

后来他被从陆地上推到了船上,跟随着一艘破旧不堪的小船出海航行。他在船上打工,船主去喝几口的时候,就由他来掌管船舵。他又脏又丑，一副饥寒交迫的模样，人们以为他从来就没有吃饱过，他倒的确从来不曾吃饱过肚子。

已是深秋季节，天气十分恶劣，风雨交加，寒气逼人，那刺骨的寒风穿透厚厚的衣衫，像刺刀般地刺着他的皮肉，在大海中更是如此。一艘破旧的小船挂着一面风帆在海上颠簸，船上只有两个人，是呀，也许可以说只有一个半人，那就是船主和那个男孩。天空一整天都是阴沉沉的，后来就变得昏天黑地。寒风刺骨，船主喝了不少烧酒，把身子喝得暖烘烘的。那只旧酒瓶子就放在他的面前，还有一只空酒杯，酒杯的上半截完好无损，可是杯脚已经折断，只好装在一个涂着蓝漆的雕花木座子上。船主觉得，喝上一打兰①烧酒才刚刚开怀，喝上两打兰方能过过酒瘾。男孩子坐在船舵旁边，用他那长着老茧的油污的双手紧握着舵把。他的模样真是奇丑无比，头发蓬松，乱成一团，弯腰驼背，像患了佝偻病。这就是那个挖沟工人的儿子，不过在教堂的出生登记簿上写得明明白白：他是安妮·莉丝贝特的儿子。

狂风肆虐，小船只能随风漂流，风帆里兜满了风，鼓鼓囊囊的；狂风猛吹，小船飞一般地向前冲去；海浪翻腾，波涛汹涌。可怕的事发生了。停住啦，怎么回事？是什么东西撞在船上了？什么东西撞得碎裂了？是什么把小船抓住了？它滴溜溜地直打转，是狂风暴雨还是滔滔的海浪？坐在船舵旁边的男孩尖叫起来："耶稣呀！"

---

① 质量单位，1打兰约为1.77克。

原来小船撞在海底的一块大礁石上，它就像一只破旧的鞋子落在水潭里，直往下沉。正如人们常说的：连人带老鼠一起泡到水里。船上老鼠总是有的，人却只有一个半——船主和挖沟工人的儿子。除了尖声高叫的海鸥和海面下的鱼之外，没有人看见这桩海难的始末，就连海鸥和鱼儿也没有看得那么真切，因为海水涌进来把小船吞没的时候，它们都吓得躲到一边去了。船陷水底大约一尺深的地方，那两个人就安息在那里，他们被人遗忘了。唯一没有沉下去的是那只装在蓝色木座上的玻璃酒杯，因为木头是可以浮出水面的。玻璃杯漂走了，到头来还是要在岸上撞得粉碎，至于在什么时候、什么地方撞碎，那倒是无关紧要的。它已经尽到了责任，它曾经被人那么疼爱过，可是安妮·莉丝贝特的孩子却不曾被人疼爱过。在天国里，没有一个灵魂肯说："我从来没有被人爱过。"

安妮·莉丝贝特住在大城市里，一住就是许多个年头，被人们以"女士"来称呼。她在回忆起往事的时候总不免趾高气扬、洋洋自得。那是在伯爵庄园上过的那段日子，那时候她乘着马车兜风，还同伯爵和男爵夫人们聊天。她的那位可爱的伯爵少爷是个最俊俏的天使，最讨人喜欢的活宝贝。他非常喜欢她，她也非常疼爱他，他们彼此亲吻拥抱，亲热得不得了。他是她的欢乐，是她的半个生命。如今他已经长大，十四岁了，聪明英俊，出落得一表人才。她已经很久不曾见到他了。想当年她总是把他抱在手里，后来就再也没有见过面。她很久没去过伯爵的宅邸了，到那边去要走一长段路程呢。

"我非去一次不可,哪怕千辛万苦,"安妮·莉丝贝特说道,"我要去看看我的心肝宝贝,去看看我那个伯爵少爷。是呀,他想必也很牵挂我,想念我,他是那么喜欢我,那时候老是伸出他的天使般的臂膀抱着我的脖子喊道:'安——莉丝!'那声音甜美得像小提琴的琴声。是呀,我一定要去看看他,吃苦受累也心甘情愿。"

她乘坐了一阵子牛车,后来又步行一段路,终于来到了伯爵宅邸。那座城堡和以往一样,仍然那样宏伟壮观,那座花园也和早先一模一样。可是里面的仆役都是陌生人,他们没有一个人知道安妮·莉丝贝特是什么人,也不晓得她曾经有一段时间在这里是很受重视的。伯爵夫人谅必对他们讲起过她,而少爷就和她自己的孩子一样,她多么想念他呀!

现在安妮·莉丝贝特来到了她思念已久的这个地方,却不得不等候很长时间。终于在主人用餐之前,她被叫进去见伯爵夫人。伯爵夫人倒和颜悦色地同她讲了不少话。至于伯爵少爷嘛,她必须要等到他们用餐结束之后才能去见他,于是她又等了半晌才再一次被叫进去。

他长得多么高大啊,是个瘦高个子,不过那双眼睛却炯炯有神,那张嘴巴像天使的嘴一样甜美。他朝她瞅了一眼,却一句话都不说。他不认识她了,转过身来想要走开去,可是她忙不迭地拉住了他的手,把它贴到自己的嘴巴上。

"行啦,行啦!"他不耐烦地说道,扭头就走出了厅堂。这就是那个她朝思暮想的少爷!那个她最最疼爱的心肝宝贝!那个她在人世间引以为豪的人!

安妮·莉丝贝特走出了伯爵宅邸，来到了空旷的大路上。她心里非常难过，想不到他竟然对她这样冷漠无情，一点也不想见到她，连一句话都不肯说。想当初她日日夜夜地把他抱在怀里，时时刻刻牵挂在心上。

一只又大又黑的渡鸦飞下来，落在她面前的路面上，放开喉咙叫了又叫。

"哎呀，"她叹了口气说，"你这只带来不幸的晦气鸟！"

她走过挖沟工人的房子，他的妻子正好站在门外面，于是她们俩就交谈起来了。

"你的光景准错不了，"挖沟工人的妻子说，"你一身肥膘，胖得流油，日子一定过得很称心吧！"

"凑合着过呗！"安妮·莉丝贝特说。

"那艘小船连同他们两人都沉下去啦！船主拉尔斯和那个男孩子都淹死了，他们算是活到头了。我早先还巴望着那孩子有一天能给我挣几个先令回来呢！不过你倒用不着再在他身上花什么钱了，安妮·莉丝贝特。"

"他们两个都淹死啦！"安妮·莉丝贝特说。她们就不再谈论这件事情了。安妮·莉丝贝特很伤心，因为她的伯爵少爷竟然不理睬她，要知道她是那么疼爱他，走那么远的路到这里来看望他，再说出一趟远门也挺花钱的。她连一点乐趣都没有得到，不过她拿定主意，对挖沟工人的妻子半句都不说，她不想对她倾吐自己的满腹牢骚，她生怕那个女人听了会瞧不起自己。这时候那只渡鸦又在她头顶上乱叫起来。"这只惹人心烦的黑家伙，"安妮·莉丝贝特说，"今天你可把我吓着了。"

她带来了咖啡豆和菊苣①根,把这些东西送给挖沟工人的妻子。这倒不失为一件行善积德的好事,可以让她煮了喝点,而安妮·莉丝贝特自己也可以喝上一杯。挖沟工人的妻子去煮咖啡了,安妮·莉丝贝特坐在一张椅子里,迷迷糊糊睡过去了。她做起梦来,梦见了过去从来不曾梦见过的事情,真是奇怪得很:她梦见了自己的那个亲生儿子在这间屋子里挨饿受冻,他又哭又叫却无人理睬,如今他已经安息在深深的海底,只有上帝才知道他的葬身之处。她梦见自己还是坐在她现在坐着的这张椅子里,挖沟工人的妻子在煮咖啡,她可以闻到咖啡豆的香味。忽然间,门口站着一个小男孩,模样就像伯爵少爷一样好看。小男孩说道:

"世界末日已经来到!你快牢牢地抓住我,因为你毕竟是我的妈妈!你有一个天使在天国里。快跟我来吧!"

话音未落,他便一把抓住了她。就在这时,响起了山崩地裂的轰鸣声,那是地球在毁灭。这个小天使已经飞起来了,还紧紧抓住了她的衣服袖子。她觉得自己即将离开地面了,可是她的双脚却被一样笨重的东西往下拉,还使劲地压住她,不让她脱身,仿佛有几百个女人在拼命拽她,她们叫道:

"你若是要得救,我们也应该得救。抓得紧点,不要撒手!抓得紧点,不要撒手!"

她们齐心合力地拉着,那力气真是太大了,只听得"嘶啦"一声响,她的衣袖被撕得粉碎。安妮·莉丝贝特重重地摔了下来,她一下子惊醒过来。原来她睡着了,差点同她坐的椅子一起倒下

---

① 一种可作为咖啡代用品的植物。

来。她脑袋昏昏沉沉，已经记不大清楚梦见了什么，只知道非常可怕，让她惊吓得很厉害。

后来她们喝了咖啡，也交谈了一会儿。安妮·莉丝贝特就朝着离这里最近的那个小镇走去，她要在那里找到赶车的车夫，在当晚搭乘马车赶回家去。可是她找到车夫之后，车夫却告诉她要在第二天晚上才能动身往回走。她盘算了一下，多留一夜要花费她不少钱，况且若不是顺着马车走的大路而是沿着海边走的话，路程几乎要缩短八九里。这天天气晴朗，碰巧又是个月圆之夜，安妮·莉丝贝特情愿徒步行走，反正第二天便可以回到家里了。

太阳已经落下去，晚祷钟声仍在空中回荡。不对，那不是教堂的钟声，而是一种名叫贝德·奥克斯的青蛙在泥潭里叫。过了一会儿，连蛙叫也停止了，四周万籁俱寂，连一声鸟叫都听不到，因为鸟儿也都安睡了，只有猫头鹰大概不会待在巢里，她走过的森林和海岸都是一片静谧，她可以听得见自己走在沙滩上的脚步声。海面上波澜不兴，大海深处更是悄无声息，世间一切都默默无语——不管是活的还是死的。

安妮·莉丝贝特迈开脚步匆匆赶路，她心里什么都不想，正如常言所说的那样：她远离了自己的思想。但是她的思想却并不曾离开过她。思想是从来不会离开我们的，它只会有时候打个盹儿，那些蛰伏着的跃跃欲试的思想，还有尚未萌动的思想都是如此。可是这些思想都会冒出头来，它们或者在我们的心里，或者在我们的头脑里活动开来，仿佛是从天而降。

"行善将会得到好的回报。"书上是这么写着的；"罪孽之中蕴藏着死亡。"书上也还这样写道。这些道理已经被人写过许多，被人讲得不少，然而偏偏有人不知道，有人索性忘记了。安妮·莉丝贝特就是这样一个人，不过报应是会来的。

所有的罪恶其实就藏在我们心里，所有的美德也在我们的心中，在你的、我的心中！它们就像一粒粒肉眼看不见的种子。若是有一缕阳光从外面照射到它们，或者有一只邪恶的手抚摸了它们，或者是你站在路口，对于究竟朝左还是朝右举棋不定，是呀，这时候就要人拿主意了，于是那些小小的种子便萌动起来，它们膨胀爆裂，开始出芽抽长，把自己的浆水注入你的血液之中，你就开始有了行动。当人们打瞌睡的时候，这些躁动的思想倒是没有了，不过它们只是暂时休止。

如今安妮·莉丝贝特在似睡非睡、似醒非醒的状态中赶路，其实她的思想仍然在活动之中。从头一年2月2日圣烛节到下一年圣烛节这段日子里，人们委实有许多旧账要算清楚——整整一年的账。有许多事情已经被忘掉了，比如在语言和思想里犯下的罪恶：亵渎上帝啦，咒骂邻人啦，还有自己说违心话啦，凡此种种，我们平时不大会朝那里想的。安妮·莉丝贝特也没有朝那里想，反正她一向奉公守法，从来不曾做过任何触犯国家法律和法令的坏事情，她受人器重、精明能干、诚实可靠，她自己知道这些。

她沿着海边往前走去，那边好像有什么东西，是什么呢？她停住了脚步，究竟是什么东西被冲到岸上来了呢？原来是一顶破旧的男人帽子，那么落水丧生的是什么人呢？她走近一些，停住脚步凝目观看……哎哟，那边躺着的是什么呀？她吓得要命，可是那里并没有什么吓人的东西，只是一堆藤萝和海草缠绕在一块，横在那里的长条石上,看上去就像一个人的样子!可是她被吓坏了,在她继续往前走的时候,她想起了她在儿时听到过的许多描述"海滩幽灵"的迷信故事,讲的就是那些被海水冲到荒滩上而没有埋葬掉的鬼魂。那些"海滩幽灵"的肉胎已成了一具具尸体,不会再伤害任何人,可是它们的鬼魂——也就是"海滩幽灵"——会紧随不舍地跟着单独过往的行人,附在那个人身上,要他把它们背到教堂墓地里去,这样就可以掩埋在基督的土地上了。"抓牢!抓牢!"那些鬼魂会这样吆喝道。

当安妮·莉丝贝特嘀咕着这几个字的时候,她突然想起了她的梦,而且非常清晰:那些母亲怎样一起用力把她往下拽,异口同声地喊着:"抓得紧点,不要撒手!"世界怎样往下陷落,她的衣袖怎样被撕得粉碎,她的孩子在世界末日来到的那一刻怎样来搭救她,自己怎样从他手上滑落下来。这是她的孩子,是自己亲生的骨肉,而她从来就不曾爱过他,是呀,连一次都不曾想到过。如今这个孩子已经葬身海底,他会变成一个"海滩幽灵",高声喊着:"抓牢,抓牢!把我背到基督的土地上去!"

她心里这样想着,恐惧就跟在她的脚后追随着她了。她加快了脚步,可是恐惧就像一只冰凉潮湿的手,压到了她的心口上,压得她快要透不过气来了。她朝着大海望过去,但见那边变得昏暗起来,一阵浓雾从海上升起,笼罩了灌木丛和树林,那些树木的形状看起来非常狰狞可怕。她转过脸来看着自己身后的月亮,月亮像一个白色的大圆盘,却暗淡得连一点光芒都没有。这时候她的身体仿佛被什么笨重的东西拽住了。"抓牢,抓牢!"她想道。她又转过脸去看看月亮,她觉得月亮的那张大白脸就紧贴在自己的脸庞上,而浓密的雾气就像一块裹尸的亚麻布围在她的肩头上。"抓牢,抓牢!把我背到基督的土地上去!"她能听到这样的叫喊,能听到一个十分空洞而奇特的声音。它既不是池塘里的蛙鸣声,也不是渡鸦或者乌鸦的啼声,因为她并没有见到周围有这些东西,"把我埋葬掉吧,把我埋葬掉吧!"这样的呼喊声在空中回荡。是呀,那想必是她葬身海底的孩子的幽灵出现了,若不把它背到教堂的墓地里去,把它埋进坟墓的话,它是不能得到安息的。于是她要到那边去,要在那里掘个坟墓。她一转身就直奔教堂而去。这时她觉得背上的负担减轻了一些,它竟然忽然消失了。于是她又折回身来,走上那条最短的回家路。可是奇怪得很,那沉重的负担又压住了她的心口。"抓牢,抓牢!"这声音听上去就像青蛙的悲鸣,又像鸟儿的啼泣,这声音听起来非常清楚。"把我埋葬掉吧,把我埋葬掉吧!"

浓雾又凉又湿,她的双手和脸庞由于恐惧也变得冰凉潮湿。她的身体遭受着重压,她的心灵上出现了一个没有止境的空间,她过去从未有过的想法一起在那里涌现出来了。

在北方,成片的山毛榉树会在一个春天的夜晚绽出新芽,在第二天的阳光中,这些树木便焕发出嫩绿的光泽。仅在一秒钟之间,我们的心灵里所孕育的罪恶的种子就会在思想、语言和行动上萌芽,而这些种子恰恰又是我们在以前的生活中播下的。当良知苏醒过来的时候,它也会在一秒钟内生长发芽,而且往往是在我们意想不到的时候上帝就把我们的良知唤醒过来了。这时候找不出任何借口来为自己开脱;自己的所作所为已经成了不容抵赖的证据;思想是会变成语言说出来的,而语言是世上的人都能听得见的。我们不禁惶恐起来，因为我们心灵上居然藏有那么多尚未扼杀的邪念；我们不禁战栗起来，因为我们的傲慢自大和轻率放纵竟播下了那么多的罪恶种子。原来心灵里既藏有种种美德，却也保存着所有的罪过，而这些罪过哪怕在最贫瘠的土壤上都会发芽生长的。

安妮·莉丝贝特的脑海里所翻腾的思想正是我们在这里用语言讲述出来的东西，她被这些思想压倒制服了。她瘫倒在地上，往前爬了一段路。"把我埋葬掉吧，把我埋葬掉吧！"那个声音在呼唤着。她倒真是情愿把自己埋葬掉，倘若在坟墓里果真能使人忘掉一切的话。这是她真正觉醒的时刻，充满着恐怖和悔恨。迷信使她的血液时而变凉时而变热。她从来不肯提起的许许多多的事情一齐在她的脑海里涌现出来。一个鬼影像是皎洁月光下的云影悄然无声地飘然来到她的身边，这个影子是她早先曾听人讲到过的。四匹骏马打着响鼻从她身边掠过去，它们的眼睛和鼻孔里喷射出明晃晃的火焰。这些骏马拉着一辆烈焰腾腾的马车，马车上端坐着那个一百多年前在当地横行霸道的庄园主。据说他在每天半夜都要闯进自己的庄园里，兜一圈之后又马上返身出来。他倒不像人们常说的面如死灰，而是黑得像一块火焰熄灭了的煤炭。他朝安妮·莉丝贝特点点头，又向她招招手，说："抓牢，抓牢！这样你又可以坐上伯爵的马车了。快把你亲生儿子忘掉吧！"

她挣扎着爬起身来，慌忙跑开了，她终于来到了教堂墓地，可是黑色的十字架和黑色的渡鸦在她的眼前混作一团，她无法分辨。那些渡鸦的叫声也和她白天所见到的渡鸦的叫声是一样的，不过现在她明白过来其中的意思了，原来它们是在说："我是渡鸦妈妈,我是渡鸦妈妈!"它们每一只都这样啼叫。安妮·莉丝贝特知道,倘若她不把坟墓挖掘出来的话,她大概就会变成这样一只黑色的鸟儿,也会像它们那样叫个不停。

她把身体扑到了地上,伸出双手在坚硬的地面上挖掘,挖得手指尖个个都鲜血淋漓。

"把我埋葬掉吧,把我埋葬掉吧!"这个声音不断地在催促着。她生怕公鸡打鸣儿,生怕东方显出第一道红彤彤的曙光,然而公鸡到底还是啼叫起来,东方也渐渐露出了晨曦,可是那个坟坑才挖好了一半。一只冰冷的手从她的头和脸上抚摸过来,一直滑落到她的心口上。"只挖了一半!"有个声音在叹息,那声音渐渐远去,沉没在海底里。是呀,那就是"海滩幽灵"。安妮·莉丝贝特精疲力竭地瘫倒在地上,她没有了思想,也失去了知觉。

当她苏醒过来的时候,天已经大亮了。两个男人把她从地上扶了起来,不过她不是躺在教堂的墓地里,而是躺在海滩上。她就在那里挖坟,在她的面前挖出了一个大坑来。她的手指被一个破玻璃杯给划破了,流了不少血。那只破玻璃杯没有杯脚,而是装在一个涂了蓝漆的木座上。安妮·莉丝贝特病倒了,发起了高烧。良知在迷信的纸牌之间穿行,把那些纸牌一张张掀开来。于是她明白过来了:现在自己只剩下了半个灵魂,而另外那一半已经被她的孩子带到海里去了。要是她不能把失落到海里的那一半寻找回来,她就不能升上天国,得到上帝的宽恕。

安妮·莉丝贝特终于返回家里,不过她已经不再是原来的那个人了。她的思想纷乱得如同一团乱麻,不过在这样纷乱的思绪之中，她仍然可以理得出一根线索来，那就是把"海滩幽灵"背到教堂墓地里去，把它埋葬在坟墓里，只有这样，她才能把自己的另一半灵魂收回来。

有许多个夜晚，她从自己家里跑出去，别人总是在海滩上把她寻回来。她在那里等候着"海滩幽灵"。就这样又过了整整一年。有一天晚上，她又不见了，哪里也找不到她。第二天找了一天，仍然没有找到。

到了黄昏时分，牧师走进教堂去敲晚祷钟，他一眼看到安妮·莉丝贝特躺在祭坛前面。她从一大清早就来到这里，她的体力已经用尽了，可是双眼却闪出了光芒，脸上有一层红晕。落日的余晖照到了她的身体上，照得摊在祭坛上的《圣经》的银书扣闪闪发光。摊开着的地方正写着先知约珥的一句话："你们要撕裂心肠，不撕裂衣服，归向耶和华，你们的神。"①

"这真是碰巧了。"人们这样说。许多事情本来就是偶然发生的。

在安妮·莉丝贝特被阳光映亮的脸庞上，可以看出安静和平和的表情。她说她非常好，她终于得到了她的灵魂。在头天夜里，那个"海滩幽灵"——也就是她的孩子——来到了她的身边。他说：

"你虽然只为我挖了半个坟，可是你一年中天天都把我埋藏在自己的心里，这是一个母亲能够给自己孩子的最好的藏身之处。"

于是他便把她失去的那一半灵魂还给她，还把她带领到教堂里来了。

---

① 《圣经旧约·约珥书》第二章第十三句。

"现在我已经在上帝的屋里了。"她说道,"在这里,人人都能得救,都有幸福。"

太阳落下去的时候,安妮·莉丝贝特的灵魂已经完全升入无忧无虑的境界之中,安妮·莉丝贝特的奋斗终于有了结果。

孩子话

一个批发商的家里举行了盛大的儿童聚会,有钱人家的孩子和体面人家的孩子都来参加。这个批发商不但家境富有,而且很有学问,他曾经得到过大学入学资格考试的证书。这倒多亏他那位精明的父亲,他一定要他学业有成。他父亲原来只是个牛贩子,然而为人诚实又勤劳节俭,挣下了不少钱财。到了这个批发商手里,生意更是兴隆。他很有头脑,心地也很好,可是大家却很少讲到他的这些优点,他们津津乐道的还是他有多少家产。

他家里进进出出的都是有身份的人,既有那些人们常说的具有高贵血统的人,也有那些人们常说的精神高尚的人,他们有的是两者兼备,也有的是两者皆无。现在这里是孩子们的聚会,讲的都是孩子话,孩子们讲起话来都是有啥说啥,不会拐弯抹角的。有一个很漂亮的小女孩高傲得不得了,那是仆人们亲吻她的手,把她惯成这副样子的,这倒不是她父母的溺爱造成的,他们都还理智。她的父亲是个宫廷侍从,是个了不起的大官,她心里明白着呢。

"我是一个宫廷里的孩子。"她说。其实她说不定也是个地下室里的孩子,因为随便她对别人说什么,人家都无法否认。她就这样告诉别的孩子,说是她生来就命好,还说如果不是出身好的话,命中注定不会有出息的,即使读书再多也不管用;如果不是出身好的话，再勤奋刻苦也是白搭。

"姓氏以'生'和'森'字结尾的平头百姓①，"她说，"在世上怎么都不会出人头地，所以人们应该把双手叉在腰上，用胳膊肘把这些姓名里带着'森'和'生'的平头百姓推开，离得愈远愈好！"说着，她便把她两只娇小而细嫩的胳膊叉在腰际，让大家看看应该怎样行事。那一双小胳膊真是好看，她真是个让人喜爱的孩子。

可是批发商的小女儿听了很不服气，发起脾气来，因为她父亲的姓恰好是玛德森，这也是一个以"森"字结尾的平民百姓的姓氏，于是她便傲气十足地说道：

"不过我爸爸拿得出一百个银币来买糖果分给孩子们吃，你爸爸掏得起吗？"

"是的，我爸爸掏得起，"一个文人的小女儿说，"他还能把你的爸爸、她的爸爸和所有人的爸爸都登在报纸上！我妈妈说，不管什么人见他都害怕，因为报纸就是归我爸爸管着的！"

那个小姑娘挺直了身子，把脑袋仰得高高的，像一位真正的公主那样昂首挺胸。

可是在半开的房门外有一个家境贫寒的孩子正站在那儿往门缝里张望。那个孩子出身实在太卑微，以至于根本踏不进客厅里来。他是来帮厨娘翻动烤肉的铁叉子的，现在得到准许，可以在

---

① 在丹麦古代，贵族以自己封地为姓，而平民则是以父亲的名字加上"sen"——即儿子之意——作为自己的姓。我国一般将"sen"按其发音译成"森"或"生"。

门背后看那些穿着华丽的孩子们玩耍作乐,这对他来说已经是天大的恩典了。

"要是能成为他们当中的一个,那该多好啊。"他想道。这时候他听到了那些孩子们说的那些话,这真让他丧气。在他家,他的父母亲的柜子里连一个铜板都剩不下来;他们连一份报纸都买不起,更别想在报纸上写点什么东西了。最糟糕不过的是他父亲的姓,当然也是他自己的姓,全都以"生"字来结尾的!也就是说,他在世上决计不会有什么出息的,这真太叫人伤心了!不管怎么说,既然生到了人间,就该生来如此,没有别的让他挑选。

这就是那天晚上发生的事情。

许多年过去了,在这些年里,孩子们都长大成人了。

城里建起了一座宏伟壮观的房屋,里面陈列着琳琅满目的藏品,人人都想前来参观,一饱眼福。不但是这个城市里的人,连外地的人也特地来这里一睹为快。真不晓得在前面提到过的那些孩子当中有哪个人可以称这栋房子是自己的。是呀,其实这并不难晓得,不过也不那么容易。这栋房屋成了那个家境贫寒的孩子的了。他到底还是有了出息,尽管他的名字是以"生"字结尾的——他就是多瓦尔生。

那么,另外三个孩子呢?有高贵血统的,富有的,精神上高人一等的。不错,她们也没有必要怨天尤人,因为她们都是同样的孩子嘛!再说她们也都事事如意,日子过得顺当美满,因为她们已经有了很好的基础。至于她们在那个晚会上所想的和所说的,都统统不过是些孩子话!

一串珍珠

一

在丹麦,从哥本哈根通往科尔塞尔,直到现在还只有一条铁路。这是一串珍珠。这样的珍珠欧洲已经有许多了,其中价值最为昂贵的有:巴黎、伦敦、维也纳、那不勒斯……然而许多人并不把这些大城市看成是自己最美丽的珍珠,他们对某个名不见经传的小城市倒情有独钟,那里住着他们的亲人。唉,其实那地方只不过是隐藏在苍翠树篱之间的一个单独的院落、一栋小房子而已。当火车从铁路上飞驰而过的时候,它只是一个从人们眼前一晃而过的小黑点。

那么从哥本哈根到科尔塞尔这根细绳上穿着多少颗珍珠呢?我们可以认定共有六颗,这是大多数人都会注意到的,古老的记忆和诗歌赋予这些珍珠夺目的光彩,以至于它们在我们的思想里熠熠生辉。

在那里的山坡下,在松德尔玛克的森林深处,这一串珍珠中的一颗在闪闪发光。弗雷德里克六世的王宫,还有欧伦施莱厄童年的家都在那里。人们把它叫作"菲勒蒙和包喀斯的茅屋"①,也

---

① 菲勒蒙和包喀斯是希腊神话中的人物,他们是一对恩爱的老夫妻,经常在自己的茅屋里接待过路的人。

就是说,这是两位可亲的老人的家。这里居住着拉贝克和他的妻子伽马①。在整整一辈子的时间里,来自喧嚣忙碌的哥本哈根的所有才智出众的文人都聚集在他们好客的屋檐底下。这里曾是精神生活之家。而现在嘛,请不要说:"唉,变化太大啦!"不对,它仍旧是一个精神生活之家,是生病的花木的温房②。那些无力绽开的蓓蕾在这里得到保护,找到栖身之处,然后开花结果。在这里,精神的阳光把一个宁静安详的精神生活之家照耀得通明透亮,使它生机蓬勃,焕发出旺盛的生命活力。周围的世界通过眼睛,把光芒射进灵魂的无底深渊。这里成了痴呆人之家,它是一个神圣的地方,人类的博爱就在它的四周翱翔。这里是治疗患病的花木的温室,这些花木总有一天会被移植到上帝的花园里去,并且在那里开出鲜花。如今那些心智最弱的人聚集在昔日最伟大、最有力量的人物聚会的地方,以往那些人物在这里交流,使思想升华,如今"菲勒蒙和包喀斯的茅屋"里心灵之火依然烈焰冲天。

在赫罗阿尔的泉水旁边,古老的罗斯基勒城赫然出现在我们的眼前。教堂尖细的塔顶高耸入云,鹤立鸡群般地突出在这个低矮的城市之中,把它的身影倒映在伊萨海湾的水面上。我们到这里来只是寻找一个坟墓,在珍珠的光芒之中审视它,倒并不是那个权势冲天的聪明的玛格丽特女王的陵墓,不是的。我们乘坐火

---

① 拉贝克(1760—1830)和他的妻子伽马(1775—1829)均是当时丹麦的著名作家,在他们的"巴克小屋"里经常聚集着当时的丹麦文人。本文把"巴克小屋"比喻为"菲勒蒙和包喀斯的茅屋"。

② 在拉贝克和伽马去世后,"巴克小屋"于1855年成为"痴呆儿童疗养所"。1925年又改建为拉贝克夫妇纪念馆,至今仍有不少人前去参观拜访。

车紧挨着教堂墓地的白色围墙飞掠而过，那座坟墓就在里面，一块小得可怜的碑石竖立在墓前。管风琴之王、丹麦抒情浪漫乐曲的革新者便长眠于此。那些乐曲成了我们心灵上的古老传说，我们至今还沉醉于《清澈的波浪在翻滚》《在莱勒住着一个国王》等曲子。啊，罗斯基勒，这个国王墓群的城市，在你这颗珍珠上，我们看见了那座小得可怜的坟墓，在墓前的碑石上刻着一架七弦竖琴和一个名字——韦塞[①]。

现在我们来到了林斯旦德城附近的西格尔斯旦德。这里的河床很浅，金黄色的麦子长势喜人，哈格巴特的大船就停泊在那个地方，离少女西格妮的闺房不远。有哪个人不晓得哈格巴特的传说故事？他吊死在橡树上，而少女西格妮的闺房也顿时烈火熊熊。这是一个忠贞不渝的爱情的传说[②]。

"森林环绕着美丽的索尔厄岛！"这修道院城市的安详宁静的容貌是透过长满青苔的树木展露出来的。它以青春的目光从索尔厄学院朝外看出去，目光掠过湖面，一直望到外面世界的大路上。当火车从森林里飞驰而过的时候，可以听得到火车头带着长龙奔驰的喘息声。索尔厄岛啊，你这颗诗歌的珍珠，你保存着霍尔堡

[①] 韦塞（1774—1842），丹麦作曲家。

[②] 这是一个在北欧颇为著名的传说。武士哈格巴特爱上西古尔国王的女儿西格妮。一天他伪装成女子来看望西格妮，但被保姆发现后报告了国王。哈格巴特被捕并将被处绞刑。在被处死前，他请求先把他的披风吊在绞架上。此时，公主把所有财宝扔进一个深洞后，把自己关在闺房里，看着将要把哈格巴特吊死的绞架。当她看到被吊起的披风，以为他死了，于是放火烧了自己的闺房。哈格巴特看到闺房着火，相信了公主对自己的忠贞，于是他就心甘情愿地受了绞刑。

的遗骸。你的知识之宫如同一只健壮的白天鹅，站立在森林湖泊之畔，而我们的目光正朝向它，寻找着它。就像森林里的白色七瓣莲，一栋小屋在林荫深处闪现出了光辉，优美虔诚的赞美诗声从那栋小屋里飘逸出来，响彻了全国各地。它们的歌词句句简洁、通俗，连农夫都不禁侧耳聆听，并且从歌词里知道了丹麦过去的岁月。苍翠的森林总是和鸟儿的啼鸣联系在一起的，索尔厄岛和英格曼①这两个名字是分不开的。

到斯拉格赛城去！那么在这颗珍珠的光泽里又反映出了什么呢？安托伏尔森林修道院早已荡然无存，城堡里华丽的厅堂也已消失得无影无踪，甚至连最后剩下的孤零零的侧屋也不复存在。然而有一个古老的遗迹却至今依然存在，并且被一遍又一遍地修葺翻新，这就是那边山岗上的一个木十字架。那是在英雄传奇的年代里，斯拉格赛城的牧师——神圣的安德斯——在一夜之间被人从耶路撒冷背回到这里来，那边就是他苏醒过来的地方②。

科尔塞尔呀，延斯·巴格森③就出生在这里，他告诉我们：

庄重和诙谐全都在
西兰岛之父克努特④的诗篇里。

---

① 英格曼（1789—1862），丹麦作家和诗人，长期居住在索尔厄岛。
② 传说牧师安德斯去耶路撒冷朝圣，当他的同伴乘船返回时，他却一个人留了下来。此时，一个骑马人来到他面前，请他上马一起走。他上了马后却在这个人的怀里睡着了，等他醒来，他正躺在斯拉格赛城外一个山岗上，而他的同伴们过了很久才回到丹麦。
③ 延斯·巴格森（1764—1826），丹麦诗人。
④ 即延斯·巴格森，他曾用西兰岛之父克努特的笔名写过诗。

延斯·巴格森呀,你这位语言的大师,你的笔下生花,妙语如珠!那座早已倒塌的城堡的古老城墙便是你的童年之家,现在这里留下了最后的见证。在日落时分,这些残垣断壁会把它们的影子指向你出生的那栋房子,朝向斯普罗厄斯高地。在你"还很小的时候",你从这里眺望出去,看见"月亮滑到岛屿背后去了",于是你歌颂永恒,就如同你日后在世界的迷宫里漫游时,歌颂瑞士的群山一样。你歌唱道:

> 哪里的玫瑰都没有这里的红艳,
> 哪里的荆棘都没有这里的尖细;
> 哪里的羽绒都没有这里的松软,
> 就像在天真的童年睡过的床垫。

你这位妙趣无穷的幽默歌手啊,我们要用香车叶草为你编织一个花环,把它投进大海里,滔滔的波浪会把它带到基勒海湾岸边埋葬你的骨灰之处。它会带去年轻一代人对你的问候和致敬,会带去你的出生地科尔塞尔对你的问候和致敬。

这串珍珠在这里结束了。

二

"一点不错,从哥本哈根到科尔塞尔真的是一串珍珠,"外祖母听完我们方才读出来的那一段话,这样说道,"它对我来说是一串珍珠，四十多年来一直如此。"

她说道："那时候我们还没有蒸汽机，我们要花好几天时间才能走完你们现在只消几个小时就可以走完的路程，那是一八一五年，当时我二十一岁，正值青春妙龄！如今我已活到六十多岁，也还是个美好的年龄，是很有福气的。在我年轻的日子里，是呀，要去一次哥本哈根真是一件稀罕事，那地方可是城市之首啊，我们都是这样看待它的。我的父母亲二十年前去过一次，后来就再没有去过。他们还想去一趟，要带着我一起去。这次旅行我们商量了好几个年头，终于真的要动身了，在我看来，似乎一个全新的生活就要开始了，从某种意义上来说，我也的确开始了新的生活。

"先是缝制衣服，再是收拾行李，终于我们起程了。是呀，有许多亲朋好友都赶来给我们送行，对我们说'一路顺风'，这真是一趟轰轰烈烈的旅行！晌午时分，我们乘着我父母的霍尔斯坦敞篷轻便马车离开奥登塞，整条街上的熟人们都从窗子里向我们点头致意，直到我们差不多走出了圣约恩城门。

"天气十分晴朗，鸟儿当空歌唱，所有一切都令人感到快活，让人忘掉了到纽堡是一段艰难、漫长的路程。傍晚时分，我们到达那里，而邮件要到深夜才能到，在此之前船是不许开走的。我们登上了船，出现在我们面前的是一片浩瀚的大海。我们极目远眺，四周是那么平静。我们都躺下来，和衣而睡。快到清晨的时候，我醒过来，便走到甲板上去，朝四下张望了半天，却什么也看不见，原来浓雾笼罩着我们。我听到了公鸡打鸣的声音，感觉到太阳已经升起来。早祷的钟声在空中回荡，我们真是弄不清楚已经到了什么地方。待到浓雾散去，我们这才看清楚，原来我们乘的船仍旧停泊在纽堡附近。白天终于吹来了一点风，可惜是逆风，我们不断地改变航向，一点一点地往前挪动。我们总算还走运，在晚上十一点就抵达了科尔塞尔。我们花了二十二个小时才走完了近六十里的航程。

"登陆上岸真是太好啦，不过四周都是黑黝黝的，路灯又只燃烧着一点点火苗，光线昏暗不明。对我这个从来没有离开过奥登塞的人来说，所有的一切都是新奇和陌生的。

"'看哪，'父亲说，'巴格森就是出生在这里的！毕尔克诺① 在这里居住过。'

"于是我感觉到这座有着低矮房屋的古老城镇顿时变得熠熠生辉，变得宏伟高大起来。除此之外，我们为双脚能够踏在陆地上而感到十分高兴。那天我一夜无法入眠，因为从前天离开家以来所经历的一切使得我太兴奋了。

"第二天清晨，我们必须很早就起身。我们前面的一段路十分糟糕，坑坑洼洼，高低不平。一直到我们抵达斯拉格赛之前，路况都是如此；而过了斯拉格赛再往前走，路况也好不了多少。我们想要早点赶到小龙虾客栈，这样就可以在白天进入索尔厄城，去拜访磨坊主埃米尔。我们都是这么称呼他的，他就是你们的外祖父，我已经升天的丈夫。他是个乡村牧师，是在索尔厄上学的大学生，当时他正好考完了他的第二次考试。

"我们在那天中午之后抵达小龙虾客栈。在当年，它是一个气派十足的地方，也是我们整个旅途中最好的客栈，这附近一带的

---

① 毕尔克诺（1756—1798），丹麦作家、牧师，一位争取言论自由的斗士。

风景秀美极了,是呀,你们大家都会承认至今它仍是最好的。普兰姆贝克太太是个精明能干的女店主,整个客栈里样样东西都擦拭得一尘不染,就像一块刮得锃亮的肉案子一样。墙壁上挂着镶在玻璃框里的巴格森写给她的信,那真是值得一看的,在我眼里,它真是一件稀世珍宝。

"我们前往索尔厄岛,在那里同埃米尔见了面。你们可以想象得出来,埃米尔见了我们有多么欣喜,我们见到他也很高兴。他为人非常和气,也很体贴周到。我们跟随着他一起到教堂里去瞻仰了阿布萨隆①的坟墓和霍尔堡的棺材。我们浏览了古老的僧侣镌刻的铭文。我们乘船过湖,来到了'帕尔纳斯'②,那是我记忆中最美的一个夜晚!我真的感到,要是想在世上找个地方作诗的话,那就非要到索尔厄来不可,在那里领略大自然的宁静和秀丽。后来我们在月光下的那条被他们称为'哲学之路'的小径上散步,那是一条沿着湖滨通往小龙虾客栈的荒寂而美丽的幽径。

"埃米尔留下来和我们一起共进晚餐。我父亲和母亲发现他十分机智聪颖,而且长相也很好看。他一口答应我们:他会在五天之内赶回哥本哈根他的家里,这样又可以跟我们在一起了。你们知道这时候已经是圣灵降临节了。

"在索尔厄岛和小龙虾客栈度过的那几个小时,是我一生之中最美好的珍珠。

---

① 阿布萨隆(1128—1201),丹麦主教、政治家。
② 帕尔纳斯原为希腊中部的山脉,据说阿波罗和文艺女神们均住于此。后用它来象征诗人、艺术家的聚居地。这里指的是索尔厄湖之南由丹麦剧作家霍尔堡创立的索勒学院的花园。

"第二天清晨,我们很早就动身了,因为我们要走很长的路程才能抵达罗斯基勒。我们务必要尽早赶到那里,这样才来得及参观一下教堂。晚上父亲还要去拜访他的一个老同学。这几件事情都办成了,那天晚上我们便在罗斯基勒过夜。第二天一直到中午时分我们才到达哥本哈根,因为剩下的那段路程是路况最糟糕的,那儿已经被车轮轧得稀烂。我们足足花了三天时间才从科尔塞尔来到哥本哈根,而现在走同样的路程却只消三个小时。那些珍珠的价值并没有更加昂贵,它们是不会变的,可是穿珍珠的那根细绳却成了新的,变得更加奇妙了。

"我和我的父母在哥本哈根住了三个星期。埃米尔和我整整十八天都在一起。在我们返回菲茵岛的归途上,他也跟随着我们从哥本哈根直到科尔塞尔。我们俩分别之前,就在那里订了婚。你们当然能够理解我,明白我为什么把从哥本哈根到科尔塞尔这条路也称为一串珍珠了。

"后来埃米尔在埃森斯谋到了一份神职差事。我们结婚了,我们谈到了去哥本哈根的那次旅行,谈到我们俩要再作一次这样的旅行,可是后来先有了你们的母亲,接着她又有了弟弟妹妹,有许多事情要做,要照料。这时候你们的外祖父又升了职,当上了主持牧师,是呀,这是一桩天大的喜事,真是值得高兴,可是哥本哈根我们却没有去成。后来我再也没有到那里去过,虽然我们还是时常想念着它,谈论着它。如今我已经年纪太大,没有力气去乘火车了,但是有了火车我很高兴。有火车是一件天大的好事,这样你们就可以很快来到我的身边,现在从哥本哈根到奥登塞比从奥登塞到纽堡远不了多少。你们可以飞快地到达意大利,只需花费和我们当年到哥本哈根同样多的时间。是呀，这真是了不起。然而我却还是一动不动地坐着，我让别人去旅行，让他们到我的身边来。

"可是你们不要因为我坐着不动而笑话我，我将有一次伟大的旅行，走的路程要比你们远得多，比乘坐火车快得多。当上帝召唤的时候，我便会动身到你们的外祖父身边去。当你们在这里完成了你们的事业，享完了这个人生之福后，我知道，你们也会来到我的身边，于是我们会在一起谈论着我们在这个人世间的日子。

"相信我吧，孩子们！到那时我也将同现在一样，说道：'从哥本哈根到科尔塞尔，是呀，那真是一串珍珠。'"

笔和墨水瓶

诗人的书桌上摆着一个墨水瓶，有人在他的书房里看到之后就感慨地说道："真是稀奇！所有了不起的作品都是从这只墨水瓶里长出来的，不知道接下来会长出点什么来。是呀，真是稀奇！"

"一点不错，"墨水瓶说，"真是无法理解！就是如此，我常常这么说！"它对羽毛笔，也对桌子上别的能听到他讲话的东西说，"真是奇怪，所有这些作品都是从我身上生出来的，是呀，这几乎令人无法相信，连我自己也真的弄不明白。当那个人在我身体里面蘸来蘸去的时候，我自己一点都不晓得他下一步要干些什么。只消在我身体里蘸上一滴墨水就足够写满半页纸，这半页纸上还有什么写不了的呢！我真是一个奇妙的东西，从我的身体里产生出来诗人的所有的作品；产生出来这么多栩栩如生的人物，让读者都认识他们；产生了这么多内心的感受，这么多的诙谐幽默，这么多对大自然的描写。我自己也弄不明白，尽管我无缘结识大自然，可是它居然就在我的身体里。从我身体里走出来的那支四处闯荡的大军中，有容颜姣好的姑娘，有骑着骏马的骑士，有聋子彼尔，有瞎子吉尔斯坦。是呀，我自己也闹不明白，我可以向你们保证，我连想都没有想到过。"

"你说得很对，"羽毛笔说，"你没有想到，那是因为你没有动脑筋。你只消动动脑筋就会明白过来，你只不过淌出点水来而已！你淌出点水来，我就可以大有作为了，把我身体里的东西表达出来，把它们写到纸上，供人阅读。写出作品来的是笔，这一点是没有人怀疑的，尽管多数人对诗的了解还只同一个旧墨水瓶一样。"

"你的阅历太少了，"墨水瓶说，"你干活不到一个星期，笔尖却已经半秃了。你暗自想象你自己就是诗人，其实你只不过是个被人呼来喝去的仆役罢了。在你来之前，这类货色我见得多啦！既有从鹅的家庭来的，也有英国制造的，我知道它们是鹅毛笔和钢笔。为我服务过的笔有许多，以后还会有许多来为我服务。当那个人来了的时候，他就会又写又画，把我的内心感受记下来。我倒还真想知道，他最先要从我身体里提取出什么东西来。"

"一滴墨水。"笔说了一句。

那天晚上，诗人直到很晚才回家，他去参加了一个音乐会，听了一个小提琴家十分精彩的演奏，他听得如痴如醉，心中萦绕着那无比优美动人的音乐。小提琴家演奏得出神入化，到了令人叹绝的地步。他用乐器时而奏出淙淙的流水声，恍若一颗颗珍珠在滚动；时而奏出鸟儿在绿荫里婉转的啼鸣声；时而奏出狂风吹过松林的阵阵松涛声。诗人好像听到了自己的心灵在哭泣，可是这只是悦耳的女声在轻歌。似乎不只是小提琴的弦在铿锵作响，连弦桥、弦栓和共鸣箱都一齐在鸣响。真是太美妙了！演奏起来应该是非常费力的，然而看起来却似乎十分轻松，琴弓随意地在琴弦上来回移动,好像人人都会演奏。提琴自己在响,琴弓自己在演奏,似乎只是琴弓和琴弦在大显身手,而观众把掌握着这两样东西,并把生命和灵魂灌注到它们中去的那位大师忘掉了,而大师也忘却了观众的存在。可是诗人却惦记着他,叨念着他的名字,把自己的思想记录下来:

"如果小提琴和琴弓为它们的作为而感到不可一世的话,那真是愚蠢透顶。可是我们人类却常常这样做,诗人、艺术家、科学发明家、将军中都有这样的人。我们自高自大,不可一世,其实我们人人都只是上帝演奏的乐器而已。只有他一个人才配得到荣耀,而我们没有什么东西可以沾沾自喜、骄傲自大。"

是呀,诗人写下了这些话,把它写成了一个寓言,题目就叫作《大师和乐器》。

"这些话都是讲给你听的,夫人。"当它们两个单独在一起的时候,那支笔对墨水瓶说,"你大概听到了他念出来的、由我写下来的东西了吧!"

"是呀,就是那些我让你写下来的东西,"墨水瓶说,"那是对你的自高自大的旁敲侧击,可是你居然连对你的讽刺都听不明白。我给了你一个讽刺,我承认我自己是出于恶意才这样做的。"

"装墨水的玩意儿。"那支笔说道。

"写写画画的细棍子。"墨水瓶说道。

它们两个都意识到自己做了很好的回答——知道自己回答得很好是一件愉快的事情,这可以让人睡个好觉,于是它们两个就安然入睡了。

但是诗人却无法入睡,他文思如涌,就像悠扬的乐曲不断地从小提琴上涌出来一样。那令人心醉的声音，犹如珍珠在滚动，犹如狂风刮过森林。在这天籁之声中，他感觉到其中有他自己的心。他感觉到那永恒的大师的光芒。

荣耀全都归于他！

坟墓里的孩子

屋子里充满着悲哀，人们心里充满了悲哀，那个最小的孩子，一个四岁大的男孩子死了。他是这家的独生子，也是父母亲的欢乐和希望。他们还有两个女儿，最大的那个刚好在今年要领受坚信礼，她们两个都是人见人爱的好姑娘。不过这个最小的孩子却一直是他们最疼爱的，他是排行最小的，又是个儿子。这真是一场天大的灾难。

那两姐妹也非常伤心，年轻的心充满了悲哀，看到她们的父母那样痛苦，她们也心痛欲裂。父亲的背深深地弯了下去，母亲被这场灾难压垮了。日日夜夜她都围着这个生病的孩子转，精心照料着他，把他抱起来搂在胸前，她一直觉得他是她自己的一部分，怎么也不肯相信他已经死了，要躺进棺材埋进坟墓里去。她想，上帝不会把这个孩子从她身边召走的。如今事情终于发生了，她在极度痛苦之中说道：

"上帝不知道这桩事情！他在人世间有些毫无心肝的仆人，他们任意胡作非为，根本听不进一个母亲的祈求。"

在痛楚之中她背离了上帝，于是阴暗的思想、死亡的思想一起袭上心头。那是永恒的死亡，人死之后就变成泥土中的一粒尘埃，到那时一切都成了过去。有了这样的想法，她便失去了附身之所，陷入了迷茫的无底深渊之中。

在这沉重的时刻，她却不哭泣了，她也不去想想自己还年轻的女儿。丈夫的眼泪洒落到她的前额上，她也不抬起头来看看他。她的思想全都集中在那个死去的孩子身上。她的生命、她的一切都沉浸在回忆中，她要把对孩子的每一点记忆都召唤回来，把他的每一句天真的话语都回想出来。

下葬的日子到来了。在这以前的许多夜晚她一点睡意都没有，到了清晨时分，她疲乏到极点，终于蒙蒙眬眬地睡了一会儿。就在这时候，棺材被抬到一间较远的房间里，在那里钉上棺材盖，为的是不让她听到那揪心的锤击声。

她一醒过来，就站起身来要去看她的孩子。她的丈夫含着眼泪说："我们已经钉上棺材盖了，不得不这样做呀！"

"连上帝都这样狠心地对待我，"她呼喊道，"世人还能好得了吗！"她号啕大哭起来。

棺材被抬到了坟坑里，痛不欲生的母亲和她年轻的女儿们待在一起。她朝她们瞅了瞅，却视而不见。她仿佛已经同这个家没有什么关系了。她听凭悲哀来摆布自己。悲伤把她摇来晃去，就像大海在颠簸一艘失去了船舵的船只。

下葬那天就这样过去了，以后几天也是在悲伤之中度过的。全家人都用含泪的眼睛和忧虑的目光看着她。她听不进去他们劝她的安慰话。他们说不出更多的话来，因为他们自己也非常悲伤。

她似乎已经不再晓得睡眠是什么了，然而恰恰只有睡眠才是她的好朋友。睡眠能使得她恢复体力，使得她心灵平静。他们劝她到床上去躺着，于是她就到床上去躺着，像睡熟了那样一动不动。

有一天夜里,丈夫听到她均匀的呼吸,相信她已经入睡,并且平静下来,这正是他所希望的,于是他把双手合拢在一起,向上帝做了祈祷,然后一动不动地躺在床上。睡意很快就来了,他便呼呼入睡。可是在她那里情况就大不相同了,她趁她丈夫刚刚睡着的时候,爬起身来,披衣下床,悄悄地走出屋子,走向她日夜想念的那个地方,就是埋葬她孩子的那个坟墓。她走过了自己家的院子,走到了田野上,那里有一条小径绕过村庄通到教堂的墓地。一路上没有人看见她,她也没有看到任何一个人。

那是九月初的一个繁星满天的清朗夜晚,天气还很温暖。她走进了教堂墓地,走到那个小小的坟墓前面。这个坟堆就像一个很大的花束,堆满了各种鲜花,散发出芳香。她坐下来,把头垂向坟墓,似乎要透过这层厚厚的泥土看到自己的孩子。她的那个小男孩的笑靥在她的记忆中还是那样活灵活现,他的双眼流露出那么亲切的神色,即使躺在病床上也是如此,真叫人忘不了。当她弯身朝他,把他自己无力举起的纤细小手抬起来的时候,他的眼神里似乎有千言万语要诉说。如今她坐在他的坟墓旁边,就像以往坐在他的病床旁边一样,她的泪水不由自主地流下来,滴落在坟墓上。

"你想到地下,到你孩子身边去吗?"紧靠她身边有一个声音这样问道。那声音清晰而低沉,一直响到她的心里。她抬起头来瞧了瞧,只见自己身边站着一个男人,他身上裹着一件宽大的丧服,帽檐盖过了他的额头,不过她还是从帽檐底下瞅见了他的面孔。那是一张严峻冷酷的脸,却使人觉得可以信任。他的双眼炯炯有神,闪烁出青春的光彩,好像是个年轻人。

"到地下去,到我的孩子身边去!"她重新讲了一遍,声音中流露出迫不及待的祈求。

"你敢跟着我走吗?"那个人影问道,"我是死神!"

她义无反顾地点了点头。忽然间,天上的星星好像一齐散发出满月时的光辉,她看清了坟墓上五彩缤纷的花朵。那层泥土变得松软起来,像一块飘荡的布一样往下凹陷,她也跟着往下沉落,那个人撑开他宽阔的黑色大氅裹住了她。那是黑夜,死神的黑夜。她沉落下去,沉到比挖坟的铁铲挖的还要深得多的地底下去,教堂墓地就像是一个屋顶覆盖在她的头上。

大氅的衣裾朝一边掀开,她便坐在了一个非常开阔的大厅里,那个大厅宽敞得很,还有一种让人感到亲切的氛围。四周仍然十分昏暗。突然之间,她的孩子出现在她面前。她把孩子紧紧抱在怀里,贴住了自己的心口。那孩子朝她微笑起来,露出过去从未有过的美丽的笑靥。她高兴得高声欢呼起来,可是她的喊声无法让人听见,因为就在那时候她身边响起了嘹亮的音乐声,接着在四周也都回荡起这样的乐声。这悠扬悦耳的乐声她从来不曾听到过。这音乐声来自漆黑厚实的帷幔背后,而正是这道黑夜的帷幔把这个大厅同广袤的永恒的大地分开了。

"我亲爱的妈妈,我的亲妈妈。"她听见自己的孩子在呼唤,仍然是那个熟悉可爱的声音。在无限的欢乐之中,她一遍又一遍地亲吻着自己的孩子。那孩子用手指着黑色的帷幔说:

"上面的人世间没有这样的幸福!妈妈,你看见了吗?你看见所有这一切了吗?这才是幸福啊!"

可是做母亲的却什么也没有看见,那孩子用手指着的地方除了茫茫黑夜外，什么东西也没有。她是用尘世的眼睛在看，不能像这个已经被上帝召去的孩子一样看到那一切。她听得见动静，听得见音乐的悠扬声，可是却听不到她应该相信的那些话语。

"现在我会飞了，妈妈，"孩子说，"和所有别的快乐的孩子一起飞到上帝那里去。我很想去，可是当你痛哭的时候，像现在这样痛哭的时候，我无法离开你，尽管我是那么想去。让我去吧，难道不行吗？你过不了多久也会到我那边去的，亲爱的妈妈。"

"哦，留下来吧，留下来吧！"她呼喊道，"哪怕再待上一小会儿！我还要再看看你，吻吻你，把你紧紧地抱在我的怀里！"

她吻着他，紧紧地抱住了他。这时候从上面传来呼唤她名字的声音，声音里充满了哀怨。那是什么声音呢？

"你听，"那孩子说，"这是爸爸在呼唤你回去。"

过了片刻，那声音又再次响起来了，这一回是深深的叹息声，又像是孩子的哭泣声。

"这是我的两个姐姐。"孩子说，"妈妈，你一定不曾忘记她们吧！"

于是她记起了那些还留在人世间的亲人，焦虑和不安顿时袭上了她的心头。她抬起头来，朝自己面前望过去，见到总有些人影走过去。她深信在这些人影之中，有几个是她认识的。他们穿过死神的大厅，朝那道阴森的黑色帷幔飘去，在那里消失得无影无踪。那些从她眼前飘过的人影之中会不会有她的丈夫和她的两个女儿呢？不会的，他们的叫喊声、他们的叹息声都是从地上传下来的。她差点儿为了亡儿而把活着的亲人忘掉了。

"妈妈，天国的钟声现在敲响了。"孩子说，"妈妈，现在太阳升起来了。"

这时一道刺眼的光朝她照射过来，那孩子倏地不见了。她被朝上提升起来，她的周围一片冰凉，她抬起头来环顾四周，这才看出自己躺在教堂的墓地里，躺在自己孩子的坟墓上。可是在方才的梦境中，上帝变成了她脚下的支撑，变成了引导她理智的光芒。她双膝跪倒在地，祈祷道：

"求你宽恕我吧，天主啊，我的上帝！我竟然要阻拦一个永恒的灵魂，不肯让他飞升！我竟然忘却了您交给我的对那些活着的亲人应当担负的责任。"

念完这些祷词之后，她的心似乎平静下来。

这时朝阳喷薄而出，一只小鸟在她的头顶上空盘旋歌唱。教堂的钟声敲响了，像一支晨曲在悠扬回荡。她的周围一片圣洁，她的心灵也同样圣洁；她又认同了自己的上帝，领悟到了自己的责任。在焦急之中，她步履匆忙地赶回家去。她一进门就弯身俯向自己的丈夫，她热烈而由衷的吻把他惊醒了，于是他们讲起了贴心话。她既坚强又温柔，就像妻子应该做的那样。从她嘴里说出了令人宽慰的话语，她说：

"上帝的旨意永远是最好的。"

丈夫问道："你从哪里一下子得到了这种力量，这令人宽慰的理智？"

于是她亲吻了他，亲吻了她的两个女儿，并说道："我从上帝那里，从我孩子的坟墓里得到的。"

家养公鸡和风信公鸡

有两只公鸡,一只站立在粪堆上,一只站立在屋顶上。他们两个都非常骄傲自大,可是究竟哪个更有本事呢?你们可以各抒己见,而我们保留自己的意见。

鸡棚那边有一道木栅栏,把它和另外的一个院落隔开。那个院子里有一个粪堆,粪堆上长出了一条很大的黄瓜,她自己心里明白:她是用肥料沤出来的货色。

"这是生来如此的,"她内心里这样说道,"何况并不见得样样东西生来就都是黄瓜。世界上还有许多别的生灵,鸡啦,鸭啦,还有隔壁院子里的那一群也都是生灵。我现在看见了木栅栏上站立着那只家养的公鸡,他倒是真正的公鸡,同那只高高在上的风信公鸡有天壤之别。那一只非但不会打鸣儿,连啼叫一声都不会,既没有母鸡也没有小鸡,他只想着他自己,浑身还渗出了一层铜绿。不,家养的公鸡才是真正的公鸡。看看他迈出脚步的架势,那真是翩翩起舞。听听他打鸣的声音,那真像音乐一样。他随便到哪里,大家一听就知道那真是一个小号手呀!"

"倘若他把我连茎带叶全都吃掉,倘若我钻进了他的身体里,那才有福呢!"黄瓜说道。

那天夜里下起了一场吓人的暴风雨,母鸡、小鸡还有公鸡都找不到躲雨的地方。那堵把两个院落分开的木栅栏被刮倒了，发出了很大的响声，连屋顶上的瓦片都震得掉落下来，但是风信公鸡却稳稳当当地站在那里，连转都不转一下。他虽然不中用，却还很年轻，是不久前才铸造出来的，而且镇定自若。他生来老成持重，不像那些只会在天空中随风翱翔的小鸟，比如麻雀、燕子之类。他瞧不起他们："这些小不点儿，一点点大，却叽叽喳喳叫个不休，都是些平庸的货色。"鸽子倒个头挺大，还油光发亮，就像珍珠母鸡，看上去也有点像一种风信公鸡。不过他们太肥胖，而且呆头呆脑，一门心思只想着啄点东西填饱他们的肚皮。跟他们打交道真是腻味透了。

那些迁徙的候鸟也会前来拜访，向他讲述异国他乡的见闻，讲述鸟儿成群结队在天空中飞翔的盛况，讲述恶鸟拦路行凶的行为。第一次听的时候倒也新鲜有趣，可是到了后来风信公鸡明白过来，他们讲来讲去都是老一套，这就令人腻烦。他们全都令人厌恶，所做的一切都令人厌恶。没有什么可交往的，每个人都是那么死板，那么乏味。

"这个世界真是太差劲啦，"他说，"什么都无聊透顶！"

风信公鸡就像人们所说的"厌世者"那样，腻烦所有的一切。黄瓜如果知道的话，她肯定会对此感兴趣的，可惜她只盯住了那只家养公鸡。现在他已经走过来，到了她待的这个院子里。

木栅栏被刮倒了，电闪雷鸣总算过去了。

"你们觉得刚才那一阵轰隆轰隆的叫声怎么样？"家养公鸡对母鸡和小鸡说，"我认为过于粗声大气，一点都不雅致。"

母鸡带着小鸡走上了粪堆，公鸡昂首阔步走过来，大有骑士的风度。

"是菜园子里长出来的。"他朝着黄瓜说道。他这么简短的一句话使得她觉察到了他良好的修养,却忘记了他正在啄她,要把她吃掉。

"得福而终啦!"

母鸡来了,小鸡们来了,只要有一只跑来,别的也就跟着跑过来,她们叽叽咕咕地叫个不停。她们都看着公鸡,为他而感到自豪,因为公鸡和她们是同一家族的。

"喔喔喔,"公鸡啼叫起来,"我只消在这个世界的养鸡场里放声啼一下,小鸡崽们马上就会长成大母鸡。"

母鸡和小鸡们跟在后面一齐叽叽咕咕地叫着。

接着公鸡宣布了一条重要的消息:

"一只公鸡能生蛋!你们知道生下的蛋里是什么东西吗?原来是'蛇怪'①!随便哪个人见了它都吓得受不了,连人类都知道这件事。现在你们也知道了,知道我身体里有什么东西,知道我是养鸡场里最顶尖的大丈夫!"

说完之后,家养公鸡拍拍他的翅膀,竖起他的鸡冠,又喔喔地啼叫起来。所有的母鸡、所有的小鸡都浑身一阵哆嗦,可是她们又自豪得不得了,因为她们中间出了一个养鸡场里最顶尖的大丈夫。她们拼命叫着,好让风信公鸡也听得见。风信公鸡倒真的听见了,可是他却无动于衷。

---

① 传说中的鸡头蛇身的怪物,目光可怕,红眼睛能把人吓死,据说这种怪物是由蛇从公鸡蛋里孵出来的。

"这一切真叫人腻烦透了。"风信公鸡想道,"家养的公鸡压根儿下不了蛋,我又没有兴趣想要生出个蛋来。如果我真的打算生出个蛋来,我就生下一个风蛋来。可惜这个世界已经糟糕得不配有个风蛋。真是令人腻烦透了,我甚至都不屑与他们为伍,不想再在这里待下去了。"

话刚说完,风信公鸡就折断了,可他掉落下来的时候却没有把家养公鸡砸死。

"尽管未能得逞,他却是存心这么做的。"母鸡们一口咬定道。

那么这个故事的教益何在呢?

"喔喔啼叫比厌世折腰强。"

真美丽

雕塑家阿尔弗雷德，想必你知道他吧？我们大家都认识他。他获得了金质奖章，留学去了意大利，学成之后才回到本国。那是他年轻时候的事啦，他现在还很年轻，不过怎么说也比当年要大出十来岁了。

他回到了家乡，到西兰岛的一个小城去访问。全城人都知道这个外乡人，知道他是谁。城里的首富为他举行了晚宴，凡是有头有脸的人，或者是有点财产的人都接到了邀请。这是本城的盛大宴会，早已人人皆知了，所以用不着再派人沿街击鼓公告了。

手工匠人的儿子、小人物家的孩子，还有几个是由父母亲陪着来的，都赶来看热闹，站在外面，盯着窗帷低垂却又看得出屋里灯火辉煌的窗户。巡夜的看守想象是他自己在举行盛大的晚会，因为有这么多人聚集在他所管辖的街道上。街上洋溢着欢乐，因为雕塑家阿尔弗雷德大驾光临了。

他口若悬河地高谈阔论，而别人都兴高采烈地侧耳聆听，听得津津有味。但是听得最入神的还是一个上了年纪的文官遗孀，她对阿尔弗雷德所讲的一字一句都不放过，就像一张没有用过的灰色吸水纸一样，把他的话全都吸尽，而且还想要更多的。她有着高度的吸收能力，却又有着令人难以置信的天真无知，真是一个女卡斯帕·豪塞尔[①]!

"我真想去罗马观光。"她说,"罗马一定是一座美丽非凡的城市,否则就不会有那么多外国人到那里去了。快给我们讲讲罗马吧!进了城门之后,城里面是什么样子呢?"

"要形容一番倒还不大容易呢。"年轻的雕塑家说,"城里有一个很大的广场,广场正中央有一座奥勃利斯克[②],它已经有四千年的历史了。"

"一个管风琴家!"那位夫人呼喊起来,她从来不曾听到过"奥勃利斯克"这个词。有几个人几乎快要笑出声来,连雕塑家也是如此,不过转眼间笑意就从他的嘴唇上消失了,因为他一眼瞅见,紧挨着夫人的人,有一双蓝得像海水一样的大眼睛,那是方才说话的那位夫人的女儿。不管是谁,有这样一位女儿,那么这个人一定是不简单的。那位母亲是源源不断地涌出问题的喷泉,而那位女儿则是倾听泉水淙淙的娜依德女神[③]。她真是秀色可餐呀,这真让雕塑家大饱眼福,可是却无缘同她交谈,因为她根本就不说话。

"教皇家里人多吗?"夫人问道。

年轻人作出了回答,这个问题问得很别扭,其实可以换一种更好的问法。"不,教皇不是出生于大家庭。"

"我不是这个意思,"夫人说,"我是想问问他有妻子和儿女吗?"

[①] 卡斯帕·豪塞尔(1812—1833),德国一神秘青年,人们以为他出身高贵,但他却智力低下,后被人刺伤致死。不少文学作品描述了此人此事,有的还被拍成了电影。

[②] 奥勃利斯克为埃及的方形尖塔。

[③] 希腊神话里住在河、湖、泉水里的仙女。

"教皇是不可以结婚的。"他回答说。

"这我可不赞同。"夫人说道。

问题可以提得更聪明一点,话可以讲得更委婉一些,这些她应该可以做到的,然而她却没有这样做。不过倘若她真是那样提问和讲话的话,那么她的女儿也就不至于把头靠到她的肩上,带着最令人心神不定的微笑看着她了。

阿尔弗雷德先生继续讲下去,他讲到意大利色彩绚丽的风光:那些黛蓝的群山、湛蓝的地中海、蔚蓝的南方天空。那样动人心弦的美,在北欧只有在姑娘的那一双蓝色大眼睛里才能领略得到。他说这句话是有所指的。她本来应该听明白的,可是却装出一副不在意的样子,这也很可爱!

"意大利!"有些人赞叹道。"那么前去旅游观光吧,"另几个人说道,"真是太美啦,太美啦!"

"是呀,我要是中了彩,得到那五万块银币的话,"那位遗孀说,"我们就去旅游观光!我和我的女儿,还有您,阿尔弗雷德先生,您来为我们当导游,我们三个人都一起去!再邀请上一两个好朋友!"她爽快大方地朝着所有的人都点着头,每个人都不禁想当然,以为自己会陪着去的。"我们要去意大利,但是我们不去那些盗贼出没的地方,我们要去罗马,沿着那些安全可靠的大路走。"

女儿轻轻地叹了一口气,这轻声一叹之中包含着多少东西啊,或者说有多少意思被放进了这一声轻叹之中,反正这个年轻的雕塑家觉得这声叹息意味无穷。这个晚上,那一双湛蓝的大眼睛向他显示了隐藏着的珍宝,那是精神和心灵的宝藏,可以与罗马所有的壮丽景色比美。当他从晚宴上告辞离去的时候,他已经神魂颠倒了,为那位小姐而神魂颠倒。

那位遗孀的家是雕塑家阿尔弗雷德先生在所有人家中拜访得最多的了。人们明白过来,这不是为了那位母亲,虽然每次拜会的时候总是他们两人相互交谈,其实他是为那个女儿而去的。她的芳名本来叫卡琳·玛莱妮,不过大家都称她为卡拉,把两个缩成了一个:卡拉。她非常美丽,但有人说她有点懒散,早上她总是躺在床上睡懒觉。

"她从小就这习惯,"母亲说,"她一直是个小维纳斯,不过美人儿总是容易疲乏。她睡觉的时间长了一点,也正因为如此,她才有了一双那么清澈的眼睛。"

那双清澈明亮的眼睛就像湛蓝的海水,水面平静,却又深不可测,那里面蕴藏着什么力量啊!年轻的雕塑家感受到了,他已经深深地陷在那片深不可测的海底里了。他总是连说带讲,嘴巴不停。那位母亲总是一个劲地问长问短,而且说起话来口无遮拦,随便得很,往往弄得别人不知她在问些什么,就像他们第一次见面的时候那样。

倾听阿尔弗雷德的讲述真是一种乐趣。他讲到那不勒斯,讲到维苏威的迁移,还拿出一些彩色画片来给她们看,其中有几张是火山爆发的画面。这位遗孀以前从不曾听说过这样的事情,也不相信会有这样的事情发生。

"天哪,"她惊呼道,"竟然有会喷出火焰的山,那么难道就没有人受到它的伤害吗?"

"整座城市都被埋到地底下去了,"他说,"庞贝和赫尔库拉纳乌姆①都成了死城。"

"唉,那些可怜的人!所有这些你都亲眼看到了吗?"

"没有,这些画片上的火山爆发我都没有亲眼见到。不过我要拿一张我自己画的速写来给你们看看,让你们了解我见到过的那次火山爆发是什么样子的。"

于是他拿出了一幅铅笔素描来,那位一直在聚精会神地观赏那些色彩鲜明的画片的妈妈瞅了一眼那笔调浅淡的铅笔速写便叫出声来:

"你居然看到白色的火焰喷出来?"

在这一刹那,阿尔弗雷德先生对那位妈妈的尊重消失殆尽了,不过在卡拉的光辉照耀之下,他顿时明白过来,她的母亲只不过没有色彩感罢了,这没有什么大不了的,因为她拥有最好、最美的女儿,那就是卡拉。

阿尔弗雷德和卡拉订婚了,这是顺理成章的事情。本城的报纸上刊登了他们订婚的消息。妈妈买了三十份报纸,把报上的那则消息剪下来,附在信里寄给亲朋好友。订了婚的一对情侣固然十分幸福快活,那个当丈母娘的心里也乐滋滋的,用她的话来说,就好像是她同那个多瓦尔生结成了亲家。

"不管怎么说,你是他的后人嘛!"她说道。

阿尔弗雷德觉得她总算说出了一句富有理智的话来。卡拉没有说什么话,不过她双眼发光,嘴角上挂着微笑,模样真是可爱,

---

① 赫尔库拉纳乌姆是罗马古城,于公元79年在火山爆发时与庞贝城同时被毁灭。

真是美极了,这句话说多少遍也不算多。

阿尔弗雷德为卡拉和丈母娘塑造半身像。她们端坐不动,看着他用手指把软软的黏土捏来捏去,摆弄成各种形状。

"都是为了我们的缘故,"那位丈母娘心疼地说,"你居然亲自动手来干这些粗活,而没有叫你的手下人去做。"

"把软泥捏成形状务必要我亲自动手的。"他解释说。

"是呀,你总是那么殷勤周到。"那位妈妈说道,而卡拉却把他沾满泥的手紧紧地握住了,虽然她嘴上一声不响。

他向她们母女展示了蕴含在万物之中的自然之美:有生命的要优于无生命的,植物要胜过矿物,动物又胜过植物,而人类则是生灵之最。精神和美是可以通过形体表现出来的,雕塑家的本行就是要在他的作品中把最美的一切展现出来。

卡拉若有所思地默然不语,身体微微摇晃,似乎在回味他用语言表述的思想。

那位丈母娘却实话实说:

"你的话真是难懂,可是我慢慢地能够跟上你的思路了。虽然你的话弄得我晕头转向,不过我还是要弄个明白。"

卡拉的美深深吸引了阿尔弗雷德。那美貌占据了他,抓住了他,控制了他,她的眼神、她的嘴角,甚至纤纤手指的每个动作都显露出美来。阿尔弗雷德讲得出这些,他是个雕塑家,眼里看得到这些。他只谈着她、想着她,两个人成了一体。因为他讲得很多,因此也可以说她讲得很多。

那是订婚那日的情景。后来他们举行了婚礼,身后跟随着伴娘,收到了许多祝贺新婚的礼物。婚礼祝词里频频提到了他们俩的名字。

丈母娘特意把多瓦尔生的半身像摆在新婚夫妇屋子里的一张桌面上,他应该是婚礼上的嘉宾嘛,那是她的主意。这是一个热闹非凡的婚礼,大家高声歌唱,频频干杯,都说这是美好的一对。有一首歌这么唱道:"皮格玛利翁得到了他的伽拉忒娅。"①

"这真的是神话啦!"丈母娘喜悦地说。

婚礼后的第二天,这对年轻的新人就动身到哥本哈根去,他们要在那里居住,建造自己的房屋。丈母娘也跟着他们一起去了,她说:"我来这儿为的是把家里的粗活全都包揽下来。"那就是说把家务都管起来。卡拉应该生活在玩偶的柜子里,什么都不用操心。那个家里所有的一切都是崭新的,一切都美轮美奂,他们三个人就居住在那里。至于阿尔弗雷德,我们不妨套用一句谚语来描绘他的处境:他就像一个坐在鹅圈里的主教。②

外形的魔力迷惑住了他,他只看到了盒子,而没有看到盒子里装的东西。这是极大的不幸,这会给婚姻带来厄运。因为盒子终究会开裂,盒面上的描金终究会剥落,于是买它的人便会后悔当初做成的这笔交易。

在社交场合,最令人尴尬的莫过于吊带上的两粒纽扣都一齐掉落了,而且还察觉到连皮带都无法指望,因为吊带裤根本就没

---

① 希腊神话中传说:塞浦路斯国王皮格玛利翁擅长雕刻,爱上了他自己雕刻出来的女神伽拉忒娅的雕像。爱神阿佛洛狄忒便赋予这尊雕像以生命,让他们终成眷属。

② 中世纪,法国图尔的圣马丁被提名出任图尔大主教,但他不愿得此荣耀,便躲进鹅圈,不料鹅惊叫起来,他终于被人发现。

有皮带。不过更糟糕的是,在盛大的社交场合上眼睁睁地看着自己的妻子和丈母娘一句又一句地说着愚蠢透顶的话,而自己却一时想不出风趣话来应付。

这对年轻的新婚夫妇常常手握着手靠得紧紧地坐在一起。他滔滔不绝地讲,她偶尔插上一字半句,同样的腔调,同样的两三声银铃般的嗓音。只有他们的一个女友索菲娅来看望他们的时候,才使得这栋房子里的气氛焕然一新。

索菲娅长得不算美,但也没有什么缺陷。她的背有点驼,千真万确有点驼,卡拉这么说道。可是驼的程度大概只有知心女友才能分辨得出来。她是一个通情达理的姑娘,她不曾想到自己会成为一个危险人物。她为这个玩偶的柜子里带进了一股清风,而人们都需要新鲜空气,他们这一家子也需要,于是他们就出门到外面去呼吸新鲜空气,那丈母娘和小两口一起到意大利旅行去了。

"谢天谢地,我们总算又回到自己的家里来了!"一年之后,那母女俩和阿尔弗雷德旅行归来时这么说道。

"旅行真是一点乐趣都没有,"那位丈母娘说,"说实在话,真叫人腻味透了。请原谅我这么说。我真是厌烦透了,尽管我和孩子们在一起。再说旅行一趟花销实在太大,真是太昂贵了。所有的那些画廊全要去看,还有那么多地方非要跑到不可,要不然旅行归来别人问起,你却回答不上来,那岂不是太丢人了吗!就这样还会有人说,那最美的名胜之地,你怎么会忘记去观光呢!那些圣母像到处都是,看到后来连我自己都变成圣母了。"

"还有我们吃的是什么样的饭食呀!"卡拉说道。

"连一碗像样的肉汤都没有!"做母亲的说,"他们的烹饪手艺真是糟糕透顶。"

卡拉的身体在这次旅行中累垮了,长时间都恢复不过来,这是最糟糕不过的事情,索菲娅就住到她们家里来,她把一切家务操持得井井有条。

那位丈母娘说,必须承认,索菲娅非但精于家务,而且具有艺术修养,还知识广博,懂得许多她自己的那个家庭无法提供的各种学问,这是非常难能可贵的。她是一个诚实、可靠、勤快而有坚定信仰的姑娘。当卡拉缠绵病榻,身体一天天衰弱下去的时候,她表现得非常出色,照料得无微不至。

在盒子就是一切的时候,盒子本身就必须是结实坚固的才行,否则盒子坏了,一切也就全完了。这只盒子是全完了,卡拉死了。

"她是美丽的,"母亲说道,"不过她的美和那些'古董'不同,'古董'都是残缺不全的,而卡拉是完整的,美人应该是这样的。"

阿尔弗雷德痛哭流涕,那位母亲也哭泣不已,他们两人都穿上了黑色的丧服。母亲穿黑颜色最合适,因而她穿黑衣服的时间最长,也就是哀悼的时间最长,而且她又遭到了新的伤痛,那就是阿尔弗雷德又结婚了。这一回娶的是索菲娅,那个外貌并不美丽的女人。

"他走了极端,"丈母娘说,"从最美的走向最丑的。他居然能够忘记自己的第一个妻子。男人都是要变心的,不会忠贞不渝。我的丈夫却大不相同,不过他死在了我的前头。"

"皮格玛利翁得到了他的伽拉忒娅!"阿尔弗雷德说,"是呀,婚礼上人们都这么唱。我也确实曾经热恋过一尊美丽的塑像,她在我的双臂之中获得了生命。可是上苍赐予我的那个能和自己休戚相关的心灵,那个伴随着我、和我想到一块去并能使我精神升华的天使,直到现在才总算找到。你来了,索菲娅,并不是带着容貌的美,并没有耀眼夺目的光辉,可是却非常好,要比想象的美丽得多。素质毕竟还是至关重要的。你来了,使得一个雕塑家受到了教育,使他认识到他的作品只不过是一堆泥、一堆尘土而已,只不过是我们所孜孜追求的内在精髓的一个复制品罢了。可怜的卡拉,我们在尘世上就像是一趟旅行,是怜悯使我们相聚在一起,到头来却只像半陌生的人合在一起。"

"这就不是相爱者的语言了,"索菲娅说,"也不是基督徒的语言。要知道在天堂里是没有什么婚嫁的,但是正如你所说的,灵魂由于怜悯而彼此相遇相聚,于是一切美好的东西都显露出来,升到更高的境界。她的灵魂也许会完全绽开,变得非常完美,以至于超过我们。于是,你就又会像你初恋时那样,大声赞叹:真美丽,真美丽呀!"

来自沙冈那边的一个故事

这是日德兰半岛上沙冈区里的一个故事，可是它并不是从那里开头的，不是的，它是从更遥远的地方开始的，在南边的西班牙。大海是连接国家之间的通道，你不妨想象一下，漂洋过海到那边去，到西班牙去！那边天气温暖宜人，风光旖旎。在黛绿色的月桂树的浓荫之中，红艳艳的石榴花开放得如火如荼。一阵阵沁人心脾的清风沿着山麓徐徐吹过柑橘园，吹过摩尔人建造的有着镏金圆屋顶和色彩斑斓的墙壁的宏伟殿堂。孩子们手持蜡烛和迎风招展的旗帜排列成行，在大街上行进。在他们的头顶上，天空晴朗幽远，缀满了点点繁星。欢歌和响板的声音在四处回荡，小伙子们和姑娘们在鲜花怒放的合欢树下扭摆着身躯翩翩起舞。乞丐们在有雕饰的大理石上席地而坐，大嚼浆汁四溅的西瓜。时光就这样流逝，一切像一个美妙的梦，令人不禁沉湎于梦境之中。

是呀，有两个年轻人就是这样的，他们是一对新婚夫妇，他们也确实在这里得到了人世间一切美好的东西：健康、愉快、财富和荣誉。

"我们真是幸福得不能再幸福啦！"他们这样说道，而且他们打心底里就坚信是这样的。然而在幸福的阶梯上他们还可以再往上迈一级台阶，那就是等待着上帝赐予他们一个孩子，一个身心都像他们的儿子。

这个宁馨儿会带来希望和快乐，会受到最深切的关怀和爱护，会过上有财富和名望的家族所提供的一切优裕的生活。

日子像过节一样一天天过去。

"生活就像上苍恩赐的爱，大得几乎能包容一切。"妻子说，"据说这种美满幸福在来世还会获得，可以一直延续到永恒，不过我却不敢存此奢望。"

"这其实只是人类的一厢情愿，"丈夫说，"是狂妄自大到了可怕的程度。居然会相信人是可以永生的，就像上帝一样！这也是那条诱人偷吃禁果的蛇的话语，它本来就是撒谎的能手。"

"那么你总不会怀疑今生之后还会有来世吧？"年轻的妻子问道，这仿佛是他们俩晴空般的思想里飘过的第一道阴影。

"信仰给了我们这个诺言，牧师也是这么说的。"年轻的丈夫说，"可是我享尽了人间的福气之后，不得不承认，那种要求过完了这生再过一生、把今生的福气带到来世去继续享受的想法是再狂妄不过的。难道今生之中我们所享受的这么多的福分还嫌不够吗？"

"是呀，我们是什么福分都享受到了，"年轻的妻子说，"可是对于成千上万的人来说，这一生的生活难道不是一个沉重的考验吗？有多少人一降生到这个世界上来就遭受着贫困、羞辱、疾病和不幸。不行，倘若不再有来世的话，那么这个尘世间的利益分配得太不均等了，上帝也有失公允了。"

"那边街上有个乞丐，他也自得其乐，对于他来说，这份乐趣就和国王在自己富丽堂皇的王宫里享受到的快乐是一样的。"年轻的丈夫说，"那些被人驱使、忍受饥饿、遭受鞭打、劳累至死的牲畜,难道它们也情愿让这样沉重的日子延续下去,来世再受煎熬吗?说不定它们也会要求有来世,为在今世没有让它们进入到生灵的更高层次而鸣冤叫屈!"

"天国里有许多房间,基督是这样说的。"年轻的妻子回答说,"天国是无边无际的,就像上帝的爱那样无边无际。牲畜也是一种生灵,我相信任何一个生命都不会被弃之不顾的,它会赢得它能够接受的一切福分,事情就是这样的。"

"这一生对我来说已经足够了。"丈夫说道。他伸出自己的手臂搂住了自己美丽而可爱的妻子,在宽敞的阳台上吸着香烟。空气清爽宜人,充满了柑橘和丁香的芬芳,从阳台底下的街上传来了音乐和响板的声音。在他们头顶上,繁星在夜空中闪烁着。有两只充满了柔情的眼睛在看着他,那是他妻子的眼睛,怀着永久的爱意凝视着他。

"就凭这美好的片刻,"他说,"也值得降生到这世上来感受幸福,然后再消亡。"妻子举起手来温柔地表示嗔怪,阴影又散去了,他们真是太幸福了。

所有的一切似乎都是那么顺利,使他们在荣誉、欢乐和美满生活中不停地往前走下去。接着出现了一个变化,不过只是地点的更换,并不是他们在享受生活和获得愉悦方面遇到了什么波折。那个年轻丈夫被他的国王派遣到俄国皇帝的宫廷去出任公使。这是一项荣耀非凡的职务,他的出身和学问使得他有资格获得这项任命。他拥有大量的家产,他的年轻妻子带过来的嫁妆也比这少不了多少。她是最富有、最受人尊敬的商人的女儿,这位大商人拥有的一艘最大最好的船那时正好要驶往斯德哥尔摩,可以把这恩爱的小两口——也就是他的女儿和女婿——顺路带到俄国的彼得堡去。船上布置得富丽堂皇，如同帝王的行宫，脚底下铺着软绵绵的地毯，四周都是丝绸帷幔和贵重的摆设。

有一首古老的歌谣是所有的丹麦人都熟知的，歌名叫作《英格兰国王的儿子》。那个王子乘坐的也是这样一艘价值连城的豪华海船，船上的锚是用赤金制成的，缆绳是用银线搓成的。人们看到从西班牙驶出的这艘船时，必定会联想到那一艘船。它们同样华丽、壮观，而人们分手时的心情想必也是同样的，正如那首歌谣所唱的：

愿上帝降恩赐福，
让我们欢乐重逢。

风顺着西班牙的海岸吹向大海。离别只是短暂的，不消几个星期，他们便可以抵达这次旅行的目的地。可是他们在大海里行驶了一段之后，风便停止了，海面波澜不兴，水光粼粼，天空中繁星闪烁。在富丽堂皇的舱房里，一切如同盛会之夜一样。

到了后来，大家腻烦得很，都希望起点风，希望有股顺风吹来。然而这股风却并没有吹来，就是刮点风，也都是逆风。几个星期一晃而过，唉，甚至两个月都过去了，这才刮起了顺风，是沿着西南方向吹过来的。这艘船这时正好行驶到苏格兰和日德兰之间。劲风愈刮愈猛，如同《英格兰国王的儿子》中所唱的：

暴风陡起，刮得天昏地暗，

> 他们找不到陆地，也无处躲藏，
> 于是便仓皇下锚；
> 西风劲吹，把他们刮到了丹麦。

那是许多年以前的事情了，那时克里斯蒂安七世①刚登上丹麦王位，他当时还是个年轻人。从那以后，世事变化很大，湖泊和沼泽变成了葱翠的草地，荒原变成了良田。在西日德兰，房舍的背阴之处还长出了苹果树和玫瑰，不过要细细寻找才能见得到，它们为了躲避凛冽的西风而蜷缩在背阴的地方。人们可以由此追溯到比克里斯蒂安七世统治时代更加久远的年代。那时候日德兰半岛上棕褐色的荒原绵延不断，远远地伸往四方。荒原上古代武士的墓冢星罗棋布，上空天高云淡，又变幻莫测。荒原上的道路纵横交错，崎岖不平，在沙冈中蜿蜒逶迤。在西边河流入海的地方，草原和沼泽地被高高的沙冈所环绕，这一带沙冈很像阿尔卑斯山脉，有着锯齿形的丘顶，高高地耸立在海边，只有在遇到很高的黏土陡壁时才会被分割。大海张着它那贪得无厌的大嘴，年复一年地把这道陡壁吞噬，于是土块便纷纷塌落，就像遭受到地震的冲击一般。这里今天是如此，多少年前那对年轻的恩爱夫妻乘着豪华的大船行驶到这里来的时候也是如此。

那是九月的一个星期天。天空晴朗，阳光明媚，教堂的钟声回荡在尼松姆海湾，此起彼伏，互相呼应。那里的教堂形状都像一块块刻凿过的巨大岩石，每一座教堂都是一座山崖，北海的波

---

① 克里斯蒂安七世（1749—1808），于1766年登上丹麦王位。

涛可以冲过它们的屋顶，可是每座教堂都安然无恙地屹立着。大多数教堂没有钟楼，大钟是随意悬挂在两根横梁之间的。在教堂里的礼拜仪式结束之后，信徒们便鱼贯而出，从上帝的屋子里走到外面的教堂墓地里来。那里直到现在都找不到树木或者灌木丛，也不种花，连坟墓上都没有放花圈，仅是一个光秃秃的土堆，表明死者已在此地入土为安。有一种疾风吹不倒的劲草却在教堂墓地里长得到处都是。偶尔有一两个坟墓前面竖着一个墓碑，也只不过是用一块朽木刻成棺材的形状。木头是从西边那个大森林里和咆哮的大海里弄来的。沿海岸居住的居民们能够得到这些为他们而生长的、砍伐得整整齐齐的木梁、板材和别的木料，还有被浪涛冲到岸上来的木头。不久，这些冲上岸来的木头便会被腐蚀得支离破碎，这里的一个孩子的坟上就竖着这么一块木头。从教堂里走出来的妇女当中有一个就径直朝着这座坟墓走了过来。她闷声不响地站着，出神地看着那块腐朽的木头。过一会儿，她的丈夫也来了，他们俩黯然无语，他拉住了她的手。他们离开了那座坟墓，走出了棕褐色的荒原，走过了沼泽地，朝着沙冈走去，他们默默地走了很长时间。

"今天的布道讲得真好，"丈夫说，"如果我们没有上帝可以信赖，那么我们就没有什么可以指望的了。"

"是的，"妻子回答说，"他赐给人欢乐，也赐给人痛苦。明天我们的小孩本该是五周岁了——倘若我们留得住他的话。"

"你这么难过也无济于事，"丈夫说，"他已经得到了解脱。他如今在的那个地方正是我们苦苦祈求要去的地方。"

后来他们俩再也没有交谈，只顾朝着沙冈之间的自己的家走去。忽然，在一个没有被披碱草把沙固定住的沙冈上升起了一股浓浓的烟柱，这是一阵突如其来的狂风，它吹过沙冈，把细沙扬到半空中。紧接着又刮来了一阵大风，把挂在一行行绳索上晾着的一串串鱼全都吹得晃动起来，在房屋的墙上拍来拍去。片刻之后，一切又归平静，太阳仍然炽热地照耀着。

那对夫妇走进了屋里，很快脱掉了星期天穿的干净衣裳，匆匆地走出来，朝沙冈那边望过去。沙冈像一层突然静止的浪涛，它的顶部和蓝绿色的披碱草，还有那些直立着的野草在白沙的衬托下现出了一些色彩的变化。

这时走来了几个邻居，他们相互帮着把几只船拖到沙滩上更高一些的地方。狂风越刮越猛烈，寒气袭人。在他们越过沙冈往回走的时候，沙粒和细石朝着他们劈头盖脸地砸下来。海面上波浪滔天，排浪带着白色的浪脊冲过来，而狂风又把最顶端的浪头削掉了，水花溅向四面八方。

入夜时分，天空中的呼啸声更加强烈，仿佛有一大群漂泊无定的幽灵在哀告，在呼号，在呜咽。渔民们都居住在靠海很近的地方，然而这呼啸声竟然盖过了大海的咆哮。沙粒敲击着窗户，时不时地刮来一阵阵更猛的风，几乎要把房屋从地基上连根拔起。四周一片漆黑，到了半夜，月亮竟然升起来了。

天空晴朗起来了，不过风暴仍然在深远而漆黑的大海上肆虐。渔民们全都早早地上床睡觉了，可是在上帝赐给的这样的天气里，想要闭上眼睛熟睡过去是做不到的。果然不久之后就听见敲窗户的声音，门打开了之后，有人说道：

"有一艘大船在离岸最远的沙坝上搁浅了！"渔民们立即都跳

下床来，披衣出门。

月亮已经升到空中，它的光芒可以让人依稀看得见周围的情景——倘若能够在漫天的沙尘之中睁得开眼睛的话。狂风依然劲吹，风势大得人们只能匍匐而行，他们趁着狂风间歇的当儿，一步一挨地从沙冈之间穿越过去。从海面上刮过来的咸涩的浪花和泡沫像天鹅绒似的在空中飞舞。惊涛骇浪像奔腾而下的瀑布，又像沸腾的水，滚滚扑向海岸。要想分辨出远处海面上的船只，真要有一双训练有素的敏锐眼睛。

那是一艘漂亮的双桅帆船，巨浪把它抬过沙坝，偏离了正常通行的航道，离去半里路远，它又被浪涛推向岸边，撞在第二道沙坝上，就搁浅在那儿动弹不得了，救它脱险是无法办到的。海浪过于凶猛，它不停地拍打着那艘船，而且还漫溢过去。人们似乎听见船上有人在呼救，那声音里充满着对死亡的恐惧；人们似乎看见船上的人在慌乱无助中垂死挣扎。大海又翻腾起来，一个狂浪打过来，像能够摧毁一切的千钧巨石一般砸在系帆索的横杠上，那根横杠倏地不见了踪影，船尾便翘了起来，高高地露出水面。有两个人拥抱在一起跳进了海里，也立即不见了踪影。可是过了一会儿，一个巨大的浪头滚滚而来，把一具躯体抛向沙坝，这是一具女人的躯体。大家都以为是一具尸体，有两个妇女走过去拖她，发觉她还有活着的迹象，于是她便被抬起来，经过沙冈，抬进了渔民的家里。她美丽而清秀，显然是一位高贵的夫人。

她们把她平放在穷人家简陋的床上。床上没有铺垫，甚至连床单都没有，只有一条毛毯可以用来裹住身体，不过还足以保暖。

她慢慢缓了过来，不过还在发烧。她一点也不知道发生了什么事情，她在什么地方。要知道，这对她来说可以算是一件幸事了，因为她心爱的所有的一切都已葬身海底，正如那首《英格兰国王的儿子》中所唱的：

> 那景象让人目不忍睹，
> 那艘船被撞裂成片片碎屑。

船只的残骸和碎屑涌向陆地，船上所有人中只有她一个活着。狂风依然不断呼号着袭向海岸。她安静了片刻，又被痛楚折磨得叫喊起来。她睁开那双美丽的眼睛，说了几句话，可是没有人能听懂。

后来，她的怀里抱上了一个刚刚出生的婴儿，这大概也算是对她所遭受的一切苦难和痛楚的补偿吧！这个婴儿本来应该降生在豪宅里四周围着锦缎帷幔的华贵软床上的，应该在一片欢呼声中被抱去享受人世间的一切荣华富贵的，可是上帝却偏偏让这个婴儿诞生在一个贫困的角落里，连自己生母的热吻都没有得到。

渔妇们把婴儿放到了那个母亲的胸前，婴儿靠在一颗不再跳动的心脏上，她已经死去了。这个本来应该在富贵和幸福之中得到抚养照料的婴儿却偏偏被抛进了举目无亲的人世间，他将经历贫苦的命运和艰辛的日子。

我们心里总会想到那首古老的歌：

> 国王的儿子满脸流淌着泪水，
> 基督呀，愿你保佑我！

自从我来到了布弗贝格山,
便天天受着煎熬。
我若是来到布格先生的庄园,
骑士和帮工都不会将我洗劫!

那艘船就搁浅在尼松姆海湾稍往南一点的地方,也就是布格先生一度把它称为自己的地盘的那个地方。不过,人们常说的西海岸居民残酷无情地对待搁浅遭难的人的那个时代早已过去,如今对待受难者的态度是博爱和同情,还有奉献,这就是我们这个时代所体现的最高尚的特征。那个死去的母亲和在苦难中出生的孩子是一定会得到照料的,不论"那个孩子被风刮到什么地方"。可是在那个贫穷的渔夫妻子那里所得到的关爱却要比在任何别的地方所得到的更加真心诚意,因为这个女人就在昨天还怀着沉痛的心情在埋着她孩子的坟墓前伫立良久。她想,如果上帝让那个孩子活下来的话,那么今年该是五周岁了。

没有人知道这个来自异国他乡的死去的女人是谁,或者她是从什么地方来的。那艘船的残骸和碎片都没有留下任何可以查究的痕迹。

在西班牙,那个富商家里一直没有收到女儿、女婿的信,连个口信都从不曾捎来过,所以他们的家人并不知道他们俩根本没有到达目的地。那几个星期,风暴一直在肆虐,所以音讯就中断了。几个月之后他们才听到了消息:"那艘船沉没了,船上的人全都罹难。"

不过在胡斯比沙冈,那个渔夫家里却新添了一个小男婴。

上帝赐给两个人吃的食物，往往也可以让第三个人共享，临海而居的人总可以用鱼果腹。他们给小男婴起名叫约恩。

"他保准是个犹太孩子，"人们说，"他看上去长得那么黑。"

"他也可能是个意大利人，或是西班牙人！"牧师说道。渔夫的妻子对他究竟是这三种人里的哪一种倒无所谓，不过值得欣慰的是，婴儿受了基督教的洗礼。小男婴在这里像在家里一样自在。他血管里流着的高贵血液保持了他身体的温暖，而贫困人家的粗食使他增长了筋骨和力气。在狭小的陋舍里，他茁壮地成长起来。丹麦语成了他的母语，同西日德兰人说话的腔调没有什么不同。西班牙土壤上的石榴种子，到了日德兰西海岸，长成了披碱草。真想不到一个人竟然能够如此随遇而安，他把自己的生命之根深深扎在这个家里。饥饿和寒冷，还有穷苦人家的艰辛和拮据，他全都要亲身经历，不过他也尝到了穷苦人家的欢乐。

在童年时代，每个人都有过春光明媚的日子，这些日子也许会照亮他以后的道路。难道他不曾尽兴地玩过吗？整个海滩绵延数里，那上面到处是好玩的玩具。鹅卵石拼出了一幅五颜六色的图案，这些卵石红的像珊瑚，黄的像琥珀，还有白色的，圆滚滚的像鸟蛋。它们躺在海滩上，五彩缤纷，被海水打磨得非常光滑。就连那些晒干了的鱼骨头、被风吹干了的水生植物、像一根根带子在石头之间飘动的又长又窄的白色水草，都是让人赏心悦目、爱不释手的玩物。小男孩是个聪慧的孩子，他身上蕴藏着了不起的才能，他听了故事和歌曲后就能够牢牢记住。他还有一双灵巧的手，可以用小卵石和贝壳拼出各色各样的图案来，比如整艘船只啦，还有别的图画啦，这些都可以用来装饰房间。他能够用一根棍子切削成自己心里想的那些奇妙的东西。他的养母说，虽然他年纪还小，他的嗓音却十分清脆，可以随口唱出一首首歌来。他胸中好像有许多根琴弦，倘若他置身于别的地方而不是待在北海边的渔民家里的话，就可以奏出响遍全世界的音乐来。

有一天，又有一艘船搁浅了，有一只装着珍奇花卉球茎的箱子被冲到了岸上。有一些球茎被人拿到煎锅里去炒了，因为人们相信那是可以烧来吃的，而剩下的那些就被遗留在沙滩上，听凭它们烂掉。它们都还没有抵达目的地，还来不及把自己所蕴藏的绚丽色彩展现出来。那么约恩的人生道路是不是会更好一些呢？花的球茎很快就枯瘪了，而约恩却还有许多个年头要活，还要经受漫长岁月的煎熬。

他，还有那边别的人，连想都不曾想过他们的日子过得有多么孤独和单调。他们总是有干不完的事，还有那么多东西要听要看。大海本身就是一本巨大的教科书，每一天它都会翻开新的一页。有时海面平静安宁、波澜不兴，有时却汹涌澎湃、激浪滔天；有时海风习习，有时却狂风暴雨。船只遇险是最激动人心的场面，上教堂则像探亲访友。说到探亲访友，有一家亲戚特别受到这户渔民的欢迎，那就是渔夫妻子的哥哥，他们每年都要接待他两次。他是个养鳗鱼的农民，住在布弗贝格山附近的费雅尔特林。他赶着一辆漆成红颜色的马车，车上装满了鳗鱼。车厢顶盖是上了锁的，模样就像一口棺材，车厢四周绘有蓝色和白色的郁金香。这车由两头深褐色的公牛拉着，约恩总是得到允许去牵着它们。

那个养鳗鱼的农民头脑十分精明，是个快活、爽朗的客人。

他随身带着个扁平的小酒瓶，瓶里装满了烧酒，每人都可以分享到一酒杯。若是酒杯不够，也可以倒满一咖啡杯。就连约恩——不管他年纪多么小——也可以喝到一小口。那是为了解解鳗鱼的肥腻，养鳗人是这么说的。接着他就讲起了他每回都要不厌其烦重讲一遍的那个故事。当大家听得乐滋滋地笑起来的时候，他马上又朝着同一批听众再从头到尾讲一遍。那些健谈的人往往都是这样喋喋不休。约恩在日后的成长中，甚至长大成人之后，还会操着那个养鳗人的腔调讲述这个故事，而且重复地讲。那么我们不妨也来听听这个故事吧：

"鳗鱼在河里游得挺逍遥自在的，鳗鱼妈妈对着想自个儿沿着河流游一段路的女儿们说：'不许游得太远了！要不然那个该死的叉鳗鱼的家伙会跑来把你们统统都抓去的！'可是她们还是游得太远了，八个姐妹只剩下了三个回到妈妈身边。她们哭诉说：'我们只不过刚游出家门，那个该死的叉鳗鱼的家伙就过来把我们五个姐妹叉死了。''她们会回来的。'鳗鱼妈妈说。'不会啦，'那几个女儿说，'因为他剥掉了她们的皮，还把她们斩成了几小段，放到火上烧烤。''她们会回来的。'鳗鱼妈妈说。'可是他把她们吞下肚里之后还喝了烧酒。'女儿们说。'糟糕，糟糕啦，这下子她们可就再也回不来了！'鳗鱼妈妈气急败坏地号哭起来，'烧酒是用来埋葬鳗鱼的。'"

"所以在吃鳗鱼这道菜的时候，非要喝点烧酒不可！"养鳗人最后总结说。

这个故事成了贯穿约恩一生的闪闪发光的金线，养成了他诙谐幽默的性格。他也想走出家门，"沿着河流游一段路"，也就是说乘船去闯荡一番世界。这时，他妈妈就会像鳗鱼妈妈一样说道："这个世上坏人多的是，有叉鳗鱼的家伙！"可是他心里依然想要离开沙冈，起码可以往荒原里走一小段路。他会去的。他也果真去了，在那里度过了整整四天。那是充满乐趣的四天，也是他整个童年生活里最光彩的日子。在这四天里，日德兰半岛的所有美好的景色全都展现在他的眼前，而且还充满了家庭的温馨和灿烂的阳光。他是去参加一次宴会，那是一次真正的葬礼酒宴。

这个渔民家庭的一个家产万贯的亲戚去世了，他的庄园在内陆一带。"东头略为偏北的那旮旯。"人们常常这么说起那个地方。父母亲要到那里去应酬，也就带上了约恩一起去。他们从沙冈出发，穿过荒原和沼泽地带，来到了斯凯尔鲁姆河蜿蜒流过的草原上。河里有许多鳗鱼，鳗鱼妈妈和她的那些被该死的坏蛋叉死还斩成几段的女儿们大概就居住在这个地方。不过人类对待自己的同类也不见得好到哪里去。那首古老的歌谣里提到的好人布格先生不就是遭到谋害而死的吗？尽管他本人被说成是如何忠厚善良，他不也是处心积虑地要把那个为他修筑有厚墙高塔的宫殿的营造匠活活打死吗？就在约恩和他父母站立的地方，就在斯凯尔鲁姆河流入尼松姆海湾的地方。残存在河边的防护堤至今还可以见到，四周都是红砖的碎块。在那个营造匠刚要起身离去的时候，布格骑士立即吩咐自己的一个仆人说："你赶紧去对他说：'师傅，塔歪了！'他若是折身返回来，你就把他活活打死，还要把他从我这里得到的工钱如数拿回来。不过他若是硬不回头，那么就放他一条生路。"那个仆人按照吩咐行事，营造匠回答说："塔本身并没有歪，不过有朝一日从西边会来一个身披蓝色大氅的人，他会把塔弄歪的。"他的这句谶语果真在一百年后应验了。北海的海水倒灌进来，把那座塔冲倒了。可是这座庄园的主人——普雷比约恩·尤伦斯谢纳恩——在北边更高一些的地方，也就是在草原的尽头处修筑了一座新的城堡，这座城堡至今仍巍然屹立，那就是北伏斯堡。

约恩和他的父母要经过这一带。在漫长的冬夜里，大人们曾经对他讲到过这里的每一处地方。如今他亲眼见到那座庄园了。庄园四周有双重护庄壕沟，壕沟两边长有树木和灌木丛，覆盖着蕨草的护堤高高地隆起在它们的里侧。不过最好看的还要数那些高大的椴树，它们已经长得和屋顶一般高了，空气中散发着浓郁的芳香。在西北边花园的犄角处长着一大丛鲜花盛开的灌木，宛如夏日苍翠之中的一堆冬雪。那是一簇接骨木树丛。约恩第一次看到开得这么鲜艳的花，这一簇接骨木树丛和那些椴树多少年来一直保留在他的记忆之中。丹麦的芬芳和美景在那颗幼稚的心里"一直保存到晚年"。

在这以后再往前去，旅途就变得舒坦得多，因为一出北伏斯堡接骨木花盛开的地方，就能驱车而行了。他们遇见了前去参加葬礼的别的客人，于是就搭乘了便车。当然他们三个人只能坐在车厢背后的一只包着铁皮的木箱上，但是他们觉得这比起步行来还是要惬意得多。大车驶过崎岖不平的荒原，拉车的公牛走走停停，每当走到石楠丛之间长着青草的地方，它便要停下脚步啃上几口。太阳照得大地一片温暖，能看到远方冉冉升起一缕飘动的烟，这烟比空气还清澈透明，可以看穿过去，就像是在荒原上空翻滚舞蹈的光束一样。

"那是洛基①在赶自己的羊群。"有人说道,这句话大概是说给约恩听的。他似乎觉得自己已经进入了一个童话的境界,然而又分明是在现实之中。这里的一切是多么宁静啊!

广袤无际的荒原伸展到很远的地方,如同一块价值昂贵的大地毯。石楠已经开出了鲜花,郁郁葱葱的刺柏丛和鲜嫩的橡树新芽与石楠相映成趣,像荒原上冒出来的一个个花束。这真引人入胜,叫人真想在上面游戏一番——若不是有那么多咬人的毒蛇的话。人们不但提到毒蛇,还讲到这里过去有许多狼,就是因为这里有狼群出没,所以才叫作乌尔堡,也就是狼窝。赶车的老人说,在他的父辈的时代,这一带的马匹还不得不同那些如今已绝迹的野兽作殊死的搏斗。在一天清早,他走出屋来,见到有一匹马站着不动,脚下踩着一条狼,那条狼是被它踢死的,可是马腿上的肉也全都被啃光了。

他们一行总算走完了那段崎岖不平的荒原,又穿越了深沙地带。在约恩的眼里,这段旅途太短了。他们在办丧事的那户人家的门前停下车来,那里挤满了素不相识的陌生人,屋里屋外都是人,大车一辆挨着一辆,马匹和公牛在贫瘠的草地上走来走去。这里也有高大的沙冈,就同老家那边的一模一样,耸立在庄园背后,伸展到很远的地方。这些沙冈怎么会跑到三里开外的内陆地带来呢?它竟然也和海滩边的那一道道沙冈一样高大壮观,难道是风把沙尘扬起,搬到这里堆起来的吗?它们也有自己的故事。

赞美诗唱完了,几个老人痛哭了一场。除此之外,在约恩看

---

① 北欧神话里惯于为非作歹的恶神。

来一切都十分有趣。这里吃的喝的多得不得了,有肥美的鳗鱼,吃完鳗鱼之后要喝点烧酒才能解油腻。"只有烧酒才能制得住鳗鱼。"养鳗人曾经这样说过,而这些话在这里却变成了行动。

约恩在屋里走进走出忙个不停。到了第三天,他就觉得这里同沙冈那边的渔夫的房舍、同那个他以前一直在那里过日子的家没有什么两样了。当然这里的原野是肥沃富饶的,这里的原野上开满了石楠花,到处长着蔓越橘和黑莓果。果实个头很大,十分饱满,而且非常甜,只消用脚一踩,就可以榨出浆汁来,暗红浓稠的浆汁溅落到石楠花上,染红了一大片。

古代武士的坟墓这里一个,那里一个;一缕缕烟柱冉冉升入宁静的天空之中。人家告诉他说这是荒原上的野火,到了晚上会发出光来,煞是好看。

接下来就到了第四天,葬礼的酒宴结束了,他们也该动身了,要从内陆的沙冈返回到海滩的沙冈去啦。

"还是我们那边的货真价实,"父亲说,"这边的真没劲。"

他们谈起了这些沙冈究竟是怎么会来到这里的,这里所有的人都明白它的由来:

海滩上发现了一具尸体,农民们就把它埋葬在教堂的墓地里。从那以后,沙尘就不断地在空中飞扬,海水汹涌地冲上岸来。这个地区的一个智者向他们提出忠告,叫他们赶紧把坟墓刨开来看看,那个被埋葬的人是不是躺着在吮吸自己的大拇指,若是那样的话,那么他们埋下去的便是一个海怪,大海掀起狂浪,是为了把它接回去。那个坟墓被掘开,那具尸体果然躺着在吮吸大拇指。于是它被抬到了一辆牛车上,套上了两头牛来拉车。那两头牛好像被牛虻叮咬了似的没命地狂奔起来,奔过了荒原,奔过沼泽地,一口气奔到了海边。于是飞沙便停歇下来了。不过那些堆积而成的沙冈却至今还留在那里。约恩把他童年时代最开心的日子,也就是参加葬礼的那几天,全都牢牢地记在心上——无论是听到的还是见到的。

到外面去走走,看看新的地方,遇到一些新人,那真是其乐无穷。他还要出去,而且要走得更远。他还不满十四岁,还只是个孩子,就到船上去干活了。他要到外面去闯闯,看看这个世界会给他点什么;去尝尝恶劣的天气、严酷的大海,碰碰心肠歹毒和冷酷的人。他在船上充当小听差,只有少得可怜的食物。他总是孤零零地度过寒冷的夜晚,还要挨人拳打脚踢。这时他高贵的西班牙血统中的一些东西被激怒得沸腾起来,怒气冲冲的骂人话已经到了他的嘴边,可是最聪明的办法还是咽下这口气去,那种滋味就同鳗鱼被剥皮切断后扔进铁锅里的感觉一个样。

"我会再来的。"他在心里这样说道。西班牙的海岸,他生身父母的祖国,还有他们曾经在荣华富贵之中幸福恩爱地生活过的那座城市,他都亲眼看到了。然而他并不知道他的身世和血缘,对他的家族他更是一无所知。

这个可怜的小听差一次也没有得到过允许让他上岸。可是在这艘船停泊在那里的最后一天,他竟然上岸去了。那是因为船上已采购了许多东西,要他去搬上来。

约恩衣衫褴褛,而且看起来就像是在污水沟里漂洗之后又在烟囱里烘干的。这个从沙冈上来的孩子有生以来第一次看到了一座大城市。那些房屋有多么高啊!街道很狭窄,车水马龙,真是热闹非凡！街上的人摩肩接踵，有的挤在这一堆，有的挤在那一堆，真像一个大旋涡，有城里人也有乡下人，还有僧侣和士兵。声音嘈杂，有叫骂声，有呼喊声，骡子和毛驴身上的铃声叮当，教堂的钟声悠扬，还传来了歌声和音乐声。敲打撞击的声音不断响起，因为各行各业的人都在自己的门前和走道上摆开了干活的作坊。烈日当空，空气十分闷热，让人觉得像是钻进了烤面包的炉里一样。四周都是鸣叫着的昆虫，有甲壳虫、金龟子、蜜蜂，还有蚊子，这里叽叽响，那里嗡嗡叫。约恩既不知道自己站在什么地方，也不晓得该往哪里去。这时他看到大教堂气派的大门就在他的面前，明亮的烛光从拱门里面昏暗的通道里照射出来，一阵阵的烟香飘到街上。连最穷苦的乞丐都迈步登上台阶，朝里面走去。和约恩一起来的水手走进了教堂，约恩也就跟着踏进了这座圣洁的殿堂。画在金色底板上的彩色圣像光华四射，圣母抱着圣婴耶稣站立在祭坛的上方，周围有鲜花和蜡烛环绕。身穿圣服的神父在唱着圣诗，衣着整齐的唱诗班的男童们在摇晃着银香炉。这么圣洁的气氛，这么壮丽的景象，眼前见到的一切渗进了约恩的心灵，把他征服了。他生身父母待过的教堂和他们的信仰包围了他，在他的心灵里拨动了一个和弦，泪水不禁从他的双眼里流了下来。

他们从教堂里出来，直奔市场，有一大堆厨房用品和食物要他背回去。那段路不近，他累得挺不住了，便在一座富丽堂皇的大厦面前停下来歇歇脚。这华厦的门前有大理石门柱、雕像和宽大的台阶。他把背上沉重的东西靠到房屋的墙壁上，一个身着华丽制服的看门人跑过来，向他举起包着银子的手杖，把他赶走。

约恩就是这座房子主人的孙子，可惜没有人知道，他自己更是一无所知。

后来，他回到了船上，又饱受鞭打和呵斥。睡眠太少，活计却繁重不堪……他经受了多少考验，吃了多少苦啊！人们常说，年轻时吃苦遭罪也会有好处的，是啊，只要老了能过上好日子就行。

他受雇的期限满了，当那艘船又停泊在林雪平海湾里的时候，他就上岸回家，回到了胡斯比沙冈。可是就在他出门远航的那些日子里，他的养母已去世了。

那年的冬天冷得出奇，暴风雪一场场掠过大海和陆地，日子几乎都熬不下去了。这个世界真是冷暖不均，这里冰封雪积，冻得人受不了，而在西班牙的大地上却是烈日炎炎，是呀，烤得太厉害了。不过，等到浓雾退尽、天空晴朗的日子来到，约恩看到大群的天鹅从海上飞过来，飞过尼松姆海湾，朝着北伏斯堡那边飞去，他便会觉得在这里能够呼吸得更畅快。这里的夏天也是十分可爱的，他似乎看到鲜花盛开的荒原上到处都挂着一串串熟透了的浆汁饱满的浆果，还有北伏斯堡的椴树和接骨木树上也开满了鲜花。他下决心一定还要到那边去一趟。

春天终于姗姗来迟，又开始捕鱼了，约恩帮着干活。最近这几年里他长大了，动作也迅速敏捷多了，他的身上充满了活力。他会游泳，会踩水，还会翻身潜入水底。人们时常警告他要提防鲨鱼，它们能把最高明的游泳能手咬住不放，再把他拖到水底下去活活咬死，不过约恩倒没有遭遇过那样的事。

沙冈上的邻居家有一个男孩，名叫莫登，约恩同他很好。他们两人曾受雇在同一条船上，一起到过挪威，又一起去过荷兰。

他们一直亲密无间。可是一个性格刚烈的人往往会有过激的举动,约恩便是这样。有一回在船上,他们两人坐在舱房的门背后一起吃着他们两人共有的一个陶土盘子里的食物,不知道为了什么微不足道的事情便争执起来了。约恩掏出自己的折叠刀举在手里,刀尖指着莫登,他的脸变得像石灰一样惨白,双眼露出了凶光。莫登只是哼了一句:

"哼,你竟也是爱动刀子的那类家伙!"

他的话音未落,约恩的手便放下来了。他没有说一句话,自顾自吃罢了饭就去干活了。等到他们把活计干完之后,约恩走到莫登面前说:"你朝我脸上抽几巴掌吧!我真该挨打,我就像一口煮沸了的锅一样。"

"事情过去就算啦。"莫登说。在这以后,他们成了更加亲密的好朋友。他们回到了日德兰半岛沙冈那边的家乡,在谈起以往发生过的事时,也不免提到这场口角。大家说道:约恩难免会沸腾起来,不过他总还是一口诚实可靠的锅。

"他可不是日德兰人!不能叫他日德兰人。"莫登的俏皮话吹散了满天的乌云。

他们两人年纪都很轻,身体都结实健壮,长得十分匀称,而且四肢都很有力气,不过约恩更为机灵敏捷。

在挪威那边,到了这个季节农民们便忙着进山,到高山的夏季牧场里放牧,让牲畜啃食青草。而在日德兰西海岸,渔民们却忙碌着在沙冈上搭棚。他们用破船上的旧木板搭起棚架,上面用荒原上的杂草和石楠枝覆盖起来,里面到处都可以睡觉。开春之后,渔民们就要在这里睡觉和生活。每个渔夫都有自己的被称为

"帮工姑娘"的下手,她的活计是在鱼钩上装上鱼饵;准备好热啤酒,等渔夫一上岸就端过来;当渔夫们拖着疲惫的身躯回到棚屋里的时候,就为他们安排好饭菜。女帮工还要把鱼从船上卸下来,开膛剖腹收拾干净,她们有许多杂事要干。

约恩、他的养父还有别的几个渔夫同他们的女帮工住在一起,莫登住在附近的另一间棚屋里。

女帮工当中有一个名叫埃尔茜的姑娘,她从小就与约恩认识。他们俩一直要好得很,在许多事情上都意气相投,唯独在外表上有很大的差别。约恩肤色棕褐;埃尔茜却皮肤雪白,一头金发,一双眼睛碧蓝澄澈,宛如阳光照耀下的海水。

一天,他们俩在一起散步,约恩拉着她的手。她满怀深情却又态度坚定地对他说:"约恩,我有一桩心事,让我去做你的帮工姑娘吧,因为你就像我的哥哥。可是雇我的却是莫登,而他和我又是相爱的恋人……不过你用不着对别人去说。"

约恩一听就觉得松软的细沙在他的脚底下摇晃起来。他一言不发,只是连连点头,表示同意。这就不需要再多说什么了。可是他立即从心底里觉得他再也容不下莫登了。他以前一直没有对埃尔茜动过什么念头,现在把这桩事情翻来覆去地想。他想得越久就越发明白:莫登已经把他唯一喜欢的人抢走了。他所爱的不是别人,恰恰是埃尔茜,他到这时才明白过来。

倘若海面上不那么风平浪静的话,而这时渔夫们又正好驾舟回家,那么就会看得到他们劈波斩浪冲越海中沙坝的情景。有一个人直挺挺地站在船头上,其余的人都坐着划桨,双眼一眨不眨地盯住他。荡到沙坝跟前的时候,船上的桨手都用力朝外倒着划桨，直到他给他们发出一个信号，告诉他们有一个更猛的、可以把他们的船托起来越过沙坝的浪头来了。那个浪头果真把船托了起来，岸上的人连船的龙骨都可以看得见，接着，整条船便隐没在浪涛之中，船看不见了，船上的人也看不见了，连船上的桅杆也看不见了。岸上的人以为大海把他们吞噬了，可是过了一会儿，这艘船像一只巨大的海兽，爬到了波峰浪颠，那些桨仍然在不停地划着，好像是这头巨兽正在移动的腿。越过第二道和第三道沙坝的情景同过第一道沙坝时大致相同。然后，渔夫们就跳进水里，把船拖到岸上来。涌过来的每一个波浪都会帮他们一把，把船往前推，直到将整条船推到海滩上。

在沙坝外面若是发错了信号，哪怕是瞬间的迟疑，船只就会被撞得粉碎。

"那样一来，我和莫登也一定都完啦。"在海上的时候，这个念头从约恩的头脑里冒了出来。而这时候恰好他的养父病得很厉害，高烧折磨得那个老人站立不起来。这时船已行驶到了离第一个沙坝不远的地方，约恩跳起来跑到船头。

"爸爸，让我来！"他说道，他的眼光扫过了莫登，扫过了波涛。可就在这时，第一个来势凶猛的排浪打过来了，每支桨都拼命地划着。他又看到了他父亲那张惨白的脸，于是他不去听从自己心底的那个恶念头的指使了。那艘船平平安安地冲过沙坝，回到了岸上。可是那个歹毒的邪念却还在他的血液里待着不走。他和莫登还是亲密伙伴。那段日子里的每一次口角都像一根怨愤的细丝残存在他的记忆之中，如今都冒了出来，使得他周身血液沸腾，这口锅已经煮过头了。然而，他又不想把这一根根细丝搓在一起,于是他就干脆把它们搁到一边去了。他只觉得莫登抢走了他的一切,这就使得他充满了仇恨。有几个渔夫已经看出了一点苗头,可是莫登却丝毫没有留神在意,他和往常一样乐于助人,也很健谈,不过未免话太多了。

约恩的养父不得不卧病在床,而这病榻最后成了他的灵床。一个星期之后,他就死了。约恩继承了沙冈背后的那栋房子。那只不过是一栋小得可怜的陋舍,可是到底还算是拥有了一份家业,而莫登就没有。

"如今你用不着再出去干活了,约恩,你可以一直和我们在一起。"有一个老渔夫这么说道。

约恩却没有这么想。他想要再出去见识见识。住在费雅尔特林的那个养鳗人有个舅舅,那个人住在老斯凯恩那边,也是个渔夫,不过现在已经是个自己拥有船只的富商了。这样一个可敬可爱的老人,去到他手下干活才值得。老斯凯恩在日德兰半岛的最北角上,远离胡斯比沙冈,这一带的人是不大会到那里去的。而这正中约恩下怀,他说走就走,甚至不愿留下来参加埃尔茜和莫登的婚礼,那场婚礼再过两个星期就要举行了。

那个老渔夫认定约恩这一回离家外出是不明智的举动,因为约恩现在有了房子,埃尔茜肯定会心甘情愿地跟他过日子。

约恩在回答老人的提问时,说的话模棱两可,叫人捉摸不透。那个老渔夫去把埃尔茜找来,领到他的面前,她话不多,可是却说得直截了当:

"你有房子了,让人该有点想法啦!"

约恩心里对这事想得着实不少了。

大海有汹涌的波涛，人心里掀起的波涛却更加汹涌。约恩的头脑里、心灵里涌出了许多念头，有的激烈，有的平静，他问埃尔茜：

"若是莫登现在也有一栋我这样的房子，那么在我们两人之中你情愿挑哪一个呢？"

"莫登没有房子，也得不到房子。"

"可是我们可以假设他有了房子。"

"好吧，那么我就挑莫登，因为眼下我已经这样做了，不过日子真是没法过下去。"

约恩想了一整夜，他心里泛起了一股连他自己也说不清楚的滋味来。他有了一个比他对埃尔茜的爱情更为强烈的思想。于是他去找莫登，他对莫登所说的话和所做的事肯定是经过深思熟虑的。他要用最低的价钱把那栋房子转让给莫登，而他自己宁可出去当雇工，因为这是他心甘情愿的。埃尔茜一听到这些话，就对着他的嘴连连亲吻。你们早已知道，她心里喜欢的是莫登。

第二天清晨，约恩就要离开这个地方。在离家的头天晚上，虽然夜已很深，他还是想要再去看看莫登，于是他就去了。在沙冈之间，他同那个老渔夫相遇了。那个老渔夫对他的做法很不以为然。"那个莫登准是在裤子里缝了一个鸭嘴巴，"老渔夫说，"所以惹得姑娘们个个都黏着他。"约恩打断了老渔夫的话头，同他道了别。他走到莫登住的地方，听到里面有人在高声讲话，不是一个人。约恩犹豫了，因为他最不愿意在这里见到埃尔茜。他几经踌躇之后，为避免莫登向他再一次表示感谢，他就转身走了。

第二天清早天还没亮,他便捆好行囊,拿起干粮袋走出门去。他沿着沙冈朝向海滩这一侧走着,因为在这一边走起路来要容易些,不会有细沙沾在脚上叫人难以迈步,况且路程也更短一点。他先要到布弗贝格山附近的费雅尔特林去,那个养鳗人就住在那里,他答应过要去探望他的。

海面很平静,湛蓝湛蓝的,海滩上到处散落着蚌壳和鹅卵石。那是他童年时代的玩物,如今在他的脚底下吱嘎作响。他一路走着,忽然流起鼻血来了。这本是件无足轻重的小事,却想不到会有如此重大的后果。有几大滴鼻血滴到了他的衣袖上,他把血迹冲洗掉了,又把鼻血止住了。这样做了以后,他觉得自己心情轻松多了。沙滩上到处都开着矢车菊花,他便随手折了一根绿枝插在自己的帽子上。他希望自己能高兴起来,因为他要到大千世界里去闯荡一番了。"只要离开家门沿着河往上游一点点路,"小鳗鱼会这样对他说,"就千万要当心,要提防那些坏家伙,他们会把你用钢叉叉住,剥掉你的皮,把你切成几截,放到煎锅里去让你受煎熬。"他自言自语地重复这些话,禁不住笑了起来。他闯荡过这个世界,竟然不曾伤到过皮肉,勇气是最好的防身本领。

当他走到北海通向尼松姆海湾的那条狭窄水道附近的时候,太阳已经升得老高了。他朝背后瞅了一眼,只见在远处有两个人骑着马,还有几个人跟随在后面,这些人匆忙地追赶上来,不过这同他毫不相干。

渡船在水道的对面岸边,约恩喊了几声,把渡船呼唤过来。他踏到了船上,可是还没有等到他和划船的小伙子抵达水道的中间,那帮子人就赶上来了。他们气急败坏地大呼小叫,威胁他们,还念出了地方长官的名字来。约恩弄不明白这是什么意思，不过他觉得还是先折回去的好，于是他自己操起另一支桨来，划了回去。就在这会儿，那些人纷纷跳上船来，还没有等他明白过来，他们已经用绳索把他的双手捆上了。

"你作恶行凶，非要用你的命来抵偿不可！"他们说，"好哇，我们总算把你逮住了。"

他的罪状既不多也不少，被指控犯下了杀人罪。原来人们发现莫登的脖子被捅进去了一把刀子，而昨晚深夜有个渔夫遇到过约恩，当时约恩正往莫登的住处走去。大家都知道，他朝着莫登举刀已经不止一次了。他必定就是杀人凶手，现在先把他关押起来再说。关押的地方应该是林雪平的监狱，不过那条路太远了，而且又碰到了逆向的西北风，于是他们就渡过海湾，朝斯凯尔鲁姆河而去，只消半个小时就可以到达。从那里到北伏斯堡只有一小段路。北伏斯堡是一个很坚固结实的庄园，周围有防护堤坝和沟壕。船上有一个人是那边管家的弟弟，他说他们一定会得到允许，把约恩暂时先关押在那边的地窖里。吉卜赛女人朗格·玛格丽特[①]在被处死之前就一直关在那里。

约恩再三辩白，却没有人理睬。他的衬衣上有几摊血渍，这是对他最为不利的证据。他很清楚自己是清白的，既然在这里无法为自己讨得公道，他也只好听天由命了。

他们一行人恰好在布格骑士庄园上的那道老护沟堤上登陆，

---

① 传说吉卜赛女人朗格·玛格丽特吃掉了五个胎儿，因为吃了七个胎儿就能隐身或飞翔。

那个地方也是他养父母去参加葬礼时所经过的地方。那整整四天的酒宴是他童年时代最为高兴、最为欢乐的日子。他被人押解着沿同一条路走过草地，来到北伏斯堡。那边接骨木树盛开着鲜花，高高的椴树散发着芳香。他觉得上次到这里度过的那些日子，就像昨天一样。

庄园西侧建筑物的高台阶底下，有一条通往地下的甬道。顺着这条甬道走，便可以来到一间非常低矮的、有着拱形房顶的地窖。朗格·玛格丽特就是从这里带去受死刑的。她已经吃掉了五颗孩子的心脏。她相信，如果再多吃两颗的话，她就会飞起来，还能够用隐身术把自己隐藏起来。尽管地窖的墙上有一个很窄的没有装玻璃的通气孔，外面椴树的清香也不能给他带来半点爽快，因为屋里到处都湿漉漉的，发了霉。这里只摆着一张光秃秃的硬板床。不过良心是一个好枕头，约恩枕着它照样可以睡个好觉。

笨重厚实的木门已上了锁，还用一根铁闩闩得牢牢的。既然妖魔鬼怪可以从钥匙孔钻进地主庄园里来，也可以爬进渔夫们的房子里去，当然也就能够轻而易举地钻进囚禁着约恩的这间地窖里来，他心里想着朗格·玛格丽特和她的罪状，因为在她被处死之前的那个夜晚，她肯定想了很多，这些思绪充斥了这间屋子。他又记起了古时候斯旺威德尔爵士居住在这里时曾经对人施行的种种魔法。这些传说是人人熟悉的，比方说：被铁链拴住的站立在桥上的狗竟然在第二天早上会被发现吊死在桥栏杆外面。所有这些都在约恩的脑海中闪现出来，令他不寒而栗。但是也有一丝阳光从外面照进了他的心房，那就是对鲜花盛开的接骨木树和清香芬芳的椴树的美好回忆。他被囚禁在这间地窖里的时间不算太长，后来他就被押解到林雪平。那里的监狱也是一样让人不堪忍受。

那个时代不像现在，贫苦人的日子非常难过。那时候这样的事情还没有绝迹：农夫的农庄和平民的村落被兼并成新的地主庄园，在那种统治之下，马车夫和仆人可以当上地区法官。他们可以因贫民的一些细小的过失而任意判处他们重刑，没收他们的房屋和财产，把他们绑在柱子上抽打。这种冷酷无情的人至今仍旧可以找得出一两个来。在远离国王和都城哥本哈根、远离秉公办事的行政官吏的日德兰半岛上，法律依然经常被人随心所欲地摆布。约恩的冤案拖了些时日，但这还不能算是置法律于不顾的行为。

他被关的牢房寒冷刺骨，究竟要到什么时候才能有出头之日呀？自己分明是无辜的，却被投入这样悲惨凄苦的境地，这就是他的命！为什么这个世界偏偏要让他遭受这样的命运呢？如今他有的是时间，可以好好地思考了。是呀，到了"来世"这一切都会弄明白的，而这个"来世"肯定是会等着我们的。这个信念早在他还生活在穷苦的渔夫家里的时候，便在他身上牢牢地扎根了。这种从未照进他生活在西班牙的荣华富贵和阳光中的父亲思想里的光芒，如今却成了生活在寒冷和阴暗中的他的慰藉之光，上帝的恩赐是从不会令人失望的。

春天的风暴开始刮起来了，北海的轰鸣声在离这里几里路远的内陆地带都可以听见，不过那要等到风暴停息之后。那种巨大的轰鸣声就像成百上千辆载重的车辆驶过崎岖不平的硬石路面。约恩在监狱里也听见了这种轰鸣，这对他来说是一种精神上的调剂，任何其他怀旧的音乐都远不如这种鸣响那样沁人心脾，使他感觉分外亲切。这怒涛翻腾的大海啊，这自由自在的大海啊，它载着人们奔向天涯海角，随风去到世界各地。人们不管到什么地方，都会把自己的房屋也随身捎带过去，就像蜗牛总是驮着自己的小屋一样。人们总是站立在自己的土地上，总是站立在家乡的土地上，哪怕自己身处异国他乡。

他是多么全神贯注地聆听着那深沉的海涛的轰鸣声啊！在回忆往昔时有个想法也在不断地翻腾在他的脑海中："自由啊，自由啊，自由才是幸福！哪怕鞋破露出脚后跟，哪怕破衣烂衫不蔽体！"他的火暴性子又发作起来，攥紧了拳头拼命捶打牢墙。

时光在流逝，一星期又一星期过去了，一个月又一个月过去了，整整一个年头过去了。直到后来人们抓到了一个外号叫"马贩子"的惯偷、恶棍尼尔斯，方才真相大白。人们这才明白过来，约恩受了冤枉。

在林雪平海湾北边有一家农夫开的小酒馆。就在约恩动身离家的前一天下午，惯偷尼尔斯和莫登在那家小酒馆里不期而遇，于是便酿成了这宗谋杀案。他们两人在一起喝了一点酒，三杯酒虽然还不至于使人头脑发昏，可是莫登已经管不住自己的嘴了，他自吹自擂起来，说他买下了一个庄园，要成家立业了。尼尔斯问起他结婚和买房的钱，莫登财大气粗地拍拍自己的衣服口袋说：

"钱嘛，早已凑齐，放在应该放的地方。"

这么一句大话便断送了他的性命。他起身走出小酒馆，尼尔斯就尾随了上去，拔出刀子捅进了他的颈脖，为的是劫财害命，可是那笔钱却是根本不存在的。

要把整个案情详详细细地从头讲到尾，未免过于唠叨，对我来说，只要知道约恩已经被放出来就足够了。然而他平白无故地饱受铁窗之苦整整一年，挨冻遭罪，过着与世隔绝的日子，他应该得到什么样的赔偿呢？有人告诉他说：他的冤狱已经得到平反，这就是万幸了，现在他可以走啦！市长给了他十个马克作为路费，城里不少市民给他送来了啤酒和食物。世上毕竟有好人的啊，并不是人人都一心只想着"把你用钢叉叉住，剥掉你的皮，把你切成几截，放到煎锅里去"的啊！幸运的是，他碰巧遇见了从斯凯恩来的商人布隆纳，约恩在一年之前就受雇于他。这几天布隆纳正好到林雪平来办点事，他也听说了整个冤案的前后经过。此人古道热肠，理解和同情约恩所遭受的苦难，便决心要帮这个小伙子一把，让他亲身感受到这人世间的温暖。

从监狱走向自由，就像出了地狱踏进天堂，他走进了充满爱心的天地之中。是啊，他也应该尝尝这种滋味了。要知道人生的酒杯里装的并不是满满的苦酒。好人是不会把苦酒斟给孩子的，更何况博爱仁慈的上帝呢！

"把过去的一切都埋葬掉，都忘光吧！"商人布隆纳说，"我们不妨给去年画上一道粗粗的横杠，把它一笔勾销吧！再不然我们就干脆把日历烧掉。两天之后，我们就要动身到那个充满和平、幸福和快乐的斯凯恩去。人们常把它说成是这个国家的偏僻角落，然而这是一个摆着温暖的火炉的角落，它的窗户朝广阔的世界开着。"

这次旅行是多么美好啊！又呼吸到新鲜空气了！从监狱潮湿阴冷的寒气中来到了温暖的阳光下，荒原上盛开着石楠花，放牧的孩子们坐在古代武士的坟墓上，吹着用羊骨刻成的笛子。被称为"莫甘娜女神"的海市蜃楼出现在天空之中,那是沙漠上最赏心悦目的景观,空中花园和摆动摇曳的苍茫森林全都展现在眼前,还可以见到被称为"洛基驱赶羊群"的奇妙的气流。

他们朝利姆海湾走,穿过古代汪达尔人聚居的地方,去往斯凯恩。那些男人们都留着大胡子的伦巴第人就是从这里迁徙出去的。那是在斯尼奥国王的时代,饥馑席卷全国,他下令杀掉所有的儿童和老人。于是,那位在这边拥有大片土地的贵族夫人甘巴鲁克建议说,最好还是让年轻人迁徙出去。见识广博的约恩是知道这些传说的。尽管他不曾见过高耸的阿尔卑斯山背后的伦巴第人的国土,他也知道那地方是什么模样,因为当他还是个孩子的时候,就自己南下到过西班牙人的国土。他还记得那边有大堆大堆的水果、鲜红的石榴花,还有像个蜂房似的大城市里那喧嚣声和教堂的钟声。然而最好的地方还是家乡故土,而约恩的家乡就是丹麦。

他们终于来到了斯凯恩,古代挪威和冰岛的文字中把这个地方称为"汪达尔人的糕饼"。那时候,老斯凯恩、维斯比城和厄斯比城都坐落在这一带方圆几十里的范围之内,在它们之间,有的地方沙冈横亘,有的地方的农田一直延伸到岬角的灯塔那里。房舍和农庄零星地散布在被风吹堆积而成的、移动不定的沙冈之间。那地方直到现在都是如此。这是一片沙漠地带,大风把散沙刮起来,扬得满天都是。海鸥、海燕和野天鹅的叫声在这里此起彼伏,非常刺耳。

离开岬角一里路的地方就是那块高地,也就是老斯凯恩,商人布隆纳就居住在这里,约恩也要在这里过日子。

庄园里铺着沥青，正屋外侧的棚屋都是用船底翻过来的小船作为屋顶。猪圈是用旧木板钉在一起的。这里没有围篱，因为没有什么东西需要围起来。不过在晾衣绳上挂着一排排已经开膛剖肚收拾好的鱼，一条挨着一条，让它们在风里吹干。整个海滩上都是腐烂了的鲱鱼。只要把渔网一撒到水里去，就可以整网整网地把鲱鱼捕捞上来。在这里，这种鱼实在太多了，渔夫们干脆就把它们倒回海里，或者扔在海滩上让它们烂掉。

商人的妻子和女儿，还有仆人们都兴高采烈地欢迎这位父亲回到家里，他们又是紧紧握手，又是欢呼和叫喊，讲个不停。那个女儿长着一张多么俏丽的脸蛋和一双多么可爱的眼睛啊！

屋子里十分宽敞舒适。饭食端上来了，正菜吃鱼，是鲽鱼，连国王都把这种鱼看成是珍馐佳馔。酒来自斯凯恩葡萄园，其实也是从大海上运来的，人们将葡萄压榨成汁，装在桶里或瓶里再运过来。

后来母亲和女儿听说约恩遭受冤枉，吃尽了苦头，她们便对他流露出更温柔的眼光，而那个女儿——美丽的少女克拉拉的眼光是最温柔的。约恩在老斯凯恩找到了一个幸福的家，这使得他非常快乐，因为他已经经历过许多折磨，其中也有爱情的苦涩滋味。苦使人的心肠变得更冷酷，也会使人的心肠变得更宽厚，而约恩的心肠依然是宽厚善良的，它还年轻，有多余的空间，因此他们的会面是适逢其时的。再过三个星期，少女就要乘船到挪威的克里斯钦桑德①去探望她的姨妈，要在那里度过整个冬天。

---

① 挪威西阿格德尔郡首府，位于挪威西南海岸。

起程之前的那个星期天，他们都上教堂去参加圣餐礼拜。教堂非常大，也很壮观，那是几百年前由苏格兰人和荷兰人建造的，离如今的城区只有一小段路。教堂已经有些破损，那条筑在深沙上的道路也高低不平，非常难走。不过大家都不怕艰辛，都非常乐意到上帝的屋子里去唱赞美诗和听布道。沙层一直堆到了教堂墓地的环形围墙跟前，所幸的是，里面的坟墓还没有被沙土所掩盖。

这座教堂是利姆海湾以北最大的一座。祭坛上挂着圣像：头戴金冠的圣母马利亚，怀里抱着圣婴耶稣，栩栩如生地站立在祭坛的上端；众使徒雕刻在唱诗班站立处背后的墙壁上。在那面墙壁的最上方，可以看到斯凯恩的老市长和市政委员们的肖像和他们的名字印记。布道坛通体雕花，十分精美。阳光欢快地照射到教堂里面来，把锃亮的黄铜枝形蜡烛台照得闪闪发光，也映亮了从教堂的拱形屋顶上挂下来的那只船。

约恩的心里充满了神圣的、赤子般的感情，就像他小时候站在气派宏伟的西班牙大教堂面前一样。然而在这里的感受却大不相同，他意识到，自己是全体教徒中的一个。

布道结束之后便领取圣餐，他和别人一样领到了一份面包和葡萄酒。他正好跪在少女克拉拉的身边。但是，他的思想全集中在上帝和这个圣洁的仪式上，所以直到他们都站起来的时候，他才注意到他身边站着的是什么人。他看到了大滴的泪水从她的双颊上滚落下来。

两天之后她动身到挪威去了，约恩留下来在庄园上干活，也就是捕鱼。可以捕到的鱼真是太多了，要比现在多出好几倍。鲭鱼群在黑夜里会闪闪发光，让人看出它们的游向；绿鳍鱼会发出咕咕噜噜的响声；而墨斗鱼在遇到追捕的时候，会发出哀求般的声音。其实鱼类绝非像人们所说的那样是哑然无声的。约恩知道的东西委实不少，然而他却深藏不露，不过总有一天他会大显身手的。

每个星期天约恩都上教堂去，他端坐着，双眼凝视着祭坛上的圣母马利亚像。不过他的眼睛也会情不自禁地瞄一下少女克拉拉在他身边跪过的地方。他很想念她，她是多么和善体贴呀。

秋天来到，下起了雨夹雪。雨水积了起来，在斯凯恩城的地面上横溢漫流，而沙子地面又不能把积水全都吸干，于是人们出门只得蹚水或者划船，而狂风又把小艇抛向能置人于死地的沙坝。除了暴风雪还有沙尘暴，黄沙把房屋四周团团埋住，人们只得从屋顶上的烟囱里爬出来，不过这在北边这一带是司空见惯的事。屋子里倒很暖和，煤炭和破木板在壁炉里烧得噼啪作响。商人布隆纳高声朗读着一本旧编年史，念到了丹麦王子哈姆莱特从英国过来，在这一带登陆上岸，又在布弗贝格山打了一仗。他的坟墓就在拉默，离那个养鳗人居住的地方只有几里路。那边荒原上耸立着几百个古代武士的巨冢，成了一个很大的教堂墓地，商人布隆纳曾经亲自到那里去凭吊过。他们讲起了古代的事，讲起了邻国的事，讲起了那些英格兰人和苏格兰人。约恩不由得唱起那首《英格兰国王的儿子》的歌来，唱到了那艘豪华的船和船上富丽堂皇的设施：

大船两侧的甲板上镀着金，

金色之上书写着上帝的圣谕。
大船的船头画着这样的画：
国王的儿子搂住少女不放！

约恩唱这首歌时内心特别激动，他的眼里现出了光芒，这双眼睛生来就是漆黑闪亮的。

又歌唱，又朗诵，这栋房子里洋溢着家庭生活的乐趣，显露出富裕的气派，就连牲口也得到了很好的照料。白铁厨架上排列着擦得锃亮的盘子、碟子；天花板底下挂满了香肠、火腿，过冬的食物应有尽有。这种情景我们至今还可以在西海岸那边许多富裕的农庄上见到。那里食物充足，房间布置得赏心悦目，农庄主人机智幽默，在我们的时代里，这些良好传统更发扬光大了，好客之情就像在阿拉伯帐篷里一样。

约恩自从小时候去参加过四天葬礼酒宴之后，就再也没有享受过这样富足安定的生活，可惜少女克拉拉不在身旁，他只能在心里遥寄思念，倾吐衷肠了。

到了四月，有一艘船驶往挪威，约恩也跟着去了。如今约恩心情开朗，精力充沛，身体非常健壮，难怪布隆纳妈妈说，看着他就令人感到高兴。

"看着你就令人感到高兴。"老商人这么说，"约恩使得漫长的冬夜变得欢快活跃，也使得我们的妈妈欢快活跃起来了。你今年变得更年轻了，你看上去更好看、更漂亮了！想当初，你本来就是维堡最美丽的姑娘。这么说有点言过其实，因为在我的眼里，那边的姑娘们个个都是佳丽。"

约恩没有接这个话茬儿,要再说些什么是很不恰当的,可是他心里却思念着他即将前去相会的那个斯凯恩佳丽。他乘坐的那艘船遇到了顺风,不消半日工夫船便在克里斯钦桑德港靠岸了。

一天早晨,商人布隆纳走出家门到灯塔那边去,灯塔在格莱纳恩附近,离老斯凯恩还有很远一段路。他爬到灯塔上的时候,那上面旋转铁盘里的煤已烧尽,火已熄灭。太阳早已升至当空,隐没在海水底下的沙坝一直伸展到离陆地岬角几里路之外,而在这层层沙坝的外面,今天出现了许多船只。在这些船只中,他用望远镜辨认出了"卡琳·布隆纳号",这是那艘船的名字,一点都不错,那艘船正在朝着这边越驶越近。克拉拉和约恩就乘坐在那艘船上。斯凯恩的灯塔和教堂的钟楼犹如一只苍鹭和一只天鹅出现在他们面前湛蓝的海面上。克拉拉端坐在船的甲板上,看着沙坝一点又一点地逼近过来。如果顺风继续这样刮下去,不出一个小时他们就可以回到家里了。他们离欢乐已经那么近了,不过离死亡也就很近了,他们心中充满了对死亡的恐惧。

船身上有一块木板忽然崩裂了,海水顿时涌了进来。船上的人又是填漏,又是排水,所有的风帆全都扯足了篷,求救的旗帜也升起来了,而他们离海岸却还有整整一里路。人们看到有几条渔船,可惜都在远处。风朝向陆地这边吹,海水也在推波助澜,为他们出力,可是这都无济于事,那艘船沉了下去。约恩伸出右臂紧紧搂住克拉拉。

当他呼喊着上帝的名字,搂紧了她纵身跳进大海里去的时候,她是用什么样的眼神看着他的脸呀!她发出了一声尖叫,但是她是安全的，因为他不会松手。

那首歌曲是怎么唱来着？

> 大船的船头画着这样的画：
> 国王的儿子搂住少女不放！

约恩在危险和紧要的关头就是这样做的。在这千钧一发之际，他显露出一个游泳能手的高超本领，他用双脚蹬水，用单臂划水往前游去，另一只手紧紧地抱住这个年轻姑娘。他在水里换气休息，用自己的双脚踩水，把他所有的招数全都使出来了。他必须要想尽办法不让自己筋疲力尽，这样才能够有足够的力气游到岸上。他感觉到她叹了一口气，身体一阵阵痉挛起来，于是他把她抱得更紧了。

一个恶浪劈头盖脸地打过来，把他们打沉到水底下去，一股湍流又把他们托出了水面。海水是那么深，却又是那么澄澈，有一会儿，他似乎看到了鲭鱼群在底下闪闪发光，要不然那就是海中的恶魔，它要扑上来吞掉他们。乌云将阴影笼罩着海面，而从乌云的缝隙之间又不时露出一缕耀眼的阳光。海鸟一大群一大群地凄声尖叫着从他们的头顶上飞过。身体笨重、昏昏欲睡的野鸭子原本懒散地漂浮在水面上，却被这两个泅水过来的人惊吓得赶紧飞了起来。他的力气已经快要耗尽了，但是离开陆地仍然还有段距离。就在他快要支持不住的时候，前来救援的人赶到了，一只小艇朝他靠过来。他忽然清楚地看到水底下有一个白色的东西在抖动，一个恶浪把他高高地卷起来，又摔了下去，那东西就在他的面前，他只觉得猛地被撞了一下，就眼前一片漆黑，昏了过去。

有一艘沉船的残骸竖插在水底下的沙坝上，海水漫过了它的顶部，船头上的白色神像断落下来，卡在一只铁锚里，铁锚上锋利的钩若隐若现地露在水面上。约恩被激流以千钧之力卷了起来，朝着锚尖猛撞过去。他在昏迷之中抱着少女沉了下去，然而紧接着的一个浪头又把他和年轻的姑娘托起来了。

渔民们抓住了他们，把他们抬到船上。鲜血从约恩的脸上往下流淌。他好像已经死了，可是还紧紧抱住那个姑娘。人们费了很大的力气才从他的胳膊和手里把她掰出来，她面色死一般苍白，没有一点点气息，僵直地躺在船板上。小船朝着斯凯恩的岬尖划去。

大家想尽所有的办法，要把克拉拉的生命抢救过来，然而这都是徒劳的，她已经死了，他在海上抱着一具尸体在长时间地泅水，为了一个死人而累得筋疲力尽。

约恩自己还有一口气，人们把他抬到离沙冈最近的一户渔夫家里，有个现场急救员，他也是个铁匠和小商人。他先给约恩包扎了一下，到了第二天，从约尔林镇上请来了医生。

病人的脑袋受了猛击，处于一种癫狂的状态，他发出一阵阵狂暴的号叫。到了第三天，他陷入了昏睡，生命似乎悬在一根细丝上，而这根细丝说断就会断掉的。其实倒不如干脆断掉好，人们认为这也是约恩最好的出路。医生这么说道：

"让我们祈祷上帝开恩，让他得到解脱吧！他再也不会恢复成一个正常人啦！"

然而命运却没有让他得到解脱，那根细丝竟然没有断掉，可是记忆之线却完全断掉了，所有的心智、才能的纽带全都被割断了。这是最可怕的悲惨事，只留下了一具活着的躯体，一具可以恢复健康而失去智力的躯体。

约恩留在商人布隆纳的家里。

"他是为了救我们的孩子才失忆的,"老人说,"他就是我的儿子。"

人们把约恩叫作痴呆者,可是这并不是一个正确的表述。他并不是一个天生的白痴,只是像一件乐器松了弦发不出声音来。可是有时候这弦也能绷紧片刻,偶尔有几分钟也可以发出响声,再长一点时间就不行了,而奏出来的都是老的曲调和几个简单的节拍。几幅画面刚刚展开,就立即消失在迷雾之中。他老是端坐在那里一动不动,脑袋里什么思想也没有,我们以为他并没有受到痛苦的折磨。他的那双漆黑明亮的眼睛已经失去了昔日的光彩,看上去好像是两片蒙上了水汽的黑玻璃。

"可怜的痴呆者约恩!"人们说道。

这就是他,在母亲的身体里发育,要到人世上来享受幸福的生活,这就使得他期望——且不说相信——来世将会"不可一世"。如今他心灵上的一切智慧和才能都已经丧失得干干净净,上苍只给他留下了苦难和失忆。他像一株美丽的花,被猛然从肥沃的土壤里连根拔了出来,扔在荒漠上听凭它腐烂掉。难道这个按照上帝的旨意而塑造成形的物体就没有更高的价值了吗?难道过去和现在的一切都只不过是偶然的游戏不成?不,不是的,仁慈的上帝必将在来生之中对他今世所遭受的磨难和失去的一切给予补偿。"耶和华善待万民,他的慈悲,覆庇他一切所造的。"[①]老商

[①] 《圣经旧约·诗篇》第一百四十五篇第九句。

人妻子满怀着圣洁的信念和虔敬的诚意用大卫王的赞美诗里的这几句话来祈求上帝,让约恩尽早地脱离苦海,受上帝的恩典,进入到永恒中去。

在教堂墓地里,茫茫流沙已经漫过了围墙,克拉拉就埋葬在那里。约恩对此似乎一点都不在意,那已经不是他所能想的了,他的思想里只残存了一点点往昔的片断。每个星期天,他都随着全家人去教堂,静静地坐在那里,目光呆滞。有一天,大家正在唱赞美诗的时候,他忽然长叹了一声,他的眼睛明亮了起来,双眼转过去,凝视着一年多以前他和他的那位已经去世的女友一起下跪的地方,他念起了她的名字,脸色一下子变得惨白,泪水从双眼里滴落下来。

人们搀扶着他走出教堂,他告诉他们说,他觉得自己很好,不曾有过什么毛病。对于上帝给他的考验,对于上苍对他的遗弃,他似乎一点都不记得了。啊,上帝,我们的造物主!他的智慧,他的博爱,有谁能够怀疑呢?我们的心灵和理智都对此坚信不移,《圣经》也予以证实:"他的慈悲,覆庇他一切所造的。"

在西班牙,和风从柑橘树之间,从月桂树之间吹过来,吹过摩尔人建造的圆形房顶,那里歌声和响板声到处回荡。在一座华丽无比的宅邸里,端坐着一个膝下无儿无女的老人,他是当地的首富。街上有许多孩子手持蜡烛和飘扬的旗帜在列队游行。无论要花费掉他多少财产,他都心甘情愿,只要能够把他的孩子找回来,他的女儿或者是她的孩子。那个腹中的胎儿或许从来就不曾见到过这个世界,更不用说永恒的乐园了。"可怜的孩子!"

是呀,可怜的孩子。还是个孩子吗?都已经过了三十岁啦!

约恩来到斯凯恩就这么大了。

流沙已经湮没了教堂墓地里的坟墓,一直漫过来,堆积在教堂的墙脚下。死者留有遗愿:必须要和他们的先人、族人和所爱者埋葬在一起。商人布隆纳、他的妻子就和他们的孩子一起长眠在这里的白沙底下。

那是初春的日子,是刮风暴的季节。沙冈上沙尘飞扬,大海里风急浪高,海鸟大群大群地像风暴里的乌云一般铺天盖地尖叫着掠过沙冈。在斯凯恩的岬角到胡斯比沙冈之间,一艘接一艘的船只搁浅了,撞在沙坝上葬身鱼腹。

一天下午,约恩独自坐在屋子里,他的神志猛然清醒过来,他年轻时常常感到的那种焦灼不安驱使他走出屋子,来到了沙冈和荒原。

"回家啰,回家啰!"他说道,可是没有人听见他在说话。他走出屋子,走进沙冈地带,沙尘和细小的石子扑打着他的脸,绕着他的身子旋转。他走向教堂,流沙已经堆到了墙边,堆得很高,把窗户都埋掉了一半。不过教堂正门前甬道上的积沙已经被铲得干干净净,教堂大门没有上锁,约恩便推门而入。

狂风肆虐,斯凯恩城上空飞沙走石,这样的沙尘暴在人们的记忆之中不曾有过,那是上帝赐予的可怕天气,不过约恩已经在上帝的屋子里了。外面是茫茫黑夜,可是他的内心却豁然明亮,那是永不熄灭的心灵之光在照耀。他觉得那块压在他头上的千钧巨石轰然爆裂,他似乎听到了管风琴的奏鸣声,然而那却是狂风在呼啸,海浪在咆哮。他坐在教堂的凳子上,蜡烛一支支地亮起来,烛光连着烛光,这样的辉煌场景他只有在西班牙人的国度里才见到过。于是那些年老的市政委员和市长的肖像全都活了起来,他们一个个从长年累月站着的墙壁上走了下来,站到了唱诗班的位置上。教堂的大门打开了,所有已经去世的人全都走了进来,他们身上穿着生前所穿的鲜亮的衣服,在悠扬动听的音乐声中鱼贯而入,一个个坐到了凳子上。接着,赞美诗的歌声像大海的涛声一般响彻了这个地方。他的养父母来了,老商人布隆纳和他的妻子来了。在他们的身旁,紧靠着约恩的地方,坐着他们温柔可爱的女儿。她把手伸给了约恩,于是他们双双走向祭坛,并肩站在他俩昔日曾一起跪在那里的地方。神父把他们的手叠到了一起,让他们在爱情之中结成终身伴侣。低音管奏响了,那声音像一个充满了渴望和欢乐的婴儿的啼哭声。这个声音愈来愈浑厚,变成了管风琴声,然后又变成了音调丰满的飓风般的声响,听上去非常洪亮,足以震碎坟墓上的石头。

那艘悬挂在拱顶上的小船跌落下来,掉到他俩的面前。小船忽然变得硕大无比,而且华丽非凡。船上挂着丝绸的风帆,桅樯都是包金的,船锚是赤金的,船缆都是用丝线搓成的,就像那首古老的歌谣所唱的那样。新婚夫妇登上了船,所有的人都跟随在他俩身后,船上有足够的地方可以容纳他们,让他们尽兴享受。教堂的墙壁和拱形大门上全都盛开着接骨木一样的鲜花,吐露着椴树般的芬芳清香。它们的枝叶轻盈地摇曳,又低垂下来朝两侧分开。那艘华丽的大船冉冉升起,载着他们驶过大海,越过天空。教堂里的每一道烛光都变成了一颗小小的星星。大风开始演奏赞美诗,所有人全都唱了起来:

"在慈爱中走向荣耀,主不会抛弃任何生命,幸福和欢乐伴随着我们,哈利路亚!"

这几句话也是他在这个人世间的临终遗言。那根束缚住不朽灵魂的细线绷断了……在漆黑的教堂里躺着的只是一具没有灵魂的躯体。风暴依然在教堂上空呼啸肆虐,卷起一阵阵飞沙走石。

第二天是星期日,教徒们和神父都来做礼拜。通往教堂的路十分难走,在没膝的流沙中几乎无法行路。后来他们终于来到教堂,只见一个大沙冈高高隆起,堵住了教堂的大门。神父念诵了一段简短的祷词之后便说道,上帝已经把他的这所屋子的大门堵住了,所以他们必须到别的地方去为他修盖一座新的。

接着他们唱了一首赞美诗,便分头回家去了。

约恩失踪了,人们在斯凯恩城里还有沙冈之间都寻找遍了,却一点也找不到他的踪影。有人说,大概是汹涌的海浪冲上了沙滩,把他卷走了。

他的遗体被埋葬在最大的石棺——那座教堂里面。在风暴之中,上帝为他的坟墓堆上了黄沙,那沉重的流沙层至今还在那里。

流沙湮没了教堂宏伟的拱顶,沙枣和野玫瑰在被埋没的教堂上生长了出来。如今旅游者们可以走上去,一直走到教堂的钟楼那里。钟楼的塔尖依然露在沙面上,恰似坟冢上的一块雄伟的碑石,许多里以外就可以望得见。没有哪一个君王能有比它更雄伟壮观的墓碑了。没有人去打扰逝者的安息。

过去或者现在都没有人知道这个往昔的故事,只有在沙冈之间劲吹的风暴为我们唱着这一切。